飘（上）

Gone With The Wind

[美] 米切尔◎著　麦　芒◎译

天津出版传媒集团
天津人民出版社

图书在版编目（CIP）数据

飘：全2册 /（美）米切尔著；麦芒译. -- 天津：天津人民出版社，2016.9（2018.9 重印）
ISBN 978-7-201-10814-8

I. ①飘… Ⅱ. ①米… ②麦… Ⅲ. ①长篇小说–美国–现代 Ⅳ. ①I712.45

中国版本图书馆CIP数据核字（2016）第222604号

飘
PIAO

出　　版　天津人民出版社
出 版 人　黄　沛
地　　址　天津市和平区西康路35号康岳大厦
邮政编码　300051
邮购电话　（022）23332469
网　　址　http://www.tjrmcbs.com
电子信箱　tjrmcbs@126.com
责任编辑　刘子伯
印　　刷　三河市京兰印务有限公司
经　　销　新华书店
开　　本　880×1230　1/32
印　　张　35.5
字　　数　1136千字
版次印次　2016年9月第1版　2018年9月第2次印刷
定　　价　96.00元

前言

《飘》是美国作家玛格丽特·米切尔创作的长篇小说。玛格丽特·米切尔一生只创作了《飘》这一本小说，但她在文坛和广大读者心目中的地位丝毫不逊于一些著作等身的大作家。《飘》于1936年6月30日问世，打破了当时的所有出版纪录。前六个月它的发行量便高达1000万册。1937年，《飘》荣获了普利策奖。

《飘》的大背景是美国的南北战争和战后重建，当时战争摧毁了整个南方的经济，黑奴重新获得自由，昔日里养尊处优的贵族只能放下架子，去做曾经他们认为最为卑贱的工作。而同时，自由、平等、博爱及天赋人权等思想在整个世界范围内迅速深入人心，为了争取女性在政治、经济、教育等方面平等的女权运动也开始了。《飘》的问世，自然也带着这样的时代烙印。《飘》的书名直译应为“随风飘逝”，出自书中女主人公斯佳丽之口，大意是说那场战争之后，整个旧世界都“随风飘逝”，每个置身其中的人也都不由自主地被卷进命运的旋涡。

这部小说里的每个人物都是生动鲜活的。女主人公斯佳丽是一个复杂、独特的人物形象，作为大庄园里的小姐，斯佳丽所接受的后天教育要求她必须保持文雅的淑女风范，但她骨子里的反叛火花却不时地迸发出来。她就是一个矛盾体，所以她争强好胜，对得不到的东西抱有强烈的欲望，为了达到目的不惜利用一切手段。同时，她又有信守承诺照顾弱者的可贵品质。在新旧时代的更替之际，她没有像普通女性一样甘心被摆布，而是突破传统，寻求自我价值的实现。

男主人公瑞特，则是一个南方贵族家庭的叛逆者。和斯佳丽一样，在他绅士的外表之下，是强烈的利己主义和冒险精神。他爱斯佳丽，却屡次冒犯她。战争爆发，斯佳丽等人遇到真正的难题时，他又不顾一切，挺身而出拯救他们。他和斯佳丽相爱相杀，最后他终于厌恶了这种感情游戏，毅然决然地离开斯佳丽回到了自己的故乡。

书中另外的主要人物，幻想主义者阿希礼，美好和善良的化身玫兰妮等也各具风采，和斯佳丽、瑞特一起，演绎着一个大时代的幻灭与重建。

米切尔具有高超的艺术手笔，她的作品人物关系设置巧妙，情节的戏剧冲突与人物心理的巧妙结合以及高度个性化的人物语言等，使其作品具有十分显著的艺术特色。

目录 Contents

第一部

第二部分

第三部分

第一部分

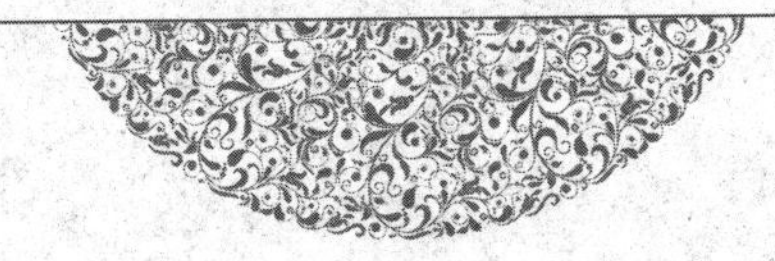

第一章

斯佳丽·奥哈拉其实长得不美，却魅力十足，男人一旦像塔尔顿家那一对孪生兄弟一样迷上她，就难得留意她美不美了。在她显著的容貌特征中，既有母亲那种沿海地区法国贵族后裔的风雅，又有肤色红润的父亲那种爱尔兰人的粗犷。无论如何这张面孔都是十分动人的：尖尖的下巴，方方的腮帮子，两只淡绿色的眼珠连一丝淡褐色都不掺杂，眼眶周围的睫毛乌黑浓密，两个眼角稍稍翘起。眼睛上面是两道浓密的吊梢剑眉，醒目地刻画在木兰花般的洁白皮肤上。南方女子十分珍视自己的这种肤色，她们随时都戴着帽子，遮上面纱，戴好手套，小心翼翼保护皮肤免受佐治亚烈日的灼晒。

那是一八六一年四月一个阳光明媚的下午，她陪斯图尔特和布伦特·塔尔顿坐在父亲的塔拉庄园门廊的阴凉里，她那模样就像一幅美妙的图画。她身穿一条绿色新花布裙，十二码布料做成的波浪形裙裾散在裙衬上，跟父亲最近从亚特兰大为她买来的平跟绿色摩洛哥便鞋恰好相配。在这条裙子的完美衬托下，她十七英寸的腰身显得越发纤细了，方圆三个县的姑娘当中，就数她的腰身最细。她年方十六，可紧身胸衣却让她的胸脯显得发育相当成熟。但是，尽管散开的裙裾使她看上去优雅得体，顺溜的头发绾成发髻显得风度端庄，一双白皙的纤手交叠在膝上，看上去娴雅文静，可她天生的本性却是掩饰不住的。在她故作娇态的脸蛋上，那对绿眼睛并不安分，既任性又生气勃勃，跟她的端庄举止明显不同。她的礼貌是在母亲的谆谆教诲和保姆黑妈妈的严厉管教下塑造成的，可她的眼睛却露出了天然本色。

在她左右两边，那一对孪生兄弟懒洋洋地歪在椅子上，一边说笑，一边眯起眼睛透过里面点缀着薄荷的高脚玻璃杯乜斜着阳光。他们都长着两条长腿，脚上都蹬着一双高及膝盖的长靴，腿肚子肌肉发达，随意跷着二郎腿。哥俩十九岁，身高六英尺二英寸，骨架粗大，肌肉结实，脸孔晒成古铜色，头发的颜色是赤褐色，眼神中洋溢着欢乐和傲气，两人都身穿蓝色上衣和芥末色马裤，看上去就像两只棉桃一样分不清彼此。外面，夕阳斜照在院子里，在一片枝叶新抽绿芽的背景下，一株株山茱萸树上怒放的白色花朵明亮耀眼。孪生兄弟的马匹拴在车道上，这是两匹高头大马，毛色像主人的头发一样红。马腿周围，一群身体瘦长情绪烦躁的狗吠叫个不停，这是一种擅长捕捉负鼠的猎犬，斯图尔特和布伦特到哪儿都把这群狗带在身边。离它们稍远处，一条跟随马车的黑白花狗嘴巴耷拉在前爪上趴在一边，像获得爵位的贵族一样孤傲，捺着性子等待两个小伙子回家吃晚饭。

在这群猎狗、马匹和孪生兄弟之间，有一种比他们的忠实伙伴关系更深层的内在密切联系。人畜全都年轻体壮，头脑简单，毛发光滑，动作潇洒，精神勃发，兄弟俩像他们的坐骑一样精神饱满，不仅精神饱满，而且脾气暴躁，不过，在懂得如何驾驭他们的人面前，他们都显得温和驯顺。

坐在门廊里的这三个年轻人生来就过着舒适的庄园生活，自幼就被人伺候得无微不至，不过，他们的脸色倒既不苍白，也不娇嫩。他们就像一辈子生活在天地间、很少在枯燥书本上费心的乡下人一样，精神勃勃，行动机敏。在佐治亚州北部的克莱顿县，生活还是蛮新奇的，不过，按照奥古斯塔、萨凡纳和查尔斯顿等地的标准衡量，就嫌有点粗俗。佐治亚南部比较矜持、古板的人们十分瞧不起佐治亚内地人，但是在佐治亚北部，当地人觉得没受过正规教育算不得失面子，要紧的事儿干得漂亮就成。种好棉花，骑术精湛，射击本领强，舞跳得轻盈，陪伴女士风度翩翩，饮酒多而不失态，这些才算是真正要紧的事。

这些本事孪生兄弟俩样样精通，而且，他们对学习书本里的东西一窍不通的恶名声也同样出众。他们家的金钱、马匹、奴仆比全县任何人家的都多，不过这两个年轻人肚子里的墨水却比邻近大部分穷白人都要少。

正是由于这种原因，斯图尔特和布伦特才会在四月份的这个下午在塔拉的门廊里闲坐。他们刚刚被佐治亚大学开除，这是两年里第四所开除他们的学校了。他们的两个哥哥汤姆和博伊德也随着回了家，因为他们不愿留在不欢迎他们这对孪生弟弟的学校里继续念书。斯图尔特和布伦特把最后这次被开除当成个美妙的笑话，而斯佳丽本人自从前一年离开费耶特维尔女子学院以来，就再也不愿打开书本看一眼，对兄弟俩的事就像他们自己一样觉得滑稽。

“我知道你们俩不在乎让学校开除，汤姆也不在乎，”她说道，“不过博伊德呢？他看样子打定主意想念点书的，可你们闹得他离开了弗吉尼亚大学、亚拉巴马大学、南卡罗来纳大学，现在又让他离开佐治亚大学。照这样子，他根本念不到毕业了。”

“嗨，他可以去费耶特维尔那边的帕马利法官事务所念法律，”布伦特回答得漫不经心，“再说啦，这事本来没什么。我们反正不等到学期结束就得回家。”“因为战争呀，傻瓜！战争随时会打响，到时候我们谁还会待在学校里，你说呢？”

“要知道，根本就不会有什么战争，”斯佳丽厌烦了，“不过是人们口头上说说而已。真是的，阿希礼·韦尔克斯和他父亲上个礼拜刚对我爸爸说过，说是我们驻华盛顿的专员会跟林肯先生达成一项……一项……友好协议，同意结成南部邦联。反正北佬害怕咱们，不敢打。根本就不会有什么战争，这种话我都听腻了。”

“不会有什么战争？！”孪生兄弟愤愤然嚷道，仿佛受了欺骗似的。

“这是哪儿的话，宝贝儿？战争当然要打，”斯图尔特说，“北佬也许怕我们，可是前天博勒加德将军炮轰苏姆特堡，把他们赶走后，他们就非打不可了，要不然就得在世人面前当懦夫丢脸。再说啦，邦联……”

“你们再敢说一遍‘战争’，我就进屋去把门关上。我这辈子最讨厌的就是‘战争’这个字眼，说‘脱离联邦’还差不多。爸爸从早到晚‘战争’不离嘴，来找他的先生们全都大声嚷嚷什么苏姆特堡啦，南部各州权力啦，亚伯拉罕·林肯啦，让我烦得简直要惊叫起来了！小伙子们也全都谈论这事，还谈论他们的老骑兵连。今年春天的一切聚会全都没趣，因为小伙子们就没别的好谈。我真庆幸佐治亚等到圣诞节后才脱离联邦，要不然准得把圣诞聚会也给搅了。要是你们再敢说“战争”，我就进屋去。”

她这话可是当真的，因为她绝对不能长时间忍受人家交谈却不把她当成主要话题。不过，她说这番话的时候脸上挂着微笑，还故意把酒窝缩得更深，浓密的睫毛像蝴蝶翅膀一样连连眨动。果然不出她所料，她那迷人的样子让两个小伙子看呆了，两人连忙道歉，说不该扫她的兴。他们丝毫也不因为她对战争缺乏兴趣就小瞧她。其实，他们反而更看重她了。战争是男人的事，与女士们无关，他们把她的态度当成了女性品质的证明。

她哄得他们不再谈论“战争”这个烦人的话题后，便兴致勃勃地回到他们目前处境的话题上。

“你们俩又让人家开除回家，这事你们的母亲怎么说？”

弟兄俩立刻显得很不自在，回想起了三个月前被弗吉尼亚大学勒令退学回家后，母亲对他们的态度。

“哼，”斯图尔特说，“她倒还没有说什么，今天一早，汤姆和我们就出门了，汤姆到方丹家去了，我俩就上这儿来了。”

“你俩昨晚回家后，她说什么了吗？”

“我俩昨天晚上真是吉星高照。刚好到家前，妈妈上个月在肯塔基买的那匹种马送到了，家里一下乱成了一锅粥。那畜生又高又大——这马真棒，斯佳丽，你该叫你爸爸快去瞧瞧。送来的路上它居然就把马夫的肉咬了一块下来，还把我妈派去琼斯博罗火车站接站的两个黑小子给踢翻了。就在我们到家前，它正打算把马厩踢倒，我妈原来那匹叫草莓的老种马，也险些儿被它踢死。我们到家后，见妈妈正在马厩拿着一袋糖哄它吃，想让它安静下来，我妈真了不起。黑小子们躲在马厩栏杆外远远瞧着，眼睛瞪得像牛，提心吊胆怕得要命，可我妈却心平气和，对那匹马说话，好像它是个人一样，妈妈还让它从自己手里吃东西，妈妈驯马的办法真是谁都比不了。她一见我们就说：'天哪，你们四个怎么又回家来了？你们真比埃及的祸水还要坏！'这时，那马又是喷鼻子又是抬起前腿，她便说：'快滚吧！难道你们看不出这大宝贝不开心吗？明天早上我再跟你们四个算账！'于是我们就去睡觉了，今天一早她还没来得及抓住我们，我们便溜之大吉，只留下博伊德一个人对付她。"

"你觉得她会打博伊德吗？"斯佳丽像县里其他人一样，怎么也看不惯又瘦又小的塔尔顿太太对她早已长大成人的儿子们的教训方式，她甚至有时候还用马鞭抽打他们。

贝特丽丝·塔尔顿从来都是忙忙碌碌的，需要她亲手照料的不但有大片棉花地，上百名黑人奴仆，八个子女，还有全州最大的养马场。她脾气特别暴躁，她那四个儿子又常常惹是生非，所以她经常对他们大发雷霆。尽管她不许任何人鞭打马匹或黑奴，可她自己却觉得时不时地抽上他们一顿是不会对他们有任何伤害的。

"她当然不会打博伊德。她一向就没怎么打过博伊德，因为他是老大，再说我们哥儿几个就数他个头最矮。"斯图尔特说着露出了得意的神情，很为自己六英尺二英寸的身高感到自豪。"所以我们就让他留在家给妈妈解释。真是活见鬼，妈妈早就不该再打我们了！我俩都十九岁了，汤姆都二十一了，可她还把我们当六岁顽童对待。"

"明天去韦尔克斯家的烧烤会，你妈妈会不会骑那匹新买来的马？”

“她是想骑，可是爸爸说骑那匹马太危险，再说那几个丫头也不会答应。她们说至少参加某一个晚会要让她像个贵妇人一样，坐马车去。”

“明天可别下雨，”斯佳丽说，“差不多一连下了一个礼拜了。要是烧烤野餐吃不成，都挤在屋里吃饭，那可是再倒霉不过的事了。”

“噢，明天准会放晴，会热得像六月天，”斯图尔特说，“瞧那落日。我还从来没见过那么红的太阳。凭落日就可以判断天气。”

他们朝杰拉尔德·奥哈拉家的土地远远望去，只见这片新犁过的棉花地连绵不断，一直延伸到火红的天边。此刻太阳正缓缓落到富林河对岸的山峦背后，把天空映照得一片深红。四月里暖和的空气也渐渐降温，透出些许让人舒服的凉意。

那一年的春天来得很早，不时喜降春雨，温暖而急促。粉红的桃花忽然绽开，和雪白的山茱萸互相映衬，把远山和黑色的河岸装点得十分好看。春耕就快结束了，落日的余晖给佐治亚州红土地刚犁起来的地垄上抹了一层油彩，把土染得更红了。翻起来的湿润泥土，正翘首企盼着棉花籽；道道垄沟的顶端都呈现浅红色，垄沟背阴面呈现朱砂红、猩红和栗色。农场中那座通体白色的砖房宛如一座岛屿，处在一片波涛起伏的红色海面上，海面涡流回旋，白浪翻卷，屋顶把浅红的波涛撞碎的那一刻，状如新月的浪尖忽然凝固。这地方没有那种绵长笔直的垄沟，能见到那种垄沟的地方是在佐治亚中部平坦的黄土地，或是在海边种植园里肥沃的黑土地上。而在佐治亚北部延绵起伏的丘陵地带，田地都犁成无数道弯弯曲曲的垄沟，防止肥沃的土壤随水流失，被冲到低处的河底去。

这片土地红得令人惊异，雨后更是红成一片血色，而旱季则是尘土飞扬，是世上最好的棉花生长地。这是一片让人赏心悦目的土地，一幢幢白色房屋，宁静安详的耕地，不慌不忙的河流。然而它又是一片反差强烈的土地，有着最明亮的阳光，也不乏最浓密的树荫，种植园里的开阔地和延绵数英里的棉花地，总是笑迎温暖的太阳，总是那样的宁静而满足。土地的边缘连接着大片原始森林，即便在最炎热的正午时分，里面也十分阴暗凉爽，还带有一种神秘感，掺和着些许狰狞不祥的感觉。飒飒有声的松树带着世世代代的耐心，似乎有所期待，轻轻叹息着发出威胁："当心！当心！我们逮住过你。我们可以再把你抓回来。"

在门廊上聊天的三个人耳边传来了马蹄声、马具链子碰撞的叮当声，黑人毫无顾忌的尖嗓门欢笑声，是下地干活儿的人赶着骡马从地里回来了。屋里传出了斯佳丽的妈妈埃伦·奥哈拉那轻柔的声音，她正招呼一个小黑女孩，女孩提着埃伦的篮子，里面装着各种钥匙。孩子的声音又尖又高，答应说："来了，夫人。"随后脚步声便朝屋后的熏肉房远去了，埃伦就在那儿给收工回来的人分配食物。接着响起了一阵盘子碟子和银餐具碰撞的声音，塔拉庄园的男管家波克在布置桌子准备开晚饭了。

听见这声音，兄弟俩心里明白该是动身回家的时候了。可是他俩怕见母亲，就赖在塔拉庄园的门廊上不走，心里就盼着斯佳丽邀请他们吃晚饭。

"听我说，斯佳丽。明天的事，"布伦特说，"我们一直在外头，对烧烤会和舞会的事不大清楚，不过明天晚上我们没有理由不跳个痛快。你谁都没答应，对不？"

"哦，答应了！我哪儿知道你们俩都回家来了？我可不想就为了等你俩，结果在舞会上坐了冷板凳。"

"你坐冷板凳！"两个小伙子一阵狂笑。

"听我说，宝贝，你一定跟我跳第一个华尔兹，跟斯图尔特跳最后一个，完了跟我们一块儿吃晚饭。吃完了就像上次舞会一样，坐在楼梯平台，再听听金茜阿姨算命。"

"我才不喜欢听金茜阿姨算命呢。你知道她说我会嫁给一个什么样的男人，长着一头黑亮黑亮的头发，留着长长的一道胡子，可我偏偏不喜欢黑头发男人。"

“红头发的你也不喜欢，对不，宝贝？”布伦特咧开嘴笑着说，“好啦，答应我们明天的华尔兹都跟我们跳，晚上一块儿吃饭。”

“要是你答应，我们可以告诉你一个秘密。”斯图尔特说。

“什么？”斯佳丽一听见这个词便大声问，好奇得像个孩子。

“是不是我们昨天在亚特兰大听到的那事，斯图尔特？要是的话，你可要知道，我们答应了要保密的。”

“哦，是佩蒂小姐告诉我们的。”

“什么小姐？”

“你知道，是阿希礼·韦尔克斯那个亲戚，住在亚特兰大，佩蒂帕特·汉密尔顿小姐——就是查尔斯·汉密尔顿和玫兰妮·汉密尔顿的姑妈。”

“我知道，比她再傻的老女人我这辈子还没见过。”

“是这样，昨天我们在亚特兰大等火车回家的时候，她正好坐马车经过车站，停下来和我们说了话，她告诉我们明天晚上韦尔克斯家舞会上要宣布一个订婚消息。”

“哦，这我知道，”斯佳丽失望地说，“就是她那个傻侄儿查理·汉密尔顿和霍尼·韦尔克斯。有些年头了，谁都知道他俩迟早要结婚，尽管他好像对这事有点儿冷淡。”

“你觉得他傻吗？”布伦特问道，“去年圣诞节你可让他在你周围忙了个够。”“我又没法不让他忙，”斯佳丽耸了耸，显得毫不在意，“我觉得他是个讨厌的胆小鬼。”

“不过，要宣布的订婚消息可不是他的，”斯图尔特得意地说，“而是阿希礼和查理的姐姐玫兰妮小姐的！”

斯佳丽的脸色没变，但是她的嘴唇白了——仿佛冷不丁当头挨了一棒，一时还没明白是怎么回事。她的面孔凝固了似的，眼睛直勾勾盯着斯图尔特，斯图尔特从不多想，还以为她不过是感到惊奇，觉得挺有意思罢了。

“佩蒂小姐告我们说，本来打算明年再宣布来着，因为玫兰妮身体不好；可是人们纷纷传说要打仗，双方家里都觉得不如赶快结了婚也就放心了。所以明天晚上要在晚饭中间宣布。好了，斯佳丽，我们把秘密告诉你了，你得答应跟我们一块儿吃晚饭。”

“当然我跟你们一块儿吃。”斯佳丽言不由衷地说。

“跟我们跳所有的华尔兹舞？”

“所有的？”

“你太可爱了！我敢说别的男孩非气疯不可。”

“让他们发疯去吧，”布伦特说，“咱俩能对付他们。瞧，斯佳丽，上午在烧烤野餐会上跟我们坐在一块儿。”

“什么？”

斯图尔特把他的要求又说了一遍。

“当然。”

兄弟俩喜出望外地交换了一个眼色。尽管他俩自以为是最受斯佳丽青睐的崇拜者，可以前还从来没有这么轻易就得到这种表示。一般斯佳丽总是让他们只有祈求的份儿，而她总是推托，既不答应，也不拒绝，见兄弟俩不高兴她就哈哈大笑，兄弟俩生气她就摆出一副冷面孔。这时，她基本上把明天的安排全答应他们了——野餐会上兄弟俩挨着她坐，所有的华尔兹舞都跟他俩跳他俩肯定会做手脚，让所有的舞曲都是华尔兹，晚饭和他们一块儿吃。真是因祸得福，被大学开除也值了。

兄弟俩觉得颇有成就，高兴得不亦乐乎，待着不想走了，喋喋不休地谈论着野餐、舞会、阿希礼·韦尔克斯、玫兰妮·汉密尔顿，你打断我的话，我打断你的话，开人家的玩笑，嘲笑人家，一边还不停地暗示斯佳丽留他们吃晚饭。过了好大一阵，两人才发觉斯佳丽其实一直没有说什么话。气氛不知怎么有点儿不对劲儿了。究竟是怎么回事，兄弟俩不得而知，不过一下午的欢快气氛没有了踪影。斯佳丽似乎并没有注意他俩在说些什么，尽管她回答得并没有错。兄弟俩感觉到这里面有他们不明白的事，觉得不痛快，硬撑了一会儿，终于看了看表，不情愿地站起身来。

西边的太阳快贴住刚犁过的田地了，河对岸高高的树林黑黝黝地映出了轮廓。住在烟囱上的燕子在院子里急速地飞来飞去，鸡、鸭、火鸡成群结队，高视阔步，大摇大摆地从野外归来。

斯图尔特大喊一声：“吉姆斯！”不一会儿就有一个和他们年纪相仿的高个子黑人青年从房子后面气喘吁吁地跑了出来，朝拴在一边的马跑过去。吉姆斯是他们的男仆，像那几条狗一样他们到哪儿就跟到哪儿，从小就陪伴他们一块儿玩，哥俩十岁那年，指定做了他们的仆人。一见他过来，塔尔顿家的猎狗便从一片红色的尘土中站起来，等候主人上路。哥俩向斯佳丽鞠躬致意，握手告辞，告诉她说哥俩明天一早就在韦尔克斯家等她。随后两人快步走过甬道，跳上马背，后面紧跟着吉姆斯，沿两边长满雪松的大道驱驰而去，一边向斯佳丽挥帽呼喊，再一次道别。

他们在盖满尘土的大道上拐过一个弯，看不见塔拉庄园了，于是布伦特便在一丛山茱萸边勒住马。斯图尔特也停下来，黑仆人在他们后面几步远的地方也停住了脚。马儿发现缰绳松了，就伸长脖子啃地上嫩绿的春草，耐性十足的猎狗也在红色尘土中躺卧下来，贪婪地仰望着在一阵阵暗下来的暮色中飞来飞去的燕子。布伦特那张直率的面孔上露出困惑的神色，还带有一丝儿愤慨。

“瞧，”他说，“你觉得她难道不该留咱们吃饭吗？”

“我觉得她应该，”斯图尔特说，“我一直等她这句话，可她到底没说。你说这是怎么回事？”

“我猜不透。可我觉得照理她应该留咱们吃饭。咱们毕竟离开有些日子，头一天回来和她见面。咱们要跟她说的话还多着呢。”

“我觉得她刚见咱们的时候倒是十分高兴哩。”

“我觉得也是。”

“后来，就在半个钟头前，她变得不爱说话了，好像头疼犯了似的。”

“我注意到了，不过当时没在意。你觉得她是怎么了？”

“我不知道。你觉得是不是咱们哪句话得罪了她？”

两人都想了一想。

“我想不出说了什么得罪她的话。再说斯佳丽只要一生气，哪个人都会看得出来。她可不像别的女孩那样会掩饰。”

“不错，我就喜欢她这一点。她生了气就会告诉你——不会拐弯抹角憋在心里。可她就是看我们做了什么，要不就是听我们说了什么才变得默不作声，闷闷不乐了。我敢打赌她刚看见我们的时候很高兴，打算请我们吃饭来着。”

“你觉得不是因为我们被开除的缘故？”

“见鬼，绝不是！别傻了，没见我们告诉她的时候，她高兴得跟什么似的吗？再说她比咱俩还烦念书。”

布伦特在马鞍上转过身来招呼他的黑仆人。

“吉姆斯！”

“少爷？”

“你听见我们跟斯佳丽小姐说话没有？”

“没听见，布伦特少爷！你怎么就怀疑我敢偷听白人说话啦？”

“偷听，我们的上帝！你们黑人对每件事都知道得一清二楚。哼，你撒谎，我亲眼看见你在门廊边鬼鬼祟祟地转悠，还蹲在墙边的茉莉花丛里。听着，你听见我们说了什么，让斯佳丽小姐生了气——要不就是伤了她的心？”

这一下，吉姆斯不好意思再假装没有听见他们说的话了，把黑黑的眉毛紧紧皱了起来。

“没有啦，少爷，我倒没听见哪句话让她生了气。好像她见了你们挺高兴的，她挺想你们哩，高兴得像只小鸟呢，不过你们跟她一提起阿希礼先生要跟玫兰妮·汉密尔顿小姐成亲，她可就一下子不吭气儿啦，好像小鸟看见老鹰在头顶上飞哩。”

兄弟俩互相看了一眼，点了点头，但并不理解其中的奥妙。

“吉姆斯说得对。可是我不明白为什么，”斯图尔特说，“天哪！阿希礼对她算什么，只不过是个朋友罢了。她并没有迷上阿希礼，她迷上的是咱俩。”

布伦特点点头表示赞同。

“可是，你觉得，”他说，“是不是因为阿希礼没有告诉她明天晚上要宣布订婚的事，她才生了他的气，嫌他把这事先告诉了别人，唯独瞒着她这个老朋友？女孩子们把首先了解这种事情看得很重哪。”

“哦，有可能。可是假如他没告诉她明天要宣布，那又怎么样呢？因为人家本来就把这事当作秘密，准备给大家一个惊喜，再说啦，男人有权对自个儿的订婚保密，是不是？要不是玫兰妮小姐的姑妈泄露给咱们，咱们到现在还不知道呢。不过斯佳丽肯定知道他早晚要娶玫兰妮小姐。可不是吗，咱们都知道了好些年啦。韦尔克斯家的人和汉密尔顿家的人总是跟自己的表亲结婚。谁都知道他可能迟早要娶玫兰妮，同样，霍尼也要嫁给玫兰妮小姐的哥哥查尔斯。”

“好吧，我同意不是这个原因。但她毕竟没有留我们吃饭。我发誓我不想回家听妈妈唠叨咱们被开除的事，这可不是头一次了。”

“也许博伊德这会儿已经让她消了气了，你知道那个小浑蛋有多会说。你知道他总有办法让妈妈安静下来。”

“对，他总有办法。不过博伊德也得花点时间。他得绕着弯说，把水搅浑，让妈妈摸不着头脑，听不下去，只好叫他保护好嗓子，留着以后当律师用。可是这工夫，他连开头的话还没说完呢。哈，我敢说，妈妈新买了那匹马，这会儿还挺兴奋哩，肯定不会想起来我们又回家了，得等到今晚上吃饭的时候，她在饭桌前坐定，看见博伊德，才会想起来。不等吃完晚饭她就会气得咬牙切齿。到夜里十点以后，博伊德才能找到机会告诉她，校长那样跟你我谈过话以后，再待下去就没面子了。等到半夜时分，他就会扭转局面，让妈妈对那个校长火冒三丈，不由得会问博伊德为什么不开枪射杀校长。不，咱们可不能半夜前回家。”

兄弟俩愁眉苦脸地互相对视着。对于他俩来说，驯服野马、打架斗殴、邻居对他们的不满，全不在话下。但是对他们的长着一头红发的母亲直截了当的数落，还有她那毫不犹豫地抽在他俩屁股上的马鞭，兄弟俩却怕得要命。

“好了，听我说，”布伦特说，“咱上韦尔克斯家去吧。阿希礼和那些女孩子们肯定会很高兴让我们吃饭的。”

斯图尔特显出点不大舒服的神情。

“别，咱还是别去吧。他们肯定正为明天的野餐会忙得不可开交呢，再说……”

“哦，我把这事给忘了，”布伦特连忙说，“好吧，咱们不去那儿啦。”

他俩冲自己的马吆喝了一声，便默不作声地走了一阵子，斯图尔特心里觉得不好意思，古铜色脸颊上泛起了两片红晕。去年夏天以前，斯图尔特一直在追求印第亚·韦尔克斯，而且双方家庭甚至全县上下都对这事表示嘉许。县里人觉得，印第亚·韦尔克斯冷静而有自制力，对他是一种制约。不管怎么说吧，人们是这么希望的。斯图尔特的这个对象找得不错，可是布伦特不满意。布伦特喜欢印第亚，不过觉得她太平淡、太柔顺了，他没法爱上她，因而也没法在这事上与斯图尔特做伴了。那是孪生兄弟俩有生以来头一回趣味不合，而布伦特对这事心里很不痛快，他的兄弟居然会钟情于这么个在他看来毫不出众的女孩。

后来，到了去年夏天，在琼斯博罗的一片橡树下举行过一次政治集会，在那次集会上他俩忽然注意上了斯佳丽·奥哈拉。弟兄俩跟她认识多年了，从小就最喜欢和她一块儿玩儿，因为她敢和他俩一块儿骑马爬树，几乎跟他俩不相上下。那次他俩不无惊讶地发现她已经出落成一个大姑娘了，而且是所有女孩子里面最迷人的一个。

他们头一次注意到她那双绿眼睛是多么晶莹闪亮，笑起来脸颊上那两个酒窝是多么深，手脚是多么玲珑小巧，腰肢是多么苗条纤细。他俩的俏皮话逗得她发出银铃般悦耳的笑声，弟兄俩免不了以为在她眼里，他俩是出人头地的一对儿，于是便在她面前拼命表现自己。

那是孪生兄弟一生中值得纪念的日子。打那以后，每逢谈起来，他俩都会奇怪为什么以前竟没有注意到斯佳丽的魅力。他们一直都没有找到正确的答案，其实原因很简单，那天斯佳丽就是要让他们注意到自己。她这人就是不能容忍任何一个男人爱上了任何一个女人而不是她自己。看到集会上印第亚和斯图尔特在一起，她那喜欢争夺的性格实在无法忍受。仅仅斯图尔特一人还不够，她还引逗布伦特，直把弟兄俩弄了个神魂颠倒。

现在弟兄俩都爱上了她，布伦特以前曾三心二意地追求过的拉夫乔伊的莱蒂·芒罗和印第亚·韦尔克斯，此时都被他抛到了脑后。假如斯佳丽选中了他们两人中的一个，失败了的那一个该怎么办，这一点兄弟俩倒从来没有问过自己。反正遇路走路，遇河过河就是了。眼下兄弟俩对两人共爱一个女孩子颇感满意，因为他俩之间不知何为嫉妒。这种情况让邻居们感到有趣，却令他们的母亲十分恼火，她一点儿都不喜欢斯佳丽。

“要是那小妖精选中了你俩中的一个，活该你们倒霉，”她曾这么说过，“说不定她把你俩都选中了，那你俩就得搬到犹他州去了，如果摩门教徒摩门教：1830年在美国创立的宗教，犹他州摩门教徒聚集地，该教曾主张一夫多妻制。这里显然是反话，指一妻多夫。接受你们的话——不过我怀疑他们不会这么做……我很担心，用不了多久，那个两面三刀的绿眼骚货就会搞得你俩互相嫉妒，反目为仇，你俩会动枪打斗。没准儿这倒是件好事呢。”

自从那次集会以后，斯图尔特在印第亚面前就不自在了。这倒并不是因为他如此轻率地移情别恋，受到了印第亚的指责，她就连眼神里、动作中都没有流露过一丝儿的责怪。她太有教养了。可是斯图尔特跟她在一起总感到内疚和不安。他明白是他让印第亚爱上了自己，他也明白印第亚到现在还爱着他，他心里深深感到自己这事做得不够君子。他依旧十分喜欢她，敬重她那种沉稳的教养、学识和她具备的所有优点。但是，真见鬼，她老是那么淡而无味，使人兴趣索然，而且一成不变。而斯佳丽却活泼开朗、具有不断变化的魅力。跟印第亚在一起，你忘不了自己身在何处，而跟斯佳丽在一起你会把这事忘到九霄云外。对于一个男人来说，这足够教他心猿意马了，不过这种感觉确实有魅力。

“好了，咱们去凯德·卡尔弗特家去吃晚饭吧。斯佳丽说凯瑟琳从查尔斯顿回来了。也许她会有些关于苏姆特堡的消息，我们一直没有听到过那里的消息。”

“凯瑟琳不行。我敢打赌，她连这个堡子在港口上这回事都不知道呢，更别提那里曾经住满了北佬，后来让我们用大炮全给轰跑了。她只知道她去过的那些舞会，还有她招引的那些公子哥儿。”

“嗨，听听她唠叨也挺有意思呀。再说也总算是个藏身的地方吧，等到妈妈睡了觉咱们再回家。

“哼，见鬼！我是喜欢凯瑟琳，她的确很有意思，我也愿意听听卡罗·瑞特说话，听听查尔斯顿人聊天；但是要让我再和她那北佬后妈一块儿吃顿饭，我就不是人。”

“别对她那么狠，斯图尔特。她可是个好心人。”

“我不是对她狠，我是替她感到难过。但是，谁让我替他感到难过，我就不喜欢谁。再说，她老是大惊小怪的，老想把事情做对，好让你感觉自在，结果却总是正好说错话，做错事。一句话，她让我烦躁不安！而且她还觉得南方人都是粗鲁的野蛮人。她甚至对妈妈这么说过。她害怕南方人。只要我们去了她那儿，就见她吓得要命。她让我联想起了一只皮包骨头的母鸡卧在椅子上，眼睛倒是明亮却无神，露出惊恐的神色，一见哪个人稍有动静，就会立刻狂拍翅膀，咕咕尖叫。”

“好啦，你不能责怪她。别忘了你当年开枪打伤了凯德的腿。”

“这个嘛，当时我是喝醉了，要不然我绝对不会干那事，”斯图尔特说，“凯德从来没有为这事耿耿于怀，卡尔弗特先生、凯瑟琳和雷福特都没有。就是她那个北佬后妈冲我号叫，管我叫野蛮人，还说什么正经人跟南蛮子在一块儿就是不安全。”

“好啦，你不能责怪她。她是个北佬，不那么讲究礼貌；再说啦，你毕竟打伤了人家的继子。”

“哼，该死！那也不能凭这个就侮辱我！你是妈妈的亲生儿子，可是汤尼·方丹那次开枪打伤了你的腿，妈妈跟他过不去了吗？没有啊，她也不过就是叫人去找方丹老医生，包扎伤口罢了，还问医生汤尼怎么就把枪打偏了。她还说大概是喝醉了，才影响了他的枪法。还记得吧，汤尼听了气成什么样儿了？”

兄弟俩爆笑了一阵。

“妈妈可真是不一般！”布伦特用充满感情的赞许口吻说，“她绝不会让你失望，事情总能做对，绝不会在别人面前出你的丑。”

“不错，可是今晚我们回到家里，她当着父亲和那几个丫头的面，十有八九会说些让人尴尬的话。”斯图尔特愁眉苦脸地说，“瞧，布伦特，这一来我们怕是去不成欧洲了。你知道妈妈说过，要是我们再被另一所大学开除的话，我们的遍游欧洲之旅就泡汤了。”

“哼，活见鬼！咱不稀罕，对吧？欧洲有个什么看头？我敢打赌，那些外国人能让咱看到的东西，咱佐治亚这儿全都有。我敢打赌，他们的马不如我们的跑得快，姑娘也不如我们的漂亮，而且我清楚地知道，他们的黑麦威士忌酒不能跟爸爸的比。”

“阿希礼·韦尔克斯说他们遍地都是风景，到处都是音乐。阿希礼喜欢欧洲。他总是三句话不离欧洲。”

“嗨——韦尔克斯一家你还不知道嘛。他们对音乐啦、图书啦、风景啦，真有点儿着迷得走火入魔了。妈妈说那是因为他们的祖父是弗吉尼亚人。她说弗吉尼亚人非常看重这些东西。”

“他们尽可以看重这些东西，可我只要有好马骑，好酒喝，好女孩追，坏女孩玩，就足够了，谁要去欧洲，我才不在乎呢……去不成咱又怎么样？假如咱们这会儿在欧洲，打起仗来怎么办？咱一时半会儿又回不来。我特别愿意去打仗而不去欧洲。”

“我也是，哪天都行……瞧啊，布伦特！我知道咱们要上哪儿去吃晚饭了。咱骑马穿过沼泽地，上阿伯尔·温德家去吧，告诉他我们四个都回来了，随时可以去训练。”

“好主意！”布伦特兴奋地叫了一声，“而且，骑兵的消息咱都能听到，还能了解到他们最后决定军服用什么颜色。”

“要是军服太花哨，打死我也不去当兵了。穿那种红灯笼裤，活像个娘儿们。那种裤子我看就像女人穿的红法兰绒内裤一样。”

“你们要上温德先生家去？要去的话可是吃不上什么晚饭了。”吉姆斯说，“他家厨子死了，新的还没买来。他们叫了个庄稼汉做饭，他家的黑伙计们告我说，全州上下就数她做饭做得糟。”

“天哪！他们干吗不另买个厨子来？”

“穷光蛋白人哪能买得起那么些黑鬼？顶多养得起四个。”

吉姆斯的话里显然带有一股轻蔑的口气。他自己的社会地位是有保障的，因为塔尔顿家拥有上百名黑奴，就像所有的大农场主的黑奴一样，他瞧不起只有几个黑奴的小农场主。

“放肆，当心我扒了你的皮，”斯图尔特恶狠狠地说，“不许管阿伯尔·温德叫穷光蛋。没错，他是够穷的。但他不是垃圾。我绝不允许任何人贬低他，不管是黑人还是白人。全县里再挑不出比他好的人了，要不骑兵怎么就推举他做了少尉？”

“这个嘛，我自己也没弄明白，”吉姆斯说，他并不在乎主人那张板起的面孔，“我觉得当官的从有钱的白人里头选才对，而不是从住在沼泽地的穷光蛋中选。”

“他不是垃圾！难道你把他看成是真正的穷光蛋白人斯莱特里了吗？阿伯尔并不富，不过是个小农场主，而不是大农场主，要是士兵们敬重他，选他做了少尉，那就绝对不许哪个黑小子说他的坏话。骑兵队自然不会看错人。”

骑兵队是三个月前组建的，就是在佐治亚州脱离联邦的那一天。从那一天起，应征入伍的新兵就时刻准备打仗。部队的名称还有待确定，不过大伙儿提了不少建议。对这个问题每个人都有自己的看法，都愿意坚持己见，同样，大家对军装的颜色和样式也是各执一词。“克雷顿野猫”“食火人”“北佐治亚轻骑兵”“义勇军”“大陆步枪手”尽管骑兵队的武器只有手枪、军刀和猎刀，压根就没有步枪。“克雷顿灰衣队”“霹雳血”“闪击敢死队”，凡此种种，都有人拥护。反正这事目前还没有定下来，大家暂且管这个组织叫骑兵队。尽管后来终于采用了一个十分夸张的名称，他们还是凭其实际作用以“骑兵队”闻名。

军官由士兵选举产生，因为全县上下没人打过仗，只有个别老兵参加过墨西哥战争和西米诺尔战争，而骑兵队肯定不屑于让一个老兵当他们的指挥官，除非他取得了他们的一致爱戴和信任。尽管大家都喜欢塔尔顿家的四兄弟，也喜欢方丹家的三兄弟，可惜不能让他们当指挥官，因为塔尔顿家的几个兄弟常常喝得烂醉，爱胡吹乱侃，而方丹家的弟兄几个又都是性情急躁、火暴脾气。阿希礼·韦尔克斯被推选为上尉，因为论马术，全县就数他最好，另外他头脑冷静，部队可以靠他严明军纪。雷福特·卡尔弗特被推选为中尉，因为大家都喜欢他。阿伯尔·温德被选为少尉，阿伯尔是沼泽地一家猎户的儿子，自己是个小农场主。

阿伯尔是个精明人，总是那么严肃，身材魁梧，目不识丁，心地善良。和其他青年相比，他岁数大一些，在女士面前他的风度毫不逊色，甚至略胜一筹。这支部队里，大家都不势利，他们的父辈、祖父辈有许多都是从小农场主做起，逐渐发家致富的。另外，阿伯尔还是全县里最好的射击手，能在七十五码以外，打中松鼠的眼睛。而且他对野外生活很在行。雨天如何生火，如何追踪猎物，如何寻找饮水，这些通通不在话下。骑兵队员对他的为人都很敬佩，就是因为喜欢他，才选他当官。他严肃地接受了这一荣誉，毫不骄傲，仿佛这是他应尽的义务。但是他并非绅士出身，这一点，庄园里的太太小姐和黑奴们倒是看得很重，尽管她们家里的先生们都觉得无所谓。

创建之初，骑兵队只招募农场主的子弟，建成了一支绅士军队。各人自带马匹、武器装备、军服和男仆。但是克莱顿县的历史并不长，有钱的农场主没几个，所以为组建这样一支强悍的骑兵队，就不得不扩大招兵范围，招募小农场主、偏僻森林里的猎户、沼泽地里的猎户、乡下破落户的子弟，偶尔甚至还招募穷白人家的子弟，只要他们的家境超过同等阶层的一般水平就可以了。

一旦开战，后面这些小伙子们就会立即和富有的邻居一道与北佬作战；然而随之而来的棘手问题是钱的事。小农人家很少有拥有马匹的。他们干农活儿用的是骡子，而且没有多余的骡子，很少有超过四匹的。即便骑兵队可以接受骡子，这些骡子也腾不出来供骑兵队使用，况且骑兵队根本不会接受骡子。至于那些穷白人，有一匹骡子就会觉得很富了。偏僻森林和沼泽地的乡民既无马匹，也没有骡子，他们完全靠田里的庄稼和沼泽地带的猎物维生，做买卖的方式一般是以物易物，一年到头连五块钱的现金也见不着，所以马匹和军服是他们不能奢望的东西。但是他们对自己的贫穷就像农场主对自己的富裕一样自豪，绝不会从富有的邻居那里接受任何略带施舍性质的东西。所以，一方面要考虑大家的感情问题，另一方面还要把骑兵队建成一支强悍的战斗队，于是斯佳丽的父亲、约翰·韦尔克斯、巴克·芒罗、吉姆·塔尔顿、休·卡尔弗特等人，实事上除了安格斯·麦金托什以外，全县每个大农场主都出了钱，把骑兵队从头到尾装备起来，包括士兵和马匹。这样一来，农场主们人人都同意给自家的子弟以及若干名其他人出钱买装备，但这事安排得很巧妙，不那么富有的骑兵队员可以接受马匹和军服，而感情并没有受到伤害。

骑兵队每星期在琼斯博罗集结两次，进行训练并为开战祈祷。筹备马匹的工作还有待完成，目前的数量仍不够，但是已经有了坐骑的人开始在县府背后的空地上演习起来，演练着想象中的骑兵动作，马蹄扬起了大片尘埃，人喊哑了嗓子，挥舞着从客厅墙上摘下来的独立战争时期用过的马刀。那些还没有得到坐骑的人，都坐在布拉德店铺前的街边石上，观看骑在马上的战友们的表演，嘴里嚼着烟草，海阔天空地聊天。要不就搞射击竞赛。士兵们根本用不着射击训练，南方人生来就枪不离手，猎人的生活把他们个个都造就成了神枪手。

来自农场的家里和沼泽地小木屋里的各式各样的火器，发到了每个队员手里。有打松鼠用的长杆枪，首批移民翻过阿勒根尼山脉的时候这枪还是新的；打死过不少印第安人的前装枪，那是在开发佐治亚州时用过的；在1812年西米诺尔战争和墨西哥战争中用过的骑兵手枪；决斗用的镀银手枪；小型粗口短筒手枪；双筒猎枪；还有漂亮的英国造新步枪，枪托是用亮光光的好木料制作的。

每次训练总是在琼斯博罗的酒吧结束，而一到傍晚就会出现多起打架斗殴事件，所以军官们只好加强警戒，防止未与北佬交火而先发生伤亡。就是在这类斗殴事件中，斯图尔特·塔尔顿击伤了凯德·卡尔弗特，汤尼·方丹击伤了布伦特。骑兵队组建起来的时候，兄弟俩刚被弗吉尼亚大学开除，正闲在家里没事干，便兴冲冲地应征入伍；但枪击事件发生后，他们的母亲在两个月前又把他俩打发到了州立大学，命令两人在那里好好待着念书。离开了家，也就错过了训练，两人深感难过，假如能让他们和队友们一块儿骑马、吼叫、射击，那么即便是耽误了学业，在他俩看来也是值得。

"咱从这儿穿过去上阿伯尔家去吧，"布伦特提了个建议，"咱可以穿过奥哈拉先生家的河谷和方丹家的草地，立马就能到那儿。"

"就是负鼠肉和青菜，没别的可吃的啦。"吉姆斯埋怨道。

"你别想吃什么了，"斯图尔特笑道，"因为你得回家去告诉妈妈我俩不回家吃晚饭了。"

"不，我不回！"吉姆斯尖声叫了起来，"不，我不回！你们干了好事，我要回去非给贝特丽丝小姐打个半死不可。第一件事，先要问我怎么叫你俩又给人家开除掉了。再一件事，今晚怎的就不把你俩带回家，叫她好好收拾你俩一顿。这么一来，她会生了我的气，就像老鸭扑小龟一样，劈头盖脸把我揍上一顿。我就知道什么事都会怨到我头上。你们要不带我上温德先生家去，我就在林子里睡一夜，叫巡逻队抓了去，也说不定呢。不过就是叫巡逻队抓住，也比叫贝特丽丝小姐在气头上抓住的好。"

兄弟俩盯着这个不肯让步的黑小子，又是惊讶，又是恼火。

"他竟傻到宁愿叫巡逻队抓去，这可要给妈妈几个星期的话柄了。我发誓，黑人是越来越麻烦了。有时候我倒觉得废奴主义者的观点不错呢。"

"唉，让吉姆斯去对付咱想逃避的事，恐怕也不对。看来咱非得带他去了。不过，听好了，你这愚蠢放肆的黑小子，要是你敢在温德家黑人面前摆谱，跟人家吹牛，说我们家什么时候都有炸鸡火腿什么的，说他们家只有兔子肉和负鼠肉，我就——告诉妈妈。我们就不让你跟我们去打仗。"

"摆谱？我在那些贱黑子面前摆谱？没这事，少爷，我可规矩得很哪。贝特丽丝小姐不是像教你们懂规矩一样，也教我懂规矩吗？"

“咱们三个她哪个也没教好，”斯图尔特说，“来吧，咱们走。”

他勒紧缰绳，让身下的高头大红马倒退了几步，接着两腿一夹，马便轻松地腾身跃过了围栏，跳到了杰拉尔德·奥哈拉家庄园里的松软土地上。布伦特的马也跟着跃过围栏，吉姆斯的马殿后，他牢牢抓着马鞍前桥和马鬃。吉姆斯并不喜欢骑马跳围栏，但他为了跟上主人，还跳过比这高的围栏。

他们在暮色中，策马穿过一道道红土垄沟，下了一面上坡，朝河谷走去。布伦特朝弟弟叫了一声：“瞧啊！斯图！你不觉得斯佳丽本来是要留我们吃饭吗？”“我一直觉得她本来是打算这么做的，”斯图尔特叫着说，“你觉得为什么……”

第二章

兄弟俩告辞离去后，斯佳丽独自站在塔拉庄园的门廊上，直到远去的马蹄声再也听不见了，这才像梦游似的坐回到她的椅子里。她紧绷着脸，好像很痛苦似的，嘴巴因强装微笑免得被兄弟俩窥破她心底的秘密，而咧得生疼。她瘫坐在椅子里，浑身散了架似的，一只脚压在另一条腿底下，心里涌起一阵阵酸楚，在胸中郁积得越来越重，简直受不了。她的心时而颤抖，两手也冰凉，感到有一种灭顶之灾压迫着她。脸上现出一种痛苦而又茫然的神情，仿佛一个总受娇惯的孩子，向来是要什么就给什么，而此刻却平生头一回遭遇了挫折。

阿希礼要娶玫兰妮·汉密尔顿！

啊，这不会是真的！那兄弟俩准在瞎说。又是在跟她逗乐。阿希礼不会，绝对不会爱上玫兰妮。谁也不会爱上那么个又瘦又小活像只老鼠的矮个女人。斯佳丽不屑一顾地想了一下玫兰妮那孩子般的瘦小身材，那张不苟言笑的瓜子脸，平淡得简直算得上丑了。再说阿希礼应该有好几个月没跟她见过面了。自打去年他在十二橡树庄园举办聚会以后，他去亚特兰大的次数总共也不超过两次。不，阿希礼不会爱上玫兰妮，因为——哦，她不会弄错——因为他爱着她。她，斯佳丽，才是他的心上人——这她知道！

斯佳丽听见黑妈妈笨重的脚步，把大厅地板踩得颤动起来，就赶紧把压在腿底下的那只脚抽出来，一面把脸上的表情变了变，显得平静些。绝对不能让黑妈妈看出任何破绽。黑妈妈把奥哈拉全家都当成是她的，身体和灵魂都是，他们的秘密就是她的秘密；只要稍有疑虑，她就会立刻像猎狗似的紧追不舍。斯佳丽凭过去的经验明白，要是黑妈妈的好奇心没有马上满足，她就会去跟埃伦说，要是那样，斯佳丽就只好把事情对妈妈和盘托出，要么就是编个能讲得通的瞎话。

黑妈妈从厅里走出来了，她是个上了年纪的胖大女人，有一双大象般精明的小眼睛。皮肤黑得发亮，是地道的非洲人。她对奥哈拉一家忠心耿耿，是埃伦的得力助手，是埃伦三个女儿的冤家对头，是家里其他仆人的凶神恶煞。黑妈妈虽是黑人，但她行为准则和自尊心比起她的主人们来，也是有过之而无不及的。她是在埃伦的母亲索兰奇·罗比亚尔的卧房里长大的，索兰奇是个举止优雅、神情冷峻、高鼻梁的法国人，不论是她的子女还是仆人，只要行为稍有不检，她都会一视同仁地给予惩罚。黑妈妈原来是埃伦的奶妈，埃伦出嫁后便随她从萨凡纳来到内地。黑妈妈喜欢谁就对谁管得严。因为她爱斯佳丽，深为她感到自豪，所以对她的管教从来没有放松过。

“两个先生回家去啦？怎么不留人家吃晚饭，斯佳丽小姐？我已经吩咐波克给他们多摆两套盘子。你怎么不懂礼啊？”

“唉，他俩老说打仗的事，说个没完没了，我听烦了。饭桌上再说这话题，尤其是爸爸也和他们一块儿说，喊林肯先生什么的，我可是受不了。”

“埃伦小姐和我在你身上费了不少工夫，可你还是这么不懂礼，还不如个种庄稼的。怎么不戴披肩坐在这儿！不知道天晚了这儿就有风吗！和你说过多少回了，天晚了不戴披肩，会受凉发烧的。进屋去，斯佳丽小姐！”

斯佳丽扭开脸不看黑妈妈，装作不在乎的样子。幸亏黑妈妈只想着披肩的事，没有注意她的脸。

“不，我要坐在这儿看落日。落日真好看。你快去取我的披肩来。求求你了，黑妈妈，我坐在这儿等爸爸回来。”

“你说话的声音不对，好像是着凉了。”黑妈妈怀疑道。

“好啦，我没有，”斯佳丽不耐烦地说，“你给我把披肩取来。”

黑妈妈蹒跚着回了屋里，斯佳丽听见她在楼梯口喊楼上的仆人。

“你，罗萨！给我拿来斯佳丽小姐的披肩。”接着提高嗓门嘟囔道，“没心肝的黑鬼！啥也干不了。唉，还得我自个儿爬上去拿。”

斯佳丽听见楼梯吱呀作响，便蹑手蹑脚地站起身来。待会儿黑妈妈再过来，会接着数落她不懂礼，所以斯佳丽觉得受不了，自己的心都碎了，哪还听得进去这种鸡毛蒜皮的事。她迟疑地站了一会儿，琢磨着该到哪儿去躲一躲，好让胸口的痛苦缓解一下，脑子里忽地闪出一个念头，又带来了一线希望。这天下午，她父亲骑马到十二橡树庄园韦尔克斯家去了，想去把他的管家波克的妻子迪尔西买过来。迪尔西是十二橡树庄园的女仆总管，也是那里的接生婆。波克和她在半年前结了婚，打那以后，波克日夜不停地恳求主人把迪尔西买过来，好让两口子在同一个庄园一块儿过日子。那天下午，杰拉尔德觉得再也拖不下去了，便出门去打算把迪尔西买过来。

斯佳丽心里琢磨着，觉得爸爸肯定会了解到这消息是真是假。今天下午哪怕他并没有真的听到什么，说不定也会注意到点什么，觉察到韦尔克斯家有一种喜庆气氛什么的。只要晚饭前我能单独去见爸爸，就会弄个水落石出——只不过是那兄弟两个又一次搞的恶作剧罢了。

这时候杰拉尔德也该回来了，要想单独见他，斯佳丽只能是去车道和大路相连的地方等候。于是她蹑手蹑脚地下了前门台阶，小心翼翼地回头张望了一下，看看黑妈妈是不是在楼上的窗口监视她。飘动的窗帘缝里，并没有出现那张裹着雪白头巾的大黑脸盘用责备的目光盯着她。她便壮着胆子，提起绿花边裙子下摆，沿着小径朝车道跑去，可惜脚上穿着一双缎带花边小拖鞋，但还是能跑多快就跑多快。

卵石铺面的车道两边，黑压压的雪松枝条长得连在一块儿，形成一个拱顶把车道整个盖住了，长长的车道像条昏暗的隧道。跑到长满节瘤的雪松树枝下面时，她知道在这儿没人能从房子里看到她，于是她放慢脚步。她跑得气喘吁吁，因为胸衣束得太紧，跑不了多久，但她还是尽量走快。不一会儿便走到了车道尽头，上了大路，但是她并没有停下来，拐了一个弯，拐弯处有一大片浓密的枝叶，此时便彻底隔断了房子朝她所在位置的视线。

她满脸通红，不停地大口喘气，找了个树墩坐下来等父亲。这会儿父亲早该回来了，不过他回来晚点儿斯佳丽倒挺高兴的。这一耽搁就给了她时间喘口气，脸上显出平静的表情，免得父亲起疑心。这会儿她时刻期待着听到那马蹄声，看到父亲以他那种一贯迅疾的危险速度，策马飞奔上山坡。然而时间一分一秒地过去，杰拉尔德还是没有出现。斯佳丽禁不住伸长脖子朝大路张望，刚才体验过的那种痛苦又一次涌上心头。

“噢，不会是真的！”她心想，“可他为什么还不回来？”

她望着弯曲的大路，上午下了雨，这时路面全被冲刷成了猩红色。她的思绪已沿路而下，来到了水流平缓的富林河，穿过杂草丛生的泥沼河床，跃上对面山坡，来到了阿希礼住的十二橡树庄园。现在，这条路的意义就在于此——通向阿希礼、他那漂亮的白柱房子，仿佛希腊神庙，俨然坐落在小山顶上。

“噢，阿希礼！阿希礼！”她心里呼喊着，心跳陡然加快了。

自从塔尔顿家的两兄弟向她透露了那个小道消息后，一种茫然无措、大难临头的感觉一直压迫着她。此刻她把那种感觉置之脑后，欣然重温两年来一直在她心里燃烧着的爱火。

这事想来还真有点怪，她从小到大，从来没觉得阿希礼对她有什么吸引力。小时候看着他来来去去，也没对他有过任何心思。但就在两年前的一天，阿希礼在欧洲漫游了三年后返回家里，到她家礼节性地拜访了一回，她就爱上了他。事情就这么简单。

当时她正在门廊上，见他骑马从长长的车道上走来，穿一身灰毛呢礼服，打着宽大黑色领结，和绉领衬衫搭配得十分完美。至今她还能清楚地回忆起他那天衣着的每一个细节，靴子那么光亮，领结卡子上雕刻着一个美杜莎头像，一看见她，他便摘下了头上戴着的宽边巴拿马帽子，拿在手里。他滚鞍下马，把缰绳丢给黑人仆从，站在那里仰望着她，面带微笑，一双懒散的灰眼睛睁得大大的，明亮的阳光照在他黄头发上，仿佛戴了一顶银光闪闪的帽子。他说：“哟，你都长这么大了，斯佳丽。”说罢，脚步轻快地上了台阶，拿起她的手吻了一下。还有他那嗓音！她永远忘不了听他说话时自己那剧烈的心跳，好像头一次听到他说话似的，那声音平缓浑厚，有如音乐。

就在那一瞬间，她就想得到他，就像她想要东西吃、想要马骑、想要张柔软的床睡一样想要他，就这么简单而不可理喻。

两年来，他和她一直做伴儿走遍了全县，参加舞会、炸鱼餐会、野餐会、上法院旁听审案，等等。虽没有塔尔顿家孪生兄弟或是凯德·卡尔弗特来得那么频繁，也从不像方丹家的小兄弟一样那么缠人，但是，他每个星期都要来塔拉庄园拜访的。

真的，他从来没有对她有过爱的表示，斯佳丽在别的男人眼里屡见不鲜的那种火热的光芒，在他那双清亮的灰眼睛里一次也没有闪现过。但是——但是——她知道他是爱她的。这在她是绝不会弄错的。强过理性的直觉，得自经验的知识，都在告诉她阿希礼爱她。有多少回她惊讶地发现，他凝视着她的时候，眼神既不慵懒，也非遥不可及，而是露出一种令她茫然不解的渴望和忧伤。她知道他是爱她的。可是他为什么不告诉她呢？真叫她费解。不过他这个人，叫她百思不得其解的地方还多着呢。

他总是那么彬彬有礼，可又总是那么孤高，那么遥远。谁也不明白他心里在想些什么，斯佳丽就更不明白了。在这个地方，人人都是有话直说，而阿希礼这种含而不露的性情颇令人恼火。在县里平日的各类娱乐活动中，譬如打猎、赌博、跳舞、政治活动等，他和所有的年轻人一样，都很在行，而且在他们当中他还是最出色的骑手；但是他和别人有个不同之处，那就是对他来说，这些娱乐并不是人生的目的和目标。他在自己兴趣方面可谓独善其身，喜欢书和音乐，还爱好写诗。

噢，他怎么会有那么漂亮的一头金发，那么孤高却又那么彬彬有礼。他谈的话题是那么烦人，都是什么欧洲啦、书啦、音乐啦、诗歌啦，以及诸如此类的她丝毫不感兴趣的东西——可是又偏偏那么想听，这是为什么？有多少个夜晚，斯佳丽和他在昏暗的门廊上久坐之后，躺在床上辗转反侧，几小时都不能入睡，就用那个唯一的期待自我安慰，那就是下次见面时，他一定会向她求爱。但是这下一次来了又去了，却没有任何结果——唯一的结果是她心里的爱火越烧越旺，越烧越热烈。

她爱他，她要他，她并不理解他。她性情直率而简单，就像吹过塔拉庄园的阵阵清风，就像围绕塔拉庄园的黄水小河，到老也无法弄明白一个复杂事物。但如今，她平生头一回面对着一个性格复杂的人。

阿希礼天生就是这么一种人：有闲暇不是去行动，而是去思考，去编织色彩亮丽的梦幻，尽管这些梦幻与现实毫无关联。他沉湎于自己的内心世界，认为那里比佐治亚更美好，而总是不情愿回到现实中来。他以旁观者的姿态对待世人，对他们既不喜欢也不讨厌。他以旁观者的姿态对待人生，对生活既无热情也无悲哀。宇宙万物以及他自身在其中所处的位置，他都顺其自然地接受，但抱以冷漠的态度，而一有机会便回到自己那个更美好的音乐和书籍的世界中去。

他的心灵世界对于斯佳丽来说是完全陌生的，那为什么他偏偏迷住了斯佳丽呢，斯佳丽真搞不明白。他简直是个谜，好像是一扇既无锁也无钥匙的门一样，勾起了她的好奇心。正是他身上那些她弄不明白的东西，加深了她对他的爱，而他那种奇特的、克制的、流露爱慕的方式，更使她坚定了信念，一定要把他据为已有。他总有一天会向她求婚的，这一点她毫不怀疑，因为她太年轻，家里人又太宠着她，所以她根本不知道失败的滋味。如今，像晴天霹雳一样传来了这么个消息。阿希礼要娶玫兰妮！不会是真的！

唉，就在上个星期，他们从费尔希尔一块儿在暮色中骑马回家时，他还对她说："斯佳丽，我有点儿非常重要的事要告诉你，可我不知道该怎么说。"

她垂下了眼睑，显出一本正经的样子，心突突地跳起来，感到一阵狂喜，以为那幸福的时刻来到了。接着他说："这会儿不行！我们就快到家了，没时间了。唉，斯佳丽，我真没出息！"说罢，一蹬踢马刺，便和她一块儿奔上山坡回到了塔拉。

斯佳丽坐在树墩上，回味着那句让她感到无比幸福的话，忽然间，她意识到那句话也会有另一种可能，一种可怕的意义。难道他要告诉她的是他订婚的消息！

噢，要是爸爸这会儿回来多好啊！这种煎熬她一刻也忍受不下去了。她又一次不耐烦地向路上张望，却又一次让她失望。

这时，太阳已经落到了地平线以下，天边的红霞渐渐变淡，头顶上，蔚蓝的天空也渐渐变作柔和的青绿，好像知更鸟蛋的颜色。周围静得出奇，乡野间暮色四合，悄悄把她笼罩起来。不知不觉四周已是一片朦胧。红土垄沟和开裂的路面褪去了神奇的血红色，变成了普通的褐土。大路对面的牧场上，骡马、奶牛把头伸出围栏，等主人赶它们回牲口棚吃夜草。它们不喜欢牧场小溪边上那一片黑黝黝的树丛，就冲着斯佳丽抖动耳朵，仿佛对有人与它们做伴表示感激。

在这种异样的昏暗暮色中，河边沼地上高大的松树，要是在阳光下会是一片油绿，这会儿在灰蒙蒙的天空衬托下，呈现一团团黑影，活像一排无法穿越的狰狞巨兽，遮挡住了在它们脚下缓缓流淌的黄水小河。河对面的坡上，韦尔克斯家那几个高大的白烟囱，渐渐隐没在周围的橡树枝叶那浓密的黑影中，唯有远处那几点吃晚饭时餐厅里亮起的灯光，才能显示出那儿是一座房屋。她周围散发着温暖湿润的春之芳香，含有新犁过的泥土气息和才吐芽的鲜绿气味儿。

落日、春天、新绿对斯佳丽来说都不是什么奇迹。这些东西所包含的美，她只是漫不经心地去看待，如同对待她呼吸的空气、喝的水，因为她从来没有意识到美除了在女人的脸上、马匹上、丝绸服装之类的实实在在的东西上存在，还能存在于其他任何东西中。但这时，塔拉农场里细心耕作的田地里笼罩着的那种暮色中的宁静，却也给她惶惶不安的心灵上带来一种安宁。尽管自己意识不到，但她深深地爱着这块土地，好比祈祷时灯光下妈妈的面容一样让她始终深爱着。

蜿蜒的大路上依旧毫无动静，还看不到杰拉尔德的身影。要是再这么一直等下去，黑妈妈一定会来找她，把她撵回家去。就在她向昏黑的大路上使劲张望之际，只听小山脚下传来了马蹄声，牧场上的牛马惊得四下散开。杰拉尔德·奥哈拉正纵马穿过田野飞驰而来，马上就到家了。

他骑着那匹精腰长腿猎马跑上了上坡，远远看去，活像个小孩骑在一匹太大了些的马背上。他的白发飘在脑后，一面大声吆喝，一面扬鞭催马。

斯佳丽尽管心里焦急，但望着父亲，心里依然充满深情和自豪，因为杰拉尔德是个出色的骑手。

“我真纳闷，他怎么一喝点儿酒，就老是骑马跳过围栏，”她心想，“去年他就是在这儿摔坏了膝盖。别人总以为他会学乖点儿。而且他还跟妈妈发过誓，保证再也不跳了。”

斯佳里不怕父亲，感觉父亲比她的妹妹们更像她的同龄人。因为他瞒着妈妈经常骑马跨越围栏，心里老有一种小男孩一样的自豪感，还有那种做贼心虚的快活感，正好和她自己与黑妈妈斗智占了上风的快乐感觉十分相似。她站起身来望着父亲。

那匹高头大马跑到围栏跟前，一使劲，腾身越过了围栏，轻松得像只鸟儿飞过天空，骑手在马上兴奋地大叫，马鞭在空中一声脆响，银色鬈发在脑后飞舞。杰拉尔德没有看见站在树影中的女儿，上了大路便拽住缰绳，赞许地拍了拍马脖子。

“全县没有哪匹马能比得过你，全州也没有。”他对坐骑说道，心里充满自豪。他在美国已经住了三十九年，可他那一口爱尔兰米斯郡口音依旧很重。接着，他急急忙忙地抹顺了头发，拉展了衬衫，再把歪到耳朵后面的领带弄整齐。斯佳丽明白，父亲匆匆忙忙地整理衣服，是为了在妻子面前保持绅士风度，显得自己是在拜访邻居之后，不慌不忙地骑回来的。斯佳丽也明白，这样一来，自己就有机会上前去跟他搭话，而不必暴露真正的目的。

她大笑了一声。果然如她所料，她的笑声把杰拉尔德吓了一跳。定睛一看，原来是女儿，他那红润的脸膛上便露出了一种既不好意思又得意的神情。他的膝盖已经有点发僵，下马挺费劲，然后把缰绳套在手臂上，迈着沉重的脚步向她走来。

“嗨，闺女。”他说，一边捏了她脸蛋一下，“这么说你一直在监视我，上礼拜是你妹妹苏埃伦，莫非你要去妈妈那儿揭发我？”

他沙哑低沉的声音中含有一丝怨气，不过带有几分哄孩子的口吻。斯佳丽伸了伸舌头故意逗他，一边伸手替他理好领带。她闻到他呼出的气息中有浓浓的波旁威士忌酒味，混杂着淡淡的薄荷香味儿。他身上还散发着嚼烟味儿，常上油保养的皮革味儿，马身上的味儿——她总是把这种混合气味儿和父亲联系在一起，也就本能地喜欢别的男人身上有这种气味儿。

“不会的，爸爸，我可不会像苏埃伦那样老爱搬弄是非。”她向父亲保证道，一边退后一步，仔细端详着他整理好的穿戴。

杰拉尔德是个小个子，刚够五英尺，可是腰身却很粗壮，脖子也粗，他坐着时，没见过他的人还以为他是个大个子呢。支撑他粗壮躯干的是两条壮实的短腿，总穿一双能买到的最好的皮靴，站立时老叉开两腿，活像个不知天高地厚的小男孩。自尊自重的小个子多半都有点儿滑稽，但是院子里的矮脚公鸡总是受尊敬的，杰拉尔德也一样，谁也不会那么不识相，竟把杰拉尔德·奥哈拉看作是个滑稽的小矬子。

他六十岁了，一头鬈发已成银白，可是他那张精明的脸上却没有皱纹，一对犀利的小蓝眼睛充满青春活力，像个年轻人，无忧无虑，只需要考虑打牌时自己该拿几张牌，而凡是比这抽象的问题是从来不去考虑的。他是那种典型的爱尔兰脸型，在他阔别多年的故国，那是随处可见的——圆脸盘、面红润、短鼻子、阔嘴巴，一副好斗模样。

别看杰拉尔德·奥哈拉有这副容易动怒的尊容，其实他心地却十分善良。就连黑奴受到训斥后难过的样子他看了心里也不好受，哪怕这家伙本来就该骂。他还不忍心听小猫叫，也不忍心听孩子哭。但是他特别害怕这种弱点被别人看出来。凡是遇到他的人，只需要五分钟就能看出他是个心地善良的人，可他却对此并不自知。假如他知道的话，他的自尊心会受到严重伤害，因为他总以为自己对别人发号施令时一声高吼，谁都会吓得心惊胆战，唯命是从。他从来也没有想到，庄园里大家不敢违背的声音只有一个——就是他妻子埃伦那轻柔的声音。这是个他永远也识不破的秘密，因为庄园里上至埃伦，下至最笨的庄稼汉，全都不约而同地瞒着他，让他相信他的话就是法律。

他发脾气吼叫，斯佳丽比谁都不在乎。斯佳丽是他的长女，三个儿子都已夭折，躺在了家庭墓地，他知道以后再也不会有儿子了，便渐渐习惯了对她坦诚相待，而她对此深感愉快。她比几个妹妹更像父亲。教名为卡罗琳·艾琳的卡丽恩天生柔弱，耽于幻想，教名为苏姗·埃利诺的苏埃伦老为自己优雅的淑女举止自鸣得意。

另外，斯佳丽和父亲还遵守着一种彼此间心照不宣的约定。要是杰拉尔德看到她不愿意绕道半英里而翻越围栏，或者是和一个公子哥儿在门前台阶上坐得太晚，他就会私底下严厉训斥她一顿，但是绝不会向埃伦或黑妈妈提及。要是斯佳丽发现他向妻子庄严保证过之后，还是偷偷骑马跨越围栏，或者是玩牌输掉一笔钱，因为这事她总能从县里人的闲话中了解到，她在饭桌上准会巧妙地显出和苏埃伦一样若无其事的样子。斯佳丽和父亲彼此之间郑重保证，绝不让这事传到埃伦的耳朵里，否则只会伤她的心，而父女俩无论如何也不愿意让温柔慈悲的埃伦受到任何伤害。

在昏暗的暮色中，斯佳丽注视着父亲，不知怎的，只要在父亲身边，她就会感到安宁。父亲身上那种活力、那种朴实、那种粗豪，一直感染着她。不过她最不善于分析，因而也就没有意识到自己在气质上很像父亲，尽管十六年来埃伦和黑妈妈始终在努力清除她身上这些特征。

“你现在看起来挺好的，”她说，“我看除非你自己吹牛，否则谁也不会怀疑你又玩你那老把戏了。不过我还是觉得，去年你就是跳那个围栏摔破了膝盖，现在……”

“行了，这可真是的，什么时候该跳，什么时候不该跳，这怎么能让自己的女儿来教训呢。”他高声说着，一边又拧了她脸蛋一下，“这脖子反正是我自己的，爱怎么就怎么吧。你倒是说说看，闺女，你连披肩也不戴一个人在这儿干什么。”见父亲又用这种老办法来摆脱不愉快的话题，她便把手伸进他的臂弯里说：“我在等你呢。我不知道你这么晚才回来。我想看看你是不是把迪尔西买下来了。”

“买倒是买下了，可那价钱把我给毁了。买了她和她那个小女儿普莉西。约翰·韦尔克斯倒是愿意把她俩白送我，可我绝不能让人家说我杰拉尔德·奥哈拉利用朋友的交情做买卖。我硬让他收下三千块，把她俩卖给我。”

“老天爷，爸爸，三千块！再说你也没必要买普莉西啊。”

“莫非轮到我的女儿来对我横加指责了吗？”杰拉尔德咬文嚼字地大声说，“普莉西是个漂亮的小姑娘，所以——”

“我知道。她是个调皮的小笨蛋。”斯佳丽平静地说，并没有被父亲的吼叫给镇住，“你买她的唯一理由就是迪尔西求你买下她。”

杰拉尔德一听这话，一下像泄了气的皮球，显得很尴尬，做了善行让别人发现时，他总是这样。斯佳丽见父亲这么沉不住气，乐得哈哈大笑起来。

“是呀，这又怎么样？把迪尔西买过来，她天天念叨她的孩子，那买她有什么用？唉，我以后再不能让这地方的黑人娶别处的女人了。太贵了。好啦，走吧闺女，咱回去吃饭吧。”

这时苍茫的暮色更浓重了，天边褪去了最后一抹青绿色。白天暖融融的春意渐渐消失，代之而来的是一股淡淡的凉意。可是斯佳丽磨磨蹭蹭，琢磨着怎么开口提起阿希礼的话题，才能不让杰拉尔德怀疑她的动机。这事有点棘手，因为斯佳丽骨子里并不精明，而父女俩在这方面又十分相像，杰拉尔德总能识破她那些苍白无力的借口，就像斯佳丽能轻易识破他的借口一样。而他这么做的时候一般都是直截了当。

“十二棵橡树那边的人都好吗？”

“还行。凯德·卡尔弗特也在那儿，把迪尔西的事谈妥后，我们都到廊子上喝了几杯棕榈酒。凯德刚从亚特兰大回来，闹哄哄的，都在谈论战争，而且……”

斯佳丽叹了口气。杰拉尔德一旦谈起战争、脱离联邦之类的话题，可就没谱了，不说几个钟头不会罢休。于是她赶紧把话题岔开。

“他们说没说起明天的野餐会？”

“我想想看，是说起过。那个小姐——她叫什么来着——去年来过咱家的那个甜妞，你知道，就是阿希礼的表妹——哦，对了，叫玫兰妮·汉密尔顿小姐——她和她哥哥查尔斯已经从亚特兰大回来了，而且……”

“哦，她果然来了？”

“她来了，她是又可爱又文静，从不跟人争辩，很有女人样。走吧，女儿，别磨蹭了。你妈要四处找咱们了。”

斯佳丽听了这消息心里一沉。她曾抱着一线希望，盼着有什么事能把住在亚特兰大的玫兰妮·汉密尔顿耽搁下来。就连自己的父亲也在夸她那可爱文静的性情，而那是和自己的性情截然不同的，想到这里，她只好把话挑明。

“阿希礼也在那儿吗？”

“他在。”杰拉尔德松开女儿的手臂，转过身来，用犀利的目光盯着她的脸，“要是你就为这个来等我，那你怎么不直说，跟我兜圈子干吗？”

斯佳丽不知道说什么好，很难为情，觉得自己脸都红了。

“得啦，说吧。”

她还是无言以对，心里真希望能允许她拉着父亲撒娇，告诉他别声张。

“他在那儿，还十分友好地问候你，他那几个妹妹也都问候你，还说希望你明天一定要来参加野餐会。我保证你一定去，”他狡黠地说，“听着，女儿，你和阿希礼究竟是怎么一回事？”

“没什么，”她简短地回答，一边拉了拉他的胳膊，“咱回去吧，爸爸。”

“哦，这下又是你要催我进去了，”他说，“可我就站在这儿，不把你的事情搞清楚我就不动。我觉得你最近有点儿反常。是不是他欺负你了？他跟你求婚了吗？”

“没有。”她简短地回答。

“他也不会的。”杰拉尔德说。

她一听禁不住怒从心头起，但是杰拉尔德一挥手制止了她。

“什么也别说，小姐！我从约翰·韦尔克斯那里得到了一个绝密消息，阿希礼要和玫兰妮小姐结婚。明天就要宣布。”

斯佳丽的手从父亲的胳膊上滑落下来。这么说这事是真的！

她的心仿佛被野兽的利齿狠狠地咬了一口似的，掠过一阵剧痛。她感到父亲的眼睛一直盯着她，眼神里含着一点儿怜悯，还带有一丝儿惶惑，因为他面对的是一个自己找不到答案的问题。他爱斯佳丽，但是她常常惹得他不痛快，因为她老拿孩子气的问题找他要答案。埃伦知道所有的答案。斯佳丽应该把自己的麻烦事拿去让妈妈解决。

“你这是要让自己——也让全家跟着你出丑吗？”他冲她吼叫起来，他一激动就要提高嗓门，“县里哪个小伙子不好找，怎么就偏偏要追一个并不爱你的男人？”

受了伤的自尊心和愤怒加在一块儿，抵消了一些痛苦。

“我没有追他。我就是——就是感觉吃惊罢了。”

“你撒谎！”杰拉尔德说着瞅了一眼她那茫然无措的面孔，突然心软了下来，添了一句，“对不起，女儿。可是，你到底还是个孩子，好小伙有的是。”

“妈妈嫁给你的时候才十五岁，我都十六了。”斯佳丽这话把他噎回去了。

“你妈妈不一样，”杰拉尔德说，“她不像你这么轻率。我说，女儿，振作起来，下礼拜我带你去查尔斯顿，去看你尤拉莉姨妈，听听他们关于苏姆特堡的高谈阔论，差不多有一礼拜你就会把阿希礼忘干净。”

“他以为我是小孩，”斯佳丽心想，一时悲愤得说不出话来，“他拿个新玩具在我眼前晃动，就以为我能把摔肿的疼痛忘掉。”

“好啦，别冲我噘嘴，”杰拉尔德警告她，“你要还有点头脑的话，就早该嫁给斯图尔特或者是布伦特·塔尔顿了。考虑考虑吧，女儿。嫁给兄弟俩不管哪一个，咱两家的农场就能连起来，吉姆·塔尔顿和我就会给你盖一所漂亮的房子，就盖在两家农场连接的地方，就在那片大松树林里，而且……”

“你能不能别拿我当小孩！”斯佳丽叫了起来，“我不去查尔斯顿，不要什么房子，那兄弟俩我哪个都不嫁。我就要……”她停住口，可是已经迟了点儿。

杰拉尔德压低了声音，听起来平静得有点儿异样，说得十分缓慢，仿佛是从一个难得使用的词语库里往外掏词儿。

“你就要阿希礼，可你要不上他了。即便他想娶你，我也不放心，尽管凭我和约翰·韦尔克斯的交情，我会同意。”见斯佳丽一脸吃惊的样子，他接着说，“我希望我的女儿幸福，可是跟他在一起你不会幸福。”

“噢，我会的！我会的！”

“你肯定不会，女儿。只有和性情一样的人结婚，才会得到幸福。”

斯佳丽突然恨不得喊出来：“可你不是很幸福嘛，而你跟妈妈可不是一类人。”但是她憋着没说，怕把这无理的话说出来会吃爸爸的耳光。

“咱家人和韦尔克斯家的人不一样。”他说得很慢，搜寻着字眼。

“韦尔克斯家的人和咱们这一带的人都不一样——和我认识的

每一家都不一样。他家人有点儿古怪，他们最好在表亲之间通婚，把这种怪癖留在他们自己家族里面。”

“瞧你，爸爸，阿希礼并不……”

“别急，闺女！我可没说这年轻人不好，我还挺喜欢他呢。我说古怪可不是说疯。他的古怪样儿和别人都不一样，不像卡尔弗特家的人那样能把全部家当都赌在一匹马身上，也不像塔尔顿家的人那样经常喝得酩酊大醉，也不像方丹家的人那样头脑发热，疯狂粗野，动不动就想要人的命。那种怪是容易理解的，没错，要不是上帝慈悲，我杰拉尔德·奥哈拉也会有所有这些毛病的！我不是说你嫁了阿希礼以后，他会和别的女人私奔，或者是打骂你。要是那样的话，你倒会觉得好受些呢，因为这些至少你都能理解。但是他古怪得不一般，你根本不可能理解他。我喜欢他，可他说的那些话真让我摸不着头脑。好了，闺女，跟我说真话，对书啦、诗啦、音乐啦、油画啦以及这一类没用的玩意儿，他说的那些废话，你能理解吗？”

“噢，爸爸，要是我和他结了婚，我会改变这一切的。”

“噢，你会的，你现在能做到吗？”杰拉尔德发火了，狠狠瞪了她一眼，“你对任何一个男人的了解都少得可怜，更不用说对阿希礼了。没有哪个妻子能把丈夫改变一厘一毫，你可别忘了这一点。至于说改变韦尔克斯家的人——那你就更不用梦想了！他们一家子全都那样，多少年来一直没变过。很可能以后永远都是那样。我告诉你，那一家天生都是怪人。瞧瞧他们那德行，一会儿跑到纽约，一会儿跑到波士顿，为的就是去听歌剧，看油画。还从北佬那里一木箱一木箱地订购法国书和德国书！一家人整天就知道坐在那里看书，不知道在做些什么黄粱美梦，把大好的时光统统浪费掉了，本该去打猎，去玩牌，去干那些正经男子汉该干的事嘛。”

“全县没有哪个人骑马能超过他，”斯佳丽说，心里对这种三婶子二大娘式的诬蔑阿希礼的话感到非常气愤，“除了他父亲，大概是没别人了。至于玩牌，上个礼拜在琼斯博罗，他不是赢了你两百块吗？”

“卡尔弗特家的小子们又在嚼舌头了，”杰拉尔德顺水推舟地说，“要不你怎么会知道这个数目。阿希礼可以和一流的骑手赛马，可以和一流的玩家——那就是我了，闺女——玩牌。我也不否认他要喝起酒来，真能把塔尔顿家兄弟几个都灌倒在桌子底下。这些事没他不会的，问题是他并没有把心思放在上面。所以我才说他古怪。”

斯佳丽不吭声了，心却直往下沉。她想不出用什么理由来反驳爸爸说的最后这一点，因为她知道爸爸说得对。阿希礼的心思没有放在这些娱乐活动上，尽管他在每样上面都十分出色。这些事所有的人都非常感兴趣，而他只是出于礼貌显出一点兴趣来。

杰拉尔德明白她沉默的原因，所以便拍了拍她的胳膊，得意地说：“乖孩子，斯佳丽！你承认这是没错的。要是你有阿希礼这么个丈夫，你可怎么办？那韦尔克斯一家神经都有毛病。”接着他又连哄带骗地说：“我刚才提到塔尔顿家的人，可没有吹他们的意思。他们弟兄都是好小伙，但是假如你对凯德·卡尔弗特有意思的话，对我也都一样。卡尔弗特一家也都是好人，虽说老头儿娶了个北佬，全家上下也没一个不好的。等我过世以后——嘘，宝贝，听我说！就把塔拉留给你和凯德。”

“把凯德放在银盘子里给我，我也不要，”斯佳丽气愤地说，“你就别在我这儿推销他了！塔拉我不要，什么农场我也不要。农场又有什么用，如果——”

她想说“如果你得不到你想要的男人”，对待他奉送的礼物斯佳丽显出轻蔑的态度，这可把杰拉尔德惹恼了。因为除了埃伦，这是他在世上最热爱的东西，于是他忍不住吼叫起来。

“你在这儿，斯佳丽·奥哈拉，就是要告诉我，塔拉——这土地——值不了什么吗？”

斯佳丽倔强地点了点头。她心里过于痛苦，已经不在乎会不会惹爸爸生气了。

“这世上就数土地有价值，”他喊道，气得把两条又粗又短的胳膊在空中乱摆，“只有土地能长久，你要记住！只有土地值得人为它努力、为它奋斗——为它献身。”

“哦，爸爸，”她反感地说，“你这话说得真像个爱尔兰人。”

“难道我为此感到过羞耻吗？没有，我为此感到骄傲。别忘了，你是半个爱尔兰人，小姐！每一个有一丝儿爱尔兰血统的人，都会把供养他生活的土地看作是他的母亲。我现在真替你害臊。我拿世上最美的土地给你——除了老家米斯县的土地——可你怎么着？居然不屑一顾！”

杰拉尔德越说越来气，骂得来了劲，可是见斯佳丽愁眉苦脸，他觉察出了什么，便停了下来。

“不过，你还年轻，会慢慢爱上这块土地的。一旦爱上就摆不脱了，爱尔兰人都是这样的。你还是个孩子，就知道为那些小伙子伤脑筋。等你年纪大些了，就会明白这是……现在就看你能不能拿定主意，是凯德，还是那对孪生兄弟，还是埃文·芒罗家的子弟。要是这几个里头选中了的话，你就瞧着吧，我要让你嫁得风风光光！”

“噢，爸！”

到这会儿，杰拉尔德已经烦透了，不想再谈下去了。这事落到了自己肩膀上，让他好伤脑筋。另外，他列举了全县最出色的年轻人，还提出要把塔拉送她，她还是那么一脸忧伤，这也叫他伤心。杰拉尔德总希望自己送了礼物，人家会高兴得拍手、亲吻他。

“好了，别再噘嘴了，小姐。要紧的不是跟谁结婚，而是对方要和你情投意合，是个绅士，是南方人，是体面人。对女人来说，结了婚以后才有爱情。”

“噢，爸，那是过时的爱尔兰老观念！”

“可这是很好的观念！美国这些为爱情结婚的玩意儿，简直像仆人，像北佬！最好的婚姻就是父母给女儿包办的婚姻。因为像你这样的傻丫头怎么会分得清哪个是好人，哪个是坏蛋呢？你瞧瞧韦尔克斯家的人吧。都这么多代了，人家还是那么强盛，这是为什么呢？瞧，就是因为总跟他们那同一类人结婚，总按家里人的意愿跟表亲结婚。”

“噢！”斯佳丽不禁叫出了声，杰拉尔德的话让她认识到，那个可怕的事实已经不可扭转了，心头又涌起一阵痛苦。

杰拉尔德看着她低垂的头，心里感到不安，两脚在地上蹭来蹭去。

“你不是在哭吧？”他问道，一面笨拙地托着她的下巴，想把她的脸抬起来，他自己也皱着眉头，一脸怜惜之情。

“不是。”她一扭脸气愤地叫了一声。

“你撒谎，可我还是为这事感到骄傲，你有这种傲气，我很高兴，闺女。我想在明天的野餐会上看到你这种傲气。我不想叫全县都议论你，嘲笑你，说你对一个男人倾心，而那人对你除了友情没有别的意思。”

“他对我有意思，”斯佳丽心里难过地想着，“对我很有意思！我知道他是这样的。我能看得出来。要是再有些时间，我知道我会让他说出来的——噢，要是韦尔克斯家的人不老是觉得非和表亲结婚的话，那多好啊！”

杰拉尔德拉住她的手臂，挽在自己胳膊上。

“我们现在得进去吃晚饭了，所有这些咱俩知道就行了。我可不想拿这事麻烦你妈——你也不要。擦擦鼻子，女儿。”

斯佳丽用她那块破手帕擦了擦鼻子，两个人手挽手走向黑黢黢的车道，马儿在后面慢慢跟着。快到房子跟前时，斯佳丽正想开口说话，却见妈妈站在昏暗的门廊阴影中。她戴着帽子，围着披肩，戴着手套，她身后站着黑妈妈，她脸色有如阴云，手上拿着一个黑皮包，这个黑皮包是埃伦·奥哈拉给黑奴治病时装绷带和药品用的。黑妈妈的大嘴唇总是往下耷拉着，一生气就能拉长到平时的两倍。现在就是这么拉长着的，斯佳丽一看就知道她生气了，准是又瞧见了什么她看不顺眼的事了。

“奥哈拉先生。”看到父女俩从车道走过来，埃伦叫了一声——埃伦属于很正统的那一代人，即使结婚已经十七年，生了六个孩子以后，依旧如此——“奥哈拉先生，斯莱特里家有人生病了。埃米的孩子生下来了，可是快不行了，必须施洗礼。我要和黑妈妈一块去一趟，看看还能帮着做点儿什么。”

她的声音提高了点，好像在征求意见，仿佛是要取得杰拉尔德的首肯，纯粹是客套，但杰拉尔德听了心里挺得意。

“天哪！”杰拉尔德咆哮起来，“那些白人简直是群废物，怎么偏偏吃晚饭的时候把你叫走，我还正要给你讲亚特兰大那边流传的战争话题呢！去吧，奥哈拉太太，如果那儿有麻烦你没去，夜里你肯定睡不安生。”

“她夜里老是颠来颠去，从来就没有睡安生过，老去照料那些黑鬼和那些穷光蛋白人，都是些没用的东西，他们本来可以自己照料自己。”黑妈妈用一种单调的声音嘟囔着，一边下了台阶，朝等候在边道上的马车走去。

“吃饭时替我照料一下吧，亲爱的。”埃伦说，一面用戴着手套的手拍了拍斯佳丽的脸颊。

斯佳丽尽量克制着没让眼泪流出来，她感到激动，因为妈妈的触摸中总有一种魔力，她那沙沙作响的丝裙散发出的淡淡的柠檬香。斯佳丽总觉得，埃伦·奥哈拉身上有一种令她兴奋的东西，那是一种不可思议的奇特东西，和她同在一个屋顶下生活，却使她敬畏，令她着迷，也能使她得到慰藉。

杰拉尔德扶太太上了车，命令车夫小心驾车。托比听了心里不痛快，撅起了嘴，因为他都为杰拉尔德做了二十年的马夫，干吗还要别人告诉自己该怎么做。马车辚辚上路，他身边坐着黑妈妈，两人都撅着嘴，各自都显出非洲人不痛快时的典型模样。

“要是我不帮斯莱特里这家穷鬼这么多忙，他们准得另外再花钱，”杰拉尔德气呼呼地说，“说不定他们愿意把他家那不多几亩没用的河滩地卖给我，然后这个县就可以甩掉他们这个包袱了。”接着，他忽又兴致勃勃地玩起他的恶作剧来：“走，女儿，咱去告诉波克，我没有把迪尔西买回来，而是把他卖给韦尔克斯家了。”

他把自己的马缰绳扔给了一个站在近旁的黑孩子，然后走上台阶。他这时已经把斯佳丽心碎的事忘到了脑后，就想着怎么折磨自己的贴身男仆。斯佳丽跟着他慢慢走上台阶，双腿像灌了铅一样深重。她暗自思忖，假如自己和阿希礼结了婚，不见得比她父亲和埃伦·罗比亚尔·奥哈拉的婚姻更古怪。她心里就像通常那样感到纳闷，怎么一贯大喊大叫、毫不敏感的父亲就偏偏娶了母亲这样的女人，没有哪对夫妻在出身上、教养上、心性习惯上比他们两人相差得更远了。

第三章

埃伦年方三十二，可是按她那个时代的标准，她已经算是个中年妇女了，已经生过六个孩子，埋葬过不幸夭折的三个。她身材颀长，比她那脾气暴躁的小个子丈夫高出一头，但她走起路来步态优雅，长裙飘逸，所以高身材倒也并不特别显眼。她的塔夫绸上衣领口上方露出的脖颈圆而细长，呈奶油色，似乎总是被那绾在脑后发网中的浓密头发压得略向后仰。她母亲是法国人，父亲曾是拿破仑手下的一名士兵，外公外婆原来住在海地，一七九一年海地革命时从那里逃走。她从母亲那里继承了一头乌黑的头发和一双丹凤黑眼睛，隐蔽在乌黑的睫毛后面；从父亲那里继承了又长又直的鼻子和棱角分明的方形下巴，但与柔美的脸颊弧线搭配起来，显得柔和自然。然而是从生活中，她的面容上才产生了一种并非傲慢的傲岸神态，一种宽厚，一种忧郁，还有那种绝对的不苟言笑。

她本来会成为一个绝代佳人，要是她眼睛里放出一些光彩，微笑时含有一些相应的热情，或者是声音自然一些，语调动听一些，让家人和仆人听着舒服一些。她说话带有佐治亚海边居民的口音，柔和而圆润，元音清晰，辅音亲切，掺有一丁点儿法国口音。这是一个从来不提高的声音，不管是对仆人发号施令，还是训斥孩子，但这是一个在塔拉人人都会立即服从的声音，而在这里，她丈夫的咆哮吼叫大家却默默地不予理睬。

自斯佳丽记事起，她母亲就一直是这样了，无论她是夸奖人还是指责人，一概都是那种悦耳温柔的声音。杰拉尔德家里天天有急需处理的事，她总是能有条有理地一一处理，而且处理得很快。她随时保持着冷静的头脑，脊背从来是那么直直的，甚至三个儿子死去时也是如此。斯佳丽从来没有见过她母亲坐在椅子上的时候脊背挨过椅子靠背。也从来没有见过她坐着的时候，手里没有拿着针线活。只有在一日三餐、在照顾病人、在处理种植园的账务的时候才例外。要是家里有客人，她手里的针线活儿是些漂亮的刺绣，平时则是杰拉尔德的揉皱了的衬衫，女儿们的裙子，或是奴仆们的衣服。斯佳丽不能想象她母亲手上没有戴着她那个金顶针，或是她衣裙沙沙作响的身影后边，没有跟着一个小黑女孩，那女孩的人生唯一任务就是拆掉临时缝上的线头，手里端着红木针线盒，从一个房间跟到另一个房间，埃伦在房子里四处走动，吩咐仆人做饭、打扫、缝制衣服，小女孩都一直跟在她身后。

斯佳丽从来没有见过母亲有心烦意乱的时候，从来都是那么心平气和，无论白天还是晚上，她自己总是穿戴得十全十美。要是埃伦去参加舞会，去会客或者是在开庭日去琼斯博罗旁听，往往需要花上两个钟头由黑妈妈外加两个女用人共同为她梳妆穿戴，才能让她满意地出门；但是在紧急时刻，她穿戴梳妆之快却又令人吃惊。

斯佳丽的卧室正好对着她妈妈的卧室，从儿时起就熟悉了这轻柔声音：清晨就有黑人光脚在木地板上轻快地走过，轻敲妈妈的房门，随后就有提心吊胆的黑人悄悄说话，说的都是住在那一长排白屋子里奴仆们的事，谁病了，谁死了，谁生了孩子之类。斯佳丽小时候常常踮着脚走到门口，从细小的门缝里往外偷看，总能看见埃伦从她那黑乎乎的房间走出来，能听见里面传出杰拉尔德那有节奏的呼噜声，一点也没有受到惊动。在高举的蜡烛光下，能看见妈妈胳膊下夹着药箱，头发梳得光光的，上衣的扣子每一颗都扣得严严实实。

听见妈妈在走廊里踮着脚走路，一边用低低的声音说出坚定而又体贴的话来的时候，斯佳丽心里总感到那么踏实：“嘘，小声点儿。别吵醒杰拉尔德先生。他们不是什么大病，死不了。”

随后她会轻手轻脚地回到床上，心里清楚今夜埃伦不在家，但一切都和她在家一样。

清晨，埃伦和往常一样坐在餐桌旁她的座位上，尽管眼圈有点发黑，显得疲倦，但说话的声音里不带有一点儿劳累的迹象。而这是在接生或料理后事忙了一整夜之后，因为老方丹医生和小方丹医生都去出诊，人们就总来请她去对付这些事。她那高贵文雅的仪表下面有一种钢铁般的意志，令全家上下都十分敬畏，包括杰拉尔德和女儿们，当然这是杰拉尔德死也不承认的。

有时，斯佳丽会在夜里悄悄走到高个头妈妈身边，去亲她的脸颊。她会凝视着妈妈的嘴，上嘴唇太柔软了，也太短了点儿，这时斯佳丽总觉得这嘴太容易受到外界的伤害了，不知道它是不是也曾咧开发出女孩那种哧哧的傻笑，或者在漫漫长夜向自己的贴心女友倾吐心底的秘密。但是，不会，这不可能。妈妈从来都是那样，是力量的支柱、智慧的源泉，是一个无所不知的人。

但是斯佳丽错了，多年以前在萨凡纳，埃伦·罗比亚尔曾像那个美丽的海滨城市的十五岁少女一样，莫名其妙地傻笑，和朋友整夜畅谈，互相倾吐心中的秘密，唯有一个秘密，她始终守口如瓶。那是比她大二十八岁的杰拉尔德·奥哈拉进入她生活的一年——也是那一年，一个黑眼睛青年，她的表哥菲力普·罗比亚尔，从她生活中消失了。当长着一双勾人眼睛、行为落拓不羁的表哥永远离开萨凡纳之后，他带走了埃伦心中的全部激情，剩下了一个温柔的外壳留给娶她为妻的小个子罗圈腿爱尔兰人。

但是对杰拉尔德这就足够了，他为自己真的娶了她这种不可思议的幸运而欣喜不已。如果说她身上少了什么东西，他从来也没有感觉到。以他的精明，他明白这简直是个奇迹，因为他一无可凭，既无门第也无钱财，居然把最显贵的海滨家族之一的女儿娶到了手。杰拉尔德完全是白手起家的。

杰拉尔德是二十一岁从爱尔兰来到美国的。他来得很匆忙，就像贫富不一、先后来到美国的许多爱尔兰人一样，而他所带的不过背上背着的几件衣服，除了盘缠之外的两个先令，以及他觉得自己犯下的事根本值不了那么多钱的悬赏他人头的价格。在地狱这一边，没有哪个奥兰治党人奥兰治党人：1795年在北爱尔兰成立的秘密神团成员，该神团支持新教势力及英国王权。在英国政府眼里或是阎王本人眼里能值得了一百英镑；但是如果死了一个英国地主收租代理人，政府那么在意的话，杰拉尔德·奥哈拉还是走为上，走得越快越好。没错，他是管那个收租代理人叫“奥兰治党杂种”，可是按照杰拉尔德的看法，那人也不能因此就有权侮辱他：那人冲他吹口哨，吹的曲子是“博伊奈河”博伊奈河：爱尔兰东部一河流，1690年七月一日的博伊奈战役中，英王威廉三世的军队击败了苏格兰詹姆斯二世的军队，后詹姆斯二世逃往法国。的开头几小节。

博伊奈战役发生在一百多年以前，但是对于奥哈拉家人和他们的邻居来说，就好像发生在昨天似的，他们对这一事件记忆犹新，他们的希望、他们的梦想，还有他们的土地和财富，随着斯图亚特王子仓皇出逃卷起的滚滚尘埃一同逝去了，王子身后留下的是奥兰治家族的威廉和他那戴橘黄帽徽的可恶军队，对拥护斯图亚特的爱尔兰人大开杀戒。

由于上述情况以及一些其他原因，杰拉尔德家并没有把他这次冲突的致命后果看得有多么严重，只除了一件事，那就是因此而受到了指控并带来了严重后果。多年来，奥哈拉家的人在英国军警那里名声并不好，被怀疑进行反政府的秘密活动，而且杰拉尔德并不是他家半夜离开爱尔兰的头一个人。他有两个兄长，一个叫詹姆士，一个叫安德鲁，他几乎记不起他俩了，只依稀记得这两个年轻人都沉默寡言，老是深夜出没，行动诡秘，有时候一连几个星期不见踪影，弄得母亲提心吊胆。好些年前奥哈拉家的猪圈里埋藏了步枪，这些枪械被发现后，他俩立即逃到美国，如今他俩已经成了萨凡纳的成功商人。一提起这两个儿子，他母亲就会插话说：“只有仁慈的上帝知道他们在哪儿。”杰拉尔德当年就是给打发出去投奔他俩的。

临别前，妈妈匆匆亲吻他的脸颊，一边激动地在他耳边说些天主教徒祝愿的话。父亲平静地对他说：“别忘了你是谁，别得意忘形。”他的另外五个哥哥也都面带笑容同他告别，笑容里虽然含着羡慕，但也带着一点儿怜悯的神态，因为这家人个个都身强体壮，杰拉尔德年纪最小，个头也最矮。

他这五个哥哥和父亲都是六英尺多的个头，都长得五大三粗，但是时年二十一的矮个子杰拉尔德暗自思忖，凭上帝的智慧，最多也就允许自己长到五英尺。他对此倒也心安理得，从来不为自己长不高而徒劳地感到遗憾，也从来没有感到这对他追求任何目标有什么不利影响。其实，也正是杰拉尔德这矮小而结实的身量造就了他，因为他小时候就曾听人说，小个子在高大的人群中生存必须艰苦奋斗。杰拉尔德就善于艰苦奋斗。

他的身材高大的兄长们个个都坚忍而温和，作为家族传统的那种往昔的荣耀在他们身上已经永远逝去了，他们对此心照不宣，但耿耿于怀，常以玩世不恭的态度发泄出来。假如杰拉尔德也长得五大三粗，他也会和奥哈拉家的人一样，暗中反抗政府。但杰拉尔德是个“嘴不饶人的刺儿头”，母亲常常亲切地这样说他，脾气火暴，一触即发，动不动就出拳头，好斗的性子谁都看得出。在高大的奥哈拉家人里面，他向来都是高视阔步，活像院子里一群优种大公鸡里一只大摇大摆的矮脚鸡。大家都喜欢他，善意地逗他发火，听他大喊大叫，用大拳头擂他几下，让这个小弟弟规矩点儿也就罢手了。

杰拉尔德带到美国的文化程度很差劲，但他自己并没有意识到。就算有人告诉他，他也不会在乎的。他妈妈教会他读书写字，他能写一手整洁的书法，能熟练地运算。不过他的书本知识也就到此为止了。仅懂的一点拉丁文就是做弥撒时跟着回应的那几句，仅有的一点历史知识就是爱尔兰遭受的种种屈辱。诗就知道托马斯·穆尔托马斯·穆尔（1779—1852）：爱尔兰浪漫主义诗人。

的几首，音乐就知道爱尔兰以往流传下来的歌谣。他对学识比他强的人十分尊敬，但并不觉得自己在这方面有什么欠缺。难道在这个新的国家里他需要这些东西吗？最无知的那些爱尔兰人不是也都发了大财了吗？在这个国家不就是需要强壮和勤劳吗？

詹姆士和安德鲁收留了他，把他安排在萨凡纳他们的店铺里，他俩也没有对弟弟的文化程度有什么遗憾。他一手整洁的书法、精确的计算、在讨价还价上表现出精明，赢得了他们的尊敬，而假如年轻的杰拉尔德具有文学知识、音乐品位，那倒反而会叫他们瞧不起。这个世纪初，美国对爱尔兰人还是相当友好的。詹姆士和安德鲁已经开设了自己的店铺，而刚来的时候，还是用大篷车从萨凡纳往佐治亚内地城镇拉货物呢。杰拉尔德也跟着他们发达了。

他喜欢南方，自己觉得很快就成了一个南方人。南方——南方人，这里面有很多含义，他是无法理解的；但是他以自己那种无论做什么都十分专注的天性，以自己的理解接受了当地的观念和习俗，把它们变为己有——扑克牌和赛马、时事政治、决斗规则、州权、对所有北佬的诅咒，蓄奴、棉花大王、对穷鬼白人的鄙视、对女人过分的殷勤。他连嚼烟草也学会了。不过他没有必要锻炼自己的威士忌酒量，他生来就是海量。

然而，杰拉尔德还是杰拉尔德。他的生活习惯和观念变了，但他的行为举止并没有改。即便能改，他也不肯改。他羡慕那些富有的农场主那闲散的优雅举止，他们从自己那长满青苔的王国里骑马来到萨凡纳，他们的坐骑是受过严格训练的良种马，后面跟着两种马车，漂亮的那种里面坐着和他们一样优雅的女士，普通的那种里面坐着她们的奴仆。可是这种高雅，杰拉尔德学不来。那种慵懒、混沌的腔调他听来觉得悦耳，可是他的乡音长在他舌头上似的，怎么也改不了。他也喜欢他们处理大事上的那种漫不经心的潇洒——玩扑克牌时敢拿一笔财产、一个农场或者是一个黑奴赌一张牌，输掉了也不当回事，愉快地把赌注划给赢家，好像把零钱分给黑人小孩似的。然而杰拉尔德尝过穷的滋味，愉快潇洒地输钱，这事别人怎么也学不来。这些佐治亚沿海居民是快活的一群人，他们说话声音轻柔，爱发脾气，令人喜悦地善变，杰拉尔德喜欢他们。但是这个年轻的爱尔兰人身上有一股不能安分的勃勃生气，从那样一个国家初来乍到，那地方刮的风潮湿寒冷，雾气笼罩的湿地让人兴奋不起来，而这地方的懒散的绅士淑女生活在亚热带空气闷热的沼泽地环境中，他无法和他们融合在一起。

他从他们那里汲取自己觉得有用的东西，而不计其余。他发现南方习俗中最有用的莫过于扑克牌和威士忌酒量；而正是杰拉尔德玩牌和喝酒的天分，使他得到了他最珍视的三样财产中的两样：他的贴身男仆和农场。另一样是他的太太，他把这归功于仁慈上帝的神秘赐予。

贴身男仆名叫波克，皮肤黑得发亮，神态庄严，在衣着方面有过全面训练，无论任何场合都穿戴得优雅得体。这是杰拉尔德跟一个来自圣西门岛的农场主在扑克牌桌上一夜豪赌的结果。那人的咋咋呼呼的气势和杰拉尔德可谓旗鼓相当，但是喝新奥尔良朗姆酒却不敌杰拉尔德。事后波克的前主人想出双倍的价钱把他买回去，被杰拉尔德固执地拒绝了，因为这是他拥有的头一个黑奴，而且这黑奴是“沿海一带最他妈的好使唤的贴身男仆”。这是杰拉尔德实现心中目标的第一步。杰拉尔德一心要成为一个拥有黑奴和地产的绅士。

他暗暗拿定主意，不能像詹姆士和安德鲁那样，把所有白天都用来讨价还价，把所有的夜晚都用来在蜡烛光底下核对那长长的一栏又一栏的数字。他的两个哥哥没有感觉到的，他深切地感觉到了，那就是“做买卖”的人身上那种受人歧视的社会烙印。杰拉尔德要做农场主。他当过佃农，耕种着同胞曾拥有并追寻的土地——带着一个爱尔兰人对土地的这种深深的渴望，杰拉尔德要亲眼看到自己的成片土地铺展开来，形成一片绿色的海洋。这便是他近乎冷酷的唯一目标，他渴望得到自己的房子、自己的农场、自己的马匹、自己的黑奴。在这个新的国家，没有他在已经远离的故国所面临的双重风险——吞没一切收成和粮仓的沉重赋税和时刻笼罩着的突然被没收的威胁——所以他计划得到这些财产。但是，有这样的抱负和实现这样的抱负是两码事，随着时间的推移他发现了这一点。佐治亚沿海地区控制在根深蒂固的贵族阶层手里，太稳固了，他几乎没有希望获得自己想要的那些东西。

真是福有双降，不久，命运之手和一手好牌，便联手送给他一座他后来称为塔拉的农场，与此同时，让他离开海边迁往佐治亚北部高地乡村。

那是一个炎热的春天夜晚，在萨凡纳的一个酒吧里，坐在旁边的一个陌生人偶然聊天，吸引得杰拉尔德竖起了耳朵。这个陌生的萨凡纳本地人，在内地住了十二年之后，回家来了。他中了土地彩票奖，彩票是州政府为分割佐治亚中部辽阔的土地发行的，这片土地是杰拉尔德来美国前一年印第安人割让的。他中彩后到那儿去建起了一个农场；可是不幸房子失火烧掉了，他也厌倦了那“可恶的地方”，十分乐意出手。

杰拉尔德对拥有自己的农场一直念念不忘。于是便安排和此人见面商谈，这陌生人告诉他说州北边尽是从南卡罗来纳、北卡罗来纳和弗吉尼亚来的人，杰拉尔德越听越来劲。杰拉尔德在萨凡纳已经住得够久了，也有了沿海居民的那种观念——州里除了他们居住的沿海地区，其他地方统统都是荒蛮的丛林地带，每一块丛林里都埋伏着印第安人。为了两个哥哥的生意，他也曾去过一百英里以外萨凡纳河上游的奥古斯塔，从那个城市又向西走，去过好几个老镇子。他知道那地方人像沿海一样人烟稠密，可是按这个陌生人所说，他的农场在萨凡纳西北方向二百五十多英里的内地，在查塔胡奇河南岸不远的地方。杰拉尔德知道，那条河北岸的土地仍然控制在切罗基族印第安人手中，担心那里会有印第安人找麻烦，而那陌生人却觉得十分好笑，说那里的城镇发展得很快，新土地上的农场很繁荣，这话就叫杰拉尔德听了觉得非常惊讶。

过了一个钟头，渐渐没什么可谈的了，杰拉尔德提议玩牌，暗藏着一个和他那明亮的蓝眼睛里的天真神态迥然不同的诡计。夜渐深酒方酣，后来其他人都不玩了，只剩下杰拉尔德和陌生人继续战斗。陌生人把他的所有筹码一股脑儿压上来，外加他的农场地契。

杰拉尔德也把自己的筹码全压上，还把自己的钱包放在上面。如果钱包里面恰好装着奥哈拉兄弟商行的钱，杰拉尔德不会因第二天早上做弥撒前不忏悔而感到良心不安。他知道自己想要什么，而杰拉尔德想要什么的时候，他总是选择最直截了当的途径。另外，这就是他对自己的命运、对自己手里的四张二的信念，他连一下都没有想过，万一桌子对面有一张比这大的牌，他该如何偿还那笔钱。

“你弄到手的不是什么便宜货，我很高兴再也不用为那地方纳税了。”那人拿到的牌全是一，便叹了口气说了这么一句，一边就叫人取笔和墨来。“大房子一年前烧掉了，地里长了许多灌木丛，还种了不少松树苗。现在都归你了。”

“除非你是喝苏格兰威士忌长大的，否则玩牌的时候绝对别喝酒。”当夜，波克侍候杰拉尔德上床时，杰拉尔德严肃地对他说。这个贴身男仆人出于对新主人的敬意，学着苏格兰的腔调说话，对主人的话作必要的应答，用的土音是吉奇和米斯郡方言的混合体，这会叫任何人都惊讶不已，只除了这主仆二位。

富林河的黄泥水，静静地流淌在高大的松树林和蔓藤缠绕的橡树林之间，像一条弯曲的臂膀，把杰拉尔德新获得的土地揽在怀中，沿土地的两条边流过。对杰拉尔德来说，站在房子原来所在的小丘上，眼前这道高大的绿树屏障不仅十分悦目，也是一个所有权的证明，仿佛是他自己建造的围栏来标明自己的领地似的。他站在烧毁的房子那烧成黑色的基石上，望着通往大道的那长长两行绿树，不禁心花怒放，欢喜地骂了一句，这喜悦来得实在太强烈了，连感谢上帝的话也忘记说了。这两排浓荫如盖的大树是他的了，荒芜的大草坪也是，野草长得齐腰深了，还零零落落地长着些小木兰树，点缀在草地上。没有开垦的土地上冒起来不少小松树和灌木丛，红色的地面如波浪起伏，向四面延伸到远处，眼前这一切都属于他杰拉尔德·奥哈拉的——都是他的，因为他有一个毫不含糊的爱尔兰人的头脑，有勇气把一切都压在一手扑克牌上。

杰拉尔德闭上了眼睛，在未开垦的土地上那种宁静之中，他感到自己回家了。这里就在他脚下，将建起一座粉刷成白色的砖房。路那面要竖起崭新的围栏，在里面养肥牛良马，从脚下的小山坡一直到河谷的大片沃土上，要种满雪白的棉花，在太阳底下像大片明晃晃的鸭绒——成百上千亩棉花！奥哈拉家时来运转了。

杰拉尔德用自己那一份数额不大的资金，添上从他并不怎么热心的两个兄长那里能借出来的一些，再加上把土地抵押出去获得的为数可观的一笔款项，杰拉尔德买来了他的第一批干农活的黑奴，并且去塔拉独自住在只有四个房间的监工房里，一直到白色墙壁的塔拉大宅拔地而起。

他清理了土地，种上了棉花，又向詹姆士和安德鲁借了些钱买来更多黑奴。奥哈拉家是个大家族，兴旺和衰落时，家族成员都很抱团，这并不是因为家族亲情表现得过分，而是因为他们在艰难岁月中逐渐懂得，一个家族要想生存下来，必需紧紧团结在一起面对外部世界。他们借钱给杰拉尔德，过了些年这钱就连本带利都回来了。杰拉尔德不断买下临近的田地，农场渐渐扩展开来，大宅子也终于由梦想变成了现实。

宅子是黑奴建起来的，是一座四下伸展的笨拙建筑，建在小丘顶上，俯瞰着延伸到河边的翠绿山坡；这房子让杰拉尔德高兴极了，因为新盖的房子看上去就是一副饱经沧桑的样子。那些老橡树曾目睹过印第安人从树枝下走过，棵棵树干粗大，紧紧拥抱着房子，高大厚实的树枝形成浓密的树荫，把屋顶遮得严严实实。草坪上杂草既除，三叶草和狗牙根草长势茂盛，杰拉尔德总是让人把草坪管护得毫无瑕疵。从雪松树成行的林荫路到黑奴生活区那一排白色的小木屋，塔拉庄园呈现出一种坚实、牢靠、稳固的印象；不管什么时候，只要杰拉尔德骑马来到大路转弯处，看到自己的大宅子屋顶从碧绿的树枝间露出来，他心里就会涌起一阵自豪，好像每次看见它的时候，都是第一次见似的。

这全是他独自奋斗获得的，好一个坚定不移、脾气暴躁、个头矮小的杰拉尔德！

杰拉尔德和本县邻居们相处得非常和睦，只有两家例外，一家是麦金托什，杰拉尔德的土地左边和这家的土地毗连；另一家是斯莱特里，杰拉尔德的土地右边和这家那三英亩地毗连，这家的土地是狭长的一条，沿着河谷沼地横在小河和约翰·韦尔克斯家的农场之间。

麦金托什一家是有苏格兰血统的爱尔兰人，是奥兰治党人。就算这一家拥有天主教徒的一切高尚品质，在杰拉尔德眼里，这种血统已经给他们打上了永受诅咒的烙印。没错，他们已经在佐治亚居住了七十年，在那之前有一代人曾在卡罗来纳生活；但是他家踏上美国海岸的第一代是来自乌尔斯特，这在杰拉尔德看来就用不着再说别的什么了。

这一家都是些沉默寡言头脑固执的家伙，很少和外人来往，只和他们在卡罗来纳的亲戚通婚。不喜欢这一家的人并非只有杰拉尔德一个，因为县里的人家都爱互相来往，保持联络，对于缺少这种品质的人，他们是不大能够忍受的。有传闻说麦金托什一家同情废奴主义，这就更让人对他们喜欢不起来了。老安古斯从来没有释放过一个黑奴，而且还犯下了不可饶恕的过错——违反社会约定，把他的黑奴卖了一些给途经此地到路易斯安那甘蔗地去的黑奴贩子。不过他这行为也没有平息那种传闻。

“他是个废奴主义者，没问题，”杰拉尔德曾对约翰·韦尔克斯说，“但是，对于奥兰治党人来说，一旦原则和他们那种苏格兰人的吝啬发生冲突，他们就会扔掉原则。”

斯莱特里一家又是另一回事。他们是些穷白人，他们甚至连邻居们因安古斯·麦金托什的孤寂独立品性而勉强给予的微少尊重也得不到。老斯莱特里紧紧抓住他那几英亩土地不肯放手，任凭杰拉尔德和约翰·韦尔克斯多次出价都不松口，老家伙一辈子就是那么懒惰无能，而又牢骚满腹。他老婆的头发总是乱蓬蓬的，面有菜色，一副病容，生了一窝兔头鼠脸的孩子——这窝孩子的总数每年有规律地增加。汤姆·斯莱特里没有黑奴，他和大儿子种那几英亩棉花地，三天打鱼，两天晒网。他老婆和另外几个孩子照管那个所谓的菜园子。但是，不知怎的，棉花总是歉收，菜园子也因为斯莱特里太太老生孩子，而难得喂饱她那一窝小崽子。

经常看到汤姆·斯莱特里在邻居家廊子上闲混，讨要棉花种子，或者是一块咸肉，“帮帮他的忙”。虽说自己没什么能耐，斯莱特里倒是一直痛恨他的邻居，因为他感觉到邻居们客气的态度下面掩藏着一种蔑视。他尤其痛恨那些“富人家那些没心肝的黑鬼”。县里大户人家的黑人把自己看得比穷白人高一等，他们那种毫不掩饰的蔑视对斯莱特里是个刺激，他们那种比他还有保障的生活也叫他看着不忿。他自己穷兮兮的光景远不如这些奴仆，人家吃得饱、穿得好，老了病了还有人照顾。他们为自己主人的名字而自豪，更为自己属于有地位的人而自豪，而他却让所有的人都瞧不起。

汤姆·斯莱特里本可以三倍的价格把他的农场卖给县里随便哪个农场主。为撵走这么个丧门星，大家都会觉得这笔钱花得值，可是这人偏偏满足于现状，死活不肯走，靠每年一包棉花的收成，和邻居们的施舍，也要硬撑下去。

杰拉尔德和县里其他人关系都很融洽，和有些还十分密切。韦尔克斯家、卡尔弗特家、塔尔顿家、方丹家，只要一见到这个矮个子骑在那匹白色高头大马背上踏上他们家的甬道时，都会由衷地笑脸相迎，笑着让人取高脚酒杯来，里面放一匙糖和一小片碾碎的薄荷，倒上波旁威士忌。杰拉尔德人缘不错，初次见面，小孩、黑人、狗就喜欢上了他，邻居们渐渐也都喜欢上了他，知道他是个心地善良的人，有耐心听人说话，古道热肠，乐善好施，尽管他声音粗豪，举止威猛。

他的到来总是伴随着欢腾的狗叫，一群黑孩子就会欢呼雀跃争先恐后跑去迎接他，还会为谁牵他的马而争得面红耳赤，听他几声善意的斥责而不安地扭动，一面咧着嘴嘿嘿地笑。白孩子闹着要坐在他腿上，晃悠着玩，而他则和大人们痛斥北佬政客的丑恶行径；他这些朋友的女儿们在恋爱方面都对他推心置腹；邻居家的年轻小伙子们怕受训斥不敢向父亲承认欠了债，都发现他是个能解燃眉之急的好朋友。

“这么说，这笔钱你已经欠了一个月，你这小浑蛋！”他会这么大声叫嚷，“凭上帝的名义，你借人家这钱之前，怎么不先上我这儿来拿？”

他说话粗鲁是人所共知的，所以也不会得罪人，只能让年轻人不好意思地笑着回答说：“是这样，先生，我真的不愿意麻烦您，可是我父亲——”

“你父亲是个好人，不用说，是严厉了点，这些尽管拿去，再也别提就是了。”最后认可别人的总是农场主的太太们。但是，当韦尔克斯太太——“一位了不起的夫人，有保持沉默的难得品质”，杰拉尔德这样评论她的性格——有天晚上听见杰拉尔德的马在甬道上渐渐远去时跟她丈夫说：“他说话很粗，可他是位绅士。”杰拉尔德的地位终于受到认可。

他不知道将近十年过去，他才受到认可，因为他从来没有意识到，他初来此地时，邻居们都曾对他侧目而视。在他自己心目中，自己刚到塔拉就属于这块地方了，他对此深信不疑。

杰拉尔德到四十三岁的时候，身体粗壮，面色红润，活像狩猎图画中出猎的乡绅。这时他才感到，塔拉虽好，县里人虽然对他都不见外，都欢迎他，究竟还缺少什么。他想娶个太太。

塔拉太需要一个女主人了。那个肥硕的厨子，本来是干农活的黑奴，苦于没人，临时提升到厨房做饭，可她从来不能按时开饭，而卧室女仆，原本也是干农活的，眼看着家具上落了厚厚的灰尘也不打扫，从来没有干净床单被套备用，所以每回客人要来，才临时手忙脚乱地收拾。波克是庄园里唯一受过训练的黑人，负责监督其他奴仆，但是几年过后，看惯了杰拉尔德那种逍遥自在地过日子的方式，就连他也渐渐变得又马虎又懒散。作为贴身男仆，他倒能把杰拉尔德的卧室收拾得干净整洁，作为管家，他能让主人以优雅尊贵的方式进餐，但别的事他可就是任其自流，不闻不问。

凭着非洲人那种万无一失的直觉，黑人们都发现杰拉尔德是个光叫不咬的主，就都不顾廉耻地钻他的空子。主人威胁的声音挺大，口口声声说要把哪个卖到南面去，要结结实实抽哪个一顿，但是从来没有一个塔拉的黑奴被卖掉，至于鞭打也只发生过一回，那是因为杰拉尔德最心爱的马一整天外出打猎，回来竟然没人给它洗澡梳毛，这才迫不得已给了点颜色。

杰拉尔德那双犀利的蓝眼睛注意到了邻居的房屋收拾得多么整洁有序，穿着沙沙作响的长裙、头发梳得光光的太太们多么挥洒自如地指挥着奴仆们干活。他对这些女人从清晨直到午夜的活动毫无了解，不知道她们要照料一日三餐、照料孩子、做针线、洗衣物等。他只看到了表面上的情形，而这表面的情形给他留下了深刻印象。

一天早上，他忽然意识到自己急需一个妻子。当时他正要穿好衣服骑马出去旁听审案。波克取来他最爱穿的绉领衬衫，可是这衬衫让女仆缝得很不中看，除了贴身男仆外，谁也穿不出去。

“杰拉尔德先生，”波克见杰拉尔德生气，便安慰他说，“您需要位太太，带一大群黑奴嫁过来。”

杰拉尔德一边骂波克放肆，一边心里却在想这家伙说得没错。他需要妻子，需要孩子，这事要是不抓紧办，就会来不及了。但是他不能随便娶个女人，像卡尔弗特那样，把没妈的孩子们那个家庭教师娶了做老婆，也不嫌她是个北佬。他自己的妻子必须是位淑女，出身高贵的淑女，要像韦尔克斯太太那样气质优雅，风度翩翩，要有能力像韦尔克斯太太管理自己的庄园那样管理塔拉庄园。

但是娶县里的世家小姐有两个难处。一个是处于结婚年龄的小姐太少。另一个更严重，那就是尽管杰拉尔德已经在这儿住了将近十年，他依旧是个“新来的”，还是个外国人。没人知道他的出身门第。虽说佐治亚内地没有沿海地区对门第看得那么重，但是如果对一个人的祖父一点也不了解，那么谁家也不愿意把女儿嫁给这人。

在县里，人们和他一块儿出猎、一块儿喝酒、一起谈论政治，杰拉尔德知道这些人的确喜欢他，可是他们中哪个的女儿也没法娶。他也不想让自己这事弄成别人饭桌上的闲谈材料，说这个、那个或者其他哪个父亲很遗憾地拒绝让杰拉尔德拜访他女儿。明白了这一点，倒也并没有让杰拉尔德觉得自己在邻居当中低人一等。没有任何事情能让杰拉尔德觉得自己在任何方面低人一等。只不过是县里有这样的怪风俗，那就是女儿要嫁的人家在南方居住的时间必须远远超过二十年，拥有土地和黑奴，仅可沉湎于当时流行的恶习。

“收拾行李。我们去萨凡纳，”他对波克说，“要是我听到你说‘嘘！’或者‘中！’哪怕只听到一次，我就非把你给卖了不可，因为这些话我自己也很少说了。”

在婚姻大事上，詹姆士和安德鲁或许可以给他点儿建议，说不定他们的老朋友家有女儿可以满足他的条件，也愿意接受他做丈夫。詹姆士和安德鲁耐心地听他说完，但是没给他多少鼓励。他们在萨凡纳没有亲戚可以求助，两人都是在来美国之前就结婚了。他们的老朋友就是有女儿也早都嫁了人，正忙着养育自己的小孩呢。

“你不是富人，你也不是大户人家。”詹姆士说。

“我自己赚了钱，我会把自己的家发展成一个大户人家。我不会随便娶哪个女人。”

“你的心气儿倒挺高。”安德鲁冷冷地说。

但是两个兄长毕竟为杰拉尔德尽了最大努力。詹姆士和安德鲁上了年纪，在萨凡纳口碑不错。他们有许多朋友，在一个月之内，领着杰拉尔德拜访了一家又一家，赴晚宴、参加舞会、去郊外野餐。

“我看上眼的就一个，”杰拉尔德终于说了，“可是我来美国的时候她还没出生呢。”

“你看上眼的是哪个？”

“埃伦·罗比亚尔小姐。”杰拉尔德说，他尽量显出不经意的样子，其实埃伦·罗比亚尔那双黑色丹凤眼绝不只是让他看上了眼。尽管她有那么一种不可思议的冷漠神态，对一个十五岁少女而言，这是很让人奇怪的，可就是她把杰拉尔德迷住了。另外，她还有一种令人难以忘怀的忧郁神情，铭刻在他心上，他因而对她更温柔了，那是他对待世上任何人都从未有过的温柔。

“你这把年纪够当她爹了！”

“可我现在还是大好年华呀！”杰拉尔德受了刺激，不禁喊了出来。

詹姆士的语调很平静。

“杰里杰里：杰拉尔德的昵称。，你跟萨凡纳随便哪个姑娘结婚的机会，都不比跟她结婚的机会小。他父亲是罗比亚尔家族的一个成员，那些个法国人都傲慢得可怕。她母亲——愿上帝照看她的灵魂——是位了不起的夫人。”

“我才不在乎哩，”杰拉尔德急着说，“再说啦，她妈已经死了，老罗比亚尔挺喜欢我。”

“作为一个男人，是这样的，可做他的女婿就不一样了。”

“怎么说那姑娘也不会要你，”安德鲁插了一句，“她爱上了一个粗野的表哥，菲力普·罗比亚尔，已经一年了，尽管她家人从早到晚都劝她打消这念头。”

“这个月他上路易斯安那去了。”杰拉尔德说。

“你怎么知道？”

“我知道。”杰拉尔德答道，他不在乎告诉他们，是波克弄到了这条宝贵信息，也不在乎告诉他们菲力普离开这儿到西部去，是因为家里明确要求他这样做。

“我觉得她并没有爱他爱到忘不了他的地步。十五岁毕竟太小，对爱情懂得不多。”

“他们宁肯让她嫁那个不顾死活的表哥，也不会让她嫁你。”

所以，直到后来传来消息，说皮埃尔·罗比亚尔的女儿要嫁给这个内地的爱尔兰矬子，詹姆士和安德鲁是如何的惊讶就可想而知了。萨凡纳的人都在私下里纷纷议论，猜测去了西部的菲力普出了什么事，不过这种闲言碎语根本不会带来答案。至于为什么罗比亚尔家最可爱的一个女儿竟会下嫁一个大嗓门、红脸、身高不及她耳朵的矮个头男人，就成了一个令所有人都大惑不解的谜了。

杰拉尔德自己也不大清楚这一切究竟是怎么回事。他只知道一个奇迹发生了。那天，面色特别白但非常镇静的埃伦把手轻轻搭在他胳膊上说："我愿意嫁给你，奥哈拉先生。"那是他平生头一回显得那么彻底的谦卑。

为此感到震惊的罗比亚尔家人知道部分原因，但是唯有埃伦本人和她的女用人黑妈妈知道事情的底细：那一夜心碎的姑娘哭成了泪人，一直哭到天亮，早晨起来换了一个人似的变成了一个拿定主意的女人。

黑妈妈带着一种不祥的预感，给她年轻的女主人带来一个小包裹，是从新奥尔良寄来的，写在上面的地址是陌生的笔迹，包裹里有一张埃伦的小画像，埃伦一看就哭了，把它摔到地板上；还有埃伦写给菲力普·罗比亚尔的四封亲笔信；还有新奥尔良一位牧师写的短简，通知说她的表哥已经在酒吧里的一次打架斗殴事件中丧生。

"是他们把他赶走的，是父亲、宝莲、尤拉莉。是他们把他赶走的！我恨他们！我恨他们每一个人！我再也不想见到他们了！我要离开！我要到一个再也见不到他们、再也见不到这个城市、再也见不到能让我想起他的任何人的地方去！"

快天亮的时候，黑妈妈表示了自己的反对意见："可是，宝贝，你可千万不能这么干！"整整一夜，她一直抚摸着年轻女主人的黑头发，和她相拥而泣。

"我就这么做！他是个好人。我就这么做！要不然我就到查尔斯顿的女修道院去做修女！"

就是进女修道院的威胁，才逼得不知所措、伤心欲绝的皮埃尔·罗比亚尔同意了这门亲事。尽管家里其他人都信天主教，皮埃尔却是个坚定的长老会教徒，他认为做修女比嫁给杰拉尔德·奥哈拉还要糟糕。毕竟这人没有什么不合他意的地方，只不过没有门第罢了。

于是，埃伦从罗比亚尔家嫁出去了，离开了再也不想见到的萨凡纳，随着自己的中年丈夫，带着黑妈妈以及二十名"房里的黑奴"，浩浩荡荡上了去往塔拉的旅途。

第二年，他们头一个孩子出世了，他们给她取了杰拉尔德母亲的名字，叫凯蒂·斯佳丽。杰拉尔德有些失望，因为他想要个儿子，不过看到他这个黑头发的小女儿，他还是非常高兴，于是便邀请塔拉所有的黑奴喝朗姆酒，自己又喊又叫，异常兴奋，喝得酩酊大醉。

即便埃伦曾经为自己突然做出的决定感到过后悔，那也是谁都不知道的，杰拉尔德当然就更不知道了，他只要一看到她，心里就会涌起一阵自豪感。埃伦已经把萨凡纳——温文尔雅的海滨城市——以及关于它的一切都抛到了九霄云外，从她来到这个县的那一刻起，北佐治亚就成了她的家。

当她与父亲的家诀别之时，她也告别了那所房子：房子的线条优美流畅，好像女人身上的曲线，好像张满风帆的航船；表面涂成淡粉色的房子是法国殖民地的建筑风格，地基高出地面许多，建造得精巧别致，房门前的台阶回环而上，两边是像衣服花边一样漂亮的铁栏杆；那是一座阴凉、富有、高尚然而孤零的房子。

她不仅离开了那优雅的宅第，也离开了这座建筑背后的全部文明，她发现自己置身于一个完全陌生的环境，那种差异恍如隔绝了一个大陆。

在佐治亚北部，有一片崎岖不平的丘陵地带，这里的居民勤劳勇敢。朝蓝脊山下的高原极目远眺，她总能看见一片像波浪起伏的红色山峦，随处可见从地下伸到地面上的花岗岩，到处有枝条稀疏、其状阴郁的松树高高兀立。她那双眼睛看惯了草木葱茏、宁静美丽的海岛，看惯了那苍苔覆盖的地面，枝丫交错的林木，看惯了铺展在亚热带太阳底下滚热的白沙滩，以及望不到头的平坦街景，点缀着高高低低的棕榈树。

而这地方却有寒冷的冬天，有炎热的夏季，这里的男人个个精神旺盛、充满活力，这是她以前从来没有见识过的。他们善良勇敢、慷慨大度、厚道热心，而且都身强体壮，男子气十足，不过很容易动怒。她离开的那些海边的人，总是漫不经心地对待一切，哪怕是决斗，哪怕是世仇，并且为自己这种态度感到自豪；佐治亚北部的人骨子里都有一点粗暴。海边的生活湿和安宁，而这里的生活充满朝气，富有新鲜气息。

埃伦在萨凡纳熟悉的人都好像是从一个模子里倒出来的，传统观念一模一样。而这地方的人各种各样。佐治亚北部的移民来自许多不同的地方：佐治亚其他地区、卡罗来纳、弗吉尼亚、欧洲、北方等地。有些和杰拉尔德一样，初来乍到，一心想着发财致富。有些和埃伦一样，出身世家，但是在以前的家里受不了，来到这方遥远的土地上寻求栖身之所。许多人来这里压根儿就没有什么原因，就是因为父辈拓荒者那不安分的血液，在他们血管里流速加快的结果。

这些人来自许多不同的地方，有着不同的文化背景，给这个县带来了一种无拘无束的生活方式，这让埃伦感到十分新鲜。这种无拘无束的生活方式她一直不大习惯。她本能地知道在任何情形下海边的人会如何反应。而佐治亚北部的人会如何反应，她是怎么也说不准的。

加速了这个地区发展的是当时席卷南方的繁荣浪潮。全世界都急需棉花，而这里新开垦的肥沃土地盛产棉花。棉花是这个地区搏动的心脏，种棉花和摘棉花是这片红土地的心脏舒张和收缩。财富从弯曲的田垄间滚滚而来，携手而来的还有傲慢——傲慢来自碧绿的草木之间和大片羊毛般洁白的棉花上。如果棉花可以让这一代人发财致富，那么下一代又会富成什么样子！

对未来的信念给生活带来了渴望和热情，县里人享受生活的那种热诚，埃伦永远也无法理解。他们有足够的钱和黑奴，因而有时间玩乐，也喜欢玩乐。他们好像从来没有繁忙到顾不上去吃烤鱼野餐、去打猎、去赛马，没有哪个星期不举行野餐会或者舞会。

埃伦从来没有想过要成为他们当中的一员，她也不可能这样——她把自己的绝大部分都留在萨凡纳了——但是她尊重他们，而且逐渐开始赞赏他们那种坦诚爽快的性格，他们从不说言不由衷的话，他们对人的评价总是实事求是。

她成了县里人最喜欢的好邻居，是个勤劳善良的女主人，是个贤妻良母。她原打算把自己失恋后那颗破碎的心无私地奉献给教会，现在全都用来照顾孩子、照管家务、侍候丈夫。是丈夫带她离开了萨凡纳及其所有记忆，而且从来没有提过任何问题。

斯佳丽一岁的时候，照黑妈妈的说法，比一般小女孩都健康活泼。随后埃伦的第二个孩子也出世了，取名叫苏埃伦，再往后是卡丽恩，名字在家庭《圣经》后的空白页上写作卡罗琳·艾琳。接下来是三个男孩，可是都在还没学会走路前，就相继夭折了——如今都长眠在离宅子一百码开外那片墓地上藤蔓缠绕的雪松底下的三块石碑下，每块碑上都刻着同一个名字："小杰拉尔德·奥哈拉"。

自从埃伦初次来到塔拉那天，这地方就开始变样了。虽说她才十五岁，可她义不容辞地承担起了塔拉农场女主人的全部责任。结婚前，女孩子们除了做别的事情外，必须温柔、可爱、漂亮，但是结婚后，别人就会期待她们能照管好一个有一百多号人的家，包括白人和黑人。她们都被灌输过这种观念。

埃伦像任何一个教养良好的姑娘一样，有过这种婚姻准备，再说她还有黑妈妈帮忙，这婆娘能把最懒的黑奴整治得勤快起来。她很快就给杰拉尔德的家里带来了秩序、尊严和优雅，她给了塔拉一种从来没有过的美。

建造这座房子没有用任何设计图，还图方便随处加盖了不少房间，但是，经埃伦细心收拾照料，房子呈现出一种魅力，弥补了未经认真设计的不足。从大路通到家里的雪松林荫道——假如没有它，没有哪个佐治亚农场主的家园堪称完整——浓荫蔽日，走在下面十分凉爽，和别的绿树比起来，雪松的绿色更明亮。垂挂在廊子上的紫藤在白墙反衬下，显得很鲜亮，在家门口和粉色绉绸般的桃金娘花丛连在一起，院子里还有开白花的木兰树，把房子上有些不好看的线条遮挡起来了。

在春夏两季，草坪上的狗牙根草和三叶草一片翠绿，绿得那么诱人，吸引得本该在房后那块地上走动的火鸡群和白鹅群都忍不住跑到这里来。鸡鹅群中的长者不断偷偷摸摸地带领同伙溜进前院，引诱它们到这里来的是鲜绿的青草、芬芳的茉莉花和百日菊。为了防止它们的破坏，门廊上专门设了一个岗哨，是个黑孩子，手里拿一条破毛巾当武器，坐在门前台阶上，形成了塔拉图景中的一部分——这孩子一肚子不高兴，因为不允许他拿石头打这些家禽，只能抖动毛巾、发出嘘声吓唬它们。

埃伦派了十几个黑孩子干这活儿，这是塔拉的男黑奴一生的第一份职责。年满十岁后，他们就被送到农场的皮匠老爹那里学手艺，或者送到造车的木匠阿莫斯那里，或者送到牛倌菲力普那里，或者骡子倌卡菲那里。如果这些手艺他们都学不会，那就只好做个到地里干活儿的庄稼汉了。照这些黑人看来，一旦做了庄稼汉，就没有什么社会地位了。

埃伦的生活既不安逸，也不幸福，不过她并没有指望过安逸的生活，至于生活不幸福，那也是女人的命。这世界是男人的世界，这道理她认了。男人拥有钱财，女人管理钱财。女人管得好男人说那是自己的功劳，女人还得夸男人聪明能干。男人手上扎了根刺儿就疼得像公牛一样大吼大叫，女人生孩子都要强忍着不敢呻吟，生怕吵得男人心烦。男人粗言秽语、经常喝醉。女人听了不中听的话要当没听见，还得把醉汉扶上床，不能有半句怨言。男人举止粗鲁嘴没遮拦；女人总是心肠慈悲宽容大方。

她是在高贵淑女传统的环境中长大的，这种传统教会了她既能承担重任，又能保持自己的魅力，而她打算让自己的三个女儿也成为高贵的淑女。在两个小女儿身上，她取得了成功，因为苏埃伦就希望自己有魅力，对妈妈的教导总是那么认真，那么顺从，而卡丽恩生来就腼腆得很。但是斯佳丽像了父亲，觉得通向淑女风范的道路十分艰难。

她让黑妈妈大伤脑筋，因为她喜欢的玩伴不是自己举止端庄的妹妹，也不是教养优良的韦尔克斯家的女孩，而是农场里黑人的孩子，以及邻居家的小男孩，论爬树或者扔石头，她比起他们当中的任何一个都毫不逊色。黑妈妈为这事感到十分不安，怎么埃伦的女儿会有这种品性，于是就经常教训她，要求她“举止行为要像个真正的淑女”。但是埃伦在这件事上很宽容，也看得远。她知道小时候一块儿玩耍的伙伴长大后会变成情人，而女孩的首要责任是结婚。她对自己说，这孩子只不过是浑身充满了活力，以后有的是时间把那些吸引男人的技巧和优雅举止教给她。

为了这个目的，埃伦和黑妈妈一块儿努力，于是等到斯佳丽长大了些的时候，尽管别的事没学会多少，她在这件事上倒是能心领神会，成了个好学生。家里给她连续请过几个家庭教师，还送她去附近的费耶特维尔女子学院念过两年书，但她受的教育还是很肤浅。然而，论舞姿的优美，县里没有哪个女孩能超过她。她懂得怎么样笑才能让脸上的两个小酒窝一跳一跳的，怎么样脚尖朝里，走起来才能让带有撑裙箍的宽大裙摆飘摇迷人，怎么样抬头看男人的脸一眼，随后垂下眼睛，赶快眨眼皮，仿佛心里有细腻的情感而忐忑不安。她学得最到家的，是如何在男人面前，把她那绝顶的聪明隐藏在她那张孩子般率真可爱的面容底下。

埃伦靠她慢声细气的告诫，而黑妈妈靠的是随时随地的百般挑剔，两人齐心协力对斯佳丽谆谆教诲，一心要把男人真正喜欢的作为妻子的所有品质灌输到她脑子里。

“你要再温柔些，亲爱的，再文静些，”埃伦对女儿说，“男人们谈话时别插嘴，哪怕你真的认为自己比他们还懂得多。男人不喜欢外露型的女孩子。”

“年轻闺女可不能老是皱着个眉头，探出下巴，老说什么‘我就要’，‘我就不’的，要老这样就找不到男人。”黑妈妈阴着个脸把丑话先说了出来，“年轻闺女说话的时候要低下眼睛：‘好的，先生，是这样’，‘是的，听你的吩咐，先生’。”

两人齐心协力地把一个淑女应该懂得的事都教给她了，可是她只学到了文雅的表面形式。产生这种表面形式的内心的优雅她可是从来没有学会，她也看不出学那玩意儿有什么必要。容貌好就足够了，大家都喜欢她，就是因为她的淑女容貌，而她希望的就是大家都喜欢她，这就行了。杰拉尔德吹过牛，说她是方圆五个县里的头号美人，这话倒也不假，因为这一带邻居中的青年差不多全都向她求过爱，其中有不少是来自亚特兰大和萨凡纳的。

多亏了黑妈妈和埃伦，斯佳丽长到十六岁时，出落得又可爱又迷人又风流，但她骨子里却是又任性又虚荣又倔强。她继承了爱尔兰父亲那火暴脾气，从母亲那里只继承了一点无私忍让品质的极浮泛的表皮。埃伦从来没有意识到这种品质在女儿身上体现的只是一点表皮，因为斯佳丽总是把自己最光彩的一面展示给妈妈，在妈妈面前总把自己的乖戾行为隐藏起来，克制自己的脾气，尽量显得性情可爱，只要妈妈用责备的目光看她一眼，她就会羞愧得哭出来。

但是黑妈妈对她不抱什么幻想，随时留意着要掀开她的伪装。黑妈妈的眼睛比埃伦尖，斯佳丽不记得自己有什么秘密能长久瞒着黑妈妈。

斯佳丽具有饱满的精神、活泼的性格和可爱的模样，这倒并没有让两位慈祥的老师感到难过。这些正是南方女人引以为自豪的特点。但她有了杰拉尔德那种刚愎自用、急躁莽撞的性格，这才是她俩担心的所在。有时她们还担心她那坏性情掩饰不住，除非找个合适的对象。但是斯佳丽打定主意要结婚——要嫁阿希礼——她愿意表现得端庄温柔、漫不经心，只要能吸引男人的注意就行，至于说男人为什么喜欢这样的特点，她是不知道的。她只知道这些办法还真有效。她没有兴趣想清楚其中的原因，因为她不了解人的头脑里的活动，甚至连自己头脑里的活动也不了解。她只懂得这样说或那样说，男人就会准确无误地继续这样说或那样说。这就好比是一个数学公式，同样的简单，数学是斯佳丽上学的时候觉得容易学的一门科目。

如果说她对男人的心思不大了解的话，她对女人的心思了解得就更少了，因为她在这方面的兴趣更少。她没有一个女朋友，而她在这方面也不觉得有什么欠缺。对她来讲，所有的女人，包括她的两个妹妹，都是她捕获猎物——男人——的天然敌人。

所有的女人，只有她母亲除外。

埃伦·奥哈拉不一样，斯佳丽把她视为神圣，高于全人类之上。斯佳丽小时候，老把妈妈和圣母马利亚混为一谈，而如今她已长大成人，可是也觉得没有必要改变这种观念了。对她而言，埃伦代表着绝对的安全，那是唯有上帝和母亲才能给予的。她知道自己的母亲是公正、真诚、温柔可爱和博大智慧的化身——一个完美的女人。

斯佳丽想做个母亲那样的女人。唯一的困难是，仅靠公正、真诚、温柔、无私去做人，就会丧失人生中的最大快乐，当然也失去许多情郎。再说，人生苦短，绝不能失去这么美好的东西。有朝一日她嫁给阿希礼，年纪也大了之后，有朝一日自己有工夫这么做的时候，她打算做个像埃伦那样的女人。但是，到那时候再说吧……

第四章

那天晚上妈妈不在家，晚饭是斯佳丽张罗的。但是她刚听到的阿希礼要和玫兰妮结婚的可怕消息，翻江倒海一样地在她脑子里翻腾着。她心急火燎地盼着妈妈从斯莱特里家赶紧回来，因为妈妈不在身边，她感到失落和孤独。斯莱特里一家没完没了地病，他们有什么权力这时候把妈妈从自己家叫走，去照顾他们家的病人，而她，斯佳丽，此时此刻是如此需要妈妈。

晚饭吃得始终很沉闷，杰拉尔德打雷一样的声音撞击着她的耳朵，直到她再也忍不下去才罢休。他已经把下午跟她说过的话忘了个干净，顾自喋喋不休地唠叨着苏姆特堡的最新消息，还不停地拿拳头敲饭桌，在空中挥手臂，以示强调。杰拉尔德养成了吃饭时一个人不停地说话的习惯，斯佳丽一般自己想自己的事，很少听他说什么；但是今晚她抵挡不住他的声音，尽管她努力竖起耳朵注意听外面是不是响起了埃伦回来时马车的车轮声。

当然，她不打算告诉妈妈她有一个多么沉重的心事，因为埃伦要知道了自己的女儿爱上了一个已经跟另一个姑娘订婚的男人，恐怕会感到震惊，会伤透她的心。但是在她遇到的平生第一个悲剧当中，她希望妈妈在身边，那对她是莫大的安慰。只要妈妈在身边，她总觉得十分安全。再糟的事，只要埃伦在，都能让事情好转起来。

她听见车道上响起车轮的吱呀声，便猛地站起身来，随后又坐下来，因为马车绕到房子背后，来到了后院。不会是埃伦，她总是在前门台阶处下车。接着就听见黑人哇哇的说话声和尖嗓门的笑声从漆黑的后院传过来。斯佳丽从窗口向外望去，只见刚出去的波克高举着一个松树枝火把，车上下来几个看不清楚的人影。欢声笑语在夜晚的空气中起伏荡漾，声音愉快朴实、无拘无束，多喉音而柔和，多颤音而像音乐。接着，许多脚踏在了后门廊的台阶上，进了通正厅的过道，就在餐厅门外停住了。只听响起很短的几句耳语，随即就见波克推门进来，他平时那副尊严没了，眼珠子滴溜溜转，咧开嘴露出一口亮闪闪的白牙。

“杰拉尔德先生，”他说，一面喘着粗气，脸上神采飞扬，俨然一个喜形于色的新郎，“您新买的女仆来了。”

“新买的女仆？我没买什么女仆呀。”杰拉尔德说，假装发怒了。

“是啦，您买的，杰拉尔德先生！是啦！她这会儿等着向您道谢呢。”波克哧哧地笑着说，一边还激动地扭着两手。

“好啦，叫新娘进来吧。”杰拉尔德说，波克转身便向厅里他媳妇打了个招呼，她离开韦尔克斯家的农场刚到这里，今后就是塔拉的一员了。她进了餐厅，身后还跟着她十二岁的女儿，差不多整个儿躲藏在她妈妈那宽大的花布裙子褶里，紧挨着妈妈的腿。

迪尔西高个子，腰身挺拔。她的岁数在三十到六十岁之间。古铜脸膛上没有什么表情，几乎也没有什么皱纹。她的五官上一眼就能看出来有印第安人的血统，但压过了黑人的特征。红皮肤，窄前额，高颧骨，典型黑人的嘴唇上面是一管鹰钩鼻，但鼻头扁平，总体上看，她身上混合着两种血统。她神态矜持，走路时带有的那种尊贵风度，甚至超过了黑妈妈，因为黑妈妈的气质是后来学的，而迪尔西的气质是血统中固有的。

她说话的时候，声音不像多数黑人那样发音模糊，措辞也更小心。

“晚上好，小姐们。杰拉尔德先生。不好意思，给您添麻烦了，可是我想来谢谢您买了我和我的孩子。许多人都想买我，但是不肯连同我的普莉西买下来。十分感谢您，让我们母女俩不必忍受分离的痛苦。我一定尽力为您效劳，不忘您的大恩。”

“啊——啊。”杰拉尔德说，一边清了清嗓子，当众受人感恩让他感到有点不好意思。

迪尔西转向斯佳丽，眼角皱了一下，像是一个笑容。“斯佳丽小姐，波克告诉我您一直劝杰拉尔德先生把我买过来。所以我把普莉西给您做女仆吧。”

她把躲在她身后的小女孩拽到面前。女孩是个棕色皮肤的小人儿，腿细得像鸟腿，头发梳成无数根小辫子，看样子是仔细用麻线捆上的，僵硬地在她头上向外翘着。她两眼锐利机敏，注意着一切，脸上是一副故意装出来的傻模样。

“谢谢你，迪尔西，”斯佳丽回答说，“不过，我想这事黑妈妈大概有安排。我出生到现在一直是她做我的女仆。”

“黑妈妈上年纪了，”迪尔西说，神态那么镇静，简直要惹黑妈妈发火了，“她是个好老妈，可是您现在已经是个小姐了，您需要个手脚麻利的女仆，我的普莉西给印第亚小姐做了一年女仆。她会做针线活儿，会给您梳头，做得跟大人一样好。”

经母亲这么一敦促，普莉西忽然向斯佳丽行了个屈膝礼，还咧嘴笑了一笑，斯佳丽也忍不住回了她一个笑容。

“真是个小精灵，”她暗想，一边大声说，“谢谢你，迪尔西，这事等妈妈回来安排。”

“谢谢您，小姐。祝您晚安。”迪尔西说，然后转身带着孩子出去了，后面跟着活蹦乱跳的波克。

晚饭桌收拾干净了，杰拉尔德又开始演说起来，但他自己并不怎么满意，听的人就更不用说了。他打雷似的叫嚣什么战争一触即发，不停地反问南方是否可以继续忍受北佬的侮辱，可是得到的只是几句沉闷的反应：“是的，爸爸。”“没错，爸爸。”卡丽恩坐在巨大的吊灯底下的一个厚厚的垫子上，聚精会神地看着一本小说，讲的是一个女孩在情人死后去做了修女，她看到伤心处，感动得潸然泪下。幻想着自己戴着白色修女帽的模样，一时沉浸在欣悦之中。苏埃伦正在绣花，她把这刺绣活儿戏称为“嫁妆箱”。她手里做着活儿，心里却在琢磨，明天的野餐会她是否能把斯图尔特·塔尔顿从她姐姐身边吸引过来，用自己有、斯佳丽没有的女人温情把他迷住。而斯佳丽正为阿希礼大伤脑筋呢。

爸爸为什么喋喋不休地谈苏姆特堡和北佬呢，他明明知道她的心都要碎了呀？和谁年轻时都一样，她奇怪人们怎么会如此自私，毫不掩饰地漠视她的痛苦，她的心在破碎，而这世界还照转不误。

她的心里好似刮过了一阵龙卷风，令人惊诧的是，吃完晚饭后，餐厅里是如此的宁静，和往常是一模一样，毫无二致。桃花心木餐桌和壁橱，厚重的银餐具，锃亮的地板上铺着的明亮的小地毯，全都在原来的位置上，就像什么也没发生过一样。这是个温馨舒适的房间，平时斯佳丽很喜欢吃完饭后一家人待在这里的安静时光；但是今晚，看到这地方她就讨厌，要不是她害怕父亲那些大吼大叫的问题会问到她头上，她早溜掉了，独自穿过黑黑的大厅，溜到埃伦的小办公室里去，蜷在那个旧沙发上，痛痛快快哭一场，把心里的悲痛一股脑儿哭出来。

那是整个宅子里斯佳丽最喜欢的一个房间。在那里，埃伦每天早上都坐在自己高高的写字台后面，核对农场的账目，听监工乔纳斯·韦尔克森的汇报。有时一家人也在这里消磨时光，陪着埃伦记账，杰拉尔德坐在那张旧摇椅里，姐妹们蜷在沙发上陷下去的垫子里，这张沙发太破旧了，不适合放在前面的屋里。此刻斯佳丽真想到那儿去，就和埃伦一个人在一起，那样就可以把头埋在妈妈怀里，安安静静地哭一场。难道妈妈不回家了吗？

这时，外面响起一阵车轮碾过卵石车道的刺耳声响，埃伦打发走车夫的慢声细语也随即飘进屋来。她急匆匆地走进屋里时，大家都急切地抬起头来。只见她的裙裾款摆，神情疲惫而含有忧伤。她一进屋里就带进来一股淡淡的美人樱香草味，香味好像总是从她的褶裙里的香袋中散发出来的，这香味在斯佳丽印象里总是和妈妈连在一起的。黑妈妈在后面几步开外跟着，手里拿着那个皮包，下嘴唇往外伸着，低着头，一边蹒跚着往前挪，一边咕咕哝哝地自言自语，声音压得很低，听不出来是什么意思，不过也足以表明是不满意。

“很抱歉，这么晚才回来。”埃伦说，一边把溜肩膀上的花格子披肩拉下来递给斯佳丽，顺手拍了拍她的脸蛋。

自她一进门开始，仿佛变魔术一样，杰拉尔德脸上忽然神采飞扬。

“给小家伙行洗礼了吗？”他问。

“是的，随后就死了，可怜的小东西，”埃伦说，“我原以为埃米也会死的，不过看样子她会活下来。”

女儿们都扭脸看着她，显出惊讶和不解的神色，杰拉尔德摇了摇头，显出一副达观知命的神态。

“唉，小家伙死了也好，可怜的东西，没有父……”

“不早了，我们最好现在就祈祷吧。”埃伦极其自然地把话岔开了，假如斯佳丽对母亲了解不深，根本就注意不到她岔开了话题。

谁是埃米·斯莱特里孩子的父亲，了解这个问题会是很有意思的。不过斯佳丽明白，想从母亲嘴里听到真相，是绝对没有指望的。斯佳丽怀疑是乔纳斯·韦尔克森，因为她常看见他和埃米傍晚在大路上散步。乔纳斯是个北佬，还没有娶亲，多年来一直做监工，这个事实把他和县里社交生活完全隔绝开来。处在任何社会地位的家庭，都不会接纳他做女婿，他能交往的也就是斯莱特里一家以及这类底层人家了。论到受教育程度，他比斯莱特里家人高出一大截，所以他不愿意娶埃米也是情理中的事，无论他多么频繁地和她傍晚一块儿散步。

斯佳丽叹了口气，因为她的好奇心也太强了点儿。各种各样的事情总在妈妈眼皮底下发生，而对她来说就和没发生过一样。埃伦对凡是自己认为不合适的事情总是不屑一顾，并且力图教导斯佳丽也这样做，但是效果并不理想。

埃伦走到了壁炉架跟前，打开那个放着念珠的镂花小首饰匣子，从里面取出一串念珠，这时，黑妈妈说话的语气强硬起来。

“埃伦小姐，你得先吃点儿饭再祈祷。”

“谢谢你，黑妈妈，可我不饿。”

“我去给你弄点儿饭吃。”黑妈妈说，生气地皱起了眉头，转身朝厨房走去。

“波克！”她叫了一声，“叫厨子生火，埃伦小姐回来了。”

在她庞大身躯的重压下，地板吱呀作响，她在前厅里自言自语的声音也越来越大，清清楚楚地传到了正在餐厅的家人耳朵里。

“我说过几百遍了，帮那些穷鬼白人没用。那些家伙都是些懒骨头、没良心、窝囊废。埃伦小姐根本犯不上去帮他们的忙，还把自己累个半死。这些家伙根本不配，要不然早有黑奴伺候他们了。我早说过……”

她沿着屋外那条只有顶棚的通道朝厨房走去。黑妈妈有自己的一套办法，能让主人清楚她在所有事情上的立场。她明白，黑人发牢骚嘟囔出来的意思，白人是一点儿都不会去注意的，否则就有失尊严，她明白他们为了面子，绝对不会理睬她说什么，哪怕她就在隔壁屋里叫出声来，他们也会听而不闻。这就既能让她免受责骂，也能让大家毫不含糊地了解她对某件事的看法。

波克进了餐厅，手里端着一个盘子，拿着一套银餐具和一块餐巾。他身后紧跟着杰克，杰克是个才十岁的黑孩子，他一只手匆忙系着白麻布上衣扣子，另一只手拿着个拂蝇。拂蝇是用一把报纸条绑在比他还高的一根芦苇秆上做成的。埃伦自己有个漂亮的拂蝇，是用孔雀毛做的，不过只在特别的场合才拿出来用一回，而且用以前总要在家里争执一番，因为波克、厨子、黑妈妈都觉得孔雀毛不吉祥。

杰拉尔德替埃伦拉出一把椅子，埃伦刚坐下，四个声音便同时冲她响起来。

“妈妈，我的新舞裙上的花边松开了，我想明天晚上到十二橡树庄园去参加舞会就穿这件舞裙呢。你能给我缝上吗？”

“妈妈，斯佳丽的新裙子比我的漂亮，我穿粉红色像个丑八怪。为什么不能让她穿我的粉红裙子，让我穿她的绿裙子呢？她穿粉红色挺好看的。”

“妈妈，明天晚上我能不能不睡觉，去舞会上待着呢？我已经十三岁了……”“奥哈拉太太，你能相信吗——别闹了，丫头们，再闹非揍你们不可。凯德·卡尔弗特今天早上去了亚特兰大，他说——你们能不能安静点儿，吵得连我都听不见自己说什么了——

他说那地方的人们闹得都乱套了，谁都不说别的，说的都是打仗，民兵训练，组织军队。他还听到查尔斯顿传来的消息说，那里的人们再也受不了北佬的侮辱了。”

埃伦疲倦地动了一下嘴角，像妻子应做的那样先对丈夫说话。

“要是查尔斯顿的好人们都这么看，我觉得我们很快也会这么看的。”她说，因为她有一种根深蒂固的观念，那就是除了萨凡纳，整个新大陆的名门望族大都聚集在那个小小的海滨城市，查尔斯顿人大都持有这种观念。

“不，卡丽恩，明年才行，亲爱的。到那会儿你就可以晚上不睡觉一直待在舞会上，也可以穿大人穿的裙子了，到那会儿我这小红脸蛋儿会有多高兴呀！别噘嘴，宝贝。要知道，野餐会你是可以去的，一直待到晚饭结束，舞会要等到十四岁才能参加。”

“把你的裙子给我，祈祷完我就给你缝上花边。”

“苏埃伦，我不喜欢你说话那种口气，亲爱的。你的粉红裙子挺好看，和你的皮肤挺般配，斯佳丽的裙子和她的皮肤挺般配。不过明天晚上你可以戴我的石榴石项链。”

苏埃伦在妈妈身后冲斯佳丽得意地皱了皱鼻子，本来斯佳丽也打算求妈妈让她戴这串项链来着。斯佳丽冲苏埃伦伸了伸舌头。苏埃伦是个难缠的妹妹，爱发牢骚，自私自利，要不是埃伦管束得紧，斯佳丽准会经常扇她耳光。

“我说，奥哈拉先生，把查尔斯顿的情况讲给我听听，卡尔弗特先生还说了些什么。”埃伦说。

斯佳丽知道妈妈根本不关心战争和政治，认为那是男人的事，明智的女人都不应该去关心。但是杰拉尔德把自己的观点说出来会觉得高兴，而只要是能让丈夫高兴的事，埃伦从来都乐此不疲。

杰拉尔德接着谈他听来的消息，这时候黑妈妈在女主人面前摆好一盘盘菜，有上面烤成金黄色的松饼，有炸鸡胸，还有一个切开的热气腾腾的甘薯，黄澄澄的，上面有熔化了的黄油正往下流淌。黑妈妈拧了小杰克一把，杰克赶紧履行自己的职责，在埃伦身后慢悠悠地来回晃动那个纸条做的拂蝇。黑妈妈站在桌子旁边，盯着饭菜一叉一叉从盘里送到嘴里，仿佛吃得稍有懈怠，她就要强迫埃伦咽下食物似的。埃伦的确吃得很努力，但是斯佳丽看得出来，她太累了，都顾不上看她吃的是什么。只是黑妈妈那张毫不通融的面孔迫使她非吃下那些食物不可。

埃伦终于把盘子里的饭菜都吃完了，而杰拉尔德的话还没有说完，正说着北佬如何龌龊，想解放黑奴，又不想为他们的自由花一个子儿。这时埃伦站起身来。

“我们可以祈祷了吗？”她不情愿地问道。

“可以。时候不早了——呀，都十点了。”正好钟也砰砰地报时，“卡丽恩早该睡觉了。把灯拉下来，波克。黑妈妈，把我的祈祷书拿来。”

黑妈妈压低嗓门用沙哑的声音催促着杰克动作麻利点儿，杰克把拂蝇搁在一个角落里，赶紧收拾桌上的盘子，黑妈妈打开壁橱，摸索着埃伦那本用旧了的祈祷书。波克踮着脚抓住吊灯链上的环，把灯慢慢拽下来，照亮了桌子，天花板变暗了。埃伦整理了一下裙子，双膝跪在地板上，把祈祷书打开放在她面前的桌子上，十指交叉放在上面。杰拉尔德在她旁边跪下，斯佳丽和苏埃伦在桌子对面的她俩的老位置上跪下来，把多褶裙下摆叠起来垫在膝盖下面，免得在坚硬的地板上跪疼膝盖。卡丽恩年龄还小，按她的年龄她长得也实在太小了，没法舒服地跪在桌子旁边，于是便面对一把椅子跪下来，把胳膊肘架在椅子上。她喜欢这个位置，因为祈祷时她很少有不睡着的时候，这种姿势能躲开妈妈的注意。

外面走廊里响起一阵仆人们杂乱的脚步声和裙子的沙沙声，他们就跪在了门外。黑妈妈跪下来的时候嘴里发出啊呀啊呀的呻吟声，波克的腰杆笔直，像根电线杆，女仆罗萨和蒂娜穿着鲜亮的印花布裙，十分优雅，厨子戴着雪白的裹头，显得面色蜡黄，一脸憔悴，杰克困得眼皮快睁不开了，尽量离黑妈妈远远的，免得挨她掐。他们那一双双黑眼睛亮闪闪的，目光里饱含着期待，因为和白人一块儿祈祷是一天中的大事。具有东方色彩的祈祷应答中，那古老而精彩的词语，对他们来说没有什么意义，但是却能让他们内心感到满足，他们齐声应答时总是应声摇摆着身体："主啊，怜悯我们吧。""基督，怜悯我们吧。"

埃伦闭上眼睛开始祈祷，声音起伏有致，催人入睡，也使人感到安慰。埃伦感谢上帝赐给她的家人和黑奴健康和幸福，这时，黄色灯光下大家都低着头。

她为塔拉屋顶下的人、她父母、姐妹、三个死去的孩子以及炼狱中所有可怜的灵魂都祈祷完毕之后，她又用细长的手指捻着念珠，念起了《玫瑰经》。像一阵柔风沙沙飘过，黑人和白人的喉咙里同时发出了回应：

"圣母马利亚，上帝的母亲，请为我们这些罪人祈祷，不论现在，还是我们临死的时刻。"

尽管斯佳丽肝肠欲裂、强忍泪水，她还是进入了一种深深的宁静安详之中，和往常这个时刻带给她的感觉一模一样。白天的失望和害怕明天到来，现在都渐渐消退了些，留下了一种希望的感觉。并不是她的心灵升到上帝那里，才带来了这种安慰，因为在她看来，宗教只不过是嘴皮上的事罢了。带给她这种安慰的，是妈妈为她所爱的人祈祷时，仰望上帝、圣徒和天使的那张安详的面孔。每回埃伦向上天说话，斯佳丽心里就肯定，上天在倾听。

埃伦祈祷既毕，该杰拉尔德祈祷了，可他总是找不到自己的念珠，便偷偷摸摸掐着手指数着念十遍。他念经的声音单调乏味，斯佳丽心思无法集中，游离到别处去了。她知道她应该反省一下自己良心。埃伦教导过她，要在每一天结束的时候，彻底反省一下自己的良心，坦白自己的各种过失，祈求上帝宽恕，并给予自己再不重犯的力量。但是此时此刻，斯佳丽却在反省自己心里的感情。

她把头垂在交叉起来的两手里，免得让妈妈看到自己的脸。一阵伤感袭上心头，思绪又回到了阿希礼身上。他明明爱着她斯佳丽，明明知道她是多么爱他，他怎么可能要娶玫兰妮呢？他怎么会故意让她心碎呢？

突然，一个从未有过的念头，在她脑子里像彗星一样亮闪闪地飞快掠过。

“呀，阿希礼一点儿都不知道我爱他！”

她几乎让这意外的念头惊得背过气去。有好大一会儿，她喘不过气来，头脑发僵，好像麻痹了一样，接着又飞快地驰骋起来。

“他怎么会知道呢？我在他面前从来都是那么小心翼翼的，一副淑女的高傲态度，所以他大概以为我除了把他当个朋友之外，没有别的念头。没错，所以他一直没有说出口！他觉得自己的爱是没有指望的。所以他看上去才那么……”

她的思绪飞快地回到了从前，当时他曾用那么异样的眼光打量着她。他那双灰眼睛像幕帘一样把他的情感隐藏得多么严密，可是他那样打量她的时候，眼睛睁得那么大，目光毫不掩饰，含有一种饱受煎熬无比绝望的神情。

“他的心都要碎了，因为他以为我爱上了布伦特，或是斯图尔特，或是凯德。说不定他觉得要是他得不到我，那么为了让家里人高兴，他就娶玫兰妮算了。可是假如他知道我爱他……”

她的精神从消沉的谷底扶摇直上，飙升至兴奋和喜悦的峰巅。所以阿希礼才那么沉默寡言，行为才那么古怪。原来他不知道！她的虚荣心全力支持她的愿望，使她相信事情肯定是这样。如果他知道她爱他，他会立即到她身边来。她只要……

“噢！”她喜不自胜地想着，用指头使劲掐着低垂的前额。

“我有多傻呀，直到这会儿才想到这一点！我一定要想出个办法让他知道。要是他知道我爱他，他就不会和她结婚！他怎么会呢？”

她忽地一惊，发现杰拉尔德念完经了，妈妈的目光落在了她身上。她赶紧念自己那十遍经，机械地掐着念珠一遍一遍计数。她的声音饱含着感情，黑妈妈诧异地向她投来一瞥。她念完了，接着苏埃伦和卡丽恩相继念她们的，于是她的思绪又回到了那个令她心驰神往的念头上。

就算到了现在，也不算太晚！县里经常有关于私奔男女的传闻，订了婚的男女会突然跟别人站在圣坛前举行婚礼。再说，阿希礼的订婚消息还没有宣布！对，时间还有的是呢！

如果阿希礼和玫兰妮之间没有爱情，只有很久以前许下的一个诺言，那么他为什么不可能违背那个诺言跟她结婚呢？他肯定可以这么做，如果他知道她——斯佳丽——爱着他的话。她一定要想个办法让他知道。她会找到办法的！然后……

斯佳丽忽然从喜悦的梦想中猛醒过来，因为她一时疏忽，忘记了应答祈祷，惹得妈妈用责备的目光盯了她一眼。她赶紧加入仪式，睁开眼睛环顾了一下四周。一个个跪着的人，柔和的灯光，黑人摇摆着的昏暗身影，甚至一个时辰前她还觉得这屋里如此可憎的一切，顷刻间都融会了她自己的感情，这房间似乎又变成了一个温馨的地方。这个时刻，这种安宁，她一定会铭记不忘！

“至善至诚的圣马利亚。”她妈妈吟咏着。圣母公祷文开始了，埃伦用温柔的女低音赞美圣母的美德，斯佳丽顺从地应答着：“为我们祈祷吧。”

对斯佳丽来说，从小时候一直到现在，这个时刻与其说是对圣母的赞美，还不如说是对埃伦的赞美。古老的语句反复念诵的时候，尽管气氛神圣，但斯佳丽闭上的眼睛里出现的不是圣马利亚，而是埃伦那张仰望苍天的面孔。“使病人康复”“智慧的源泉”“罪人的庇护”“神秘的玫瑰”——这些都是优美词语，因为它们都是埃伦的美德。但是今晚，由于斯佳丽自己精神高涨，她发现整个仪式中，用柔声细语吐出的词语、喁喁应答，具有一种她从来没有体验过的美感。她真心真意地感谢上帝，因为她脚下铺开了一条道路——引导她脱离痛苦，奔向阿希礼的怀抱。

末了那声“阿门”念过后，大家都站起来，腿都跪得有点儿僵了，黑妈妈是罗萨和蒂娜两人一块儿扶起来的。波克从壁炉架上拿了根长长的火捻，凑在灯上点燃，随即走进过道。弯曲的楼梯对面有个胡桃木壁橱，太大了，不能放在餐厅里用，宽大的顶上放着几盏灯，还有一长排插满蜡烛的烛台。波克点燃了一盏灯和三根蜡烛，然后带着炫耀的尊贵神情，仿佛是皇家第一内侍为国王和王后步入寝宫举灯照明似的，他把灯高高举过头顶，引领着这个队列走上楼梯。埃伦挽着杰拉尔德的手臂，跟在后面，女儿们各拿着一个烛台尾随父母上楼。

斯佳丽进了自己的房间，把烛台放在高高的抽斗柜上，转身就到黑黢黢的衣柜里摸索她的舞裙，好拿去缝花边。她拿到了裙子，搭在手臂上，悄悄穿过走廊。父母的卧室开着一条缝，她抬手正要敲门，埃伦低沉而坚定的说话声传进了她的耳朵里。

“奥哈拉先生，你必须解雇乔纳斯·韦尔克森。”

杰拉尔德咆哮起来：“叫我到哪儿另找一个不骗人的监工去？”

“必须解雇他，马上，明天早上就走人。大个子山姆是个不错的工头，可以临时接管监工的职责，直到你另雇一个监工为止。”

“啊，哈！”传来了杰拉尔德的声音，“原来是这样，我算是明白了！这么说，是可敬的乔纳斯·韦尔克森作的孽……”

“必须解雇他。”

“这么说，他是埃米·斯莱特里孩子的父亲。”斯佳丽心想。

“噢，好啊。不是这样的话，你还能指望一个北佬和一个穷鬼白人家的女孩做什么呢？”

她有意停顿了一会儿，让杰拉尔德的嚷嚷声彻底停息下来，然后才敲门进去，把裙子递给妈妈。

斯佳丽宽衣上床，吹灭蜡烛，这时她已经详细地制订好了明天的计划。这是个简单的计划，由于受杰拉尔德那种目标单一的影响，她的两眼只盯着目标，心里只想着最直接的实现目标的步骤。

首先，她要表现得“高傲”，就像杰拉尔德要求的那样。从到达十二橡树庄园的那一刻起，她就要表现得兴致勃勃，精神饱满。谁也休想看出她曾因为阿希礼和玫兰妮而垂头丧气。她要和那里的每一个男人调情。这对阿希礼是残忍了点儿，但这可以激发他对自己的渴望。凡是在结婚年龄的青年，她会一视同仁，一个也不忽视，从苏埃伦的男友，那个满脸黄胡子的老弗兰克·肯尼迪，到玫兰妮的弟弟，那个腼腆寡言，一说话就脸红的查尔斯·汉密尔顿。他们会像蜂窝外的蜜蜂一样围在她身边，阿希礼肯定会从玫兰妮身边抽身出来，加入到她的一圈爱慕者当中来。然后，她会想办法甩开那群人，跟他单独待上几分钟。她希望一切都能照这样进行，因为如果不是这样，事情就很难办了。但是如果阿希礼不主动，那她自己就只好主动了。

到最后他俩单独在一起的时候，他脑子里还会留有一群人围着她的情景，那会给他留下一个新的印象，那就是每个人都想要她，他眼睛里会流露出那种悲哀绝望的神色。然后她又会让他愉快起来，让他明白，虽然她的追求者有一大堆，但是她在世上最喜欢的人就只有他一个。当她承认这一点的时候，态度要谦虚，神情要甜蜜，她的价值也会因而提高千百倍。当然，这一切都要以一个淑女的风度进行。她甚至连想也不想大胆地对他说她爱他——这是万万不可以的。但是以什么态度告诉他，只是一个她根本不放在心上的细节。她过去曾经处理过这种情形，她可以如法炮制。

躺在床上，朦胧的月光洒满全身，她想象着整个情景。她看到当他意识到她真的爱他的时候，惊奇和喜悦的神情出现在他的脸上，接着，她听见了他要说的话——求她做他的妻子。

听了这话，她自然要说跟别的姑娘订了婚的男人，她是不能考虑的，但是经不住他一再恳求，她最终还是被说服了。然后他俩决定离家出走，就在当天下午到琼斯博罗去，并且……

是呀，明天晚上这时候，她可能就成了阿希礼·韦尔克斯太太了！

她在床上坐起身来，双手抱住膝盖，沉浸在长长的一段幸福时光里，仿佛真的做了阿希礼·韦尔克斯太太——阿希礼的新娘！随后，一阵微微的寒意袭上心头。要是事与愿违怎么办？要是阿希礼不答应跟她一块儿出走怎么办？她毅然决然地把这个念头从脑子里赶出去了。

“我现在不想这个，”她坚定地说，“如果我现在想这个，会让我不安。一切都会按我的意愿来，什么也挡不住——如果他爱我的话。而我明知道他爱我！”

她抬起下巴，长着一圈黑睫毛的淡绿色眼睛在月光下亮晶晶地闪烁着。埃伦从来没有告诉过她，欲望和实现欲望是两码事；生活也没有教给她那个道理，那就是脚快的未必取胜。她躺在银色的月影中，心里充满了膨胀的勇气，暗暗绘制着自己的计划，那是一个十六岁的姑娘所能绘制的计划，处在人生这段时光，生命无比美好，失败是不可能的，美丽的裙子和漂亮的脸蛋，就是足以征服命运的武器。

第五章

时值上午十点钟。天气暖和得不像是在四月份，金色的阳光透过宽大的窗户上的蓝窗帘泻进屋里，把斯佳丽的房间照得通亮。奶油色的墙壁熠熠生辉，就连屋子深处的红木家具也闪耀着红酒般的光芒。地板像玻璃一样闪闪发亮，地上铺的小地毯色彩斑斓。

空气中已经有了夏天的气息，这是佐治亚夏季来临的预示，可春意仍迟迟不愿让位给酷暑。一股芬芳温暖的气息涌进屋子，温馨浓郁的气味来自各种花朵、新抽绿叶的树木，以及刚刚翻过的潮湿红土。斯佳丽透过窗户望出去，只见卵石车道两旁那两排盛开的水仙花耀眼夺目，无数金黄色的茉莉花垂向地面，宛如撑开的裙裾。一群模仿鸟和一群鸟还在为争夺她窗下那棵木兰树斗嘴，鸟的叫声尖厉刺耳，模仿鸟的声音则柔和哀婉。

这样明媚的早晨通常总会把斯佳丽引到窗前，胳膊支在宽阔的窗台上，陶醉在塔拉庄园的芬芳和天籁中。可今天她却无心看太阳和蓝天，心里只闪过一个念头："谢天谢地，总算没下雨。"床上，一条镶有本色花结的苹果绿波纹绸舞裙整齐叠放在一只大纸板箱里，准备带到十二橡树庄园，舞会开始前才穿。可斯佳丽看了裙子一眼，耸了耸肩。如果她的计划奏效，她今晚就用不着穿这裙子了。不等舞会开始，她和阿希礼早已踏上去琼斯博罗的蜜月旅行了。她该穿什么衣服参加室外烧烤宴呢？这是个让她伤脑筋的问题。

什么服装最能衬托出她的魅力，最能让阿希礼着迷？从八点钟开始，她就试穿一件件衣服，又一件件丢开，到头来，她站在那儿垂头丧气，心烦意乱，身上只穿着花边长内裤、亚麻布紧身胸衣、三层波浪形花边的亚麻布衬裙。在她周围，丢下的衣服散落在地板上、床上、椅子上，到处是五颜六色的衣服和凌乱的丝带。

这件玫瑰红色的薄纱裙跟粉红色宽腰带挺相配，可她去年夏天穿过，当时玫兰妮去十二橡树庄园做客，她肯定还记得，说不定还会狡黠地提起这事。这件黑色斜纹纱裙有蓬松袖和网花边领子，很衬她的白皮肤，但会使她看起来有点老气。斯佳丽焦虑地注视着镜子里自己那张十六岁的面孔，仿佛担心看到脸上的皱纹和松弛的下巴。在青春娇嫩的玫兰妮面前，绝对不能显得稳重老气。这条带有淡紫色条纹的细布裙，边上镶着宽花边倒是挺漂亮，可就是根本配不上她这种类型。倒是跟卡丽恩那种纤巧的体形和没筋没骨的神情挺般配，可斯佳丽觉得，自己穿上活像个女学生。站在娴雅端庄的玫兰妮身旁，绝对不能像个傻乎乎的女学生。这条绿格子塔夫绸裙镶着好几条荷叶边，每条荷叶边上还有绿色天鹅绒带，对她倒是最合适的，其实这还是她最喜欢的一条裙子，因为穿上能让她的眼睛显出深翡翠色。可就是在紧身上衣的正面有一片明显的油渍。当然，她的胸针可以别在这片油渍上，但说不定玫兰妮一眼就能看出来。剩下的就是些五颜六色的布裙子，斯佳丽觉得在这种场合穿了显得喜庆气氛不足。还有几条舞裙和昨天穿过的那条绿色枝叶图案的细布裙。可那是条下午穿的裙子，不适合穿了参加室外烧烤，因为上面只有小蓬松袖，再说领口低得算是条舞裙了。但是除了穿这件再也没别的法子好想了。毕竟，她并不会因为穿露脖子、胳膊和胸脯的衣服害羞，就算早上穿着不太得体她也不在乎。

她站在镜子面前，扭动身子扫视自己的侧影，觉得自己的身材绝对不会给自己丢人。她的脖子倒是有点短，却十分圆润，她的胳膊更是丰满诱人。她的胸部让紧身衣托得高高隆起，乳房非常漂亮。她根本用不着像大多数十六岁姑娘那样，在紧身胸衣的里衬缝上一排排丝绸褶皱，才能衬托出满意身段的曲线和丰满。她很高兴自己继承了母亲埃伦白嫩纤细的双手和小巧的两脚，她但愿自己的身材能有埃伦那么高，但自己的身高已经让她非常满意了。真可惜，不能把腿露出来，她撩起衬裙，望着长内裤下丰满匀称的双腿，心生遗憾。她的腿真漂亮，就连费耶特维尔学院的小姐们都一致公认她的腿漂亮。至于她的腰肢，不论是在费耶特维尔、琼斯博罗还是在三个县里，要说腰细，哪个姑娘都比不上她。

想到自己的腰，让她不由联想起了实际问题。这件绿色细布裙袍的腰身是十七英寸，可黑妈妈却不紧勒，任凭她的腰长到十八寸，只能穿那条斜纹布裙子。黑妈妈必须替她勒得紧些才成。她推开门听动静，听见楼下过道里有黑妈妈沉重的脚步声。她急不可耐，大声叫黑妈妈，她知道埃伦这时正在熏肉室给厨娘分配当天的食品，就放心大胆扯开嗓子喊。

“有人还当我会飞呢。”黑妈妈嘟囔着哼哧哼哧爬上楼梯。她喘着粗气进门，一副准备干仗的架势。她那双大手端着一个托盘，上面是热腾腾的食物，两块甘薯涂满黄油，一堆荞麦饼淌着糖浆，还有一大片浸在卤汁里的火腿。一见黑妈妈端来的东西，斯佳丽气不打一处来，原先的懊恼变成了眼下的敌意。刚才兴致勃勃试穿衣服，竟忘了黑妈妈铁定的规矩，奥哈拉家小姐凡是出去参加任何聚会，都必须先把肚子填得饱饱的，到时候就什么也吃不下了。

“别来这个。我不吃。你把它端回厨房去。”

黑妈妈把托盘放在桌子上，双手叉腰摆出架势。

“你非吃不可！想想去年那次烧烤野餐，我病了没让你吃饱再走，让人说闲话。你非吃不可，一口都不能剩。”

“我不吃！好了，过来给我勒紧点，我们已经晚了。我都听见马车到门外了。”黑妈妈换了副哄娃娃的口吻。

“听话，斯佳丽小姐，乖乖过来吃一点。卡丽恩小姐和苏埃伦已经吃完了。”“她们尽管吃好了，”斯佳丽鄙夷地说，“她们的胆子比兔子都小。可我不吃！一看见饭菜我就饱了。我忘不了上次吃光整整一托盘东西才去卡尔弗特家，他们特地从萨凡纳运来冰做成冰激凌，结果我只吃得下一小口。今天我可要玩个尽兴，吃个满意。”

黑妈妈听了这番歪理邪说，气得双眉紧皱。一位年轻小姐该做什么不该做什么，在黑妈妈眼里就像黑与白一样分明，根本没有中间余地。苏埃伦和卡丽恩都是任她铁掌捏的泥巴团，都毕恭毕敬听她的教训。但是，要说服斯佳丽总是像打一场恶仗，才能让她知道自己心血来潮的举止有失小姐身份。黑妈妈每次制伏斯佳丽都非易事，使用的花招白人想都想不出来。

“你不管人家怎么议论这个家，我可要管，”她嚷道，“我不能眼睁睁让聚会上的人说你从小没教养。我对你说了一遍又一遍，女人吃东西少得像鸟儿一样才算得上小姐，我绝不让你上韦尔克斯先生家像头猪似的吃个没完。”

“我妈是个淑女，可她也吃东西的。”斯佳丽顶了句嘴。

“等你结了婚，你也可以吃，”黑妈妈反驳道，“埃伦小姐在你这岁数上，出了门从来什么都不吃，你宝莲姨妈和尤拉莉姨妈也不吃。后来她们都结了婚。拼命乱吃的年轻小姐大半都找不着丈夫。”

“我才不信呢。你生病那回我去参加烧烤野餐，事先没吃东西，阿希礼·韦尔克斯对我说，他就是喜欢见到胃口好的姑娘。”

黑妈妈摇了摇头，像是感到了不祥之兆。

“男人们嘴上说的跟心里想的完全是两码事。再说，我也没见阿希礼先生向你求过婚。”

斯佳丽皱起眉头，恶狠狠的话到了嘴边又打住了。黑妈妈一语道破了她的心事，没什么好争的。黑妈妈见斯佳丽执拗的神色，便端起托盘，改变策略，换上一副黑人特有的花招，叹了口气朝门口走去。

“唉，算了。厨娘准备托盘的时候，我就对她说过：‘看吃相就分辨得出女人是不是位小姐，’我还对厨娘说，‘我还没见过哪个白人小姐比玫兰妮·汉密尔顿上次去看阿希礼先生时吃得更少’——我是说，她去看印第亚小姐时。”

斯佳丽扫了她一眼，目光中带着狐疑，可黑妈妈的胖脸上只露出一副诚实相，看得出她惋惜斯佳丽不是位淑女，而玫兰妮·汉密尔顿却是淑女。

“把托盘放下，过来替我再勒紧些，”斯佳丽烦躁地说，“完了我吃点。现在吃就勒不紧了。”

黑妈妈心中暗喜，把托盘放下。

“我的小乖乖要穿什么哪？”

“那个。”斯佳丽指了指那堆蓬松的绿色细花布裙。黑妈妈立刻摆出一副凶样。

“不，你不能穿这个。早上穿不合适。下午三点以前不能露胸脯，再说这裙子没领子没袖子。你天生爱生痱子，我可忘不了上次你去萨凡纳，在海滩上坐了坐就长了一身痱子，我给你用奶油搽了整整一冬天才好。我可要告你妈了。”

“我穿衣服前你要是跟她露一个字，我就一口也不吃。”斯佳丽冷冷地说，“等我穿好了，妈就是喊我回来换也来不及啦。”

黑妈妈见自己这一招不灵，无可奈何叹了口气。在这两害之间，让斯佳丽身穿晚装参加上午的室外烧烤，比她像头猪一样狂吃猛喝还是好些。

“手里抓个东西，吸口气。”她命令道。

斯佳丽顺从地振作起来，紧紧抓住一根床柱。黑妈妈使劲抽拉紧身衣上的系带，鲸骨架越抽越紧腰围越来越细，她的眼睛里浮出又得意又爱怜的神色。

“谁都没有我小乖乖这么细的腰，”她赞许道，“我每次把苏埃伦小姐的腰束到二十英寸多一点儿，她就要晕倒了。”

“哼！”斯佳丽气喘吁吁，说话都困难了，“我一辈子从来没晕过。”

“行啦，你就是偶然晕个一两回也没什么害处，”黑妈妈劝道，“你就是有点不懂事，斯佳丽小姐。我告诉你多少遍了，你要是见了蛇啊，老鼠啊什么的，不晕倒就不得体。我不是说在家里这样，是说出去做客的时候。我告诉过你……”

“噢，快点吧！别说个没完。我会找到丈夫的。等着瞧吧，我就是不尖叫不晕倒，看找着找不着。天哪，紧身衣真紧！套上裙子吧。”

黑妈妈仔细把十二码细布做成的绿色枝叶图案的裙子套在她山一般的衬裙上，从后面替她把低领上衣扣上。

“在大太阳下别脱披肩，就是觉得热也别摘帽子，”她命令道，“要不然，回家的时候黑得就像斯莱特里家老太太一样了。好了，宝贝，过来吃吧，不过别吃得太快。要是重新束紧身衣就不行了。”

斯佳丽顺从地在托盘面前坐下，不知道肚子里填下饭菜，还有没有呼吸的余地。黑妈妈从脸盆架上拉下一块大毛巾，仔细围在斯佳丽的脖子上，铺展到她腿上。斯佳丽先吃火腿，因为她喜欢吃火腿，就勉强咽下去。

“天哪，要是我已经结了婚就好了。”她愤愤然说着开始不情愿地对付甘薯。“老是做作，想做什么都不成，真让我厌烦。我讨厌假装比鸟儿吃得还少，本来想奔跑却只能步行，跳舞一连两天也不累，却说跳一支华尔兹就犯晕。我讨厌对那些见识连我的一半都不如的男人，还违心说什么‘你真了不起！’我也厌烦了假装自己什么都不懂，好让男人们告诉我的时候觉得自己了不起……我一口也吃不下了。”

“吃块热饼。”黑妈妈毫不通融。

“为什么一个姑娘为找个丈夫要装得那么傻？”

“我猜那是因为男人们不知道自己想要的是什么。他们自以为知道呢。他们想要什么，你给他们什么就是了，免得做一辈子老闺女。他们自以为想要的姑娘胆子小得像耗子，胃口小得像鸟儿，又根本没有头脑。男人可不想娶个让他疑心比自己还有头脑的女人做老婆。”

“你不觉得男人结婚后发现妻子比自己还有头脑会吃惊吗？”

“这个嘛，到那时就太晚了。他们已经结了婚。再说啦，男人也愿意自家老婆有头脑。”

“总有一天，我想做什么就做什么，想说什么就说什么，就是有人不喜欢，我也不在乎。”

“这可不行，”黑妈妈口吻严厉地说，“只要我还有口气就不行。把饼吃下去。蘸着卤汁吃，宝贝。”

“我看北佬的姑娘们就用不着干这种傻事。去年我们在萨拉托加，我见许多姑娘举止都显得很有头脑，在男人面前也一样。”

黑妈妈鼻子里哼了一声。

“北佬姑娘！是啊，小姐，我猜她们的确是心直口快，可我在萨拉托加就是没见有什么人向她们求婚。”

“可北佬肯定也要结婚的，”斯佳丽争辩道，“他们又不是从地里长出来的，准得结婚生孩子。他们的人那么多。”

“男人是为了她们的钱才娶她们的。”黑妈妈一口咬定说。

斯佳丽把浸了卤汁的面饼送进嘴里。也许黑妈妈的话说得对。这话准是有点道理，因为埃伦也这么说过，只是说法不同，话也比较婉转。不错，她所有女伴的母亲都谆谆教导女儿，需要表现出弱不禁风、墨守成规、天真无邪的样子。要培养这种矫揉造作并且一致保持下去，还真需要相当的头脑呢。也许她有点太鲁莽。她偶尔还跟阿希礼争论，把自己的看法老实说出来。大概正因为这事，还有她喜欢有益健康的步行和骑马，结果他离开自己转向弱不禁风的玫兰妮。也许她该改变一下策略……但是她觉得，要是阿希礼向女性设下的圈套屈服，她绝对不会像现在一样尊敬他。要是哪个男人没头脑，因为听见一声痴笑，见到女子昏厥，受“你多了不起”这种话的恭维就上当，这种人根本就不值得爱。可他们看上去都喜欢这一套。

假如她过去对阿希礼的策略不对……算了，过去的事反正已经过去了。今天她要采用不同的策略，正确的策略。她要他，而且要想得到他只有几个钟头可让她利用。要是晕倒或者假装要晕倒行得通，她就玩晕倒的把戏。要是傻笑、献媚或者装傻能吸引他，她也乐意卖弄一番，她能装得比凯瑟琳·卡尔弗特更傻。如果需要大胆手段，她也会采取。今天时候到了！

没有人告诉斯佳丽说，她的真实个性和惊人的活力比她打算采取的任何假面具更加迷人。要是有人对她这么说，她准会高兴，却不会相信。她置身其间的文明社会也不会相信，因为女人的本性当时受到的轻视可谓空前绝后。

马车载着斯佳丽沿红土路朝韦尔克斯家庄园驶去，她不禁感到一阵掺杂着愧疚的喜悦，因为母亲和黑妈妈都不去参加聚会，烧烤野餐上没有人会微微挑起眉毛或撅撅下嘴唇，表示干涉她的行动计划。当然，苏埃伦明天肯定会拨弄是非，不过，要是一切都遂斯佳丽的心愿成为现实，她跟阿希礼订婚或私奔肯定让家人受刺激，足以抵消大家的不快。真的，她非常高兴埃伦有事不得不待在家里。

杰拉尔德那天早上灌了一肚子白兰地，把乔纳斯·韦尔克森解雇了，埃伦留在塔拉，为的是在他走之前核对庄园的账目。斯佳丽去那间小账房跟母亲吻别的时候，她正坐在高高的写字台前，上面的文件格里塞满了各种文件。乔纳斯·韦尔克森手拿帽子站在她身旁，一张黄脸皮包骨头，几乎掩饰不住仇恨的怒火，东家如此随便就把他解雇了，就因为玩女人这么桩小事，就让他丢了全县最好的监工美差。他一遍又一遍对杰拉尔德说过，埃米·斯莱特里那孩子的父亲除了可能是他还可能是十来个其他男人。杰拉尔德也认可——可是照埃伦看，他的性质并不因此有什么两样。乔纳斯憎恨所有的南方人。他恨他们对他那副冷冰冰的礼貌，他们藐视他的社会地位，还勉强装出礼貌来掩饰。他最恨的是埃伦·奥哈拉，因为她就是所有南方人的缩影。

黑妈妈是庄园的女仆总管，就留在家里帮埃伦。赶车座位上坐在托比身旁的是迪尔西，放在她腿上的一个长盒子里装着小姐们的舞裙。杰拉尔德骑着他那匹高大的猎马，走在马车旁边。他喝足了白兰地，浑身是劲，这么快就解决掉韦尔克森那桩倒霉事，他心里觉得高兴。他把担子推卸给埃伦，根本没考虑过她错过这次烧烤野餐，也错过跟朋友们的聚会心里有多失望。这是个晴好的春日，他的田地里是一片美景，鸟儿在啁啾歌唱，他觉得自己还非常年轻贪玩，根本顾不得去考虑其他人。他还不时放声唱上段《佩格坐在低槽马车上》以及其他爱尔兰小调，要不就哼唱比较忧郁的《罗伯特·埃米特挽歌》：

“她已远远离去，离开她那年轻英雄长眠的土地。”

他十分快活，想到一整天都能高声大谈北佬和战事，便激动得心花怒放。身边带着三个漂亮女儿，她们身穿舒展的带衬花裙，打着滑稽小阳伞，这一切都让他觉得很得意。他没考虑前一天跟斯佳丽谈的事，因为他早已把这事忘了个一干二净。他一心想着她长得漂亮给自己增了光，还想到她的眼睛像爱尔兰的山丘一样碧绿。后一个念头让他感到自我形象在升华，因为其中包含了某种诗意，便冲着女儿们大声唱起《身穿绿衣》。

斯佳丽望着他，目光中带着亲昵的轻蔑，活像个母亲望着虚张声势的儿子。她心里清楚，等到太阳下山时，他准会喝个烂醉。天黑以后，他在回家的路上又会像往常一样，骑马腾跃过十二橡树庄园到塔拉庄园之间的每一道篱笆墙。她希望上帝发慈悲，也希望他那匹马凭良好感觉奔跑，能让他避免折断自己的脖子。他不愿绕道过桥，总是抄近路策马涉水过河，回到家吵闹个不停，让波克扶他进账房，倒在沙发上睡觉。每逢这种场合，波克就手提一盏灯，等在前厅门外。

他会把身上穿的灰色绒面呢新套装搞得一塌糊涂，早上醒来，他就为此破口大骂，还会对埃伦仔细叙述黑暗中他的马怎么从桥上跌进水里——这套露骨的谎话谁都骗不了，可大家都信，他不禁认为自己很聪明。

“爸爸又可爱又自私，真是个没责任心的好人。”斯佳丽这么想着，心里涌起一阵对他的敬爱。这天早上她又兴奋又快乐，不但觉得杰拉尔德可爱，而且整个世界都是可爱的。她长得漂亮，对此她心里明白。不等天黑，她准能把阿希礼收归己有。太阳温暖和煦，佐治亚明媚的春光展现在她眼前。一路上，看到路边的黑莓已经长出茸茸新绿，掩盖了冬雨冲刷留下的那一道道难看的红土沟，金樱子花蔓延生长在红土层下露出的花岗岩上，周围还有淡紫色的野生紫罗兰。河岸旁树木茂盛的山丘上，山茱萸树盛开着耀眼的白花，仿佛绿叶间仍积着残雪。山楂花枝已经含苞欲放，一串串嫩白色变成深粉红色。阳光透过树木枝叶洒在地面上的枯松针和野生忍冬草上，形成深红色、橘黄色、玫瑰色的斑斓地毯。微风徐来，淡雅的野花芬芳醉人，沁人心脾，整个世界简直都芳香可餐。

“今天多美啊，我一辈子也忘不了，”斯佳丽想道，“说不定还是我成婚的大喜日子呢！”

她喜滋滋想象着，就在今天下午，或者在今晚的月光下，她会跟阿希礼从这片鲜花盛开的绿野美景中飞驰而过，奔向琼斯博罗，找一位牧师。当然啦，她还得找个亚特兰大的牧师重新主持她的婚事，不过那事该由埃伦和杰拉尔德去操心。埃伦要是听说自己女儿跟别人的未婚夫私奔，准会又恼又羞，气得脸色煞白，想到此她不禁感到畏惧，可她知道，母亲见她幸福准会原谅的。杰拉尔德知道了准会大声咒骂，但是，虽然他昨天说了那么多不让她嫁给阿希礼的话，要是他家与韦尔克斯家结了亲，他心里会有说不出的高兴。

“不过，那种事我结了婚再操心不迟。”她心里把这种烦恼抛在一边。

在如此温暖的阳光下，在如此明媚的春光里，遥望十二橡树庄园的烟囱开始从河对岸的山丘后面显现出来，她只觉得心怦怦直跳，其他事情全都感觉不到了。

“我要在那儿住上一辈子，度过五十个这么美的春天，说不定还不止五十个呢。将来，我要告诉儿孙们说，这年春天有多么美，比他们将来度过的哪一个春天都迷人。”想到这里，她高兴得忘乎所以，不禁和着唱起了《身穿绿衣》的最后合唱，博得杰拉尔德大声喝彩。

“真不明白今天早上你怎么这么高兴。”苏埃伦恼咻咻地说，她心里含着怨恨，觉得要是自己穿了斯佳丽的这身绿色绸舞裙，准比她漂亮得多。真不知道斯佳丽干吗总是那么自私，就是不愿借给她衣服和帽子，再说，妈妈干吗总是护着她，说绿色对苏埃伦不合适。“你跟我知道得一样清楚，今晚就要宣布阿希礼订婚的消息。今天早上爸爸也说过这事。我还知道你喜欢他已经有好几个月了。”“你知道的也就是这些。”斯佳丽说着伸了伸舌头，不愿扫自己的兴。等到明天早上这个时候，苏埃伦还不知道有多惊讶呢。

“苏茜，你清楚根本不是这么回事，”卡丽恩听了觉得吃惊，表示反对，“斯佳丽喜欢的是布伦特。”

斯佳丽看着小妹妹，一双绿眼睛含着微笑，心想，怎么人人都这么可爱。全家人都明白，卡丽恩那颗十三岁的心里只装着布伦特·塔尔顿，可人家只当她是斯佳丽的未成年小妹妹，从来没把她放在心上。遇上埃伦不在场，全家人就用他的名字逗她取乐，直到把她逗哭才罢休。

“亲爱的，我一点儿也不喜欢布伦特，”斯佳丽心情愉快，便慷慨地说，“再说，他也根本不喜欢我。因为他在等着你长大呢。”

卡丽恩又欢喜又疑惑，圆圆的小脸蛋涨成了粉红色。

“哎呀，斯佳丽，这话当真？”

“斯佳丽，你知道妈妈说过，卡丽恩年纪太小，还不该考虑男朋友，可你却往她脑子里灌这种念头。”

“哼，去拨弄是非吧，谁在乎呢？”斯佳丽回答道，“你想压制小妹，那是因为你心里清楚，她再过一年左右就长得比你漂亮了。”

“今天你们都要留神，开口说话要礼貌，要不然回去可要收拾你们，”杰拉尔德警告说，“别说话！是马车的声音吧？来的不是塔尔顿家就是方丹家。”

他们驶近通往含羞草庄园和费尔希尔庄园那条树木茂密的山道岔路时，马蹄声、车轮声越来越清晰，树木后面，女子嬉笑吵闹的喧嚣声越来越响亮。杰拉尔德骑马跑到前面，他拉住马挥手示意托比把车停在岔路口。

“是塔尔顿家的女眷。”他对女儿们说，红润的脸膛乐得熠熠放光，因为除了埃伦之外，全县的女士们中间，他最喜欢的就是红头发的塔尔顿太太，“而且是她亲自驾车。啊，这女人的马术可不得了！体壮如牛却身轻如燕，还漂亮得让人直想亲她。可惜你们谁都没有这本事。”他一面用又慈爱又责备的眼光扫视女儿们，一面补充了一句，“卡丽恩见了可怜的牲口就害怕，苏茜一抓住缰绳就手脚不灵了，你呢，乖闺女……”

“哼，我反正从来没有让马甩下来过，”斯佳丽愤愤地说，

“塔尔顿太太可是每次打猎都跌下马背。”

“还像男人一样摔断了锁骨，”杰拉尔德说，“既没有晕过去，也没有嚷嚷个没完。好啦，别说了，她来了。”

塔尔顿家的马车进入眼帘，车上坐满了衣裙亮丽、阳伞鲜艳、面纱飘拂的姑娘们。正像杰拉尔德所说，坐在驾驭座上赶车的正是塔尔顿太太，他脚踏马镫欠身脱帽致意。马车上坐着塔尔顿家四个女儿和她们的保姆，另外还有装着姑娘们舞裙的几个长纸板盒子，马车塞得满满的，根本没有车夫坐的地方了。再说，贝特丽丝·塔尔顿只要两条胳膊没有用绷带吊着，就绝不愿让其他人赶车，不管是白人还是黑人。她看似身体脆弱，骨架子纤细，皮肤白皙，仿佛一头火红的头发把脸上的血色都吸进那团活力无穷的晶莹发丝中了，可她身体十分健康，精力充沛不知疲倦。她生过八个孩子，个个像她一样，都是一头红发，全都精力充沛。县里人说，她养育孩子非常有方，因为她养孩子就像养马驹，既有慈爱的宽容，又有严格的纪律。塔尔顿太太的座右铭是：“管教而不伤锐气。”

她爱马，开口闭口总是谈论马。她熟悉马的脾性，驾驭马的本领比县里随便哪一个男人都强。她的八个孩子把山丘上那座凌乱的房子挤得满满的，小马驹在围场里挤不下就跑到屋前草地上。她在庄园里走走，身后总是跟着一群儿女、马驹、猎狗。她相信自己的马通人性，尤其是那匹名叫内利的红牝马。要是到了她每天该骑马的时间家务让她脱不开身，她就把糖罐子交给一个小黑孩子，说：“给内利吃一把糖，告诉它说我就来。”

除了少数几个场合外，一般她总是身穿骑马服。不管骑不骑马，心里总是想骑，因为她从来都有这个念头，所以一起床就穿骑马服。每天早上，不管下雨还是天晴，内利都要佩上马鞍在房门外来回溜达，等待塔尔顿太太百忙中抽个把小时的空出来骑在它背上。不过费尔希尔庄园是个难以管理的庄园，要想抽点空也真难，内利多半是在房门外一个钟头又一个钟头独自溜达，贝特丽丝·塔尔顿呢就整天心神不定，把骑马衣的下摆撩起来搭在手臂上，露出脚上那双六英寸长的骑马靴，闪闪发亮。

今天她身穿没有光泽的黑丝裙，裙裾衬在过了时的狭裙箍上，看上去还是像身穿骑马服，因为这身裙子的式样是按骑马服剪裁的，她头上戴的那顶无边黑帽上插了根长长的黑羽毛，遮挡住一对充满热情闪闪发亮的棕色眼睛，跟平常打猎戴的那顶不成形状的旧帽子并无二致。

她看见杰拉尔德，就挥动鞭子拉住那两匹欢腾奔跑的红马，坐在马车后面的四个姑娘探出身子齐声嚷叫着打招呼，把马儿都惊得腾跃起来。路人要是见了这光景，会以为两家人多年没见面了，其实塔尔顿家和奥哈拉家两天前刚刚聚过。但是这家人喜欢交际，喜欢邻居，尤其喜欢奥哈拉家的姑娘。当然啦，她们只喜欢苏埃伦和卡丽恩。县里的姑娘没一个喜欢斯佳丽的，喜欢她的恐怕只有那个没主见的凯瑟琳·卡尔弗特。

夏天，县里差不多每礼拜都有人举办一次烧烤野餐聚会，但是，最会享乐的就是红头发的塔尔顿这家人，她们参加每一次烧烤野餐和每一场舞会都像是平生第一次，兴奋得不亦乐乎。四姐妹长得漂亮丰满，一齐坐在马车里，挤得裙箍裙裾相互交叠，阳伞草帽挤作一团。她们的宽边草帽上插着玫瑰花朵，黑丝绒帽带束在下巴上，帽子下面露出深浅不同的红头发，赫蒂的头发是纯红色，卡米拉是草莓红，兰达是铜褐色，最小的姑娘贝齐有一头萝卜红的头发。

“真是些好姑娘，夫人，”杰拉尔德在马车旁边拉住马殷勤地说，“不过，她们要赶上母亲还差得远呢。”

塔尔顿太太那对赤褐色眼珠骨碌碌转了转，咂了咂下嘴唇扮个鬼脸，算是表示感谢。姑娘们纷纷嚷起来：“妈，别跟人眉来眼去的，要不然我们告诉爸爸了！”“我敢打赌，奥哈拉先生，遇上像你这么帅的男人，她从来不让我们得到机会！”

这些俏皮话逗得斯佳丽随着大家一起哈哈大笑，不过她像以往一样，总是对塔尔顿家姑娘对待母亲那种没大没小的态度深感震惊。她们的口吻仿佛母亲跟她们是平流同辈，仿佛她还不满十六岁似的。在斯佳丽看来，不用说以这种口吻跟母亲说话，就是心里有这念头也是大逆不道。可是……可是塔尔顿家姑娘与母亲的关系却非常融洽，她们可以责备她、取笑她，不过心里却敬爱母亲。斯佳丽心里连忙虔敬地对自己说，她并不是喜欢塔尔顿太太这样的母亲而不喜欢埃伦，不过话说回来，能跟母亲嬉戏作乐倒的确很有趣。她清楚，即使有这个念头也是对埃伦的不恭敬，便觉得惭愧。她明白，马车里那几个火红头发下的脑瓜里绝对不会有这种让她们烦恼的念头，像以往一样，每逢她觉得自己跟邻居不一样，一阵烦躁就会涌上心头。

她脑子快却没有分析能力，不过她隐约感觉到，虽然塔尔顿家姑娘像马驹一样无拘无束，又像发情的野兔般癫狂，可她们都头脑简单无忧无虑，这是她们家的一种遗传天性。她们父母都是佐治亚人，都来自佐治亚北部，上一代人就是拓荒者。他们充满自信，也信赖周围环境。他们就像韦尔克斯家人一样，生来知道自己该做什么，不过这两家办事的方式完全两样。她们心里没有斯佳丽胸中常有的冲突，可她的身体中却混合着沿海地区温文尔雅有教养的法国贵族血统，以及精明淳朴的爱尔兰农民血统。斯佳丽既愿意像崇拜偶像一样敬爱自己的母亲，又有拨乱她的头发捉弄她的念头。可她知道，她应该选定一条路，非此即彼。正是出于同样的情绪，她渴望在男孩子面前显得像个有教养的文雅淑女，同样也想做个顽皮女孩，随意跟人亲几个嘴。

“今儿早上埃伦上哪儿去啦？”塔尔顿太太问道。

“我家辞了监工，她留在家里跟他对账呢。他和男孩们呢？”

“噢，他们几个钟头前就骑马去十二橡树庄园了，是去那儿尝潘趣酒，我敢说，是想看看够不够劲，好像他们不能从现在一直喝到明天早上似的！我要请约翰·韦尔克斯把他们留下过夜，就是把他们安顿在马厩里也成。五个男人一齐灌酒我可受不了。要是只有三个，我还应付得了，可……”

杰拉尔德连忙打断她改变话题。他感觉到自己的三个女儿正在背后偷笑，因为这让她们联想起了去年秋天他从韦尔克斯家最后一次烧烤宴上回家时的模样。

“塔尔顿太太，你今天怎么没骑马？说真话，你不骑在内利背上就不像你自己了。你可是个斯腾特呀。”

“斯腾特，我？你这个无知的孩子！”塔尔顿太太模仿他的爱尔兰土音嚷道，“你是说森特森特：希腊神话中的半人马兽，英语中的含义是马术高明的骑手。吧。斯腾特是个嗓音像铜锣一样的男人。”

“管他是斯腾特还是森特，反正没什么关系。”杰拉尔德回答道，并不在意自己出了个错，“夫人，你赶猎狗时，嗓音就像铜锣。”

“你就是那样，妈，”赫蒂说，“我对你说过，你见了狐狸，喊叫声高得就像个科曼奇人科曼奇人：美国土著居民，曾居住在堪萨斯西部和得克萨斯北部，现居俄克拉荷马州。18世纪从怀俄明州南移时，成为搏猎野牛的游牧族。。”

“没有保姆给你洗耳朵时你叫的声音大。”塔尔顿太太回了一句，“你都十六岁了！得了，说说我今天怎么没骑马吧。内利今天一大早下马驹了。”

“真的！”杰拉尔德嚷道，他真的很感兴趣，两眼闪烁出爱尔兰人对马的热情。斯佳丽再次比较自己的母亲与塔尔顿太太，心里又是一惊。在埃伦眼里，牝马从来不下马驹，母牛也不产小牛，其实，母鸡生蛋这种事她都从来不提。可塔尔顿太太就没有这种顾忌。

“生了匹小母马，对不对？”

“不，是匹漂亮的小公马，腿足有两码长。你一定要骑马过来看看，奥哈拉先生。那可真是匹塔尔顿家的马，毛色红得就像赫蒂的鬈发。”

“脸长得也像赫蒂。”卡米拉说着尖叫一声，躲进一片翻滚的衣裙、灯笼裤和翻动的宽边帽下面，因为赫蒂真的拉长了脸，开始动手拧她。

“我这群小姑娘今儿早上高兴劲十足，”塔尔顿太太说，“她们一大早听到阿希礼和他那个亚特兰大的小表妹的消息，就乐得手舞足蹈。那闺女叫什么名字来着？玫兰妮？上帝保佑这孩子，是个招人疼的小宝贝。可我把她的名字和长相都忘了。我家厨娘就是韦尔克斯家管家的老婆，他昨晚来报信，说是他们今晚就要宣布订婚。今天早上厨娘把消息告诉了我们。这几个闺女就高兴跟什么似的。这我就弄不懂了。几年来大家都知道阿希礼要娶她，当然啦，我是说他要不娶梅肯的伯尔家一个表妹，准会娶她。这就跟霍尼·韦尔克斯要嫁给玫兰妮的哥哥查尔斯一个样。哎，告诉我，奥哈拉先生，难道韦尔克斯家的人娶个亲戚圈子以外的人就不合法吗？因为要是……”

斯佳丽没听见他们后面的说笑。片刻间，仿佛太阳钻进一片阴冷的云彩，让世界笼罩在阴影里，夺走了万物的光彩。嫩绿的树叶看上去全都蔫了，山茱萸苍白黯然，山楂花片刻以前还是漂亮的粉红色，此刻却显得凋零残败了。斯佳丽的手指掐着马车坐垫，一时她的阳伞也晃动个不停。这一方面是因为她得知了阿希礼要订婚，还因为人们谈论这事的口吻竟然这么轻松。很快，她的勇气又朝气勃勃地恢复了，太阳再次露出面孔，四野的景色重新焕发出光彩。她清楚阿希礼爱她。这是毫无疑问的。她暗自微笑着想象出，这天晚上并不宣布订婚，塔尔顿太太该多么吃惊——要是有人私奔，她又该多么惊讶。她会跟邻居们说，斯佳丽真是个小狐狸，当时默不作声听她说玫兰妮的事，可心里早跟阿希礼……这念头让她乐得笑出了酒窝。赫蒂一直密切关注着她妈妈的话对斯佳丽会产生什么效果，见到她的笑容觉得莫名其妙，微微皱起眉头，靠回座位上。

“我不管你怎么说，奥哈拉先生，”塔尔顿太太加重了语气说，“完全不对，表亲通婚，哼！阿希礼跟汉密尔顿家孩子结婚就够糟了，至于霍尼嫁给那个脸色苍白的查尔斯·汉密尔顿……”

“霍尼要是不嫁查理，就再也逮不着别的人了。”兰达仗着自己有人缘，话说得刻薄，“除了他，她再没有其他情人。他们倒是订了婚，可他根本就对她没什么情意。斯佳丽你记得去年圣诞节他是怎么追你的……”

“别那么恶毒，小姐，”她母亲说，“表兄妹不该结婚。就是远房表亲也不该结婚。会削弱种系的。人不是马，要是知道马的血统，可以让母马跟它兄弟交配，也可以让种马跟它女儿交配，为的是生出好品种。可人就不行。血统也许保住了，精气却不行了。这种……”

“听我说，夫人，这事我倒要跟你争辩两句！你能告诉我谁家比韦尔克斯家的人更强吗？自打布赖恩·波鲁还是个孩子那时起，他们家一直就近亲通婚。”

“他们该赶紧打住，因为看出不好的苗头了。阿希礼倒还没什么，他看上去还长得挺帅，不过就连他也……看看韦尔克斯家那两个姑娘吧，面无血色，真可怜！姑娘当然是好姑娘，可就是面无血色。再看看可怜的玫兰妮小姐，骨瘦如柴，一阵风都能把她刮走，一点精神也打不起来。她自己一点主见都没有。‘不，夫人！’‘是，夫人！’她就会说这几个字。你懂我的意思吧？那个家庭需要新鲜血液，像我家红头发孩子或者你家斯佳丽那样生气勃勃的优良血统。得了，别误会我的意思。韦尔克斯一家有自己的主见，的确是好人，你知道他们全家人都让我喜欢，可说话得实在！他们生养太多，又是近亲通婚，对不对？他们在干路上、硬实路上还能跑，不过，你记住我这话．我不相信韦尔克斯家在泥泞道上走得动。我相信他们家在繁育过程中没留下精气，到了紧急关头，我可不指望他们能应付突如其来的情况。经不起风雨的血统。我宁愿要一匹任何天气下都能奔跑的高头大马！再说，他们的婚配已经让他们跟这一带的人都不一样了。不是老玩弄钢琴，就是脑袋钻在书本里。我看没错，阿希礼宁愿念本书，也不想去打猎！我这是当真的，奥哈拉先生！你看看他们的骨头架子吧。太细了。他们需要强有力的公母品种……”

“嗯……嗯……”杰拉尔德接应着，突然觉得羞愧，意识到自己听这番话很感兴趣，也完全合适，但是对埃伦似乎完全不合适。说实在的，他心里明白，要是她得知自己的女儿竟然听到这么一番露骨的谈话，心就再也平静不下来了。可塔尔顿太太像往常一样，一旦打开话匣子说自己喜爱的话题，就再也听不进其他意见，不论说的是马匹配种，还是人的婚配。

“这事我懂，因为我就有几个表亲相互通婚，相信我吧，他们的孩子全都像牛蛙一样，眼睛往外凸，可怜的娃娃们。当时我家要我嫁给一个远房亲戚，我像匹小马驹似的拼命反抗。我说：‘不成，妈，我才不嫁呢。要不然我的孩子都要得跗节腱鞘炎和慢性肺气肿。’我妈一听我说出跗节腱鞘炎这几个字就晕了过去，可我就是不让步，我祖母也给我撑腰。你知道吗，她也懂不少马配种的知识呢，她说我的话没错。是她帮我跟塔尔顿先生私奔的。瞧瞧我这些孩子！个头大，身体棒，没一个好生病的，也没有发育不全的，只有博伊德个头小点，才五英尺十英寸。听我说，韦尔克斯家……”

“我不是故意要改变话题，夫人。”杰拉尔德连忙插嘴说，他注意到卡丽恩露出迷惑的神情，苏埃伦也是一脸的好奇神色，他恐怕她们向埃伦提出尴尬问题，那就能让埃伦得知他这个护卫角色扮得多么不得体。让他高兴的是，他的乖女儿倒像个大家闺秀那样，看上去在思索别的事情。

这时赫蒂·塔尔顿替他解了围。

“老天哪，妈，咱们快走吧！”她不耐烦地嚷道，“这毒日头都要把我烤熟了，我都听见脖子上爆出泡来啦。”

“再等片刻，夫人，”杰拉尔德说，“把马卖给我们骑兵的事你决定了没有？战争说不定哪天就要打响，弟兄们都想定下这事。那是克莱顿县的一个骑兵连，我们想要给他们配上克莱顿县的马。可你真固执，至今还不肯把你的好马卖给我们。”

“恐怕根本就不会打什么仗。”塔尔顿太太敷衍道。她的心思完全撇下韦尔克斯家的古怪婚姻习惯，转到了别处。

“怎么，夫人，你不能……”

“妈，”赫蒂再次插嘴说，“你不能到了十二橡树庄园再跟奥哈拉先生谈马匹的事？跟这儿不一样吗？”

“说得对，赫蒂小姐，”杰拉尔德说，“我只耽搁你们一分钟时间。我们马上就要到十二橡树庄园了，那儿的人不论老少都想知道马匹的事。啊，这事真让我痛心，你妈妈这么漂亮的好夫人，对她的几匹马竟然这么小气！哎呀，你的爱国心上哪儿去了，塔尔顿太太？邦联对你就毫无意义？”

“妈，”小贝齐尖叫起来，“兰达坐在我的裙子上，整个给我弄皱了。”

“好啦，把兰达推开，贝齐，别吵。听我说，杰拉尔德·奥哈拉，”她目光咄咄逼人地反驳道，“你别拿邦联吓唬我！我看邦联对你我没什么两样，我送了四个儿子去部队，你可是一个也没有。我的儿子能照顾自己，可我的马不能。要是我能肯定我的马是让我认识的小伙子骑，是给有教养的上流绅士骑，我情愿贡献出来，一个子儿也不收。没错，我会毫不犹豫。可让我的漂亮马儿让那些只会骑骡子的乡巴佬和穷白佬去折磨！先生，没门！想到我的马让人骑出鞍伤，没人好好喂养，我会寝食不安。你以为我会让那些没头脑的白痴骑我娇贵的宝贝，把嘴上勒出道道伤痕，鞭打得它们垂头丧气？一想到这个我现在都浑身起鸡皮疙瘩！不行，奥哈拉先生，你想要我的马是一片好意，可你最好上亚特兰大去买些老马给那帮乡巴佬骑。反正他们分辨不出好赖。”

“妈，请你让我们动身吧，”卡米拉请求道，她也跟大家一样不耐烦了，“你知道得清清楚楚，到头来反正得把你的宝贝马儿给他们。到时候爸爸和哥哥们讲一通邦联需要马的大道理，你就会哭上一场，交出它们。”

塔尔顿太太咧开嘴笑笑，抖了抖缰绳。

“我绝不做这种事。”她说着用鞭子轻轻挨了马一下。马车便飞驰而去了。

“是个好女人，”杰拉尔德说着戴上帽子，回到马车旁边，“赶车吧，托比。我们会跟她好好说，最后得到她的马。当然啦，她说得对。她说得没错。一个人不是个绅士，就不该骑在马背上，只配当个步兵。可惜县里没有那么多庄园主的儿子，凑不成整整一个骑兵连。你说呢，我的乖女儿？”

“爸爸，请你骑在我们后面，要不就在前面。你扬起这么多尘土，都要把我们呛死了。”斯佳丽说。这种谈话让她分了心，她再也忍受不下去了，可她急于要在抵达十二橡树庄园前整理一下思路，培养培养情绪，显出迷人的样子。杰拉尔德顺从地用马刺踢了一下马，扬起一片红尘，去追塔尔顿家的马车，以便继续谈马的事。

第六章

他们坐着马车过了河，驶上山丘。十二橡树庄园还没有进入眼帘，斯佳丽就看见一缕青烟在高高的树梢上袅袅上升，闻见了烧山胡桃木柴和烤猪羊肉的混合气味。

烧烤用的火沟昨晚就生了火，闷到现在变成玫瑰红色的火炭，铁叉上的肉在火炭上翻动着，肉汁滴滴答答流进炭火里，嘶嘶作响。斯佳丽知道，这阵带着香味的微风是从大房子后面的老橡树林里吹来的。约翰·韦尔克斯总是在那里举办室外烧烤宴，那是一片通往下面玫瑰园的缓坡，林荫舒适可人，比卡尔弗特家或别人家举办室外烧烤宴的地方舒服多了。卡尔弗特太太不喜欢吃烧烤，说是那股气味弥漫在屋里几天都散不掉，所以上她家吃烧烤的客人，只好去房子以外四分之一英里处一片没遮拦的平地上，个个热得汗流浃背。不过，约翰·韦尔克斯的好客是全州有名的，他举办室外烧烤宴十分在行。

野餐用的长桌总是摆放在最浓密的树荫下，上面铺着韦尔克斯家最精致的台布，两边安放着无靠背条凳。另外，林地上还散开摆放着从屋子里搬出来的椅子、坐墩和靠垫，让那些不喜欢条凳的人坐。烤肉和架着大铁锅煮调味汁和炖菜的火沟距离客人相当远，为的是避免烟味呛着客人。韦尔克斯先生总是至少安排十几个黑人端着盘子来回奔忙，服侍客人。谷仓后面往往另有一条烤肉火沟，好让宅子里干活的仆人、客人的车夫和女佣开烧烤宴。佣人们吃玉米饼、甘薯和猪肠。黑人最喜爱的一道菜是猪下水，赶上西瓜应时，他们更能开怀饱餐。

那股烤脆皮鲜猪肉的气味飘过来，斯佳丽贪婪地抽动鼻翼，心里希望肉烤好了她能有点胃口。可现在，她肚子太饱，紧身衣又束得太紧，真害怕自己随时会呕吐。那可就糟透了，因为只有老头子和老太婆才不怕当众呕吐呢。

他们的马车驶上山丘，她眼前展现出那座完美和谐的白房子，高高的圆柱，宽阔的阳台，平平的屋顶，宛若一个自信而富有魅力的美女，乐于摆出优雅姿态慷慨接待所有来客。斯佳丽喜爱十二橡树庄园甚于喜爱塔拉，因为这个庄园有一种庄严的美，有一种固有的尊贵气派，而杰拉尔德的房子就没有这种气派。

宽阔弯曲的车道旁已经停满了坐骑和马车，客人们一边下车，一边跟朋友们打招呼。黑人们每逢聚会总是乐呵呵的，个个喜气洋洋，把马匹牵到谷仓外的场地上，卸下马鞍笼头。成群的孩子不论肤色是黑是白，在新抽嫩叶的草地上奔跑尖叫，玩跳房子和捉迷藏游戏，还夸口说自己吃东西胃口有多大。从正门一直通向屋后的大厅里挤满了人，奥哈拉家马车停在正门台阶前，斯佳丽见姑娘们个个身着裙袍，像花蝴蝶一般花枝招展。通往二层的楼梯上，姑娘们相互搂着腰肢，有的上上下下，有的倚在精致的栏杆扶手旁，欢声笑语地跟下面大厅里的小伙子们打招呼。

透过敞开的法式落地窗，她看见客厅里坐着上了年纪的女人，她们身穿深色丝绸服装，摇着扇子谈论孩子，述说病痛，传播谁跟谁结婚的消息，对人家结婚的缘由说长道短。韦尔克斯家的管家汤姆手托银盘，匆匆在大厅里穿过，对众人鞠躬微笑，将盛在一个个高脚杯里的酒献给身穿米灰色裤子和细麻布褶边衬衫的年轻男子。

洒满阳光的前阳台上挤满了宾客。斯佳丽心想，可不是吗，全县的头面人物都在这儿了。塔尔顿家四兄弟跟他们的父亲靠在高高的圆柱旁，那对孪生兄弟斯图尔特和布伦特跟往常一样形影不离，博伊德和汤姆跟着他们的父亲詹姆士·塔尔顿。卡尔弗特先生站在他那个北方老婆身旁，这个女人在佐治亚已经住了十五年，可看上去永远跟本地人格格不入。大家对她的态度非常礼貌和蔼，因为人们都为她感到惋惜，可谁也忘不掉她投错了胎，跑来当卡尔弗特家孩子的家庭女教师。卡尔弗特家的两个男孩雷福特和凯德陪着花枝招展的金发妹妹凯瑟琳，跟皮肤黝黑的乔·方丹和他漂亮的未婚新娘萨莉·芒罗开玩笑。亚力克斯·方丹和汤尼·方丹正在跟迪米蒂·芒罗说悄悄话，逗得她咯咯笑个不停。有几家人是从十英里外的拉夫乔伊来的，有的是从费耶特维尔和琼斯博罗来的，有几家甚至来自亚特兰大和梅肯。人多得似乎要把屋子挤破了，人们的谈笑声、女人们咯咯的笑声和尖叫声此起彼伏，不绝于耳。

约翰·韦尔克斯站在门廊台阶上，他一头银发，身子板笔挺，平静中流露出魅力与殷勤好客的神态，就像佐治亚夏日的阳光般温暖而持久。霍尼·韦尔克斯站在他身旁，人们叫她霍尼这个名字的英文Honey原意是蜜，是因为她不论对谁说话都是那么甜蜜的，对自家父亲和对田里干活的人全都一样。可她迎接客人时却显得忸怩不安，满脸傻笑。

霍尼那副渴望吸引眼前所有男人的紧张模样跟父亲的沉着神态完全两样，斯佳丽不禁想到，或许塔尔顿太太的话还是蛮有道理。韦尔克斯家的男人的确有家族特征。约翰·韦尔克斯和阿希礼的灰眼睛周围长满了浓密的深金黄色睫毛，可霍尼和她妹妹印第亚的睫毛既稀疏，又缺乏颜色。霍尼的睫毛像兔子一样古怪，印第亚的长相除了用“平庸”二字形容外再找不着其他字眼。

斯佳丽没见着印第亚，不过她可能在厨房里，对佣人作最后的训令，“可怜的印第亚，”斯佳丽想道，“自从她母亲去世后，她管这个家成天有那么多麻烦事，根本没机会接触别的情人，只有找斯图尔特·塔尔顿的份了。要是他认为我比她长得漂亮，当然算不得我的错。”

约翰·韦尔克斯走下台阶伸手扶斯佳丽下车。她见苏埃伦脸上露出傻笑，知道她准是在人群里看见了弗兰克·肯尼迪。

“要是我找不着个比那老光棍更好的情人才怪呢！”她想道，心里满是鄙夷。脚一踏在地面上她便微笑着向约翰·韦尔克斯道谢。

弗兰克·肯尼迪匆匆赶到马车跟前来扶苏埃伦，苏埃伦顿时摆出一副傲慢神态，斯佳丽见了真想抽她一耳光。弗兰克·肯尼迪拥有的土地可能比县里任何人都多，或许他还有一副很好的心肠，但是，这都算不得什么优点，因为他已经四十岁了，再说他身子瘦弱，生性胆怯，留一口稀稀落落的姜黄色胡子，还喜欢像个老小姐似的大惊小怪。不过，斯佳丽一心想着自己的计划，便按捺住心头的轻蔑，对他粲然一笑算是招呼，他见了突然止住脚步，胳膊伸向苏埃伦，两眼却目不转睛地望着斯佳丽，乐得不知所措了。

斯佳丽嘴里跟约翰·韦尔克斯轻松闲聊着，两眼却在人群中寻找阿希礼，可他并不在门廊上。有十几个人同时开口跟她打招呼，塔尔顿家的斯图尔特和布伦特兄弟朝她走来。芒罗家的姑娘跑过来连声赞叹她的衣服漂亮，她很快便成了一片鼎沸人声的中心，人们提高自己的嗓音，好压倒其他声音，让她听见。可阿希礼在哪儿呢？玫兰妮和查尔斯呢？她装作不经意的样子，瞅着大厅里那群欢笑的人们。

她边跟人们谈笑，边朝屋子内外的人群扫视，忽然看见一个陌生人，只见那人独自站在大厅里，正用傲慢的目光冷冷地瞪着她，她一时有点紧张，既有女性让男子着迷后的得意，又有害怕衣服胸口太低的窘迫。他看上去相当老气，至少也有三十五岁了，而身材高大魁梧。斯佳丽觉得从来没见过哪个男人的肩膀有那么宽，肌肉有那么发达，壮得几乎不像个谦谦君子了。两人目光相对时，他微微一笑，修剪整齐的黑色短髭下露出兽牙般的白牙齿。他脸色黝黑，黑得像个海盗，肆无忌惮的眼睛射出两道阴邪的目光，活像个海盗在打量一艘要凿沉的大船或是一个要劫走的少女。他对她微笑时，脸上挂着冷漠的傲慢，嘴角露出一丝玩世不恭的诙谐，斯佳丽不由倒抽一口冷气。她认为这种目光应该看作对自己的侮辱，便恼火自己并没有觉得受了侮辱。她不知道他是个什么人，不过从他的黝黑面色判断，他毫无疑问出身名门。此外，他饱满的红嘴唇上那个窄窄的鹰钩鼻子，高高的额头和两眼间宽宽的距离都显示出他是个世家子弟。

她没有报以微笑便把目光收了回来，他听见有人叫他，也把头转开了："瑞特！瑞特·巴特勒！上这儿来！我给你介绍一下佐治亚心肠最硬的姑娘。"

瑞特·巴特勒？这个名字听上去耳熟，好像跟某种风流艳事有联系，可她这时一心想着阿希礼，便丢开了这个念头。

"我得上楼去梳理一下头发。"她对斯图尔特和布伦特说，两兄弟正想把她从人群里拉出去，"你们俩等着我，别跟其他姑娘跑了，要不然我可要发火了。"她看得出，要是她今天跟别人调情，斯图尔特就不好对付。他刚才一直在喝酒，脸上一副傲慢好斗神情，凭经验她知道，会出乱子的。她在大厅里停下脚步跟朋友交谈，还跟刚从后面出来的印第亚打招呼，这时印第亚头发凌乱，额头上还挂着细小的汗珠。可怜的印第亚！头发和睫毛颜色那么浅，下巴又往前凸，那是性情固执的特征，这本来就够糟了，更不幸的是她都二十岁了还没有嫁出去。她曾把斯图尔特从印第亚身边夺走，她不知道印第亚会不会因此而痛恨她。很多人都说，她仍然爱他，可韦尔克斯家人的想法谁也摸不透。即使她心里真的怨恨，也绝不会外露，对待斯佳丽仍然是一贯的礼貌周到，态度是同样的若即若离。

斯佳丽跟她随便交谈几句后，踏上宽阔的楼梯上楼。这时，一个羞怯的声音在背后叫她的名字，她转身望去，见是查尔斯·汉密尔顿。他是个漂亮的小伙子，白皙的额头上面是一头浓密的棕色鬈发，深棕色的眼睛清澈温柔，活像长毛牧羊犬的眼睛。他衣着讲究，腿上穿一条芥末色裤子，上身穿一件黑外套，带褶边的衬衫上打着最宽最时髦的黑领带。她转过身来，见他脸颊涌出淡淡的红晕，他见了姑娘就难为情。他就像大多数怕羞的男子一样，特别喜爱斯佳丽这样的姑娘，喜欢她们的轻松活泼，喜欢她们一贯的无拘无束。在此之前，她见了他只不过敷衍两句，今天她向他伸出双手满面春风跟他打招呼，几乎让他受宠若惊。

“哎呀呀，是查尔斯·汉密尔顿，你这个美男子！我敢打赌，你大老远地从亚特兰大跑来，是存心要伤我的心吧！”

查尔斯激动得话都难说完整了，拉着她一双热乎乎的小手，望着她那对骨碌碌转的绿眼睛。姑娘们都是这样跟其他小伙子说话的，可从来没人这么对待过他。他从来弄不懂是什么原因，可姑娘们总是把他当成小弟弟，对他非常客气，可就是从来不屑于开他的玩笑。他向来满心盼望姑娘们对他卖弄风情，就像她们跟其他小伙子在一起那样，可那些小伙子既没有他长得漂亮，家产也没他的多。但是，偶尔遇到这种情况，他却不知道该说什么好了，心里为自己的笨拙尴尬难受。事后，又彻夜不眠，翻来覆去回想起自己本来可以施展各种殷勤迷人的手段。但是他很少再有第二次机会，因为姑娘们试过一两回就不再理睬他了。

即使是在霍尼面前，他也缺乏自信，沉默寡言。他们俩之间有一种默契，等明年秋天他继承到家产，两人便成婚。有时候，他有一种酸溜溜的感觉，觉得霍尼那种卖弄风情的异常举止并不是自己的荣耀，因为她一见了男孩就疯疯癫癫的，照他想象，任何男人给她个机会，她都会施展这一套。想到要跟她结婚，查尔斯心里并不兴奋，因为她并没有激起他狂热的浪漫情绪，可他喜欢的书本让他深信，那才是恋爱的人应该有的情绪。他一直渴望有个漂亮、活泼、热情而淘气的姑娘能爱上他。

现在，斯佳丽·奥哈拉正在逗他，说是他来伤她的心！

他搜索枯肠，想说点什么，可什么话也说不出，便默默为她祝福，她喋喋不休说个没完，也就省得他说话了。竟然遇上这等美事，他简直不敢相信这是真的。

“好了，你在这儿等我回来，我要跟你一道去吃烤肉。你可别跟其他姑娘调情，我的嫉妒心厉害着呢。”她红唇一动现出脸颊上的酒窝，居然说出这么让人难以置信的话来；她那两只绿眼睛周围的黑睫毛还一本正经地眨动着。

“我不会的。”他终于喘了口气。可他做梦也没想到，她把他当一头等待宰割的牛犊看待呢。

她用折起的扇子轻轻敲打他的胳膊一下，便转身上楼，目光再次落在那个名叫瑞特·巴特勒的男人身上，那人此时正独自站在查尔斯几步开外。显然他听见了他们之间的全部交谈，因为他抬头朝她咧嘴一笑，就像只大公猫一样不怀好意，他继续打量着她，眼光里完全没有她习惯遇到的那种敬意。

“活见鬼！”斯佳丽感到愤怒，用杰拉尔德喜欢挂在口头上的诅咒暗自骂道，“看他那副德行，好像看得出我不穿衣裳是什么样儿似的。”她脑袋往后一扬，上楼去了。

到了放着舞裙的卧室，她见凯瑟琳·卡尔弗特正对着镜子梳妆打扮，还咬着嘴唇，好让嘴唇显得红一点。她的宽腰带上别着几朵跟脸颊颜色相配的新鲜玫瑰花，一对矢车菊般的蓝眼睛激动得闪个不停。

“凯瑟琳，”斯佳丽开口说，一边尽量把自己的低胸口拉高些，“楼下那个叫巴特勒的讨厌家伙是什么人？”

“我亲爱的，你不知道吗？”凯瑟琳兴奋地压低声音，还朝隔壁房间溜了一眼，见迪尔西和韦尔克斯家姑娘的保姆正在那边说闲话，“我真想不出有他在这儿韦尔克斯先生心里是什么滋味，他去琼斯博罗看肯尼迪先生——为买棉花之类的事吧——当然啦，肯尼迪先生只好带他一道来了。他不能留下客人自已走。”

“这有什么？”

“我亲爱的，他在这儿不受欢迎！”

“真的？”

“真的。”

斯佳丽默默玩味着这话，因为她还从来没跟不受欢迎的人在一起待过。这让她觉得特别兴奋。

“他做过什么事？”

“哎哟，斯佳丽，他有个最坏不过的名声。他名叫瑞特·巴特勒，是查尔斯顿人，他家是当地名流，可他们家连话都不跟他说。卡罗·瑞特去年夏天跟我说过他的事。他不是她家的亲戚，可他的事她全知道，人人都知道的。他在西点军校上学让人家开除了。想想看！原因太糟了，卡罗都不想打听。后来还出过他甩了个姑娘不娶的事。”

“快讲给我听听吧！”

“亲爱的，你什么都不知道？卡罗去年夏天全告诉我了，要是她妈妈得知她连这事都知道，准得气死。说是这个巴特勒先生带了个查尔斯顿的姑娘乘马车出去兜风。我根本不知道那姑娘是什么人，不过我心里怀疑她不是个好姑娘，要不然怎么会在傍晚出去，也不带个伴。我亲爱的，他们在外面待了差不多一整夜，最后是步行回家的，说是马跑了，车摔坏了，两人在树林里迷了路。你猜后来怎么样……”

“我猜不出。快告诉我吧。”斯佳丽兴致勃勃地说，希望听到最糟的结果。

“他第二天不愿娶她了！”

“噢。”斯佳丽的希望落了空。

“他说，他对她什么也……嗯……没做，不明白干吗非娶她不可。当然啦，她哥哥约他出去决斗，巴特勒先生说，他宁愿挨枪子也不愿娶个蠢货做老婆。他们就来了场决斗，结果巴特勒打中了那姑娘的哥哥，他死了。巴特勒只好离开查尔斯顿，闹得他家人都不认他了。”凯瑟琳得意扬扬地刚说完，正巧迪尔西就回到这屋里查看她照料的衣服。

“她后来生孩子了吗？”斯佳丽在凯瑟琳耳边问道。

凯瑟琳使劲摇了摇头。

“不过她还是照样给毁了。”她轻声回答道。

“但愿阿希礼能跟我妥协。”斯佳丽忽然想道，他是个正人君子，不会不娶我的。不过，瑞特·巴特勒不愿娶个傻瓜，她心里不禁对他有了点好感。

屋后一棵大橡树下，斯佳丽坐在一只红木高脚凳上，她的大裙袍褶皱铺散在身子周围像波浪一般，荷叶裙边下露出两英寸，刚刚露出她的绿色摩洛哥羊皮便鞋——一位淑女要想不失身份，最多只能露出这么一点点。她手里端着一只盘子却几乎没有动过里面的食物，身边围着七个对她献殷勤的男子。烧烤宴已经到了高潮，温暖的空气中充满了欢声笑语和银餐具与瓷器相碰的声音，弥漫着烤肉和卤汁的浓香。微风偶尔转向，长长的烤肉火沟冒出的烟雾便飘散到人群中，女士们就假作惊慌，拼命挥动手中的芭蕉扇。

大多数年轻小姐都跟男伴坐在面对桌子的长凳上，但是斯佳丽清楚，一位姑娘身旁最多只能一边坐一个男子，于是她选择了离群独坐，好让尽可能多的男子围在自己身边。

结过婚的女人坐在凉亭下，她们的深色调服装与周围缤纷欢乐的色彩对比，显得端庄大方。家庭主妇们不论年龄大小，总是聚在一起，躲开那些目光明亮的小姐、情郎和他们的欢笑。因为南方女子一旦结了婚就不再是美女了。上自仗着一把年纪就放肆打嗝的方丹家老奶奶，下至初次怀孕正竭力忍着不呕吐的艾丽斯·芒罗，大家交头接耳，关于家谱和生孩子的闲话没完没了，使这种聚会变成了既愉快又有益处的活动。

斯佳丽朝她们投去几瞥轻蔑的目光，觉得她们就像一群胖乌鸦。结过婚的女人永远没有什么乐趣可言。可她就没考虑过，要是她嫁给了阿希礼，便会自动归入凉亭或前客厅里那些举止端庄衣着黯然的人群，从此与欢乐嬉戏无缘。她的想象力与大多数姑娘一个样，仅仅到结婚的圣坛为止，再不朝更远处考虑。再说，这时她心里太不快活了，根本没心思细想一个抽象的概念。

她垂下眼皮望着盘子，文雅地嚼着一口热饼，显得既斯文又没胃口，这模样准会赢得黑妈妈的赞许。虽然向她献殷勤的男子数目众多，可她一辈子从来没这么痛苦过。她不明白是什么原因，为了把阿希礼搞到手，她昨晚苦心想出的计划完全没奏效。她把几十个男子吸引到了自己身边，唯独阿希礼不来，昨天下午的种种恐惧又袭上心头，让她心跳快一阵慢一阵，脸蛋红一阵白一阵的。

阿希礼根本没打算靠近她身边这圈人，而且她来这儿以后就没单独跟他说过一句话，只是见面打了个招呼，以后就没说过话。她走进后花园时，他迎上来欢迎她，可当时玫兰妮正挽着他的胳膊呢。那个玫兰妮，个头还达不到他肩膀上呢。

她是个小不点的姑娘，身体弱不禁风，看上去像个娃娃穿着母亲的大裙袍，她那对棕色的眼睛实在太大了，其中流露出的神色类似恐惧，这让她更像个娃娃了。她的一头黑鬈发十分浓密，却用发网死死罩起来，一个发卷也没留在外面，加上额头发际的桃花尖，让她的脸蛋越发像颗心了。她的两个颧骨长得太宽，下巴又太尖，这张面孔倒算得上娇怯可爱，不过容貌只能算是平庸，再说她还缺乏女性那套诱人的花招让人看了忘记她的平庸。她看上去——那是她的本色——就像泥土一样淳朴，像面包一样平凡，像泉水一样清澈。不过，尽管她容貌平平，身材矮小，可她的举止却稳重端庄，楚楚动人，显得远不止她十七岁的本来年龄。

她身穿灰色薄纱裙，腰上系一条樱桃色缎带，波浪形花边和褶皱掩饰起她没有发育完全的身体，那顶黄帽子和上面的樱桃色长飘带把她奶油色的皮肤衬托得稍有点红润。她的头发整整齐齐兜在发网里，一对沉甸甸的耳坠和上面长长的金垂饰悬挂在头发下面，晃动起来就靠近她的棕色眼睛，那对眼睛闪烁着平静的光芒，如同冬天森林里的两泓清水，平静的水面上棕色树叶闪闪发亮。

她跟斯佳丽打招呼时微笑中带着羞怯的兴趣，对她说她的绿裙子真漂亮，斯佳丽甚至难以用同样礼貌的方式回答，她迫不及待想跟阿希礼单独交谈。在这以后，阿希礼就一直坐在玫兰妮脚边的一只凳子上，跟其他客人隔开一段距离，陪她悄悄说话，脸上露出斯佳丽酷爱的那种让人如痴如醉的恬淡微笑。更糟糕的是，随着他的微笑，玫兰妮的眼睛里闪烁出一丁点光亮，就连斯佳丽也不得不承认，她这时看上去差不多算得上漂亮了。要是玫兰妮看着阿希礼，她平庸的面孔会由于内心的热情而熠熠放光，要是说脸上能表现出一颗爱心，那玫兰妮·汉密尔顿的脸上这时就表现出来了。

斯佳丽竭力不让自己看他们俩，可她办不到。每次扫视一眼过后，她跟追求者们的欢笑就加倍热烈，她放声大笑，言辞放肆，玩笑不羁，听了人家恭维她的话就仰起脑袋，把耳坠甩得乱晃。她说了好多遍“胡扯！”声称他们的话没一句是真的，还赌咒说，随便哪个男人说的话她都不信。可阿希礼似乎根本就没注意她。他只是抬头望着玫兰妮，两人继续交谈着，而玫兰妮低头看着他，那副表情等于在说，她属于他已然是既成事实。

斯佳丽因而感到痛苦。

在别人看来，这样一位姑娘绝对没理由感到痛苦。她无疑是烧烤宴上的美女，是大家注意的中心。她在男人中激起的狂热，加上其他姑娘心头燃烧的妒火，这些换了平时准会让她乐不可支。

查尔斯·汉密尔顿受到她的青睐胆子壮了，稳坐在她右边，塔尔顿家孪生兄弟携手排挤他，他也不让开。他一手替她拿着扇子，另一手帮她端着那盘碰都没碰一下的烤肉，一眼也不看霍尼，霍尼看上去马上就要放声大哭了。凯德摆出一副优雅姿态，懒洋洋靠在她左边，一面拉她的裙摆吸引她听自己的话，一面抬起冒火的眼睛恶狠狠瞪着斯图尔特。他跟这对孪生兄弟之间，气氛紧张得一触即发，双方说的话都很难听。弗兰克·肯尼迪来回忙乱，活像个仅孵出一只小鸡的老母鸡，在那棵橡树的阴影和桌子之间跑来跑去，取来好吃的东西求斯佳丽吃，仿佛那儿没有十来个佣人可供差遣似的。结果，苏埃伦心中的怨恨忍无可忍，顾不得小姐的体面，与斯佳丽怒目相向。小卡丽恩也要哭出声了，因为斯佳丽早上说过鼓舞她的话，可布伦特除了跟她打招呼说了声："喂，小妹妹。"还拉了拉她头发上的丝带，就转身一心注意斯佳丽了。平常他对她那么亲切，态度随意顺从，让她觉得自己已经长大成人了，卡丽恩暗自怀着梦想，盼望着有一天能拢起头发，铺散下裙子，把他当成真正的情人。可眼下呢，斯佳丽看来把他夺走了。方丹家两个皮肤黝黑的小伙子叛变转向，芒罗家的姑娘们倒掩饰住心中的委屈没流露出来，可是汤尼和亚力克斯站在圈子外面，死乞白赖想趁别人站起身时挤近斯佳丽身边，那副德行让她们见了非常恼火。

她们微挑蛾眉，朝赫蒂递了个眼色，对斯佳丽的举止表示不快。对斯佳丽的形容只能用"放荡"这个字眼。三位年轻小姐同时举起花边阳伞，说自己已经吃够了，道谢后手指轻触身边男子的胳膊，娇声娇气嚷着要去看看玫瑰园、泉水和凉亭。这种有序的战略撤退不论对当事的女子，还是在局外的男人看来，都不算失面子。

斯佳丽眼看三个为她的魅力所倾倒的男子被拖走，去看姑娘们从小就熟悉的房屋，不禁乐得咯咯发笑，她目光锐利地扫了阿希礼一眼，看他是不是注意自己。可他正在摆弄玫兰妮腰带的两端，还面带微笑抬头望着她。斯佳丽心如刀绞，恨不得扑过去抓扯玫兰妮象牙色的皮肤，抓得她鲜血淋漓才解恨。

她的目光离开玫兰妮却跟瑞特·巴特勒的碰了个正着，他没跟大家凑热闹，而是站在一旁跟约翰·韦尔克斯交谈。他一直留神注视着她，跟她四目相对后，便放声大笑。斯佳丽有种不安的想法，觉得在场的男人中间，只有这个不受欢迎的人懂得她表面纵情欢乐下隐藏着什么心事，而且他还露出讥讽的得意神色。她恨不得也抓他几下解解气。

“我要熬过这次烧烤宴，等待今天下午，”她想道，“所有姑娘都上楼去睡午觉，为晚上玩乐养精神，我就待在楼下，找机会跟阿希礼谈谈。他肯定注意到我多么受人喜爱了。”她又抱着另一个希望自我安慰：“当然，他不能不关心玫兰妮，因为她毕竟是他的表妹，又没人喜欢，要是没有他照料，她不就成了个受人冷落的局外人了。”

这想法让她平添了新的勇气，越发来劲地挑逗查尔斯，他那对棕色眼睛贪婪地俯视着她，闪出熠熠光芒。这一天对查尔斯来说真是个最奇妙不过的日子，是一个梦幻般的日子，他没费吹灰之力便爱上了斯佳丽。与这种新感情相比，对霍尼的心意黯然失色。霍尼不过是只喳喳尖叫的麻雀，斯佳丽呢就像只神采飞扬的蜂鸟。她逗他乐，佑护他，向他提问，又自问自答，结果让他用不着说一句话就显得非常聪明。其他男孩都为她明显钟情于他觉得又恼火又摸不着头脑，因为他们清楚，查尔斯很害羞，简单的话都说不全，大家竭力顾全礼貌，拼命压下心头怒火。人人都憋着一肚子火，要不是因为没有征服阿希礼，斯佳丽早已大获全胜了。

等到最后一块猪肉、鸡肉和羊肉都给吃完后，斯佳丽巴望印第亚就此起身，提议女士们去屋子里休息。已经两点钟了，太阳正当头，晒得热烘烘的，可印第亚为准备这次烧烤宴累了三天，这时乐得待在凉亭下，跟费耶特维尔来的一位聋老头大声说话。

人们懒洋洋的，个个昏昏欲睡。黑人收拾长条餐桌也打不起精神。谈笑声越来越缺乏生气，聚在一起的一群群人们渐渐安静下来。大家都在等待女主人示意结束上午的盛宴。芭蕉扇摇得越来越慢，有几位老先生受不了炎热，肚子又撑得太饱，耷拉下脑袋打起了盹。烧烤宴已经结束，人人都想趁烈日当头休息一下。

在上午的聚会和晚上的舞会中间这段空当儿里，大家看上去情绪安定，气氛平静。只有年轻男子劲头不减，像刚才所有宾客的精力一样充沛。他们在人群之间走来走去，说起话来拖着腔调，像血统纯正的种马一样漂亮而暴烈。正午的倦怠弥漫在人群中，但是，在这种表面下潜藏着一种愠怒，马上就会升腾到爆发的程度。不论男女，大家虽然漂亮却有野性，谈笑风生的愉快表面下都有一点儿狂暴，也只有一点点驯顺而已。

又熬了一会儿，太阳越来越热了，斯佳丽和其他人再次朝印第亚望去。他们的谈话已经渐渐平静下来，这时，树荫下的人们忽然听到杰拉尔德怒气冲冲的高嗓门。他站在餐桌不远的地方在跟约翰·韦尔克斯争论得正起劲。

“活见鬼，伙计！向北佬乞求和平？咱们在苏姆特堡已经向那帮流氓开火之后？和平解决？南方应该用武力表示自己不可欺侮，表示脱离联邦不是靠联邦发善心，是靠自己的实力！”

“噢，天哪！”斯佳丽心想，“让他搞砸了！这下，大家都要在这儿坐着不走，直到半夜了。”

懒洋洋的人群顿时没了睡意，气氛突然像触了电一样紧张起来。男人从长凳和椅子上一跃而起，挥舞胳膊比画着，个个提高嗓门，想压倒其他人的声音，让别人听见自己的话。整个一上午，大家没有谈论政治和即将爆发的战争，因为韦尔克斯先生要求大家别让女士们感到厌烦。可现在呢，杰拉尔德已经喊出“苏姆特堡”几个字，在场的所有男人便把主人的劝告抛在了脑后。

“我们当然要打……”“北佬贼……”“不出一个月我们就

能消灭他们……”“这还用说，一个南方人就能消灭二十个北佬……”“给他们个教训，叫他们一辈子忘不掉……”“和平解决？他们才不甘心让我们过太平日子呢……”“对，看林肯先生怎么侮辱咱们的特使……”“可不是吗，把他们一连拖了好几个礼拜……他还许诺说要撤出苏姆特堡！”“他们想要战争；咱们要让他们害怕战争……”杰拉尔德雷鸣般的嗓音盖过所有声音。斯佳丽只听见“以上帝的名义，州权！”几个字让人喊了一遍又一遍。杰拉尔德感到痛快淋漓，可他女儿却并不痛快。

脱离联邦、战争——这些字眼长期以来让人说了一遍又一遍，斯佳丽听得烦透了，现在又听到这些声音尤其让她痛恨，因为这意味着男人们要站在那儿，一连几个钟头高谈阔论，那她就没机会单独跟阿希礼谈了。当然不会发生什么战争，男人全都知道这个。他们只是喜欢说话，也喜欢听自己说的话。

查尔斯·汉密尔顿没有跟其他人一道站起身，他见自己算是单独跟斯佳丽在一起，就靠得更近些，仗着新萌发的爱情带给他的胆量，他压低声音作了番表白。

“奥哈拉小姐……我……我已经做出了决定，要是我们真的打仗，我就去南卡罗来纳，在那儿入伍。据说韦德·汉普顿先生正在组织一支骑兵部队，我当然想跟他干。他是个了不起的人，还是我父亲最要好的朋友。”

斯佳丽想道：“我该怎么办呢——为他山呼万岁吗？”从查尔斯的表情上她看出，他是在向她吐露内心的秘密。她想不出该说什么才好，只是一味地望着他，心想，男人怎么都是傻瓜，竟然以为女人对这种事情感兴趣。他把她这副表情当成对他的赞许，说话就更大胆，匆匆说道：“要是我走了……你会……会难过吗，奥哈拉小姐？”

“我会每晚趴在枕头上哭。”斯佳丽说这话原本是句玩笑话，可他竟当了真，乐得脸都飞红了。她的一只手藏在裙子的褶皱中，他小心翼翼慢慢伸过手去紧紧抓住她的手。他为自己的胆量感到吃惊，更为她的默许激动不已。

“你会为我祈祷吗？”

“真是个傻瓜！”斯佳丽暗想，她觉得苦恼，偷偷朝周围扫了一眼，盼望有人来解围，打断这番谈话。

“你会吗？”

“噢，会的，当然会，汉密尔顿先生。至少每晚念三遍《玫瑰经》！”

查尔斯连忙朝周围看了一圈，吸了口气，收紧腹部肌肉。这时他们俩差不多是单独在一起，他可能再也得不到这样的机会了。再说，就算再次遇到这样的天赐良机，他也可能不会有现在的勇气了。

“奥哈拉小姐……我一定要告诉你。我……我爱你！”

“嗯？”斯佳丽心不在焉地敷衍着，两眼透过争论的人群望去，见阿希礼仍然坐在玫兰妮脚边说话。

“是的！”查尔斯压低声音说，他感到一阵狂喜，因为她既没有放声大笑，也没有嚷叫，更没有晕倒，他一向以为，年轻姑娘在这种情形下准会有那种反应的。“我爱你！你是最……最……”他平生第一次说话没有结巴，“我认识的姑娘中你是最漂亮、最可爱、最亲切的，你还是最和蔼可亲的姑娘，我一心一意爱你。我没有指望你会爱上我这样的人，可是，我亲爱的奥哈拉小姐，要是你愿意成全我，我不惜做任何事得到你的爱。我愿意……”

查尔斯打住了，因为他想不出什么难办的事来真正证明他对斯佳丽的深情厚谊。结果他干脆说：“我想跟你结婚。”

斯佳丽一听“结婚”二字，顿时清醒过来。她刚才一直想着结婚，想着阿希礼，这时看着查尔斯，几乎掩盖不住心头的恼火。这个牛犊般的傻瓜干吗偏偏找这么个日子来讨她厌呢？他难道不知道今天她烦得要发疯吗？她盯着那双棕色的眼睛，望着他恳求的神情，从这个害羞的男孩眼里丝毫也没看出他的初恋之美，也没看出他理想化为现实后的崇高情感，更没有看出他心中炽热的狂喜和柔情。斯佳丽已经习惯于男人们向她求婚了，那些男人比查尔斯更富有魅力，也更优雅体贴，不会在烧烤宴上趁她心事重重向她求婚。

她心不在焉，只看见一个二十岁的小伙子，脸红得像火炭，看上去傻得出奇。她真想对他说他那副模样有多傻。但是，母亲平素教过她几句应急的话，她耷拉下眼皮，想都不用想就低声说了出来：“汉密尔顿先生，承蒙你要我做你的妻子，并非我没有意识到你给我的荣幸，可这事实在太突然了，我都不知道该说什么好了。”

这是个巧妙的手腕，既能安慰一个男人的虚荣心，又不至于让他脱钩，查尔斯果然上了钩，好像这种钓饵是新鲜货色，而他是第一个吞下钓饵的人。

“我会永远等你的！等到你打定了主意，我再向你求婚。求求你，奥哈拉小姐，对我说我还可以希望！”

“嗯。”斯佳丽嘴上敷衍着，一双敏锐的眼睛留意着阿希礼，见他没有起身跟人们讨论战争，这时正望着玫兰妮微笑呢。这个抓着她手的傻瓜蛋要是能安静片刻就好了，也许她能听见他们在说些什么呢。她必须听听他们说的是什么。玫兰妮到底对他说了什么，能让他两眼显得津津有味呢？

查尔斯的话喋喋不休，压住了她竭力想听见的声音。

“求求你，别出声！”她对他嘘了一声说，还在他手上拧了一下，连看都不看他一眼。

她的警告让查尔斯吃了一惊，先是尴尬得脸都红了，后来发现她的眼睛盯着看他妹妹，又转惊为喜。斯佳丽准是害怕有人听见他说的话。她自然会觉得难堪害羞，要是他们的话让别人听到，她肯定会难过。查尔斯顿时体会到了平生从未有过的男子汉气概，因为他从来没让其他姑娘感到过难堪。这种激动心情让他陶醉了。他脸上浮现出一种自以为是、漫不经心的神情，小心翼翼在斯佳丽手上捏了一下，表示他是个见惯世面的男人，懂她的意思，也接受她的责备。

她甚至没注意到他回敬她的动作，因为她刚好清清楚楚听见玫兰妮动听的声音，其实她主要的魅力无非在于说话动听：“我恐怕不能同意你对萨克雷作品的看法。他是个玩世不恭的人。我恐怕他不是个狄更斯那样的正人君子。”

斯佳丽想，跟一个男人说这种事，多傻呀。她松了口气，不禁要笑出声。嗨，她简直是个书呆子，人人都知道男人怎么看待一个女书呆子……要想让男人感兴趣，还要维持他的兴趣，就得谈他的事情，然后慢慢把话题转到自己身上，就别再走题了。要想让斯佳丽真正感到惊慌，玫兰妮就该说："你真了不起哪！"要不就说，"你怎么会想到这一层的？这种事我就是想一想也要把小脑瓜憋破了！"可是，一个男人坐在她脚边，她说话却一本正经，就像在教堂里一样。看来斯佳丽的前景更加乐观了，她乐得转向查尔斯，脸上挂着笑容，眼睛熠熠放光。他见了，认为这是爱的明证，顿时心花怒放，抓起她的扇子使劲替她扇，把她的头发都要扇乱了。

"阿希礼，你还没对我们讲讲你的高见呢。"吉姆·塔尔顿从嚷叫的人群里抽身出来说。阿希礼这才向玫兰妮道了声歉站起身来。斯佳丽觉得，这里的男人没一个像阿希礼这么帅的，他懒散的姿态在她看来十分优雅，阳光照耀下，他的金色头发和小胡子在她眼里闪闪放光。他讲话时，就连上了年纪的人都在屏息静听。

"不消说，先生们，如果佐治亚要打仗，我会应召出征。要不然我为什么要加入骑兵连呢？"他说。他那双灰眼睛睁得大大的，昏昏睡意顿时消散，脸上迸发出一股斯佳丽从来没见过的激情。"不过，我赞成父亲的看法，希望北佬能让咱们过太平日子，别打仗……"他面带微笑举起一只手，因为方丹家和塔尔顿家的几个小伙子顿时吵闹起来。"不错，不错，我知道我们受到了侮辱，还受了骗……不过，咱们想想，要是换个位置，咱们处在北佬的地位，他们想要脱离联邦，咱们会怎么行动？恐怕也是一个样。咱们也不会喜欢这种事的。"

"他又来了这一套，"斯佳丽想道，"总是替人家着想。"在她看来，两方争论只有一方是对的。有时候，阿希礼真难捉摸。

"咱们头脑别发热，也别要什么战争。世界上的苦难大多是战争造成的。战争过后，谁也搞不清自己到底想要什么。"

斯佳丽的鼻子哼了一声。幸亏阿希礼有勇敢的名声在外，要不然他会惹出乱子来的。她正想着，忽然一片反对的喧闹声冲着阿希礼来了，声音慷慨激昂，怒不可遏。

坐在凉亭里那个费耶特维尔来的聋老头戳了戳印第亚。

“到底怎么回事？他们在说些什么？”

“战争！”印第亚的手卷成筒状对着他的耳朵喊道，“他们想跟北佬打仗！”

“战争，真的？”他一面嚷叫，一面摸索着找身边的拐杖，霍地从椅子上站起身。他多年没显出这么大的精神了。“我去跟他们说说战争。我参加过战争。”麦克雷先生不常有机会谈论战争，他家女眷一听他谈论战争就嘘他。

他脚步匆匆，踉踉跄跄走向人群，手中挥舞着拐杖，嘴里大声嚷叫。因为他听不见别人的声音，很快便成了个毫无争议的头面人物。

“你们这帮吃了炮药的浑小子，好好听我说。你们别想打仗。我打过仗，我知道。我参加过塞米诺尔战争，还傻乎乎去参加过墨西哥战争。你们全都不清楚什么是战争。你们以为战争就是骑上匹好看的马，等着姑娘们朝你们扔鲜花，回家就能当英雄。算了吧，满不是这么回事。根本不是！战争就是挨饿，是睡在雨地上害麻疹得肺炎。要是没害麻疹肺炎，就是闹肚子。不错，先生，战争会让人闹肚子……拉痢疾，还有其他病痛……”

太太小姐们羞得脸都涨红了。麦克雷先生总是提起不开化的年代，就像方丹老奶奶当着众人面打响嗝一样，那个年代的事情大家都不愿回忆。

“快去把你外公拉回来。”老头的一个女儿对身边一个年轻姑娘说，“我敢说，”她压低声音对身边烦躁不安的妇女们说，“他一天不如一天啦。你想得出吗，他今天早上还对玛丽说……可她才十六岁呀……他对她说：‘听我说，闺女……’”那声音压得低低的，那外孙女连忙溜出去设法劝麦克雷先生回到树荫下的座位上。

树荫下来回走动的人们中，姑娘们在兴致勃勃地微笑，男人在热情洋溢地交谈，只有一个人看起来保持着平静。斯佳丽的目光转向瑞特·巴特勒，见他身子靠在一棵树上，两只手深深插在裤子口袋里，自从韦尔克斯先生从他身边走开后，他就独自站在那里，任凭谈话越来越热烈，可他一句话也不说。修剪整齐的乌黑短髭下面，红嘴唇两角向下撇着，看得出，那对黑眼睛里隐隐含着一丝轻蔑神色，仿佛觉得这一切相当可笑，好像他在听一群孩子吹牛。斯佳丽想，这张带笑的面孔真讨厌。他就是一言不发，只听人们说话。后来斯图尔特·塔尔顿开口了，他一头红发乱蓬蓬的，两眼闪闪发亮，一番话说了一遍又一遍：“这还用说，咱们不出一个月就能消灭他们！绅士打仗总比暴民在行。一个月……这还用说，只消打一仗……”

“先生们。”瑞特·巴特勒开了口，嗓音平淡，慢条斯理，一听就知道是个查尔斯顿人。他的身子依旧靠在那棵树上，双手也不从裤兜里抽出来，“我能说句话吗？”

他的态度和眼神里都带着轻蔑。他的风度彬彬有礼，尽量模仿大家的做派，可骨子里却透着轻蔑。

大家都转身面对着他，也像往常对待外人那样彬彬有礼。

“诸位先生有没有人想到过，在梅森·狄克逊分界线南面连一家制造大炮的工厂都没有？是不是想到过，南方的铸铁厂数目少得可怜？还有南方的毛纺织厂、棉纺织厂、制革厂也少得可怜？你们想过没有，我们连一艘战舰都没有，北佬的舰队可以在一个礼拜之内封锁我们的港口，到时候我们的棉花就休想卖到海外去。不过……当然啦……这些事情诸位先生肯定想到过了。”

“这家伙，他把小伙子们都当成一群傻瓜了！”斯佳丽愤愤然想道，脸蛋不禁涨得火辣辣的。

显然有这个念头的人不止她一个，几个小伙子开始挑战般走出人群。约翰·韦尔克斯不动声色地匆匆返回说话者的身边，仿佛告诫在场的人们，这个人是他的客人，再说，周围还有女士们在场。

“我们大部分南方人的毛病就是，”瑞特·巴特勒接着说，“我们很少到外面去旅行，要不就是很少从旅行中获益。当然啦，诸位先生都游历广泛。可你们看到些什么？欧洲、纽约、费城，当然，夫人们去过萨拉托加，”他朝凉亭下的人群微微欠了欠身，

“你们见到的是旅馆、博物馆、舞厅、赌场之类。回到家乡后，大家认为没一个地方比得上南方好。我呢，生在查尔斯顿，最近几年一直待在北方。”他咧开嘴笑笑，露出一口白牙，仿佛意识到在场的人都知道他已经不住在查尔斯顿的原因，而且大家就算知道也不在乎，“我见过许多事情，都是你们大家没见过的。成千上万的移民只要给点吃的和几块可怜钱，就愿意为北佬卖命打仗，还有工厂、铸造厂、造船厂、铁矿和煤矿——这些我们都没有。没错，我们拥有的只是棉花和奴隶，再就是傲慢。他们不出一个月就能把我们彻底消灭掉。”

气氛骤然紧张起来，众人全都沉默不语。瑞特·巴特勒从上衣口袋抽出一块细麻布手帕，漫不经心地掸了掸袖子上的尘土。接着，人群中渐渐响起不祥的窃窃私语，凉亭那边也传来嗡嗡的低语，就像刚捅了一个马蜂窝。斯佳丽心中的愤怒和脸蛋上火辣辣的感觉尚未消退，可她有一副讲求实际的头脑，立刻觉得这个人说的没错，听上去像是合情合理的。可不是吗，她甚至从来没见过一家工厂，认识的人没一个见过工厂的。话说回来，就算这些话全都没错，他说这么一番话根本算不得上流绅士——而且还是在一个聚会上，趁大家玩得正痛快时扫人的兴。

斯图尔特·塔尔顿紧皱双眉，跟布伦特一道朝他走来。当然啦，塔尔顿家这对孪生兄弟是有礼貌的，他们就算让人惹火了也不会在烧烤宴上闹事。然而，太太小姐们还是觉得饶有兴致，因为她们难得亲眼看到一场打斗或争吵。通常她们都是听人家传说才知道这类事情的。

“先生，”斯图尔特沉下脸说，“你这是什么意思？”

瑞特望着他，态度虽然礼貌，可目光中带着嘲讽。

“我的意思是，”他回答道，“拿破仑——大概你听说过他吧——有一次他说：‘上帝站在最强大的军队一边！’”他转向约翰·韦尔克斯，态度谦恭而真诚，说：“你答应让我参观你的图书室，先生。能否现在请你带我去看呢？我恐怕今天下午不得不早点回琼斯博罗，我还有点生意要去照料。”

他转过身面对众人，脚后跟并拢碰出咔嗒一声，像个舞蹈大师那样鞠了一躬，那姿态对一个身材如此魁梧的人可真算优雅的，那副盛气凌人的模样简直像抽了人一耳光似的。然后，他随着约翰·韦尔克斯穿过草坪，他仰起乌黑的脑袋，桌子旁的人们听到他的阵阵笑声，心里一阵阵难受。

众人惊愕得沉默不语，后来，嗡嗡人声才重又响起。印第亚拖着疲惫的身子从凉亭的座位上站起身，朝怒气冲冲的斯图尔特·塔尔顿走去。斯佳丽听不见她说了些什么，不过她仰望着他那张耷拉下来的面孔，那种眼神让斯佳丽心里有点内疚。她钟情相属的眼神就像玫兰妮望着阿希礼时一样，只可惜斯图尔特并没有看出来。这么说，印第亚真的爱他。斯佳丽思索片刻，回想起来，假如她一年前没有在那个政治讲演会上公然跟斯图尔特调情，说不定他早就跟印第亚结了婚。不过，她转念一想，要是姑娘笼络不住自己的男人，哪能算是她的过错，这念头顿时抚平了她心中的愧疚。

最后，斯图尔特俯视着印第亚，点了点头，脸上浮出一丝微笑，只是笑得有点勉强。大概印第亚刚才是求他别跟在巴特勒后面惹麻烦吧。树荫下，客人们纷纷起身，掸去腿上的面包屑，一时响起彬彬有礼的交谈声。结过婚的女人们喊奶妈叫小孩子，把大家招呼在一起动身离去，动身朝屋里走的一批批姑娘们谈笑着，上楼到卧室里去聊天，睡午觉。

除塔尔顿太太以外，女士们全都走出后院，把橡树的树荫留给了男人。杰拉尔德、卡尔弗特先生和其他几个男人缠着她，要她答应把马卖给骑兵连。

阿希礼信步走过来，到了斯佳丽和查尔斯坐的地方，脸上的表情若有所思，还有一丝开心的微笑。

“狂妄的家伙，对不对？”他望着巴特勒的背影评头论足，“他看上去就像是鲍奇亚鲍奇亚：十四至十六世纪极有影响的意大利家族。家族的人。”

斯佳丽匆匆思索一番，记不起本县或亚特兰大或萨凡纳有这么个家族。

“我不认识这个家族。他是他们的亲戚？他们是些什么人？”

查尔斯脸上浮出愕然的表情，怀疑和羞愧与爱情发生了冲突。最后还是爱情占了上风，他意识到，一个姑娘只要模样可爱，性格温柔，容貌漂亮就足够了，没受过教育并不妨碍她的魅力，他连忙回答道：“鲍奇亚是个意大利家族。”

“噢，”斯佳丽觉得乏味，“原来是外国人。”

她朝阿希礼露出最嫣然的微笑，但不知什么原因，他并没有看她。他正看着查尔斯，会意的表情中稍带一点怜悯。

斯佳丽站在楼梯上首，小心翼翼透过楼梯栏杆望着下面的大厅。大厅里没有人。楼上卧室里传出嗡嗡的低语声，此起彼伏，还夹杂着尖声欢笑，有人在说：“哎呀，不可能吧，真的！”有人说：“那他是怎么说的？”六间宽大的卧室里，床和沙发都让姑娘们占满了。她们脱掉裙袍，松开紧身衣，头发散开披在背后。午睡是乡下人的习惯，这种全天的聚会中，午睡更是必不可少，因为活动一大早就开始，到舞会才进入高潮。姑娘们先是靠聊天说笑消磨半个钟头，以后呢，用人就会进来放下百叶窗，半昏暗的温暖环境中，交谈渐渐变成有一搭没一搭的低声闲扯，最后消逝在寂静中，只能听到柔和而有规律的呼吸声。

斯佳丽确实看见玫兰妮跟霍尼和赫蒂·塔尔顿已经在床上躺下，这才溜进走廊，动身下楼。从楼梯上面的窗户望出去，她看见成群的男人坐在凉亭里，举着高脚杯喝酒，她知道他们会在那儿一直待到傍晚时分。她的目光扫视着这群人，可阿希礼不在其中。后来，她听见他的声音了。不出她所料，他还在前面车道上跟提前动身离去的妇女和孩子们告别。

她提心吊胆匆匆下楼。要是遇见韦尔克斯先生怎么办？姑娘们都在舒舒服服睡午觉，她独自偷偷在房子里到处跑该找什么借口呢？嗨，她非得冒一冒这个险不可了。

走到最下面一级台阶时，她听见管家正在餐厅里对用人下命令，搬开桌椅，为舞会作准备。宽敞的大厅对面，图书室的门敞开着，她悄无声息地加快脚步朝那儿跑去。她要在那儿等到阿希礼送完客人回到房子里来，到时候，她要把他叫住。

图书室里光线相当暗淡，百叶窗都关着，免得阳光射进来。昏暗的房间里，黑黢黢的书籍贴着高高的四壁堆放着，让她觉得压抑。这种地方她才不希望选来作这次约会的地点呢。大量的书籍从来都让她觉得压抑，那种喜欢读许多书的人也让她憋气。当然啦，阿希礼是个例外。幽暗中，眼前耸立着笨重的家具，高靠背长座位宽扶手的椅子是为韦尔克斯家高个头的男人制作的，低矮的丝绒面软椅子和前面放的丝绒软墩是供姑娘们坐的。这间长长的屋子对面，壁炉前放着一张七英尺长的沙发，那是阿希礼最喜欢的座位，沙发靠背高高耸起，活像一头熟睡的巨兽。

她掩上门，只留下一道缝隙，想让怦怦心跳缓和一些。她竭力回忆，希望想起昨晚计划好对阿希礼说的话，可她什么都想不起来了。她是想出过什么又忘掉了呢，还是仅仅计划好让阿希礼对她说些什么呢？她记不得了，心里突然感到恐怖，不由打了个冷战。要不是因为耳朵只能听见自己咚咚的心跳，她或许能想得起该说的是什么。但是，她听见他送走最后一批客人返回前厅时，咚咚的心跳声更快了。

她什么都记不起来了，只知道她爱他——爱他的一切，从他傲然仰起的脑袋和金发，到他脚上纤长的靴子。她爱他的笑声，尽管那笑声让她莫名其妙；她也爱他的沉默，虽然那沉默让她不知所措。啊，要是他现在能进屋，把她搂在怀抱里该多好，她就什么也用不着说了。他肯定爱她……“或许只要我祈祷一下就行……”她紧闭双眼，急促地自言自语道：“万福马利亚，慈悲为怀……”

“怎么，是斯佳丽！”阿希礼的声音打断了她耳朵里的隆隆喧嚣声，她一时难堪不已。他站在大厅里，透过门缝瞅着她，脸上浮出迷惑不解的微笑。

“你这是跟谁捉迷藏——查尔斯还是塔尔顿家兄弟？”

她吞咽了一下。这么说，他注意过那群男人围着她团团转！他对她的激动心情一无所知，站在那里眨巴着眼睛，那副模样真是太招人爱了。她什么都说不出来，伸手拉他进屋。他进来了，虽然不知究竟，却感到有趣。她神情紧张，两眼熠熠放光。他从来没见过她这副模样。屋子里光线昏暗，可他还是能看出她的脸蛋涨得绯红。他自然而然关上门，拉住她的手。

“到底是怎么回事？”他问道，声音低得几乎像在说悄悄话。

他的手一碰到她，她便浑身颤抖。事情就要发生了，跟她梦想的情景一模一样。她脑袋里闪过千百个互不相关的念头，可她一个也没抓住，什么话也说不出来。她只是不停地颤抖，仰望着他的脸庞。他怎么不开口？

“到底是怎么回事？”他重复道，“有个秘密要吐露给我？”

突然，她又说得出话了。埃伦多年来对她的教导也突然被她抛在了脑后，杰拉尔德遗传给女儿的爱尔兰的坦率让她张开了嘴巴。

“是的——是一个秘密。我爱你。“

屋子里顿时一片死寂，两人都觉得不敢呼吸了。她不再颤抖，浑身沉浸在幸福和得意中。她干吗不早说出来呢？比起她一向学到的那些大家闺秀的手腕，这不是更简单吗？接着她的眼睛试探着他的目光。

他的目光显出惊慌失措，其中有疑惑，还有——那是什么呢？不错，杰拉尔德有过这种眼神，那天，他心爱的猎马摔断了腿，他不得不开枪结束马的生命，当时他就有这种眼神。她在这种时候怎么会想起那种事？这念头真傻。阿希礼干吗神情这么古怪，一句话也不说？后来，他脸上浮出一种表情，像是戴了副老练的面具，露出潇洒的微笑。

“你今天征服了这里每个男人的心还嫌不够？”他说道，口吻半开玩笑半认真，像往常一样带着慈爱，“你是想赢得全票吧？你当然知道，我一直对你有好感。”

出岔子了——完全不对！跟她的计划对不上了。她脑袋里出现无数疯狂的念头，一个念头开始成形。也许……由于某个原因……阿希礼表面上装出这副样子，兴许他以为她不过是跟他调调情。可他并不这么想。她也知道他不这么想。

“阿希礼……阿希礼……告诉我……你一定要告诉我……啊，

别取笑我了！我得到你的心了吗？啊，我亲爱的，我爱……”

他连忙捂住她的嘴。面具丢掉了。

“千万别说这种话，斯佳丽！你千万不能说。不是你的真心话。你说出来会讨厌自己的，让我听见你也会讨厌我！”

她猛地扭开脑袋。浑身感到一股热流。

“我永远不会讨厌你。我告诉你我爱你，我知道你也一定喜欢我，因为……”她打住了。她从来没见过哪个人的面孔显得这么痛苦，“阿希礼，你喜欢我，对吧？”

“没错，”他木呆呆地说，“我喜欢。”

他就是说他讨厌她，她也不会比现在更加惊慌。她拉了拉他的袖子，什么也说不出来。

“斯佳丽，”他说道，“咱们能不能忘掉这些话，然后走开？”

“不，”她压低声音说，“我不能。你什么意思？你不想——你不想跟我结婚？”他回答道：“我就要跟玫兰妮结婚了。”

她不知不觉坐在了那张低矮的丝绒面椅子上，阿希礼也坐在她脚下那只软墩上，紧紧拉住她的双手。他嘴里在说话——说些她听不懂的话。她的脑袋里变得空荡荡的，片刻之前涌出来的各种念头全都没了，他的话就像雨点打在玻璃上一样，没给她留下什么印象。那些话说得很快，语调温柔，充满同情，就像个父亲说给伤心的孩子听似的，可她一句也听不进去。

他提到玫兰妮的名字，她这才清醒过来。她盯着细看他那对清澈的灰眼睛，从中看到从来让她捉摸不透的那种冷漠——还有一种自怨的神色。

“父亲今晚就要宣布订婚的消息。我们很快就结婚。我本该告诉你的，可我以为你已经知道了。我以为大家都知道了呢——几年前就知道了。我从没想过你……有那么多人追求你。我想斯图尔特……”

她又渐渐恢复了活力、情感和理解能力。

“可你刚才说你喜欢我。”

他那双温暖的手把她的手都捏疼了。

“我亲爱的，你一定要逼我说出让你难过的话才罢休吗？”

她一句话也不说，他只好接着说下去。

“我怎么才能让你明白这些事情呢，亲爱的？你还太年轻，遇事不加思考，你根本不知道婚姻是什么。”

“可我知道我爱你。”

“美满的婚姻只有爱情是不够的，我们两人差别太大了。人要通过婚姻得到整个一个人，包括他的肉体，他的感情，他的灵魂和他的思想。要是不能得到所有这一切，生活就会痛苦。可我不能把自己整个都献给你。我不能把自己整个献给任何人。我也不想要你的整个思想和灵魂。你会伤心的，你会恨我——那多痛苦！你会恨我读过的书，讨厌我喜欢的音乐，因为它们把我从你身边夺走了，即使只有片刻工夫。再说，我……也许我……”

“你爱她吗？”

“她和我相像，和我有共同的志趣，我们彼此了解。斯佳丽！斯佳丽！我这番话难道不能让你明白，婚姻只有双方志趣相投才能美满？”

别人也说过：“必须与志趣相同的人结婚，否则就不会有幸福。”是谁说的？这话好像是她一百万年前听来的，可她到现在也不懂。

“可你说过你喜欢我。”

“我本不该那么说的。”

她脑袋里升起一股怒火，最后变成狂怒，她什么都不顾了。

“哼，说这话就够浑蛋的……”

他的脸色变得煞白。

“我真是个浑蛋，不该说这话，因为我就要跟玫兰妮结婚了。我对不起你，更对不起玫兰妮。我不该说那话，因为我本来就知道你不会理解的。我怎么能不喜欢你呢——你对生活充满了激情，可我却没有；你能爱得死去活来，恨得咬牙切齿，可我不能。总之，你就像火像风像野生的东西一样自然纯真，可我呢……”

她想起了玫兰妮，眼前便突然出现了她那对棕色的眼睛和恍惚的眼神，她戴着黑花边长手套的那双娴雅的小手，还有她的文静。她不禁怒从心头起，当初杰拉尔德由于动怒而杀人，其他一些爱尔兰祖辈也是因为动怒才干出不法的事，结果送了命。母亲罗比利亚德家族逆来顺受的良好教养此时在她身上消失得无影无踪。

“你干吗不直说，你这个胆小鬼！你害怕跟我结婚！你只配跟那个没脑筋的小傻瓜生活在一起，她张嘴闭嘴只会说‘是’要不就说‘不’，将来养一窝嘴巴绕来绕去的娃娃，说话跟她一个样！难道……”

“你千万别这么说玫兰妮！”

“‘你千万别这么说’，见你的鬼！你算什么人敢教训我千万别做什么事？你这个胆小鬼，你这个浑蛋，你……你让我以为你要跟我结婚……”

“说话要公平，”他央求道，“我几时……”

她清楚他说的话没错，可她不想讲什么公平。他跟她从来没有越过友谊的界线，一次也没有，她回想起这个，心头再次升起怒火，她的自尊心和女性的虚荣没有得到满足，她心里怒不可遏。是她在追求他，可他却一点也不想要她。他宁愿要个脸色苍白的小傻瓜玫兰妮而不要她。唉，她后悔没有听从埃伦和黑妈妈的教诲，悔不该表露自己爱他，结果落得受这般刻骨铭心的耻辱！

她一跃而起，紧握双拳，他也站起身，高大的身躯耸立在她面前，默默露出不得不面对痛苦的现实时那种痛苦神情。

“我恨你，到死都恨你，你浑蛋……你下流……下流……”她想骂什么字眼来着？她想不出更恶毒的字眼了。

“斯佳丽……求求你……”

他向她伸出手，她却猛然挥手，使出浑身力气狠狠抽了他一耳光。清脆的巴掌声像甩了一个响鞭，在寂静的屋子里回荡，她的怒气顿时消散了，心里只感到凄凉。

她在他白皙疲倦的脸上留下明显的红巴掌印。他沉默不语，把她那只无力的手托到唇边，吻了一下。没等她开口说话，便离开屋子，还轻轻把门带上。

她猛然跌坐下去，愤怒让她两腿发软。他走了，他挨了她一耳光的面孔会永远记在她心里，至死难忘。

她听见他稳健的脚步声在大厅里轻轻远去，这才意识到自己行为的严重性。她已经永远失去了他。他还会恨她，每次见了面，他都不会忘记，他根本没有表示过对她的任何意思，可她却找上门来投入他的怀抱。

“我跟霍尼·韦尔克斯一样卑鄙啦。”她突然想到，还记起大家如何轻蔑地嘲笑霍尼的主动举止，而她嘲笑起来比其他人更刻薄。她眼前浮现出霍尼忸怩作态的笨拙模样，耳畔响起她挎着男孩胳膊时的嗤笑声。她不禁又怒从心头起，生自己的气，生阿希礼的气，生所有人的气。她恨自己，恨所有的人，十六岁华年的爱情受到挫折，遭受屈辱，她怒火中烧。可她的这份爱情中只有一点点是真正的柔情，大部分却来自虚荣心和对她魅力的自鸣得意。现在她失败了，可她更害怕自己当众出了丑。她是不是像霍尼一样露骨呢？大家是不是在嘲笑她呢？这想法让她不寒而栗。

她的手垂下来落在身旁一张小桌子上，手指摸到一个低矮的玫瑰瓷花瓶，花瓶上有两个瓷娃娃在傻笑。屋子里一片死寂，她几乎想尖叫一声打破这寂静。她必须做点事情，要不然准得发疯。她一把抓起那只瓷花瓶，狠狠抛向屋子另一头的壁炉。花瓶擦着沙发的高靠背飞过去，啪的一声砸碎在大理石壁炉架上。

“这，”一个声音从沙发深处传来，“这可太过分啦。”

她从来没这么惊慌害怕过，嘴巴顿时干得说不出话来。她抓紧椅背，两只膝盖直发软。瑞特·巴特勒刚才一直躺在沙发上，这会儿站起身来，用夸张的礼貌态度向她鞠了一躬。

“搅了我的午睡，逼我不得不听那番争吵，这已经够糟的了，干吗还要害我性命呢？”

他是人不是鬼。可是，天哪，他什么都听到了！她打起精神，装出一副一本正经模样。

“先生，你该让人知道你在这儿才对。”

“是吗？”他的一口白牙闪闪发亮，两只放肆的黑眼睛在嘲笑她，“是你打扰了我。我是不得不等候肯尼迪先生，觉得自己在后院不受欢迎，我又不是不知趣，这才躲开不欢迎我的人们，上这儿来，以为不会受打扰呢。结果，嗨！”他耸了耸肩，轻声笑了。

她不禁又发火了，这个鲁莽无礼的家伙什么都听到了，听到自己到死都不愿说出来的事情。

“你偷听……”她怒气冲冲开口说道。

“偷听常常能听到又有趣又有益的事情，”他笑道，“以长期偷听为经验，我……”

“先生，”她说道，“你不是个正人君子！”

“洞察力很敏锐，”他口吻轻松地回答，“可你呢，小姐，也不是位娴娴淑女。”他似乎觉得她挺可笑，便轻声笑出了声，“我无意中听到的事情，谁说了做了都算不得淑女。不过话说回来，淑女们也不大让我着迷。我知道她们想些什么，她们不是没有勇气，就是缺乏教养，不敢说出自己的心事。时间久了就讨人嫌。可你呢，我亲爱的奥哈拉小姐，却是个精神难能可贵的姑娘，非常令人钦佩，我向你脱帽致敬。我看不出，那位文质彬彬的韦尔克斯先生，怎么会让你这样性情火爆的姑娘着迷。他能得到你这样一位姑娘——他是怎么说的——‘对生活充满了激情’，真该跪下来向上帝谢恩才对，谁料到他竟然是个胆小的可怜虫……”

“你连替他擦靴子都不配！”她怒不可遏地嚷道。

“你不是要恨他一辈子吗？”他在沙发上坐下，她听见他咯咯发笑。

要是能杀他，她准会下手的。她没动手，反而竭力摆出一副尊贵模样，走出屋子，把那扇沉重的门砰的一声关上了。

她一溜烟飞奔上楼，登上楼梯口时，还以为自己会晕倒呢。她停下脚步，抓住栏杆，心里又气又恼，加上奔跑吃力，一颗心在咚咚狂跳，仿佛要从紧身衣里跳出来。她想长喘几口气，可黑妈妈把她束缚得太紧了。要是真的晕倒，人们发现她在这儿，会怎么想呢？哎呀，他们准会胡猜乱想，阿希礼和那个可恶的巴特勒，还有那些讨厌的姑娘，她们对她嫉妒得要命！她平生第一回但愿自己像其他姑娘一样把溴盐带在身边，可她根本就没有什么溴盐瓶子。她从来没感到过头晕，为此还觉得得意。现在，她千万不能晕倒！

恶心的感觉慢慢消失了。片刻之后她准会没事的，然后她就悄没声地溜进印第亚隔壁那间小化妆室，松开紧身胸衣，蹑手蹑脚上床，躺在那些熟睡的姑娘身边。她尽量让自己静下心来，让表情镇定放松，因为她知道，自己这时的模样准像个疯子。要是有些姑娘没睡着，准能看出什么苗头。但是，刚才发生的事绝对不能让任何人知道。

透过楼梯口那扇凸窗，她看见男人们照旧在树荫下和凉亭里懒洋洋歪在椅子上。她多羡慕他们哪！做个男人多美，绝对用不着遭受她刚才经历的痛苦！她站在那里观望他们，两眼发热，脑袋昏沉沉的，这时正门外的车道上响起了急促的马蹄声。只听得石子飞溅，一个激越的声音向一个黑人大声询问一句，接着又是石子飞溅的声音，一个骑在马背上的男人身影从她眼前闪过，径直朝树荫下那群懒洋洋的男人奔去。

是位迟到的客人吗？可他为什么骑马踏过印第亚钟爱的草坪？她认不出他是谁，可他翻身下马抓住约翰·韦尔克斯的胳膊，她看得出他满脸的激动神色。人群把他团团围住，高脚杯和芭蕉扇丢在桌子上、地上，没人去理会。虽然离得挺远，可她仍然听得见人们的喧闹声，有的人在提问，有的人在呼喊。她感觉到了男人们狂热紧张的情绪。接着，斯图尔特·塔尔顿的嗓门压倒了鼎沸的吵闹声，乐呵呵高喊着："呀——啊——咦！"仿佛他是在打猎场上。她这是第一次听见南军士兵的喊杀声，可她自己并不知道它的含义。

她正观望着，只见塔尔顿家四兄弟从人群里跑出来，方丹家的小伙子也跟着跑，急匆匆奔向马厩，嘴里高声喊着："吉姆士！叫你呢，吉姆士！备马！"

"准是谁家房子着火了。"斯佳丽想道。可是，不管有没有着火，最要紧的是赶紧回到卧室，免得给人看见。

她的心跳这时稍稍平静些了，就踮着脚登上台阶，走进静悄悄的过道。整个房子沉浸在一片温暖的沉沉睡意中，仿佛房子像姑娘们一样入睡了，到了晚上，这房子才会在音乐和烛光中整个焕发出壮美。她小心翼翼打开化妆室的门溜进去。她的一只手还在身后抓着门钮，就听见霍尼·韦尔克斯压低的声音从对面通往卧式的那道门缝里传来，声音低得像说悄悄话。

“我看斯佳丽今天的举止真够呛，一个姑娘那样做可算是放荡到底了。”

斯佳丽觉得心又狂跳起来，不由自主把手按在胸口，仿佛想制伏它似的。“偷听常常能听到又有趣又有益的事情。”她不禁想起这句话。她该再溜出去呢，还是让大家知道她在屋里，好让霍尼活该难堪？可是，另一个声音让她待着没动。她听出是玫兰妮的声音，这时就是一群骡子也休想拉动她了。

“啊，霍尼，别这么说！别挖苦人。她只是在兴头上，生性又活泼。我觉得她特别迷人。”

“啊，”斯佳丽自忖着，指甲深深掐到紧身胸衣里，“谁用你这个油嘴滑舌的傻瓜替我说情！”

玫兰妮这番话比霍尼彻头彻尾的恶语还难让斯佳丽忍受。她从来没信赖过任何女人，也从来不相信哪个女人的动机不是自私的，当然，只有她母亲是个例外。玫兰妮知道，阿希礼已经到手了，所以才乐得表现这种慷慨。斯佳丽觉得这不过是玫兰妮的一种手腕而已，她不但是在夸耀自家得胜，同时还想表现得和蔼可亲，博得人家称赞。斯佳丽跟男人们谈论起其他姑娘，自己也常常使用同样的花招，而且毫无例外，总是让愚蠢的男人信服她的和蔼可亲和公正无私。

“行了吧，小姐，”霍尼刻薄地说，嗓门也提高了，“你准是瞎了眼。”

“嘘，霍尼，”是萨莉·芒罗的嘘声，“整个房子里的人都听见你的声音了。”

霍尼压低声音，不过她并没有打住：

“哼，你们都看见她怎么跟男人调情了，凡是能抓住的男人都不放过——就连她亲妹妹的情人肯尼迪先生也不放过。我从没见过这种姑娘！而且她肯定还追求过查尔斯。”霍尼咯咯笑了，挺不好意思，“你们知道，我和查尔斯……”

“是真的？”几个激动的声音问道。

“可别跟人说，姑娘们——还没公开呢！”

大家又咯咯笑，床垫里的弹簧吱呀作响，显然有人在跟霍尼打闹。玫兰妮喃喃说，有她做嫂子，自己真高兴。

“哼，我可不愿斯佳丽做我的嫂子，我从没见过像她那么放荡的货色。”是赫蒂·塔尔顿气恼的声音，“不过她实际上已经跟斯图尔特订了婚。布伦特嘴上倒是说，她对他没一点意思，可是，当然啦，布伦特也发疯似的迷恋她。”

“要是大家愿意听我的看法，我看，”霍尼的语气神秘庄重，“让她着迷的只有一个人。那就是阿希礼！”

姑娘们的低语声同时响起，有人问，有人插嘴，七嘴八舌乱成一团。斯佳丽忽然觉得浑身发冷，恐惧和屈辱同时向她袭来。霍尼应付男人是个傻瓜，笨蛋，头脑缺根弦，可她理解其他女人的感觉却有着女性的本能。在这一点上斯佳丽低估了她。相比之下，刚才在图书室跟阿希礼和瑞特·巴特勒受的委屈和伤心还算是桩小事，男人的嘴紧毕竟靠得住，即使像巴特勒那样的男人也不会乱说。可是霍尼·韦尔克斯却像条野外的猎狗，到处汪汪乱叫，不到六点钟消息就能在全县上下传遍。昨晚杰拉尔德刚说过，不会让县里人笑话他的女儿呢。现在大家还不定要怎么笑呢！她腋窝下渗出了冷汗顺着肋骨往下淌。

玫兰妮的声音盖过了别人的声音，那声音稳重而平静，其中还带着责备。

“霍尼，你明知道不是这么回事。这么说太不友善了。”

“本来就是这么回事，玫兰妮，你别净从一无是处的人身上找优点，要是你仔细看，也能看出来。我很高兴这是真的。算她活该。斯佳丽·奥哈拉向来惹是生非，抢人家的情人。你知道得很清楚，她从印第亚身边夺走人家的斯图尔特，可她自己又不要。今天，她又想抢走肯尼迪先生，还有阿希礼，还有查尔斯……”

“我非回家不可了！”斯佳丽想道，“我非回家不可！”

要是有一种魔法能把她送回塔拉，让她到达安全的地方，那该多好哇。要是她跟埃伦在一起该多好，只要能看见她，抓住她的裙子，趴在她腿上痛哭一场，她会把全部经过都倾诉给她。现在，只要再听见有人说她一句，她就会冲进去，大把大把撕扯霍尼散乱的浅色头发，还要朝玫兰妮·汉密尔顿脸上啐一口，让她知道人家怎么看待她那副慈善心肠。但是，她今天的举止实在够粗俗了，就像个穷白佬一样——她的麻烦就在这里。

她两手使劲按住裙子，免得裙裾沙沙作响，却像只小动物一样鬼鬼祟祟退了出去。“回家。”她心里这么想着，加快脚步穿过走廊，经过一扇扇紧闭的房门和安静的房间，“我非回家不可。”

她已经站在正面门廊上了，一个新的想法让她突然打住了脚步——她不能就这么回家！她不能逃跑！她应该坚持到底，承受姑娘们的种种怨恨，吞下屈辱和伤心。逃走只能让她们得到更多口实。

她紧握拳头，捶打身边那根高高的白柱子，恨不能变成参孙参孙：《圣经》中人物，力大无穷，为了报仇，他抱住两根大柱使劲摇撼，神庙坍塌，希望人全被压死，拆倒十二橡树庄园的房子，把里面的人一个个全压死。她要叫他们后悔不迭。她要给他们点颜色瞧瞧。可她并不清楚怎么才能给他们颜色瞧，不过反正她要有所作为。她要伤他们的心，加倍偿还他们对她的伤害。

她暂时把阿希礼撇在脑后，他不再是她爱过的那个没精打采的高个头小伙子，而是本县十二橡树庄园韦尔克斯家的重要部分——她恨他们，恨所有的人，因为他们嘲笑她。十六岁的女子心里，虚荣比爱情更强烈，她心里现在什么都没了，只剩下仇恨。

“我不回家，”她想道，“我要待在这儿，我要让他们后悔。我也不告诉妈妈。不，我对谁也不说。”她打起精神准备回到房子里，要重新上楼，去另一间卧室。

她一转身，就见查尔斯从长长的客厅另一头进屋。他看见她匆匆朝她走来。他的头发乱蓬蓬的，激动得脸色像天竺葵一样红。

“你知道出什么事了吗？”他还没到她跟前就大声嚷道，“你听说了吗？保罗·威尔逊刚才骑马从琼斯博罗赶来报信了！”

他走到她身边时气喘吁吁停顿了一下。她一声不吭，两眼盯着他。

“林肯先生已经在召集人马，士兵——我是说志愿兵——有七万五千人呢！”

又是林肯先生！男人就不能考虑考虑正经事？眼前这个傻瓜还指望她会对林肯先生的那种胡折腾感兴趣，可她的心都碎了，名声也等于彻底给毁了。

查尔斯两眼直瞪瞪地看着她。她的脸色白得跟纸一样，狭长的眼睛像翡翠似的闪闪发光。他从来没见过哪个姑娘脸上有这样的激情，眼睛这么亮晶晶的。

“我真笨，”他说道，“我该说得婉转些才对。我忘记小姐们有多娇嫩了。真对不起，让你受惊了。你头不晕吧？要不要我去给你端杯水来？”

“不要。”她说着勉强挤出一丝苦笑。

“咱们上那边坐在长凳上好吗？”他搀住她的胳膊问道。

她点了点头，他便小心扶她走下正面的台阶，领她穿过草坪，来到前院最大的一棵橡树下的铁凳旁边。“女人多么脆弱敏感啊，”他想道，“仅仅说了说战争和残酷，她们就会晕倒。”想到这些，他不由觉得自己非常富有男子汉气概，于是扶她坐下时便格外温柔。她的模样看上去那么奇怪，白皙的面孔上有一种野性的美，让他看了禁不住心怦怦直跳。难道因为他要入伍参战，她感到苦恼？不，这想法太狂妄，难以让人相信。可她为什么用这种怪异的目光看着他呢？她的手指摆弄那块丝边手帕时，双手为什么发抖呢？她乌黑浓密的睫毛也在颤动——就像他读过的爱情故事里姑娘的眼睛一样，睫毛颤动反映出内心的羞怯和爱情。

他清了三次嗓子打算开口说话，可一句话都没说出来。他垂下眼皮，因为她那对绿眼睛每次跟他的眼睛相遇，目光都那么锐利，几乎像是根本不看他一样。

“他很富有。”她匆匆想道，一种念头和一个计划正在脑袋里闪过，“再说，他没有父母，不会给我惹麻烦，而且他住在亚特兰大。要是我马上跟他结婚，就能让阿希礼看看，我根本不稀罕他——不过跟他调调情罢了。而且简直能要了霍尼的命。她永远休想再找到个情人，大家会嘲笑她，会开心得要死。还能让玫兰妮伤心，因为她那么喜爱查尔斯。还能让斯图尔特和布伦特伤心……”她心里也不清楚为什么想要伤他们的心，只因为他们有几个狡猾阴险的妹妹。“等我有了很多漂亮衣服，有了自己的一幢房子，坐上一辆漂亮马车来看望她们时，她们肯定后悔不迭。她们就休想再嘲笑我了。”

“当然，就要打仗了。”查尔斯试了几次，勉强克服尴尬才说出口，“不过你别着急，斯佳丽小姐，不出一个月就完事了。我们会打得他们鬼哭狼嚎。没错！鬼哭狼嚎！什么也不能让我错过这次战争。恐怕今晚不能举行舞会了，因为骑兵连要到琼斯博罗集合。塔尔顿家兄弟已经传播消息去了。我知道小姐们会觉得扫兴的。”

她说：“噢。”因为她想不出更好的话，不过这一声也就足够了。

她渐渐恢复冷静，脑袋也开始镇静下来。她的情感像覆盖了一层严霜，她觉得自己对一切都永远失去热情了。干脆接受了这个脸蛋红红的漂亮小伙子不好吗？他跟别人没什么不同，反正对她无所谓。不错，今后任何事情对她都无所谓了，就是活到九十岁也是一个样。

“可我眼下还拿不定主意，是跟随韦德·汉普顿先生的南卡罗来纳军团呢，还是加入亚特兰大城防卫队。”

她又说了声：“噢。”两人的眼睛相遇，她的眼睫毛抖动得让他丢了魂似的。

“你愿意等我吗，斯佳丽小姐？只要知道你在等我，等我消灭他们了再回来，那我幸福得就像在天堂上一样啦！”他大气也不敢出，静候她的答复，一面仔细看她嘴角向上挑起的模样，还第一次发现嘴角旁边的阴影，心里琢磨着，要是在那儿亲吻一下不知是什么感觉。她把手心汗津津的手轻轻滑进他的手掌。

“我可不愿等。”她说着耷拉下眼皮，睫毛遮住了眼珠。

他紧紧抓着她的手，嘴巴大张开，呆坐着。斯佳丽的目光透过睫毛看着他，漠然想道，他这副模样活像一只让鱼叉刺穿身体的蛤蟆。他的嘴巴张开又合上，脸又涨成天竺葵般的通红，说不出话来。

“你真的爱我吗？”

她没有开口，只是垂下眼睛望着自己的腿，查尔斯再次陷入狂喜和窘迫中。也许一个男人不该向姑娘提这个问题。也许她直接回答这个问题有失少女的体面。查尔斯以前从来没有勇气走这一步，此时不知所措了。他想大声喊叫，想高声歌唱，想亲吻她，想在草地上跳跃，然后跑去把她爱他的喜讯告诉遇到的每一个人，不管是白人还是黑人。可他只是紧紧抓着她的手，直到她的戒指深深嵌进肉里。

“你愿意很快跟我结婚吗，斯佳丽小姐？”

“嗯。”她的手指抚弄着裙子褶皱说。

“我们要不要同时举行婚礼，跟玫……”

“不。”她连忙说，她抬起头瞅了他一眼，亮晶晶的目光中藏着哀怨。查尔斯便知道自己又出了个错。姑娘当然希望终身大事单独办——而不是跟其他人分享幸福。她原谅了他的错误，多好的心肠啊！要是此时正值夜晚，他能趁着夜色壮起胆子吻她的手，还对她说出自己渴望讲的话，那该多好哇。

“我几时能跟你父亲谈？”

“越早越好。”她说，心里只希望他赶紧放松抓她的手，要不然，不等她开口要求，他就能捏碎她戴戒指的手指。

他猛然跳起身，她还以为他会忘乎所以地呼喊跳跃上一阵子呢。结果他只是低头看着她，满脸洋溢着喜悦，从他的眼睛里看得出他整个单纯的心灵。以前从来没有一个男子这样看过她，今后也不会有人这么看她了。但是，在她古怪的冷漠眼光里，她觉得他看上去傻得像只小牛犊。

“我现在就去找你父亲，”他满脸春风，说道，“我等不及了。我离开一会儿你能原谅我吗——亲爱的？”他终于说出这个亲密的字眼，一旦开了头，他便喜不自禁地说了一遍又一遍。

“好的，”她说，“我就在这儿等。这里又凉快又舒服。”

他穿过草坪消失在房子拐角后面，她单独待在枝叶飒飒响的橡树下。男人们骑在马背上，从马厩里拥出来，黑奴骑马紧跟在主人身后。芒罗家的小伙子们经过时挥动手中的帽子，方丹和卡尔弗特家的小伙子们沿路飞奔，嘴里高呼大叫。塔尔顿家四兄弟从她身旁穿过草坪，布伦特喊道：“妈妈要给我们马匹啦！呀——啊——咦！”一片草皮飞扬之后，他们便消失得无影无踪，再次留下她独自一人。

在她眼里，这座圆柱高耸的白房子高大而威严，似乎在离她远去。现在看来，这房子不是她的，永远不是了。哦，阿希礼，阿希礼！我到底做错了什么？透过她受挫的自尊和讲求实际的冷漠本性，她内心深处让痛苦折磨着。一种成熟的感情诞生了，它比她的虚荣心和心血来潮的自私更加强烈。她爱阿希礼，她清楚自己爱他，查尔斯消失在拐角的卵石路上那一瞬间后，她觉得从来没有像现在这样爱阿希礼。

第七章

没出两个星期，斯佳丽便做了妻子；还没出两个月，她就成了个寡妇。她很快便解脱了仓促轻率套在脖子上的婚姻枷锁，可是，婚前无忧无虑的自由日子却一去不复返了。新娘的花环刚刚摘下，紧接着就披上寡妇的黑纱，后来的事情更让她灰心丧气——她不久便当了母亲。

以后的岁月中，斯佳丽一回忆起一八六一年四月末的那几天，脑子里就懵懵懂懂的，发生的事情全都记不清楚。时间和事件像噩梦中的情节，全都乱作一团，仿佛既不真实，又不合情理。在她脑袋里，那些日子到死都让她莫名其妙。从接受查尔斯求婚到结婚，这段时间发生的事情，她最记不清楚。两个礼拜哪！换了太平时期，订婚后这么短时间内就匆匆结婚，简直是不可能的。间隔应该是一年，至少也要半年才得体。可当时南方烽烟四起，战事频频，如疾风劲扫，昔日的缓慢节奏已经一去不复返了。埃伦急得团团转，劝他们缓一缓，为的是让斯佳丽有时间充分考虑。可斯佳丽要结婚！而且要快。不能超过两个礼拜。

斯佳丽得知阿希礼的婚期已经从秋天提前到五月一号，为的是随时应召跟骑兵团出征，斯佳丽便把自己的婚期定在他的前一天。埃伦不同意，可是查尔斯一再恳求，他后来变得能说会道了，说是他急着要去加入韦德·汉普顿的军团，杰拉尔德站在两个年轻人这边表示支持。战争让他脑袋发热，斯佳丽找了这么好的夫婿是桩喜事，又赶上战争时期，他要是从中作梗成什么人啦？埃伦心烦意乱，最后像当时整个南方的母亲一样，不得不让了步。她们悠闲安逸的生活方式已经给搅得七颠八倒，面临席卷而来的强大势头，她们的恳求祈祷劝告全都无济于事。

南方陶醉在激情之中。人人都以为只消打一仗就能结束战争，年轻人纷纷入伍，生怕战争结束错过时机，也匆匆赶在去弗吉尼亚打北佬之前跟自己的心上人结婚。县里举行了几十场战前婚礼，大家也没工夫为离别伤心，因为人人都忙得要命，兴奋得要死，根本没空冷静思考，也顾不得伤心落泪。妇女们都在做军服，织袜子，卷绷带，男人们忙着搞军训，练射击。每天都有一趟趟军列运送部队经过琼斯博罗北上亚特兰大和弗吉尼亚。有些部队的士兵身穿后备民兵的鲜艳军装，鲜红色，浅蓝色，浅绿色，五花八门；有些小股士兵身穿家制土布服装，头戴浣熊皮帽；还有些士兵穿的不是军装，只是细棉布和细亚麻布便装；所有士兵只受过简单的训练，装备也不完整，却个个兴致勃勃，高声呼喊，仿佛是去吃野餐。县里的小伙子们见状全都慌了，生怕不等自己抵达弗吉尼亚战争就会结束，连忙加紧进行骑兵团出发前的准备。

在这番混乱之中，斯佳丽的婚礼也紧锣密鼓筹备着，她几乎是稀里糊涂就穿戴上埃伦当年的婚纱，挽着父亲的胳膊走下塔拉庄园宽阔的楼梯，面对满堂宾客了。这一切就像梦境一般，后来她能记起四壁上点亮的几百支蜡烛，记得她母亲慈爱的面孔上略显困惑，嘴唇嚅动着，默默为女儿的幸福祈祷，杰拉尔德喝白兰地喝得满脸通红，自己女儿嫁了个既有钱又有名望的世家，他心里得意扬扬——她还记得阿希礼跟玫兰妮挽着手臂站在楼梯下。

她看着他脸上的神色，心想：“这不是真的。不会是真的。准是场噩梦。我会醒过来的，到时候就知道这不过是场噩梦。现在我千万不能细想，要不然就会当着这么多人惊叫起来啦。我现在不能细想。以后等我能承受的时候——等我看不见他的眼睛了，再去思索吧。”

这一切全都像在梦中，从两排面带微笑的宾客中间走过，查尔斯通红的面孔和结结巴巴的声音，还有她自己的回答，一切都那么清晰，又那么冷漠。还有后来的祝贺声、亲吻、祝酒、舞会——有这一切全都像一场梦。甚至阿希礼在她脸颊上的那一吻，以及玫兰妮对她呢喃耳语说的“现在我们真正成了姑嫂啦”，这些也都不像是真的。当时，查尔斯那位多愁善感的姨妈佩蒂帕特·汉密尔顿小姐忽然晕倒，引起一阵骚乱，就连这事也像噩梦中的情景。

舞会和祝酒终于结束，天近拂晓，亚特兰大来的客人凡挤得进塔拉宅子和监工屋子的，都倒在床上、沙发上和地铺上入睡了，邻居们都回家去休息，准备第二天参加十二橡树庄园的另一场婚礼。斯佳丽那场朦胧的梦境这才像水晶一样粉碎了，面前是实实在在的现实。这个现实就是查尔斯，他身穿睡衣，面红耳赤，从她的化妆室走出来，她惊恐地看着他，高高拉起床单遮挡自己，见此光景查尔斯也没敢正视她的眼睛。

当然，她知道结了婚的人要同床共枕，可这事她从来想都没想过。她父母同床似乎是非常自然的事情，可她从没想过自己也会这样。现在，自打那次烧烤宴以来，她第一次意识到她给自己惹来什么祸了。一想到这个自己并不真正想嫁的陌生男人要跟她睡在一张床上，她就受不了，这才突然觉得又后悔又痛苦，为自己的鲁莽行动而后悔，为永远失去了阿希礼而痛苦。他犹豫着靠近床边，她沙哑着嗓子低声威胁：

“你要敢靠近我，我就大声尖叫。我可要叫了！我会……拼命惊叫！滚开！看你敢碰我！”

查尔斯·汉密尔顿就在屋角一把扶手椅上度过了自己的新婚之夜，他倒没觉得太难过，因为他知道，要不就是自以为知道，他的新娘天生羞怯敏感。他情愿等待，等她消除畏惧心理，只是……只是……他辗转身子，想找个舒服的姿势，一边叹了口气，因为他很快就要去参战了。

她的婚礼是一场噩梦，在阿希礼的婚礼上她的感觉却更糟。斯佳丽身穿她那身结婚第二天穿的苹果绿裙子站在十二橡树庄园的客厅里，周围是几百支明亮的蜡烛，昨晚那批老宾客在她身边挤来挤去，望着玫兰妮·汉密尔顿出阁，成了玫兰妮·韦尔克斯，她那张相貌平平的小脸容光焕发，倒也算得上漂亮。现在，她从此失去了阿希礼。她的阿希礼。不，如今阿希礼已经不是她的。他曾经属于过她吗？她脑袋里一团乱麻，觉得又疲惫又不知所措。他说过他喜欢她的，那到底是什么把他们拆散了？要是她能记得起多好。她跟查尔斯结了婚，终于平息了县里人的闲言碎语，可那又有什么关系？过去挺要紧的事现在变得无足轻重了。唯一要紧的是阿希礼。现在她已经失去他了，而她已经跟一个自己非但不爱而且小瞧的人结了婚。

唉，她多后悔啊。她以前常听人们说“割掉鼻子出恶气”，在这以前，她只当那是个比喻。现在才清楚这话的真正含意。她脑袋里冒出个疯狂的愿望，想要摆脱查尔斯，平安返回塔拉庄园，重新做个未婚姑娘，可她同时心里明白，整个这桩事她有气没处泄，只能怪自家。埃伦倒是想方设法阻止她，可她硬是不听。

就这样，她在阿希礼的婚礼舞会上整整跳了一夜，跳得眼花缭乱，嘴里的应酬和脸上的微笑全都是麻木的，对面前这群愚蠢的人的反应，她感到莫名其妙，可人家还当她是个幸福的新娘呢，根本看不出她的心都要碎了。谢天谢地，幸好他们看不出！

那天晚上，黑妈妈帮她脱掉衣服就离开了，查尔斯再次面带羞怯走出化妆室，心里正在琢磨着，不知道是不是还得在那把椅子的马毛垫子上熬一夜，可她突然哭出了声。查尔斯爬上床安慰她，可她还是哭个没完，一句话也不说，直到泪都哭干了，这才靠在他肩头悄悄啜泣。

假如没发生战争，新婚夫妇一般要花一个礼拜时间在县里四处应酬，参加人们为庆贺这对夫妇新婚举办的舞会、烧烤野餐，然后小两口会动身上萨拉托加或者白硫黄泉作新婚旅行。假如没发生战争，斯佳丽就要身着第三天、第四天和第五天该穿的裙子参加方丹家、卡尔弗特家和塔尔顿家为她举办的庆贺聚会。可现在不会有聚会，也不能去作新婚旅行了。婚后一星期，查尔斯就离开家去加入韦德·汉普顿上校的部队，两星期后，阿希礼和骑兵连也出发了，全县留在家里的人们都像失去亲人般悲哀。

在那两个星期中，斯佳丽根本没有单独跟阿希礼会过面，也根本没有单独跟他说过一句话。他上火车前途经塔拉来道别，即使是在那个难分难舍的离别时刻，她都没机会跟他私下说上句话。玫兰妮头戴遮阳帽，围着披肩，姿态安详，挽着他的胳膊，新换了一副主妇派头。塔拉庄园不论白人还是黑人，都出来为阿希礼送行，送他上战场。

玫兰妮说："阿希礼，你一定要亲吻一下斯佳丽。她现在是我嫂子了。"阿希礼听了弯下腰，板着面孔，冰凉的嘴唇在她脸蛋上挨了一下。那个吻没让斯佳丽感到丝毫的喜悦。反倒因为他听玫兰妮的话，让她心里闷闷不乐。临别的时候，玫兰妮紧紧跟她拥抱，险些把她憋死。

"你上亚特兰大来看我和佩蒂帕特姑妈好吗？哦，亲爱的，我们欢迎你来！大家都想跟查尔斯的妻子熟悉熟悉呢。"

五个星期过去了，在此期间，查尔斯从南卡罗来纳寄来一封封信，信的口吻羞怯、喜悦、情意绵绵，述说自己打完仗的未来计划，说自己为了她要在战争中当一名英雄，还表达他对司令官韦德·汉普顿的崇拜。到了第七个星期，汉普顿上校亲自发来一封电报，接着还收到一封亲切吊唁函。查尔斯死了。上校本打算早点发来电报的，可查尔斯觉得自己不过得了点小病，不愿让全家人替他担心。倒霉的小伙子，自以为赢得的爱情是个泡影，而且在战场上立功受奖的崇高愿望也落了空。他只是进了南卡罗来纳的兵营，根本没靠近过北佬，结果害了麻疹，并发肺炎，很快就死了，死得默默无闻。

产期到了，查尔斯的儿子出生了，当时流行以父亲上司的名字为孩子取名，孩子就叫韦德·汉普顿·汉密尔顿。斯佳丽得知自己怀孕后，伤心得痛哭了一场，觉得还不如死了的好。不过她在整个怀孕期没感到有多少不舒服，生孩子也没受太大的罪，产后恢复得非常快，黑妈妈都惊讶地私下告诉她说，女人生孩子没有不受罪的——女人天生就该多吃苦。她对这孩子没多少感情，可她尽量掩饰住真情。她本来就不想要他，也讨厌他来到人世间，虽然他已经生出来了，可怎么看都不像是她的，无法跟自己的骨肉联系在一起。

生了韦德后，她的身体很快便复原了，快得有些让人觉得不够体面，可她头晕目眩，跟生了病似的。整个庄园的人都尽力想让她振作起来，可她就是打不起精神。埃伦愁眉苦脸急得团团转，杰拉尔德咒骂的次数比以前更多，每次去琼斯博罗都要给她带回礼物，可全都没用处。就连老方丹大夫也承认自己觉得莫名其妙，因为他开的硫黄草药糖浆竟然没能让她振作起来。他私下对埃伦口述说，他们会得知，病根子满不是他说得那么简单。她不愿告诉他们说，她是因为当了母亲才厌烦得要命，感到不知所措，她愁眉苦脸的最重要原因是见不着阿希礼。

她无时无刻不感到强烈的厌倦。自从骑兵连出发去参战后，县里再也没有娱乐活动，也没有社交生活了。有趣的年轻男子全走了——塔尔顿家四兄弟、卡尔弗特家两兄弟、方丹家的小伙子、芒罗家的小伙子，还有琼斯博罗、费耶特维尔和拉夫乔伊那些迷人的年轻人们，大家统统走了。只剩下老人、残疾人和妇女，他们全都忙着为军队编织、缝纫，种更多的棉花、玉米，养更多的猪牛羊。周围根本见不着一个真正的男人，只有苏埃伦那个中年情人弗兰克·肯尼迪按月骑马过来征收给养。军需部队的这帮男人不是很让人心动的，再说，她一见弗兰克那副又胆怯又殷勤的模样，心里就恼火，后来跟他说话都没好气了。要是他跟苏埃伦早结了婚该多省心！

即使军需部队的士兵比较有趣，对她的处境也毫无帮助。她是个寡妇，心已经死了。至少大家都认为她的心已经葬进了坟墓，认为她应该循规蹈矩。这让她恼火，因为她就是屏息细想，也只能想起查尔斯向她求婚时脸上牛犊般死气沉沉的表情。再说，就连那个印象也越来越模糊了。她既然是个寡妇，就不得不检点自己的行为。未婚姑娘的欢乐已经没她的份了。她必须摆出一本正经的冷漠态度。埃伦有一回瞅见弗兰克的副官推着斯佳丽在花园里荡秋千，逗得她又是尖叫又是欢笑，就絮絮叨叨一再叮嘱，要她举止符合自家身份。埃伦深感苦恼，告诉她说，寡妇门前是非多。寡妇的举止必须比其他人家的太太加倍谨慎才是。

“上帝清楚，”斯佳丽一边洗耳恭听母亲的谆谆教诲，一边想道，“当了太太已经什么乐趣都没有了。那寡妇还不如死了算啦。”

寡妇得穿丑陋的黑丧服，一丁点儿装饰都不能有，没有花朵丝带，不能有花边珠宝，最多只能佩戴黑宝石丧服胸针，或者用死者头发制作的项链。挂在帽子上的黑面纱必须长及膝盖，守寡三年后才能缩短到齐肩高。寡妇绝对不能跟人起劲地闲聊，也不能高声大笑。即使微笑也必须是面带悲伤的苦笑。最可怕的是，寡妇绝对不能对陪同的男子表示出兴趣。万一遇上哪个没教养的男人对她表示兴趣，她必须保持庄重的态度，言辞恰到好处地提起自己的亡夫，浇灭他的热情。“啊，可不是吗，”斯佳丽想着，觉得满心凄凉，“有些寡妇最后还是改嫁了，可那时她们已经是鸡皮老面。天知道她们在邻居们众目睽睽下怎么跟男人接触的。不过她们往往只能嫁给个穷途末路的老鳏夫，家里有大庄园，还拖带着十来个子女。”

虽然再婚够糟糕的，但是守寡呢——唉，一辈子就算完了！人们都是些糊涂虫，他们说什么查尔斯虽然去世了，可韦德·汉普顿肯定是她的安慰！他们还说什么她现在活着总算有盼头了，说这话的全是糊涂蛋！人人都说，她的爱人身后给她留下这孩子，对她真是再不能的美好了，她听了自然不能分辩。可她心里的想法跟这种看法真有天壤之别。她对韦德没什么兴趣，有时候，她很难想起这竟是她的孩子。

她每天早上醒来，在睡眼惺忪的片刻中，觉得自己还是出嫁前的斯佳丽·奥哈拉，窗外的木兰花丛沐浴在明媚的阳光下，模仿鸟在歌唱，煎熏肉的香味扑鼻而来。她重新变得无忧无虑，又恢复了青春。接着，一阵叫肚子饿的烦躁啼哭声传来，她总是——而且毫无例外地感到片刻的惊讶，心里纳闷：“怎么，屋子里有个婴儿！”然后她才慢慢想起，这是她的孩子。这一切都把她搞糊涂了。

还有阿希礼！最让她想念的就是阿希礼！她平生第一次憎恨塔拉庄园，恨这条通往河边那条漫长的红土路，恨那片棉花苗新抽嫩绿的红土地。每一英尺土地，每一棵树和每一条小溪，每一条小路和每一条马道，一切都让她想起他。他已经属于另一个女人，而且他已经出征去参战了，可他的幽幽身影仍旧出没在暮色笼罩的道路上，那双如痴如醉的灰眼睛仍然在门廊的阴影里朝她微笑。一听到通往十二橡树庄园的那条路上传来马蹄声，她心里总是骤然涌起一阵思念——阿希礼！

现在，她憎恨自己曾经爱过的十二橡树庄园。她恨它却被吸引到那里，为的是可以听到约翰·韦尔克斯和姑娘们谈起他——听大家朗读他从弗吉尼亚写来的信。听了让她伤心，可她还是不由自主地想听。她不喜欢性情顽固的印第亚，也讨厌喋喋不休的傻瓜霍尼，她知道她们同样不喜欢她，可就是离不开她们。她每次离开十二橡树庄园回到家，总是一头倒在床上生闷气，不愿起床吃晚饭。

她不愿吃东西，这事比什么其他事都让埃伦和黑妈妈担心。黑妈妈端来一托盘诱人的饭菜，好言相劝，说她现在既然已经是个寡妇，想吃多少都没关系了，可斯佳丽就是没胃口。

方丹大夫一本正经告诉埃伦说，极度伤心往往导致女人身体衰竭，最后会憔悴而死，埃伦脸吓得煞白，因为她心里一直担心的就是这事。

“有什么办法吗，大夫？”

“最好的办法就是让她换换环境。”大夫说，其实他心里巴不得摆脱一个难对付的病人。

就这样，斯佳丽带着孩子无精打采地出了门，先是去萨凡纳拜访奥哈拉家和罗比亚尔家的亲戚，后来又去查尔斯顿看望埃伦的姐妹宝莲姨妈和尤拉莉姨妈。可她比埃伦预期的时间提前一个月就返回了塔拉庄园，也不跟大家解释缘由。萨凡纳的亲戚们待她都很好，可詹姆士和安德鲁以及他们的妻子都上了年纪，安于闲坐，喜欢谈陈年旧事，一点也引不起斯佳丽的兴趣。罗比亚尔家的亲戚也是一样，斯佳丽觉得，查尔斯顿的亲戚更可怕。

宝莲姨妈和她丈夫住在河边一个庄园里，那庄园比塔拉偏僻得多。姨夫是个小老头，表面客气，骨子里冷淡，一副老年人心不在焉的神情。他们最近的邻居也住在二十英里外，要穿过密林中一条条黑黢黢的道路，两旁是茂密的柏树、沼泽和橡树。橡树枝上吊着一片片飘动的灰色苔藓，斯佳丽见了不寒而栗，不禁联想起杰拉尔德讲的鬼故事，说的是爱尔兰鬼魂在闪闪发亮的灰色迷雾中游荡。她没事可做，只得整天织毛衣，到了晚上就听姨夫朗读布尔沃·利顿布尔沃·利顿（1803—1873）：英国作家，本名爱德华·乔治·厄尔·利顿。以历史小说闻名，尤其是《庞贝城的末日》。先生写的好小说。

尤拉莉住在查尔斯顿炮台附近，那是个大宅院，前面的花园围着高墙，日子过得也没有多少乐趣。斯佳丽习惯于望着外面起伏的红土山丘和广袤的景色，在这里觉得像蹲牢房。这里的社交生活比宝莲姨妈家多，不过斯佳丽不喜欢来访的客人，看不惯他们的风度、传统和重门第的习俗。她心里很清楚，他们认为她父母两家门不当户不对，奇怪罗比亚尔家小姐怎么会下嫁一个爱尔兰来的新移民。斯佳丽感觉到，尤拉莉姨妈背着她替她辩解过。这让她大为光火，因为她跟父亲一样根本不计较什么门第。她为杰拉尔德自豪，也为他精明的爱尔兰头脑感到自豪，他的一切都是自己单枪匹马挣下的。

查尔斯顿人还大包大揽，把苏姆特堡的责任都算在自己头上！老天爷，他们难道意识不到，要是他们不稀里糊涂开火挑起战争，还会有别的傻瓜干那种事吗？她习惯了佐治亚山地人干脆利落的方音，这地方的人说话语气平板，拖着腔调，让她听着就来气。他们把“巴掌”说成“巴啊掌”，“房子”说成“房昂子”，“不会”说成“不乌会”，“爸妈”说成“爸啊妈啊”。她觉得，要是他们再用这种腔调说话，她准会发疯似的尖叫起来。她太恼火了，有一次在正式拜访中她竟然模仿杰拉尔德讲了一口爱尔兰土音，让姨妈难堪不已。后来她就返回了塔拉庄园。她宁愿忍受思念阿希礼的煎熬，也不忍受查尔斯顿人的口音。

埃伦为了支援邦联日夜操劳，把塔拉庄园的赢利增加了一倍。她见大女儿从查尔斯顿回来变得又瘦又苍白，说话语气刻薄，不由大吃一惊。她以前也尝过伤心的滋味。一个又一个夜晚，她躺在鼾声大作的杰拉尔德身旁，一心想找个减轻斯佳丽痛苦的办法。查尔斯的姑妈佩蒂帕特小姐给她写过好几封信，每次都求她让斯佳丽上亚特兰大长住，现在埃伦第一次开始认真考虑这事了。

佩蒂帕特在信中写道：她和玫兰妮两人孤零零住在一所大房子里，“没有男人的保护，现在亲爱的查尔斯死了。当然还有我哥哥亨利，可他不跟我们住在一起。也许斯佳丽跟你说起过亨利的。我在信中不便多谈他的事。如果斯佳丽来跟我们一起住，玫兰妮和我会轻松得多，也会觉得安全多了。三个单身女人总比两个强。如果亲爱的斯佳丽能像玫兰妮一样，在这里的医院护理我们勇敢的伤员小伙子，也许她能减轻几分自己的悲哀——当然啦，玫兰妮和我都渴望见到亲爱的小宝贝……”

就这样，斯佳丽又把箱子装满了丧服，带着韦德·汉普顿和他的小保姆普莉西上路去亚特兰大。她的脑袋里装满了埃伦和黑妈妈对她行为的告诫，口袋里装着杰拉尔德给她的一百元邦联纸币。她并不十分想去亚特兰大。她觉得佩蒂姑妈是个少有的傻老太太，再说，一想到要跟阿希礼的妻子住在同一个屋檐下，她心里就觉得厌恶。不过县里处处让她触景生情，让她无法忍受，随便换哪个环境都比这儿好。

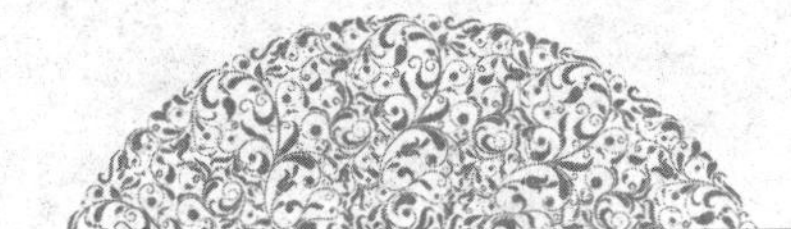

第二部分

第八章

一八六二年五月的那天早晨，斯佳丽乘火车北上，她心想，亚特兰大总不至于像查尔斯顿和萨凡纳那么乏味吧，说实话，她不喜欢佩蒂帕特，也不喜欢玫兰妮，不过她在开战前那个冬天去过亚特兰大，现在倒有点盼望去看看那个城市有什么变化。

她对亚特兰大的兴趣一向胜过其他城市，那是因为她小时候杰拉尔德对她说过，亚特兰大的年龄恰好跟她一般大。等她长大了一点，她才发现杰拉尔德这话有点夸大其词，他这人就这个脾气，可是，稍来点夸张故事讲得就好听。不过亚特兰大倒也仅仅比她大九岁，比她听说过的其他城市不知要年轻多少了。萨凡纳和查尔斯顿都历史悠久，显得很有城府，一个早已翻开了第二个世纪的纪元，另一个就要进入第三个世纪。在她年轻的眼光里，这两座城市就像上了年纪的老奶奶，在太阳下摇着扇子悠闲自得。可亚特兰大跟她是同辈，像年轻人一样鲁莽粗俗、不谙世事，也像她本人一样任性乖张、感情冲动。

杰拉尔德讲的故事还是有点根据的，因为她和亚特兰大在同一年命名。斯佳丽出生前那九年里，这座城市先是叫作特米纳斯，后来改称马萨斯维尔，到斯佳丽出生那年，才更名为亚特兰大。

杰拉尔德刚迁居佐治亚北部时，还根本没有亚特兰大这地方，四下是一片漠漠旷野，就连个村子模样还没成形呢。可是到了第二年，也就是一八三六年，州政府批准建一条通往西北方向的铁路，穿过切诺基部落刚割让出来的土地。铁路线的终点当时已经确定了，是在田纳西州跟通往西部的铁路衔接，可是，在佐治亚的起点还没有定下。一年以后，有位工程师在这片红土地上打了根标桩，标出了这条铁路线在南部的起点，这座城市才开了个头，起初叫特米纳斯，后来改叫亚特兰大。

当初佐治亚北部没有铁路，其他地方的铁路也很稀少。可是，在杰拉尔德跟埃伦结婚前那几年里，塔拉庄园以北二十五英里处这个一丁点的定居点慢慢扩大，变成个村子，铁路在缓缓向北铺设。后来兴建铁路的时代才真正到来。第二条铁路从旧奥古斯塔城向西延伸，与通往田纳西州的新铁路衔接。继而，从旧萨凡纳城开始建第三条铁路，最初通到佐治亚腹地的梅肯，接着又向北延伸，穿越杰拉尔德住的这个县通到亚特兰大，与另外两条铁路线连接起来，给萨凡纳港开了条通往西部的交通干线。年轻的亚特兰大成了个交通枢纽，从这一点又向西南方向延伸出第四条铁路，通往蒙哥马利和莫比尔。

亚特兰大从无到有靠的是一条铁路，随着铁路增多，它也发展壮大。第四条铁路完成后，现在亚特兰大的铁路四通八达，连接西部、南部、大西洋海岸，还通过奥古斯塔与北部和东部相连接。亚特兰大从此成了通往东西南北的交通枢纽，原来那个小村子顿时充满了生机。

斯佳丽十七岁，亚特兰大比她大不了几岁，可就在这段不长的时间里，它已经从原来打进土里的区区一根标桩，成长为一座繁荣的万人小城，变成全州人瞩目的中心了。相对古老幽静的城市居民，往往冷眼旁观这座喧嚣的新城，感觉仿佛母鸡孵出的竟是只小鸭子。这座城市为什么跟佐治亚的其他城市迥然不同？为什么膨胀得如此迅速？照他们看来，根本没什么特殊的地方，无非有几条铁路和一帮胆大妄为的人而已。

在先后叫作特米纳斯、马萨斯维尔、亚特兰大的这座城市里，居民是一群胆大妄为的人。精力充沛又不安于现状的人们受到吸引，离开佐治亚比较古老的地区和其他边远州来到这里来，使这座城市以铁路枢纽为中心朝四面膨胀。他们怀着满腔热情而来，在火车站附近交叉的五条红土路周围建起店铺，在白厅街、华盛顿街，和名叫桃树小径的道路沿线上，他们建造起精致的住宅，这是一条无数代脚穿鹿皮鞋的印第安人踏出的小路。他们为这个地方感到自豪，为本地的繁荣而自豪，为自己推动了这里的繁荣而自豪。老城里的人对亚特兰大说三道四随他们的便，亚特兰大才不在乎呢。

斯佳丽一向喜爱亚特兰大，喜爱的原因恰好就是萨凡纳、奥古斯塔、梅肯的人们指责它的理由。这座城市跟她本人一样，也是个混合体，糅合了佐治亚的老传统和新事物，不过，一旦老传统跟任性健壮的新事物发生抵触时，老的总是退避三舍。她喜欢这座城市还有点个人原因，那是因为它与她同年诞生——至少也是同年命名——这让她颇感兴奋。

前一天夜里风雨大作，天气恶劣，而斯佳丽抵达亚特兰大的时候，温暖和煦的太阳正雄心勃勃地试图晒干变成蜿蜒红泥河的街道。车站四周的空地上，川流不息的车辆把松软的土地碾压得一塌糊涂，最后竟然像个猪拱成的大泥潭。到处都有车辆的轮子深深陷在泥淖里的车辙。源源不断的军车和救护车在火车边装卸给养，把伤员抬上抬下，他们拼命挤进挤出，把泥浆搅得更乱，局面搞得更糟。车夫咒骂着，骡子左冲右突，把泥浆飞溅到几码以外。

斯佳丽站在火车台阶的最下面一级上，她面色苍白，身材秀美，身穿黑色丧服，黑面纱几乎长及脚面。她犹豫着，不愿弄脏鞋子和裙边，两眼四下张望，在喧闹的大马车、两轮轻便马车和四轮马车中寻找佩蒂帕特小姐。可就是看不见那张红润的胖脸。就在斯佳丽焦急寻找的时候，只见一个上了年纪的黑人穿过泥泞地朝她走来。他身材瘦高，一头灰白色小鬈发，手里抓着帽子，一副体面派头。

“是斯佳丽小姐，对吧？我叫彼得，佩蒂小姐的车夫。”斯佳丽撩起裙裾准备下车，他连忙喝道：“别踩到泥里！你怎么跟佩蒂似的，她就像个孩子，总把脚弄湿。我来抱你就是了。”

他看上去年老体弱，可是没费什么劲就把斯佳丽抱起来，见普莉西抱着个娃娃站在月台上，他停下脚步问：“那小妞是你的保姆？斯佳丽小姐，她太小了，查尔斯先生就这么个宝贝，不该让她带！这事咱们再说吧。这小妞儿跟我走，可别把娃娃摔了。”

斯佳丽顺从地由他抱着上马车，彼得大叔不由分说，责怪她和普莉西，她也忍着没吭声。他们穿过泥泞地，普莉西噘噘嘴，踏着泥浆跟在后面，斯佳丽不由回忆起查尔斯跟她说过彼得大叔的往事。

“他跟随父亲参加过墨西哥战争的各次战役，父亲受伤由他护理——其实是他救了父亲的命。我和玫兰妮完全是彼得大叔拉扯大的，因为父母去世的时候我们还很小。就在那个时候，佩蒂姑妈跟她哥哥——就是我们的亨利伯伯——闹翻了，就搬来跟我们住，照顾我们。可她是个顶没能耐的人，活像个长不大的老小孩，彼得大叔就把她当个老小孩对待。不管她怎么费劲，也总是什么主意都拿不准，彼得大叔只好全部代劳。我十五岁的时候，是他决定给我增加零用钱，亨利伯伯要我上大学拿学位，是彼得大叔一定要我在哈佛大学上高年级的。等到玫兰妮年龄够大了，是他决定她可以束起头发参加聚会。遇上天冷下雨，不该出去串门，或者什么时候该围上披肩，也都是他说了算……我见过的老黑人里没有像他那么聪明的，也没有像他那么忠心耿耿的。唯一的麻烦是，我们三个人从肉体到灵魂都受他管束，这一点他也很清楚。”

彼得登上赶车座扬鞭起程时，查尔斯的话便得到了验证。

“佩蒂小姐没来接你，心里不舒服，怕你见怪。可我对她说啦，她和玫兰妮小姐会溅一身泥巴，把衣裳糟蹋坏的，我说我会替她解释清楚。斯佳丽小姐，最好你抱着娃娃，那黑妞要把娃娃摔下车啦。”

斯佳丽看了看普莉西，叹了口气。普莉西不是个最称职的保姆。不久前她还是个穿短裙梳小辫的瘦丫头，最近才穿起花布长裙，戴上浆洗过的白头巾，体面起来，她心里乐得开了花。因为战况紧急，军需部向塔拉庄园征收给养，可眼下人手短缺，埃伦没法让黑妈妈或迪尔西脱身，甚至抽不出罗莎和蒂娜，要不然她小小年纪绝不会这么平步青云。普莉西一向没离开过十二橡树庄园或塔拉庄园周围一英里的范围，这次乘火车旅行，还升到保姆地位，她那颗小黑脑瓜简直乐得吃不消了。从琼斯博罗到亚特兰大这二十英里路程让她激动得要命，结果斯佳丽一路上不得不自己抱着孩子。现在，见了周围这么多房子和人，普莉西彻底没谱了。她在马车里扭来扭去，指手画脚，蹦来跳去，车子乱颠，把孩子难受得哇哇大哭。

斯佳丽多想念黑妈妈那两条胖胖的胳膊啊。只要她伸出手搂住孩子，孩子立刻就不哭了。可黑妈妈还在塔拉庄园呢，斯佳丽真是无计可施。她把小韦德从普莉西手里接过来也没用。她搂住孩子，可孩子照样哭闹不止，和普莉西抱着一样。再说，孩子还抓她帽子上的丝带，而且准会把她的裙子弄皱。她干脆装作没听见彼得大的话。

“也许以后我能学会怎么对付娃娃。”她想道，马车在车站周围的泥淖里颠簸着，歪歪斜斜挣扎出来，她心里烦躁不安，“我绝对不喜欢哄娃娃。”小韦德拼命号啕，脸都憋紫了，她才厉声呵斥说：“普莉西，把你兜里那根棒棒糖给他含着。怎么弄都行，就是别让他哭。我知道他饿了，可我这阵子有什么办法？”

普莉西掏出黑妈妈这天早上给她的那根棒棒糖，孩子的哭声平息下来。车里恢复了平静，眼前出现了新鲜景色，斯佳丽稍稍打起点精神。彼得大叔终于把马车赶出泥淖，驶上了桃树街，她心中掠过一阵欣喜，几个月来都没这么兴奋过了。这座城市变化多大啊！自从上次来过后还不到一年，她原来熟悉的那个小城亚特兰大发生了这么多变化，这能是真的吗？

过去一年里，她沉浸在自己的悲哀中，一听到有人提起战争，她就厌烦，她并不知道，自从开战那一刻起，亚特兰大已经大变了样。太平时期，这几条铁路把这个城市变成了商业枢纽，眼下在战争期间，同样是这几条铁路，却把这城市变成了战略要地了。这座城市离前线远，铁路就成了弗吉尼亚和田纳西州这两支部队与西部之间的运输线。亚特兰大还将两支部队与供应给养的南部腹地联系在一起。

如今，为了适应战争的需要，亚特兰大已经变成个生产中心、医疗基地、为参战部队征集食品和给养的南方主要的车站之一。

斯佳丽望着窗外，寻找她记忆犹新的那个小城。可它早已无影无踪了。她此时看到的城市，活像个婴儿一夜之间长成个四肢发达、忙碌不停的巨人。

亚特兰大喧闹得像个蜂窝，仿佛自知对邦联意义重大而扬扬得意，人们日夜苦干，要把一个农业区划转变成工业重镇。战前，马里兰以南地区没有几家棉纺厂、毛纺厂、兵工厂和机械厂——当时所有南方人还以此为荣呢。南方出的是政治家、军人、庄园主、医生、律师和诗人，肯定没有工程师和机械师。让北佬去搞那种下贱的雕虫小技吧。可是，现如今邦联的许多港口遭到北佬炮舰的封锁，只有零星欧洲货物能偷越封锁线运进来，南方只好拼命生产自己的军用物资。北方可以向全世界请求支援，获得兵源物资。在北方的重金诱惑下，成千上万的爱尔兰人和德国人蜂拥而至，加入联邦军队。而南方只能靠自己。

在亚特兰大，机器厂慢吞吞生产出制造军用物资的机器，慢吞吞的缘故是南方根本没有可作范本的机器，几乎每一个转轮和齿轮都必须根据偷越封锁线从英国得到的图纸来制造。如今，亚特兰大街道上到处是陌生人的面孔。一年前，市民听到西部口音就会竖起耳朵，如今有偷越封锁线而来为邦联制造机器生产军需品的欧洲人，听到他们说外国话大家都习以为常了。这些人都是技术人员，要是没有他们，邦联很难制造出手枪、步枪、大炮和火药。

人们几乎摸得出城市脉搏的跳动。工厂日夜不停，战争物资通过铁路源源不断运往两个战场。列车昼夜呼啸着驶进驶出这座城市。新建的工厂冒出浓烟，烟灰像下雨一样纷纷扬扬洒落在雪白的住房屋顶上。到了夜晚，市民早已入睡，可高炉仍然通红，铁锤照样当当敲打。一年前的空地如今成了工厂，生产马具马鞍和马蹄铁，军需厂生产步枪和大炮，轧钢厂和铸铁厂生产铁轨、货车车皮，替换北佬破坏的部分，还有五花八门的其他行业，制造马刺、马嚼子、皮带扣、帐篷、扣子、手枪和军剑。铸铁厂已经发生生铁短缺现象，因为偷越封锁线运来的原料极少，有时根本运不进来，而亚拉巴马州的铁矿几乎停了工，因为矿工都上了前线。亚特兰大城里的草坪上见不到铁栅栏、铁凉亭、铁门，甚至连铸铁像也没了，因为早已送进了轧钢厂的熔炉。

桃树街和附近街道上，到处是军队各部门的总部，有军需部、通信部、军邮部、铁路运输部、宪兵司令部，等等。每个部门都挤满了身穿军装的人。郊外有新马补给站，成群的马匹和骡子在大畜栏里跑来跑去。小巷里沿街都是医院。斯佳丽听彼得大叔说起这事，觉得亚特兰大肯定变成个伤兵城了，因为这里有数不清的综合医院、传染病医院和康复医院。每天，列车行驶到五角车站南面一点，总要卸下越来越多的伤病员。

原先那座小城已经不见了，如今这座迅速扩大的城市生机勃勃，熙熙攘攘，精力用之不竭。刚离开乡间的悠闲和宁静，看到眼前到处一片忙碌景象，斯佳丽几乎透不过气来。可她喜欢这里。这里有一种令人激动的气氛，让她觉得振奋。仿佛她真能感觉到城市加速跳动的脉搏，而且恰好与她的脉搏合拍。

他们乘坐马车穿过城里主要街道，颠簸着越过一个个泥水坑，她饶有兴致地留意观看路旁的新房子和新面孔。身穿军装的人聚集在人行道上，佩戴着不同军种和各种军阶的肩章；狭窄的街道上挤满了车辆，有四轮马车，两轮轻便马车、救护马车、盖着篷布的军用马车，满嘴下流话的车夫咒骂在车辙间拼命拉车的骡子；身穿灰色制服的通信兵策马横冲直撞，弄得泥浆四溅，在各总部间传递命令和电报急件；康复伤员拄着拐杖一瘸一拐散步，一般总是身子两侧各有一个神情焦虑的女士搀扶；练兵场上传来号声、鼓声和口令声，新招募的士兵正在训练；彼得大叔扬起鞭子指向一队身穿蓝军装的人，只见他们耷拉着脑袋，正由一班端着刺刀枪的邦联士兵押送到车站，准备送往俘虏营。斯佳丽听说是北佬，不由吓得心都提到嗓子眼了，她以前从来没见过北佬的军服。

“啊！”斯佳丽想道，自从那天的烧烤宴以来，她还从没觉得这么喜悦过呢，“我会喜欢这里的！这儿真活跃，让人心动！”

城里比她看到的情况更加活跃。这里新增了几十间酒吧，追逐军队而来的妓女挤满街头，妓院里女人花枝招展，让教徒见了惊恐不已。每座旅馆、公寓和私人住宅都住满了客人，他们是来亚特兰大医院守护负伤的亲人的。这里每星期都有聚会、舞会、集市，举办的战时婚礼多得数不清。休假的新郎们身穿漂亮的灰色军装，肩挎金色绶带，新娘们穿戴着偷越封锁线运进来的华丽服饰；婚礼上，教堂座位间刀剑杂陈，宾主举起偷越封锁线运来的香槟祝酒，离别时，新人涕泪交零。每天晚上，阴暗的林荫道上都能听到舞步声，客厅里传出清脆的钢琴曲，女高音在做客士兵的附和下唱着伤感的歌曲《吹响停战号》和《收到你的信已经太迟》，这些流行歌曲让从未体验过伤感的人听了，也难免潸然泪下。

他们的马车在泥泞的道路上一路走，斯佳丽一路提各种问题，彼得就一一回答，还用马鞭四下指点着，炫耀自己的见识，满心得意。

“那是军械库。不错，小姐，他们在那儿存放大炮那一类的军火；不，小姐，那不是店铺，是个封锁线办事处；天哪，斯佳丽小姐，你连封锁线办事处都不知道？那是外国佬的机构，他们买我们邦联的棉花，装船运出查尔斯顿和威尔明顿，还把火药运给我们；不，小姐，我弄不清他们是哪国人。佩蒂小姐说他们是英国人，可他们说的话谁也听不懂；是的，小姐，这烟味是够呛人的，烟灰把佩蒂小姐的丝绸窗帘弄得一塌糊涂。是从铸铁厂和轧钢厂冒出来的。到了黑夜，那边可吵啦！闹得人都睡不着觉；不，小姐，我不能停车让你逛街。我向佩蒂小姐保证过，要一直送你回家……斯佳丽小姐，回个礼。那是梅里韦特小姐和艾尔辛小姐跟你打招呼呢。”

斯佳丽隐隐约约记得，这两个姓氏是从亚特兰大到塔拉参加她婚礼的两位女士，还记得她们是佩蒂帕特小姐最要好的朋友。她连忙朝彼得大叔指点的方向点了点头。那两位正坐在一辆马车上，停在一家布料店门外，掌柜的和两个伙计抱着好几匹让她们看过的棉布。梅里韦特太太是个高大肥胖的女人，胸衣束得很紧，胸部凸出来像馒头似的。她一头铁灰色头发，脑门上飘着一绺卷曲的棕色假刘海，显得挺神气，可惜跟她的头发颜色不相称。她的圆脸蛋浓妆艳抹，神色中和善与精明兼而有之，看得出惯于颐指气使。艾尔辛太太年轻一些，是个身材瘦弱的女人，当年是个美人，至今风韵犹存，还有一副挑剔专横的神色。

这两位太太加上另一位怀廷太太便是亚特兰大的顶梁柱。她们分别掌管各自归属的三个教会，包括牧师、唱诗班和教区居民；她们筹办集市，主办义工缝纫会，她们在舞会和野餐会上监护少女；她们知道谁家婚姻美满，谁家不和，谁偷偷喝酒，谁要生孩子了，什么时候要生，等等。凡佐治亚州、南卡罗来纳州和弗吉尼亚州有头有脸的人物，她们对他们的家谱都了如指掌，至于其他州，她们并不操这份心，因为她们相信，除了这三个州以外，其他地方根本就没有名人。她们清楚什么举止算是端庄得体，什么不得体，她们有什么看法从来不会憋着不说——梅里韦特太太总是直着嗓子高喊；艾尔辛太太说话有气无力慢吞吞的，怀廷太太则带着哀伤声调压低声音说，仿佛说这种事让她痛心疾首。三位夫人相互猜忌，都不喜欢另外两位，就像罗马三执政一样，大概也出于同样原因，她们又能结成紧密同盟。

“我对佩蒂说过，我一定要你上我的医院去帮忙，”梅里韦特太太面带微笑大声喊道，“你可不能再答应米德太太和怀廷太太啊！”

“我不会的。”斯佳丽口头敷衍着，可她没听懂梅里韦特太太说的是什么事，不过既然受到欢迎，还有人需要自己，心里总觉得热乎乎的。“希望不久能再见到你。”

马车碾压着泥泞继续走了一段，两位挎着满篮绷带的女士要过马路，马车停下给她们让路，等她们战战兢兢踩着垫脚石穿过泥泞的街道。就在这时候，斯佳丽的目光让人行道上一个衣着艳丽的身影吸引住了，那身服装实在太鲜艳了，不适于出现在这样的街道上，外面披着一条带流苏的佩斯利佩斯利：苏格兰西南部的一个自治区，自18世纪早期以来一直是一个纺织中心，以各色图案的围巾闻名。披巾，长得拖到脚跟上。她回头望去，只见那是个身材高挑、容貌漂亮的女人，对人不理不睬，一头火红的头发，鲜艳得不像真的。这是她头一回亲眼看见“做过头发”的女人，她仔细看着那女人，看得着了迷。

“彼得大叔，那是谁呀？”她压低声音问道。

“我不知道。”

“我敢说，你准知道的。她是谁？”

“她名叫贝尔·沃特林。”彼得大叔说完下嘴唇撅了撅。

斯佳丽马上听出他只说了姓名，却没用“小姐”或“太太”称呼她。

“她是什么人？”

“斯佳丽小姐，”彼得脸色一沉说道，啪的一声朝马背抽了一鞭，抽得马惊了一跳，“佩蒂小姐可不喜欢你提这种问题，跟你不相干。那是城里的贱货，不值得说。”

“天哪！”斯佳丽自忖，再也不敢开口了。“那准是个坏女人！”

她从来没见过什么坏女人，就扭过头望着她消失在人群中。

这时，店铺与战时新盖的房子间隔越来越远，中间还有大片的空地。最后，商业区也甩在了身后，眼前出现了住宅区。斯佳丽认得这地方，就像见了老朋友一样。莱登家的宅子气派雄伟；邦尼尔家的宅子门前有白色的小柱和绿色的百叶窗；麦克卢尔家是佐治亚式的深檐红砖房，门前是修剪成矩形的低矮树篱。他们的行驶速度减慢了，因为从门廊上、花园里、人行道上，到处有女士们跟她打招呼。有些人她只是面熟，有些她能隐约记起，但多半都根本不认识。佩蒂帕特肯定四下传出了她来这儿的消息。她只得不时举起小韦德，让那些壮着胆子穿过泥泞走到自家停车台前的女士们大声夸奖孩子。她们都对她嚷个不停，要她一定要加入她们的义工编织和缝纫会，参加她们的医院护理团，别加入其他家。她都一一敷衍过去。

他们经过一座绿色墙板的凌乱房子，只听守在门前台阶上的一个小黑妞嚷道：“嗨，她来啦。”米德大夫和他妻子就带着他们十三岁的菲尔走出房门，跟他们打招呼。斯佳丽想起，他们也参加过她的婚礼。米德太太登上她家停车台，伸长脖子想看一眼孩子；大夫更是不顾泥泞，踏着泥浆走到车跟前。他身材瘦高，蓄着铁灰色的翘胡子，瘦削的身子上那件衣服活像是一阵飓风刮过来挂在他身上似的。亚特兰大人把他看作一切智慧和力量的源泉，难怪他博得了大家不少信任。他这人说起话来惯于卖弄玄虚，态度还稍带点傲慢，可他在城里还是个少有的好心人。

大夫跟她握了握手，还胳肢韦德的肚子，恭维他几句，然后声称佩蒂帕特姑妈已经发过誓，答应让斯佳丽只去米德太太的医院和护理团帮忙。

“哎哟，天哪，可我已经答应了上千位太太了！”斯佳丽说道。

“梅里韦特太太，我看准是她！”米德太太愤愤不平地嚷道，“那讨厌的婆娘！我相信每趟火车来了她都要接！”

“我答应的时候根本不知道是怎么回事。”斯佳丽说了实话。

“医院护理团到底是什么呢？”

大夫和他妻子都对她的无知略感吃惊。

“当然啦，你一向钻在乡下，不可能知道的，”米德太太替她圆场，“我们的护理团在不同日子为多家医院提供服务。我们护理伤员，帮助大夫，做绷带，缝衣裳；伤员出院后，我们就带他们来我们家里调养，等他们康复后再回部队去；我们还照顾穷困伤员的妻子和家人。米德大夫就在我那个护理团工作的慈善医院，人人都说他非常出色，而且……”

“行了，行了，米德太太，”大夫的口吻带着爱怜，“别在人家面前替我吹嘘。我能做的实在很少，就因为你不让我参军。”

“我不让！”她气得嚷起来，“我！连城里人都不放你走，这你知道得清清楚楚。嗨，斯佳丽，大家听说他要上弗吉尼亚去当军医，城里所有妇女都签名求他留下别走。当然啦，城里哪能少了你呢？”

“得了，得了，米德太太，”大夫说，可他听了这番夸奖显然挺得意，“我们送了一个儿子上前线，大概暂时够了。”

“我明年也要去！”小菲尔嚷叫着，激动得欢蹦乱跳，“要当个小鼓手。我已经学会敲鼓了。你想听听吗？我这就去拿鼓来。”

“不，现在别去。”米德太太说着把他拉到身边，脸上突然露出紧张神色。“明年不行，宝贝。大概后年吧。”

“可到时候早打完仗了！”他任性地嚷着，从她身边挣脱开，“你答应过的！”父母的眼睛离开孩子相互对视，斯佳丽看出这眼色的含意。达西·米德已经送到弗吉尼亚前线，夫妇俩身边只剩下这个小儿子了。

彼得大叔清了清喉咙。

“我出来那阵子，佩蒂小姐有点不舒服，要是我不赶紧回去，她可能要晕倒了。”

“那就再见吧。今天下午我就过去，”米德太太大声说，“你替我对佩蒂说一声，要是你不参加我的护理团，她就会更不舒服。”

马车在泥泞地上打着滑往前行驶，斯佳丽靠着身后的垫子，脸上露出微笑。几个月来，她从没有像今天感觉这么好过。亚特兰大让她感到愉快，感到振奋，这里人烟密集，熙熙攘攘，蕴藏着令人激动的旺盛活力，远比查尔斯顿郊外孤零零的庄园可爱多了，那里只有短吻鳄鱼的干号才能打破夜里的沉寂。这里比查尔斯顿和萨凡纳都好。在查尔斯顿，只能在高围墙后面的花园里心怀梦想；萨凡纳倒是有排列着棕榈树的宽阔街道，可旁边就是泥水河。不错，塔拉庄园很可爱，可她一时觉得这里甚至比塔拉还好。

这个坐落在红土山丘之间的城市街道泥泞狭窄，有一种令人激动的成分，那是一种自然和淳朴的成分，与她骨子里的自然和淳朴产生了共鸣，她可以撇开埃伦和黑妈妈为她培养的优雅外表了。她突然觉得，适合她居住的地方正是这里，而不是悠闲宁静的老城，也不是黄水河畔的沼地。

房子之间的间隔越来越宽阔，斯佳丽俯身向车外望，看见了佩蒂帕特小姐那所房子的红砖墙和石板瓦屋顶。这几乎是城北端最后一所房子了。再往远处，桃树街越来越窄，蜿蜒消失在浓密幽静的大树之间。前院整齐的板栅新漆成白色，院子里开着应时的最后一批黄水仙花。前门台阶上站着两个身穿黑衣的女人，她们身后站着一个高大的黄皮肤女人，两手抄在围裙下，咧开嘴巴微笑，露出一口白牙。体态丰满的佩蒂帕特小姐激动得步履蹒跚，一只手压在丰满的胸脯上，想要按住咚咚狂跳的心脏。斯佳丽见玫兰妮站在她身旁，心里涌起一阵厌恶，觉得见到这个身穿丧服的小女人，是亚特兰大最杀风景的事。她那头浓密的乌黑鬈发梳成少妇发式，光溜溜的一丝不乱，瓜子脸上浮出可爱的笑容表示欢迎和高兴。

一个南方人只要打点起行李到二十英里外去做客，这一住就不会少于一个月，通常时间要长得多。南方人做客就跟当主人一样热心，亲戚来过圣诞节，一直住到来年七月也是常事。新婚夫妇通常出外度蜜月，遇上一户相处愉快的人家，常常住到生下第二个孩子才走。常常有上了年纪的姑妈姑夫星期天来吃饭，结果却住下来，直到几年后入土为安。客人来住是不成问题的，房子宽敞，奴仆众多，那片土地物产丰富，添几张嘴吃饭无非是小事一桩。男女老少都有出门做客的：新婚夫妇去度蜜月；年轻母亲带了新生婴儿去炫耀；伤员去调养；丧失亲人的去寻求安慰；有的姑娘做客是父母急于避免一桩不明智婚事的危险；有的姑娘则是到了危险年龄却没有定亲，父母希望她们能得到亲戚的指引，在外地找到如意郎君。客人能给舒缓的南方生活增添刺激和花样，因此客人来访总是受到欢迎。

因此，斯佳丽来到亚特兰大，也不知道自己要住多久。如果她觉得此行像在萨凡纳和查尔斯顿一样乏味，不出一个月她就要回家；如果她住在这儿觉得称心，就一直住下去，不定期限。可是，她刚到这里，佩蒂姑妈和玫兰妮就开始发动一场游说，凡是想得出的理由都摆了出来，要她永远跟她们住在一起。她们想要她住下，因为她们喜爱她本人；还因为她们孤零零住这么个大宅子晚上难免害怕，她很勇敢，能给她们壮壮胆；她富有魅力，能给她们悲痛的生活增添欢乐；查尔斯已经去世，她和她的儿子就该跟自己的亲人一起生活；再说，按照查尔斯的遗嘱，这房子现在一半归她所有；还有最后一点，邦联需要每一双手支持战争，需要缝纫、编织、卷绷带、护理伤员。

查尔斯的伯伯亨利·汉密尔顿也跟她一本正经地说过这事。亨利伯伯是个单身汉，住在车站附近的亚特兰大旅馆，他身材矮小，大腹便便，面色红润，一头乱糟糟的银色长发，是个脾气暴躁的老先生，最见不得女人胆小怕事和夸大事实。正是因为这个缘故，他跟妹妹佩蒂帕特小姐关系很糟，兄妹难得说上句话。两人自打幼年时脾气就水火不容，后来妹妹把查尔斯这个“军人子弟养成一副胆小怕事的女人气！”两人就越发疏远了。多年前，他狠狠辱骂过她一回，结果佩蒂小姐直到现在还从来不当着人面提起他，就是偶然说起也是讳莫如深，压低声音生怕别人听见，外人见状以为那个诚实的老律师至少也是个杀人犯。发生那次辱骂当天，佩蒂要从自己名下的财产里支取五百块钱，投资一个子虚乌有的金矿。可他是她的财产托管人，不但拒绝支付，还大动肝火，说她半点脑筋也没有，还说在她身边只要待上五分钟就头疼。自从那天以后，只有每月由彼得大叔驾车送她到他的事务所领生活费用时，她才跟他正式见上一次面。两人匆匆见面后，佩蒂回来总要躺倒，半天不起床，一边落泪，一边吸溴盐。玫兰妮和查尔斯跟伯伯的关系很好，一再提出替姑妈去找伯伯，免得她受这番磨难，可佩蒂从来都像个孩子似的绷着嘴巴，就是不答应。亨利是她的死对头，她一定要自己承受。查尔斯和玫兰妮便推断出，她能从这种偶然的刺激中获得深刻的喜悦，这也是她受人庇护的生活中唯一的刺激。

亨利伯伯一见斯佳丽，立刻就喜欢她了。他说，虽然她多愁善感，表面显得挺傻，可他看得出她还是有几分脑筋的。他不仅是佩蒂和玫兰妮的财产托管人，还托管查尔斯留给斯佳丽的遗产。斯佳丽得知自己现在成了十分富有的年轻女子，不禁喜出望外。查尔斯不但将佩蒂姑妈的一半房产遗赠给她，另外还有农田和城里的财产。火车站附近铁路沿线的店铺和仓库也是她继承的遗产，自从开战以来，价值已经涨到原先的三倍。亨利伯伯向她报出她的财产账目，顺便提出要她在亚特兰大长住。

“韦德·汉普顿成年后就是个阔少爷了，”他说，“随着亚特兰大不断膨胀，二十年后他的财产能增长十倍。只有孩子在自己产业所在地长大才对，好让他学会照料自己的产业——不错，佩蒂和玫兰妮的产业也要他照料。用不了很长时间，他就是唯一姓汉密尔顿的男人了，我不能长生不老嘛。”

至于彼得大叔呢，他理所当然认为斯佳丽是来定居的。他无法想象查尔斯的独生儿子怎么能在他管不着的地方长大。斯佳丽听了所有这些道理，笑而不答，不想轻易许诺，因为她还不知道自己是不是喜欢亚特兰大，也不知道跟丈夫家的人朝夕相处是不是合得来。她还知道，需要说服杰拉尔德和埃伦。再说，如今她离开了塔拉庄园，就特别想家，想念那儿的红土地，想念破土而出的嫩绿棉花苗，想念暮色中美妙的寂静。杰拉尔德说她血液中奔流着对那片土地的爱，她这才头一回隐隐约约地体会到那番话的意思。

于是，她暂时委婉回避答复，不明确表示自己要住多久，在桃树街尽头那所僻静的红砖房子里过起了舒适的生活。

斯佳丽如今跟查尔斯的亲骨肉生活在一起，又看到他出身的家庭，对迅速与她结合，把她变成妻子、寡妇和母亲的那个小伙子稍稍有了点了解。不难看出他当初腼腆单纯喜欢空想的缘故。就算父亲遗传给查尔斯一些严厉无畏、狂暴不羁的军人气质，可他从小就在女人的阴柔气氛中长大，那种军人气质也早已烟消云散了。他对孩子气的佩蒂一片真心，跟玫兰妮的关系比手足更深，这两个女人的温柔天真可是天下少有。

佩蒂帕特姑妈六十年前受洗礼得到的教名是萨拉·简·汉密尔顿，可是很久以前，她那位溺爱女儿的父亲见她步履轻快，两只小脚啪嗒啪嗒走个不停，就给她取了这么个象声的小名，从此大家就这么叫她，再也不叫她的大名。这个名字叫响后，她发生了许多变化，与这个昵称实在不相称了。原来那个行动敏捷蹦蹦跳跳的孩子只有一对小脚依旧，但是与体重很不匹配；她还喜爱不着边际地唠叨。她身材矮胖，脸颊红润，一头银发，紧身胸衣绷得太紧，总是有点上气不接下气的感觉。她的脚本来就小，还硬挤进一双小鞋，走上短短一条街区就受不了。她随便遇到什么激动的事情，心情就忐忑不安，也并不觉得害臊，毫不掩饰自己的心情，遇上点气恼的事，总是晕倒。人人都知道，她那种昏厥不过是高贵女子矫揉造作罢了，可大家都喜欢她，没人点破这一层。人人都喜欢她，把她当孩子似的娇惯，不愿跟她较真——只有他哥哥亨利是个例外。

世上她最喜爱的事情就是说闲话，甚至超过喜爱在饭桌上大快朵颐，说起别人的事情，她能一连几个钟头不歇嘴，不过倒是出于好心，并不恶语伤人。她脑袋里从来记不住人名、日期或者地名，常常把亚特兰大上演的一出戏里的演员跟另一出戏的演员搞混了，可谁也不会被她引入歧途，谁也不傻，并不拿她的话当真。有了真正耸人听闻的消息或流言蜚语，大家都不说给她听。她倒是六十多岁了，可毕竟是位处女，有些话还得避讳，她的亲朋好友都好心串通起来，把她当成个受庇护、受疼爱的老小孩。

玫兰妮在许多地方像她姑妈。她也怕羞，也会突然红脸，也是一样的端庄质朴，不过她倒有不错的判断能力——“稍有那么一点点，这个我承认。”斯佳丽想道，可心里挺不情愿。玫兰妮像佩蒂姑妈一样，也有一张受庇护孩子的脸蛋，只了解淳朴、善意、真实和仁爱，其他一概不知道，就像个从来没见过粗暴和丑恶的孩子似的，就是见了也认不出来。她一直生活幸福，也希望身边的人都幸福，至少希望大家都感觉满意。因此，她总是看到每个人的长处，也心怀善意谈论人家的长处。不管佣人有多笨，她也能找出人家一些忠心厚道的品质；无论姑娘有多丑，多讨人嫌，她也能发现人家一些优雅举止或者高尚的品格；不论男人有多卑鄙或者多乏味，她也不去注意他的现状，只看人家未来有利的可能性。

她这些优秀品格是从慷慨的胸怀中真诚自然流露出的，这自然将人们吸引到她周围。毕竟，谁又能不为这种人的魅力所倾倒呢？她能够发现别人的长处，而别人连做梦都想不到自己竟然有这些优点。城里人谁也没有她的女性朋友多，她的男性朋友也一样多，不过很少有人向她献殷勤，因为她并不任性，也不自私，缺少吸引男人爱慕的手腕。

玫兰妮的所作所为无非是遵循所有南方姑娘都受过的传统教诲——就是让自己身边的人都觉得惬意和舒适。正因为有了女性的这种谦和传统，南方的社会环境才如此宜人。女人都清楚，如果男人在一个地方感到称心如意，既没有矛盾，又能维护自己的尊荣，那女人在这个地方的生活大概也是愉快的。因此，女人一辈子竭力使男人志得意满，心满意足的男人自然对女人倍加殷勤爱慕。其实，世间万物没有男人不愿给女人的，他们只是不肯赞赏女人的聪明才智。斯佳丽施展的魅力与玫兰妮的程度相当，只是她的手段高明，技巧纯熟。两位女子的区别在于，玫兰妮说善意的客套话目的是让人高兴，哪怕只是当下高兴也罢；而斯佳丽要不是为了实现自己的目标，她才不干呢。

查尔斯最心爱的这两个人，丝毫没有对他产生过让他坚强的影响，他在这里长大成人，这个家是个安乐窝，对于艰难和现实，他一无所知。与塔拉庄园相比，这个家平静、老派、儒雅。照斯佳丽看来，这座宅子缺少男人的白兰地、烟草和望加锡发油的气味，缺少粗哑的嗓音和不时该听到的咒骂声，缺少枪支、胡须、马鞍、缰绳和围在脚边的猎狗。她想念吵架的喧嚣声，在塔拉，只要埃伦一转身，总能听到那种声音——黑妈妈跟波克争吵，罗莎跟蒂娜斗嘴，她自己跟苏埃伦尖酸刻薄的争吵，杰拉尔德吼叫着恫吓。查尔斯生在那么个家里，难怪他女人味十足。这里从来没有刺激，人们说话从不放开嗓门，人人都和颜悦色倾听别人的看法，到头来，厨房那个头发灰白的老黑人倒成了自行其是的独裁者。斯佳丽满以为逃出黑妈妈的监督可以少受些管束，却发现彼得大叔对女士行为的规矩比黑妈妈更严格，查尔斯少爷的遗孀尤其受到严加管束，这可太让她伤心了。

在这样的家庭里，斯佳丽恢复了自己的本来面貌，她的精神不知不觉便复原了。她才十七岁，身体健康，精力充沛。查尔斯的亲人都竭尽全力让她快乐。就算他们稍有点力不从心，也算不得是他们的错，因为一旦有人提起阿希礼的名字，她就难过得心怦怦直跳，谁又能消除她这块心病呢？况且经常提起他的人还是玫兰妮！不过玫兰妮和佩蒂总是孜孜不倦地努力，想方设法安慰她，她们以为她守寡后心中悲痛未消，便撇开自己的烦恼，帮助她排遣。她们小题大做，过问她的饭菜，关照她午睡的长短，检点她乘车兜风的时间。她们对她赞不绝口，赞赏她的毅力，夸奖她的身段、她的纤手小脚、她的白皙皮肤，她们经常挂在嘴上说这些，一边说还一边抚摸她，拥抱她，亲吻她，这就加重了亲昵话语的分量。

斯佳丽并不喜欢她们的爱抚，不过听了恭维话心里倒挺舒坦。在塔拉庄园，谁也没对她说过这么多动听的话。而且黑妈妈还总是泼冷水泄她的傲气。小韦德在这里不再是她的累赘了，全家上下不论白人黑人，外加来访的邻居，都把他当宝贝，大家抢着抱他，为此还争论不休。玫兰妮格外疼爱他。哪怕在他哭闹最凶的时候，玫兰妮也觉得他可爱极了，嘴里还说：“哦，你这个心肝宝贝呀！你要是我的娃娃该多好啊！”

有时候，斯佳丽实在难以掩饰自己的感情，她仍旧认为佩蒂姑妈是个愚蠢透顶的傻老太太，她那副傻呆呆的沮丧模样让她一见就无比的厌恶。她不喜欢玫兰妮是因为嫉妒，这种厌恶的感觉在与日俱增，有时候，玫兰妮说起阿希礼或者朗读他的来信，脸上熠熠放光，斯佳丽实在忍受不了，不得不突然离开房间。不过，总的来说，在这种情形下，生活过得还算愉快。亚特兰大比萨凡纳、查尔斯顿或塔拉庄园更加有趣，这里有众多新奇的战时工作，她忙得没有多少时间去生闷气。不过，到了夜里。她吹灭蜡烛，脑袋钻在枕头里，有时难免叹息，自忖道：“要是阿希礼没有结婚该多好！要是我用不着在那个该死的医院看护伤员该多好！唉，要是有几个人向我献殷勤该多好哇！”

她很快就厌烦了护理工作，可又脱不掉这份义务，因为她对米德太太和梅里韦特太太的两个护理团都有承诺。结果，她每礼拜有四个上午要在热腾腾臭烘烘的医院干活，把头发束起来用毛巾包住，一条大围裙从脖子垂到脚面，裹得她闷热难当。亚特兰大的已婚妇女不论老少都要做护理工作，大家都满腔热情，照斯佳丽看来，那种热情几乎是狂热。她们认为她理所当然应该受到她们爱国热情的感染。假如她们知道她内心对这场战争的兴趣多么冷漠，准会感到震惊。她心里一直害怕阿希礼阵亡，总是提心吊胆，除此之外，她对战争毫无兴趣。她做护理工作是因为不知道怎么才能摆脱这种事。

护理伤员当然丝毫也不浪漫。她被包围在呻吟、谵语、死亡和臭气之中。医院里住满了肮脏不堪、胡子拉碴、浑身虱子的伤员，他们臭味扑鼻，伤口可怕极了，文明人见了都会恶心。医院里弥漫着一股腐肉的恶臭味，没等走近门口，臭味早已钻进鼻孔，仿佛黏糊糊的粘在手上、头发里，就是在睡梦中也挥之不去。病房里密密麻麻的苍蝇蚊虫嗡嗡乱飞，把伤员折磨得又是咒骂，又是无奈哭泣。斯佳丽抓挠着自己身上蚊子叮出的包，一面不停地为伤员摇动芭蕉扇，最后弄得两肩酸疼，心里巴不得这些人全都死了算啦。

玫兰妮虽然是个最胆怯害羞的女人，可她好像并不在乎闻臭气、见伤口，也不在乎看到伤员赤身裸体，让斯佳丽不禁觉得奇怪。有时候，米德大夫给伤员做手术，剔除腐肉，玫兰妮为他端着盘子和器械，她总是脸色煞白。有一回，做完这种手术后，斯佳丽见她躲在存放巾单的小间里，用一条毛巾捂着嘴悄声呕吐。可是，在伤员看得见她的地方，她总是态度温和，充满同情和欢乐。医院的伤员都叫她慈悲天使。斯佳丽也想得到这个雅号，不过那就得干更多事情，要接触满身虱子的伤员，要把手指伸进昏迷病人的喉咙，看他们是不是让嚼烟团噎住了，要包扎断肢，还要从化脓的腐肉中挖出蛆虫。噢，不。她才不喜欢护理工作呢！

要是允许她对康复伤员卖弄风情，或许她还受得了，伤员中许多人出身名门而且挺招人喜爱的，可她是个寡妇，根本不能这么做。人们不允许城里的年轻小姐做护理工作，免得让她们看到处女不宜的东西，她们就在康复病房照料伤员。她们既没有结婚，又不是寡妇，不受约束，康复伤员便成了她们肆意进攻的对象，最不起眼的姑娘要跟人订婚也不费吹灰之力。斯佳丽见状不禁十分沮丧。

除了照顾重病号和重伤员之外，斯佳丽完全是跟女性打交道，这让她苦恼，她从不信赖跟自己性别相同的人，而且从来就讨厌她们。可是每周有三个下午她要跟玫兰妮的朋友们在一起，参加那个护理团的缝纫和卷绷带活动。在这种场合，凡认识查尔斯的姑娘对她都很客气，也很关心，尤其是范妮·艾尔辛和梅贝尔·梅里韦特，这两位都是城里富孀的千金。不过她们待她十分恭敬，仿佛她已经是个穷途末路的老妪。她们不断谈起舞会和情人，让她听了又嫉妒人家的喜悦心情，又怨恨自己身为寡妇再也不能参加这种活动。难道她不比范妮和梅贝尔漂亮三倍！啊，生活多不公平哪！大家都以为她一颗跳动的心已经葬进了坟墓，这又多么不公平哪！她的心现在飞到了弗吉尼亚，伴随在阿希礼身边啦！

虽然有这些苦恼，可亚特兰大仍然让她觉得非常愉快。一星期又一星期不知不觉过去了，她客居的时间在延长。

第九章

仲夏的一天早上，斯佳丽面带忧伤坐在卧室窗口，望着敞篷马车和轿车满载着姑娘们、士兵和年长的妇女，兴高采烈地沿桃树街驶出去，寻找枝叶装饰品，为的是装点晚上为医院筹款要举办的义卖会。红土路上树影斑驳，阳光斜射进宽大的树冠下，众多马蹄扬起小片红土尘雾。一辆马车在前面开路，四个壮实的黑人手持斧头，砍下冬青树枝，扒下藤蔓，这辆马车的车厢后面堆满了盖着餐巾的篮子和橡树枝篓筐，里面装着午餐，另外还有十几个西瓜。有两个黑人青年随身带着班卓琴和口琴，正演奏曲调活泼有力的《要想快活当骑兵》。两人身后跟着大队心情愉快的人，其中有身穿凉爽印花布裙子的姑娘，她们肩披薄披肩，头戴遮阳帽，手上戴着长手套，头上打着小阳伞；还有上了年纪的女人，一片欢笑声和马车间的呼喊和玩笑声中，她们神色安详，面带微笑；医院的康复伤病员夹在肥硕的年长妇女和苗条的姑娘中间，姑娘们手忙脚乱精心照顾他们：骑在马背上的军官慢吞吞地走在马车旁边——轮子的咯吱声，靴刺的叮当声，金色穗子在闪烁，阳伞在上下跳动，扇子在左右摇动，黑人在放声歌好一个热闹场面。人人都坐马车去桃树街外面，去采摘绿枝，去野餐，去分西瓜吃。“人人都去了，”斯佳丽愁眉苦脸自忖道，“只有我去不成。”

大家都向她挥手，大声跟她打招呼，她也勉强保持着温文尔雅的风度向大家回礼，可心里十分不痛快。她心里涌起一阵苦痛，慢慢让她感到喉头哽咽，很快就要化作泪水了。人人都去野餐，就她不能。人人今晚都要去义卖会，还要参加舞会，可她不能。就是说，人人都能去，只有她、佩蒂帕特和玫兰妮不能去，城里其他服丧的不幸女人们也不能去。玫兰妮和佩蒂帕特似乎并不在意，她们甚至连想去的念头都没有过，可斯佳丽却在想。她真的想去，想得要命。

这实在不公平。她为义卖会准备物品比城里任何姑娘都加倍卖力。她编织出袜子、婴儿帽、羊毛披肩、围脖，梭织出许多码的花边，还在许多带胡须挡圈的瓷杯上绘过画。她绣过六只沙发靠垫套，上面都绣了邦联旗帜。不错，上面的星星都有点歪斜，有些星星像圆点，有的星星有六七只角，不过看上去的效果还算不错。就在昨天，她还在军械库一间满是尘土的旧仓库里干活，给沿墙摆放的货摊上挂黄色、粉红色和绿色的粗布彩旗，最后累得精疲力竭。因为受妇女医院护理委员会的监督，这种活儿简直是桩苦役，一点乐趣都没有。只要跟着艾尔辛太太和怀廷太太，就得像个黑人似的听凭她们支使，休想有任何乐趣。而且还得听她们吹嘘说自己的女儿人缘有多好。最糟糕的是，她帮佩蒂帕特和厨子制作抽彩赠礼的多层蛋糕时，手上竟烫起两个水泡。

干活像个黑奴似的，如今有点乐趣了，却不得不恪守规矩退避一旁。唉，她因为丈夫去世，孩子在隔壁屋里哭闹，各种有趣的事情就没她的份，这太不公平了。仅仅一年多以前，她还在跳舞，身上穿的可不是这身丧服，是花花绿绿的长裙，至少跟三个小伙子私订过终身。她才刚满十七岁，她的双脚还跃跃欲试想跳舞。唉，真是太不公平了！生活已经像过眼烟云离她而去，在炎热的夏季沿着一条林荫道逝去——那种充满灰军装、叮当作响的靴刺、印花蝉翼裙和班卓琴声的生活就这样离她而去了。她看到认识的男人，那些自己在医院里护理过的男人们，她尽量克制自己，对他们微笑和挥手不能太热情，可是，要克制自己别露出酒窝实在太难，本来心还在怦怦跳，却要显出一副心死的模样，这也实在太难了。

佩蒂帕特这时突然闯进屋子，照例爬楼梯累得气喘吁吁，打断了她跟人们的招呼致意，不由分说把她从窗口拖开。

“宝贝，你疯了吗？怎么能在自家卧室窗口向男人挥手？我一定要说，斯佳丽，我简直惊呆了！你母亲知道了会怎么说呢？”

“这个嘛，他们不知道这是我的卧室。”

“可他们肯定想得出这是你的卧室，那不一样糟糕吗？宝贝，你可不能做出这种事。人人都会议论你，说你放荡——反正梅里韦特太太知道这是你的卧室。”

“我看她会把这事告诉所有男人，这个可恶的老女人。”

“宝贝，嘘！多莉·梅里韦特可是我最要好的朋友。”

“哼，反正她是个可恶的家伙——噢，对不起，姑妈，别哭呀！我忘了这是我的卧室窗口。我不会再这样做了……我……我只是想看看他们。自己心里也盼望能跟他们一道去呢。”

“宝贝！”

“我真这么想。在屋子里都待腻了。”

“斯佳丽，答应我再也别说这种话了。人们会议论的，他们会说你对过世的查尔斯不够尊重……”

“噢，姑妈，别哭！”

“啊，我把你也惹哭了。”佩蒂帕特抽噎着说，嗓音流露出满意，伸手从裙兜里掏手帕。

难以压制的苦痛终于涌上斯佳丽的喉头，突然迸发成号啕大哭——并非如佩蒂帕特所想是为过世的查尔斯而哭，而是因为车轮和欢笑声已经消失了。玫兰妮伴随着一阵裙裾沙沙声从自己的屋子走进来，她急得皱起额头，手里拿着把刷子，平时整整齐齐的乌黑头发没有套在发网里，波浪般蓬松的小发卷垂落在脸蛋两边。

“亲爱的！怎么啦？”

“查理！”佩蒂帕特抽噎着说完，便由着性子扑在玫兰妮肩头大放悲声。

“噢。”玫兰妮一听到哥哥的名字，嘴唇也颤抖起来，“亲爱的，坚强些，别哭。啊，斯佳丽！”

斯佳丽扑倒在床上，啜泣变成了号啕大哭，哭自己青春不再，哭青春乐趣与她无缘，哭得又恼火又绝望，伤心得像个孩子似的。换了以前，只要扯着嗓子一哭，要什么有什么，如今她清楚，再哭也于事无补。她把脑袋钻进枕头下面哭个不停，两脚在流苏装饰的床罩上乱踢乱蹬。

“我还不如死了干净！”她越哭越上劲。佩蒂帕特见了这番悲痛场面，自己倒止住了轻易就能流出的眼泪。玫兰妮扑到床前安慰她嫂嫂。

“亲爱的，别哭了！想想查尔斯多爱你，好让心里觉得安慰！想想你亲爱的小宝贝吧。”

受人误会的气愤与一切都被剥夺掉的悲凉糅合在一起，斯佳丽如骨鲠在喉，什么也说不出来。幸亏她没像杰拉尔德那样把心里话都坦率地说出来。玫兰妮轻轻拍着她的肩膀，佩蒂帕特踮着脚吃力地在屋子里走动，伸手拉下百叶窗。

“别拉！”斯佳丽从枕头上抬起红肿的脸，大声嚷道，“别拉下百叶窗，我还没死呢——不过跟死了也没两样。啊，你们走吧，让我独自待着。”

她又钻进枕头里，两个站在她身后的人耳语两句就蹑手蹑脚出去了。她听见她们下楼的时候玫兰妮压低声音对佩蒂帕特说：

“佩蒂姑妈，希望你以后别当着她的面说查尔斯了。你知道这话多伤她的心哪。她那副模样真可怜哪，我知道她尽量忍着不哭。我们千万不能惹得她太难受了。”

斯佳丽有气没处撒，想找个恶毒的字眼咒骂解气。

“活见鬼！”她终于大声咒骂了一句，觉得多少轻松了一些。玫兰妮怎么会心甘情愿待在家里，什么乐趣也不找，还为她哥哥穿丧服呢？她不过才十八岁哪。玫兰妮似乎并不知道，也不在乎生活在靴刺叮当声中呼啸而过。

“她那么呆头呆脑，”斯佳丽捶打着枕头自忖道，“根本不像我这么有人缘，所以她不像我一样渴望享受乐趣。再说……再说她得到了阿希礼，可我呢，我什么人都没得到！”有了这层新烦恼，她再次放声大哭起来。

她在自己的屋子里一直待到下午，一直闷闷不乐，后来，野餐的人们返回来了，车上堆满了松枝、藤蔓、香薇，她见了心情也没觉得轻松。人们看上去虽然疲惫却很愉快，大家再次向她招手，她神情郁郁寡欢，跟大家回礼。生活就是绝望，实在不值得活下去。

午睡时分，出乎她意料来了两个解围的人，是梅里韦特太太和艾尔辛太太乘车驾到。这个时候有客来访，大家都吃了一惊。玫兰妮、斯佳丽和佩蒂帕特姑妈连忙起身，匆匆穿好紧身衣，梳了梳头发就下楼来到客厅。

“邦内尔太太的孩子们出麻疹了。”梅里韦特太太急不可耐地说，言外之意显然是这事应该由邦内尔太太自己负责。

“还有，麦克卢尔家姑娘都给叫到弗吉尼亚去了。”艾尔辛太太用她越说声音越低的腔调说，一面懒洋洋地挥动着扇子，仿佛这两桩事都没什么大不了的。“达拉斯·麦克卢尔负伤了。”

“多吓人哪！”几个女主人异口同声说，“可怜的达拉斯……”

“没有。不过是打穿了肩膀，”梅里韦特太太连忙说，“不过时机不能更糟了。几个姑娘去准备接他回家。哎呀，老天在上，我们可没时间在这儿聊啦，必须赶回军械库把装饰搞好。佩蒂，我们需要你和玫兰妮今晚顶替邦内尔太太和麦克卢尔家姑娘。”

“噢，多莉，可我们不能去啊。”

“别跟我说什么‘不行’，佩蒂帕特·汉密尔顿，”梅里韦特神气活现地说，“我们需要你去监督搞伙食的黑人。本来是邦内尔太太的差事。你呢，玫兰妮，你一定要接替麦克卢尔家姑娘管货摊。”

“啊，我们实在不行……可怜的查尔斯死了才一……”

“我知道你们的心情，但是为了事业，再大的牺牲也不算过分。”艾尔辛太太和颜悦色地打断她的话，就把这事说定了。

“唉，我们倒是愿意帮忙，可……可你干吗不找几个漂亮姑娘去看管货摊呢？”

梅里韦特太太响亮地哼了一声。

“我不知道这些日子年轻人到底怎么啦，一点责任心都没有。没看管过货摊的姑娘们借口多得要命，可她们骗不了我！无非是想找军官，怕拴住手脚。她们还怕站在货摊柜台后面显不出自己的新裙子。我真希望那个偷越封锁线的……他叫什么来着？”

“巴特勒船长。”艾尔辛太太提示说。

“我真希望他多弄些医院用品，少运些带箍的裙子和花边来。我今天看见一条裙子，他就能走私进二十条裙子。巴特勒船长——我听见这名字就恶心。得啦，佩蒂，我没时间多说，你一定得来，人人都会谅解的。反正你在后面屋子里也没人看得见，玫兰妮也不显眼。可怜的麦克卢尔家姑娘的货摊在最里面的尽头，也不太漂亮，没人会注意你。”

“我看我们得去。”斯佳丽说，她尽量克制住自己的急切心情，脸上露出坦诚纯真的表情。“这是我们能为医院做的最起码的事情。”

两位来客都没提过她的名字，一听这话都把脑袋扭过来，眼睛直勾勾盯着她。即使在这种极端困难时刻，她们也没想过要一位守寡还不到一年的女子抛头露面。斯佳丽眼睛睁得大大的，正面迎着她们的目光，露出孩子般天真的表情。

“我看咱们都该去帮着把事情办好，大家都去。我想我应该跟玫兰妮一道去，因为……嗯，我想我们两人去比一个人好。你说呢，玫兰妮？”

“这个嘛……”玫兰妮无可奈何地接应着。服丧期间在社交场合抛头露面，这种事情可是闻所未闻，她一时不知所措了。

“斯佳丽说得对。”梅里韦特太太见她迟疑连忙说。她站起身，摆弄好裙箍。“你们俩……大家都要来。好了，佩蒂，别再找什么借口了，想想医院多需要钱来买新床和药品吧。查尔斯为事业献身，他知道你们为这个事业出力，他的在天之灵会高兴的，这我能肯定。”

“这个嘛，”佩蒂帕特迟疑道，她遇上个性比她强的人总是无可奈何，“只要你们认为大家会谅解就行。”

斯佳丽悄悄走进该由麦克卢尔家姑娘照管的货摊，她的行动没惹人注意。货摊上面悬挂着粉红色和黄色彩旗，她心里不禁乐开了花，暗自欢呼：“实在是太好了！实在是太好了！”她终于来到一个聚会上！隔绝社交一年，整天身穿黑丧服，说话都得压低声音，心里烦得简直要发疯了，现在终于来到一个聚会上，而且是在亚特兰大空前的盛会上。在这里，她可以见到许多人，许多灯光，可以听到音乐，亲眼看到漂亮的花边、衣服和装饰，这都是那位家喻户晓的巴特勒船长最后一次偷越封锁线运进来的。

她在货摊柜台后面一张小凳上坐下，两眼来回打量这间长长的大厅，这里今天上午还十分难看，不过是个空荡荡的操练室。不知道那些太太小姐们怎么辛苦才把它弄得这么漂亮的！真漂亮。她想道，准是把亚特兰大所有的蜡烛和蜡烛台都弄到这个大厅里来了，这里有银质蜡烛台，上面伸出十几个枝形烛架，有底座浮雕着可爱小人儿的瓷蜡烛台，有老式铜蜡烛台，看上去堂皇庄重，蜡烛台上插着大小不同颜色各异的蜡烛，飘散出月桂的芳香，有的摆放在沿大厅墙壁一侧的枪架上，有的摆放在布置着鲜花的长桌上，有的摆放在货摊柜台上，就连窗扇敞开的窗台上也摆放了蜡烛，夏夜温暖的轻风刚好让烛光摇曳闪烁。

大厅中央有一盏难看的大吊灯，上面的铁链锈渍斑驳，可是常春藤和野葡萄藤做的螺旋形装饰让它完全变了样，不过这些藤蔓已经让烛火烤得枯萎了。墙壁上装饰着松枝，散发出阵阵清香，屋角变得十分漂亮，像个妇女老太太乘凉就座的凉亭。常春藤、野葡萄藤和天冬草编成的彩结和彩链装饰在每一堵墙面上，悬挂在窗户上，编成双扇结悬挂在每一个彩旗缤纷的货摊上。漫漫翠绿之间，旗帜彩旗之上，赫然插着红蓝底色的邦联星旗。

乐台布置得尤其具有艺术特色。四周装饰着青枝绿叶，插满了星旗彩旗，把台子遮挡得严严实实。斯佳丽知道，城里所有大大小小盆栽花卉都搬到这儿来了，有锦紫苏、天竺葵、八仙花、夹竹桃、秋海棠——就连艾尔辛太太那四盆珍贵的橡胶树也摆放在台子四周的显要位置上。

大厅里乐台对面那一头，太太小姐们相形之下就显得黯然失色了。这面墙上挂着邦联总统戴维斯和副总统斯蒂芬斯的大幅画像。副总统就是来自佐治亚州的“小亚历克”。画像上方挂着一面巨幅旗帜，下面摆着几张长长的桌子，上面是从全城各家花园里收罗来的鲜花，有凤尾草，有一行行红色、黄色、白色的玫瑰，有挺拔的金剑兰叶鞘，有五颜六色的旱金莲花，有高高伸出花丛之上的蜀葵花那栗色和乳黄色花朵。花丛中的蜡烛像点亮在圣坛上一样庄严。画像上的两张面孔俯视着这个场面，这两位执掌大权的人物面孔截然不同：戴维斯脸颊扁平，目光像苦行僧一样冷漠，高傲的薄嘴唇紧紧抿在一起；斯蒂芬斯一双乌黑的眼睛炯炯有神，深深嵌在脸上，这是一双饱尝病痛的眼睛，并且以自己的诙谐和激情战胜了病痛——这是两位深受爱戴的人物。

负责整个义卖活动的委员会老太太们裙裾，堂哉皇哉进场了，活像一支船帆鼓满的舰队。她们把迟到的少妇和咯咯痴笑的姑娘们赶进货摊里，然后大摇大摆穿过后门，到摆好茶点的后堂去了。

佩蒂姑妈气喘吁吁跟在她们后面。

乐师们登上乐台，他们都是黑人，个个咧开嘴微笑，胖胖的脸颊上汗珠闪闪发亮。他们开始给提琴调音，一本正经地用琴弓拉，用手拨。自从亚特兰大起初定名作马斯维尔以来，梅里韦特家的车夫老利维在每一场义卖会、舞会和婚礼上都担任乐队指挥，这时他用琴弓敲了一下，要大家注意。除了主持义卖会的女士们，来的人还不多，不过在场的人都把眼睛转向他。接着，小提琴、低音提琴、手风琴、班卓琴和响板一齐奏响，演奏起曲调舒缓的《洛雷纳》——奏得太慢，不适宜跳舞。舞会要等到货摊的货物全部卖完才开始。斯佳丽听到优美而伤感的华尔兹，觉得自己心跳加快了：

岁月缓缓流逝，洛雷纳！
白雪又一次覆盖了草地。
太阳早已西沉，洛雷纳……

一 一 二 一 三 ， 一 一 二 一 三 ， 侧 一 摆 一 三 ， 转
一二一三。

多美的华尔兹啊！她的手稍向前伸，闭上眼睛，身体随着这迷人忧伤的曲调晃动起来。这凄凉的曲调和洛雷纳失去的爱情与她自己的激越心情交织在一起，让她觉得喉头哽噎。

仿佛这华尔兹曲领了个头，接着，下面那条月色朦胧的街道上飘来了各种声音，马蹄，车轮辚辚，温暖的空气中荡漾着笑声，黑人们为争夺拴马地刻薄的咒骂声越来越高，最后变成了争吵。楼梯上一片杂沓声，还能听到无忧无虑的说笑声，姑娘们活泼的嗓音与她们男伴的低沉声音混合在一起。姑娘们见到下午刚刚分手的朋友，乐不可支地尖声嚷叫着相互打招呼。

大厅里顿时活跃起来。到处都是姑娘们，她们身穿蝴蝶般鲜艳的裙袍，裙摆撑得特别宽大，下边时而露出镶着花边的灯笼裤，上面裸露着圆润白皙的小肩膀，荷叶花边上面隐隐约约让人看出娇小的乳房，胳膊上随意挂着镂织披肩，金饰漆扇、天鹅羽毛扇、孔雀毛扇都用细小的丝绒带子挂在手腕上。黑头发的姑娘把头发梳得溜光，在耳际后面结个大大的发髻，扬扬得意地仰起头，有的姑娘一头金色蓬松鬈发垂在脖子周围，金耳坠和上面的垂穗随着鬈发飘舞。各种花边、丝绸、镶边、丝带，这些全是偷越封锁线运来的，因为难得，穿戴在身上才越发显得珍贵，让人越发得意。她们炫耀着自己华丽的服饰，觉得格外骄傲，这也算是对北佬的一种特别侮辱。

并非城里所有的花儿都奉献在了邦联领袖面前。最小最香的花朵装饰在姑娘们身上了。香水月季插在姑娘们粉红色的耳朵后面，茉莉花和玫瑰花蕾编成小花环，套在波浪垂肩的长发上，有的鲜花被端端正正地别在缎子肩带上，这些花朵不等过夜就会钻进灰军装口袋里，作为珍贵的纪念品收藏起来。

人群中穿军装的人多极了，许多军人斯佳丽都认识，有些是在医院病床上见过，有些是在街上，有些是在操练场上。军装真漂

亮，纽扣闪闪发亮，袖口和领口的金饰耀眼夺目，不同军种的制服裤子上有的缀着红条纹，有的是黄条纹，有的是蓝条纹，把灰底色衬托得尽善尽美。猩红色和金色相间的绶带在身上晃来晃去，军刀闪闪发亮，不时咚咚碰在锃亮的高筒靴上，靴刺哗啦啦清脆悦耳。

军人们跟朋友们打招呼，挥手致意，弯腰向老太太们行吻手礼。斯佳丽心里涌起一股暖意，不禁想道，这些人真是仪表堂堂哪。虽然他们留着黄胡子或者一脸的黑胡子或棕色胡子，可他们都那么年轻，尽管胳膊还吊在悬带上，与晒成古铜色的脸庞相比脑袋上的绷带白得刺眼，可还是那么英俊勇武。有些人拄着拐杖，可姑娘们放慢脚步配合男伴的脚步，脸上却显得多么自豪！穿军装的人当中有一个衣服花哨刺眼的人，相比之下，姑娘们的华丽服饰也黯然失色了。这人在人群中就像只羽毛艳丽的热带鸟儿一样惹眼——原来是个路易斯安那州的义勇兵，他下身穿一条宽松的蓝白条纹裤，乳白色绑腿，上身穿一件红色紧身小外套，一条胳膊挂在黑绸悬带上，他皮肤黝黑，咧开嘴笑着，活像只小猴子。他可是梅贝尔·梅里韦特中意的情人呢，名叫勒内·皮卡德。整个医院一定是倾巢而出，至少能走路的全来了，另外还有休假的人和休病假的人。本城到梅肯间所有铁路部门、邮政部门、医院和军需部门的人也都来了。太太小姐们该多高兴啊！今晚医院要像开铸币厂一样发财了。

外面街道上传来喧嚣的鼓声、整齐的踏步声、车夫们的喝彩声。随着一声号响，一个低沉的嗓音下令解散。转眼间，身穿鲜艳服装的自卫队和民兵把狭窄的楼梯挤得直摇晃，拥进大厅里，跟人们鞠躬、致敬、握手。自卫队的小伙子们能在战争中显显身手觉得挺得意，心里许愿说，要是战争能持续到明年，到时候他们要上弗吉尼亚去。白胡子老头们真希望自己还年轻，他们身穿军装得意扬扬地跟在儿子们身后行军，分享他们的荣耀。民兵中有许多中年人，有些上了年纪的，但是也有些适龄青年，这些人倒不像那些上了年纪的和比他们年轻的人光彩。有人已经开始窃窃私语，打听他们为什么没有跟随李将军。

大厅里哪能同时容下这么多人呢！几分钟前还显得十分空旷的地方，现在忽然挤得满满当当，夏夜浓郁的气息中洋溢着各种香味：香粉味、花露水味、发油味、月桂油蜡烛味、鲜花的芬芳，还有众多双脚踏出的淡淡尘土味。鼎沸的人声中什么声音也休想分辨出来。老利维仿佛被这种激动人心的场面感动了，他中断了《洛雷纳》，琴弓狠敲几下，拼命拉出几个音符，乐队便突然奏起《美丽的蓝旗》。

上百个声音随之引吭高歌，如同欢呼般响亮。自卫队的号手登上乐台，在合唱部开始演奏，大合唱中高昂明亮的号声震颤回荡，听得人心里直打战，裸露的胳膊上顿时起了鸡皮，激越的情绪打冷战般地透彻骨髓：

万岁！万岁！万岁南方的权利！
万岁美丽的蓝旗，
万岁，旗上唯一的星星！

他们齐声高唱第二段，斯佳丽也跟大家一起唱，忽然她听见背后玫兰妮动听的女高音，那么清澈嘹亮，字正腔圆，激动人心，犹如号角在召唤。她转过身，只见玫兰妮双手交叉在胸前，眼睛闭着，眼角涌出细小的泪珠。音乐结束后，她难为情地朝斯佳丽微微一笑，努了努嘴扮了个道歉相，一边用手帕擦泪。

“我太高兴了，”她低声说，“太为我们的士兵自豪了，不知不觉就流出了眼泪。”

她的眼睛里闪烁出一种光辉，强烈得几近狂热，一时竟使她那张平庸的小脸显得漂亮了。

歌声结束时，大家纷纷扭头看着自己的亲人，姑娘望着自己的情人，母亲望着儿子，妻子看着丈夫，所有女人脸上都露出同样的神情，粉红的脸颊或皱纹密布的脸孔上都淌着骄傲的泪水，嘴角上挂着微笑，眼睛里闪烁出热烈的光芒。她们都漂亮得让人目眩。女人一旦得到全心全意的庇护和爱，并且千百倍奉还这份爱，就连容貌最平淡的女人也变得美丽动人了。

她们爱自己的男人，信任他们，信赖他们，至死不渝。有身穿灰军装的坚强男人阻挡北佬，灾难怎么会降临到她们这样的女人身上呢？开天辟地以来，何曾有过如此英武、如此无畏、如此勇敢、如此温柔的男人？他们这样的正义事业除了取得压倒性胜利，还会有什么别的结果？她们热爱这一事业就像爱自己的男人一样深沉，全身心为这个事业奉献，嘴里谈的是这个事业，心里想的是这个事业，睡眠中魂牵梦绕的也是这个事业——如果事业需要，她们愿意牺牲这些男人，承受他们的噩耗就像他们高举军旗时一样自豪。

这是他们心中信仰和骄傲的高潮，也是邦联的鼎盛时期，“石城将军”杰克逊在山谷地带连战告捷，在里士满周围的七天战役中击败了北佬，最后胜利显然唾手可得。有了李将军和杰克逊将军这样的统帅，战局还不是稳操胜券吗？只消再打一场胜仗，北佬肯定会跪倒求和，男人就能骑马凯旋，接着便是亲吻和欢笑。再打一仗，战争就要结束！

当然，许多家庭会留下没有男人坐的空椅子，许多婴儿从来没见过父亲的面容，弗吉尼亚州僻静的小河边和田纳西州寂静的群山间会出现许多无名烈士的坟冢，但是，对于这个事业来说，这个代价算得上太大吗？太太小姐要的丝绸、茶叶和糖虽然来之不易，可这些无非是笑谈中的琐事。再说，有那些勇敢的人们偷越封锁线，从北佬眼皮底下把这些需要的货物运来，大家得到时就感到加倍的激动。不久，拉斐尔·塞姆斯和邦联海军就会对北佬的炮舰动手，港口就会彻底开放。英格兰就要参战，协助邦联军队，因为英国的棉纺厂缺乏南方产的棉花，正停工待料呢。英国贵族自然支持邦联，因为贵族当然同情贵族，反对北佬这帮贪财鬼。

于是，女人们丝裙沙沙，笑声不断，望着他们的男人心里涌起自豪。她们知道，危难中获得的爱情因伴随着奇特的刺激，因而备感甜蜜。

斯佳丽乍一见到人群，久违的聚会气氛让她的心激动得怦怦直跳，可她望着周围一张张激昂的面孔，并不能完全理解他们的心情，她心中的喜悦开始消退，每一个在场的女人胸中都燃烧着激情，可她却体会不到。她感到迷惑不解，感到灰心丧气。她一时觉得大厅不再漂亮，姑娘们的服饰也不像原先那么华丽了。对事业炽热的激情仍然让每一张面孔熠熠生辉，可在她眼里——嗨，看上去简直滑稽可笑！

她忽然明白了个中缘由，不由惊得目瞪口呆。她终于意识到，自己心里并没有她们那种强烈的自豪感，也没有她们那种为事业甘愿牺牲自己并奉献一切的愿望。想到这里，她突然感到一阵恐惧："噢，不……不！我千万不能有这种想法！这不对——是罪过！"她知道，这个事业对她无足轻重，别人谈论时眼睛里闪烁着狂热的激情，可这些话她早已听腻了。照她看来，这个事业并不神圣。战争似乎并不是神圣的事业，只是无情屠杀，消耗金钱，让人弄不到奢侈品，令人厌恶。她清楚自己厌恶了没完没了的编织，没完没了的撕纱布卷绷带，把她的指甲表面都磨粗了。唉，待在医院让她厌烦死了！腐肉的气味让她恶心，没完没了的呻吟让她厌倦，临死前的凹陷面孔让她害怕。

她偷偷环顾周围，唯恐有人看到清楚流露在她脸上的这些叛逆和亵渎的念头。啊，她为什么不能有其他女人的感受呢！她们对事业的信仰可是全心全意，一片至诚啊。她们真正是言行一致，表里如一。万一有人怀疑她——不，不能让任何人知道！虽然心里想的是另一码事，可她必须继续装作对事业热忱自豪，扮演好一个邦联军官遗孀的角色，仿佛勇敢承受悲痛，心如止水，认为丈夫的死只要对事业胜利有益，便死得其所。

唉，为什么她跟这些忠诚的女人大不相同呢？她永远也不能像她们那样无私热爱任何事或者任何人。这是多么孤独的感觉啊——无论在肉体上还是在精神上，她从来没感到这么孤独过。起初，她还想压制住这种想法，可她天性中坚强的自尊心容不得她自欺欺人。就这样，义卖会期间，她和玫兰妮接待光顾她们这个货摊的顾客，她的脑袋里同时在忙着思索，竭力为自己辩护——这种事她很少觉得难办。

其他女人谈论起爱国主义和事业，完全是头脑发热，满口胡话，男人们谈论重大事件和州权之类，也几乎一样糟糕。只有她斯佳丽·奥哈拉·汉密尔顿才具有爱尔兰人的冷静头脑。她才不当众出丑谈论什么事业呢，当然她不是傻瓜，不会表白自己的真实想法。她的脑袋足够冷静，能有效应付这种局面，谁也不会知道她的感受。要是义卖会在场的人得知她的真实想法，准会大惊失色！假如她忽然登上乐台，声称自己认为战争应该终止，让人人都回家照料自家的棉花，重新身穿淡绿色裙袍参加聚会找情人，那准会让人们深感震惊！

她的自我辩解一时让她精神振作，可她看着周围，心里对这地方仍然觉得厌恶。梅里韦特太太说得没错，麦克卢尔家姑娘的货摊果然不显眼，长时间没多少人光顾这个角落。斯佳丽没事可做，望着快乐的人群心里酸溜溜的。玫兰妮发觉她闷闷不乐，就往好处想，认为她在思念查尔斯，不愿打断她的思路，没跟她交谈。她忙着整理货摊，把货物摆成更加吸引人的样子，斯佳丽却坐在那里环顾大厅，显得神情忧郁。就连戴维斯先生和斯蒂芬斯先生的巨幅画像下面那些鲜花都不能让她觉得高兴。

“像个祭坛，”她满心的不屑，“人们把这两个人供奉得像圣父和圣子了！”她突然慌了，觉得对神不虔敬，连忙在胸前画了个十字，算是赔罪，及时封住了自己的嘴。

“不过，这是真的，”她跟自己的良心争辩道，“人人都把他们奉若圣神，可他们不过是两个凡人，而且容貌一点儿也不迷人。”

当然，斯蒂芬斯先生对自己的长相也无可奈何，因为他残废了一辈子，可戴维斯呢——她抬头望着那张神气的面孔，光溜溜的像玉石浮雕。最让她恼火的是那绺山羊胡子。男人要么把脸刮得干干净净，要么只留两撇小胡子，要么就把络腮胡子全都留下。

“看来这个小胡子也就这么点能耐。”她自忖道，却看不出他担当国家重任的冷峻智慧。

起初她来到人群中还挺高兴的，可现在她心里并不快活。这时她觉得，仅仅出席并不够。她虽然来到义卖会上，可并不能参加其中活动。谁也不多看她一眼，在场的年轻单身女子中，就她没有情人。她有生以来就喜欢占据舞台中央位置。这不公平！她才十七岁，两只脚已经迫不及待地踢踏着地板，想要翩翩起舞呢。她才十七岁，丈夫已经长眠在奥克兰公墓中，还有个娃娃躺在佩蒂帕特姑妈家的摇篮里，人人都以为她该对自己的命运满意才对。跟在场的所有姑娘相比，她胸脯的肤色最白皙，腰肢最纤细，脚最小巧，尽管如此，她也等于是已经躺在了查尔斯身边，头顶上刻着“××的爱妻”。

她不再是个能跳舞调情的姑娘，可她也不是位太太，不能陪在别人的太太身边，对跳舞调情的姑娘评头论足。要说当个寡妇呢，她的年纪又不够大。寡妇应该老迈才对，老得不想跳舞，不想调情，也不想受人夸奖了。啊，这不公平，她才十七岁却要正襟危坐摆出寡妇的尊严和身份。要是男人来到她们的货摊，而且过来的还是那么迷人的男人，她说话却必须压低声音，还得耷拉下眼皮望着地面才算得体，这实在是不公平。

亚特兰大的每一位姑娘都让三层男人团团围住。就连容貌最丑的姑娘也像个美人一样跟人调情——啊，她们都身穿这么漂亮可爱的裙子跟人调情，这一点最让她生气！

她身上却穿着黑塔夫绸丧服，袖子长及手腕，衣扣一直扣到下巴，丝毫没有花边装饰，没有一件首饰，只有埃伦那只黑玛瑙胸针，她呆坐在这里活像只乌鸦，望着那帮俗不可耐的姑娘挎在英俊男人的胳膊上。这都是因为查尔斯·汉密尔顿得了麻疹。假如他英勇战死沙场，她至少还能对人吹嘘吹嘘。

黑妈妈再三告诫她，不准胳膊肘架在桌子上，恐怕把皮肤压皱了难看，她现在全然不顾忌，索性由着性子将胳膊肘架在柜台上，朝人群望去。胳膊肘难看现在有什么关系？她恐怕再也没机会露出来让人看了。她如饥似渴地望着眼前飘过的衣裙、乳黄色的波纹绸、玫瑰花蕾编成的花环、缝着十八道荷叶边和黑丝绒细边的粉红色缎子裙裾、波浪花边蓬松得像泡沫裙幅足有十码的淡蓝色塔夫绸裙袍，她望着袒露酥胸的姑娘，望着迷人的鲜花。梅贝尔·梅里韦特挎着那位义勇兵的胳膊朝旁边一个货摊走来，她身穿苹果绿色的塔勒坦纱裙，宽大的上衣把腰身遮挡得严严实实。她浑身缀满了奶油色的香蒂叶与荷叶花边，都是最近偷越封锁线运到查尔斯顿，又从那儿弄来的，梅贝尔神气活现地卖弄着这身服饰，仿佛偷越封锁线的不是大名鼎鼎的巴特勒船长，而是她自己。

“要是我穿了这条裙子该多漂亮啊！”斯佳丽想道，心头涌起一阵醋意，“她的腰粗得像牛。那种绿色恰好适合我，我穿上能把眼睛衬托得……金发女子干吗要穿这种颜色呢？她的皮肤看上去那么绿，像块陈年奶酪。真想不到，我竟然再也不能穿那种颜色的裙子了，就是过了服丧期也不能穿了。不错，即使有机会改嫁，也不能再穿，到时候只能穿又老气又俗气的灰色、土黄色、淡紫色衣服。”

片刻之间，她脑袋里就闪过种种不公平的念头。一生中寻欢作乐、穿着漂亮、跳舞调情的时间多短暂哪！只有短短的几年！然后就嫁了人，身穿颜色晦暗的衣裙，生儿育女，把自己的腰身曲线给毁了，在舞会上只能跟别的稳重妇女坐在角落里旁观，要跳舞也只能跟自己丈夫跳，或者跟只会踩你脚的老头跳。要是不遵循这种俗套，其他妇女就会对你说三道四，坏你的名声，家人也跟着丢脸。做小姑娘时花费全部精力学会迷住男人的魅力，可这套手腕只能使用一两年就再也用不着了，真是个极大的浪费。她回想起埃伦和黑妈妈对她的训练，明白那套功夫的确尽善尽美，因为向来行之有效。只要遵循一定之规，苦心还是能得到好报的。

在老太太面前，态度要温和诚实，要尽量显出天真淳朴模样，因为老太太们尖酸刻薄，像猫似的盯着姑娘看，只要说话或者眼色稍有不检点，她们随时会扑过来。当着老先生的面，姑娘要淘气，可以显得没大没小，甚至可以有点轻浮，只要不过分就行，那个老傻瓜的虚荣心就能得到满足，仿佛觉得自己还年轻气盛，他们就会拧姑娘的脸蛋，说她是个疯丫头。当然啦，遇上这种场合，姑娘总该羞红了脸，要不然老先生会拧个没完，闹得不太像话，完了还会对他们的儿子说姑娘放荡。

见了姑娘和少妇，要满口甜言蜜语，每次见了面都跟她们亲吻，就是一天亲上十回也无妨。要搂她们的腰，就是心里老大的不情愿，也要听任她们搂自己的腰。对她们的衣裙和孩子，要一律赞不绝口，可以拿人家的情人开玩笑，对人家丈夫要恭维，听了恭维话要谦虚，咯咯笑几声后要否认自己比她们更有魅力。最重要的是，如果她们不说真心话，自己也绝不说真心话。

对其他女人的丈夫，即使是自己过去甩掉的情人，尽管他非常迷人，也要敬而远之。要是跟人家年轻的丈夫太亲热，妻子会说你是放荡，有了这么个名声就再也找不着情人了。

不过跟年轻单身汉在一起嘛——啊，那就是另一码事了！你可以温和地笑他，等到他跑来问你为什么要笑，你可以不告诉他，反而笑得更欢，让他老是围着你团团转，想弄个究竟。你可以跟他眉来眼去，许诺告诉他几桩有趣的事情，这就能让他想法子单独跟你在一起。等你们真的单独在一起，要是他打算吻你，你可以装得非常非常伤心，非常非常恼火。你可以让他道歉，承认自己是个卑鄙的家伙，然后口气温和地原谅他，这就能引得他缠住你不放，想再次吻你。有时候你可以真的让他吻你，但不能经常这样埃伦和黑妈妈并没有教她这个，可她自己发现这一招挺灵。然后你就哭，说不知道自己怎么会这样，说他以后再也不会尊重你了。他就不得不替你擦干眼泪，通常他会向你求婚，表示他多么尊重你。然后就……啊，对付单身汉的手腕多着呢，她全都精通，什么递个媚眼啊，扇子掩面半带微笑啊，扭腰荡起裙子啊，流泪，欢笑，奉承，楚楚动人地表示同感，等等。唉，各种手段都一试一个准——就是对阿希礼不灵。

真可惜，学了全套巧妙花招，只用了那么短时间就撇在一边永远不能再用，这似乎不对呀。要是永远不嫁人，一直身穿那条淡绿色裙子，身边老有美男子追求，那该多美妙！可是，这样下去时间久了，你就变成印第亚·韦尔克斯那样的老小姐了，人人见了都露出一副幸灾乐祸的神色，说你是“可怜虫”。不行，毕竟要保住自尊，就是从此再也没什么乐趣还是结了婚的好。

唉，生活真是一团糟啊！她当时怎么昏了头，本来有那么多人却偏偏嫁了个查尔斯？害得她十六岁就断送了一生。

这时，众人纷纷挤向墙边，把她又愤慨又绝望的思路打断了。只见太太小姐们仔细提起裙箍，免得让莽撞的人们碰得裙箍贴住身子，露出灯笼裤失了体统。斯佳丽踮着脚从人群上面望去，看见民兵连长登上了演奏台。他喊着口令，半个连的民兵顿时排得整整齐齐。他们行动敏捷地做了一阵队列演练，额头上都冒出了汗珠，观众又是喝彩又是鼓掌。斯佳丽也跟着大家敷衍地拍了几下巴掌。等到这队士兵散开，拥向卖五味酒和柠檬汁的货摊，斯佳丽觉得最好尽早表现一下对事业的关心，就转向玫兰妮。

“他们看上去挺帅，对不对？”她说。

玫兰妮正忙着整理柜台上的针织品。

“要是穿上灰军装开到弗吉尼亚，他们大多数会显得更帅。”她说这话的时候竟没有压低声音。

有几个得意扬扬的民兵母亲正站在附近，听见了她的话。吉南太太的脸红一阵白一阵，因为她的儿子威利二十五岁了还待在民兵连里。

从玫兰妮口中说出这样的话比所有人说出来都让斯佳丽吃惊。

“嘘，玫兰妮！”

“你清楚这是实话，斯佳丽。我说的不是小男孩也不是老先生。不少民兵完全扛得动步枪，此刻他们就该扛起枪去打仗。”

“不过……不过……”斯佳丽从来没考虑过这事，“总得有人待在后方来……”威利·吉南当时用什么话为自己留在亚特兰大做解释的？“总得有人待在后方保卫本州免遭入侵嘛。”

“没人来入侵，将来也不会有，”玫兰妮望着一群民兵冷冷地说，“赶走入侵者的最好办法，就是开到弗吉尼亚去，在那儿打北佬。至于说民兵待在这里是为了防止黑人造反——哼，我一辈子从没听过这么愚蠢的话呢。我们自己的人为什么要造反？不过是胆小鬼的借口。我敢打赌，要是各州的民兵都开赴弗吉尼亚，我们不出一个月就能打败北佬。准没错！”

玫兰妮那双温柔的黑眼睛闪烁着怒火。“我丈夫可不怕上前线，你丈夫也一样。我宁愿让他们送命也不让他们待在家里……噢，亲爱的，我真抱歉。我真是太自私，太狠心了！”

她抚摸着斯佳丽的胳膊像是在哀求，斯佳丽则两眼直勾勾瞪着她。可斯佳丽心里想的并不是死去的查尔斯，而是阿希礼。假如他也死了怎么办？这时米德大夫向她们货摊走来，她连忙转过身去，露出机械的笑容。

“啊，姑娘们，”他跟她们打着招呼，“你们能来真好。我清楚你们今晚出来是做出了怎样的牺牲。可这都是为了事业。我要告诉你们一个秘密。我有一个惊人的办法，能替医院多筹一些款，可我恐怕有些太太小姐听了会吃惊的。”

他闭上了嘴巴，捋着灰白的山羊胡子哧哧直笑。

“哦，是什么办法？快说啊！”

“我转念一想，觉得还是让你们猜猜吧。不过，要是教会的人因此赶我出城，你们这些姑娘可得出来替我说句话。毕竟是为了医院。你们就会明白的。这种事以前从来没人干过。”

他神气活现地朝屋子角落里一群伤员的陪同护理走去。两个姑娘正面对面谈论那可能是个什么秘密，这时两位老先生挤到货摊跟前，大声说要买十英里长的梭织花边。也罢，斯佳丽想道，有老先生光顾总比没人上门强，她动手量花边，端庄地忍受着人家抚摸她的下巴。两个老浪荡鬼又扑到卖柠檬汁的货摊上，其他人便挤到柜台前占了他们的位置。她们的货摊不像其他货摊，没有那么多顾客。梅贝尔·梅里韦特的货摊上嬉笑声不断，范妮·艾尔辛的货摊上一连串咯咯痴笑，怀廷家姑娘应答巧妙，和气生财。玫兰妮把没用的货色卖给用不着这种货的男人，可她倒从容沉着得像个真正的店铺掌柜的，斯佳丽也模仿玫兰妮的举止。

别的柜台都熙熙攘攘，姑娘们吵得叽叽喳喳，男人们就掏钱买货。只有她们的货摊没什么人光顾。来的几个人也都是谈谈跟阿希礼一道上大学的事，夸他当军人是个好样的，要么就以尊敬的口吻谈起查尔斯，说他的死是亚特兰大的一大损失。

这时乐队忽然开始演奏曲调欢快热烈的《约翰尼·布克，帮帮这黑小子！》斯佳丽听了真想大声叫嚷。她要跳舞。她望着场地，她的脚和着节奏轻踏地板，她的两只绿眼睛闪烁出渴望的光芒。场地对面有个人刚到，在门口站着，看见了这双绿眼睛，觉得熟悉，就仔细望着阴郁倔强的面孔上这对凤眼。凡是男人都能从这眼睛里看出挑逗意味，他也不由暗自咧开嘴笑了。

他身穿黑色细毛呢服装，身材高挑，比身旁的军官们高出一截，他的肩膀宽阔，越往下越细，腰身很细，一双脚小得可怜，穿着锃亮的皮靴。他一身冷峻的黑套装配上精细的褶边衬衫，裤子还潇洒地掖在高帮靴面下，这打扮跟他的身材和长相很不相称。他打扮得像个花花公子，可是纨绔服装却套在强壮的身体上，懒散斯文的表面下仿佛潜藏着危险。他的头发黑得像墨玉，两撇小黑胡子修剪得十分整齐，与身边几个骑兵的浓密大胡子相比，几乎有点外国人模样。他看上去是个贪欲厚颜的人，而且他的确是这么个人。他有一种极端自负和让人不快的无礼神色，他瞪着斯佳丽看，肆无忌惮的眼睛不怀好意地眨巴着，最后斯佳丽发现了他那种直勾勾的眼神，便正视着他的眼睛。

她总觉得这对眼睛似曾相识，可一时想不起这人是谁。但是，几个月来这是第一个对她感兴趣的男人，她朝他嫣然一笑。他朝她鞠了一躬，她便朝他稍稍回个屈膝礼。接着，他挺直腰板朝她走来，脚步轻快得像个印第安人，她忽然想起他是谁了，惊得连忙捂住嘴巴。

他挤过人群朝她走来，她却震惊了，像瘫痪似的一动也不能动。后来她慌忙转过身去，一心想逃进后面的茶点室，可裙边却让货摊的一个钉子挂住了。她使劲一拉，裙子撕破了，可这时他已经来到她身旁。

“请让我来。”他说着弯腰把她裙子上的荷叶花边从钉子上解下来。“我不敢指望你还记得我，奥哈拉小姐。”

他的声音十分悦耳，是上流绅士那种抑扬顿挫，洪亮的嗓音中带有查尔斯顿人的拖腔。

她抬起头朝他望去，眼神里带着恳求，想起上次见面的场合，不由羞得满脸通红。她从来没见过这么乌黑的眼睛，两只眼睛幸灾乐祸地骨碌碌乱转。在场的人这么多，只有这个可怕的家伙目睹了她跟阿希礼那一幕，她至今想起来还觉得是一场噩梦。这个讨厌的无耻之徒糟蹋人家姑娘的名声，规矩人都不欢迎他；这个卑鄙的家伙还说她不是个淑女，倒霉的是还有充分的理由。

玫兰妮听见他的声音转过头来。斯佳丽平生头一回为小姑在场而感谢上帝。

“哎哟……是……这不是瑞特·巴特勒先生吗？”玫兰妮面带微笑地向他伸出手，“上次见你……”

“是在你宣布订婚的大喜日子，”他说完弯腰对她行吻手礼，“承蒙你还记得我。”

“什么风把你从查尔斯顿远道吹来了，巴特勒先生？”

“做麻烦的生意，韦尔克斯太太。今后我要在你们城里出出进进了。除了把货运进来，我还得把货卖出手才行。”

“运进来……”玫兰妮颦蹙眉头，接着便眉开眼笑了。“怎么，你……你就是那位大名鼎鼎的巴特勒船长，我们可是经常听人谈论你偷越封锁线。可不是吗，这儿每一位姑娘穿的都是你运来的衣裙。

斯佳丽跌坐在凳子上，呼吸急促得让她担心胸衣的带子会绷断。怎么会发生这种倒霉事！她从没想过还会见到这个人。他从柜台上抓起那把黑扇子，热心地替她扇着，关心得有点过分了。他脸色虽然一本正经，可两只眼睛却在骨碌碌乱转。

“这里真热，“他说，”难怪奥哈拉小姐头晕。我陪你到窗口吹吹风好吗？”

“她如今不是奥哈拉小姐了，”玫兰妮说，“是汉密尔顿太太，是我的嫂子。”他朝斯佳丽投去爱怜的一瞥。斯佳丽觉得，巴特勒船长海盗般黑黢黢的面孔上那副神情，看了真能把她憋死。

“我敢说，这一来两位迷人的女士真可谓是珠联璧合啦。”他说着微鞠一躬。一般人都说这类的客套话，可从他嘴里说出来，让她觉得却有相反的意思。

“我看，你们的丈夫今晚都在参加这个愉快的盛会吧？能跟老熟人重叙旧情倒是一大乐事。”

“我丈夫在弗吉尼亚，”玫兰妮骄傲地扬起头，“可查尔斯……”她没说下去。

“他死在军营里了。”斯佳丽平淡地说。她的声音几乎是从牙缝里挤出来的。这个畜生要永远赖在这儿吗？玫兰妮吃了一惊，看了她一眼，船长做了个责备自己的手势。

“我亲爱的夫人们——我真不该！千万请你们原谅我。不过请允许一个外人说句安慰话：为国家而死就是永生。”

玫兰妮眼眶里闪烁着泪花，朝他微微一笑，可斯佳丽却觉得满腔愤恨发泄不出来。他又说了句优雅得体的客套话，凡是绅士在这种场合都会说这种恭维话，可他说的没一句是真心话。他这是在嘲笑她呢。他知道她并没有爱过查尔斯。玫兰妮真是个大傻瓜，没有看透他的心思。啊，上帝保佑，别让任何人看透他，她自忖道，心里不由惊恐交加。他会把真情抖出来吗？他当然不是个绅士，谁也说不准这种人会做出什么事来，因为对这种人没有一个衡量标准。她抬头看了他一眼，见他嘴角耷拉着，一副假惺惺模样，就连替她扇扇子也显得假惺惺的。他的神情把她惹火了，她心头一阵厌恶，一把从他手里夺过扇子。

“我没事了，”她语调尖刻地说，“用不着把我的头发扇乱。”

“斯佳丽，亲爱的！巴特勒船长，请你千万要原谅她。她……她一听有人提起可怜的查尔斯，就不舒服。也许，我们今晚根本就不该来这儿。你看得出，我们还在服丧期，真够她受的，大家这么欢乐，音乐也这么热闹，可怜的人儿。”

“我十分理解。”他故意一本正经地说，可他转过身用锐利的目光朝玫兰妮瞅了一眼，仿佛能透过她忧伤美丽的眼睛看到她的心事，黝黑的面孔上勉强装出尊敬而温和的神色。“看得出，你是一位勇敢的小夫人，韦尔克斯太太。”

“一句也不提我！”斯佳丽愤愤然想道。玫兰妮一时手足无措，回答道：

“天哪，巴特勒船长，快别这么说！医院委员会是没办法了才叫我们来管货摊的，因为到了最后关头——要个枕头套？这个漂亮极了，上面还绣着一面旗帜。”

她转身去招待三个来到柜台前的骑兵。玫兰妮一下子觉得巴特勒船长是个好人呢。她的裙子和放在货摊外面那只痰盂之间只隔着一层麻布围挡，她真希望那儿有块结实的挡板，因为满嘴嚼烟叶的骑兵吐痰的准头可赶不上骑马打枪。后来，越来越多的顾客围在她身边，她就把船长、斯佳丽忘了，也顾不得考虑那只痰盂。

斯佳丽平静地坐在小凳上摇扇子，不敢抬眼望，心里但愿巴特勒船长赶紧回到他的船上去。

“你丈夫已经去世很久了吗？”

“哦，可不是吗，很久了。差不多有一年了。”

“我敢肯定那就像亿万年一样长。”

斯佳丽不敢肯定他这亿万年是什么意思，可是，他的声音无疑十分动听，她就没说什么。

“那以前你们结婚已经很久了吗？请原谅我这么问，因为我离开这个地方已经很久了。”

“两个月。”斯佳丽不情愿地说。

“真是场灾难。”他声音从容地接着说。

“这人真该死，”她恶狠狠地想道，“要是换了别人，我就干脆绷起脸要他滚蛋。可他知道阿希礼和我的事，还知道我不爱查理。真是奈何他不得。”她便什么也不说，仍然耷拉下眼睛望着手中的扇子。

“这是你第一次在社交场合露面？“

“我知道这挺怪的，“她连忙辩解说，”可管这个货摊的麦克卢尔家姑娘出远门了，没人照管这个摊子，所以玫兰妮和我……”

“为了事业，多大的牺牲都算不了什么。”

哎哟，艾尔辛太太就说过这种话，可她说的时候听上去语调可不一样。她一时话到嘴边，想抢白两句，又忍住了。毕竟，她并不是为了事业才来这儿的，只是因为在家里待腻了。

“我从来就认为，”他沉思道，“这种服丧风俗太野蛮，让女人终生披着黑纱，禁止她们参加正常娱乐，这就像印度的殉夫一样野蛮。”

“沙发沙发（settee）与印度风俗“殉夫”（suttee）的英文单词发音相近，故被斯佳丽听错。？”

他不禁笑出声来，她脸红了，为自己的无知害臊。她讨厌人们用她不懂的字眼。

“在印度，男人死了不埋葬，要火葬，他妻子就要爬上熊熊火堆跟他一起焚化，叫作殉夫。”

“多吓人哪！他们干吗那样干？警察不管吗？”

“当然不管。要是妻子不自焚，就要遭社会唾弃。所有体面的印度妇女都会说她不像个有教养的女人。要是你今晚身穿红裙带头跳舞，屋角里那些体面妇女也会这样说你。我倒认为，殉夫比我们迷人的南方风俗还仁慈些，我们这儿等于把寡妇活埋掉了。”

“你怎么敢说我给活埋掉了！”

“明明是束缚妇女的枷锁，可她们还牢牢抓着不放！你认为印度的风俗野蛮，可是，假如邦联不需要你，你今晚敢来这儿露面吗？”

这种性质的想法从来就让斯佳丽糊涂，从他嘴里说出来就更让她觉得左右为难，她隐隐约约觉得这话有些道理。可此时正是制伏他的好机会。

“那我当然不会来。要不然就……嗯，不尊重……显得我没爱过……”

他眼睛里一副幸灾乐祸的神色，等着听她说下去，可她说不下去了。他知道她没爱过查尔斯，不愿看她假装正经，说些冠冕堂皇的假话。跟一个并非正人君子的家伙打交道多可怕啊。正人君子明知女子说谎话也要假装相信。那就是南方人对女士的殷勤风范。正人君子从来都遵循这套风范，他们说话得体，让女人觉得舒服。可这个人似乎根本不在乎这种风范，看来喜欢谈论谁也不说的事情。

“我正洗耳恭听呢。”

“你这人真可恶。”她无可奈何耷拉下眼皮。

他俯身越过柜台，嘴巴凑在她耳边，惟妙惟肖地模仿偶尔在雅典娜剧场上演的戏剧中恶棍的声音说：“别怕，漂亮的夫人！你那份罪恶的秘密我会守口如瓶的！”

“啊，”她顿时焦躁不安，压低声音说，“你怎么能说这种话呢！”

“我只想让你安安心。你想要我说什么？难道要我说，‘嫁我吧，美人儿，要不我就揭发你’？”

她不情愿地举目望了他一眼，见那双眼睛像小孩子一样淘气。她突然笑出了声。这场面真是太可笑了。他也笑了，声音大得吸引了角落里女人们的注意。她们见查尔斯·汉密尔顿的遗孀竟然跟一个完全不认识的男人在一起乐得嘻嘻哈哈，不禁交头接耳说三道四。

这时响起一阵鼓声，许多人一齐喊“嘘！”米德大夫登上乐台，张开双臂请大家安静。

“大家都应当感谢我们迷人的女士们，她们的爱国精神和不知疲倦的努力，不仅使这次义卖会取得了销售成功，”他说道，“而且将这座粗陋的大厅装扮成了一个美丽的花园，里面到处是妙龄女郎。”

大家都鼓掌表示赞赏。

“女士们都尽了最大的努力，不仅奉献出她们的时间，而且贡献出她们的双手，货摊上这些货物全都出自我们南方可爱女士的一双双纤巧的手，因而倍加漂亮。”

更多的人呐喊喝彩。瑞特·巴特勒一直漫不经心斜倚在柜台上，靠在斯佳丽身旁，他对她耳语道：“像只说大话的山羊，对不对？”

斯佳丽听了这话大吃一惊，没想到他对亚特兰大最受尊敬的市民如此不恭敬，不禁瞪了他一眼表示责备。可大夫下巴上的灰白胡子的确在乱飘，看上去他还真像只山羊，她好不容易才忍住没咯咯笑出声。

“可这些还不够。医院委员会的女士们了解我们的需要。她们用冷静的双手抚平过许多痛苦的面孔，从死神手里夺回为我们最壮丽的事业负伤的勇士，在此我就不一一列举了。我们必须有更多的钱购买英国的医药用品。今晚，无畏的船长跟我们在一起，一年来他多次穿越封锁线，今后还将继续闯封锁线，为我们运来需要的药品。他就是瑞特·巴特勒船长！”

尽管事先没料到，可这位闯封锁线的人还是姿态优雅地鞠了一躬——斯佳丽觉得，那姿势有些过分优雅，不由想分析他的用意。他似乎太多礼了，因为他心里对在场的人无比的蔑视。他鞠躬时全场爆发出鼓掌欢呼声，角落里的妇女们个个伸长了脖子。是可怜的查尔斯·汉密尔顿的遗孀勾搭上的那个人！可查理斯死了还不到一年呢！

“我们需要更多的黄金，我要向大家提出请求了，”大夫接着说，“我请求你们做出一个牺牲，不过比起我们身穿灰军装的英勇将士做出的牺牲，这个牺牲实在小得可怜。女士们，我请求你们捐献珠宝。是我本人要你们的珠宝吗？当然不是，是邦联需要你们的珠宝，邦联要求你们做出贡献，我知道没有人会拒绝。可爱的手腕上有颗漂亮的宝石闪闪发光多美啊！我们爱国的妇女胸脯上别着金灿灿的胸针多漂亮啊！但是做出牺牲难道不比天下所有黄金珠宝更美丽吗！黄金入炉熔化，宝石要出售，换来的钱购买药物和其他医疗用品。女士们，等一下会有两位英勇的伤员端着篮子从你们中间穿过……”暴风雨般的掌声和欢呼声湮没了他下面的话。

斯佳丽的第一个念头就是深感庆幸，服丧期间她不能戴首饰，祖母罗比亚尔家传给她那对珍贵的耳坠和沉甸甸的金链、嵌黑珐琅的金手镯、石榴石胸针，这些她全都不能戴。她见那个小个头义勇兵用没受伤的那条胳膊挎着一只橡树条篮子，正在大厅里靠近她这一侧募捐，只见妇女们老老少少都在欢笑，个个迫不及待，抹下手锡，从耳朵上摘下耳坠时，装作弄疼自己的样子尖叫着，相互帮忙解开紧扣的项链卡钩，从胸脯上摘下胸针。金属碰撞的丁零零声接连不断，人们呼喊着：“等一等，等等！我解下来了。给！”梅贝尔·梅里韦特从胳膊肘以上和以下使劲脱下两只一模一样的漂亮手镯。范妮·艾尔辛一边喊着：“妈妈可以吗？”一边从鬈发里抽出镶嵌着米粒珍珠的金发簪，这件沉甸甸的首饰是她家的传家宝。每件捐赠品丢进篮子里，大家都报以掌声与喝彩声。

那个笑逐颜开的小个子朝她们的货摊走来，胳膊上挎的篮子沉甸甸的。他走过瑞特·巴特勒身旁时，船长漫不经心地把一个精致的黄金烟盒随手丢进篮子里。他走到斯佳丽跟前，把篮子放在柜台上，她摇了摇头，两手一摊，表示她没什么好捐献的。她觉得尴尬，因为全场就她一个人什么都没捐献。接着，她看见自己手指上那枚宽边结婚戒指在闪闪发亮。

片刻的困惑中她努力回忆查尔斯的面孔——回想他将戒指戴在她手上时的模样。可是她的记忆模糊了。她一时怒从心头起，记忆中他的面孔成了模糊一片。查尔斯——他就是个祸根，是他断送了她的一生，是他让她变成个老太婆。

她抓住戒指使劲扭动，可戒指紧紧卡在手指上。那个义勇兵朝玫兰妮走去。

“等一等！”斯佳丽喊道，“我有东西给你！”戒指终于摘了下来，准备往篮子里丢。篮子里已经堆满了金链、金表、戒指、胸针和手镯，她瞥见瑞特·巴特勒的眼睛。他的嘴唇微微噘起，浮出一点儿微笑。她赌气似的将那枚戒指丢在那堆首饰上面。

“啊，我的宝贝！”玫兰妮抓着她的胳膊眼睛里闪烁着慈爱和自豪的光芒，“你真是勇敢的姑娘，真勇敢！等一等，请等一等。皮卡德中尉！我也有东西要给你！”她使劲想把自己的结婚戒指拔下来。斯佳丽知道，这戒指自从阿希礼给她戴上以后，就从来没有离过她的手。其他人不知道，可斯佳丽清楚这戒指对她有多重要。戒指好不容易才脱下来，她在小手掌里紧紧攥了片刻工夫。然后，她把戒指轻轻放在那堆珠宝上。两位女子目送义勇兵朝角落里那群老太太走去，斯佳丽的目光满不在乎，而玫兰妮的模样比落泪更让人可怜。两个人的表情都没有逃过她们身边那个人的眼睛。

“要是你刚才没有勇气那么做，我也绝对不会做。”玫兰妮搂住斯佳丽的腰轻轻捏了一下。斯佳丽一时几乎想把她甩开，像杰拉尔德发火那样高吼一声“见鬼！”可她这时跟瑞特·巴特勒四目相对了，勉强才挤出个苦笑。真气人，玫兰妮总是误解她的用意——大概这比让她猜疑到真相要好得多。

“多美的姿态！”瑞特·巴特勒语气温和地说，“正是你们做出的牺牲，才鼓舞了我们身穿灰军装的勇士。”

尖刻的字眼一下子到了她嘴边，她竭力忍着没吐出来。他说的话句句带刺。她打心眼里讨厌他，讨厌他懒洋洋倚在货摊上的模样。不过他倒让人感到一种挑战般的刺激，一种热情，一种活力，一种电流般的感觉。她血液中爱尔兰的精神奋起应战，正视他的黑眼珠。她决定把这个人的气焰压下一两分。他掌握她的秘密，这让他占了上风，也让她气恼，因此她要想法子改变这种局面，让他甘拜下风。她一时冲动，想如实说出她对他的看法，可她还是压制住了这个念头。黑妈妈常常说，用糖逮苍蝇比用醋更管用。她要逮住这只苍蝇，还要制伏它，让他再也休想摆布她。

“谢谢你，”她口吻轻快地说，故意装作没听出他的嘲弄，“承蒙大名鼎鼎的巴特勒船长这么夸奖。”

他仰起脑袋开心大笑，声音简直像狗叫，斯佳丽恶狠狠地想道，脸又一次涨得绯红。

“你干吗不实话实说呢？”他压低声音，在募捐的喧闹声中只有她能听得见，“干吗不干脆说我是个该死的流氓，不是个正人君子，要我马上滚蛋，要不你就叫一个身穿灰军装的勇士把我撵走？”

一个尖刻字眼进到她舌尖，可她强忍住了，说：“这是哪儿的话，巴特勒船长！你怎么会这么想！好像大家都不知道你有多出名，多勇敢，你是多么……多么……”

“我对你多么失望。”他说道。

“失望？”

“没错。在我们初次见面那个重大场合，我心想，我总算遇到一位既漂亮又有胆量的姑娘了。可现在我觉得你是徒有美貌而已。”

“你这意思是说我是个胆小鬼？”她让他激怒了。

“一点不错。你没胆量说出心里话。我初次见到你的时候，心想，这个姑娘真是举世无双哪。她不像其他小傻瓜那样，对妈妈的教诲深信不疑，叫做什么就做什么，不论自己心里怎么想都不敢违命。她们还把自己的心事啦，愿望啦，伤心事啦什么的全都掩藏起来，口头上尽说些好听的。我心想：奥哈拉小姐的精神真是少有。她清楚自己的目标，并不怕说出真话——也不怕摔个花瓶。”

她勃然大怒，说道：“哈，那我现在就对你说实话吧。要是你还有点教养，就绝对不该来跟我说话。你本来知道我永远不想再看见你！可你不是个正人君子！只是个没教养的下流畜生！因为有几艘比北佬快的小破船，你就有权上这儿来讥笑勇敢的男人，嘲弄把一切都奉献给事业的女人……”

“得了，得了……”他咧开嘴笑着央求道，“开头几句说得还算漂亮，心里有什么就说什么，就是别跟我说什么事业。我听了就烦，我敢打赌你也是一个样……”

“这是怎么说的，你怎么能……”她一下子乱了阵脚，连忙打住话头，心里为落进他的圈套怒不可遏。

“刚才你还没看见我，我就站在门口留神看你，”他说道，“我也注意其他姑娘。她们的面孔仿佛一个模子里脱出来的。可你跟她们不一样。你的心事都能从脸上看出来。你无心做手头的事，我还敢打赌，你根本不考虑我们的事业，也不考虑医院。你的心思明摆在脸上，你想跳舞作乐可又不能。你气得要命。说实话，我说得没错吧？”

“我跟你没什么好说的，巴特勒船长。”她尽量装出一本正经的模样说道，竭力弥补已经撕破的面子，“就凭自己是个‘封锁线闯将’，你就狂妄自大，自以为有权侮辱女人？”

“封锁线闯将！真是个笑话。赶我走之前，求你允许我再耽搁你一点宝贵的时间吧。我可不愿让如此迷人的小爱国者误解，以为我是在为邦联事业做贡献。”

“我不听你吹牛。”

“闯封锁线是我的生意，我靠这挣钱。要是不能从这生意中赚钱，我才不干呢。你觉得怎么样？”

“我看你是个唯利是图的小人——跟北佬一个样。”

“一点也不错，”他咧开嘴笑了，“再说，北佬还帮着我赚钱。你不信？上个月我的船还驶进纽约港，装了一船的货呢。”

“什么！”斯佳丽嚷道，她又感兴趣又激动，全然忘记了自己的态度，“他们没用炮轰你？”

“我可怜的天真孩子！当然没有。那里有很多联邦的爱国者，可没一个不愿挣钱卖货给邦联的。我把船驶进纽约，从北佬的公司买到货，当然是私下交易，事成后就走人。后来这种交易有点危险，我就上拿骚去，联邦的原班爱国者人马早已替我在那儿备好了货，有火药、炮弹、带箍的裙袍之类。比去英国运货方便多了。有时候把货运进查尔斯顿和威尔明顿有点困难——可花费点金钱就一路畅通，你见了准会吃惊。”

“啊，我知道北佬都是坏蛋，可我不知道……”

“北佬在联邦范围以外规规矩矩赚点钱有什么好指责的？一百年以后反正都没关系了。结果反正都一样。他们都知道邦联终归要消灭，干吗不趁机捞一把呢？”

“消灭——我们？”

“那是当然。”

“请你离开我——要不我就叫马车回家，离开你。”

“头脑发热的南方小叛军。”他说着突然咧开嘴笑了。他鞠了一躬便慢步走开，把她留在那儿有气没处撒，气得胸脯起伏不停。失望的心情在胸中翻滚着，可她并不清楚是什么原因，就像个孩子眼看幻想破灭一样失望。他怎么胆敢诋毁闯封锁线的勇士们的魅力！他怎么敢说邦联会被消灭！真该让他吃枪子——就像枪毙卖国贼一样。她环顾周围熟悉的面孔，大家脸上都露出必胜的信心，人人都勇敢忠诚，她心里忽然涌起一丝寒意。被消灭！这些人——胡说，当然不可能！就是有这念头也不应该，简直是背叛。

“你们俩刚才悄悄说些什么呀？”顾客散去后，玫兰妮转向斯佳丽问道。“我不由看了梅里韦特太太一眼，她的眼睛始终盯着你们，亲爱的，你知道她那张嘴多会说闲话。”

“哦，这个人真是不可救药——是个没教养的大老粗，”斯佳丽说，“至于梅里韦特老太太，她爱说什么随便说好了。我为她扮演傻瓜厌倦透了。”

“怎么啦，斯佳丽！”玫兰妮吃了一惊大声嚷起来。

“嘘，”斯佳丽说，“米德大夫又要宣布什么事了。”

大夫提高嗓音，全场再次安静下来。他首先感谢女士们心甘情愿捐献珠宝首饰。

“女士们，先生们，我有个惊人的提议——对这一项创举，有些人可能会感到震惊，可我要请大家记住，这么做完全是为了医院和我们躺在那里的子弟。”

大家纷纷往前挤，心里怀着期待，猜想着这位老成持重的大夫会提出什么惊人的建议。

“舞会就要开始，第一支曲子当然是乡村舞，接下来是华尔兹。然后是波尔卡、苏格兰舞、玛祖卡，每支舞曲前都有一小段乡村舞曲。我清楚地知道，上流人士都愿意靠竞争决定谁领跳乡村舞，所以……”大夫抹了一把额头上的汗水，朝角落里投去一瞥嘲弄的眼光。他妻子就坐在那群妇女中间。“先生们，凡是想选舞伴领跳乡村舞的，就要出价竞争。我当拍卖人，收入归医院。”

所有扇子摇到一半都停住了，大厅里响彻了激越的人声。角落里的妇女们骚动起来，米德太太处境不妙，她虽然满心的不赞成，却热烈支持丈夫的行动。艾尔辛太太、梅里韦特太太和怀廷太太都气红了脸。突然间，自卫队爆发出喝彩声，其他身穿军装的来宾也纷纷响应。年轻姑娘们激动得鼓掌雀跃。

“你不觉得这……这有点像拍卖奴隶吗？”玫兰妮悄声说，一边盯着看摆开阵势的大夫，摸不透他的心思，在这之前，大夫在她心目中一向是个十全十美的人物。

斯佳丽什么都没说，她的眼睛闪闪发亮，一颗心却隐隐作痛。如果她不是个寡妇该多好。假如她重新变成斯佳丽·奥哈拉，穿上苹果绿裙袍，让墨绿色丝绒带在胸脯上飘荡，乌黑的秀发上簪上晚香玉花，往场地中央一站，领跳乡村舞的人就准是她。绝对不会错。准会有十几个男人向大夫出高价，争着跟她跳舞。唉，现在只好待在这儿，无可奈何当墙花，眼睁睁地看着范妮或梅贝尔领跳第一支舞，夺走亚特兰大花魁的头衔！

一片喧嚣声中，只听小个头义勇兵用克里奥尔方言说："要是我出二十块钱，能不能请梅贝尔·梅里韦特小姐跳舞？"

梅贝尔脸涨得通红，靠在范妮肩头，两个姑娘都把脸躲在对方脖子旁咯咯笑了。另外的声音喊出其他姑娘的名字，报出不同的价钱。米德大夫不理睬角落里妇女医院委员会一片愤怒的嚷嚷声，脸上露出微笑。

起初，梅里韦特太太直截了当地大声宣称，她家梅贝尔小姐绝不参加这种活动；可是梅贝尔的名字叫得最多，出价攀升到七十五块，她的抗议声渐渐平息下去。斯佳丽两个胳膊肘支在柜台上，望着激动的人群拥挤在台子周围放声欢笑，手里抓的都是邦联纸币，她气得眼睛几乎要冒火。

大家都要跳舞了——可她跟那帮老太太不能跳。大家都要尽兴玩乐，就是没她的份。她看见瑞特·巴特勒就站在大夫下面，她脸上还没来得及换个表情，他已经看见她了，只见他一边嘴角向下撇，另一边的眉毛往上挑。她下巴一撅，把头撇向一边，这时她突然听见有人喊她的名字——毫无疑问是个查尔斯顿口音，响亮的声音盖过了喊其他名字的声音。

"查尔斯·汉密尔顿太太—— 一百五十块——金币。"

一说出这笔钱和这个名字，人群突然鸦雀无声。斯佳丽惊得一动也不能动了。她依然双手托着下巴坐在那里，两眼睁得大大的。人们都扭回头看她。她看见大夫弯下腰跟瑞特·巴特勒悄声说话。

大概是告诉他说，她正在服丧，不能出场跳舞。她见瑞特懒洋洋地耸了耸肩。

“是不是另选一名美人？”大夫问道。

“不，”瑞特的声音很清楚，眼睛漫不经心地扫视人群一圈，“汉密尔顿太太。”

“我跟你说，这不行，”大夫暴躁地说，“汉密尔顿太太不会愿意……”

斯佳丽听见一个声音这么说，起初她竟然没意识到这是自己的声音。

“我愿意。”

她一下子跳起身，心在狂跳，她真害怕自己会站不稳。她又成了众目所瞩的中心，又成了全场最受欢迎的姑娘，最妙的是她又要跳舞了，叫她的心怎能不怦怦乱跳呢。

“哼，我不在乎！才不管她们怎么说呢！”她心头掠过一阵狂喜，压低声音说。她仰起脑袋，快步走出货摊，后跟踏出的嗒嗒声仿佛在敲响板，刷的一声展开手中的黑绸扇。有一瞬间，她瞥见玫兰妮疑惑的表情和妇女们的脸色，看见了姑娘们的恼火和士兵们的热情赞赏。

她来到场地上，瑞特·巴特勒穿过人群朝她走来，脸上还挂着那种嘲弄人的讨厌微笑。可她不在乎——他就是亚伯拉罕·林肯本人，她也不在乎！她又要跳舞了。她要领跳乡村舞了。她对他躬身行了个屈膝礼，脸上嫣然一笑。他一只手按在胸口的衬衫绉边上，向她鞠躬。利维立刻从惊慌中清醒过来，迅速控制局面，大声吼道：“赶快挑选你们的舞伴，跳弗吉尼亚乡村舞！”

乐队爆发出最精彩的乡村舞曲《迪克西》。

“巴特勒船长，你怎么胆敢让我在大庭广众下这么招摇？”

“不过，我亲爱的汉密尔顿太太，是你想招摇，这不是明摆着吗？”

“你怎么能当着众人叫我的名字？”

“你不愿意可以拒绝嘛。”

“可是……我要对事业负责……我……我，既然你出那么多金币，我就不能考虑自己。别笑，大家都在看我们呢。”

“反正他们也会看的。别拿事业之类胡话骗我。你想跳舞，我给了你机会。这个两拍的乐段是乡村舞曲的最后几个花步吧？”

“没错，说真的，我现在得停下脚步坐一坐了。”

“为什么？我踩你脚了吗？”

“没有——可她们会说我闲话的。”

“你心里真的害怕？”

“这个嘛……”

“你并不是在犯罪，对不对？干吗不跟我接着跳华尔兹呢？”

“要是让母亲……”

“还拴在妈妈裙带上呀。”

“你这人说话真讨厌，把美德说得那么无聊。”

“可美德就是无聊。你害怕人家说闲话吗？”

“不怕……不过……嗨，别谈这事了。谢天谢地，华尔兹总算开始了。跳乡村舞总是让我上气不接下气。”

“别回避我的问题。别的女人说你闲话你计较过吗？”

“哦，要是你非逼我说不可……没有！姑娘们是应该计较的。不过今晚我不在乎。”

“好极了！你总算开始自己拿主意，不让别人主宰你了。那就是聪明的开端。”

“嗯，不过……”

“等到人家对你的议论就像对我的议论一样多了，你就觉得其实根本无所谓。想想看，查尔斯顿谁家也不欢迎我光顾。即使我对我们正义神圣的事业做出贡献，他们也不开恩。”

“多可怕啊！”

“噢，一点儿也不可怕。等你名声扫地了，就明白名声其实是个大包袱，也明白自由的意义了。”

“你这话真难听！”

“忠言逆耳。只要勇气够大钱够多，没有名声无所谓。”

“金钱并不能买到一切。”

“这话准是别人告诉你的。你自己绝对想不出这种老生常谈。有什么东西是钱买不到的？”

“嗯，这个嘛，我不知道——反正买不到幸福，也买不到爱情。”

“一般来说是能买到的。要是实在买不到，总能买到某种最出色的替代品。”“你有那么多钱吗，巴特勒船长？”

“多无礼的问题啊，汉密尔顿太太！你让我吃惊啦。不过，我有钱。年轻时孤身出来，穷得身无分文，现在混得还算可以。我敢肯定，靠封锁线生意准能弄上一百万。”

“噢，不会吧！”

“嗯，会的！大多数人似乎并不了解，破坏文明跟建设文明一样能赚钱。”

“这话是什么意思？”

“你家我家和今晚在场的每一个人，大家都从荒野改变成文明的过程中赚了钱。这就是建设帝国。在建设帝国过程中能挣很多钱。不过，在破坏帝国的过程中能挣更多的钱。”

“你这是说的什么帝国啊？”

“就是我们现在生活的这个帝国——南方——邦联——棉花王国——这个帝国正在我们脚下土崩瓦解，只有大傻瓜才看不出这一点，才不会趁帝国崩溃的机会捞点好处。我就是靠这种毁灭发财的。”

“这么说，你真的认为我们要被消灭？”

“不错。干吗要做脑袋钻进沙子里的鸵鸟呢？”

“噢，天哪，这种话真叫我听腻了。你就不会说点好听的话，巴特勒船长？”

“要是你愿意听，我就说，你的眼睛就像一对金鱼缸，碧绿的水都满到缸边了，那两条鱼儿浮到了水面上，就像你现在这样，你真是迷人极了，这你喜欢吗？”

“啊，我不喜欢听这个……这音乐真动听，对不对？哦，我能一辈子不停地跳华尔兹！没想到我这么喜欢跳！”

“我从来没跟你这么漂亮的舞伴跳过舞。”

“巴特勒船长，你不该把我搂得这么紧。大家都在看呢。”

“要是没人看，你在乎吗？”

“巴特勒船长，你忘了自己是谁啦。”

“一刻也没忘。有你在我怀抱里我哪能忘得了？……这是个什么曲子？是新编的吗？”

“是的。真动听，对不对？是我们从北佬那里借来的。”

“曲名叫什么？”

“《无情战争结束后》。”

“歌词是什么？唱给我听听。”

最亲爱的人儿，你可曾记得
我们上次何时相见？
你何时跪倒在我脚旁
说你爱我情意绵绵？
啊，你身上穿着灰军装
站在我面前多神气，
你对国家、对我发过誓
此心此情永不移。
寂寞悲伤空哭泣
叹息泪水皆枉然！
待无情战争结束后，
但愿我们再相见！

“当然，原来的词是‘蓝军装’，可我们改成了‘灰军装’……啊，巴特勒船长，你的华尔兹跳得好极了。不瞒你说，个头大的人大多数跳不好。唉，这回跳完不知哪年哪月才能再跳。”

“只需几分钟就行。下一支乡村舞我还要请你跳——还有下下一支，再下一支。”

“啊，别，我不能！千万别这样了！我的名声要毁掉了。”

“反正名声已经坏了，再跳一支又何妨？等我跳过五六支以后，也许我可以让别的小伙子跟你跳，不过我必须跟你跳最后一支舞。”

“唉，那好吧。我知道我疯了，可我不在乎。别人说什么我一点儿也不在乎。在家里真让人坐腻了。我要跳舞，跳舞，跳个够。”

“别穿丧服好吗？我讨厌丧服。”

“啊，我不能脱掉这丧服……巴特勒船长，你别把我抱这么紧，要不我发火了。”

“你发起火来真迷人。我还要使劲搂你，就这样，为的是看你是不是真的会发火。上次在十二橡树庄园你发火扔东西，你真不知道自己有多迷人。”

“噢，求求你……你就不能把它忘掉？”

“不能，那是我一个最珍贵的记忆——一位南方娇生惯养的美人，大发爱尔兰脾气——你知道吗？你的脾气有十足的爱尔兰味。”

“啊，天哪，音乐结束了，佩蒂帕特姑妈从后面屋子出来啦。我知道准是梅里韦特太太把这事告诉她了。看在上帝分上，咱们走到窗户跟前朝外面看看吧。我不想让她看到我。她那双眼睛大得像碟子。”

第十章

第二天早饭时，面对桌上的松饼，佩蒂帕特老泪纵横，玫兰妮一声不吭，斯佳丽却满不在乎。

“人们就是真的说，我也不在乎。我敢说，我替医院挣的钱比在场的其他姑娘都多，也比我们卖掉那堆乱糟糟的旧货挣的钱多。”

“噢，天哪，钱有什么关系？”佩蒂帕特哭道，她的双手扭绞着，“我简直不敢相信自己的眼睛，可怜的查尔斯去世还不到一年……那个可恶的巴特勒船长就把你搞得那么丢人现眼，他真是个非常非常可怕的人哪，斯佳丽。怀廷太太的表妹柯尔曼太太的丈夫就是查尔斯顿人，他跟我说起这个人，说他出身世家，却败坏了家风——啊，巴特勒家怎么出了这么个败类呢？查尔斯顿没人理睬他，他有个最浪荡的恶名声，跟人家姑娘有一段事——坏得让人不齿，连柯尔曼太太都不知道到底怎么回事……”

“嗯，我不相信他有那么坏，”玫兰妮温和地说，“他看上去完全是个正人君子，你想，他敢于偷越封锁线，那该多勇敢……”

“他才不勇敢呢，”斯佳丽心绪恶劣地说着，把半罐糖浆浇在松饼上，“他一心只为赚钱。是他亲口对我说的。他根本不在乎邦联是死是活，他还说，我们就要被消灭了。不过他舞跳得棒极了。”

两位女士听了这话吓得目瞪口呆。

“我在家里待腻了，再也不愿这么待着。要是昨晚有人对我说三道四，那我的名声已经完了，再有人说什么也就无所谓了。”

她不知不觉说出的这番心里话正是瑞特·巴特勒的说法。两人的想法恰巧完全吻合。

“啊呀！要是让你母亲听了这话，她会怎么说？她会怎么看我呢？”

如果母亲得知女儿的行为丢人现眼，准会惊慌失措，她不由打了个寒战，心里觉得内疚。转念一想，亚特兰大与塔拉之间有二十五英里路程呢，便打起了精神。佩蒂小姐当然不会告诉埃伦，要不然她算个什么陪伴呢。只要佩蒂不乱说，她就平安了。

“我看……”佩蒂说，“对，我看最好给亨利写封信说说这事……我倒是不愿给他写信……可他是我们家唯一的男人，要他去责备巴特勒船长……唉，天哪，要是查尔斯活着就好了……斯佳丽，你千万千万别再跟那个人说话了。”

玫兰妮一直坐着没开口，两只手搁在腿上，她盘子里的松饼都要凉了。这时她站起身，走到斯佳丽身后，双手搂住她的脖子。

“亲爱的，”她说，“别生气了。我心里清楚，你昨晚做了件勇敢的事，帮了医院的大忙。要是有人胆敢说你一丁点闲话，我一定对付他们……佩蒂姑妈，别哭了。斯佳丽哪儿都不去也太难受了。她还是个小姑娘呢。”她的手指抚弄着斯佳丽的乌黑头发，“也许我们不时参加参加聚会，日子还好过些。我们待在家里只顾伤心，也许太自私了。战争时期与平时不同。我想到了城里那些士兵，他们远离自己家，晚上也不能拜访朋友——还有医院里刚能下床走动还不能回部队的伤员——可不是吗，我们太不替人家考虑了。我们应该像别人一样，马上请三位康复伤员来家里调养，每星期天请几个士兵来吃饭。好啦，斯佳丽，别烦了。人们明白了就不会说闲话，我们知道你爱查理。”

斯佳丽才一点也不烦呢，倒是玫兰妮那双温和的手抚摸她的头发让她心里有火。她恨不得猛地扭过头去，冲她说："胡说八道！"昨晚自卫队、民兵和住院的伤兵争着跟她跳舞的情形还历历在目。世界上有这么多人，她才不稀罕玫兰妮做她的保护人呢。得了吧，要是那帮老恶婆想哇哇乱叫，她保护得了自己，没有这帮老恶婆，她也照样过日子。天下英俊军官多的是，她才不操心那帮老太婆说些什么呢。

佩蒂帕特听了玫兰妮好言相劝开始擦眼泪，这时普莉西拿着一封厚厚的信进来。

"是给你的，玫兰妮小姐，一个黑人男孩送来的。"

"给我的？"玫兰妮说，一面犹疑地拆开信封。

斯佳丽正埋头吃松饼，并不在意，等到听见玫兰妮突然放声大哭，这才抬起头，只见佩蒂帕特姑妈伸手按住胸口。

"阿希礼死了！"佩蒂帕特尖叫一声，脑袋往后一仰，两条胳膊软绵绵耷拉下去。

"啊，我的天！"斯佳丽喊了一声，觉得浑身血液变得冰凉。

"不是！不是！"玫兰妮嚷道。"快！斯佳丽，把她的溴盐瓶拿来！好了，好了，亲爱的，觉得好点吗？深深吸口气。不，信上说的不是阿希礼。我吓着你了，真对不起。我哭是因为太高兴了，"她突然把紧握的拳头展开，把手里那个东西贴在嘴唇上，"我太高兴了。"说着又放声大哭。

斯佳丽瞥了一眼，见她拿的是一只宽边金戒指。

"念念吧，"玫兰妮指着落在地板上的信说，"啊，他这人多可亲，多好心啊！"

斯佳丽觉得莫名其妙，捡起那页信纸，只见上面用粗体字写着："邦联可能需要男人的鲜血，但并不需要女人的心淌血。亲爱的夫人，请接受这枚纪念品，我以此对你的勇气表示敬佩。不要认为你的牺牲无足轻重，因为这枚戒指是以十倍的代价赎回来的。瑞特·巴特勒船长。"

玫兰妮把戒指戴在手指上，含情脉脉地看着。

"我对你说过，他是位正人君子，没错吧？"她转向佩蒂帕特说，泪水涟涟的面孔上露出灿烂的微笑，“除了高尚体贴的正人君子，谁想得出当时我有多伤心——我把金链子捐出来替代吧。佩蒂帕特姑妈，你一定要写张短简，请他星期天来吃饭，我好当面谢他。”

激动中，似乎谁也没想过巴特勒船长并没有把斯佳丽的戒指一并送还。可她自己想到了，心里暗自恼火。她清楚，巴特勒船长并不是出于高尚才做出如此殷勤的姿态。他是存心要上佩蒂帕特家里来，而且准知道这样才能得到她们的邀请。

“我听说了你最近的行为，心里极为不安。”埃伦的来信开头这么说，斯佳丽在餐桌旁读着信，皱起了眉头。真是坏事传千里。在查尔斯顿和萨凡纳她就听说，亚特兰大人比南方任何地方的人都爱说闲话，干涉别人的事，现在她信了。义卖会是星期一晚上的事，现在才星期四。到底是哪个老恶婆自作主张给埃伦写信的？她一时怀疑是佩蒂帕特干的，可马上就否定了这念头。可怜的佩蒂帕特一直战战兢兢，害怕有人因为斯佳丽的冒失行为责怪她，绝不可能向埃伦通报自己失职，有可能是梅里韦特太太干的。

“我真不敢相信，你竟然忘了自己的身份和教养。我理解你为医院服务的一片热诚，你服丧期内公开露面虽然不当，但尚可原谅。但是你竟然参加跳舞，而且还是跟巴特勒船长这种人跳！我听说过他的许多事情，那些丑事谁没听说过呢？上个星期宝莲刚刚给我写过信，说起他是个臭名昭著的人，除了他那个伤心的母亲之外，连他的家人都不认他。他是个十足的恶棍，要利用你的年轻无知让你出风头，让你当众出丑，丢你家的人。佩蒂帕特小姐有责任照料你，她怎么能如此失职呢？”

“你这么快就忘了受过的教养，实在让我伤心。我本打算立刻召你回家，不过这事由你父亲决定。他星期五要去亚特兰大，跟巴特勒船长面谈，然后接你回家。我怕他对你太严厉，一再为你求过情。但愿你不过是因为年轻，做事欠考虑，才做出这种轻率的事情。没有人比我更愿意为事业服务了，但愿我女儿与我有同感，不过要是丢了面子……”

信里的说法大同小异，斯佳丽没看完。这一回她可真的吓坏了，现在她不再有满不在乎的对抗念头了。她觉得年幼理亏，就像十岁那年吃饭时把一块奶油松饼扔到苏埃伦身上的感觉一样。一想到性情温和的母亲责备她的口吻这么严厉，父亲还要来城里跟巴特勒船长面谈，她心里便觉得这事非同小可。杰拉尔德要板下面孔。她清楚，这一回不能趴在他腿上撒娇逃避惩罚了。

“不是……不是什么坏消息吧？”佩蒂帕特战战兢兢地问道。

“爸爸明天要来，像鸭子啄虫一样收拾我。”斯佳丽满心难过地回答道。

“普莉西，快拿我的溴盐瓶子来。”佩蒂帕特推开没吃完的饭，椅子往后一挪，焦急不安地说，“我……我要晕倒了。”

“在你裙子兜里呢。”普莉西说。她刚才在斯佳丽身后走来走去，欣赏这出精彩好戏。杰拉尔德老爷发起脾气真来劲，只要不是冲着她的卷毛头发火就行。佩蒂从裙子口袋里摸索着，把药瓶凑到鼻子跟前。

“你们一定要站在我身旁，一刻也别让我单独跟他在一起，”斯佳丽嚷道，“他喜欢你们俩，要是你们在场，他就不能把我怎么样了。”

“我不能，”佩蒂帕特有气无力地说着站起身，“我……我觉得不舒服。我一定得躺下。我明天一整天都得睡在床上。你们一定要替我向他解释解释。”

“胆小鬼！”斯佳丽心里骂着狠狠瞪了她一眼。

玫兰妮一想到要跟脾气火暴的奥哈拉先生对抗就吓得脸色煞白，可她还是振作起精神说：“我会……我会帮你解释，说你是为了帮助医院才那么做的。他肯定会理解的。”

“他不会的，”斯佳丽说，“天哪，要是照母亲威胁的说法，逼我丢人现眼跟他回塔拉庄园，我死也不回去！”

“啊，你不能走，”佩蒂帕特放声大哭，“要是你走了，我只好……没错，只好求亨利来跟我们一起住了。你清楚我就是不能跟亨利一起过。城里有这么多陌生男人，只有我跟玫兰妮在这房子里，到了晚上真害怕。你胆子大，家里没男人我也不怕！”

“嗯，他不能带你去塔拉庄园！”玫兰妮说，看样子她也马上要哭了，“如今这里是你的家。没有你我们可怎么过呢？”

“要是你知道我心里怎么看你，准会巴不得让我走。”斯佳丽心里酸溜溜地想道，心里真希望有个其他人出面帮她对付杰拉尔德的怒火。让一个心里顶讨厌的人帮自己，真不是滋味。

“也许我们该取消对巴特勒船长的邀请……”佩蒂帕特开口说。

“啊，那可不行！太失礼了！”玫兰妮嚷道，心里觉得苦恼。

“扶我上床吧。我支持不住了，”佩蒂帕特呻吟道，“啊，斯佳丽，你怎么会替我惹出这么场祸呢？”

第二天下午杰拉尔德到来时，佩蒂帕特真的病倒在床上了。她紧闭房门，一再叫人传话下来，向他致歉，把晚餐留给两个战战兢兢的姑娘去张罗。杰拉尔德寡言少语，让她们觉得大难临头了。不过他倒亲吻了斯佳丽，还捏了捏玫兰妮的脸蛋，算是赞扬，还称呼她“玫兰妮姻侄女。”斯佳丽倒宁愿他大发一通雷霆骂完了事。玫兰妮信守诺言，紧紧跟在斯佳丽身边形影不离，杰拉尔德毕竟是位绅士，不好当着她的面责骂斯佳丽。斯佳丽不得不承认，玫兰妮遇事不慌，应付自如，一副若无其事的姿态。吃晚饭时，她甚至引他开口谈话。

“县里的事情我都想听听呢，”她露出一脸笑容对他说道，“印第亚和霍尼都不爱写信，我知道你对那边的情况了解得一清二楚，快跟我们说说乔·方丹的婚礼吧。”

杰拉尔德听了这番奉承话心里美滋滋的，告诉她们说，那场婚礼十分冷落，“不比你们两个姑娘那时候”，因为乔只有很少几天假期。芒罗家那个小闺女萨莉看着挺漂亮。他记不得她当时穿什么服装了，可他记得听人说起，她连婚后第二天该穿的衣裳都没有。

“真的没有！”两位姑娘惊得嚷起来。

“没错，因为她根本就没过上新婚第二天。”杰拉尔德解释着放声大笑了，说完才觉得这话不该当着女性的面说。斯佳丽听到他的笑声，兴致大增，暗自赞叹玫兰妮的手段高明。

“乔第二天就去弗吉尼亚回部队去了，”杰拉尔德连忙补充一句，“他们新婚后根本就没有拜客，也没有举办舞会。塔尔顿家孪生兄弟回家了。”

“那事我们听说了。他们的伤好了没有？”

“他们伤势不重。斯图尔特伤在膝盖上，布伦特的肩膀让一颗来复枪子弹打穿了。他们因为作战勇敢受到通报表彰，这个你们也听说了吧。”

“没有！快跟我们说说吧！”

“他们俩都奋不顾身。我相信他们身上都流着爱尔兰的血液，”杰拉尔德满心得意，“不记得他们立了什么功，不过布伦特如今已经是个中尉了。”

斯佳丽听说他们立功，心里很高兴，仿佛该归功于自己。她从来都深深相信，过去的情人仍然属于自己，他的种种功劳自然都为她增光。

“我还有个消息，你们准会感兴趣，”杰拉尔德说，“有人说，斯图又上十二橡树庄园去求婚了。”

“是霍尼还是印第亚？”玫兰妮兴致勃勃地问道，斯佳丽却几乎怒不可遏了。

“喔，当然是印第亚小姐。我家这个鬼丫头如今跟他眉来眼去的，以前也早跟他如胶似漆了，不是吗？”

“噢。”玫兰妮说。杰拉尔德说话无所顾忌，让她有点尴尬。

“还有呢，布伦特这小子也常待在塔拉庄园。就这几天！”

斯佳丽哑口无言了。情人负心简直是对她的侮辱。回想起当时的情景她心里特别愤怒，她告诉他们说，要嫁给查尔斯，两个孪生兄弟疯了似的，斯图尔特扬言要开枪打死查尔斯，要不就打死斯佳丽，要不就自杀，要么就把三个人都打死。那时才让人激动得要命呢。

“找苏埃伦？”玫兰妮问道，乐得满脸微笑，“可我还以为是肯尼迪先生……”

“噢，他呀？”杰拉尔德说，“弗兰克·肯尼迪还是那么谨慎，连自己的影子都怕，要是他不说，我过几天就问他是什么心思。不是她，是我的小妞儿。”

“卡丽恩？”

“可她还是个小娃娃呢！”斯佳丽语气尖刻，可总算又开了口。

“小姐，她比你结婚那阵子才小一岁多一点儿，”杰拉尔德反唇相讥，“你是舍不得把旧情人让给妹妹吧？”

玫兰妮不习惯这么不含蓄的话，脸都涨红了，示意彼得上红薯饼。她搜索枯肠，想找个其他话题，既不涉及个人私事，又能岔开奥哈拉先生此行的目的，可她什么话题都没想出来。杰拉尔德一旦打开话匣子，只要有人听他就能说个滔滔不绝。他把话题扯到军需部，说他们像窃贼，要求一月高似一月；扯到杰斐逊·戴维斯又奸诈又昏庸；还扯起有的爱尔兰人厚颜无耻，受了几个赏钱的引诱就去投奔北佬。

葡萄酒送上餐桌后，两位姑娘便起身，打算留下他自斟自饮。杰拉尔德皱着眉头恶狠狠地瞪了女儿一眼，命令她跟他单独待几分钟。斯佳丽灰心丧气地瞟了玫兰妮一眼，玫兰妮手里绞扭着手帕无可奈何地何走出屋子，轻轻把门带上。

“说吧，小姐，到底是怎么回事！”杰拉尔德给自己斟了一杯葡萄酒，吼道，“行为够端庄的呀！刚守寡就想另找个丈夫啦？”

“小声点，爸爸，仆人们……”

“他们肯定早知道了，人人都知道我们家丢了脸。你可怜的妈妈气得病倒在床上，我在人面前也抬不起头。真丢人哪。不行，小姑娘，你又想哭哭鼻子蒙混过去，这回没门。”他见斯佳丽开始眨眼噘嘴，就慌忙说道，“我了解你。你给丈夫守灵时也会跟别人调情。别哭。得了，今儿晚上我就不多说了，我要会会这位体面的巴特勒船长，他胆敢不把我女儿的名声当回事。不过等到明天早上——得了，听我说，别哭。一点儿用也没有，没用。明天我带你回塔拉，这事定了，免得你再给全家丢脸。别哭了，宝贝。看我给你带什么来了！这礼物挺漂亮的，不是吗？瞧，看看吧！你怎么能给我惹这么多麻烦呢，我是个大忙人，还让我大老远的赶到这儿来！别哭啦！”

玫兰妮和佩蒂帕特几小时前就睡了，可斯佳丽躺在热烘烘黑黢黢的屋子里睡不着，一颗心忐忑不安。生活刚刚重新开始，却要回家面对埃伦！她宁死也不愿这么回去见母亲。她但愿自己此刻就死掉，人们才能后悔不该那么可恶。她的脑袋在热乎乎的枕头上翻来覆去，后来，寂静的街道上传来一阵熟悉的喧闹声。声音模糊不清，却很耳熟。她爬下床来到窗口，朦胧的星光下，林荫道一片幽暗。喧闹声越来越近，听得见车轮声马蹄声和人们说话的声音。突然她咧开嘴笑了，因为她听见一个带着醉意的浓重爱尔兰口音唱着她熟悉的《佩格坐在低槽马车上》。这天并不是琼斯博罗法院开庭的日子，可杰拉尔德的心情就像旁听审判回来一样兴奋。

她看见一辆轻便马车停在门前的朦胧影子，几个人影下了车。有人陪着他呢。两个人影站在门外，她听见门闩咔嗒响了一声，就听见杰拉尔德清晰的声音。

“下面我给你唱一首《罗伯特·埃米特挽歌》，你应该熟悉这首歌，我的小伙子。我来教你。”

“我愿意学，可现在不行，奥哈拉先生。”他的同伴说，平淡的拖腔里带着一丝强忍的笑意。

“我的天哪，是巴特勒那个可恶的家伙！”斯佳丽想道，起初她又气又恼，后来又放了心。两个人至少没有开枪决斗。这么晚了，两个人在这种情况下一道回家，一定相处融洽。

“我可要唱了，你给我听着，要不然我就开枪打死你这个奥兰治分子。”

“不是奥兰治分子，是查尔斯顿人。”

“反正好不了多少。更糟。我有两个小姨子在查尔斯顿，我知道那地方的人。”

“他要闹得邻居们都知道才罢休？”斯佳丽自忖着不由慌了，伸手去抓睡衣。可她又有什么办法呢？她不能深更半夜下楼，把父亲从街上拖进屋哪。

杰拉尔德待在大门外面，没再打招呼就直着嗓子轰鸣般低声唱起那首挽歌。斯佳丽把胳膊肘支在窗台上听，一边勉强咧开嘴笑了笑。要是她父亲唱歌不走调，这首歌还是挺好听的。这是一首她挺喜欢的歌曲，她一时和着唱起这支细腻忧伤的歌：

她已远远离去，离开她那年轻英雄长眠的土地。
亲人们在她身边，围着她不断叹息。

他唱个没完，她听见佩蒂帕特和玫兰妮的屋子里有走动的声音。可怜的人们，她们准是让他吵得心烦意乱。她们不习惯杰拉尔德这种精力旺盛的男子汉。等到歌终于唱完，那两个人影融作一团，沿步道走到屋前，登上台阶。门口响起一阵压低的敲门声。

“我看我得下楼去，”斯佳丽自忖道，“毕竟他是我父亲，可怜的佩蒂死也不肯自己去的。”再说，她也不愿让仆人们看见她父亲这副模样。要是彼得打算服侍他上床，他说不定会由着性子胡来。只有波克才知道怎么应付他。

她把睡衣一直扣到领口，点亮床头的蜡烛，匆匆走下漆黑的楼梯，来到前厅。她把蜡烛放在蜡台上，开了门闩，在摇曳的烛光中看见瑞特·巴特勒不动声色地扶着她矮胖的父亲。那首挽歌显然是杰拉尔德这天的压轴曲，这时他老老实实地倚在同伴的胳膊上。他没戴帽子，一头蓬乱卷曲的灰白长发披散下来，领带都歪到耳朵下面了，胸前衬衫上沾着酒渍。

“我看这位是你父亲吧？”巴特勒船长说，他黝黑的脸上一对眼睛露出嘲弄的神色。他朝她身上的便装扫视一眼，目光仿佛能穿透她的睡衣。

“扶他进来。”她没好气地说，心里为自己的衣着觉得狼狈，为父亲害得她受这个人嘲笑觉得愤怒。

瑞特推着杰拉尔德往前走。“我帮你把他扶上楼好吗？你弄不动他。他真够重的。”

他竟然提出如此厚颜无耻的主意，把她惊得目瞪口呆。她不敢想象，要是真的让巴特勒船长上楼，缩在床上的佩蒂帕特和玫兰妮会怎么想！

“天哪，不！来这儿，客厅沙发上。”

“你说的不是殉夫殉夫：英文“殉夫”（suttee）与沙发（settee）发音相近。巴特勒趁机挖苦斯佳丽在义卖会上把“殉夫”当成“沙发”。吧？”

“请你说话文明点。就这儿。让他躺下吧。”

“要我替他把靴子脱掉吗？”

“不要，他以前也穿靴子睡过。”

他把杰拉尔德的腿架起来时压低声音笑了，她恨不得为自己说错话咬自己的舌头。

“好了，请走吧。”

他走向昏暗的门厅，捡起刚才丢在门槛上的帽子。

“星期日晚饭见。”他说完就走出去，悄悄地把门带上。

斯佳丽五点半就起了床，趁仆人还没从后院进来准备早餐，她悄悄地来到寂静的楼下。杰拉尔德已经醒了，坐在沙发上，两只手托着傻脑袋，好像要用两只手把脑袋捏碎。她进门时，他鬼鬼祟祟地瞅了她一眼。转动一下眼睛都让他疼得受不了，他呻吟着。

“哎哟，我的妈呀！”

“你干的好事，爸爸，”她压低声音怒气冲冲地说，“那么晚回家还大声唱歌，把左邻右舍都吵醒。”

“我唱歌了？”

“唱歌！你唱那支《挽歌》闹得天翻地覆。”

“什么我都记不起来了。”

“左邻右舍到死也忘不了，佩蒂帕特小姐和玫兰妮也不会忘记。”

“圣母慈悲。”杰拉尔德喃喃呻吟着，伸出舌苔厚厚的舌头舔了舔干巴巴的嘴唇。“赌局一开我就什么也记不起来了。”

“赌局？”

“那小子巴特勒吹嘘说他打扑克谁也比不了……”

“你输了多少？”

“哪儿的话，我自然是赢了。喝过一两杯酒，牌就打得顺手了。”

“那就看看你的钱包吧。”

杰拉尔德仿佛稍稍动一下都痛苦得要命，他吃力地把钱包从上衣口袋拿出来。钱包是空的，他看着钱包，一副迷惑不解的模样。

“五百块钱哪，”他说道，“本来要给奥哈拉太太买偷越封锁线运来的东西，现在连回塔拉的车钱都没了。”

斯佳丽愤愤然望着空钱包，心里忽然有了个主意。

“我在这个城里再也抬不起头了，”她说，“你把我们大家的脸都丢尽了。”

“住嘴吧，小姑娘。没见我脑袋都要裂了吗？”

“喝得醉醺醺的，让巴特勒那种人送回家，扯着嗓子在门外唱歌，把大家全吵醒，还把钱输个精光。”

“那人打牌太精，不像个上等人。他……”

“要是让母亲知道这种事，她会怎么说呢？”

他抬起头，突然表现出一副忧心忡忡的模样。

“你可不能向母亲露一个字，那不是惹她烦恼吗？”

斯佳丽撅着嘴一句话也不说。

“你想想，她听了多伤心哪，她心肠那么好。”

“你倒想想看，爸爸，昨天你还说我给家里丢了脸！我不过可怜巴巴地跳了几支舞，为的是挣钱给士兵的。啊，我要哭了。”

“哎哟，别哭，”杰拉尔德央求道，“我可怜的脑袋受不了啦，马上就要裂了。”“你还说我……”

“好啦，小姑娘，得了吧，小姑娘，你可怜的老爹说了什么你都别见怪，他说话有口无心，什么都不往心里去！当然，你心肠好，是个好姑娘，这我知道。”

“可你还想带我回家去丢脸。”

“哎哟，宝贝，我不会那么做。不过是逗你玩呢。你别跟你母亲提那笔钱的事，她为开支已经够操心了。”

“好的，”斯佳丽真心诚意地说，“我不说，只要你让我待在这儿，回家对母亲说什么事也没有，不过是一帮可恶的老太婆拨弄是非罢了。”

杰拉尔德望着女儿，露出悲哀神色。

“这是敲诈，不是别的。”

“昨晚发生的事是丑闻，不是别的。”

“好啦，”他哄骗道，“这些事全都过去了，别提了。你说，像佩蒂帕特小姐这么好的漂亮女士，家里有没有白兰地呢？喝口酒解解醉……”

斯佳丽转身蹑手蹑脚地沿着寂静的过道走进餐厅，去拿白兰地。她和玫兰妮私下把这酒叫成“解晕酒”，因为遇上佩蒂帕特心烦意乱，要晕倒或者显得要晕倒的时候，总要呷上一口。斯佳丽这时满脸得意，丝毫没觉得不孝顺杰拉尔德有什么羞愧。如今可以用谎言安慰埃伦，就是再有管闲事的家伙给她写信也不怕了。她要留在亚特兰大。既然佩蒂帕特是个软蛋，从此她几乎可以为所欲为了。她打开酒柜，把酒瓶和酒杯抱在怀里，站在那里待了片刻。

她眼前仿佛展开了一幅长长的画卷，其中有桃树湾潺潺溪水边的野餐，有石头山上的野外烧烤宴，有酒会和舞会，有下午的伴茶舞会，有乘坐轻便马车兜风，有星期天晚上的便宴。她自己也在画卷中，每样活动都以她为中心，身边包围着一大群男人。在医院只要为男人做点小事，男人就会轻易坠入情网。如今她也不太讨厌医院了。男人一旦生了病，就很容易动心，只要姑娘略施手段，他们就像塔拉庄园的熟桃子一样，轻轻一摇就掉到手心里了。

她拿着救命酒回到父亲身旁，奥哈拉这颗有名的脑袋没有抵挡住昨晚那场较量，她心里觉得庆幸。忽然，她起了疑心，不知道瑞特·巴特勒是不是在这桩事情里插了一手。

第十一章

在接下来的那个礼拜中，斯佳丽有一天下午从医院回到家，觉得又疲惫又恼火。站了整整一上午让她疲惫不堪，就因为给一名伤员包扎胳膊上的伤口时她坐在了他的床头上，结果挨了梅里韦特太太一通严厉责备，她憋了一肚子火。佩蒂姑妈和玫兰妮戴上最漂亮的帽子站在门廊上，准备带着韦德和普莉西作每礼拜的例行拜访。斯佳丽请她们原谅，说不能奉陪，并径自上楼，回自己房间去了。

辚辚车声远去后，她知道家里只剩下她一个人，就悄悄溜进玫兰妮的房间，把门反锁上。这是一间整洁的小闺房，下午四点的夕阳斜照在屋子里。地板闪闪发亮，地上只铺着几块色泽鲜艳的小破地毯，白白的墙壁上没有装饰，只有一个角落让玫兰妮布置得有点像个神龛。

角落里，一面邦联旗帜下挂着一把金柄马刀，玫兰妮的父亲曾佩带这把刀参加过墨西哥战争，查尔斯出征时佩戴的也是这把刀。查尔斯的腰带和手枪皮套也挂在这里，手枪还插在枪套里。马刀和手枪之间悬挂着一幅查尔斯的黑白照片，只见他身穿灰军装，模样非常拘谨，也十分自豪，两只棕色的大眼睛闪闪发亮，嘴角挂着羞怯的微笑。

那幅照片斯佳丽连瞟都没瞟一眼，她丝毫没有迟疑，径直朝那张窄窄的床边走去，床头旁边的桌子上放着一个红木文具匣，她从里面取出一捆用蓝丝带扎在一起的信，都是阿希礼写给玫兰妮的。最上面一封是当天早上送来的，她打开这一封来看。

斯佳丽最初偷看这些信的时候，还觉得良心不安，生怕让人看见，手抖得几乎打不开信封。可她从来就不很注意自己的廉耻，一犯再犯之后，如今已经麻木不仁，甚至不怕让人撞见了。偶尔，她也会想道："假如母亲知道了会怎么说呢？"这时，她的心不禁一沉。她知道埃伦宁愿让她死也不愿她做出这种丢脸的事。起初，斯佳丽也担过心，因为她还是愿意处处以母亲为榜样的。但是，看这些信的诱惑实在太强烈了，到头来就顾不得考虑埃伦的教诲了。这些天来，她已经习惯了遇到不愉快的念头就撒开不管。她学会了对自己说："这桩麻烦事我现在顾不得考虑。等明天再说吧。"到了第二天，她要么压根就没想起这事，要么就是隔了一夜，麻烦已经淡化，不太让她头疼了。就这样，偷看阿希礼的信也没让她良心觉得非常不安。

玫兰妮接到信总是挺大方的，要把一部分念给佩蒂姑妈和斯佳丽听。但是，她没念的那部分却让斯佳丽饱受折磨，逼她鬼鬼祟祟跑来偷看妹夫的信。她一定要弄明白，阿希礼结婚后是不是真的爱自己的妻子。她要知道他是不是假装爱她。他跟她说的到底是不是绵绵情话？他的感情到底如何，到底有多亲热？

她小心翼翼把信展开。

阿希礼匀称的小字映入她眼帘："我亲爱的妻子"，她舒了口气。他总算没有称呼她"宝贝儿"或者"心肝儿"之类。

"我亲爱的妻子：你来信说心里害怕，唯恐我隐瞒起真实想法不告诉你，你问我这些日子心事重重，到底在想什么……"

"我的乖乖！"斯佳丽想道，不禁感到一阵歉疚。"'隐瞒他的真实想法。'玫兰妮看出他的心思了？还是看出我的心思了？她是不是怀疑他和我……"

她吓得两手发抖，把信凑近些，可她念了下面一段，舒了口气。

“亲爱的妻子，要说我对你隐瞒了什么事，那是因为我不愿让你背上沉重的包袱，怕你除了操心我的身体，再加上替我的心神不宁担忧。可我有什么事情也瞒不过你，因为你太了解我了。放心好了。我没有受伤，也没有生病。吃的东西足够多，偶尔还能在床上睡一觉。一个士兵能这样更有何求。不过，玫兰妮，我心里有些沉重的念头，我就跟你敞开谈谈吧。

“这个夏天，我晚上常常躺着睡不着，营地的士兵早已入睡后，我望着天上的星星心里一再纳闷：‘阿希礼·韦尔克斯，你上这儿干吗来了？你到底在为什么战斗？’

“当然不是为荣誉和荣耀。战争是桩肮脏的勾当，我可不喜欢肮脏的东西。我不是个军人，没有追求虚幻荣誉的愿望，更不用说是在炮口上追求美名。可我还是来参战了——我天生什么都干不了，只不过是个勤奋好学的乡村绅士。你看，玫兰妮，军号不能让我激动得热血沸腾，战鼓也不能催我脚步向前，我现在算是看透了，我们受骗了，上了我们傲慢的南方人自己的当，还以为我们一个能消灭十几个北佬，还以为棉花大王能统治世界呢。我们被那些地位显赫的大人物出卖了，我们向来尊敬他们，崇拜他们，听他们喊口号煽动偏见激发仇恨，什么‘棉花大王、奴隶制度、州权，让北佬见鬼去’等。

“我躺在毯子上仰望着星星，自忖道：‘你到底为什么打仗？’这时候我就会想到州权和棉花，还有黑人和我们从小就憎恨的北佬。可我知道，这些全都不是我来打仗的理由。我脑子里又浮现出十二橡树庄园，记起月光斜照在那排白色的柱子上，记起木兰花在月光下开放那超凡脱俗的纯洁，记起蔷薇花爬满侧廊，就是到了最炎热的中午，那里也是一片阴凉。我想起我小时候，母亲坐在那里做针线。我耳畔又响起暮色中黑奴们拖着疲惫的身子从田野回家来吃晚饭时，嘴里唱的歌，仿佛还听见井台上辘轳转动的吱嘎声和吊桶落在清凉井水里的扑通声。顺着大路望去，目光越过棉田，一直能看到河边，暮色中还能看到低洼地升腾起的雾气。正是为了这些，我这个既不想死，又无意追求功名，对任何人都没有憎恨的人才来到这里参加战斗。大概这就是爱家爱国的所谓爱国主义吧。但是，玫兰妮，事情远不是这么简单。因为，玫兰妮，上面我提到的这些事物，我为之甘冒生命危险的事物不过是些象征，它们象征了我热爱的那种生活。因为我是在为昔日的时光作战，我太热爱昔日的时光了，但是，恐怕它如今已一去不复返了，不论结局如何，是赢是输都一样，我们的愿望照样会破灭。

“我们就是打赢了这场战争，建立起梦寐以求的棉花王国，终究也是失败者，因为我们的人不再是原来的样子了，昔日的恬静时光会一去不复返。全世界都会挤在我们门口喧嚣，买我们的棉花，我们倒是可以漫天要价，我们现在嘲笑北佬做生意唯利是图，贪得无厌，到时候，恐怕我们跟他们也没什么两样。假如我们打败了，啊，玫兰妮，要是我们失败了怎么办！

“我自己倒不怕出生入死，不怕被俘受伤，要是非献出生命不可，就是牺牲我也不怕。可这场战争打完后，我们昔日的好时光再也无法挽回了，这才真让我害怕。我属于昔日的时光，跟如今这种疯狂的杀戮格格不入，恐怕我就是拼命努力也适应不了未来。你也一样适应不了，亲爱的，因为你我属于同一种气质。我不知道未来会怎样，但它不可能像过去那么美好那么适意。

“我躺在这里，望着睡在身边的弟兄们，心里琢磨着，不知那对孪生兄弟、亚力克斯或凯德想过这些问题没有。不知道他们是不是想过，这场战争自打响第一枪时起，失败已成定局。因为我们要捍卫的事业其实就是我们的生活方式，可那种生活方式已经一去不复返了。照我看，好在他们不会思索这些问题，所以他们还是幸运的。

“我向你求婚的时候，并没有考虑到我们会面临这一切。我以为十二橡树庄园的生活会像以往一样维持下去，保持一如既往的恬静闲适。玫兰妮，我们俩完全情投意合，都喜爱安静的环境，我本来以为我们会度过漫长的太平岁月，整天读书，听音乐，陶醉在幻想中。结果并非如此！根本不是这样！没想到会发生这种变故，我们昔日的生活彻底毁了，还得投身这场血腥的仇杀！玫兰妮啊，不论为什么缘故都不值得这样杀戮，不论是为了州权，为了奴隶制度，还是为了棉花，都不值得这样。什么都不值得让我们遭受目前的苦难，未来还说不定要遭多大的难呢，要是北佬打败我们，未来的处境就不堪设想了。

“我本来不该写这些东西的，就是想都不该想，是你问我有什么心事，我心里的确担心战败。你还记得我们宣布订婚那天的野外烧烤宴吗？在场的有个操查尔斯顿方言的人，那人姓巴特勒，当时他说南方人无知，险些惹起一场打斗。你还记得吗？他说我们没有几座铸造厂、加工厂、纺织厂，没有多少轮船、兵工厂、机器厂，还说北佬的舰队可以把我们严密封锁起来，让我们的棉花运不出去。他说得没错。我们是在用独立战争时期的老式滑膛枪跟北佬的新式来复枪作战。用不了多久，封锁就会更加严密，就连医药也运不进来了。我们应当多听听像巴特勒那样的冷嘲热讽才对，不该只听那帮政治家凭主观臆断的说法。他的话一针见血，说南方人除了棉花和狂妄，根本没有打仗的本钱。如今，我们的棉花一文不值，只剩下他说的狂妄了。不过，我把这种狂妄叫作无与伦比的勇气。只是……”

可是斯佳丽没看完就把信折叠起来塞进信封了，实在太乏味了，让她读不下去。再说，信上的口吻让她隐隐约约觉得丧气，净说些要吃败仗的胡话。毕竟，她偷看玫兰妮的信，为的并不是了解阿希礼那套让人头疼的无聊想法。当年他坐在塔拉庄园门廊上，说了不少那种话，让她捺着性子听够了。

她只想弄明白，他写给他老婆的信里是不是有绵绵情意，可他的信里从来没那种东西。文具匣里的信她都偷看过，每封信的口吻都像哥哥写给妹妹的。信写得亲热、幽默，东拉西扯，不像爱人的情书。斯佳丽自己收到过无数封热情洋溢的情书，不至于看不出真情实意。可这些信上就是没有那种情意。她偷看完信，心里总是暗自得意，因为她能肯定，阿希礼爱的还是她。她也总是暗自嘲笑玫兰妮，奇怪她怎么看不出阿希礼不过像喜欢一位朋友一样喜欢她。玫兰妮显然并不觉得丈夫的信里少点什么，这也难怪，毕竟她从来没收到过其他男人的情书，不能跟阿希礼的信作比较。

“他的信里通篇胡话，”斯佳丽自忖道，“要是我有个丈夫写信说这种废话，我准得臭骂他一顿不可！说真话，就连查尔斯的信也比这些玩意儿好。”

她翻动着一封封信，瞟一眼上面的日期，就想起信的内容了。反正没什么精彩描写，不像达西·米德写给父母的信，也不似可怜的达拉斯·麦克卢尔写给他那两位老姑娘姐姐费思和霍普的信，他们的信上都把军营生活和冲锋陷阵说得有声有色。米德夫妇和麦克卢尔家的人都扬扬得意，把那些信全都张扬给邻居们，斯佳丽常暗暗替玫兰妮难为情，因为她从来不能把阿希礼的信朗读给缝纫会的人们听。

在阿希礼写给玫兰妮的信里，他好像竭力把战争抛在脑后，让两个人待在不受时代影响的神秘圈子里，把苏姆特堡事变以来的一切都挡在圈子外面。看上去他简直不相信发生了战争。他信里谈的是他和玫兰妮读过的书，唱过的歌，提到的是两人的老朋友，以及他周游各地时的见闻。信里贯穿着一种对家的眷恋，渴望回到十二橡树庄园。他会一连用好几页篇幅回忆深秋寒星下长途骑马去打猎的情景，回忆起野外烧烤、炸鱼野餐、恬静的月夜，以及老宅子里迷人的静谧。

她想到，在刚刚念过的信里，有这么两句话：“结果并非如此！根本不是这样！”这就像一颗痛苦的心灵面对无法忍受却不得不面对的现实，正在号啕痛哭。她觉得迷惑不解，既然他受伤牺牲都不怕，那他还怕什么？她苦苦思索，却理不出个头绪。

“战争打乱了他的心境，可他……他就是不愿受打搅……比方说我吧……他爱我，可他就是不敢跟我结婚，因为……他怕我搞乱他那套思索习惯和生活规律。不对，他倒不见得害怕。阿希礼不是个胆小鬼。他不可能胆怯，战报上表扬了他，斯隆上校还给玫兰妮写来信，说的都是他勇敢带头冲锋陷阵的事。他一旦下定了决心，谁都没他那么勇敢坚定，可是——他的生活就在他自己的脑袋里面，根本不是在外面的世界里，而且他讨厌跟外界交往，再说啦——嗨，我根本就说不清楚！要是我早几年弄清楚这事，跟她结婚的姑娘就准是我。”

她站在那里把信紧紧搂在胸前，心里想念着阿希礼。自从爱上他以来，她对他的情感从来没变过。她现在对他的感情还像十四岁那年一样。她记得那天早上，她站在塔拉庄园的门廊上，见阿希礼骑马而来，他脸上挂着微笑，头发在早晨的阳光里闪闪发亮。她心里马上涌起这样一种情感，激动得一时话都说不出来了。她的爱仍然是一个小姑娘对一个男人的敬慕，那个男人让她无法理解，那个男人的品质她自己并不具备，却让她崇拜。他仍然是一位年轻姑娘梦想中的无瑕骑士，而她的梦想无非让他亲口表达爱情，仅仅想得到他的一吻而已。

她看过这些信，心里确信，尽管他娶了玫兰妮，可他爱的还是她斯佳丽。能确信这一点几乎就是她的全部愿望。她觉得自己还是原来那么年轻，那么纯洁无瑕。查尔斯笨手笨脚，窘态百出，跟她的亲密交往并没有触动她心底的激情，否则她对阿希礼的梦想绝不会止于一个亲吻。可她单独跟查尔斯度过的那区区几个月夜，并未打开她的情窦，也没有因此催她成熟。查尔斯没有让她懂得什么是情欲，什么是温存，什么是肉体和精神的珠联璧合。

在她看来，情欲不过是受男人摆布，屈服于男人莫名其妙的疯狂，而女人并不能从中得到乐趣，那种事让她痛苦尴尬，导致的生孩子过程就更加痛苦了。她并不觉得意外，结婚不过如此而已。埃伦在她婚前暗示过，说婚姻是女人必须以体面和坚忍的态度去忍受的事情。她守寡后，其他女人的纷纷议论证实了母亲的话。情欲和婚姻终于结束，斯佳丽反而觉得松了口气。

婚姻倒是结束了，可爱情并没有完结，因为她对阿希礼的爱完全是另一回事，跟情欲和婚姻并无关系，那是一种神圣美好的感情，是在漫长的时日里不能明言而悄悄成长起来的感情，不断的回忆和希冀让这种感情越发强烈了。

她把那包信仔细用丝带扎好，叹了口气，心里又一次思忖起那个问过千百遍的问题：阿希礼到底为什么让她捉摸不透？她竭力思索这事，想找到个满意的答案，可她简单的头脑却像往常一样理不出头绪来。她把那包信放回文具匣，合上盖子。这时她突然皱起了眉头，因为她突然想起她刚看过的那封信，信上最后一部分提到巴特勒船长。多奇怪哪，阿希礼竟然记得那个无赖一年前说过的话！巴特勒船长跳舞倒是一把好手，可他绝对是个无赖。他要不是个无赖，就不会在义卖会上说邦联那么多坏话。

她走到镜子跟前，轻轻拍了拍柔顺的秀发，心里觉得得意，精神振作起来。一见到自己白皙的皮肤和两只绿色的吊梢凤眼，她总是觉得得意。她微微一笑，露出两个酒窝，她记起阿希礼从来都喜欢她的这两个酒窝，望着自己在镜子里的模样，心里不禁觉得愉快，就把巴特勒船长抛在了脑后。心里悄悄爱着另一个女人的丈夫，还偷看那个女人的信，这些并没有让她感到良心不安，也没有破坏她欣赏自己年轻美丽容貌的愉快心情，她反而恢复了信心，认为阿希礼爱的肯定是她自己。

她打开门锁，走下昏暗弯曲的楼梯，心里觉得十分轻松。还没走下楼梯，她就信口唱起了《无情战争结束后》。

第十二章

战争仍在持续。虽然南方胜仗打得较多，可人们再也不说“再打一场胜仗战争就会结束”了，人们也不再说北佬都是胆小鬼了。如今大家心里都清楚，北佬绝不是胆小鬼，要想征服他们，再打一场胜仗远远不够。摩根将军和福雷斯特将军率领的邦联军队在田纳西州倒是连打几场胜仗，布伦河第二次战役也大获全胜，北佬明显的惨败让人扬扬得意。不过，这几场胜仗的代价也十分沉重。亚特兰大的医院和居民家里，伤病员人满为患，身穿丧服的女人眼见越来越多。奥克兰公墓里，一排排阵亡的将士墓整齐划一，铺展得一天比一天远。

邦联货币大幅度贬值，已经引起了恐慌，食品和衣服的价格相应飞涨。军需部征粮的数目巨大，结果亚特兰大居民开始挨饿了。白面变得稀少昂贵，玉米面包成了主食，取代了饼干、蛋卷和松饼。鲜肉店难得见到牛肉，羊肉不但少得可怜，而且价格昂贵，只有富人才吃得起。不过，猪肉、鸡肉和蔬菜供应还算充足。

北佬收紧了对邦联港口的封锁圈，茶叶、咖啡、绸缎、鲸骨裙箍、香水、时装杂志和书籍之类奢侈品成了紧俏货，价格十分昂贵，就连原先最便宜的棉织品，如今也涨成了天价，太太小姐们不得不叹口气，把旧裙子翻出来凑合着换季。家家都把尘封多年的织布机从顶楼上搬下来，几乎每家的客厅里都能见到人们自己织布。不论是士兵、平民、女人、孩子还是黑人，大家都开始穿家纺布衣服了。邦联制服的灰色基本上已经见不着了，灰胡桃染料染过的家纺布成了流行色。

医院已经开始担心药物短缺，奎宁、红汞、鸦片、氯仿麻醉剂、碘酊样样不足。如今棉麻绷带十分珍贵，舍不得用完就扔，在医院当护理的妇女回家都要带一篮篮血污的旧绷带，洗净熨平后让其他伤员重复使用。

但是，斯佳丽的服丧期终于结束了，在她看来，战争不过是一段愉快兴奋的时光。衣食缺乏的小麻烦没有让她苦恼，她又能出来跟人们交往，心里高兴还来不及呢。

一年来日子过得那么单调，一天跟另一天没什么两样，相比之下，如今的生活节奏快得让她难以置信。每天清晨都像一场激动人心的奇遇，每天都能遇到请求拜访她的男人，他们夸她漂亮，说能为她战斗甚至牺牲是自己的荣耀。虽然她只要一息尚存，爱阿希礼的心就不会变，却并不因此避免招惹其他男人向她求婚。

战争期间的社交活动变得轻松随便，让老一辈见了十分吃惊。母亲发现，陌生男子来拜访自己的女儿竟然连封介绍信也不带，不知小伙子究竟出身何等家世。见自家女儿居然跟这种男人手挽手，母亲心里更是惊恐不已。梅里韦特太太自己是婚礼过后才第一次亲吻丈夫的，一天，她偶然撞见女儿跟那位小个头义勇兵勒内·皮卡德亲嘴，让她简直不敢相信自己的眼睛。女儿居然不觉得羞耻，就更让她这个做母亲的惊慌失措了。尽管勒内马上向她求了婚，可这也于事无补。梅里韦特太太觉得，南方人的道德就要彻底崩溃了，于是她逢人就这么抱怨。其他做母亲的由衷地赞同她这说法，都把这归咎于这场战争。

可是，那些小伙子不出一个礼拜或者一个月就可能送命，他们绝对不能等上一年再求姑娘允许昵称其名，当然啦，称呼时加上“小姐”两字是必不可少的。他们也不能遵循战前上流社会那种旷日持久的正式求婚礼数。姑娘们心里非常清楚，淑女受到求婚总要再三拒绝才能保持体面，如今对方一开口，姑娘马上就应允。

繁文缛节没了，斯佳丽就觉得战争带给她的乐趣真不少。要不是因为看护工作又脏又累，卷绷带太乏味，否则战争永远打下去她也不在乎。她如今能平静忍受医院里的工作，其实因为那是个猎获男人的美妙所在。无能无助的伤员们对她的魅力不加抵抗，纷纷拜倒在她脚下。只要给他们换换绷带，洗洗脸，整理一下枕头，扇扇凉风，他们就爱上她了。啊，度过凄凉的一年后，如今真像进了天堂！

斯佳丽恢复了嫁给查尔斯前那种活力，仿佛根本没跟他结过婚，根本没有遭受过丧夫之痛，也没有生过韦德。战争、结婚、生育都没有触动她的心弦，她还是原先的她。她倒是有个孩子，不过那所砖房子里的人替她照顾得好好的，她几乎想不起有个他。她的心灵和感情都觉得，她还是斯佳丽·奥哈拉，是县里的大美人。她的心思和举止跟昔日如出一辙，只是活动范围比以前大多了。她才不管佩蒂姑妈的那帮朋友背后怎么谴责她，举止跟婚前一个样，她参加聚会，跟人跳舞，陪士兵乘车兜风，对男人调情卖俏，凡是当姑娘时玩弄过的手段现在照玩不误，只差没有换掉身上的丧服了。她心里清楚，要是脱了丧服，佩蒂帕特和玫兰妮就忍无可忍了。她现在虽然是个寡妇，可她跟姑娘时期一样迷人，只要遂她的意，她就心情愉快；只要不让她为难，她总是亲切和蔼，不论是她的外表还是她跟人交往的举止，都显出一派虚荣。

几个礼拜以前，她还那么悲苦，可现在她心情愉快，身边又有了求爱的人，又能听到人们赞扬她的美貌了。阿希礼不但娶了玫兰妮，而且性命难保，此时她能得到的乐趣不过如此。阿希礼虽然另有他属，可他毕竟远在他乡，这么一想，她还觉得不太难受。既然亚特兰大跟弗吉尼亚相隔好几百英里，他就似乎既属于玫兰妮，也属于她自己。

1862年秋天的几个月就这么匆匆度过了。护理伤员，跟人跳舞，陪人乘车兜风，卷绷带，这些占去了她的全部时间，回过几次塔拉庄园也只能小住几天。几次回娘家都让她扫兴，在亚特兰大，她一心想跟母亲心平气和多说点知心话，趁母亲做针线的时候依偎在她身边，在母亲衣裙沙沙声中闻闻她香囊中柠檬美人樱飘出的芳香，还想抬起头让她柔软的双手抚摸自己的脸蛋，可回家后却没找到这种机会。

埃伦如今瘦了，显得忧心忡忡，她整天忙里忙外，一大早就起床，一直忙到庄园上的人都入睡了，她还久久不能休息。邦联军需部征收的赋税一月比一月沉重，她只得挑起这副担子，设法让塔拉庄园出产品。就连杰拉尔德也多年来头一次忙碌起来，他找不到接替乔纳斯·威尔克森的监工，只好亲自骑马到自家田里巡查。埃伦忙得只有睡觉前才能抽空来亲吻她一下，杰拉尔德整天在地里回不来，斯佳丽就觉得塔拉庄园太乏味。就连她的两个妹妹也忙着各想各的心事。苏埃伦看来跟弗兰克·肯尼迪达成了一种“默契”，嘴里唱的《无情战争结束后》有一种诡秘的意味，让斯佳丽听着受不了；卡丽恩成天做着跟布伦特·塔尔顿相聚的白日梦，跟她做伴让斯佳丽觉得乏味。

斯佳丽每次回塔拉庄园都是兴致勃勃，等到佩蒂和玫兰妮来信催她回去，她心里从没觉得难受过。倒是埃伦每逢这种时候都要叹息，想起自家大女儿和唯一的外孙要离开她，不免为别离伤感。

“亚特兰大需要你去看护伤员，我当然不能只顾自家，把你留在家里，”她说，“只是……只是，我的宝贝，好像我还没时间跟你说说话，还没有觉得我的亲闺女在自己身边呢，可你就要走了。”

“我永远是你的亲闺女。”斯佳丽总是这么说着把脑袋依偎在埃伦怀抱中，心里总是觉得愧疚。她并没有实话告诉母亲说，她想回亚特兰大其实是为了去跳舞，去找她的情人，并不是真心想为邦联效力。近来，她有许多事情瞒着母亲。最重要的是绝口不提瑞特·巴特勒常去佩蒂帕特姑妈家拜访。

那次义卖会后的几个月里，瑞特每次来城里都要拜访她们，带斯佳丽乘坐他的马车兜风，请她出席舞会和义卖会，要么就驾车等在医院外面，送她回家。她不再怕他泄露自己的秘密了，可她心底总隐隐有些不安，忘不掉他见过自己出丑的场面，了解她对阿希礼的真心。正因为他了解她的底细，让他惹恼了还不好开口反驳。可他经常要惹她生气。

他已经三十五六岁了，她的情人没一个这么大年纪的。跟她年纪相仿的情人可以任凭她摆布，可是对付这个人，她就像个小孩子一样束手无策。他总是一副不知何为吃惊的神色，却对一切都觉得好笑，等到他把她气得张口结舌了，她觉得仿佛惹她生气是他最大的乐趣。他十分擅长挑逗，常常惹得她勃然大怒，她倒是承袭了埃伦的喜人外貌，可骨子里却藏着杰拉尔德的爱尔兰脾气。在这以前，只要母亲不在场，她一有脾气就发作，从不克制。现在，她怕见到他那副挖苦的冷笑面孔，有气不敢出，憋得心里难受。要是他也会发脾气多好，那她就不会觉得自己总是处于劣势了。

她每次跟他斗气都难得占上风，就赌咒说他是个无可救药的下流坯子，以后再也不理睬他了。可他一旦回到亚特兰大，就来拜访，名义上是看望佩蒂姑妈，却对斯佳丽百般殷勤，送给她从拿骚带来的糖果。要么就在音乐会上在她旁边订个座位，或者在舞会上一定要陪她跳舞，他的温和强横总是把她逗得十分开心，结果在哈哈一笑中忘掉他以前的无礼，在下一次斗气之前，两人暂时和睦相处。

虽然他有许多惹人恼火的毛病，可她心里渐渐盼望他来拜访了。他身上有一种让人激动的东西，她说不清楚那是一种什么品质，可她熟悉的男人没一个跟他相像的。他高大的身材威风凛然，让她一见就心动。他一走进屋子，就突然给人实实在在的震动，他那双黑眼睛里闪出的冷漠和嘲讽神色，仿佛在向她的精神提出挑战，等着她去征服。

“我好像爱上他了！”她自忖道，觉得有点不知所措。“可我并不爱他，这可把我搞糊涂了。”

然而，她那种激越的感情并没有减弱。他来拜访时，浑身散发出十足的阳刚之气，相形之下，佩蒂姑妈既文雅又女人气十足的家显得局促暗淡，无聊古板。有他在场，家里人并非只有斯佳丽反应异常，举止不安，佩蒂姑妈一见他就心慌意乱。

佩蒂心里清楚，埃伦不赞成他拜访自己的女儿，也知道查尔斯顿上流社会不接纳他，她不该轻易违禁。可她无法拒绝他甜言蜜语的恭维，也无法拒绝他的吻手礼，好像苍蝇见了蜜罐不由要动心一样。再说，他总是带点从拿骚弄来的礼物给她，还一口咬定说，这是他冒着生命危险闯封锁线专门为她买的——有整板的别针和缝衣针，有纽扣、丝线和发卡。如今，几乎搞不到这种奢侈品了，女士们用的发卡是用木头削的，纽扣是用碎布包住橡树籽做的，佩蒂实在没有足够坚强的意志去拒绝这种礼物。她还有种爱拆礼包的孩子气，一旦打开礼物，就不好意思拒绝了。既然接受了人家的礼物，就更没有勇气对他说，因为他的名声不佳，不宜来拜访三位没有男人保护的孤身女子。佩蒂姑妈总是觉得，有瑞特·巴特勒上门的时候，家里应该有个男人保护她们。

“我不知道这人是怎么回事，”她往往无可奈何地叹一口气说，“不过——唉，我倒觉得他是个讨人喜欢的好人，可我不知道他内心深处是不是真的尊重女士。”

玫兰妮听了这话不由吃了一惊。自从他为她赎回结婚戒指后，她便认为他是个正人君子，而且人品高尚，对人体贴入微。他对她的礼貌一如既往，可她当着他的面总觉得有点胆怯，因为凡不是自幼熟识的男人，她见了都有点害羞。她心里暗自为他感到惋惜，好在他并不了解这种感情，否则准会觉得好笑。她相信，准是情场失意让他的生活受了打击，才使他变得尖酸刻薄，她觉得，他需要得到一位善良女子的爱。她自幼受人庇护，从不知邪恶为何物，也不相信存在邪恶的人和事，听人家说瑞特跟那个查尔斯顿姑娘的闲话，她觉得既吃惊又不可信。她并没有产生反感，反而对他更加细致和蔼了，她想象出他蒙受的冤屈太不公平，心里为此感到愤慨。

斯佳丽暗自赞同佩蒂姑妈的态度，也觉得这人对女士并不尊重，恐怕他对玫兰妮的尊重是个例外。她还是觉得他上下打量自己的目光不怀好意。这倒不是因为他说过什么冒犯的话，要不然她准会臭骂他一通。可他那张黝黑的面孔上，两只傲慢的眼睛让人看着就不舒服，仿佛天下女人都是他的私人财产，随他什么时候高兴就能任意享用。他只有对玫兰妮才不会显出这种神色。他望着玫兰妮时，从来没有露出过那种冷漠审视的目光，也从来没有嘲弄的意味。他只要跟玫兰妮交谈，总是充满敬意，彬彬有礼，带着一种特殊的口吻，仿佛随时愿意为她效劳。

“我不明白，你为什么待她比我好。”斯佳丽任性乖张地说。这是在一天下午，玫兰妮和佩蒂都上楼去睡午觉了，她跟他单独待在一起。

这之前，斯佳丽整整一个钟头看着他为玫兰妮撑着毛线，让玫兰妮绕成织毛衣用的线团。她留意到，玫兰妮得意地大谈阿希礼和他的升迁时，他一脸的漠然，让她摸不透他的心思。斯佳丽清楚，瑞特并不十分赞赏阿希礼，对他提升为少校也不感兴趣。可他的接应还是十分礼貌得体，低声赞叹阿希礼的勇敢。

“要是我一提到阿希礼的名字，”她当时心里十分恼火，“他马上就眉毛往上一挑，露出那种心照不宣的讨厌微笑。”

“我比她长得漂亮，”她接着对他说，“真不知道你为什么对她比我好。”

“我斗胆问，你该不是嫉妒了吧？”

“哼，别胡思乱想！”

“这就又一次让我的希望化为泡影了。要说我对韦尔克斯太太比较‘好’，那是因为她当之无愧。她这种善意、真诚，没有私心的人，我还真没见过几个。不过你大概不会留意这种品行的。再说，她虽然还很年轻，却属于我有幸结识的少数品行极高贵的夫人。”

“这么说，你是说我并不属于那种极高贵的夫人？”

“照我看，我们初次见面就达成一种共识啦，你连淑女都算不上。”

“啊，你怎么胆敢重说那种无礼的话惹人讨厌！怎么敢揪住我那点小孩子脾气不放？事情都过去那么久，我也不是原先的小孩子啦，我都把那事忘了个一干二净，你还喋喋不休明一句暗一句说个没完。”

“我看那可不是耍小孩子脾气，也不相信你有什么变化。你还跟原来一样，遇上不顺心的事照样扔花瓶。只不过现在你比较顺心，没必要砸小古玩罢了。”“好你个——只恨我不是个男人！要不然一定要跟你决斗，要……”

“要送命的肯定是你。我能在五十码外射穿一毛钱的硬币。还是用好你自己的武器吧——酒窝啦，花瓶啦什么的。”

“你真是个无赖。”

“你以为我听了会发火？抱歉让你失望啦。你骂得没错，我听了也不会生气。我当然是个无赖，无赖有什么不好？这是个自由的国度，人们有权选择做个无赖嘛。我亲爱的夫人，只有像你这样的伪君子，让人揭到短处才会暴跳如雷，可你们想遮掩的内心是一样的黑。”

他脸上挂着平静的微笑，说话慢声慢气，让她有脾气发不出来，她还从没遇到过像他这么无法克服的对手呢。她诸般兵器全都用上了，可是，冷嘲热讽谩骂全不能让他脸红。根据她的经验，说谎的人怕人家说自己不诚实，胆小鬼怕人说自己不勇敢，没教养的人怕人说自己不高雅，无赖怕人说自己没脸面。可瑞特什么都不怕。他什么都承认，全都一笑置之，而且还鼓励她接着说下去。

这几个月里，他来往不断，总是不请自到，不辞而别。斯佳丽根本不知道他来亚特兰大做的是什么生意，其他闯封锁线的商人根本没必要大老远的离开海岸到内地来。那些人把货物卸在威尔明顿或者查尔斯顿，南方各地的商人和投机商就蜂拥而上，在拍卖场上抢购偷运来的货物。要是他旅行到内地是专门来看她的，她心里倒会自鸣得意。但是，尽管她有非同寻常的虚荣心，也不相信这种可能性。假如他向她求过爱，或者对围在她身边的其他男人表示过嫉妒的意思，哪怕握过她的手或向她讨过一幅画像或手帕做纪念，她就能得意扬扬，认为他已经成了她魅力的俘虏。但她觉得十分气恼，因为他从来没有露出过一点儿求爱的意思，最让她恼火的是，她耍出各种手腕要让他跪倒在自己的石榴裙下，却都被他识破了。

他每次进城都惹得女士们心神不定。这不仅因为他脑袋上有个偷越封锁线勇士的光环，而且他那个女子不宜的邪恶名声也让人心头发痒。他这人真是臭名昭著！亚特兰大的妇女们每次聚在一起说一回闲话，他的恶名就增加一分，可他在年轻姑娘心目中就越发富有魅力。年轻姑娘大多数天真无邪，关于他的说辞无非是“跟女人在一起非常放纵”，至于男人“放纵”到底是怎么回事，她们就不得而知了。她们还听到窃窃私语，说姑娘跟他在一起不安全。虽然他有这样的恶名声，可他自从第一回在亚特兰大露面以来，却从未向一位姑娘行过吻手礼。不过这就让他显得更加神秘，更加让人觉得有趣。

除了部队的战斗英雄之外，他就是亚特兰大人谈论最多的男人了。他的事人人都知道得一清二楚，他因为酗酒让西点军校除名，他“跟女人胡搞”，他坏了那个查尔斯顿姑娘的名声，他还在决斗中杀了那姑娘的哥哥。这些丑闻在亚特兰大可谓家喻户晓了。人们跟查尔斯顿的朋友们通信，还进一步了解到，他二十岁那年就让父亲逐出家门，原来那位父亲是个性格刚毅有骨气的好绅士，不但一个子儿都没给儿子，还把他的名字从家庭《圣经》的家人姓名页中钩掉。后来，在1849年的淘金热中，他流浪到加利福尼亚，以后又去过南美和古巴，据说，他在这些地方的活动都不怎么体面，亚特兰大人听说，他在那里闹过桃色丑闻，决斗伤人，还向中美洲革命党人走私军火，最糟糕的当数他曾以赌博为职业。

在佐治亚州，很少有哪家没一两个男人赌博的，就是自家男人不赌，也准有个嗜赌的亲戚。赌起来输钱、输地、输房子、输奴隶，就是输得倾家荡产也不失绅士身份。但是，那个人完全是另一码事。干职业赌博的人自然是社会渣滓了。

要不是因为瑞特·巴特勒在战乱中对邦联政府有用，本来亚特兰大也不会欢迎他的。如今呢，就连最矜持保守的人们也出于爱国之心，觉得应该宽大为怀了。心肠比较好的人则认为，巴特勒家这个不肖之子已经痛改前非，正努力将功补过。因此太太小姐们觉得有责任对他通融，尤其因为他闯封锁线如此奋不顾身。现在人人都明白，邦联的命运不仅系于前方战士，也有赖于偷运船只躲避北佬舰队封锁线的技巧。

有传闻说，巴特勒船长属南方最有能耐的船老大之列，他奋不顾身，完全置生死于度外。他从小在查尔斯顿长大，对卡罗来纳海岸附近海域了如指掌，熟悉每一个小河口小海湾，每一块礁石浅滩，对威尔明顿附近的所有海情也如数家珍。他从来没丢过一条船，也从未被迫抛弃过一船货。战争刚打响时，他不过是个无名之辈，手头的钱刚够置办一条小快船，货物偷越过封锁线后，获利高达百分之两千，如今他已经拥有了四条船。他出大价钱雇本领高强的船老大，他们趁夜色溜出查尔斯顿和威尔明顿港，把棉花运往拿骚、英国和加拿大。英国的棉纺厂都停工待料，工人都要饿死了，只要能巧妙闯过北佬的封锁线，棉花到了利物浦，卖多少价随你要。瑞特的船只替邦联运出棉花，再把南方急需的军用物资运进来，他的运气好得异乎寻常。不错，女士们觉得，这样一位勇敢的人物，有多少过错不该宽恕呢？

他是个勇敢的人物，到哪里都受人刮目相看。他花钱大手大脚，出门骑一匹雄赳赳的黑毛种马，身上穿的衣服式样和做工从来都是一流水准。仅这一身衣服就够惹人注目了，因为如今士兵们的军装个个肮脏破旧，老百姓就是穿出最体面的衣服，也看得出精心织补的痕迹。他的裤子是浅褐黄色的，料子是牧人格子花呢，斯佳丽觉得从来没见过谁穿的裤子有他的那么雅致。他穿的背心也漂亮得难以形容，尤其是那件白波纹绸背心，上面还绣着粉红色的小花蕾。可他身着豪服却显得满不在乎，这就越发显得风度翩翩了。

他要是愿意施展自己的魅力，很少有太太小姐能抵御的，所以，就连宁折不弯的梅里韦特太太后来也请他星期天到家里来吃饭了。

梅贝尔·梅里韦特要跟她的小个头义勇兵结婚，等他下一次休假就举行婚礼，她一想起这事就伤心落泪，因为她一心想穿白缎子裙结婚，可邦联各地根本就买不到白缎子。她就是想借一条来穿也不可能，因为过去几年里，人们都把结婚穿的缎子裙改做成军旗了。梅里韦特太太出于爱国主义，责备女儿，说邦联的新娘该穿家织布结婚礼服才得体，可女儿就是不听。梅贝尔非要缎子不可。为了事业，她可以不要发卡，不要纽扣，不穿漂亮鞋子，不请人们吃糖喝茶，而且还会以此为荣，可她就是要缎子结婚礼服。

瑞特从玫兰妮那里听说了这事，从英国为她弄来大匹闪闪发亮的白缎子，外加一块带花边的面纱，作为结婚礼物赠送给她。他做事的手法让人根本不好意思提起付钱给他的事。梅贝尔大喜过望，高兴得几乎要亲吻他。梅里韦特太太清楚，接收衣服这种贵重的礼物实在不成体统，可她又想不出理由拒绝他，因为瑞特冠冕堂皇地对她说，新郎是我们的一位英雄，新娘打扮得再漂亮也不过分。这样，梅里韦特太太才请他上家里去吃饭，心里觉得这种让步算是一种高昂的代价，甚至超过了那份礼物的价值。

他不但给梅贝尔送来缎子，还为婚礼裙袍的剪裁出了许多好主意。时下巴黎流行的式样裙箍稍大，裙摆稍短，褶皱已经不时兴，裙边撩起来做成扇形花彩，稍稍露出里面的衬裙边。他还说，在巴黎街头没见过女人裙子下面露出过长裤的，所以想来已经“不时兴”了。事后，梅里韦特太太对艾尔辛太太说，她当时要是赞扬他两句，他恐怕会把巴黎女人时下穿什么样衬裤都说出来。

若不是他显然男子汉气概十足，听他把女人裙袍、遮阳帽、头发式样之类描述得如此细致，准会觉得他有点娘娘腔。女士们向他请教时装方面的问题，心里总觉得有点难为情，可大家还是禁不住要请教他。由于偷越封锁线得来的书刊极少，大家都觉得像失事荒岛的海员一样与时尚隔绝。谁说得准巴黎女士时下不是流行剃光头，戴浣熊皮帽呢。因此瑞特凭记忆说出的裙袍边饰，完全能替代《戈迪氏妇女时装》杂志。他能够记住女性特别重视的细枝末节，每次从海外归来，他都让一群妇女团团围住，对她们说起今年的帽子小一点，在头上戴得高一点，帽檐把头顶大半遮盖起来，说起如今不时兴用帽花，改插羽毛，说起法国王后出席晚会时发髻不盘在脑后，改为束起在头顶上，把两只耳朵都露在外面，说起晚礼服又时兴低领，低得让人触目惊心，等等。

一连几个月，他成了亚特兰大最受欢迎的传奇人物。他过去就有个不好的名声，现在隐隐约约有人传言，说他不但闯封锁线，还搞粮食投机。不喜欢他的人说，他每到亚特兰大来一次，粮价就要涨五块钱。尽管私下有这种流言蜚语，但是，如果他觉得值得保住自己的名声，并非不可能。可他跟那帮死气沉沉的爱国市民打了一阵交道，还勉强赢得他们的好感后，仿佛一反常态，故意要跟他们作对，好像要让他们知道，他过去的行为不过是一种伪装，现在他对这种伪装已经不感兴趣了。

他仿佛天生就鄙视南方的每一个人和每一样东西，尤其鄙视邦联，他也绝不掩饰自己的看法。正是他针对邦联的言论，让亚特兰大人先是觉得莫名其妙，接着又冷眼相看，最后简直怒不可遏了。到了1862和1863年相交的时候，他出现在公共聚会上，男人们向他鞠躬的神态就刻意显出冷淡，妇女一见他就纷纷把女儿拉到自己身旁。

他不但公开冒犯亚特兰大人的赤胆忠心，而且竭力把自己树立成个反派人物，仿佛还能从中得到乐趣。有人好心恭维他闯封锁线的勇敢行为，他却态度温和地回答说，他遇到危险从来都怕得要死，就像前线的勇士们一样害怕。人人都知道邦联士兵没一个胆小鬼，他这话把大家都激怒了。他口口声声把士兵叫成“我们勇敢的小伙子们”，要不就是“我们身穿灰军装的英雄”，可他的怪腔怪调却显然是在竭力侮辱他们。遇上大胆的姑娘故意调情，感谢他以勇敢战斗保卫她们，他就微鞠一躬，声明说，实际情况绝非如此，要是赚的钱一样多，他也会同样为北佬妇女效劳。

自从斯佳丽在那次义卖会上遇到他以来，他跟她交谈从来用的就是这种腔调，现在，他跟大家说话也是一样的冷嘲热讽，很少掩饰了。一旦有人赞扬他为邦联出了力，他一无例外地说，他闯封锁线不过是做生意而已。他的眼睛会故意朝那些拿了政府合同订单的人瞅上几眼，接着说，要是得到几个政府合同订单赚的钱一样多，他当然不会冒生命危险去闯封锁线。他一样会拿次布充好布，糖里掺沙子，把发霉的面粉，腐烂的皮革都拿去卖给邦联政府。

他的话把他们噎得张口结舌，他们对他越发怀恨在心了。对那些拿到政府合同订单的人，社会上已经有些绯闻。来自前线的通信不断抱怨说，军鞋一个礼拜就穿破了，火药临到用时不发火，马具用力一扯就断，吃的肉发了霉，面粉里长了虫。亚特兰大人就认为，把这种东西卖给政府的肯定不是佐治亚人，准是亚拉巴马或弗吉尼亚的承包商。事情是明摆着的，佐治亚的承包商哪个不是名门望族出身？带头向医院捐资并且赡养烈士遗孤的，难道不是他们？带头为南部同盟欢呼的，难道不是他们？在讲演中慷慨陈词，呼吁消灭北佬的，难道不也是他们？这以后过了很久，社会上才掀起愤怒的浪潮，谴责承包政府合同的奸商，当时，瑞特说的那番话，大家听了只当他缺乏教养。

他不仅暗示高层官员受贿，给前方英勇的将士脸上抹黑，而且他还捉弄体面的市民，让他们难堪。但凡有人狂妄气盛，“拿爱国主义”之类的字眼吹牛，他就禁不住要戳穿他们的虚伪，就像个孩子忍不住要用针扎破气球一样。他手腕微妙，把浮夸傲慢的家伙戳得偃旗息鼓，向冥顽愚昧的人揭露真相，他做得不露痕迹，表面上彬彬有礼，不耻下问，引逗对方把真话都吐露出来。等他们终于明白过来，却见他已经稍带嘲弄模样，摆出一副占上风的傲慢神色。

全城人都欢迎他的这几个月里，斯佳丽早已对他失去了幻想。她清楚，他殷勤优雅态度和满口的花言巧语都是虚情假意。她也知道，他扮演勇闯封锁线的爱国船长角色，不过是觉得有趣。有时候，她觉得他跟县里那帮与她一起长大的小伙子没什么两样：像塔尔顿家孪生兄弟一样爱搞恶作剧；像方丹家兄弟一样满肚子鬼点子，专爱捉弄人；像卡尔弗特家兄弟一样整夜不睡觉，专设圈套愚弄人。不过瑞特也有跟他们不同的地方，在他浮夸的表面下，暗藏着某种恶意，温文尔雅却又粗暴的态度中包藏着险恶用心。

她对他的虚伪知道得入木三分，可她仍然喜欢他继续扮演那个闯封锁线的传奇角色。至少她跟他交往起来比原先少了许多麻烦。所以，他现在撕掉假面具故意跟亚特兰大人的善意为敌，她觉得恼火极了。让她恼火的原因一方面是这种行为显得愚蠢，另一方面因为人们严厉指责他，最后难免殃及她。

艾尔辛太太为康复伤员募捐，举办了一个银币音乐会。在这个音乐会上，瑞特的行为等于是给自己签署了一张放逐证明书。那天下午，艾尔辛家宾客满堂，挤满了回家度假的士兵、医院的疗养伤员、自卫队和民兵的人员、妇女、寡妇和姑娘们。屋子里座无虚席，就连弯曲的楼梯上也挤满了宾客。艾尔辛府上的管家端着个雕花大玻璃缸站在门口募捐，已经两次将满缸的银币倒空了。这事实就证明这次音乐会办得很成功，因为如今一块银圆要值六十元邦联纸币呢。

随便哪一个姑娘，只要自以为有点艺术天赋，就在这里引吭高唱或在钢琴上演奏，静态造型表演也赢得大家鼓掌捧场。斯佳丽对自己的表现沾沾自喜，她不仅与玫兰妮合作表演了一曲动人的二重唱《露垂花瓣》，还应观众要求加唱了一首比较轻快的《天哪，夫人，别管斯蒂芬！》，最后，她还在静态造型表演中应邀扮演邦联之魂。

她扮演的是最动人的形象，身穿随意下垂的白粗布希腊式长袍，腰间扎一条红蓝相间的腰带，一只手举着邦联的星杠旗，另一只手拿着查尔斯父子那把金柄马刀，伸向跪在她脚下的亚拉巴马上尉凯里·阿什伯恩。

造型剧收场后，她不禁朝瑞特投去一眼，看他是不是欣赏她刚才的迷人造型。结果，她发现他正在跟人争论，或许根本就没留意她，这可把她惹恼了。从他周围人们的脸色上，斯佳丽看出他的话犯了众怒。

她朝他们走去，人群中偶尔也会有片刻寂静，她在这种奇怪的瞬间听到民兵威利·吉南直率地说："先生，照我的理解，你是说，我们的英雄为之献身的事业并不神圣？"

"要是火车把你轧死了，不见得铁路公司因此神圣吧？"瑞特问道，他的口吻显得十分谦恭，仿佛在向对方请教。

"先生，"威利的声音颤抖了，"要不是因为我们在同一个屋顶下……"

“是啊，那后果我想想都发抖，”瑞特说，“你的勇敢大家当然都知道。”

威利憋得面红耳赤，大家都默不作声，人人都十分难堪。威利身体强壮健康，正是参军的年龄，却没上前线。当然，他是个独子，毕竟州里还需要民兵保护。但是，瑞特说出“勇敢”这个字眼后，养伤的几个军官不禁扑哧一声笑了，实在有点不恭敬。

“哎呀，这人怎么就不能闭上嘴！”斯佳丽想道，她心里十分恼怒，“这个晚会都让他给搅了！”

米德大夫紧皱双眉，脸色阴沉可怕。

“年轻人，在你看来，也许什么都不神圣，”他操起平素作讲演的腔调说，“可是南方爱国者不论男女却认为许多东西是神圣的。让我们的土地免遭入侵者统治是神圣的，州权是神圣的，还有……”

瑞特一副漫不经心的模样，说话带有奉承腔调，也露出厌烦。

“一切战争都是神圣的，”他说，“对那些应该去参战的人是神圣的。要是发动战争的人不把战争说成神圣的，哪个傻瓜会去打仗？可是，不管演说家对参战的傻瓜喊什么战斗口号，不管他们把战争标榜得多么高尚，其实战争从来只有一个目的，那就是钱。一切战争其实都是为了争夺金钱。可惜从来没几个人意识到这一点。他们满耳朵听到的都是军号声战鼓声，还有稳坐在家里的人满嘴的漂亮话。有时候，战斗口号是‘从异教徒手中夺回基督的坟墓’。有时候，战斗口号是‘打倒教皇’。有时候成了‘棉花、奴隶制、州权！’”

“怎么扯到教皇了？”斯佳丽想道，“还胡扯什么基督的坟墓？”

她匆匆朝那群怒容满面的人走去，只见瑞特面对大家风度翩翩地鞠了一躬，举步穿过人群朝门口走去。她动身要去追他，可艾尔辛太太一把拉住她的裙摆。

“让他走，”气氛紧张肃静的屋子里，她的声音十分清晰，“随他去。他是个叛徒，是个奸商！他是我们用胸脯暖过来的毒蛇！”

瑞特此时正站在门厅，手里托着帽子，听到了故意说给他听的这句话，他转身朝屋子里扫视了片刻，目光盯住艾尔辛太太扁平的胸脯，突然咧开嘴笑了。他鞠个躬，走了出去。

梅里韦特太太搭佩蒂姑妈的车回家，四位女士刚刚在车上坐定，她就嚷开了。

“你瞧瞧，佩蒂帕特·汉密尔顿！这下你可满意了吧！”

“满意什么？”佩蒂急了，也大声嚷起来。

“你一味包庇的那个巴特勒呀，瞧他那副可恶模样。”

佩蒂帕特听了这番指责心里忐忑不安，慌忙中没想起梅里韦特太太也请瑞特·巴特勒在家里吃过几次饭。斯佳丽和玫兰妮却没忘这事，不过她们受过的教养不容她们顶撞长辈，便忍着没说，两人都垂下目光瞅着自己戴的长手套。

“他侮辱了我们大家，也侮辱了邦联。”梅里韦特太太怒不可遏，臃肿的胸脯猛烈上下起伏，衣服上缝的金线也随着乱抖乱闪。“哼，说我们打仗是为了金钱！说我们的领袖欺骗我们！真该让他蹲大牢！没错，该把他关进监狱。我得去告诉米德大夫。要是梅里韦特先生活着，绝不会轻饶他！你听我说，佩蒂·汉密尔顿。你再也不能让那个恶棍进你家门！”

“噢。”佩蒂嘟囔着接应着，露出一副无可奈何的样子，好像恨不得自己死了才好。她朝两位姑娘望了一眼，目光中带着恳求，可她们俩耷拉着眼睛并不看她。她又把求助的眼光转向彼得大叔笔挺的脊背。她心里清楚，她们说的每一个字他都听见了，就希望他像以往一样转过身来说上句话。她真希望他会开口说：“听我说，多莉小姐，你就别难为佩蒂小姐啦。”可彼得坐着一动都没动。可怜的佩蒂知道，他打心眼里不赞成瑞特·巴特勒。她叹了口气，说：“那好吧，多莉，要是你认为……”

“我当然是这看法，”梅里韦特太太说得斩钉截铁，“我真想不出当初你怎么会让他上你家去。从今以后，城里凡是正经人家都不会欢迎他。你得拿出点勇气，不准他登你家门。”

她转身朝姑娘们恶狠狠地瞟了一眼。“我希望你们俩也记住我这话，”她接着说，“因为你们也有过错，你们待他好得过分了。要告诉他，你们家不欢迎他上门，口气要客气，态度一定要坚决。”

斯佳丽听着这些话，心里早已翻腾开了，就像一匹烈马让陌生人粗鲁的手扯动了缰绳，真想后腿站立发发威风。可她哪敢开口呢？她可不敢冒这个险，要不然梅里韦特太太会再给妈妈写封信告她的状。

“你这头老野牛！”她想道，心里窝了一肚子火，脸憋得通红，“真想把你和你那套霸道揭出来说给你听，好解我心头恨！”

“我真没想到竟然活到这种地步，听人对我们的事业说出这么大逆不道的话，”梅里韦特太太越说越激动，这时已经是义愤填膺了，“要是有人敢说我们的事业不正义不神圣，这人就该上绞架！我可不想听说你们两个姑娘再搭理他——天哪，玫兰妮，你难受什么？”

玫兰妮脸色苍白，眼睛睁得大大的。

“我不能不跟他说话，”她压低声音说，“我不会对他无礼，也不能禁止他上家里来。”

梅里韦特像挨了一记重拳，突然泄了气。佩蒂姑妈的胖嘴猛地张开，彼得大叔也转过身来，看得目瞪口呆。

“哎呀，我怎么就没勇气说这话？”斯佳丽想道，心里又嫉妒又羡慕。“这只小兔哪儿来的胆，竟敢跟梅里韦特老太太干仗？”

玫兰妮的手在发抖，可她急忙接着说下去，仿佛怕耽搁一会儿自己会失去勇气似的。

“我不能因为他说了那番话就对他无礼，因为……他公然说出来固然冒失，也有点欠考虑。可……可是跟阿希礼想法一致。我不能因为一个人跟我丈夫的想法一样，就禁止他登我家门。不然就算不得公正了。”

梅里韦特回过神来，立刻发动进攻。

“玫兰妮·汉密尔顿，我这辈子从没听过这样的胡话！韦尔克斯家从来没出过一个胆小鬼……”

“我从没说过阿希礼是个胆小鬼，”玫兰妮的眼里闪出怒火，“我说他的想法跟巴特勒船长的一样，只不过他用的字眼不同。我希望他不会在音乐会上公然说出自己的想法，可他在信上对我说过。”

斯佳丽努力回忆阿希礼的信，良心感到一阵不安，她不知道他对玫兰妮写了什么，让她说出这么一番话。只可惜那些信她一看完就抛在了脑后。于是认为玫兰妮准是发了疯。

“阿希礼给我的信上说，我们不该跟北佬打仗，还说我们上了政客和煽动家的当，他们满嘴都是口号和偏见，”玫兰妮说得飞快，“他说无论为了什么都不值得打这场战争，它给我们带来的灾难太大了。他还说，这场战争根本没有荣誉可言，只有苦难和卑鄙。”

“啊！原来说的是那封信，”斯佳丽自忖道，“他真是这意思？”

“我不相信，”梅里韦特一口咬定说，“准是你误解他的意思了。”

“我从来不会误解阿希礼的意思，”玫兰妮回答的语气很平静，不过她的嘴唇在颤抖，“他的意思我完全理解。他的意思跟巴特勒船长的完全一致，只不过他不会用粗鲁的话跟人说。”

“哼，你真该害臊，竟然拿阿希礼·韦尔克斯这样的正人君子跟巴特勒船长那种恶棍比！我猜，你大概也认为我们的事业无足轻重吧！”

“我……我也不知道自己是怎么想的。”玫兰妮有点犹豫，她的火气已经消了，心里开始为自己说的话害怕，“我……我也像阿希礼一样，愿意为事业献身。可……我的意思是说……我是说，该让男人去动这种脑筋，他们比我们聪明得多。”

“真稀罕。”梅里韦特太太重重哼了一声，“停车，彼得大叔，车要超过我家了！”

彼得大叔一心听身后的谈话，没经意车已经过了梅里韦特家的下车台，只好赶马往后退。梅里韦特太太下了车，她帽子上的丝带像帆船遇上风暴一样乱抖个不停。

“你会后悔的。”她说道。

彼得大叔一扬鞭，马又起步了。

“你们两位小姐真不害臊，又让佩蒂小姐晕过去了。”他责备道。

“我没晕。”佩蒂的回答让大家吃了一惊，因为平时受了比这小的惊吓，她也会晕过去。“玫兰妮，亲爱的，我知道你这么做全是为了我，说真的，有人站出来杀杀多莉的威风，我觉得高兴。她实在太霸道了。你到底哪儿来的胆量？可你觉得该那么说阿希礼吗？”

“可这都是真话，”玫兰妮回答道，说完禁不住轻声哭了，“再说，我不为他的想法害羞。他认为这场战争完全是个错误，可他还是愿意献身作战。比起为正确的东西作战，这需要更大的勇气。”

“天哪，玫兰妮小姐，别在桃树街哭，”彼得大叔一边催马快跑，一边喃喃说道，“有人会说我们的坏话的。等回家再哭吧。”

斯佳丽什么话都没说。玫兰妮把手伸到她手心里，想寻求她的安慰，可她连捏都没捏一下。她偷看阿希礼的信只为一个目的——想证明他仍然爱她斯佳丽。玫兰妮从信中看到了新含意，可斯佳丽并没有看出来。她感到非常吃惊。没想到像阿希礼那么完美的人，跟瑞特·巴特勒这种恶棍的念头一个样。她心想：“他们俩都看出了这场战争的真相，可阿希礼愿意为它战死，瑞特却不愿意。我看还是瑞特有头脑。”想到这里，她停顿下来，觉得自己不该这样看阿希礼。

“他们俩都看出了让人难过的真相，可瑞特愿意正视这种真相，还敢说出来，并不怕惹怒大家——阿希礼就不敢面对真相。”

真让人捉摸不透。

第十三章

受梅里韦特太太的唆使，米德大夫采取了行动，他给报社写了封信，信上虽然没有指出瑞特的名字，不过意思却一目了然。报社编辑感到，这封信能引起社会轰动效应，便刊登在第二版上。这一创新举动可谓惊人，因为报纸的头两版向来用于登广告，什么买卖奴隶、骡子、犁铧、棺材、房屋出售出租、治性病药、堕胎药、壮阳药，各式广告无奇不有。

大夫的信为人们群起怒吼起了个头，从此南方各地吼声四起，声讨投机商、奸商和承包政府生意的商人。当时查尔斯顿港已经让北佬的军舰彻底封锁了，威尔明顿就成了偷越封锁线的船只出入的主要港口，商人们在那里的作为已经到了耸人听闻的明目张胆地步。大批投机商云集在威尔明顿，都备足了现款，一有货船进港，就把整船货都买下，囤积起来等着涨个好价钱。价格总是不断上涨，因为生活必需品越来越缺，物价便一月高似一月。老百姓要么干脆不买，要买就得依投机商的价钱，穷人和家境中等的人日子便越来越难过了。随着物价上涨，邦联货币不断贬值，货币价值越是暴跌，人们就越急着抢购奢侈品。闯封锁线的商人本来的任务是运进生活必需品，也允许他们附带做些奢侈品生意，如今他们的船上运来的满是高价奢侈品，邦联急需的用品反而被挤到次要地位了。

人们害怕明天的价格会涨得更高，钱贬得更不值钱，就疯狂抢购这些奢侈品。

更糟糕的是，从威尔明顿到里士满只有一条铁路，成千上万桶面粉和无数箱熏肉因为缺乏运力，堆在铁路旁的车站里发霉腐烂，而投机商的葡萄酒、塔夫绸、咖啡要运出去销售，却总能在威尔明顿上岸后不出两天就运到里士满。

以前人们私下传说的一则消息现在成了公开讨论的话题，说是瑞特·巴特勒不但用他自己的四条船偷运货物，以空前的高价卖出，而且还收购别人船上的货物，囤积起来等待涨价。据说，他现在已经成了一个垄断集团的头子，这个集团拥有的资本超过一百万，总部设在威尔明顿，为的是在码头上购买闯封锁线运进来的货物。人们传说，他在亚特兰大和威尔明顿拥有几十个仓库，里面装满了食品和衣服，全都囤积在那里待价而沽。士兵和平民都一样，大家都为缺乏物资而苦恼，因此都恶狠狠咒骂他和他的投机商同行。

“闯封锁线的船队是邦联海军的一个分支，其中不乏勇敢的爱国者，”大夫的信结尾时这么写道，“他们是些无私的人，甘冒生命危险，不怕自己的财产遭受损失，为的是邦联的生存。凡是对南方忠心耿耿的人们都不会忘记他们，他们从冒险中得到一点点回报，谁也不会嫉妒。他们是无私的君子，我们都尊敬他们。我要说的并不是这些人。

“然而还有另外一些人，他们是些卑鄙之徒，他们披着闯封锁线勇士的外衣，干的却是中饱私囊的勾当，我呼吁为天下最正义的事业而战的人民同仇敌忾，惩罚那帮贪婪之徒。我们的士兵因缺乏奎宁而奄奄一息，他们却为了赚钱运来锦缎花边；我们的伤员因缺乏麻醉药吗啡在手术台上痛得死去活来，他们的走私船却运来整船的香茶和美酒牟取暴利。我憎恨这些吸血鬼，他们吸吮罗伯特·李将军麾下士兵们的鲜血，这些人败坏了闯封锁线勇士的美名，让一切爱国的人们都耻于听到这个名字。前方的子弟兵光着脚在战场上出生入死，我们怎能容忍这些虎狼般残忍的家伙脚蹬锃亮的皮靴在我们中间招摇？我们的士兵啃着发霉的熏肉在篝火边瑟瑟发抖，我们如何容得下这些家伙痛饮香槟，享用法国鹅肝酱馅饼？我向每一位忠于邦联的人发出呼吁，将这些家伙逐出我们的家园。”

亚特兰大人读了这篇文章，如领神谕，他们个个忠于邦联，便连忙将瑞特逐出自己的社交圈子。

在1862年秋天接待过瑞特的人家当中，1863年只剩佩蒂帕特小姐一家还愿意让他上门。要不是有玫兰妮，恐怕就是这个家也不会欢迎他了。只要他来到城里，佩蒂姑妈就心神不定。她明知道自己允许他来访会招惹自己朋友们的指责，可她没有勇气对他下逐客令。每逢他来到亚特兰大，她就撅起胖嘴对两位姑娘说，她要堵在门口，不许他进门。然而，每次他上门，手里拿着件小礼物，嘴上说几句奉承她漂亮迷人之类的话，她就泄气了。

“我简直不知道该怎么办，”她总是这么叫苦，“他只要看上我一眼，我就吓得要命，不知道我对他下了逐客令，他会怎么做。他的名声那么坏，你们认为他会不会动手打我……要不就……要不就……唉，天哪，要是查理还活着多好哇！斯佳丽，你一定要告诉他，别再登咱家的门了，好好跟他说嘛。什么，我！我看准是你怂恿他来的，弄得满城风雨，要是让你母亲知道了，她会怎么说我呢？玫兰妮，你千万不能对他那么好了。应该对他冷淡，疏远他，他就清楚了。啊，玫兰妮，你觉得我是不是该给亨利写个短简，要他跟巴特勒船长谈谈？”

“别那样，”玫兰妮说，“我也不会对他失礼。照我看，人们对待巴特勒船长的举止不近情理。我能肯定，他绝不是米德大夫和梅里韦特太太说的那种坏人。他不会囤积粮食让人挨饿。这还用说，他甚至给了我一百块钱，说是捐给孤儿的。我敢说，他像我们每个人一样忠心爱国，只是他太清高了，不愿为自己辩解而已。你们都知道，翻了脸的男人有多固执。”

佩蒂姑妈对男人一无所知，不知道他们翻了脸是什么样，也不知道他们不翻脸是什么样，只好无可奈何地挥挥胖胖的小手作罢。斯佳丽早已领教了玫兰妮的本色，知道她惯于只看别人的优点。玫兰妮是个傻瓜，可对此谁也没辙。

斯佳丽清楚，瑞特并不是个爱国者，是不是个爱国者她自己并不在乎，可她无论如何也不肯公开承认。她最感兴趣的还是他从拿骚买来送给她的小礼物，淑女接受这种小玩意其实无伤大雅。物价上涨得这么凶，要是不准他上门，她上哪儿找这些缝衣针、发卡、糖果之类小东西？不过，把责任推到佩蒂姑妈身上还是更简单，毕竟她是一家之主，既是家庭主妇，就有能力判断道德是非。斯佳丽知道，城里人都对瑞特来访说三道四，也说她的闲话，可她还知道，在亚特兰大人的眼里，玫兰妮·韦尔克斯从来不会出错。既然玫兰妮替瑞特辩护，瑞特上门就是光明正大的。

话说回来，要是瑞特放弃他那套异端邪说，日子自然会好过些。她陪他在桃树街散步时，人们就不至于故意不理睬他，让她也跟着难堪。

“这种事情你心里想想就算了，干吗一定要说出来呢？”她责备他道，“你爱怎么想随你便，要是不说出来，哪会惹这么多麻烦？”

“这是你的处世态度，对吧，我的绿眼睛伪君子？斯佳丽啊，斯佳丽！我本来以为你做事勇敢得多。我以为爱尔兰人说话都是心直口快呢。跟我说实话，你虽然嘴巴闭得紧紧的，是不是有时觉得想脱口说出心里话？”

“这个嘛——倒是不错，”斯佳丽勉强承认道，“他们成天没完没了地谈论事业，我心烦得要死。可是，天哪，瑞特·巴特勒，要是我开口承认，那就谁也不理睬我了。再说，小伙子们谁也不找我跳舞了！”

“哈，可不是吗，舞是无论如何不能不跳的。好啦，我钦佩你沉得住气，我比不了你。我可不会装出爱国者的模样，按说假装倒也不难。糊涂的爱国者有的是，他们闯封锁线把每一个铜板都贴进去了，打完仗准得变成穷光蛋。他们也不稀罕少我一个，既用不着我给他们的爱国主义增添光彩，也用不着我在穷光蛋中间增加一个名额。让他们去享受头上的光环吧。他们名副其实理应得到头上的光环——我这可是真心话——再说啦，一两年以后，他们除了头上这圈光环，就一无所有啦。”

“我说你这人真够可恶的，你明知道英国和法国就要参战帮我们，还说这种话。而且……”

“哎哟，斯佳丽！你这话准是从报纸上看到的！你真让我吃惊。以后再也别看报纸了。那种文章只能骗女人。告诉你吧，我上次去英国是不到一个月前的事，我可以实话告诉你，英国绝对不会帮助邦联。英国从来不把赌注押在斗败的狗身上。英国就是英国，从来如此。再说，那个坐在王位上的德国胖女人德国胖女人：指英国女王维多利亚一世（1837—1901在位）。因为她是英国历史上同时统治德国和英国的汉诺威王朝的后裔，作者便称她为德国女人。对上帝无比虔诚，她不赞成奴隶制度。就是英国的纱厂工人因为得不到我们的棉花而全都饿死，她也不会出兵帮助奴隶制度。至于法国人，那个模仿拿破仑的懦夫模仿拿破仑的懦夫（指拿破仑第三，1852—1870在位的法国皇帝），正忙着让法国人在墨西哥站住脚，哪有闲工夫来帮我们。其实，最欢迎这场战争的就是他，咱们忙着打仗，就顾不得赶他撤出墨西哥了……得了吧，斯佳丽，外国援助的说法是报纸编造出来的，为的是维持南方的士气。邦联的命运早已注定了。邦联就像只骆驼，现在只能靠自己驼峰积攒的营养维持生命，驼峰再大，也有耗尽的一天。闯封锁线的行当我打算再干六个月左右，然后就洗手不干了。再干就太冒险啦。到时候，我找个傻瓜英国人，把船只卖给他，他以为自己有本事在封锁线上溜进溜出呢。不管船卖掉卖不掉，反正我不会在意。我已经赚够了钱，都存在英国银行里，存的都是金币，不是这种在我眼里一文不值的纸钱。”

他的话听起来总像是蛮有道理。其他人也许会把他的话叫作叛国论调，可斯佳丽从来觉得他的话有道理，也符合常理。她知道自己的感觉大错特错，也知道应该表示震惊和愤怒才对。可她内心里既不震惊也不愤怒，不过她可以装装样子，至少这样能让她显得像个可敬的淑女。

“巴特勒船长，我看米德大夫信上说你的那些话没错。你改过自新的唯一办法，就是卖掉船以后参军入伍。你毕竟上过西点军校，再说……”

“你这口吻活像个浸礼会牧师劝人入会的唠叨。要是我不愿意改过自新呢？我干吗要为一个把我拒之门外的制度打仗卖命？看着这个制度土崩瓦解我才高兴呢。”

“我可从没听说过什么制度。”她恼火地说。

“没听说过？可你自己也是这个制度的一部分，跟我原来一个样。我敢说你像我一样也不喜欢它。你知道我怎么成了巴特勒家的逆子？只有一个原因，那就是我没遵循查尔斯顿的规矩，也不愿遵循。查尔斯顿就是南方的缩影。不知道你是不是已经意识到，要遵循他们的规矩有多乏味。人人必须做许多事情，就因为历来就是这么做的。而且由于原来没这个规矩，许多无害的事情大家都不能做。很多这类荒唐事情让我忍无可忍。也许你听说过那位年轻小姐的事，他们一定要让我娶那小姐，我终于再也忍受不了啦。我干吗一定要娶个讨厌的傻瓜？就因为遇到一点意外，天黑前没把她送回家？既然我枪法技高一筹，我干吗要让她那个凶神恶煞的哥哥开枪打死我？当然啦，假如我是个正人君子，就该让他一枪打死我，那样就能保住巴特勒家的名声。可我想活着。你看，我活了下来，还享了不少乐……有时候我想起我那位哥哥，他生活在查尔斯顿那帮自命不凡的老母牛堆里，把她们奉若神灵，守着个庸俗不堪的老婆，一年到头只有在圣塞西莉亚节才能跳一回舞，周围永远是一成不变的稻田。想到这些，我总是觉得跟那个制度决裂绝对划得来。斯佳丽，我们南方人的生活方式就像在中世纪的封建社会一样，完全过时了。它能维持到现在倒真是一桩怪事，这个制度必须被粉碎，现在它正在崩溃。可你还想要我听从米德大夫那样的煽动家，让我相信我们的事业是正义神圣的？听见战鼓咚咚就热血沸腾，抓起杆毛瑟枪，冲向弗吉尼亚，甘愿为主子罗伯特·李流血卖命？你把我当成个大傻瓜了？挨上顿棍棒，还要亲吻那根棍子，我可不是那种人。如今，南方跟我两清了。以前，南方把我逐出家门，想把我饿死。可我没饿死，反倒从南方垂死的人手里狠赚了一大笔，足够补偿我被剥夺的继承权了。”

“我看你是唯利是图，卑鄙可耻。”斯佳丽的这话脱口而出，却并不是心里的想法。他的话大半从她左耳朵进右耳朵出，凡超越个人私事范围的话，她都听不进去。不过有些话听起来还有点道理。富有人家的生活中，荒唐事实在太多了。她装作心如止水的模样，可她的心并没有死。那天她在义卖会上跳舞，惹得人人惊恐。凡是其他年轻女子能做能说的事情，她做出来，说出来，每次人们都要挑起眉毛，露出一副不屑神色，让她心里怒不可遏。老传统让她反感，可听他抨击老传统她却觉得非常刺耳。她在这群假作客套的人中间生活久了，听人道出自己的感受，难免感到不安。

“唯利是图？根本不是，我这是有远见。不过，有远见只是唯利是图的同义词。至少，那些不像我一样有远见的人会把远见说成唯利是图。凡是忠于邦联的人，在1861年只要手头有一千块钱，就能干出我这番事业，可惜唯利是图的人太少，没人利用到手的机会！比方说吧，从苏姆特堡失陷，到海上设立封锁线，这段时间里我买下几千包棉花，价钱便宜得要命，我把棉花运到英国，至今还储存在利物浦的仓库里。我不卖这批货。等到英国棉纺厂急需棉花的时候，到时候多少价钱都是我说了算。就是一磅棉花卖一块钱，我也不会吃惊。”

“就是大象会爬树，你一磅棉花也卖不到一块钱！”

“我不会看错。棉花的时价已经涨到一磅七毛二了。等到这场战争结束时，我就是个大富翁了，斯佳丽，因为我有远见——噢，对不起，应该说我唯利是图。以前我对你说过，有两种机会可以赚大钱，一种是国家初建，另一种是国家崩溃。建设时期只能赚小钱，崩溃时却能捞大钱。别忘了我这话。说不定将来对你有用呢。”

“真得感谢你这番忠告，”斯佳丽的腔调里满是挖苦，“可惜我用不着。你当我爸爸是个穷叫花子？我要多少，他就能给多少，再说，我还有查尔斯的一份财产呢。”

“照我看，法国贵族上断头台前，个个都有过同样的念头。”

瑞特不断提醒斯佳丽说，既然凡是社交活动她都参加，身穿黑色丧服就显得不协调。他喜欢鲜艳的色彩，斯佳丽身穿丧服，黑面纱从帽子一直拖到脚跟，让他看着既好笑又讨厌。可她知道，要是不多穿几年暗淡无光的丧服和黑面纱，现在换成颜色花哨的衣裙，会闹得更加满城风雨。再说啦，她该怎么向母亲交代呢？

瑞特说话坦率，说她这身打扮看上去活像只乌鸦，说她穿这身黑袍显得老了十岁。听了这种不恭敬的话，她连忙扑向镜子，她才十八岁哪，她想看看自己是不是真的像个二十八岁的女人了。

“照我看，你不至于甘拜下风，让自己显得跟梅里韦特太太一个样吧，”他奚落道，“再说你的品位也不至于那么低，故意戴个黑面纱假装悲伤，我敢肯定你心里根本就没有什么悲伤。我敢打赌，不出两个月，我就要让你换掉这身丧服黑纱，从头到脚穿上巴黎最时髦的服装。”

“算了吧，那可不成，咱们别谈这个啦。”斯佳丽一听他暗示到查尔斯，心里就有气。瑞特准备去威尔明顿再次去海外，咧开嘴笑了笑告辞了。

几个星期后，在一个明媚的夏日早晨，他再次登门，手里托着个包装漂亮的帽盒，见斯佳丽独自在家里，他就把帽盒打开。只见在一层层包装纸下面露出一顶遮阳女帽。一见那新颖的样式，她不禁叫出了声：“哎呀，真是太可爱了！”她伸出手去摸。多时没见过新装，更谈不上亲手摸一摸了，一见这顶遮阳女帽，她仿佛觉得一辈子从没见过这么漂亮的东西。深绿色塔夫绸面料，淡绿色波纹绸衬里，系在下巴底下的帽带也是淡绿色的，足有她的手掌那么宽。一支绿色鸵鸟毛插在帽檐上，弯曲的羽毛显得扬扬得意。

“戴上看看。”瑞特脸上挂着微笑。

她快步穿过屋子，跑到镜子面前，匆匆把帽子戴在头上，把头发撩到脑后，露出耳坠，将帽带系在下巴底下。

“我好看吗？”她一边嚷一边转过身，让他欣赏，脑袋向后一仰，那支毛茸茸的羽毛立刻跟着飘动。其实，没等看到他赞许的目光，她已经知道自己戴着这顶帽子很好看。她不但漂亮而且迷人，绿色的衬里把她的一对眼睛衬托得碧绿闪亮，像两颗绿宝石。

“啊，瑞特，这是谁的帽子？我要买下。我愿意把自己的钱都给你，换取这顶帽子。”

“帽子本来就是给你的，”他说，“除了你谁还配得上这样的绿色？你看，我没记错你眼睛的颜色吧？”

“你真是专门为我买的？”

“当然，帽盒上有‘和平路’的字样，认识这法国牌子吧。”

她并不认识，只顾望着镜子里自己的模样微笑。此时，什么对她都无所谓了，只觉得两年来头一次戴了顶漂亮帽子，看上去迷人极了。戴上这顶帽子，她在男人堆里难道不能为所欲为！接着，她的微笑消失了。

“你不喜欢？”

“我喜欢，我求之不得，可是——唉，真不愿意用黑纱蒙住这么漂亮的绿颜色，再说，羽毛也得染黑。”

他立刻走到她身旁，灵巧的手指解开她下巴下面的帽带，片刻之后，帽子便重新装进盒子里了。

“你这是干吗？你说是给我的。”

“不是为了让你改成丧服帽。我另找个绿眼佳人，她准会欣赏我的品位。”

“你不能这么干！不给我，简直是要我的命嘛！求求你，瑞特，别这么小气！给我吧。”

“把帽子改成以前几顶帽子的丑陋模样？那可不行。”

她抓住帽盒不放。戴上这顶帽子让她显得年轻美丽，哪能让他拿去给别的女人？绝对不行！想到要面对佩蒂和玫兰妮，她一时心里畏惧。她又想到埃伦，母亲会怎么说呢？她迟疑了。不过虚荣心还是占了上风。

“我不改就是了。我保证。还是给我吧。”

他放了手，把帽盒给她，脸上露出一丝讥笑，望着她重新戴上帽子，打扮着自己。

“帽子多少钱？”她突然拉下脸来问道，“我眼下只有五十块钱，不过下个月……”

“帽子值邦联纸币大约两千块。”他见她露出一脸愁容，不禁咧开嘴笑了。

“噢，我的天……我先给你五十块怎么样？等我……”

“我可不是来卖帽子的，”他说道，“这是给你的礼物。”

斯佳丽一时目瞪口呆。收受男人的礼物，这可是桩严肃的事情。

埃伦曾一再对她耳提面命：“我的宝贝，一个淑女接受绅士的礼物，只限于糖果、鲜花，或许还可以接受诗集或纪念册或小瓶花露水什么的。贵重物品千万不能接受，就是未婚夫送的也不接受。绝对不能接受赠送的首饰或衣物，就是手套或手帕也不行。要是你接受这种礼物，男人就知道你不是个淑女，就要对你放肆了。”

“天哪。”斯佳丽想道。她望着自己的镜中身影，又朝瑞特诡谲的脸望了一眼。“我简直无法拒绝他这礼物。实在太可爱了。我倒……我倒宁愿他对我放肆一下，只要别出格就行。”这念头把她吓了一跳，她不禁飞红了脸蛋。

“我……我一定要给你那五十块钱……”

“你要那么做，我就把钱扔进阴沟里。要么，最好花钱为你的灵魂做几场弥撒。我能肯定，你的灵魂需要几场弥撒来赎罪。”

她勉强笑了笑。望着镜子，看到自己在绿帽檐下的笑颜，她突然拿定了主意。

“你究竟想把我怎么样？”

“我这是用高级礼物引诱你，要把你脑袋里自幼让人灌输的想法赶出去，让你听我摆布。”他说。接着，他惟妙惟肖地模仿女人的话说：“‘亲爱的，淑女接受绅士的礼物，只能限于糖果、鲜花。’”她听了忍不住扑哧一声笑了。

“瑞特·巴特勒，你真是个又狡猾又坏的家伙，准知道我不忍心拒绝这么漂亮的帽子。”

他的眼睛里露出嘲讽神色，也赞赏她的美貌。

“当然啦，你可以告诉佩蒂小姐，说你给了我个塔夫绸和绿波纹绸样子，叫我为你定做的帽子，还可以告诉她说我敲诈了你五十块钱。”

“不。我要说是一百块，好让她逢人便说，让城里人个个眼红，说我出手大方。不过，瑞特，你千万别再送我这么贵重的东西了。你的心意好，不过我真的什么也不能再接受啦。”

“真的？可我还是要送你礼物，只要我高兴，只要我看到能让你显得更漂亮的东西，就带来送给你。我要送你一块深绿色波纹绸，让你做件上衣，配上这顶帽子。不过我要警告你，我可是不怀好意的。我这是用帽子和首饰做诱饵，引诱你下陷阱。你要时刻记住，我做什么事都不是没有目的，也从不办事不图回报。我从来不做没报酬的事。”

他的两只黑眼睛扫视着她的脸，最后落在她的嘴唇上。斯佳丽垂下眼帘，满心紧张。他要对她放肆了，埃伦的话说得没错。他要亲吻她了，反正他想亲吻她。她心里忐忑不安，拿不定主意，不知道是不是该让他亲吻。要是她拒绝，说不定他会抢走帽子，送给别的姑娘。要是她允许他随便亲一下，说不定他以后还会送她许多漂亮礼物，为的是再亲吻她。男人都看重亲吻，天知道到底是为了什么缘故。他们跟姑娘亲吻一回，往往就对姑娘爱得死去活来，要是姑娘聪明，只让男人亲一次，以后再也不许他亲，那男人说不定会当众丑态百出，逗人开心。要是瑞特·巴特勒爱上她，还愿意向她承认，乞求得到她的一吻，或者博得她的欢笑，那可真够有趣的。好吧，她就允许他亲一回。

可他并没有要亲吻她的意思。她的目光透过睫毛瞥了他一眼，喃喃地挑逗他。

“这么说，你从来不白做任何事情，是吗？那你想从我这儿得到什么？”

“还得等着瞧。”

“好吧。要是你以为我会为了一顶帽子就嫁给你，告诉你吧，我不干。”她壮着胆子说道，说完脑袋一扭，那模样十分可爱，把帽子上的羽毛震动得上下抖动。

他的小胡子下露出亮晶晶的白牙齿。

“夫人，你这是自作多情。我并不想要你嫁给我，也不打算娶别的姑娘。我这人天生不适合结婚。”

“真是的！”她嚷起来。她心里慌了，决心要引逗他放肆一下。“我也不愿意，就是跟你亲吻也不愿意。”

“那你干吗把嘴撅成这种滑稽模样？”

“哎呀！”她朝镜子里瞥了一眼，见自己撅起红唇，一副期待亲吻模样。“哎哟！”她又嚷了一声，顿时心头火起，使劲跺脚。“我从没见过你这么可恶的男人，我再也不要见到你了。”

“要是你真的这么想，就该把帽子丢在地下踩。我的天，你发这么大脾气，准知道踩帽子更解恨吧。好啦，斯佳丽，把帽子丢到地上使劲踩踩，好让我看看你多么讨厌我和我送的礼物。”

“看你敢碰这顶帽子。”她紧紧抓住帽带上的蝴蝶结，连连往后退。他轻声笑着追上去，一把抓住她的手。

“唉，斯佳丽，你太幼稚了，闹得我心里难过，”他说道，“既然你盼望我亲你，那我就亲亲你。”说完俯下身漫不经心用小胡子在她脸蛋上蹭了一下。“现在，你看是不是该抽我一耳光，好维护自己的体面呢？”

她撅起嘴，露出不屑神色，翻起眼睛来看他的眼睛，只见他深邃的黑眼睛里满是滑稽神情，她不禁扑哧一声笑了。这家伙真爱捉弄别人，真可气！既然他不想娶她，甚至不愿亲吻她，那他想要的到底是什么呢？要是他不爱她，干吗频频来访，还送她礼物？

“这样好多了，”他说道，“斯佳丽，你跟着我只会学坏，要是你有点脑筋，就该赶我走。就看你有没有这个本事了，我可是很难让人撵走的。不过你跟我在一起没好处。”

“是吗？”

“你不至于看不出来吧？自从我在义卖会上见到你以来，你做的事都让城里人吃惊，该受责备的其实是我。是谁怂恿你跳舞的？

是谁迫使你承认说，我们光荣的事业既不光荣，也不神圣？是谁刺激你承认说，为夸夸其谈的原则丢掉性命的人都是大傻瓜？是谁让你变成老太婆们说闲话的对象？又是谁使出绝招，引诱你接受了一件礼物？要知道，淑女一旦接受这种礼物就失了身份。”

“巴特勒船长，你也太自命不凡了吧。我还没干出什么太不像话的事情，再说啦，就是没有你插手，我也照样做得出你说的这些事情。”

“我看未必。”他说道，他的脸色忽然沉下来，活泼神色也消失了。“要是没有我，你仍然是查尔斯·汉密尔顿的伤心寡妇，因为照顾伤员有个不错的名声。可结果呢……”

她已经不再听他说些什么，只顾喜滋滋对着镜子端详自己，心里想着今天下午就戴这顶帽子去医院，给疗养的军官送花。

她并没有想过，他最后这番话说得颇有道理。她没明白过来，是瑞特替她撬开了寡妇生活的监牢，虽然她受人青睐的美女时代早已过去，可他却放她出来，让她在未婚姑娘堆里称王称霸。她同样没明白，在他的影响下，她已经远远背离了埃伦的教诲。变化是在循序渐进中发生的，摒弃一个小规矩似乎跟对抗另一个小规矩没什么相关，而且一切看上去都跟瑞特无关。她并没有意识到，正是在他的怂恿下，她才将母亲关于礼数的严厉教诲全然抛在脑后，把淑女的艰深课程全都忘了个精光。

眼下，她只知道这顶帽子跟她不能再相称的了，而且她一个子儿都没花，这么看来，不管瑞特口头上是不是承认，他准是爱上她了。她当然想找法子让他自己承认。

第二天，斯佳丽站在镜子跟前，手里抓着一把梳子，嘴里叼满了发卡，要做个新发型。梅贝尔最近去里士满探望丈夫，说这种发型是州府最时兴的。发型还有个名字，叫“猫、鼠、耗子”，做起来挺难的，要先把头发从中间分开，每边分成三绺，一绺比一绺小，靠近中缝的那绺最大，就是“猫”。“猫”和“鼠”还好梳，可就是小“耗子”不好对付，发卡总是滑落，让她气恼。不过她打定主意要做好这个发型，因为瑞特要来吃晚饭。只要她的服饰或头发有一点儿新花样，他总能看在眼里，还少不了评论两句。

她苦苦应付那两绺浓密的鬈发，忙得额头上汗水直淌，这时，她忽然听见楼下门厅里传来急匆匆的脚步声，知道是玫兰妮从医院回来了。她发觉玫兰妮是一步两阶奔上楼来，不由心里一怔，停下手中的活计，手里拿的发卡定在半空中，她知道准是出事了，因为玫兰妮向来举止稳重，像个贵族遗孀似的。她连忙跑过去一把拉开门，玫兰妮冲进屋子，只见她满面通红，神色惊恐，像个做了错事的孩子。

她脸颊上沾着泪水，帽子落在脑后，帽带勒在脖子上，裙箍猛烈摆动着。她手里抓着个东西，一股廉价香水的气味随着她飘进屋子来。

“哎呀呀，斯佳丽！”她关住门，跌坐在床上。

“姑妈回来了吗？怎么，还没回来？啊，谢天谢地！斯佳丽呀，我难过死了，真不想活了！我差点晕过去，彼得大叔吓唬我，说要把这事告诉佩蒂姑妈！”

“告诉她什么？”

“说我跟那位小姐……也可能是位太太……”玫兰妮用手帕扇着发烫的脸，“就是那个红头发女人，她名叫贝尔·沃特林！”

“哎呀，玫兰妮！”斯佳丽嚷起来，惊得目瞪口呆。

贝尔·沃特林就是她来亚特兰大第一天在街上遇见的那个女人，如今她肯定是城里最臭名昭著的女人了。许多妓女追随着士兵拥到亚特兰大来，其中最惹眼的就是这个贝尔了，因为她有一头红发，还身穿过分花里胡哨的衣服。她很少在桃树街或者其他上等住宅地段露面，即使她来了，规矩人家的女人见了都赶紧躲到街对面，避她唯恐不及。可玫兰妮竟然跟她说话。怪不得把彼得大叔给气坏了。

“要是让佩蒂姑妈知道了，我就不活啦！你知道的，她会哭闹，还会把这事传得城里人人都知道，闹得我没脸见人，”玫兰妮哭哭啼啼说道，“再说，本来不是我的错。我……我不能见了她躲开。那多无礼呀，斯佳丽，我……我替她感到难过。你觉得我这么

想对不对呢？”

可斯佳丽并不关心这事的道德方面。她像一切有教养而且天真的年轻女子一样，对妓女都有一种好奇心。

“她有什么事？说起话来怎么样？”

“噢，她说话语句不通顺，可我看得出她想显得文雅，可怜的人儿。我从医院出来，彼得大叔没赶车去接我，我就想步行回家。走到埃默森家院子外面，只见她在他家树篱后面藏着呢！谢天谢地，幸亏埃默森一家都去了梅肯！她对我说：‘韦尔克斯太太，求你跟我说句话吧。’我也不知道她怎么会知道我的名字。我知道应该马上躲开她才对，可是——斯佳丽，我见她那么可怜，再说她是在求我呢。她身上穿的是黑衣服，头上戴着黑帽子，脸上没化妆，看上去挺正派，只不过头发是红的罢了。我还没来得及搭腔，她就说：‘我知道不该跟你说话，可我找过那个老家伙艾尔辛太太，要跟她谈谈，可没等我开口，她就把我从医院赶出来了。’”

“她真的管她叫老家伙？”斯佳丽听了乐开了怀。

“哎哟，别笑了。没什么好笑的。看来，这位小姐……就是说……这个女人，想去医院帮忙呢——你想得出吗？她提出每天上午可以在医院看护伤员，当然，艾尔辛太太准是一听这话就险些吓死，命令她从医院滚出去。然后她说：‘我也想出一份力。我也是联邦的人，跟你还不一样？’斯佳丽，我听她说想来帮忙，心里真的很感动。你想，既然她愿意为事业出力，就说明她并不是个彻头彻尾的坏人。你认为我有这想法很糟糕吗？”

“看在老天的分上，玫兰妮，谁会操心你的想法是不是糟糕呢？快说说她还讲了些什么吧。”

“她说，她经常见太太们走这条路上医院去，觉得我……我……面善，就拦住我。她手头有点钱，要我拿去捐给医院，还要我千万别说出钱的来路。她说，要是艾尔辛太太得知钱是怎么来的，肯定不会接受。那是笔什么钱哪！我一想到这个就犯晕！我当时心烦意乱，急于脱身，就说了声：‘啊，好吧，你真好。’还说了点诸如此类的傻话，她笑了笑说：‘你真是个厚道人。’说完把这个脏兮兮的手帕塞到我手里。瞧，你闻得出这香水味吧？”

玫兰妮伸出手，只见那是一块男人的脏手帕，香水味浓得呛人，上面打了个结，里面包着不少硬币。

“她向我道谢，还说以后每礼拜都要带些钱给我。正这么说着，彼得大叔赶着马车来了，看见了我们俩！”玫兰妮说着放声大哭，身子一歪，脑袋靠在枕头上。“他一见我身边那个人，他……斯佳丽，他冲着我就咆哮起来！我一辈子还没听人家对我那么咆哮过呢。他还嚷着说：‘你赶紧给我上车！’当然我只好服从。他一路上把我数落个够，半句都不容我分辩，还说要把这事告诉佩蒂姑妈。斯佳丽，你快下楼求求他，求他别告诉姑妈。你的话他大概会听的。要是姑妈知道我哪怕正眼看过那个女人，就准得气死。你替我说说情，好吗？”

“好的，我去。不过咱们还是先看看这里面有多少钱吧。掂着挺沉的。”

她解开手帕四角的结子，一把金币滚在床上。

“斯佳丽，有五十块呢！全是金币！”玫兰妮数完黄灿灿的硬币，嚷起来，“你说，这种东西……这种钱……这种来路，用在士兵身上行吗？你觉得上帝会理解她的好意吗？她一片诚心想要帮忙，上帝不会计较钱不干净吧？我一想起医院什么都缺……”

可是，斯佳丽这时无心听她的话了，眼睛盯着看那方手帕，心里充满了羞辱和愤怒。手帕的角上有三个字母“R．K．B．”，是姓名的第一个字母。在她柜子的第一个抽屉里，恰好有块一模一样的手帕，那是瑞特·巴特勒昨天借给她的，当时他们在采野花，她用那张手帕包在花茎上。她本打算等他今晚来访时还给他的。

这么说，瑞特居然跟这个坏女人沃特林有来往，还给她钱。她捐给医院的钱就是这么来的。闯封锁线赚的金币。瑞特跟那种人鬼混，还敢正眼看规矩人家的女人！她居然还相信他爱上了自己！这事证明他不可能爱自己。

在她看来，坏女人和跟她们有关系的事全都很神秘，让人厌恶。她知道，男人光顾这种女人和他们干的勾当淑女根本就不该提，就是提起也要压低声音，用委婉隐晦的说法。她一向以为，只有粗鄙的男人才会找这种女人。在此之前，她从没想过上流男人也可能干出这种事——至于什么是上流男人，具体说，就是在上流人家遇到的男人，陪她跳过舞的男人。这给她的思路打开了一个全新的领域，让她感到毛骨悚然。说不定所有男人都这么干！他们逼着自己的妻子跟他们干那种事已经够丑陋的，还要到外面去找下流女人，花钱买那种乐子！啊，男人全是下流坯，瑞特·巴特勒更是男人里最坏的家伙！

她要把这张手帕摔在他脸上，赶他出门，再也不理睬他了。可是，不行，她当然不能那么做。她绝对不能让他知道她了解这个女人，更不该知道他找这女人的事。一位淑女绝对不该知道这种事。

“哼！”她想着想着，心头火起。“假如我不是个淑女，我什么话不敢跟那个恶棍说！”

她把手帕揉成一团，下楼去厨房找彼得大叔。经过火炉时，把手帕塞进炉子里，看着它变成火苗，心里虽燃起怒火却不能发作。

第十四章

一八六三年夏天来临时，南方人个个心里又充满了希望。尽管生活窘迫艰难，尽管有粮食投机之类的人祸，尽管几乎每家人都经受过死亡和病痛的折磨，可是，南方人如今还在说："再打一场胜仗，战争就要结束了。"而且大家说这话的口吻比去年夏天更加自信得意。北佬倒是颗硬核桃，不过这颗核桃终于要被砸碎了。

亚特兰大和整个南方在一八六二年过了个欢乐的圣诞节。因为邦联军队在弗雷德里克斯堡打了场漂亮的胜仗，北佬的伤亡人员成千上万。圣诞期间，南方到处欢欣鼓舞，人人庆幸战局有了转机。身穿胡桃色制服的士兵已经锻炼成老练的战士，将军们个个表现出英勇气概，大家都相信，等到春天重开战，北佬一定会给彻底打败。

春天来了，战火重起。到了五月，邦联军队在钱斯勒斯维尔又打了一场大胜仗，让南方人个个兴高采烈。

当时联邦的一支骑兵部队冲进来，深入到佐治亚腹地，结果反倒让邦联军队瓮中捉鳖打了个大胜仗。人们至今谈论起来还乐得相互拍着对方的脊背说："真棒！老纳桑·贝德福德·福雷斯特一出马，他们个个都屁滚尿流啦！"那是四月末的事情，斯特赖特上校率领一千八百名联邦骑兵突袭佐治亚，企图攻占亚特兰大北面六十多英里处的罗马镇。他们野心勃勃，打算切断亚特兰大跟田纳西州之间的重要铁路干线，然后挥师南下，打进亚特兰大，摧毁邦联这个重镇的工厂和集中在那里的军需物资。

这倒真算得上是一项大胆的行动，要是得手，南方的损失准会非常惨重。可是南方有福雷斯特，他只带了不多的人马前去御敌，数目只有对手的三分之一，然而，他们个个骁勇善战！敌人还没抵达罗马镇，就受到他的日夜骚扰。最后他将敌人全部俘获了！

这个捷报几乎跟钱斯勒斯维尔大捷的消息同时传到了亚特兰大。全城顿时欢声雷动，笑语喧天。钱斯勒斯维尔大捷更加重要，不过俘获斯特赖特突袭队却让北佬大丢面子。

“他们休想愚弄咱们的老福雷斯特。”亚特兰大人反复讲述之余，总要添上这么一句。

邦联不但时来运转，而且势头正旺，百姓受了感染，个个眉开眼笑。不错，北佬在格兰特将军率领下，自从五月中旬以来倒是包围了维克斯堡。石墙将军杰克逊在钱斯赖斯维尔负重伤不治身亡，让南方遭受了痛苦的损失。而且科布将军在弗雷德里克斯堡阵亡，佐治亚失去一位最勇敢最优秀的儿子。然而，北佬再也承受不了像弗雷德里克斯堡和钱斯勒斯维尔那样的败仗了。他们非投降不可，到时候，这场残酷的战争就会结束。

到了七月初，先是听到传闻，后来又经正式函件证实，说李将军已经打进宾夕法尼亚，深入敌人腹地了！李将军逼敌人决战啦！终于要打最后一战了！

亚特兰大全城欣喜若狂，个个激动不已，人人渴望复仇。如今，该让北佬尝尝战火烧到自家土地上的滋味了。也该让他们尝尝痛苦的滋味，让他们也失去沃土，牛马被抢，房子被烧，男人关监牢，女人孩子挨饿。

人人都知道北佬在密苏里、肯塔基、田纳西和弗吉尼亚干的坏事。他们每占一片土地，就干尽骇人听闻的坏事，连孩子们战战兢兢地说出那些事情来都恨得咬牙切齿。亚特兰大城里已经到处是从田纳西州逃来的难民，城里人都听过他们诉说自己亲身经历的苦难。在他们那里，拥护邦联的人占少数，战争给他们带来的灾难也就更加深重，邻居相互告发，弟兄骨肉相残，边境几个州的情况都是这样。难民们个个盼望看到宾夕法尼亚烧成一片火海，就连心肠最慈祥的老太太们此时脸上也浮出幸灾乐祸的笑容。

可是，消息渐渐传来，说李将军下达了军令，严禁部队在宾夕法尼亚侵害私人财产，抢劫者一律处死，征用一切物品都要付款。幸亏将军平素广受百姓尊敬，这才勉强维持住他的声望。打进那么富庶的州里，还不准士兵在满屯的谷仓里放纵一下？这个李将军脑子里打的是什么主意呀？难道我们的子弟兵肚子没挨饿，他们脚上不是没鞋穿，身上不是缺衣服，行路不是没马骑？

达西·米德匆匆给大夫写来一封信。整个亚特兰大七月初得到的战场直接消息只有这一封信，大家便传着看信，看完后，大家的心情渐渐酝酿成愤怒。

> “爸，你能不能设法给我弄双靴子？我打赤脚已经有两个礼拜了，看来也没希望再弄双鞋。要是我的脚没这么大，本来能像别的弟兄们那样，从敌人尸体上扒下鞋子穿，可我一直没找到和我的脚差不多大的北佬死尸。要是给我弄到靴子，别交给邮局寄来。中途会让人劫走，可我也不能怪人家。让菲尔坐火车来一趟，把靴子送来。我会尽快再写信给你，告诉你我们在什么地方。现在我还不知道，只知道我们在向北挺进。现在我们在马里兰州，大家都说，我们要开进宾夕法尼亚州……
>
> “爸，我本来想，对北佬应该以其人之道还治其人之身，可将军不准。说实在的，要是能放火烧个北佬的房子该有多痛快，不过干这种事要被枪毙的。爸，今天我们行军穿过一片你从没见过的大玉米田。我们家乡种的玉米长势没这么好的。说实在话，我们在那片玉米田里都干了点

抢劫的勾当，因为我们都饿坏了，再说将军眼不见，心也就不烦。不过玉米太嫩，吃了反倒惹了麻烦。弟兄们本来就拉肚子，吃了嫩玉米就更止不住了。行军的时候拉肚子比腿上挂彩还难受。爸，一定要给我弄双靴子。我现在是上尉了，上尉就是穿不上新军装，戴不上新肩章，至少该有鞋穿。”

但是，部队已经在宾夕法尼亚了，这是最要紧的。再打一场胜仗，战争就要结束了，到时候，达西·米德想穿多少双靴子都随他挑。而且子弟兵都要凯旋，人人都要像原来一样幸福了。米德太太的眼睛湿润了，心里想象出儿子终于回家的情景，啊，再也用不着离开家了。

七月三号这一天，一个电报也没从北方发来，沉寂状态一直持续到四号中午，后来，亚特兰大的司令部才开始断断续续收到些混乱的电文。在宾夕法尼亚州一个名叫葛底斯堡的小镇附近爆发过激战。战斗规模很大，李将军投入了全部兵力。这则消息并不确定，而且来得很慢，因为战斗是在敌人的领土上打响的，消息先是通过马里兰传到里士满，然后才能转发到亚特兰大。

城里人越来越不放心，恐惧慢慢袭上大家心头。不了解真实情况比什么都让人提心吊胆。凡是自家有儿子在前线的家庭，都虔诚祈祷，但愿自己的儿子没开往宾夕法尼亚。明知自家亲人跟达西·米德在一个部队的人，就横下心来，说亲人能参加彻底打垮北佬的战斗，是他们的光荣。

在佩蒂姑妈家里，三个女人面面相觑，掩饰不住心里的恐惧。阿希礼也在达西所在的那个团。

到了七月五号，传来了坏消息，不是来自北边，而是西面。维克斯堡受到长期围困和猛攻，终于失陷了。这样，从圣路易斯到新奥尔良，整个密西西比河都落入北佬手中。邦联被截成了两半。要是换了平时，亚特兰大人听说这场灾难，准会惊恐交加，悲伤不已，可现在人们都无心顾及维克斯堡了。他们一心挂念着李将军在宾夕法尼亚的大决战。只要李将军在东部取胜，丢了维克斯堡也算不得什么大灾难。东部有费城、纽约、华盛顿呢。能拿下这些城市就能让北方瘫痪，就能远远抵消在密西西比河上的失败。

时间一小时一小时熬过去，灾难的阴云笼罩在城市上空，仿佛遮盖住了毒烈的太阳，到后来，人们猛然抬头看看，才发现原来是个大晴天，天空湛蓝，并没有乌云压顶，大家几乎不敢相信这是真的。到处都有三五成群的妇女，她们聚在门廊上，围在人行道上，甚至站在路当中，相互安慰说，没消息就是好消息，大家都努力表现出勇敢的样子。但还是传来了可怕的消息，坏消息就像到处翻飞的蝙蝠，破坏了街道上的宁静。有的说李将军已经阵亡，有的说他吃了败仗，传来的伤亡名单人数多得吓人。虽然大家都不肯相信，可整个街区的居民还是按捺不住心头的惊恐，纷纷拥向城里，拥到报社，拥到司令部，打听消息，什么消息都想听，就是坏消息也不在乎。

火车站里挤满了一群群人，大家都希望进站的火车能捎来新消息。人群也拥挤在电报局里，聚集在焦头烂额的司令部门外，围在报馆关闭的大门外。人群越聚越多，肃静得出奇。没有人开口讲话。时而有个老人尖声说话，乞求透露点消息，回答总是一个样："北面还没有新电报，只知道战斗还在进行。"人群听了并不相互嘀咕，反而更加肃静。人群外圈的妇女有的站着，有的坐在马车上，人越围越多，挤作一团的人群热气腾腾，人们的脚不安地踢踏着，扬起的灰尘把人呛得喘不上气来。女人们都不开口说话，但是，她们沉默苍白的面孔上都露出祈求的神情，模样比号啕痛哭更让人难过。

城里几乎每家都有亲人参加这次战役，有儿子，有兄弟，有父亲，有情人，有丈夫。大家都战战兢兢地等待着，唯恐噩耗传回家。他们等待着噩耗，却从来没想过会传来战败的消息。吃败仗的念头他们想都没想过。他们的亲人此刻或许已经倒在宾夕法尼亚的山丘上，在烈日下的枯草丛中奄奄一息。南军的部队此刻也许像受到冰雹袭击的庄稼一样成片倒下，但是他们为之献身的事业却永远不会失败。成千上万子弟兵或许会战死沙场，但是更多身穿灰制服和胡桃色服装的士兵就像种下龙牙希腊神话中，卡德摩斯屠龙后将龙牙埋入土中，却长出许多武士报复他。般拥出来，嘴里高呼战斗口号接替他们。这些人会从什么地方拥出来？这谁也不知道。大家只知道李将军能创造奇迹，弗吉尼亚军队是不可战胜的，这就像天堂里有个正直的上帝在守护一样可靠。

斯佳丽、玫兰妮和佩蒂帕特小姐坐在马车里，等候在“每日观察”报馆门前。马车车篷折在后面，她们各自撑着阳伞。斯佳丽的手抖得厉害，阳伞在脑袋上方乱晃，佩蒂紧张得要命，那张圆脸上，鼻子像兔鼻子一样不停地抽动，只有玫兰妮像尊石像一般端坐着，可她的两只黑眼睛越睁越大。两小时以来，她只说过一句话，当时她从手袋里取出一瓶嗅盐递给佩蒂姑妈，她一辈子说话从来没像现在这样不留情面。

“拿着，姑妈，要是犯晕就闻闻。我可告诉你，要是你晕倒，就随你晕，只好让彼得大叔送你回家。我听不到消息就不离开这儿——不得到准信我就不走。再说，我也不让斯佳丽撇下我。”

斯佳丽并不想走，不愿阿希礼有消息的时候自己在听不到消息的地方待着。她不能走，就是佩蒂小姐死了她也不离开这地方。阿希礼在前方打仗，也许就要战死了，只有在这个报馆，她才能得到确切消息。

她朝周围人群望望，认出了朋友和邻居们：米德太太歪戴着遮阳帽，紧紧挽着十五岁儿子菲尔的胳膊；麦克卢尔家姐妹使劲闭上哆嗦的上嘴唇，好遮住满嘴龅牙；艾尔辛太太站在那里一动不动，活像个斯巴达式的母亲，只有从发髻散落下的几绺白发暴露出她内心其实非常不安；范妮·艾尔辛脸色煞白，活像个鬼魂，她总不至于在为弟弟休担心吧？她该不是有个情人在战场上，让大家都蒙在鼓里吧？梅里韦特太太坐在马车上，轻轻拍着梅贝尔的手。梅贝尔的肚子已经很大了，虽然她裹了一方披肩，仔细将穗子垂下来掩饰，毕竟在众人面前露脸有失体统。她又何必这么着急？谁都没听说路易斯安那州的部队打进宾夕法尼亚。她那个毛发浓密的小个头义勇兵此刻可能稳稳当当在里士满待着呢。

人群外面有人散开，只见瑞特·巴特勒骑着马小心翼翼地从人群中挤过来，凑近佩蒂姑妈的马车。斯佳丽想道：“这人胆子可真不小，在这个时候还敢上这儿来，就凭他没有参军打仗，人们就能把他撕成碎片。”他走近她们，她自己就想先动手撕扯他。他怎么胆敢骑在那匹骏马背上，脚蹬亮闪闪的靴子，身穿漂亮的白亚麻套装，嘴里叼着昂贵的雪茄烟，露出一副脑满肠肥的模样？可阿希礼和其他弟兄却光着脚打北佬，个个热得汗流浃背，饿得头晕眼黑，还得忍受肠胃病痛！

他缓缓穿过人群走来，人们纷纷向他投去怨恨的目光。留着长胡子的老人们低声咆哮，梅里韦特太太对什么都无所畏惧，坐在马车上挺了挺腰杆，用清晰的声音吐出几个字：“投机商！”这个字眼从她嘴里吐出来，就成了最难听恶毒的咒骂。他对谁的态度都不在意，只是向玫兰妮和佩蒂姑妈抬了抬帽子致意，然后打马来到斯佳丽身旁，俯身悄悄说：“你不觉得米德大夫现在该发表他那老生常谈吗？说胜利就像我们旗帜上仰天长啸的雄鹰。”

斯佳丽正紧张焦急得要命，猛然朝他转过身，模样像只激怒的猫，一串恶狠狠的咒骂已经到了嘴边，可他做了个手势，没让她说出口。

“我来这儿为的是告诉你们几位夫人，”他大声说，“我去过司令部，第一批伤亡名单已经到了。”

周围的人一听这话，嗡嗡声立刻响起，人群纷纷转身，打算拥向白厅街，去司令部打听消息。

“别去，”他在马镫上站起身，举起手喊道，“名单已经送到两家报馆，正在赶印。留在原地等吧！”

“啊，巴特勒船长，”玫兰妮朝他转过身去，眼眶里滚动着泪花，“真是太感谢你了，专门跑来告诉大家！他们什么时候才能公布出来？”

“马上就该公布了，夫人。报告送到报馆已经有半小时了。负责这事的少校不愿提前公布消息，要等印好再说，唯恐打听消息的人群挤破报馆的办公室。啊！瞧！”

报馆的一扇侧窗打开了，里面伸出一只手，拿着一捆狭长的校样，上面还沾着新油墨，上面密密麻麻打印着人名。人群纷纷争抢，有的纸让人撕成两半，有的人抢到手连忙退出人群，后面的人纷纷往前挤，嘴里嚷着：“让我过去！”

瑞特翻身下马，把缰绳扔给彼得大叔，说了句：“拉住马！”便挤进人群。她们只看见他结实的肩膀露在人群上面，使出蛮劲一路推搡过去。不一会儿，他就返回来，手里拿着好几份名单。他丢给玫兰妮一份，把其余几份散发给坐在附近马车里的妇女们，给了麦克卢尔家小姐、米德太太、梅里韦特太太还有艾尔辛太太。

斯佳丽的心都要跳到嗓子眼了，见玫兰妮手抖得厉害，根本没法看名单，她不由心头火起，嚷道：“快给我，玫兰妮。”

“拿去吧。”玫兰妮低声说。斯佳丽一把夺过名单，径直找W开头的姓氏。W开头的名字在哪儿？噢，在最后，字都涂抹得不清楚了。“怀特，”她边看边读出声，“威尔金斯……韦恩……泽布伦……啊，玫兰妮，没有他的名字！他不在名单上！天哪，姑妈！玫兰妮，捡起那个瓶子！扶起她来，玫兰妮！”一股幸福感涌上了玫兰妮心头，她按捺不住激动，当众哭出声来。她把佩蒂姑妈耷拉在一旁的脑袋扶正，将溴盐瓶子凑到她鼻子底下。斯佳丽在另一边搂住这个胖女人，心里乐得像在歌唱。阿希礼还活着，他甚至没有负伤。感谢上帝保佑他！

她听见有人轻轻放出悲声，扭头一看，见范妮·艾尔辛的脑袋耷拉下去，靠在母亲胸脯上，手中的伤亡名单落在马车地板上，艾尔辛太太把女儿搂在怀里，两片薄嘴唇止不住地颤抖着，却平静地对车夫说：“回家，快。”斯佳丽匆匆浏览一眼名单，没看见休·艾尔辛的名字。

范妮准是有个情人，如今已经死了。人们默默为艾尔辛家的马车让开路，脸上露出同情。麦克卢尔家姑娘乘坐的藤条轻便小马车跟在她们后面。赶车的是费思小姐，只见她脸绷得像石头一样，这一回她的嘴唇倒把牙齿遮了个严严实实。霍普小姐面如死灰，直挺挺地坐在她身旁，紧紧抓住姐姐的裙子。两个姑娘突然变得像上了年纪的老太婆。她们的弟弟达拉斯是两位姐姐的心肝宝贝，也是两位老姑娘在世上仅有的亲人——达拉斯死了。

“玫兰妮！玫兰妮！”梅贝尔嚷嚷着，声音里带着欢乐，“勒内健在！阿希礼也活着！啊，谢天谢地！”她的披肩早已从肩膀上滑落，大腹便便的模样暴露无遗，到了现在，她和梅里韦特太太母女俩谁也不在意了。“啊，米德太太！勒内……”她马上改变口吻，“玫兰妮，看哪！——米德太太，求求你！达西该不是……”

米德太太耷拉下眼皮，目光盯在自己腿上，听见有人叫自己的名字也不抬头看，在她身旁，小菲尔的举止让大家什么都明白了。

“别这样，别这样，妈妈。”他不知所措地嚷着。米德太太抬起头，正好跟玫兰妮四目相对。

“弄来的靴子如今他用不着了。”她说。

“哎呀，天哪！”玫兰妮倒先哭了，把佩蒂姑妈推给斯佳丽，自己爬下马车，跌跌撞撞朝大夫的太太走去。

“妈妈，还有我呢，”菲尔竭力安慰着，身旁的母亲脸色煞白，“你让我去吧，我要去杀北佬……”

米德太太死死抓住他的胳膊，仿佛永远也不打算松手，开口说道：“不！”那声音就像让人掐住了喉咙，气都喘不上来了。

“菲尔·米德，住嘴吧！”玫兰妮一边制止他，一边爬上车来，坐在米德太太身旁，把她搂在怀里。“你以为让你也去送死能安慰母亲？从没听过这么傻的话。赶车送我们回家，快！”菲尔抓起缰绳，她转向斯佳丽说：

“你把姑妈送回家就上米德太太家来。巴特勒船长，你能给大夫捎个口信吗？他在医院呢。”

马车穿过渐渐散开的人群离去。有的女人乐得哭了，但是，大多数女人显得神情恍惚，还没有意识到自己遭到了多么沉重的打击。斯佳丽低下头，匆匆看那份字迹模糊的名单，查找自己朋友的名字。既然阿希礼安然无恙，她才能分出心来考虑其他人。啊，多长的名单啊！亚特兰大付出的代价多大啊，佐治亚付出的代价又有多大啊！

天哪！“雷福特·卡尔弗特中尉。”雷福特！她突然回忆起那一天，那是在很久以前，他们俩一起离家出走，不过夜幕降临时，他们决定还是得回家，因为两人肚子都饿了，再说他们都害怕黑暗。

“约瑟夫·方丹，列兵。”是那个坏脾气乔！萨莉才刚刚生了他的孩子！

“拉斐特·芒罗，上尉。”跟凯瑟琳·卡尔弗特订了婚。可怜的凯瑟琳！她遭受了双重损失，既失去了哥哥，又失去了情人。可萨莉遭受的损失更大——她失去了哥哥，丈夫也死了。

啊，这真是太可怕了，她简直不敢再看下去了。佩蒂姑妈靠在她肩膀上又是喘粗气，又是长叹气。斯佳丽顾不得什么礼节，把她推到车厢一角，自己接着往下看。

当然，一张名单上当然不该有三个“塔尔顿”的名字。大概——大概是排印工匆忙中错把名字排重复了。然而，并不是错误。他们的姓名都在上面。“布伦特·塔尔顿，中尉。”“斯图尔特·塔尔顿，下士。”“托马斯·塔尔顿，列兵。”他家还有个博伊德，早在战争刚打响的那一年就牺牲了，天知道埋在弗吉尼亚的什么地方了。塔尔顿家兄弟简直是全军覆灭了。汤姆和那两个懒洋洋的长腿孪生弟弟生前喜欢说人闲话，搞起恶作剧来荒唐透顶，博伊德像个舞蹈教师一样风度优雅，舌头刺起人来就像一只大黄蜂。

“我很难过，斯佳丽。”瑞特说道。她抬起头望了他一眼，刚才都忘记他待着没走。“上面有你的不少朋友吧？”

她点了点头，勉强开口说：“县里差不多每家都有……还有……还有塔尔顿家全部……三个兄弟。”

他面色平静，几乎表现出肃穆，眼睛里也没有了嘲弄神色。

“事情还没完呢，”他说，“不过是第一批名单，而且还不完整。明天还会公布更长的名单。”他压低声音，免得让附近马车上的人们听见，“斯佳丽，李将军准是打了败仗。我在司令部听说，他已经撤向马里兰了。”

斯佳丽抬起头望着他，目光中露出惊恐，她倒不是为李将军打了败仗感到惊恐，是因为听到明天还有更长的伤亡名单！明天！她从没想过还有明天，一看到名单上没有阿希礼的名字，她已经高兴得忘乎所以了。明天，说不定就在此刻，他已经死了，不到明天她还不会得到这个噩耗，说不定明天过后还要等上一个礼拜。

“啊，瑞特，为什么会发生战争呢？要是当初北佬出钱把黑奴赎出去多好——就是我们白白把黑奴给他们，也比发生这些事情好啊。”

“斯佳丽，关键不是黑奴。黑奴不过是个借口罢了。战争从来免不了，因为男人热爱战争。女人不爱打仗，不过男人喜欢打——真的，胜过喜欢女人。”

他的嘴角往上挑，露出平时那种微笑，严肃神色不见了。他抬了抬宽边巴拿马草帽。

“再见。我要去找米德大夫了。由我把他儿子的死讯告诉他，这可真是个讽刺，不过我估计他现在也看不出这是个讽刺。过后他也许一想到这事就怀恨在心，一位英雄的噩耗竟然是个投机商传来的。”

斯佳丽调了杯加水威士忌，让佩蒂姑妈喝下去，然后送她上床，让普莉西和厨娘陪着她，自己去了米德家。米德太太和菲尔上了楼，等她丈夫回家，玫兰妮坐在客厅里，压低声音跟一群来表示同情的邻居交谈，手里忙着裁剪缝纫，改一条艾尔辛太太借给米德太太的丧服裙。屋子里弥漫着刺鼻的土制染料味，厨房里一口大洗衣盆里正煮染着米德太太的丧服，厨师一面搅动，一面抽咽。

“她怎么样？”斯佳丽轻声问道。

“一滴泪都没流过，”玫兰妮说，“女人哭不出来是桩可怕的事情。我不清楚男人遇到伤心事不哭怎么受得了。我猜是因为他们比女人坚强勇敢。她说，她自己要去宾夕法尼亚，把儿子的遗体带回家，因为大夫不能离开医院。”

“她独自去太可怕了！菲尔为什么不一道去？”

“她怕他趁机溜走去参军。你看，他年纪虽小，可身子长得高大，现在准能让人看成十六岁的小伙子。”

邻居们不忍心在家里见到大夫，一个个悄然离去，只剩下斯佳丽和玫兰妮在客厅缝纫。玫兰妮看上去心情悲哀，眼泪不停地滚出来，落在手头缝纫的衣服上，不过她的态度平静。她显然没想到战斗可能还在打，说不定阿希礼此刻已经战死了。斯佳丽心里惴惴不安，不知道该不该把瑞特的话告诉玫兰妮，是说出来心里好过些，还是藏在心底不说更好？最后她决定缄口不语。让玫兰妮感觉到她对阿希礼过于关心那就糟了。她觉得庆幸，因为包括玫兰妮和佩蒂在内，大家这天上午都忧心忡忡，谁也没留意她的举止。

她们默默做着针线活，不一会儿，听见门外有声音，她们就从窗帘缝朝外望，只见米德大夫正在下马。他的两肩耷拉，脑袋低垂，山羊胡子铺散在胸脯上，有气无力地走进屋子后，放下帽子和手提包，默默无言地跟两位女子行了亲吻礼，然后吃力地登上楼梯。片刻之后，菲尔下楼来了，长长的胳膊腿儿显得不知所措。两位女子用表情示意他过来坐下，可他却走到外面门廊里，坐在台阶上，脑袋耷拉下去，双手捂住面孔。玫兰妮叹了口气。

“他正在火头上呢，因为他们不准他上前线去打北佬，才十五岁哪！唉，斯佳丽，要是有这么个儿子真是福气！”

“也让他去送死？”斯佳丽想起了达西，就没好气地说。

“哪怕儿子战死疆场，也比没儿子好哇，”玫兰妮的声音有点哽咽，“你不理解，斯佳丽，你有小韦德，可我……啊，斯佳丽，我多想有个孩子！我知道，你以为我害怕说出口，可这是我的真心话，哪个女人不想要孩子呢，你自己就有亲身体验嘛。”

斯佳丽按捺住自己的情绪，才没有嗤之以鼻。

“要是老天安排让阿希礼——被俘，我想我还挺得住，要是他死了，我也不活了。要是他被俘，老天会给我力量，让我承受住。不过他要是死了，我可受不了，我身边没有——没有他留下的孩子给我安慰。啊，斯佳丽，你多幸运啊！虽然你失去了查理，可你还有他的儿子。要是阿希礼离开人世，我就什么都没有了。斯佳丽，请你原谅我，可我有时候真的很嫉妒你呢……”

“嫉妒……我？”斯佳丽感到内疚，不由得叫出声来。

“你有儿子，可我没有。有时候，我暗自把韦德当成自己的儿子，因为没有孩子真是太难受了。”

“胡扯！”斯佳丽这才放了心，匆匆瞟了一眼她那孱弱的身体，不禁红了脸，连忙埋头做针线。玫兰妮心里倒是想要孩子，就是没有怀孩子的身体。她身材比十二岁的孩子也高不了多少，臀部小得像个娃娃，胸部还很扁平。斯佳丽一想到玫兰妮生孩子这种事心里就反感，尤其是引起她无法忍受的联想。假如玫兰妮真的要给阿希礼生个孩子，那就像剜了她斯佳丽的一块心头肉似的。

“求你原谅我那么说韦德。你知道我非常爱他。你不会生我的气吧？”

“别说傻话了，”斯佳丽没好气地说，“去门廊上安慰一下菲尔吧。他在哭呢。”

第十五章

葛底斯堡战役失利后，精疲力竭的军队被迫撤回弗吉尼亚，在拉皮丹河畔扎营过冬。圣诞将至，阿希礼回家来度假了。斯佳丽与他阔别已经两年有余，相见之下，她心情激动得自己都感到诧异。当年她站在十二橡树庄园的客厅里，望着他跟玫兰妮结婚的场面，为自己永远失去他的爱难过得心都要碎了，那是她平生从未有过的痛苦。如今她才懂得，自己在很久以前，那个夜晚的感情，不过像个宠坏的孩子没得到想要的玩具。经过漫长岁月中对他的思念，加上不得不克制自己，一个字也不敢说出来，她的感情酝酿得日益炽烈了。

阿希礼·韦尔克斯身穿褪色的补丁制服，一头金黄头发也让夏天的烈日晒得褪成了亚麻色，他与以前那个随和、懒散的小伙子已经判若两人，不再是战前她疯狂热爱着的那个男人了。但是，他比以前更加让她心动，更加让她着迷。他以前白皙孱弱，现在，皮肤晒成古铜色，身材瘦削，两撇骑兵式的金黄色小胡子长长地垂在嘴巴两边，一副十足的军人形象。

他身穿旧军装，却很有军人风度，手枪装在破旧的枪套里，斑驳的刀鞘在长筒靴上碰出咚咚声，显得很有气派。马刺虽已失去光泽，却也不乏铮铮光亮——站在她们面前的是南部邦联陆军少校阿希礼·韦尔克斯。由于习惯于发号施令，神色中就有了一股平静的自信和威严，嘴角也开始出现严酷的皱纹。端正的肩膀和冷静明亮的眼睛里显出某种新奇而陌生的品质。原先他的模样懒散，如今却像头扑食的猫一样警觉，紧张的神情仿佛浑身的神经都是永远绷紧的提琴弦。眼睛里的神情让人看出疲惫和受过的磨难，秀气的额头和颧骨上阳光晒黑的皮肤紧绷绷的——还是她心中那个英俊的阿希礼，然而又跟昔日大不相同了。

斯佳丽本打算回塔拉庄园过圣诞节，但是，一收到阿希礼的电报，她说什么也不愿离开亚特兰大，埃伦非常失望，自己出面召她回家，也没让她回心转意。假如阿希礼计划回十二橡树庄园，她准会赶到塔拉庄园，好跟他离得近些。可是阿希礼已经写来信，说要在亚特兰大跟家人团聚，再说，韦尔克斯先生、霍尼和印第亚已经上城里来了。两年多没见面了，难道能让她回塔拉去，错过见他的机会？她听见他的声音，心跳就会加快；从他的眼神里还能判断他是不是还在怀念她，难道她能错过这一切？绝对不能！就是母亲也不能让她离开。

阿希礼是在圣诞节前四天回到家的，跟他同行的还有县里一群回家度假的小伙子。葛底斯堡战役后，县里的小伙子所剩无几了。其中有凯德·卡尔弗特、芒罗家两兄弟、方丹家的亚力克斯和汤尼。凯德瘦得都没人样了，还咳嗽个不停。芒罗家两兄弟自1861年参军以来，这还是第一次休假呢，两人都兴奋得要命。方丹家两兄弟喝得醉醺醺的，没完没了地吵闹。这群人要在车站等两小时，等着转火车，没喝醉的几位就设法跟他们周旋，免得方丹家两兄弟在车站打闹，也免得他们跟陌生人打起来。阿希礼只好把他们全都带回佩蒂帕特姑妈家来。

两兄弟酒喝多了，一见佩蒂姑妈，马上像好斗的公鸡一样打闹起来，都想抢先跟她亲吻，弄得姑妈又是害怕又是兴奋。凯德见状愤愤地说："这两个家伙，在弗吉尼亚还没打够，一到里士满，他们就酗酒打闹，结果让宪兵抓起来。要不是阿希礼好说歹说替他们解围，这个圣诞节他们只能在牢房里过了。"

他的话斯佳丽一个字也没听进去，又跟阿希礼在同一间屋子里团聚了，她乐得如痴如狂。在这两年里，她怎么见了别的男人也觉得好看、英俊，也觉得动心？既然阿希礼还在人世，她怎么能容忍别的男人调情？他现在又回家了，两人中间仅仅隔着一块地毯的距离。她每次朝他望一眼，就忍不住要涌出幸福的眼泪，不得不使出全部力量才能克制住自己。他坐在沙发上，身旁一边坐着玫兰妮，另一边坐着印第亚，背后还有个霍尼趴在他肩膀上。要是她有那个名分，能坐在他身旁，挽着他的胳膊，那该多好哇！要是她能不停地摸摸他的袖子，好证明这一切都是真的，那又有多好！她还想抓住他的手，用他的手帕擦掉自己喜悦的泪水。可是，此刻做这些事情的却是玫兰妮，而且她一点儿也不觉得害臊。她太幸福了，完全忘记了什么是害臊，什么是体面，只顾挽着丈夫的胳膊，脸上挂着微笑，眼眶里滚动着泪珠，丝毫也不掩饰心中的敬慕之情。斯佳丽也太高兴了，见了这情景并不讨厌，也没有感到嫉妒。阿希礼终于回家了！

她不时摸摸自己的脸颊，那是他亲吻过的地方啊，她回味起刚才的激动心情，就朝他微微一笑。当然，他第一个亲吻的并不是她。玫兰妮当时扑到他怀抱里，泣不成声，死死搂着他，仿佛再也不愿放开似的。后来，印第亚和霍尼先后拥抱他，简直是把他从玫兰妮的怀抱中抢过来的。接着，他亲吻了父亲，父子俩的拥抱既体面又亲热，平静的表面下看得出父子情深。接着是亲吻佩蒂姑妈，老小姐兴奋得要命，拖着两只与身体不相称的小脚，一直上下忙乱着。最后他才转向斯佳丽。她这时已经让那帮小伙子包围在中间，个个抢着要亲吻她。阿希礼说了句：“哎呀，斯佳丽！你这个漂亮妞！”说着亲了亲她的脸颊。

得了他这一吻，她原先想好要对他说的欢迎词全都忘了个精光。好几个钟头过后，她这才想起，他并没有亲吻她的嘴唇。她竭力想象着，假如他俩是单独待在一起，他俯下高高的身体，紧紧搂着她，她踮着脚，长时间跟他拥抱成一团。她越想越幸福，便相信他准会那么做。他要在家里待一个礼拜呢，做什么事都有的是时间！她当然会想办法单独跟他在一起，还要对他说："你还记得我们以前骑马走的那些秘密小径吗？""你还记得我们坐在塔拉庄园门前台阶上那个月夜吗？你还记得你朗诵的那首诗吗？"天哪！他朗诵的那首诗到底叫什么名字来着？"你还记得那天傍晚吗？当时我的脚脖子扭了，你在暮色中把我抱回家。"

啊，"你还记得吗？"这几个字能让她勾起多少往事，唤起他多少珍贵的回忆啊。在往昔那些美好的日子里，他们像无忧无虑的孩子一样在县里到处游荡，有多少话题能让他们想起玫兰妮·汉密尔顿露面前的日子啊。他们谈话间，她或许还能从他的目光里看出某种激动的情感，看出某种迹象，让她感到，他越过与玫兰妮的夫妻情分障碍，真心喜欢的仍然是她，就像野外烧烤宴那天他脱口说出的真心话一样真实。可她并没有想过，假如阿希礼真的说出爱她，而且说得明白无误，她打算怎么办。在她心里，只要阿希礼真的喜欢她，她就心满意足了……对，她可以等，让玫兰妮尽管搂着他的胳膊哭闹吧，让她享受幸福的时光好了。她的机会总会到来。说实在的，像玫兰妮这样的姑娘，还懂什么是爱情？

"亲爱的，你这模样活像个叫花子。"最初的激动过后，玫兰妮说，"是谁给你补的制服，干吗用蓝色补丁？"

"我以为自己的模样挺帅呢，"阿希礼看了看自己的外表说，"要是你拿我跟前方衣衫褴褛的士兵比一比，就会更加赞赏我啦。替我补制服的是摩西，我觉得他补得挺好，要知道，他在上战场之前连针线都没摸过。至于蓝色补丁，我们没什么好选择的，要么任凭马裤上有多少窟窿也不管，要么去弄件北佬的军装，剪下来补一补。嗨，反正没什么别的办法了。至于说我这叫花子模样嘛，你还真得感谢上苍呢，你丈夫总算没有光着脚板回家。上个礼拜，我那双旧靴子彻底磨穿了，要不是碰巧打死两个北佬侦察兵，其中一个的靴子我穿着十分合脚，要不然，我只好脚上裹着麻袋片回家了。"

他伸展开两条长腿，让她们欣赏那双高筒靴，靴子上满是破绽。

"可另一个侦察兵的靴子我穿着就不合脚，"凯德说，"比我的脚小两号，现在还把我的脚蹩得生疼。话说回来，回家总得有个模样才对。”

“你这头自私的猪猡，就是不肯把靴子让给我们兄弟，”汤尼说，“我们方丹家的贵族小脚穿着肯定合适。真该死，脚上穿着这么双大笨鞋，怎么好意思见母亲呢。换了战前，就是我家的黑奴，他也不会穿这种鞋啊。”

“别担心，”亚力克斯瞅了凯德的靴子一眼，“回家坐火车的时候，我们替他扒下来好了。我倒不在乎回家让母亲看见这模样，可我他妈的——噢，我是说，我不想让迪米蒂·芒罗看见我的脚指头露在外面。”

“得了吧，这靴子本来该归我，是我先口头占住的。”汤尼说着板起脸瞅了兄弟一眼。玫兰妮吓了一跳，方丹家兄弟好闹事是出了名的，她怕他们又要争斗，赶紧出面调停，事态这才恢复平静。

“我本来留了长胡子，想让你们几位姑娘看看。”阿希礼说着摸了摸脸，脸上让剃刀割开的口子还没完全愈合。“照我看，我那口美髯比斯图尔特将军和福雷斯特将军也不逊色。可我们一到里士满，这两个坏蛋，”他指向方丹家兄弟，“就决定剃光胡子，还逼我也剃掉。他们按倒我，硬给我剃了个光。他们没把我的脑袋一块儿给剃掉，我倒真觉得奇怪呢。幸亏埃文和凯德出面干涉，才算保住了我的小胡子。”

“满口胡话！韦尔克斯太太，你真得感谢我们呢，要不然，你根本认不出他是谁，准会让他吃闭门羹，”亚力克斯说，“我们这么做是表示对他的感谢，多亏他花言巧语，才没有让宪兵抓我们去蹲大狱。你再说，就连你的小胡子也一块儿剃光，我们马上动手。”

“噢，好了，好了，多谢你们啦！”玫兰妮吓得连忙抓住阿希礼。那两个皮肤黑黝黝的家伙凶神恶煞，看来什么不像样的事都干得出来。“我觉得这模样十全十美啦。”

“这才是爱情！”方丹兄弟异口同声说着，一本正经地对视一眼，点了点头。

后来，阿希礼不顾寒冷，用佩蒂姑妈的马车送小伙子们去火车站，玫兰妮挽住斯佳丽的胳膊。

“他的军装真够难看的，不是吗？我把新做的上衣送他，会不会是个惊喜？啊，要是有足够的布料再做条马裤该多好！”

一谈起给阿希礼送衣服，就触到了斯佳丽的痛处，她真心希望送他这件衣服做圣诞礼物的人是她自己，而不是玫兰妮。做军装的灰色毛料如今比红宝石还珍贵。阿希礼身上穿的也是普通土布军装。

眼下就连胡桃色土布也不多了，许多士兵就穿从北佬俘虏身上扒下的军装，用胡桃壳做的染料煮一煮，染成深褐色。玫兰妮弄到一大块灰色毛料替他做军装，这事纯属走运，虽然有点短，不过总算是件上衣。当时她在医院护理一名查尔斯顿的伤兵，小伙子死后，她剪下他的一绺头发，连同他口袋里的一点点遗物寄给他母亲，还附了封信，叙述他临终的情形，没提起他死前受的痛苦，只说了些安慰话。从此两人的通信就没断过，那位母亲得知玫兰妮的丈夫在前线，就给她寄来一大块灰色毛料和一套铜纽扣，这料子本来是她打算给儿子做衣服用的。衣料很漂亮，又厚实又暖和，表面有柔和的光泽，显然是偷越封锁线弄来的，准是花了大价钱。现在衣料送到裁缝那里，玫兰妮不断催促他，要他务必在圣诞节早上把衣服做好。斯佳丽真希望自己能为他做条裤子，好凑成完整的一套军装，可所需的衣料在亚特兰大根本买不到。

她已经为阿希礼准备了一份圣诞礼物，但是，与玫兰妮要送给他的灰军装相比，她的礼物便显得微不足道，而且是黯然失色。那不过是一只法兰绒做的针线包，里面装的是瑞特从拿骚为她搞来的稀有缝衣针，还装着她的三张麻纱手帕，也是瑞特送她的礼物，另外还有两个线团和一把小剪刀。她真希望送他些代表自己心意的东西，就像妻子送丈夫衬衫啦，手套啦，帽子啦什么的。对了，最好是一顶帽子。阿希礼头上戴的那只平顶军帽真难看，斯佳丽怎么看都觉得讨厌。石墙将军杰克逊倒是宁肯戴这种帽子也不戴宽边软帽，那毕竟是他自己的偏好，并不能让大家显得气派。可惜亚特兰大能搞到的毛呢帽子都是些粗制滥造的货色，比他的滑稽军帽更不堪入目。

她想到帽子便联想到瑞特·巴特勒。他有那么多帽子，夏天有宽边巴拿马草帽，出席社交活动有高筒礼帽，还有打猎戴的帽子，以及褐色、黑色、蓝色的宽边软帽，等等。瑞特有那么多帽子，可她心爱的阿希礼冒着雨骑马打仗，雨水却要顺着小帽子往下流，直往领子里灌。

“我要让瑞特把他的黑呢帽给我一顶，”她打定了主意，“我还要在帽边上缀一条灰色丝带，把阿希礼家的徽章也缀上，准会十分漂亮的。”

她踌躇起来，心想，要是找不着个好借口，恐怕很难弄到那顶帽子。她根本不能对瑞特开口说，要这帽子为的是给阿希礼，要不他准会挑起眉毛，露出满脸捉弄人的难看神色。以前她一提起阿希礼，他总是那副模样。那他肯定不会给她帽子的。她得另编个故事，引他动恻隐之心。就说医院有个伤兵想要这帽子，瑞特根本不会去弄个水落石出的。

那天她整整一个下午都想找个单独跟阿希礼在一起的机会，哪怕只有几分钟也好，可玫兰妮一直陪在他左右，寸步不离，印第亚和霍尼也是屋里屋外都围着他团团转，她们俩的眼睛没有睫毛，向来暗淡无光，这天倒显得熠熠放光。就连约翰·韦尔克斯也没机会跟儿子从容谈话，看得出他有这么个儿子感到十分自豪。

吃晚饭的时候也是一个样，大家净拿战争的问题缠住他不放。该死的战争！谁操心什么战争呢？斯佳丽觉得，阿希礼对这个话题也不很感兴趣。他说的很多，欢笑不断，成了谈话中的主角。她以前可没见他这么健谈过，不过他说的话里没什么正经内容。他谈起朋友们的趣闻，讲起生活中凑合应付的事情显得乐不可支，把忍饥挨饿在雨中行军说得轻描淡写，还绘声绘色地说起李将军从葛底斯堡撤退时的模样，说他骑在马背上问他们：“先生们，你们是佐治亚的部队吗？可不是吗，我们上哪儿都少不了你们佐治亚人！”

斯佳丽觉得，他说得这么起劲，为的是避免他们提出他不愿回答的问题。后来，她看到，在他父亲的注视下，他显得踌躇，眼皮耷拉下去。她心中升起一丝隐隐的担忧和迷惑，不知道阿希礼心里有什么隐情。不过那种想法转瞬即逝，她今天满心喜悦，容不下其他情绪，一心只想单独跟他在一起。

她的喜悦心情没有维持多久。大家围在炉火旁坐久了，开始打哈欠，后来韦尔克斯先生和两个姑娘便起身去旅店。他们走后，彼得大叔打着亮，送阿希礼、玫兰妮、佩蒂帕特和斯佳丽上楼睡觉。斯佳丽这才觉得心灰意冷。在此之前，大家站在二层楼道里，阿希礼仿佛属于她，尽管她一下午都没单独跟他说过一句话，可他还是只属于她一个人。可现在呢，她道了声晚安，就看见玫兰妮的脸颊突然涨得通红，身子哆嗦着，眼皮耷拉下去，望着地毯，显得又惊又喜又羞怯。阿希礼推开卧室门，玫兰妮头也没抬就加快脚步跑进去。阿希礼匆匆说了声晚安，甚至没朝斯佳丽看一眼。

他们进去把门带上，斯佳丽这才突然张口结舌，心里无比凄凉。阿希礼不再是她的了。他属于玫兰妮。只要玫兰妮活着，就能跟阿希礼走进卧室把门关上——把世人统统关在门外。

转眼阿希礼要走了，要回到弗吉尼亚去冒着凄风苦雨长途行军，饿着肚子在雪地上宿营，去忍受痛苦艰难，去拿他的高贵脑袋、上流气质和自豪孱弱的身体冒险，片刻之际就可能像蚂蚁般让人随意踩死。过去这一个礼拜如梦如幻，色彩斑斓，每个钟头都充满了幸福，一切就这么过去了。

这一礼拜快得就像一场梦，其中充满了圣诞树的松枝气息，烛光和自制装饰在其中闪烁，匆匆逝去的每一分钟短暂得像心跳一样。多么紧张的一个礼拜，让人气都喘不上来，斯佳丽百感交集，有痛苦也有喜悦，她不由自主每分钟都忙碌个不停，为的是他走后能留下许多回忆，好在今后的岁月中从容回味，从中找出一点点安慰——她跳舞，歌唱，为阿希礼跑腿，揣摸他想要些什么东西，他微笑她便赔着笑，他谈话她就倾听，他有任何动作，她就盯着看，看他笔直的身体上的每一根线条，看他一次次扬起眉毛，留神他嘴角的每一个抽动，这些全都深深地刻在了她的心里。一个礼拜很快便过完了，可战争却仿佛没有尽头。

她坐在客厅的长椅上，手里捧着要送他的礼物，等待他跟玫兰妮话别，心里盼望他独自下楼，好让她单独跟他在一起待上珍贵的片刻光阴。她竖起耳朵倾听楼上的动静，可屋子里静得出奇，她自己的呼吸反而显得十分响亮。佩蒂帕特姑妈待在自己屋里，正趴在枕头上哭泣，阿希礼半个钟头前已经向她道过别。玫兰妮的卧室门紧闭，一丁点声音也传不出来，没有喃喃话语声，也听不见哭泣声。斯佳丽觉得他已经在那间屋子里待了好几个钟头了，斯佳丽每分每秒都在恼火，哼，跟他老婆道别，时间过得飞快，再过片刻工夫他就得动身了。

她想起整整一个礼拜自己把想对他说的话闷在心里，根本没机会跟他说，她现在明白了，那些话根本没机会对他说。

有些是无聊的废话："阿希礼，多保重，好吗？""别把脚弄湿，你太容易感冒了。""别忘了在衬衫下面垫上层报纸，遮住胸脯。挡风挺管用的。"不过，她还有别的话要说，是些比较重要的话。更重要的是，她想听他说一句话，就是他不说，她也想从他眼睛里分辨出来。

有那么多话要说，可现在根本来不及了！就算还有区区几分钟，要是玫兰妮跟着他一道下楼，还要送他到门外上车，她就休想得到机会。她恨自己为什么不在过去这一个礼拜找个机会。可玫兰妮总是陪在他身旁，她的眼睛总是死死盯着他，露出爱慕的眼光。屋子里总是挤满了朋友、邻居和亲戚，阿希礼从早到晚片刻不得闲。到了晚上，那扇卧室门又总是闭得紧紧的，只有玫兰妮跟他在一起。过去这几天，他从来没有朝斯佳丽投来一个会意的眼色，也没有说过任何一句稍稍出格的话，只有兄妹朋友的情谊，要说有什么特殊，无非是终生的友谊。他这一走恐怕就是永别，她怎么能不弄明白他是不是还爱自己？只要他对她的爱仍然存在，他就是死了，她也能终生珍藏起那份温馨的隐情。

仿佛足足等了一辈子，她才听见上面卧室里他的靴子走动的声音，随后是房门打开又闭上。她听见他下楼的脚步声。没有人陪着他！谢天谢地！玫兰妮准是为生离死别悲痛得瘫倒了，独自待在屋里伤心。她终于得到了单独陪他的几分钟宝贵时间。

他缓缓走下楼梯，靴子上的马刺丁零零作响，她听得见他的马刀碰在靴帮上发出的嗵嗵声。他走进客厅，目光阴郁，勉强挤出点笑容，可他面色苍白，仿佛有内伤在淌血。见他进来，她站起身，一股拥有他的得意涌上心头，觉得从来没见过这么英俊的士兵。他长长的枪套皮带闪闪发亮，银色的马刺和刀鞘也闪烁着亮光，这些都是彼得大叔辛勤打磨抛光的结果。新上衣不很合身，因为把裁缝催得太紧，有些地方做得歪歪扭扭。崭新的灰上衣十分夺目，可下身却是打了补丁的粗布裤子，靴子上破口斑驳，他的服装显得很不协调。不过在她眼里，即使他身穿银质甲胄，也不如眼前这身装束更像个迷人的骑士。

"阿希礼，"她突然乞求道，"我可以送你上火车站吗？"

"请你别去。我父亲和妹妹要在车站送我。再说，我宁愿跟你在这儿道别，免得在火车站看着你浑身颤抖。往日的记忆已经够多了。"

她立刻打消了原来的念头。印第亚和霍尼都不喜欢她，要是她们去送行，她就休想在那儿跟阿希礼说句知心话。

"那我就不去了，"她说，"看，阿希礼！我还有件东西要送你。"

终于有了送他礼物的机会，她反而有点害羞。她打开一个包，露出里面一条长长的黄腰带，厚厚的缎子上缀着浓密的流苏。几个月前，瑞特·巴特勒从哈瓦那给她弄来一块黄色披肩，上面绣满了俗气的花鸟。过去这一个礼拜，她使出全部耐心，把上面的花鸟全都拆掉，把方披肩裁剪拼接成长腰带。

"真是太漂亮啦，斯佳丽！是你亲手做的？那我就更加珍惜了。给我戴上吧，亲爱的。弟兄们见了我的新上衣和腰带准会眼红。"

斯佳丽把这条显眼的腰带系在他的细腰上，盖住他的皮带，腰带两头拉回来系了个同心结。玫兰妮倒是送了他件新上衣，这条腰带可是她自己的礼物，是她深深的心意，好让他戴着上战场一看见就想起自己。她退后几步，望着他，感到十分得意，觉得斯图尔特将军虽然围着腰带，帽子上插着羽毛，可是比起她的骑士也要略逊一筹。

“太漂亮啦，”他摩挲着腰带的流苏，又夸了一句，“我知道你准是剪了条裙子要不就是改了一块披肩。你真不该那么做，斯佳丽。如今这些漂亮的装饰太不容易搞到手。”

“啊，阿希礼，我会……”

她开口要说：“我会把自己的心割下来让你带着，只要你愿意。”可话到嘴边，连忙改成：“只要你喜欢我什么都愿意做！”

“真的吗？”他说着，眉头的忧郁神情消散了一点儿，“斯佳丽，那我就请你替我做点事，要是你答应，我在外面就放心多了。”

“什么事？”她兴致勃勃地问，心里什么都愿意承担下来。

“斯佳丽，你能替我照顾玫兰妮吗？”

“照顾玫兰妮？”

她大失所望，心里顿时变得沉甸甸的。这就是他临行前的嘱托，可她还一心盼望他承诺某种美妙的事情，做出某种让她着迷的举动呢！她顿时怒上心头。这是个她跟阿希礼单独相处的时刻，不容别人插进来。然而，尽管玫兰妮不在场，可是她暗淡的影子却插在他们两人之间。他怎么敢在两人离别的时刻提起她的名字？他怎么敢求她做这种事情？

他没有留意她脸上的失望。他还是从前那副模样，眼睛看着她，却心不在焉，目光仿佛透过她的身子望着她后面的某种东西，他根本就没看见她这个人。

“对，请你多关心她，照顾她。她太虚弱，自己却不明白。她又要看护伤员，又要参加缝纫会的活动，最后会把身体搞垮的。可她生性又那么温柔胆怯。除了佩蒂帕特姑妈、亨利伯伯和你，她在世界上再没有别的亲人了，在梅肯倒是有个名叫伯尔的表亲，不过是个隔了三层的表亲。佩蒂姑妈呢，你如今知道她其实就是个孩子，亨利伯伯又上了年纪。玫兰妮跟你情深意笃，这不单单因为你是查尔斯的妻子，还因为你人品好，她喜欢你就像喜欢自己的亲姐妹。斯佳丽，我一想到她，晚上就净做噩梦。假如我战死沙场，她没个可依靠的人，真不知道她会发生什么事。你能答应吗？”

她根本就没听见他最后提出的要求，一听他说出“假如我战死沙场”几个不吉利的字眼，她早就吓呆了。

她每天都要看伤亡名单，每次心都要跳到嗓子眼了，要是他有个三长两短，她的世界末日就到了。她心中暗暗相信，就是邦联军队全军覆灭，阿希礼也准会幸免。可他这时却说出让她心惊肉跳的字眼！她立刻浑身起了层鸡皮疙瘩，心里一阵恐惧。迷信产生的恐惧不容易用理智克服。她有足够多的爱尔兰血统，相信预感，尤其相信对死亡的预感，她从阿希礼那双大睁的灰眼睛里看到了深沉的悲哀，她只能解释作死神冰凉的手已经搭在他肩膀上，他已经听到了报丧女巫的哭号。

“千万别这么说！想都别想。好端端的说个‘死’字多不吉利！啊，快祷告两句吧。”

“你替我祷告吧，再点上几支蜡烛。”听她的口吻那么气急败坏，他倒笑了。

她心里看见一幅可怕的画面，吓得话都说不出来了，她仿佛看见阿希礼倒在弗吉尼亚的雪地上，离她那么遥远。阿希礼这时还在说话，话语中有一种特别伤感的口吻，有一种自暴自弃的味道。她越发感到恐怖，忘记了气恼和失望。

“斯佳丽，我就是因为这才求你的。我说不准自己会发生什么事，谁也不知道自己有什么命运。不过，末日到来时，我在遥远的地方，就算我还活着，也离玫兰妮太遥远，照顾不上玫兰妮。”

“末日？”

“战争的末日——也就是世界的末日。”

“可是，阿希礼，你当然不会认为北佬要打败我们吧？整整一个礼拜，你都说李将军多么坚强……”

“整整一个礼拜，我都在撒谎，所有休假的士兵都像我一样谎话连篇。时候还不到，何必让玫兰妮和佩蒂姑妈担惊受怕呢？不错，斯佳丽，我相信北佬会打败我们。葛底斯堡战役为我们的失败结局开了个头。后方还蒙在鼓里呢，哪里知道我们的处境，可是，斯佳丽，我们有些弟兄如今连鞋子都没得穿，弗吉尼亚却下了厚厚的雪。我一看到他们冻肿的脚上包着破布片和麻袋片，看到他们走过雪地流下的血脚印，可我自己却穿着完整的靴子，就觉得应该丢掉靴子跟大家一道光着脚行军。”

“哎呀，阿希礼，千万别丢掉靴子，你要向我保证！”

“看到这种情况，再看看北佬——我就看出一切都完了。你知道吗，斯佳丽，北佬从欧洲招募的雇佣兵，一来就是成千上万！我们最近抓到的俘虏连英语都不会说，都是些德国人、波兰人，还有说盖尔语的爱尔兰野蛮人。我们的人死一个少一个，没法补充兵源。我们的鞋子一穿破就没鞋子可穿了。我们走进死胡同啦，斯佳丽。我们抵挡不住整个世界的。”

她满脑子的胡思乱想：“邦联要垮就垮个彻底算了。世界末日要来就让它来吧，可你千万不能死！你死了我也活不成！”

“斯佳丽，我说的话你千万不能对任何人说。我可不想让大家惊慌失措。亲爱的，要不是我求你照顾玫兰妮，我也不会说这些惹得你惊慌。她弱不禁风，可你呢，斯佳丽，你很坚强。不论我是死是活，只要知道你们能在一起，我就放心了。你答应我，好吗？”

“啊，当然答应！”她嚷道。死神仿佛已经降临到他头上，她什么都愿意答应。“阿希礼，阿希礼啊！我不让你走！我实在没有勇气跟你分别！”

“你必须鼓起勇气。”他突然变了个腔调，声音变得响亮而深沉，仿佛急不可耐，“你一定要勇敢。要不然我怎么受得了？”

她迅速扫视他的面孔，心中一阵喜悦，暗自想道，他这意思是不是不忍心跟她分手，她此时跟他也是难舍难分。他的脸又像刚才告别玫兰妮下楼来一样了。他的眼神没什么特别含义。他俯身双手托起她的面孔，在额头上轻轻印下一吻。

“斯佳丽啊斯佳丽！你高尚坚强，心地善良，不但脸长得美，亲爱的，而且你的身体，你的心地，你的灵魂，一切都美。”

“阿希礼啊！”她浑身沉浸在幸福中了。他的话，他的吻，他的接触让她激动不已，她压低声音说：“除了你没有哪个人……”

“我从来都认为，我可能比大多数人更了解你，我看得出，你有些深藏不露的美好品质，其他人太粗心，太浮躁，看不出这些。”

他没有再说下去，捧着她脸蛋的双手耷拉下去，可他的双眼仍然盯着她的眼睛。她屏住呼吸，期待他接着说下去，盼望听他说出那三个神奇的字。可他没有再说。她慌乱的目光扫视他的面孔，嘴唇哆嗦着，她终于明白，他的话已经说完了。

她的希望又一次破灭，她的心承受不起失望，嘴里禁不住像个孩子似的叫了声：“哦！”便跌坐下去，眼泪把眼睛都刺疼了。接着，她听见窗外车道上传来一个不祥的声音，她这才感到更加痛心，阿希礼马上就要走了。古希腊人听见卡隆渡船的划桨声，心中的绝望也不会比她更强烈。彼得大叔身上裹了条被子，把马车赶过来，要送阿希礼上火车。

阿希礼轻轻跟她说声“再见”，从桌上抓起斯佳丽从瑞特那里骗来的宽边呢帽，便走进前面黑暗的门厅。他的手抓在门钮上，又转身望着她，两眼直勾勾的，长时间盯着她，仿佛要把她容貌和身体上每一个细小的东西都印在自己脑子里带走。她的一双泪眼望着他的脸，嗓子难受得像被扼住了脖子，他要走了，再也得不到她的照顾，离开这座像安全避风港一样的房子，离开自己身边，也许这一去就是永别，可他始终没说出她渴望听到的那三个字。时光似箭，如今已经太晚了。她踉踉跄跄地追到门厅，抓住他的腰带。

“亲亲我，”她小声说，“跟我吻别吧。”

他轻轻搂住她，低头朝她的脸庞凑过去。嘴唇一接触到她的嘴唇，她就死死搂住他的脖子不放，勒得他气都喘不上来。有那么一刹那间，他也搂紧她的身子。接着，她感到他浑身肌肉猛然抽搐，他猛地把手中的帽子丢在地上，抬手掰开搂在他脖子上的胳膊。

“不，斯佳丽，不要这样。”他低声说着。她的两个手腕让他抓在一起，扭得生疼。

“我爱你，”她气喘吁吁地说，“我从来都爱你。我从来没爱过其他人。我跟查尔斯结婚是……是为了激你生气。阿希礼啊，我实在太爱你了，我要一步步走着去弗吉尼亚，好跟在你身边！我能为你做饭，为你擦靴子，替你喂马……阿希礼，跟我说声你爱我吧！有你这句话，我后半辈子才活得下去啊！”

他忽然弯下腰，捡起帽子。她瞥见他的脸色，只见那张脸上露出痛苦不堪的神情，她还从来没见过他这副模样。他的沉着傲然荡然无存。她从这张面孔上看出的是他对自己的爱，还看出他感到的欣喜，那是因为她爱他，还有与这种感情激烈冲突的羞愧和绝望神情。

“再见。”他嗓音粗哑地说。

门咔嗒一声开了，一阵寒风灌进屋子，把窗帘刮得哗啦啦乱响。斯佳丽打了个寒噤，望着他顺着步道走向马车，军刀在冬日暗淡的阳光下闪烁，腰带上的流苏轻浮地飘动着。

第十六章

一八六四年一月和二月终于过去了。两个月来的凄风冷雨，给人们心头笼罩了阴森森的忧郁气氛。葛底斯堡战役和维克斯堡战役失利后，中部战线也在大片沦陷。虽经苦战，但田纳西州如今几乎全部被联邦军队控制。尽管遭受了如此重大的损失，但是南方的士气并没有崩溃。南方民众原先得意扬扬的乐观希望已经不复存在，如今却变成了坚忍不拔的决心，但是人们还是能从滚滚乌云的边缘看到一线银色的光亮。上一年九月，北佬军队仗着在田纳西州连连大捷，试图乘胜攻入佐治亚，结果被南军坚决击退了。

这是开战以来首次在佐治亚土地上打硬仗，交战发生在州西北边界的奇卡茅加。北佬先攻下查塔努加，然后挥师穿越山口进入佐治亚，结果遭到痛击，伤亡惨重，只得仓皇逃回去。

亚特兰大及其铁路网在南军奇卡茅加大捷中发挥了重要作用。朗斯特里特将军率领的部队就是通过铁路调来的，他们从弗吉尼亚经亚特兰大北上进入田纳西，迅速抵达战场。几百英里长的线路全都畅通无阻，能调用的车皮全都征集过来，供这次调兵。

亚特兰大人亲眼看见了一趟又一趟列车不断穿城而过，一列列客车、闷罐车、平板车装满了呐喊的战士。将士们没吃没睡，又不能骑马，没有救护车，也没有给养车，一到战场，跳下火车就参加战斗。终于将北佬打出佐治亚，赶回田纳西了。

这是开战以来最了不起的战绩了，亚特兰大人个个无比自豪，都为自己的铁路线为这场胜仗做出的贡献感到得意。

南方早就需要奇卡茅加这样的捷报来鼓舞士气，好熬过严冬。如今谁也不敢否认，北佬骁勇善战，他们终于出了个像样的将军。格兰特是个刽子手，为了取胜，杀多少人都不眨一下眼，他要的仅仅是胜利。有个让南方人闻风丧胆的名字，叫谢里登；还有个人们谈论得越来越多的名字，叫谢尔曼。这个人在田纳西州和西部的许多战役中崭露头角，都说他打仗坚忍不拔，无比残酷，名声就越来越响亮。

当然啦，他们谁也比不上李将军。人们对将军和军队的信心仍然是坚定的，对最终获胜的信心从来没有动摇过。不过，战争有点太旷日持久了。伤亡也太惨重，还有太多的人终生成了残废，太多的妇女成为寡妇，太多的孩子变成孤儿。前面还有漫长而艰苦的斗争，不消说，还有更多的人会战死，更多的人要受伤，更多的妇女要变成寡妇，更多的孩子要沦为孤儿。

还有一种情况更糟糕，那就是老百姓心里渐渐有点不信任高层领导人了。许多报纸公开指责戴维斯总统本人，指责他施战不利。邦联政府内阁意见分歧，戴维斯总统与他的将军们看法不统一。此时货币急剧贬值，军服军鞋奇缺，军火和药物供应更是不足。铁路车皮需要更新，让北佬破坏的铁轨需要补充新轨。前线的将军请求救兵增援，能派出的后备部队却越来越少。最可恶的是，有些州的州长不肯将自己州的民兵和地方武装派往境外，佐治亚州的州长布朗就持这种态度。各州的部队里有成千上万强壮的兵员，但是，尽管政府一再恳求，就是讨不到救兵。

随着货币再次贬值，物价又一次飞涨。牛肉、猪肉、黄油都卖到三十五块钱一磅，一桶面粉要卖一千四百块，发酵粉一磅要卖一百块，茶叶竟高达五百块一磅。至于御寒衣，就算能买到，价格也高得吓人，于是，亚特兰大妇女们就在旧衣服上用破布片缝个衬里，中间填上报纸当棉絮，凑合着挡风御寒。鞋子的价格从每双二百块到八百块不等，这要看鞋子是用“纸板”做的，还是真皮做的。妇女们如今就利用旧的毛披肩或地毯，改成高筒靴的鞋帮，鞋底就凑合用木头做。

虽然大多数人还没有意识到，但是北方实际上已经将南方团团包围住了。北佬的炮舰已经收紧了各港口的包围圈，没有几条船能偷越封锁线。

南方向来靠卖棉花换来的钱购买自己不生产的货物，如今既卖不出去，也就买不进来。杰拉尔德·奥哈拉三年的棉花收成都存在塔拉庄园，堆放在轧棉作坊旁的棚子里，可是棉花放在那儿对他几乎没用。要是运到利物浦，足能换回十五万块钱，可如今想把棉花运到利物浦根本没希望。杰拉尔德变了，他向来是个殷实的财主，如今不得不苦苦思索，靠什么养活家人和黑奴，怎么才能熬过这个冬天。

在南方各地，棉花种植园主多半陷入了同样的困境。海上的封锁越来越紧，根本没办法把用来换钱的收成运往英国市场，也没办法像往年那样，用卖掉棉花换来的钱买回日用必需品。单一农业的南方与工业发达的北方一交战，人们这才发觉自己缺乏的东西实在太多，在太平年间，谁会为这种东西犯愁呢?

这可是投机商和奸商求之不得的好局面，想趁机发财的人可是大有人在。食品和衣物极度短缺，价格扶摇直上，百姓谴责投机商的呼声也越来越响亮，越来越猛烈。1864年初，没有一份报纸不天天登载措辞激烈的社论，严厉谴责投机商，指责他们贪得无厌，称他们是吸血鬼，呼吁政府采取严厉手段取缔投机。政府虽然尽了最大努力，但是丝毫没有效果，因为政府有太多的难题，早已搞得焦头烂额了。

人们最痛恨的就是瑞特·巴特勒。他见闯封锁线变得越来越危险，便卖掉了自己的所有船只，如今公开搞起了粮食投机生意。有关他的说法从里士满和威尔明顿传到亚特兰大，以前接待过他的人家都觉得羞愧难当。

虽然亚特兰大人受到这么多磨难，可城里原来的一万人口在战争时期却增长了一倍，就连封锁也让亚特兰大增添了声誉。不论在商业上还是在其他方面，南方自古都是沿海城市占支配地位。如今，港口封锁了，许多港口城市不是失陷就是被包围，南方只能靠自救。南方要想打赢战争，只能指望内地，亚特兰大如今成了个核心城市。城里的居民也像邦联其他地方的百姓一样，备受艰难困苦，饱尝了病痛和死亡的滋味。但是，战争带给亚特兰大城的不是损失，而是益处。亚特兰大是邦联的心脏，如今仍然跳动得生机勃发，强劲有力。一条条铁路就是它的动脉，随着搏动，将兵员、军火、给养源源运出。

要是换了往常，斯佳丽穿着如此寒碜，鞋子上还打着补丁，准会觉得痛苦难忍，可现在她觉得什么都无所谓，反正她唯一的心上人看不见她这副模样。这两个月她感到幸福，多年来都没体验过这么幸福的感觉了。难道她紧紧搂住阿希礼的脖子时没有感觉到他的心在狂跳？难道他的绝望神情不是比任何言辞都更能表露心声吗？他爱她。她现在对此确信无疑。这一信念太让她兴奋了，她的态度发生了变化，甚至对玫兰妮也变得比较和蔼了。现在她有点可怜玫兰妮，怜悯中还为她的迟钝和愚蠢隐隐感到一丝轻蔑。

“等到战争结束！”她想道，“等仗打完……到那时……”

有时候，她心头闪过一丝畏惧：“到那时要怎么样呢？”可她把这个念头甩在脑后。反正打完仗一切都会有着落的。既然阿希礼爱她，他哪能继续跟玫兰妮过呢？

不过，离婚是不可想象的。埃伦和杰拉尔德都是坚定不移的天主教徒，绝对不会允许自己嫁给一个离过婚的男人，因为那等于叛离天主教！斯佳丽仔细考虑着这事，最后打定了主意。如果在天主教与阿希礼之间做出选择，她当然要选阿希礼。但是，天哪，那会引来多少闲话啊！离婚的人不但教会不容，而且不能出入社交场合。离婚的人没一个能受到上流社会的接纳。不过，为了阿希礼，她敢冒这种风险。只要是为了阿希礼，她什么都愿意牺牲。

战争结束后，一切终归都要有着落。既然阿希礼爱她那么深沉，他会想出办法的。她要逼他拿出办法来。随着时间一天天过去，她心里越来越确信他真心爱自己，等到最后打败了北佬，他会把一切都安排得十分满意。当然啦，他说过，北佬要消灭他们。斯佳丽觉得那不过是胡话，他是在又疲惫又沮丧的时候说那番话的。再说，北佬是胜是败她才不在乎呢。要紧的是战争尽快结束，好让阿希礼回家来。

三月份，就在雨夹雪把人们困在家里的时候，最可怕的打击降临了。一天，玫兰妮眼睛里闪烁出喜悦的光芒，脑袋垂下去，尴尬中夹杂着得意，告诉斯佳丽说，她怀孕了。

她说："米德大夫说，预产期在八月底到九月初。我原想……不过今天以前我心里还没底。斯佳丽啊，真是个大喜事，不是吗？我一直都羡慕你，因为你有韦德。我多想有个孩子啊！我真怕自己一个孩子也生不下呢。亲爱的，我真想生上十来个娃娃！"

斯佳丽当时正在梳头，准备上床睡觉了。听了玫兰妮这番话，她那只抓着梳子的手僵在了半空中。

"我的天哪！"她禁不住喊了一声，可是一时还没回过神来。后来，她脑海里突然浮现出玫兰妮那扇紧闭的卧室门，心头顿时疼得像刀扎，仿佛阿希礼是自己的丈夫，仿佛丈夫干出了不忠的勾当。孩子！阿希礼的孩子。啊，他爱的是她，不是玫兰妮，怎么能跟玫兰妮有了孩子？

"我知道你觉得意外，"玫兰妮喋喋不休地接着说，激动得上气不接下气，"这事太美妙了，不是吗？斯佳丽啊，我真不知道该怎么告诉阿希礼才好啦！为了免得太不好意思，最好对他说……要不就……对了，先什么也别说，慢慢让他知道吧。你看……”

“天哪！”斯佳丽几乎哭出了声，梳子从手里滚下去，连忙伸手撑住梳妆台的大理石台面。

“亲爱的，别急成这样子！你知道生孩子算不了什么。你自己也这么说过。你也用不着替我担心，不过你这么心疼我，真让我感动。当然，米德大夫说，我……我，”玫兰妮脸红了，“有点狭窄，可能有点麻烦。不过，斯佳丽，告诉我，你发觉自己怀了韦德后，是自己写信告诉查尔斯的，还是你妈妈或者奥哈拉先生写的？啊，亲爱的，要是我有妈妈能替我写该多好！我简直不知道该怎么……”

“别说了！”斯佳丽怒气冲冲地嚷道，“别说了！”

“噢，斯佳丽，我太糊涂了！实在对不住。恐怕人有了喜事就只顾自己不考虑别人。我一时忘了，不该当着你的面提起查尔斯……”

“别说了！”斯佳丽再次嚷道。她竭力控制自己的表情，克制住情绪。她绝对不能让玫兰妮看出自己的心事，也绝不能让她犯猜疑。

玫兰妮是个绝顶聪明又周到的女子，见触痛了人家心灵的创伤，自己眼眶里马上滚动着泪水。韦德是在可怜的查尔斯死后好几个月才出世的，她怎么能让斯佳丽回忆起那段痛苦的往事？怎么能这么不假思索呢？

“我来帮你脱衣服吧，亲爱的，”她赔着小心说，“我替你揉揉脑袋。”

“你走，别管我。”斯佳丽死死绷着面孔说。玫兰妮悔恨不已，心里拼命自责，不禁放声大哭，拔脚从屋子里逃出去，把斯佳丽独自留在屋里。斯佳丽欲哭无泪，只觉得自尊心受到了伤害，满怀的希望全都灰飞烟灭，为自己没有同床共枕的伴侣心生妒意。

她觉得自己不能再跟那个女人一起住在这座房子里了，那女人竟然怀着阿希礼的孩子。她要回塔拉去，回她自己的家去。要是她再看玫兰妮一眼，心里的想法不流露出来才怪呢！第二天早上，她起床后打定了主意，早饭后就收拾东西立刻动身。大家吃早饭的时候，斯佳丽一声不吭，脸色阴沉沉的，佩蒂觉得莫名其妙，玫兰妮则是愁容满面。突然有人送来一份电报，是阿希礼的贴身仆人摩西发给玫兰妮的。

“我到处寻找，找不着他。要我回家吗？”

三个女人面面相觑，都不明白这是什么意思，吓得睁大了眼睛。斯佳丽把回家的念头撇在了脑后。她们早饭也没吃完就坐车进城，要给阿希礼的团长发个电报。可是她们一进电报局就接到了团长打给她们的电报。

“韦尔克斯少校三日前执行侦察任务时失踪，专此奉告，深表遗憾。一俟有信，当即奉告。”

回家的路上，马车里一派凄凉，佩蒂姑妈掏出手帕掩面而泣，玫兰妮脸色煞白，直挺挺僵坐着，斯佳丽瘫在车厢角落里呆若木鸡。一到家，斯佳丽就跌跌撞撞跑上楼，从桌子上抓起念珠，跪下来准备祈祷，可嘴里就是什么词也念不出来。心里只感到无尽的恐惧，隐约感到上帝已经不再理睬她，因为她的罪孽太深重了。她爱上一个有妇之夫，还想把他从他的妻子身边夺走，上帝为了惩罚她所以把他杀了。她想祈祷，可她不敢抬起头仰望上苍。她想哭，却流不出眼泪。眼泪似乎全都涌进她胸膛里了，在她心口沸腾，可就是一滴也流不出来。

门开了，玫兰妮走进来。她脸白得像纸，周围衬着黑发，眼睛像小孩子在黑暗中迷了路似的睁得很大，露出惊恐神色。

“斯佳丽，”她伸出双手说道，“你一定要原谅我，我昨天不该说那些话，因为你……如今你是我唯一的依靠了。斯佳丽啊，我知道我亲爱的丈夫已经死了！”她不觉倒在斯佳丽的怀抱里，两只娇小的乳房随着抽噎上下起伏。两人紧紧相拥着，不由自主倒在床上。斯佳丽也哭了，两人的脸紧紧贴在一起，泪水顺着对方的脸颊纵横流淌。两人痛哭流涕，难过得死去活来，不过，至少比哭不出来还好受些。“阿希礼死了……死了，”斯佳丽想道，“是因为爱他才害得他送了命！”想到这里，她禁不住又是一阵难过，哭得更起劲了。玫兰妮见她哭泣反倒觉得安慰，两条胳膊搂紧她的脖子。

她说道：“至少我怀了他的孩子。”

斯佳丽想道：“可我呢，我什么也没有……他什么也没给我……只让我记住了他临别时的表情。”

在起初的伤亡报告中，他的名字列在“失踪——相信已阵亡”一栏下。玫兰妮给斯隆上校发过十几份电报，最后才收到上校一封信，对她表示同情，说阿希礼带领一个班的士兵外出侦察，至今未归。有消息说，北佬阵地后面发生过小规模冲突。摩西悲恸欲绝，冒着生命危险寻找阿希礼的遗体，但没有找到。玫兰妮反倒出奇的冷静，电汇给摩西一笔钱，召他回家。

后来，阿希礼的名字出现在“失踪——相信已被俘”栏下，全家人才从悲哀中看到一丝希望，转忧为喜了。玫兰妮总是守在电报局，谁也休想把她拉走，每来一趟火车，她都要去接站，希望收到来信。她看上去病恹恹的，怀孕又增加了许多不适，可她拒绝听从米德大夫的嘱咐，说什么也不卧床休息。她的情绪高度亢奋，根本平静不下来。到了晚上，斯佳丽上床很久以后，还听得见她在隔壁来回踱步。

一天下午，她却是让马车从城里送回来的，赶车的彼得大叔惊慌失色，还有瑞特·巴特勒坐在身旁搀扶。原来她晕倒在电报局了，瑞特正巧从旁经过，目睹了当时混乱的场面，便把她送回家来。他把她抱上楼，送进卧室，家人慌慌张张，到处跑来跑去，忙着找热砖，取毯子，拿威士忌。他把她安顿在床上，让她靠着几个枕头躺下。

“韦尔克斯太太，”他唐突地问道，“你怀孕了，是不是？”

玫兰妮脑袋昏沉沉的，身体又虚弱，要不然，她听了这话也准得晕倒。就是跟女性朋友在一起，她也不好意思提起自己怀孕的事，每次上米德大夫那里检查，都得忍受精神上的折磨。一个男人提这样的问题，尤其是瑞特·巴特勒这样的人提问，就更不像话了。但是，她软绵绵躺在床上，浑身无力，只得点了点头。点头之后，倒觉得没什么可怕的，因为他看上去完全是出于好意，也是关心她。

“那你可得多保重。成天这么忧心忡忡东跑西奔的，对你没好处，还可能害了孩子。韦尔克斯太太，假如你允许的话，我会利用在华盛顿的关系了解韦尔克斯先生的下落。如果他被俘，联邦俘虏名单上就有他的名字，要是他没有被俘——那也比悬着一颗心好。不过，老天在上你一定要许诺保重自己，否则我就不管这事。”

“啊，真太感谢你了，”玫兰妮嚷道，“你这么好，人们怎么会说你那么多坏话呢？”话一出口，她才发觉自己太欠考虑，而且还跟一个男人讨论自己怀孕的事，不由心慌意乱，有气无力地哭了。斯佳丽拿着块热砖，用绒布包裹着快步奔上楼梯，见瑞特拍了拍她的手。

他说到做到。大家根本不知道他牵的是哪根线，可也不好打听，免得逼他承认自己跟北佬关系密切。过了一个月他得到消息了，大家听了立刻欢腾起来，过后又心急如焚。

阿希礼没有死！他受了伤当了俘虏，记录显示，他被关在伊利诺斯州罗克艾兰的俘虏营里。起初大家乐成一片，只想到他还活着，其他都属次要问题。可是，恢复平静后，大家面面相觑，异口同声说：“罗克艾兰！”那声音仿佛是说：“简直是地狱！”在北方人眼里，安德森维尔是个臭名昭著的地方，罗克艾兰也是个可怕的地方，凡是有亲属关在那里的南方人，一听见这个名字就心惊胆战。

林肯拒绝交换俘虏，他相信，看守联邦俘虏并给他们提供生活给养，这对邦联是个沉重的包袱，有助于加快结束战争。当时关押在佐治亚州安德森维尔的联邦俘虏有数千名，邦联军队的供应本来就紧张，自己的伤病员都断了药物、绷带，自然没有多少东西分给俘虏，前线的士兵吃什么，就给俘虏吃什么。可是，北佬吃了肥猪肉、干豆子之类的食物就成批死亡，有时候一天就有上百名俘虏死去。北方人得到报告后怒不可遏，就用更苛刻的手段对付邦联俘虏，其中条件最糟糕的俘虏营就是罗克艾兰。食物少得可怜，毯子三个人才有一条，天花、肺炎、伤寒在蔓延，那地方完全变成隔离病院了。进去的俘虏四个里就有三个没能活着出来。

阿希礼就关在那个可怕的地方！阿希礼倒是还活着，可他不但受了伤，还被关在罗克艾兰那个地方，他被押解到那儿的时候，伊利诺斯州肯定是冰天雪地。在瑞特得到消息后的这几天里，他会不会伤重不治已经死了呢？他会不会染上天花？他会不会得肺炎，发烧得神志不清，却没有毯子可盖？

“啊，巴特勒船长，有没有什么办法……你能不能利用你的关系，把他换回来？”玫兰妮嚷道。

“林肯先生既慈悲又公正，他曾为比克斯比太太失去五个儿子痛哭落泪，可他并不为关押在安德森维尔的几千士兵落泪，不顾他们全都在生死边缘上挣扎。”瑞特撇了撇嘴说，“他们就是全都死了他也不会在意。命令已经发出去了。不交换俘虏。我……我先前没告诉你们，韦尔克斯太太，你丈夫本来有个机会出来的，可他拒绝了。”

“哎呀，不可能吧！”玫兰妮不敢相信自己的耳朵。

“是真的。北佬正在招募士兵去边疆打印第安人，就从邦联俘虏中招人。俘虏只要宣誓效忠，就能参军打印第安人，服役期两年，到期就能释放，送到西部。可韦尔克斯先生拒绝了。”

“啊，他怎么能拒绝呢？”斯佳丽嚷道，“他干吗不宣个誓，等出了俘虏营，开小差回家不就行了？”

玫兰妮勃然大怒，转身对着她发火。

“亏你想得出让他干那种事！先是卑鄙宣誓背叛邦联，然后背叛对北佬的誓言！我宁愿他死在罗克艾兰也不愿让他宣那个誓。要是他死在战俘营，我倒替他自豪呢！要是他干出那种事，我就不见他了。永远不见！好在他拒绝发誓。”

斯佳丽送瑞特到门口时，愤愤不平地问他："要是换了你，会不会先加入北佬免得死在那个地方，然后再逃走？"

"当然会。"瑞特说着小胡子下面露出两排牙齿。

"那阿希礼为什么就不干呢？"

"他是个上流绅士嘛。"瑞特说。斯佳丽觉得奇怪，好端端的字眼，怎么从他嘴里说出来就满是轻蔑挖苦的味道？

第三部分

第十七章

一八六四年五月来临了。这年五月天气无比燥热，花蕾还没开放就让烈日烤炙得枯萎了。谢尔曼将军统率的北佬军队再次打进佐治亚州，攻占了亚特兰大西北一百英里外的达尔顿一带。谣传说，在佐治亚州和田纳西州交界的地方会有一场激战。北佬正在集结兵力，准备袭击亚特兰大通往西部的铁路线，就是去年秋天奇卡茅加战役中南部赶运援兵的那条铁路线。

不过，达尔顿即将来临的大战并没有让亚特兰大人感到过分不安。北佬的兵员集结地在卡茅加战场东南，距离只有区区几英里。敌人试图穿过山口的时候被打回去了，他们这次还会落得同样的下场。

亚特兰大人和佐治亚人都知道，这个州对邦联太重要了，乔·约翰斯顿将军绝不会让北佬在境内久留。老乔和他的部队也绝不会让北佬深入到达尔顿以南，因为邦联要依赖佐治亚州发挥作用，容不得敌人干扰它。这个州是南方的粮仓、机械工厂和给养库，绝对不能让它受战乱影响。军队使用的大部分弹药武器都是在这里制造的，大部分棉毛产品也是这个州生产的。在亚特兰大和达尔顿之间，罗马城有大炮铸造厂和其他工业门类，埃托瓦和阿拉托那的钢铁厂在里士满以南规模最大。至于亚特兰大，这里不仅制造手枪、马鞍、帐篷和军火，而且还拥有南方规模最大的轧钢厂、几座主要的铁路修车厂和几所大医院。亚特兰大还是邦联四条铁路命脉交会的车站。

所以，谁也不是很焦急。毕竟，达尔顿靠近田纳西州界，离这儿还远着呢。三年来，人们对田纳西州不断交火都习以为常了，觉得那不过是个遥远的战场，仿佛那地方远在弗吉尼亚州或远在密西西比河畔。再说，还有老乔和他的士兵保卫亚特兰大免遭北佬入侵。人人都知道，石墙将军阵亡后，现在除了李将军就数约翰斯顿将军最出色了。

在五月份一个暖意融融的傍晚，米德大夫在佩蒂姑妈家阳台上谈论到这个问题，他归纳了老百姓的普遍看法，说亚特兰大人没什么可担心的，因为约翰斯顿将军据守山地天堑，如铜墙铁壁般可靠。听他说这话的人各有各的心事。虽然大家表面上十分平静，在暮色渐浓的黄昏中坐在摇椅里享受着闲适，一边摇动一边观赏随季节出现的第一批流萤，望着它们在暮色中飞舞，但是，大家心头都很沉重。米德太太的手搭在菲尔胳膊上，心里唯愿大夫说得没错。假如战火烧得更近些，她知道菲尔也得上战场。他如今十六岁，已经加入了自卫队。范妮·艾尔辛自从葛底斯堡战役后就一直面色苍白，竭力避免回顾当初那痛苦的一幕。过去几个月里，那一幕深深刻在她脑子里，把她折磨得疲惫不堪——部队冒雨狼狈撤退，在退回马里兰州的长途跋涉中，一辆颠簸的牛车上躺着奄奄一息的达拉斯·麦克卢尔中尉。

凯利·阿什伯恩上尉那条残废的胳膊又让他疼痛不堪了，而且一想到追求斯佳丽毫无进展，他的心情就十分沮丧。自从阿希礼·韦尔克斯被俘的消息传来后，两人之间的关系就僵住了，不过，他并没有想过把这两件事联系在一起。斯佳丽和玫兰妮两人都在思念阿希礼，一旦眼前没有要紧的事情要办，只要用不着跟别人说应酬话，两人就总是思念阿希礼。斯佳丽心里又痛苦又悲哀：“他准是死了，要不然怎么听不到他的消息呢？”玫兰妮心头不断涌起一阵阵忧虑，她心里不断对自己说：“他不可能死。要是他死了，我会感觉到的。”瑞特·巴特勒懒洋洋地靠在阴影中的一张椅子上，两条长腿跷着二郎腿，露出脚上考究的靴子，黝黑的脸上毫无表情，显得高深莫测。他怀里抱着小韦德，孩子睡得正香，小手里抓着一根啃得干干净净的鸡叉骨。遇上瑞特来访，斯佳丽就准许韦德晚些上床睡觉，因为孩子虽然胆怯，但是却喜欢瑞特，说来也怪，瑞特好像也挺喜欢这孩子。平时，孩子总是把斯佳丽闹得不得安宁，可他让瑞特抱在怀里却一直表现得很乖。佩蒂姑妈今晚老是打嗝，搞得情绪紧张，因为晚饭吃的是只公鸡，肉实在太老了。

这天早上，佩蒂姑妈做出决定，虽然她心里遗憾，却认为最好马上把鸡群的老族长宰掉，免得它自己老死。一窝母鸡早已一个个下了人们的肚子，这只老公鸡便神色恹恹，思念自己已故的妻妾。近日来它整天耷拉着脑袋，萎靡不振，鸣都不打了。等到彼得大叔把鸡宰了，佩蒂姑妈又觉得自家独享美味有点过意不去，毕竟她的许多朋友已经多时没尝过鸡肉的滋味了。于是，她便建议晚上请客。玫兰妮如今已有五个月的身孕，几个星期都不出门，不见客了，一听姑妈的话就吓得心惊胆战。可佩蒂姑妈这次却态度坚定。她说，独自吃鸡显得太自私了，玫兰妮只要把裙箍稍稍抬高一点，谁也看不出来，反正她的胸脯很扁平。

“倒像是阿希礼已经……已经没了似的，”佩蒂姑妈虽然嘴硬，声音却在颤抖，她心里已经认定，阿希礼已经死了。“他跟你一样活得好好的，再说，见见客人对你有好处。我还要请范妮·艾尔辛来。艾尔辛太太求过我，要我帮帮她，好让她恢复正常，让她答应跟人见面……”

“哎呀，姑妈，她可怜的达拉斯去世还没几天，就逼她见人，这有点太勉强人家了吧……”

“得了吧，玫兰妮，你再跟我争，把我惹恼，我可要哭啦。我可是你姑妈，懂得该怎么办事。这次请客就这么定了。”

就这样，佩蒂姑妈自作主张请来了客人。最后一刻，来了位不速之客，她并不十分情愿见到这位客人。就在满屋子烤鸡飘香时，瑞特·巴特勒又一次神秘旅行后返回来，敲响了她家的门。只见他胳膊下夹着一大盒包装精美的糖果，进门后对她满嘴一语双关的恭维话。佩蒂姑妈只得请他留下来做客，可米德大夫和他太太对瑞特的看法她心里很清楚，也知道范妮见了没穿军装的男人就恨之入骨。要是米德夫妇和艾尔辛家的人在街上见了，绝对不会搭理他，不过这是在朋友家，他们当然总得对他表示一下礼貌。再说，虽然玫兰妮身体虚弱，保护他的态度却比以前更坚决。自从瑞特替她打听到阿希礼的消息后，她便公开宣布说，不论别人怎么议论，她都永远欢迎瑞特来家里做客。

佩蒂姑妈见瑞特的行为格外得体，一颗焦虑的心这才放下。瑞特诚心诚意问候范妮，不但对她表示同情，同时也带着深深的敬意，她甚至开恩对他面露微笑，于是晚餐的气氛颇为和谐，饭菜算得上奢侈了。凯利·阿什伯恩带来一点茶叶，是他押送北佬俘虏去安德森维尔途中，从一名俘虏的烟荷包里搜出来的，于是每人都分享到一杯香茶，只是稍稍有点烟草气味而已。每人都分到一小块硬邦邦的老鸡肉，外加一点由玉米粉和洋葱构成的调味料；每人还分到一碗干豌豆，还有丰盛的卤汁浇米饭，只是因为没有面粉卤汁稀如水。甜点是红薯饼外加瑞特带来的糖果。瑞特拿出地道的哈瓦那雪茄请男宾享用，大家边抽烟，边喝黑莓酒，都觉得像是参加了卢库勒斯卢库勒斯：古罗马将军兼执政，以家道豪富盛宴宾客闻名。家的盛宴。

烟酒过后，男宾来到前门廊，与女士们会合，大家便谈起了战争话题。如今人们一交谈，自然要转到战争话题。凡是交谈总离不开战争，不是从战争话题说开来，就是回到战争话题上——有时说来丧气，但愉快的内容居多，不过总离不开战争话题。战时的爱情，战时的婚姻，牺牲在医院里或战场上的士兵，军营里、战场上、行军中的趣闻逸事，有人勇敢，有人胆怯，有的故事幽默，有的故事悲哀，有的让人痛苦，有的给人希望。希望总是存在，尽管前一年夏天接连打了几场败仗，但人们心中的希望却十分坚定。

阿什伯恩上尉向大家宣布说，他已经提出离开亚特兰大回部队的申请，并得到批准，要上达尔顿前线去。女士们便以亲切的目光打量他那条僵硬的胳膊，大家在心里为他骄傲，嘴上却连连说他不能走，他走了谁来陪伴她们呢?

年轻的凯利听她们说了这么多恭维话，心里又欢喜又烦恼，因为恭维他的是米德太太、玫兰妮、佩蒂姑妈和范妮。不过，他但愿斯佳丽说的话是出自真心，而不是敷衍。

“不消说，他很快就能回来，”大夫搂着凯利的肩膀说，“只要再打一场小战役，北佬就得逃回田纳西。他们到了那儿，就有福雷斯特将军照顾啦。你们妇女用不着大惊小怪，北佬根本打不过来，因为约翰斯顿将军率领的部队据守在山间，就像铁壁铜墙。不错，就像铁壁铜墙，”他重复了一遍，加强自己的语气，“谢尔曼绝对打不过来。他绝对奈何不得老乔。”

女士们面露微笑，表示赞同。他随意说的话都被视作颠扑不破的真理。男人对这种事情的见识毕竟比女人高明多了，既然他说约翰斯顿是铜墙铁壁，那就准没错。这时瑞特开口说话了。晚饭后，他一直默默坐在暮色中，倾听人们谈论战争，嘴角往下撇着，熟睡的孩子靠在他肩头上。

“有传言说，谢尔曼的增援部队已经过来，眼下他有十多万人马，对不对啊?”

大夫一进门就觉得有气，没想到同席的还有这么个人，他打心眼里讨厌这家伙。只是出于对主人佩蒂帕特小姐应有的尊敬，他才克制住自己，没明显露出心中不快。此刻听他这么说，就干脆利落地接应了一句。

“那又怎么样，先生?”大夫吼叫着反问。

“记得刚才阿什伯恩上尉说，约翰斯顿将军只有四万人马，还把逃兵都算在里面了，是些见上次打了胜仗又重新归队的逃兵。”

“先生，”米德太太愤愤然说道，“邦联部队里可没有逃兵。”

“请你原谅。”瑞特的话显得谦恭，口吻中却露出嘲弄，“我说的是好几千名回家探亲忘记归队的士兵，还有伤愈已经半年的士兵，他们却待在家里干起了原来的行当，要不就搞起了春耕。”

他眼睛笑眯眯的，把米德太太气得直咬嘴唇。斯佳丽见她那副窘态，直想发笑，因为瑞特一句话就顶得她张口结舌了。事实上，有好几百人躲进沼泽地和深山里，让宪兵没法把他们抓出来送回部队。他们声称这场战争是“穷人送命，富人受益。”他们实在受够了。还有一种人比这种人更多，在伤亡名单上，这些人属于“开小差”者，但他们并不打算长期当逃兵。他们都是熬三年都没轮上回家探亲，家里频频写信来诉苦，信上连篇都是错别字：“咱们都在爱俄（挨饿）。”“今年庄家（稼）没收成啦——根本没人中地（种地）。咱们都得爱俄（挨饿）。”“受（收）粮的把小猪都受（搜）走了。”“家里几个月没受到（收到）你的钱了。咱只好吃干完豆（豌豆）维持生活。”

这些人收到的信上总是同样的话：“咱全家都在挨饿，你媳妇，你娃娃，你父母都在饿肚子。这事啥时候才到头？你啥时候才能回家？我们都在挨饿啊！”士兵回家探亲让部队人数越来越少，于是部队干脆不准假，结果这些士兵也不请假就回家耕地、修房子、筑篱笆。部队的长官了解到这种情形，眼看大战在即，他们写信给这些人，告诉他们说，只要归队，过去的事可以既往不咎。通常情况下，这些人把家里安顿好，使全家都不至于挨饿，就返回部队了。大敌当前，回家享受“耕地假”的人也就不作逃兵处理了，不过部队的战斗力毕竟受到了削弱。

米德大夫连忙打破难堪的沉默，他的口吻冷冰冰的：“巴特勒船长，我军与北佬军队人数悬殊，不过这从来就不算什么。一个邦联军人抵得上十几个北佬。”

妇女们点了点头。这种说法人人都知道。

瑞特说：“战争刚打响的时候这话没错。也许如今也不错，只是邦联士兵的枪里得有子弹，脚上得有鞋穿，肚子要能吃饱。你说呢，阿什伯恩上尉？”

他仍然保持着温和口吻，表面一副谦恭态度。凯利·阿什伯恩不悦，因为他显然十分讨厌瑞特。他倒很乐意赞同大夫的观点，可他不能说谎。尽管他已经残废，可还是申请改派上前线，就是因为他意识到局势严重，可一般老百姓并不知道。许多伤残军人干了后勤工作，他们有的装了假腿，有的瞎了一只眼，有的手指给炸掉了，有的断了一条胳膊，可大家都悄悄调离原来干的军需、医院服务、邮政和铁路服务工作，纷纷回前线找自己原来的部队。大家知道，老乔兵员不足，多一个人是一个。

他没吭声，可米德大夫按捺不住脾气，吼起来："我们的士兵以前没鞋穿也打过仗，饿着肚子也打过胜仗。他们照样能打，而且准能打赢！我告诉你们，约翰斯顿将军是打不垮的！山涧要塞自古就是抵御入侵的坚固堡垒。想想——想想塞莫皮莱塞莫皮莱：希腊东部山地。公元前480年，古波斯战争期间古希腊王莱奥尼达斯一世率兵固守此山隘，波斯人久攻不下，后埃菲亚蒂斯出卖希腊，波斯人从后面包抄，1400名希腊将士全军覆没。山隘吧！"

斯佳丽拼命回忆，可根本想不起塞莫皮莱是怎么回事。

"塞莫皮莱守军全都战死了，一个也没剩下，对不对，大夫？"瑞特问完话，紧紧绷住嘴免得笑出来。

"年轻人，你这是要侮辱我吗？"

"大夫！我求你原谅！你误会了！我不过是向你讨教呢。我记性差，古代史都记不得了。"

"如果万不得已，我们的军队就是打到只剩最后一个人，也不会放北佬进佐治亚；"大夫厉声嚷道，"但是不会发生这种情况。他们只要打个小战役，就能把敌人从佐治亚赶出去。"

佩蒂帕特姑妈连忙起身，请斯佳丽为大家弹几首钢琴曲，唱一支歌。她看得出，大家的谈话中火药味太浓，继续下去准得出事。她早知道邀请瑞特吃晚饭就没好事。他一露面总要惹是生非。至于他怎么挑起的事端，她从来都搞不清楚。天哪，我的天！斯佳丽怎么会从这个人身上看出优点？玫兰妮怎么要保护这么个人？

斯佳丽遵命回客厅去了，门廊上一时寂静无声，寂静中，人人都能感到对瑞特的憎恨情绪。谁能不全心全意信赖无敌的约翰斯顿将军和他率领的将士？信赖是一种神圣的职责。就算有人离经叛道不肯信赖，至少也应该懂点礼貌，免开尊口。

斯佳丽弹了几个音符，歌声从客厅飘了出来。她的嗓音柔美，如泣如诉，唱出一首流行歌曲：

病房里面四壁洁白，
伤员死者一字排开——
枪林弹雨打得遍体鳞伤——
那天姑娘的情郎也躺进来。
“姑娘的情郎年轻勇敢！
苍白的面孔还是那么帅——
可惜留不住这青春的风采——
坟头的黄土将他掩埋。

“金黄的鬈发蓬乱潮湿，”斯佳丽唱出的女高音走了调，范妮欠身说：“唱首别的歌吧。”她声音微弱，心烦意乱。

斯佳丽吃了一惊，一时不知所措，琴声戛然而止。她连忙改唱《灰军装》，刚唱出半句，就赶紧打住，她想起这也是一首伤感的歌。钢琴又一次哑了。她一时愣住了。脑子里一时想不出其他歌曲，净是些生离死别的伤心曲调。

瑞特立即起身，把韦德放在范妮腿上，自己走进客厅。

“弹那首《我的老家肯塔基》。”他口气温和地提议，斯佳丽心里很感激他的解围，琴声马上响起，瑞特附和着她歌唱，原来他唱男低音嗓音十分淳厚。两人唱到第二段，门廊上的人们这才舒了口气，可这首歌的歌词也不轻松。

还得再挑几日，这艰难的重担！

眼见它一天重似一天！还得再挑几日，脚步越来越艰难！

到了我的老家肯塔基，跟你道晚安！

米德大夫的预言没错——至少就现状的预言是对的。约翰斯顿将军的确像堵铜墙铁壁，挡在一百英里外的达尔顿山涧。他死守阵地，挫败了谢尔曼穿过山口直插亚特兰大的奢望，最后，北佬只得撤回去商量对策。正面进攻没有突破南军的防线，他们就在夜幕的掩护下走山路迂回了一个弧线，打算袭击约翰斯顿的后路，从达尔顿以南十五英里处的雷萨卡切断他们的铁路线。

邦联军队见宝贵的铁路面临危险，连忙抛下拼命捍卫过的工事，星夜兼程抄近路扑向雷萨卡。等到北佬军队从山里朝他们冲过来时，南方的军队早已严阵以待。他们架起大炮，刺刀闪闪发亮，挖下深深的战壕，工事像达尔顿一样坚固。

从达尔顿下来的伤员讲述起老乔撤退到雷萨卡的情况，难免有点走样，亚特兰大人一时感到意外，也有点惊慌，仿佛西北方向的天空出现一小片乌云，预示着夏天的暴风雨即将来临。将军到底是怎么考虑的？为什么放北佬深入佐治亚腹地十八英里？难道山地不是天然屏障？老乔干吗不在那里拒敌？就连米德大夫也这么说了。

约翰斯顿的军队在雷萨卡殊死战斗，再次打退北佬。但是谢尔曼故技重演，指挥他为数众多的士兵再次迂回过来，渡过乌斯坦瑙拉河，打算捣毁邦联军队后方的铁路线。邦联军队再次奉命行军，撇下红土地上挖的战壕，迅速赶去保卫铁路。他们行军加苦战，被拖得疲惫不堪，既缺乏睡眠，又忍饥挨饿。但是，他们又一次沿山谷急行军，抢在北佬前面抵达雷萨卡南面六英里处的卡尔霍恩镇。待北佬军队出现时，他们已经掘好战壕，再次做好战斗准备。进攻开始后，双方又是一场恶斗，北佬最终还是被打退了。邦联军队疲惫不堪，个个抱着枪躺倒在地上，但愿能松口气，喘息一下。但是他们休息不成。谢尔曼冷酷无情，步步紧逼，一次次迂回包抄他们后方，逼得他们不得不一再后撤，保护背后的铁路线。

邦联士兵疲于行军，连睡觉的时间都没有，他们实在太疲惫了，难得有时间动动脑筋，动脑子的时候，也只有一个想法，信赖自己的将军老乔。他们明白这是在撤退，不过大家也清楚目前还没有被打败。他们只不过兵员不足，不能既守住阵地，又出兵打退谢尔曼的迂回包抄。不过，凡是跟北佬打阵地战，每次都把他们打得片甲不留。至于究竟要撤退到何时才到头，他们就不得而知了。不过老乔心里有数，他们都满足于知道这一点。老乔部署后撤手段十分高明，因为他们自己的伤亡很小，却让北佬损失惨重，战死的、被俘的人数多极了。他们的部队连一辆马车都没损失，只丢了四门大炮。背后的铁路也没丢。谢尔曼的部队又是正面进攻，又是骑兵突击，又是侧翼包抄，结果还是没有碰到他们的铁路。

啊，铁路。这两条细细的铁轨穿过阳光灿烂的山谷，通往亚特兰大。如今铁路仍然在他们的掌握之中。士兵们夜晚睡觉，要找个能在星光下看见铁路闪烁的地方；烈士鏖战至死，迷惘的目光也要朝烈日下热气袅袅的闪亮铁路望上最后一眼。

他们沿着山谷后撤。大批难民抢在他们前面撤离，难民中有庄园主有扛长工的，有富人有穷人，有黑人有白人，有女人有儿童，老弱病残孕什么人都有，都汇入这股逃往亚特兰大的难民潮。他们有的坐火车，有的步行，有的骑马，有的赶着马车，车顶上高高捆放着衣箱家具。部队在后面撤，难民在前面逃，相距只有五英里。难民每到一个地方就暂时停下，在雷萨卡、卡尔霍恩、金斯敦都停住脚步，希望听到北佬被击退的消息，好转身返回老家。可他们就是不能沿着这条阳光灿烂的道路往回返。身穿灰色军装的邦联部队一路撤退，只见路旁的宅子人去楼空，田地没人耕种，小屋连门都没闭上。偶尔见几个无亲无友的妇女待在家里，陪伴她们的是几个惊恐万状的奴隶，这些人来到路旁向士兵们欢呼，提来几桶井水给士兵解渴，替伤员包扎伤口，把牺牲的战士埋在自家坟地里。不过，山谷里虽然阳光灿烂，却难得见到一个人，到处是抛弃的房子和撂荒的干土地。

约翰斯顿在卡尔霍恩再次遭到侧翼包抄，只得后撤，退守阿代尔斯维尔，在那里发生激战后撤退到卡斯维尔，然后又撤到卡特斯维尔以南。到这时，敌军已经从达尔顿推进了五十五英里。南军继续败退，又后撤了十五英里，到了一个名叫新希望教堂的地方，开始构筑工事，决心死守。北军像条无情的巨蟒，盘起身子恶狠狠扑过来，一段身子受伤后暂时退缩回去，但是不久便再次扑来。在新希望教堂打的殊死一战持续了十一天，北佬每次进攻都被打退，敌军伤亡惨重。后来约翰斯顿又受到两翼包抄，只得再次后撤，兵员也越来越少了。

邦联军队在新希望教堂战役中伤亡惨重。一列列火车满载伤员涌进亚特兰大，把全城的人都吓坏了。亚特兰大从来没见过这么多伤员，就连打完奇卡茅加那一仗，伤员也没有这么多。医院人满为患，伤兵只好躺在空荡荡的仓库地板上、库房的棉花包上。每家旅店客栈都住满了伤兵，就连私人住宅都塞满了痛苦不堪的伤员。佩蒂姑妈家也不例外，她为此提出抗议，说玫兰妮不但有了身孕，而且身子虚弱，让陌生人住在家里极为不妥，因为她见了这番景象难免受惊吓，万一闹得她早产就麻烦了。可是玫兰妮并不为难，只把裙箍往上提一提，掩盖住渐渐隆起的肚子，让自家那座红砖宅子住满了伤兵。从此她们得没完没了地做饭，搀扶伤兵，帮他们翻身，给他们扇扇子，一天到晚洗绷带，卷绷带，找麻布做绷带。炎热的夜晚整夜都有伤兵在隔壁呻吟，让她们无法入睡。到后来，这座城市再也容纳不下更多的伤兵了，只好把继续拥来的伤兵转送到梅肯和奥古斯塔的医院。

从前线退下来的伤兵带来的消息相互矛盾，本来就人满为患的城市又不断拥进惊恐万状的难民，亚特兰大完全乱套了。形势迅速恶化，像天边一小团乌云随着疾风迅速铺散开来，眼看暴风雨将至，让人不寒而栗。

谁也没有对不可战胜的军队失去信心，但是大家对约翰斯顿已经失去了信心，反正老百姓已经不信赖他了。新希望教堂距离亚特兰大只有三十五英里！这位将军没出三个礼拜就让敌人打得后撤了六十五英里！他怎么不抵挡住北佬，却要不断地撤退呢？他是个蠢材，完全是个白痴！自卫队的老头和州里的民兵安安稳稳待在后方亚特兰大，这些人说得挺起劲，声称自己出战也不至于打得这么糟糕，还在桌布上画地图说战事，证明自己有理。约翰斯顿的兵员一日少似一日，不得不进一步撤退，将军向布朗州长紧急求援，要他派地方部队增援。可州里的部队置之不理。原先杰夫·戴维斯总统要求增援，州长尚且不理睬，他哪会答应约翰将军的请求呢？

一交火便撤退！一交火便撤退！邦联军队整整打了二十五天，一天也没停歇过，也一连撤退了七英里。如今南军把新希望教堂丢了，那地方已经变成他们脑子里的一个记忆。他们的脑袋糊里糊涂，各种记忆模糊一片：滚滚的热浪，飞扬的尘土，辘辘饥肠，疲惫难当，啪嗒啪嗒践踏着轧满了车辙的红土路，扑哧扑哧穿过红色泥泞地，撤退、挖战壕、打仗——再撤退、再挖战壕、再打仗。新希望教堂战役简直是场噩梦，如今回想起来已经恍若隔世，在名叫大棚屋的地方打的战役也没什么两样，那一仗他们扭过头跟北佬死拼，把北军士兵打得尸横遍野，军装把地面都盖成了一片蓝色，可北佬的部队源源不断开来，老是没个完。北军总是使狠招，从东南方向插向邦联军队的后方，直插铁路线——直逼亚特兰大！

军队人困马乏，撤离大棚屋，退守肯纳索山，在小镇玛丽埃塔附近摆开十英里长的弧形防线。士兵在陡峭的山坡上挖下射击掩体的战壕，硬是人推肩扛把一门门大炮推上山坡，设下炮位。人们浑身冒汗，咒天骂地，把沉重的大炮推上险峻的山坡，骡子倒是有力气，可就是在这么陡峭的地方派不上用场。信使和伤兵来到亚特兰大，给恐慌的市民带来让人安慰的消息。肯纳索高耸的山头无论如何是攻不破的。附近的松山和隐山也设了防，一样固若金汤。北佬休想撼动老乔的部队，如今再也不能靠迂回战术对付他了，因为大炮都安置在山顶上，方圆几英里都在射程之内。亚特兰大人这才舒了口气，但是……但是肯纳索山离亚特兰大只有二十二英里哪！

从肯纳索山下来的伤兵送到亚特兰大那天，梅里韦特太太一大早就坐着马车来到佩蒂姑妈家门外，时间是早上七点钟，她以前从没有这么早来拜访过。黑用人利维大叔传话上去，要斯佳丽赶紧穿戴好，马上去医院。马车后座上，范妮·艾尔辛和邦内尔家姑娘已经坐在那里，姑娘们连连打着哈欠，一大早就让人叫起来，她们还没完全睡醒呢。艾尔辛家的黑妈妈坐在车夫座位旁，看上去心绪恶劣，腿上放着一篓洗熨过的绷带。斯佳丽满心不情愿，却不能不去。她昨晚在自卫队的舞会上跳了一个通宵，两只脚累得还没缓过来呢。普莉西服侍她穿上那条最破旧的裙子，她去医院帮忙总是穿这条裙子。她心里暗暗咒骂梅里韦特太太，骂这老太太精明强干，从不知疲倦，骂那帮讨厌的伤兵，骂整个南部邦联。她匆匆喝了几口替代咖啡的炒玉米红薯粉糊糊，便出门上车，跟姑娘们坐在一处。

护理伤兵的差事让她腻味透了。今天她非得跟梅里韦特太太请假不可，就说埃伦来信了，要她回家探望。结果根本没用。那位体面的太太当时袖子卷得高高的，肥壮的腰间系着条大围裙，恶狠狠地瞪了她一眼，说："别再对我说这种傻话了，斯佳丽·汉密尔顿。我今天就给你母亲写信，告诉她说我们这里非常需要你，我肯定她能理解，会让你留在这儿。得了吧，快围上围裙，上米德大夫那儿去。他需要人帮着包扎呢。"

"噢，天哪。"斯佳丽闷闷不乐地想道，"这话还真让她说着了，母亲听了准会让我待在这儿。可这种臭味再闻下去，非要了我的命不可！我要是个老太太该多好，要是那样，我不但用不着受欺负，还能欺负年轻女人，我还要狠狠咒骂梅里韦特太太这种刁老太婆！"

说实在的，斯佳丽厌恶了医院，她讨厌这里的臭气，讨厌这里的虱子，讨厌这帮伤员的病痛，讨厌他们肮脏的身体。原来她倒是觉得护理工作挺新奇的，不过那种感觉早在一年前就烟消云散了。再说啦，这帮撤退中的伤兵不像早先的伤兵讨人喜欢。他们对她一点儿都不感兴趣，话也不多，开口只会说："仗打得怎么样啦？老乔如今使出什么招儿了？老乔真是足智多谋。"她可不觉得老乔有什么谋略。他的谋略只是让北佬打进佐治亚八十八英里。没错，这帮伤兵一点儿都不讨人喜欢。不少伤兵奄奄一息，无声无息就死了，死得真快。早在来到亚特兰大看病前，这些人就患了败血症、坏疽、伤寒、肺炎，体力早已耗尽，根本没力气跟疾病做斗争。

天气炎热，苍蝇从敞开的窗户蜂拥而入，硕大的苍蝇赶都赶不走，这比伤痛更让伤员心烦。斯佳丽被包围在阵阵恶臭和喧嚣的呻吟声中。她托着盆子，跟在米德大夫身后，浑身冒出的汗水把新浆过的衣服浸得透湿。

给大夫当助手实在太恶心啦，看着他用明晃晃的手术刀切开腐肉，让人恶心得直想呕吐！听着手术间做截肢手术时传出的阵阵惨叫，听了足能让人汗毛倒竖！伤兵个个脸色苍白，神情紧张，等着大夫来检查，那模样让人看了满心的不忍，却又无可奈何。他们听到的都是惨叫声，轮到自己时，只有那几个可怕字眼："真替你难过，孩子，那只手得截掉。没错，没错，你的意思我明白；可你瞧，看见这些红线了吧？非截肢不可。"

麻醉用的氯仿如今奇缺，只有最严重的截肢病例才能使用。鸦片更是稀罕宝贝，不能让活人减轻病痛，只能给垂死的伤员用，好让他们从容升天。如今奎宁和碘酊根本没货了。这一切都让斯佳丽厌恶，那天上午，她真希望自己能像玫兰妮一样怀了孕，免得出来受这份罪。这些日子里，要想不出来干护理工作，大家唯一能接受的理由也就是有孕在身。

到了中午，她见梅里韦特太太正忙着替一个不识字的山里青年写信，就急忙摘下围裙溜出医院。斯佳丽觉得再也受不了啦，这副担子太沉重，她实在挑不起来。她知道，中午那趟火车又会送来伤员，又会有大量的工作让她天黑前都忙不完，说不定连口饭都吃不上呢。

急匆匆没走多远，过了两条街，她来到桃树街上。虽然紧身衣系得很紧，可她尽量使劲吸了几口新鲜空气，站在街角上，拿不定主意下一步该怎么办了。她觉得没脸回去见佩蒂姑妈，可又打定主意绝不回医院去了。正在这时，只见瑞特·巴特勒驾车从旁经过。

"嘿，你这身打扮真像个捡破烂的。"他打量着斯佳丽身上那套打过布丁的淡紫色印花布裙子，只见上面汗渍斑斑，还有从刚才端的盆子里溅出的污水痕迹。斯佳丽又尴尬又气恼。这个人怎么总是注意女人的衣着，她这副模样心情已经够糟了，他还拿她取笑，真是太无礼了。

"我可不想听你胡扯。快来扶我上车，送我去个谁也见不着的地方。就是要我的命我也不去医院了！我的天，这场战争又不是我惹出来的，我干吗为它累得死去活来，再说……”

“好哇，你要背叛我们的‘光辉事业’！”

“你这是锅底笑话壶底黑。扶我上车。去哪儿我都不在乎。带我走。”

他翻身从车上跳到地上。她忽然感到，能看见一个完好无损的男人真不错，眼前这个人没有缺胳膊少腿，也没有瞎一只眼，既没有疼得脸色惨白，也没有让疟疾闹得浑身蜡黄。这个人营养良好，身健体壮，而且衣着还很讲究。他的上衣和裤子不但合身，而且还是同一种衣料做的，不似那种要么松松垮垮裤脚袖管都卷起来，要么紧绷绷动弹不得的样子。他的衣服还是崭新的，不像其他人那样肮脏不堪、衣衫褴褛，把满是污垢的肉体和毛茸茸的腿都露出来。他的神情显得无忧无虑，单单这一点就让人吃惊，如今谁不是眉头紧锁，忧心忡忡？他扶她登上马车，古铜色的脸上表情温和，棱角分明的嘴唇像女人的嘴唇一样红，丝毫不掩饰嘴角放肆的微笑。

他登上马车坐在她旁边。瑞特身躯魁梧，合体的衣服下肌肉饱满，充沛的体力从来都让斯佳丽禁不住心头为之震颤。她望着他，浑圆有力的肩膀把衣服高高架起，让她着迷，让她心动，也让她稍有点害怕。看起来他不但思维敏捷让她难以招架，他的身体结实健壮，一样让她不好对付。他文雅随和的外表下隐藏着一股力量，像一头懒洋洋晒太阳的黑豹，却保持着警觉，随时准备一跃而起扑向猎物。

“你这个小骗子。”他说着吆喝马儿起步，“你陪那帮大兵通宵达旦地跳舞，又是献玫瑰花，又是送彩带，还满嘴的誓言，说自己愿为事业而死，如今为几个伤员包扎伤口，逮几只虱子，你就连忙开小差了。”

“你就不能说点别的，不能把车赶得快点？要是撞上梅里韦特老爷子从店铺出来，我又该倒霉了，他准会告诉老太太——我说的是梅里韦特太太。”

他轻轻抽了一鞭，马就快步小跑起来，穿过五角广场，越过横贯城市的铁路。运伤兵的列车已经到站，担架员顶着烈日忙碌着，把伤员抬上救护车，抬上遮了篷布的军需马车。斯佳丽望着这一切，并不感到良心受到责备，只觉得大大松了口气，庆幸自己逃了出来。

“那座旧医院让我恶心，我在那儿简直烦透了！”她说着整了整风刮起的裙裾，然后紧了紧下巴上的帽带。“送来的伤兵一天比一天多。都怪约翰斯顿将军。要是他在达尔顿顶住北佬，伤兵就……”

“你真是个傻孩子，他本来顶住了。可他不敢死守，要不然谢尔曼从两翼包抄，准得把他全军歼灭掉，要是那样，铁路就保不住了。约翰斯顿的目的就是保住铁路。”

“可是，”斯佳丽对军事战略一窍不通，“反正得怪他。他本该想法子抵挡的，我看该撤他的职。他干吗总是撤退，怎么就不想着抵抗？”

“这话就像其他人说的一样，因为他办不成不可能的事情，大家就嚷嚷着‘砍他的头！’在达尔顿他还是救世主耶稣基督，退到肯纳索山他就成了出卖耶稣的犹大，前后不过六个礼拜。要是他现在能打退北佬，让他们后撤二十英里，他就又成了耶稣基督啦。我的宝贝，要知道谢尔曼的人马有约翰斯顿的两倍，就是用两个人跟我们一个英勇献身的战士拼，他也赔得起。可约翰斯顿却损失不起，他的人马拼一个少一个。他急需增援，可他的援兵在哪儿？只有‘乔·布朗州长的宝贝’。可那帮人有什么用？”

“民兵真的要出动了？自卫队也要参战？我还没听说过，你怎么知道的？”

“外边到处这么风传，是从今天早上从米勒奇维尔来的火车上传出来的。据说民兵和自卫队都要派去增援约翰斯顿将军。可不是吗，布朗州长的宝贝们终于该闻闻火药味了。我看他们大半会吃惊的。他们从没想过要参战。州长原来几乎向他们打过保票，说不会让他们上战场。哈哈，结果开了他们个大玩笑。他们自以为有保护伞，原来州长对杰夫·戴维斯总统的命令都顶住不执行，拒绝派兵去弗吉尼亚作战，说是保留有生力量保卫自己的州。谁料想得到如今战争会打到后院来呢？谁想过真的需要他们保护自己的州呢？”

“你这个没心肝的家伙，怎么还笑得出来！怎么就不想想自卫队里那帮胡子兵、娃娃兵！哎呀，小菲尔·米德也得去，梅里韦特老爷子和亨利·汉密尔顿大叔也免不了。”

“我说的不是那帮小娃娃和墨西哥战争中的老兵。我指的是威利·吉南那种勇敢的年轻人，他们平日总是身穿漂亮军服，舞刀弄剑，耀武扬威……”

“还有你自己！”

“亲爱的，你这话不会让我伤心！我既不穿制服，也不舞刀弄剑，而且我根本就不关心邦联的命运。再说啦，我就是进了自卫队或者随便什么部队，也不会束手待毙。我在西点军校受过军事训练，足够我一辈子受用了……但愿老乔走运。李将军派不出援兵救他，他自己在弗吉尼亚对付北佬也自顾不暇。所以，眼下佐治亚州的这支部队是约翰斯顿唯一的救兵了。人们不该那么责怪他，他其实是个了不起的战略家，每次都抢在北佬前头占领要地。可他得保护铁路，就不得不一撤再撤。你记住我这句话吧：等到北军把他逼出山地，撤到这里的平原上，他就要彻底被歼灭了。”

“撤到这儿来？”斯佳丽嚷了起来，“你知道得清清楚楚，北佬永远不会打到这儿来！”

“肯纳索不过二十二英里以外，我敢跟你打赌……”

“瑞特，快看街上！看那群人！是一群士兵。到底怎么回事！哎呀，是一群黑人！”

只见街上一团红尘迎面扑来，飞扬的尘土中，杂沓的脚步声与低沉的嗓音混杂在一起，百十条黑人汉子乱哄哄地唱着一首圣歌。瑞特把车停在路旁，斯佳丽望着这群汗水淋淋的黑人，心里觉得奇怪。黑人个个肩扛镐头铁锹，旁边有一位军官和一个班的士兵压队，士兵戴的是工兵的肩章。

“到底怎么回事？”她再次问道。

接着，她的目光无意间落在前排一个正在唱歌的黑大汉身上。这条汉子身高近六英尺半，活像个巨人，他肤色乌黑，步伐轻快有力，像头强壮的野兽。他领头唱着《去吧，摩西》，嘴巴一动，两排白牙就闪闪发亮。原来是她家塔拉庄园的工头大个子山姆！这世界上除了他哪个黑人有这么高的个头和这么洪亮的嗓音呢？可他上这么远的地方来干吗？何况他现在是庄园唯一的监工，还是杰拉尔德的得力助手。

她刚从马车上欠起身，那个巨人就认出她了，黑黝黝的脸上马上绽开笑容。他收住脚步，放下肩头的铁锹，朝她这边跑来，嘴里还朝身边的黑人嚷着："老天爷！是斯佳丽小姐！嘿，你看哪，以利亚！使徒！先知！是斯佳丽小姐！"

队伍一下子乱了，大家莫名其妙，都停下脚步，脸上露出笑容。大个子山姆身后跟着三个黑人，穿过马路朝马车跑来。压队的军官紧跟在他们身后大声呵斥。

"归队，你们这帮家伙！都给我归队。不然我……哎哟，是汉密尔顿太太。早上好，夫人，早上好，这位先生。你们在这儿干吗？惹得这帮人不服从命令。天知道，今天上午这帮家伙让我伤透了脑筋。"

"哦，兰德尔上尉，别责怪他们！这几个都是我家庄园上的人。这是大个子山姆，我家的工头，这几个名叫以利亚、使徒、先知，都是塔拉庄园的。他们见了我当然得跟我说句话。你们都好吗，伙计们？"

斯佳丽跟他们一一握手，她的小白手落在他们的大黑爪子里，简直就没了。四个汉子乐得欢欣雀跃，既为这次会面高兴，也想让同伴们看看他们家小姐有多漂亮。

"你们离开塔拉上这么远的地方来做什么？我看准是逃出来的吧。你们不知道巡逻队肯定会把你们抓回去吗？"

听了她这番打趣的话，几个汉子乐得直叫。

"逃出来？"大个子山姆说，"哪儿的话呀小姐。咱可不是逃出来的。是他们派人要我们的。论个头论力气，咱四个在塔拉庄园是最好的。"他露出两排雪白的牙齿，得意地笑了，"他们专门派人去要我，因为我歌唱得好。真的，小姐。是弗兰克·肯尼迪老爷来要咱的。”

“可这是为什么呢，大个子山姆？”

“天哪，斯佳丽小姐！你没听说过吗？要咱去挖沟呀，北佬来了，咱白人老爷好有个地方躲躲。”

听他把挖掩体说得这么天真，兰德尔上尉和马车上的这两位几乎忍不住要笑出来。

“他们要我走，杰拉尔德老爷差点发了脾气，说他没我管不了庄园。可埃伦太太说：‘带他去吧，肯尼迪先生。邦联比我们更需要山姆。’她给了我一块钱，要我听白人老爷的吩咐。我们就来了。”

“兰德尔上尉，这到底是怎么回事？”

“噢，这事很简单。我们得加强亚特兰大的工事，要把掩体延长几英里，将军从前线抽不出人，我们就从乡下招募最身强力壮的黑人干这活儿。”

“可是……”

斯佳丽心头一颤，不由感到一丝恐惧。还要挖好几英里的掩体！为什么需要更多的掩体？过去一年里，已经在距离市中心一英里外筑起了一圈巨大的土围子炮阵地。这些大型工事与一个个步枪掩体用战壕连接起来，把亚特兰大整个围住了。现在还要挖步枪掩体！

“可是……我们已经有了工事，为什么还需要更多的工事？现有的也用不着。将军肯定不会……”

“现有的工事离城太近，”兰德尔上尉简短地说，“只有一英里，让人不放心，也不安全。新挖的工事比较远。你看，部队再后撤，就要退进亚特兰大了。”

话一出口，他就后悔了。斯佳丽听了这话，吓得睁大了眼睛。

“当然，部队不会再后撤了，”他连忙补充说，“肯纳索山一带的阵地是不可能攻克的。山坡上架满了大炮，控制了四面八方的道路，北佬休想通过。”

但是，斯佳丽见瑞特锐利的目光不经意地扫了他一眼，上尉垂下了眼皮。她惊呆了，这时才记起瑞特刚才的话："等到北军把他逼出山地，撤到这里的平原上，他就要彻底被歼灭了。"

"哦，上尉，你认为……"

"这还用说，当然不会！你千万别多虑。老乔办事谨慎，只是为了提防。我们多挖战壕就是为这个……哎呀，我得走了。很高兴跟你交谈……伙计们，跟你家小姐说再见，我们得上路了。"

"再见，伙计们。听我说，要是你们谁生了病，伤着了，或者遇上什么麻烦，就给我捎个信来。我就住在桃树街那头，一直走到尽头，差不多是最后一家。等一等……"她伸手到包里掏了掏，"哎呀，我一个钱都没带。瑞特，借给我点钱吧。拿着，大个子山姆，拿去买点烟给大家抽抽。要听话。听兰德尔上尉的话。"

队伍重新排好，大队开始出发，又扬起滚滚红尘。大个子山姆又唱起了歌：

去吧，摩西！到遥远的埃及去吧！去恳求那老法老把我的百姓——放掉！

"瑞特，兰德尔上尉刚才是骗我呢，男人都会骗人，把真情瞒着我们女人，害怕我们听了会晕过去。他难道不是骗人？你说，瑞特，要是没有危险，他们干吗要挖那么多新战壕？部队要不是那么缺人，他们会用黑人吗？"

瑞特对着马儿吆喝一声。

"部队缺人缺得厉害。要不然干吗要自卫队增援？至于战壕嘛，万一城市受到包围，战壕还是有点用处的。将军准备在这里作最后的顽抗了。"

"被包围！哎呀，快掉头。我要回家，回塔拉老家去，马上就走。"

"你这是怎么啦？"

"城市被包围！老天哪，围城！我听说过围城是怎么回事！我爸爸就被围住过，要不就是他爸爸，反正他对我说过……"

“那是什么时候的事？”

“是德罗赫达城让克伦威尔包围那事，他打败了爱尔兰人。当时弄得城里一点儿吃的都没有了，爸爸说街上到处是饿死的人，后来人们把猫儿老鼠都吃光了，最后连蟑螂之类的虫子都拿来充饥。他说后来闹到人吃人的地步也没投降。不过我也不知道该不该相信那种话。克伦威尔攻下那座城以后，城里的所有妇女都……哎呀，围城！我的老天哪！”

“像你这么无知的小姐我还真没见过。德罗赫达那一仗是十七世纪的事，当时奥哈拉先生还没出世呢。再说，谢尔曼又不是克伦威尔。”

“不错，可他更坏！人们说……”

“至于说爱尔兰人在围城里吃的那些异味——我个人倒觉得，与其吃旅馆最近供应我的那种膳食，还不如来一客老鼠肉浓汤呢。我看我得回里士满了。只要有钱，在那儿总能吃上好饭菜。”他望着她恐惧的神色，眼神里带着嘲弄。

斯佳丽为自己表现出的惊慌感到难堪，便大声说：“我真不懂你干吗在这儿待这么久！你满脑子想的不就是贪图享受，吃好的享口福，反正……反正就是这类事情！”

“我看没什么事情比吃好的更让人愉快了，反正……反正就是这类事情。”他说，“至于说我为什么待在这儿不走，这个嘛，我在书上读到过许多有关围困城市、围攻城市的事情，可我还从来没亲眼见过。所以我想最好留在这里亲眼看看。我不是参战人员，不会有危险，再说我也想亲身体验体验。斯佳丽，千万不要错过新体验。会让人增长见识的。”

“我的见识够多了。”

“这一点你自己最清楚。不过要是让我说……这话说出来显得不恭敬……等到城市被包围了，我待在这儿也许能营救你。我还从来没干过英雄救美人的事。那也算得上一种新的人生经历。”

斯佳丽知道他说这话是挪揄她，不过也感觉到话说得很认真。她就把脑袋一仰。

“我用不着你来营救。多谢你啦，我自己照顾得了自己。”

“斯佳丽，这种话别说出口！你心里有这种想法尽管留着，就是别说出口，绝对不要对一个男人这么说。北佬的姑娘都犯这种毛病。她们本来倒是挺讨人喜欢的，可就是爱说什么自己能照顾自己之类的话，结果惹人讨厌。好在她们说的大半是实话，所以男人也就随她们自己照顾自己了。”

“你的话可真多。”斯佳丽的口吻冷淡，因为他把她比做北佬姑娘，这简直是对她的极大侮辱。“我看你这围城的说法纯粹是一派谎言。你知道北佬永远也打不到亚特兰大来。”

“我可以跟你打赌，他们不出这个月准来。我输了给你一盒夹心糖，赢了……”他的两只黑眼睛在她脸上扫视着，目光落在她的嘴唇上，“你跟我亲个嘴。”

刚才她担心北佬打过来，心里紧张了片刻，一听见“亲个嘴”这几个字，立刻把恐惧抛在脑后。这才是她熟悉的话题，再说这比军事行动之类的话题有趣多了。她好不容易才忍住，没有喜形于色。瑞特自从那天早上送了她那顶绿色遮阳帽，就再也没有进一步对她作过明显的求爱表示。她使出各种手腕，结果都没有逗他说出一句绵绵情话。可现在呢，她什么暗示都没有，他便自己谈起了亲吻的话。

“我可不愿听这种调情打趣的话，”她口吻冷淡，皱起了眉头，“再说，我还不如跟一头猪亲嘴的好。”

“人各有好不能相强，我听说爱尔兰人特别喜爱猪，据说还把猪养在床底下呢。可是，斯佳丽，我知道你特别想亲嘴，却总是没人跟你亲，这就是你的问题。天晓得那帮追求者为什么对你过于尊敬，要不就是他们害怕你，结果没奉承到点子上。结果你总是把嘴撅得高高的，让人看了受不了。应该有个人来亲吻你，而且应该是个亲吻高手才对。”

谈话越来越不合她的意了。她跟他交谈，从来就是这样，总像是一场角斗，结果总是她败下阵来。

“大概你觉得自己就是那位高手吧？”她好不容易压住心头怒

火，挖苦道。

“啊，不错，假如我愿意费心，的确够格。”他漫不经心地说，“人们都说我精通亲吻之道。”

“啊！”斯佳丽怒不可遏了，他对自己的魅力居然不屑一顾。“原来，你……”可是她连忙垂下眼皮，顿时心慌意乱。他脸上挂着微笑，可乌黑的眼睛深处却闪过一道亮光，像一簇火苗。

“当然啦，你大概觉得奇怪，我这人到底怎么回事？那天送你帽子时轻轻吻了一下，怎么就没下文了……”

“我从来没有……”

“那你就不是个诚实姑娘，斯佳丽。听了你这话我真觉得难过。真正诚实的姑娘都会奇怪，男人为什么不亲吻她们。她们知道不该让他们亲吻，要是让他们亲了，也该表现出受了委屈的模样，可反正她们喜欢男人亲吻。好啦，亲爱的，振作起来吧！我总有一天会跟你亲嘴，会让你心满意足的。可是现在还不行，所以请你别太性急。”

她知道他是逗她开心，可他的玩笑总是惹她发火，因为他说的全都是事实，太赤裸裸了。嗨，不跟他说了。要是他将来敢对她无礼，看她怎么收拾他。

“巴特勒船长，请你掉头往回赶好吗？我想回医院去了。”

“这话当真？我救死扶伤的天使，这么说，跟虱子污水打交道也胜似跟我交谈？好吧，既然人家心甘情愿为‘我们的光辉事业’效劳，我哪敢拖后腿呢？”他掉转马头，循原路返回五角广场。

“至于我没有采取进一步行动的原因，”他口吻冷淡，接着往下说，仿佛没有注意到她不愿再谈的意思，“我想等你再成熟一点。要知道，现在要跟你亲嘴没多大乐趣，我十分看重享乐，从来没想过跟孩子亲吻。”

他想笑却忍住了，因为他从眼角瞥了一下，见她气得胸脯剧烈起伏，却没作声。

“再说，”他口气温和地接着说，“我还要等到那位可敬的阿希礼·韦尔克斯从你的记忆中消失掉。”

一听他提起阿希礼的名字，她心里立刻感到一阵痛苦，眼眶里突然涌出热辣辣的泪水，蜇得眼睛生疼。消失掉？阿希礼永远不会从她的记忆中消失，就是他死了一千年，她也不会忘掉他。她想起阿希礼受了伤，此刻正在远方一个北佬的监狱里奄奄一息，睡觉没有毯子，也没有亲人握住他的手，可眼前这个家伙脑满肠肥，说话慢吞吞的，毫不掩饰自己的嘲讽，她心里不由充满了憎恨。

她气得说不出话来，两人默不作声坐了一段路。

“其实，我已经了解到你和阿希礼之间的全部情况了。”瑞特重新开口说，“最初我是在十二橡树庄园撞见你那个不雅举止，后来便时时留意观察，发现了许多事情。要问是些什么事情？哦，比方说吧，你对他还怀着女学生般的浪漫痴情；他呢，在体面允许的范围内做出反应。我还知道，韦尔克斯太太对你们俩的事完全蒙在鼓里，你一直在耍手腕欺骗她。我其实对一切都了如指掌，只有一件事不知道，所以想问问。那位高尚的阿希礼先生有没有不顾危害自家灵魂跟你亲过嘴？”

他得到的回答是她扭过头去，死也不吭一声。

“啊，他果然跟你亲过嘴。我猜是在他回家探亲那阵子发生的。现在他可能已经死了，你就能把这段秘密永远藏在心底啦。不过我肯定，你将来会忘记的，等你忘掉他那一吻，我会……”

她怒不可遏，猛然扭过头来。

“见你的鬼！”她憋足了全身力气迸出这几个字，一双绿眼睛闪烁出怒火。“让我下车，不然我跳车了。我再也不想理你了。”

他把车停下，还没来得及下车扶她，她已经跳下马车。她的裙裾让车轮挂住了，里面的衬裙、裤子一时展现在五角广场众目睽睽之下。瑞特连忙弯腰替她解开。她一句话也没说，转身走开，连头也没回一下。他轻声笑了笑，赶车离去。

第十八章

开战以来，亚特兰大人头一次听见了枪炮声。清晨，城市尚未苏醒，喧嚣声还没有恢复，这时，肯纳索山的隆隆炮声虽然遥远微弱，但依稀可辨，人们往往把它当成夏日闷雷。偶尔会听到响亮的炮声，甚至能压过中午时分的车马喧闹声。人们竭力听而不闻，继续有说有笑，办自家的事，仿佛北佬并没有打过来，并没有近在二十二英里外，但是，人人都禁不住竖起耳朵倾听。全城居民都显得心事重重，不论手头做什么活计，大家的耳朵都在倾听，一刻也不松懈。一天足有一百回，大家的心脏会怦怦狂跳。炮声是不是更响亮了？或许只是自己心里觉得更响亮了吧？约翰斯顿将军这次能抵挡住吗？到底能不能抵挡住呢？

在镇定的外表下，大家心里都惊恐万状。部队一再后撤，人们的神经一天比一天绷得更紧，如今已经快要绷断了。谁也不说出自己的恐惧，因为它是个禁忌话题，人们只好大声批评将军来发泄紧张情绪。公众情绪已经达到狂热的地步。谢尔曼的军队已经打到亚特兰大城外了。邦联军队要是再后撤，就要退进城里了。

给我们换一个拒不撤退的将军吧！给我们换一个能打敢拼的男子汉吧！

远方隆隆炮声不断传来，“乔·布朗州长的宝贝”民兵部队和当地自卫队终于从亚特兰大开拔，去防守约翰斯顿阵地背后的查塔霍奇河上的桥梁和渡口。那天乌云密布，天色阴郁，队伍穿过五角广场走上玛丽埃塔路，这时天开始下毛毛雨了。全城市民都出来给他们送行，桃树街两旁铺面外的遮阳檐下，密密匝匝站满了人，大家强打精神，为他们欢呼。

斯佳丽和梅贝尔·梅里韦特·皮卡德获准离开医院去为自卫队送行，因为亨利伯伯和梅里韦特老爷子都要随自卫队出行。两位姑娘跟米德太太一道挤在人群中，大家都踮着脚，想看得清楚些。斯佳丽也像所有南方人一样，只愿意相信最入耳最乐观的说法。不过，今天她望着眼前这支杂牌军，不禁感到心寒意冷。这帮乌合之众老的老小的小，本该待在后方躲避战乱，如今却奉命出征，足见局势已万分危急！当然，开过的队伍中也不乏年轻体壮的人，他们身穿民兵上层官员的漂亮军装，帽子上插着羽毛来回飘荡，腰上系着丝带流苏翻飞。但是，队伍中更多的是老人和年幼的孩子，让斯佳丽见了又是怜悯又是担忧，感到一阵阵揪心。有的白胡子老头比她父亲年龄都大，却装出一副精神抖擞的模样，在乐团的鼓声和笛声伴奏下，迎着毛毛雨丝，跟着队伍行军。梅里韦特爷爷把梅里韦特太太最好的方格子披肩披在肩头挡雨。他走在第一排，看见两位姑娘，就咧开嘴笑了笑。姑娘们挥动手帕，装出快乐口吻高喊再见。梅贝尔抓住斯佳丽的胳膊，对她耳语道：“唉，可怜的老人！暴风雨大一点，就能要了他的命！他腰痛的老毛病……”

亨利伯伯在梅里韦特爷爷后面那一排，他把黑色外套的领子竖起来，护住耳朵，腰里别了两把手枪，那还是墨西哥战争时用过的，手里提着个厚绒布包。他的黑人跟班跟在他身旁，年纪跟他不相上下，撑起一把伞遮在两人头顶上。与这些老长辈并肩行军的是年幼的男孩，看上去都没满十六岁，其中不少是从学校逃学出来参军的，时而还能看到三三两两身穿军校制服的学员夹杂在队伍中，帽子上插的黑羽毛沾满雨水，胸前洁白的帆布武装带也淋得透湿。菲尔·米德也在其中，他自豪地佩戴着兄长生前用过的马刀和马枪，帽子一侧还傲然插了支羽毛。米德太太竭力装出一脸微笑，朝队伍挥手，等到儿子过去后，她脑袋一歪，靠在斯佳丽肩头，一时不会动弹，仿佛浑身的力气骤然泄走了。

这些人有的完全是赤手空拳，因为邦联根本没有枪支弹药可供发放。他们便指望从战死和被俘的北佬身上弄到武装。不少人靴筒子里插着猎刀，手里端着根粗木棍，一端装着铁尖头，称作“乔·布朗矛”。有些人比较走运，肩膀上扛着带燧石发火装置的毛瑟枪，腰带上还别着个牛角火药筒。

约翰斯顿将军在撤退中损失兵员数以万计，需要补充一万生力军。“可他得到的就是这种货色！”斯佳丽想到这里，不由得感到恐惧。

炮队隆隆驶过，溅起的泥浆都飞到旁观者身上了。一门大炮旁，一个骑在骡子背上的黑人吸引了她的注意。这是个年轻黑人，肤色如鞍皮色，脸色一本正经，斯佳丽一见他便嚷起来：“这不是摩西吗！这不是阿希礼的跟班摩西吗！他怎么在这儿？”她挤出人群，来到路边，高声喊道：“摩西！快停下！”

那黑人见了她，连忙拉住马，脸上笑逐颜开，准备跳到地上。可他身后有个浑身透湿的军士，那人骑在马背上嚷道：“不准下来，要不我崩了你！队伍要抓紧时间赶到山里。”

摩西不知所措，看看那位军士，又看看斯佳丽。斯佳丽踏着泥泞，跑到车轮滚滚而过的马路中间，抓住摩西的马镫皮带。

“喂，长官，我只说几句话！别下来，摩西。你怎么跑到这儿来了？”

“我又要去打仗了，斯佳丽小姐。上次陪阿希礼少爷，这次是陪老约翰老爷。”

“韦尔克斯先生！”斯佳丽惊呆了，老韦尔克斯先生已经快七十岁了哪。“他在哪儿？”

“他在最后头那门大炮旁边，斯佳丽小姐。就在后面！”

“对不起，小姐。快走，小子！”

大炮歪歪斜斜从旁经过，斯佳丽在齐脚脖子深的泥泞里站了一会儿，想道：“怎么会有这种事！他都那么大年纪了。再说，他也跟阿希礼一样不喜欢战争！”她朝路边退了几步，细细打量行军队伍中的每一个人。最后一门炮拖在弹药车后面，嘎吱嘎吱驶来了，她终于看见韦尔克斯老先生了。他身子虽然瘦弱，骑在马背上却腰板笔直，一头长长的雪白头发湿漉漉的，紧贴在脖子上，骑着那匹枣红色小牝马，显得神态自若。这匹马儿在泥潭之间落脚非常仔细，步伐讲究得活像一位身穿缎子裙袍的夫人。哎哟，那不是内利吗！真的是塔尔顿太太的内利！是贝特丽丝·塔尔顿最心爱的宝贝马儿！

韦尔克斯先生见斯佳丽站在泥泞路上，便乐呵呵拉住马，下马朝她走来。

“我一直想见你呢，斯佳丽。你家很多人要我捎口信给你。可惜没时间了。我们今天早上才到，你看，马上就催我们出发了。”

“喂，韦尔克斯先生，”她拉住他的手，拼命嚷道，“别去！你干吗非去不可呢？”

“啊，你觉得我太老了！”他微笑道，那简直就是阿希礼的微笑，只是脸老了。“我这把子年纪行军是嫌老了，不过骑马射击还行。承塔尔顿太太的情把内利借给我，我走路没问题，只希望内利别发生什么意外，要不然我就无颜面见塔尔顿太太啦。内利是她仅剩的一匹马了。”他放声笑了笑，为的是驱散她心中的恐惧。“你妈妈你爸爸还有妹妹们都好，他们要我代问你好。你爸爸今天几乎要跟我们一道来呢！”

“爸爸可不能来！”斯佳丽吓得喊起来，“爸爸可不能来！他不会跟着去打仗吧？”

“他本打算跟着一道去的，后来不去了。他膝关节有问题，路都走不了几步，可他硬要骑马跟我们一道来。你妈妈同意了，不过有个条件，他必须跳过牧场的篱笆，说是跟着部队行军，道路崎岖难行，不是闹着玩儿的。你爸爸心想，骑马跳篱笆不过小菜一碟，可是，说来让你难以相信，他的马跑到篱笆跟前，突然四蹄一蹬，站住了，害得你爸爸从马头上飞出来，摔在地上。他没把脖子摔断可真是个奇迹了！你知道他脾气犟，当下爬起身又跳，一连摔了三回，最后才让奥哈拉太太和波克扶上床去休息。你爸爸为这事气得要命，硬说是你妈妈‘跟那畜生串通好了’。要上前线，他其实不够格，斯佳丽。你用不着为这事觉得脸上无光。毕竟得有人留在后方种庄稼供应军队。”

斯佳丽根本没觉得脸上无光，反而大大舒了口气。

“我把印第亚和霍尼打发到梅肯去住在伯尔家了，奥哈拉先生除了照管塔拉庄园，还帮着照料十二橡树庄园。我得走了，亲爱的。让我亲亲你漂亮的脸蛋吧。”

斯佳丽仰起脸撅起嘴唇，只觉得喉咙里一阵哽噎。她非常喜欢韦尔克斯先生。很久以前，她还满心盼望着要做他的儿媳妇呢。

“这个吻是给佩蒂帕特的，这个是给玫兰妮的，你一定要替我转达。”他说着轻轻多吻了两下，“玫兰妮好吗？”

“她很好。”

“啊，那就好！”他的眼睛虽然望着她，但是漠然的灰色眼睛却跟阿希礼的一样，也是透过她的身体，望着她身后，望着另一个世界。“真盼望见到第一个孙子。再见，我亲爱的。”

他翻身骑在内利背上，小步慢跑而去，帽子还抓在手里，任凭雨丝浇着满头银发。斯佳丽回到梅贝尔和米德太太身边，突然她意识到老先生刚才最后那句话的意思，迷信念头让她心里顿时涌起一阵恐惧，便连忙在胸前画了个十字，想祷告一下。老先生那句话等于说自己要去赴死，阿希礼原来也说过这种话，结果呢？阿希礼……死可是个禁忌，谁也不该提起！一说起死就有可能招灾惹祸。三个女人默默动身，冒雨返回医院。斯佳丽祷告说：“愿主保佑他，不要降灾给他，不要召他走，也不要召阿希礼走！”

从达尔顿撤退到肯纳索山仅仅用了五月初到六月中旬这点时间，然而，多雨的六月过去了，谢尔曼却没有把邦联部队从陡峭滑溜的山坡上赶走。希望再次抬起头来。大家心情变得愉快，说起约翰斯顿将军，话也不那么难听了。多雨的六月过后，七月份雨水更多，邦联军队拼死据守高地据点，谢尔曼的军队仍然寸步难移。亚特兰大人欣喜若狂了，他们被希望冲昏了头脑，如被香槟灌醉了一样。大家不断地欢呼，我们抵挡住北佬啦！一时办聚会开舞会蔚然成风。只要前线有几个战士进城来过夜，总有人设晚宴款待，饭后还要跳舞，姑娘们的人数总是十倍于男伴，便反过来奉承男伴，争着跟他们跳舞。

亚特兰大挤满了外来人口，其中有探亲的，有逃难的，有住院伤兵的家属，有在山上作战的将士的妻子和母亲，她们希望离亲人近些，万一受伤也好照顾。另外，乡间美女成群结队涌进城里，因为乡间剩下的男人要么还不到十六岁，要么已经六十出头。佩蒂姑妈对这批人很不以为然，她觉得她们上亚特兰大来不为别的，只是为了捞个丈夫，这么不知羞耻的事情都能干出来，真不知道世界将来会变成什么样子。斯佳丽也不赞成这帮美女，可她并不怕这帮乳臭未干的丫头跟她展开激烈竞争。她们无非脸蛋鲜嫩，笑容灿烂，让人顾不得注意她们的衣着了，其实她们的上衣都是改了又改，鞋子也打了补丁。可斯佳丽的衣服却比大多数姑娘的漂亮，也比她们的衣服新。这都多亏了瑞特·巴特勒最后一次闯封锁线给她送来的衣料。话说回来，她毕竟已经十九岁，不再年轻了，可男人总是喜欢追求傻里傻气的小妞儿。

她清楚，一个拖带着孩子的寡妇，跟这些漂亮的疯姑娘相比，的确处于劣势。但是，这是一段让她兴高采烈的日子，她很少像以前一样，把自己做寡妇当母亲看作沉重的包袱。她白天要在医院尽义务，晚上要参加聚会，难得见到韦德。有时她甚至忘记自己还有个孩子，很长时间都不念不想。

在那些炎热多雨的夏夜，亚特兰大家家户户向保卫本城的士兵敞开大门。从华盛顿街到桃树街，大户宅第全都灯火辉煌，在家里款待士兵，士兵们从战壕来到城里，仍然浑身泥污。班卓琴和小提琴乐声悠扬，嚓嚓舞步声和爽朗的欢笑声飘入远远的夜空。人群簇拥在钢琴旁引吭高歌，唱着略带伤感的《收到你的信已经太迟》。勇士们身穿褴褛衣衫，情意绵绵地望着用羽毛扇遮面而笑的姑娘，求她们别再等待，免得错过良缘。姑娘们只要不是无奈，就没一个迟疑的。狂欢和激越的浪潮席卷了全城，姑娘小伙子匆匆完婚。约翰斯顿把敌军阻挡在肯纳索山下的那个月里，结婚的人实在太多了，新娘个个羞红了脸蛋，身上穿的漂亮行头都是分别从十几位亲戚那里匆匆借来的。新郎则挎着马刀，刀鞘不断碰在裤子补丁上。聚会一个接一个，群情激奋，万分热闹！欢呼吧！约翰斯顿把北佬挡在二十二英里以外啦！

没错，肯纳索山周围的防线是无法攻克的。经过二十五天的战斗，就连谢尔曼将军也信服了，因为这一战役让他遭受了惨重的伤亡。他不再从正面进攻，改用老办法，绕一个大圈子迂回包抄南军，打算把部队直插到南军阵地与亚特兰大之间。这一策略再次奏效了。约翰斯顿被迫放弃一直成功固守的阵地，回兵去救后方。这一仗他损失了三分之一兵员，剩余人马疲惫不堪，拖着沉重的步子，冒雨穿过田野，朝查塔霍奇河方向转移。南军再也没有增援部队了，而北佬控制住田纳西南部到前线的铁路，天天都有新部队新给养源源不断地送来。身穿灰色制服的防线就这样在泥泞的原野上撤退，朝亚特兰大撤退。

原以为不可攻克的阵地全丢了，全城百姓立刻掀起一阵恐惧的浪潮。亚特兰大人度过二十五个欢天喜地的日子，大家相互保证，说山头阵地丢不了。结果现在已经丢了！不过，将军总该把北佬挡在河对岸吧。天哪，这条河离城只有七英里！

但谢尔曼再次采取包抄战术，从他们上游渡过河，疲惫不堪的南军士兵只得连忙撤过这条黄水河，挡在亚特兰大与入侵的敌军之间。他们在城北面桃树河谷匆匆挖下浅浅的工事。亚特兰大人痛苦了，惊恐了。

一交火就撤退！一交火就撤退！每撤一次，北佬就离城近一些。桃树河离城只有五英里啦！将军到底是怎么想的？

“给我们换一个能打敢拼的男子汉吧！”这个口号甚至传到了里士满。里士满的人都知道，如果亚特兰大失守，这场战争就算输了，敌人渡过查塔霍奇河之后，约翰斯顿将军被解除了指挥权。他的一位军长胡德将军接替他指挥。全城人舒了一口气。胡德不会撤退。这位将军是个肯塔基人，身高魁梧，长髯飘动，目光炯炯有神，他绝不会撤退！他的勇猛是出了名的，准会把北佬打过河，没错，还会把敌人一路打回去，一直打退到达尔顿。但是军队里响起了另一种呼声："还我老乔！"因为将士们历经磨难，从达尔顿一路转战到此，老百姓并不了解部队的艰难处境。

谢尔曼并不给胡德留下部署反攻的时间。南军更换主帅后第二天，这位北佬将军便发动突袭，一举拿下距离亚特兰大六英里处的迪凯特镇，从那里切断了铁路线。这条铁路可是经奥古斯塔、查尔斯顿、威尔明顿通往弗吉尼亚的交通要道。谢尔曼这一拳真狠，把南部邦联打瘸了。此时不行动尚待何时！亚特兰大人大声疾呼，要求采取行动！

七月份一个热浪滚滚的下午，亚特兰大人终于如愿了。胡德将军不愿死守阵地，把掩体中的部队拉出来，不顾敌军人数二倍于自己，在桃树河一带向谢尔曼的阵地发动猛攻。

老百姓个个胆战心惊，祈祷上天保佑胡德进攻胜利，把北佬赶回去。人人仔细分辨着轰隆隆的炮声和几千支步枪射击的噼啪声，虽然战场离市中心有五英里之遥，可枪炮声响亮得就像只隔着一条街。人们不但听得见大炮的轰鸣声，还能越过树梢看见滚滚的浓烟。几个钟头过去了，谁也不知道战斗进行得怎么样。

到了傍晚，第一批消息传了过来，不过内容不大确切，相互矛盾，让人听了毛骨悚然。最初的消息是战斗刚打响不久便负伤的战士带来的。伤兵零零散散地来到城里，有的独自回来，有的结伴而行，伤势较轻的搀扶着一瘸一拐的。不久，伤员源源不断拥来，步履艰难地走进城，朝医院挪去。硝烟混合了尘土和汗水，把他们的脸弄得像黑人一样，他们的伤口没有包扎，流出的血都干了，成群的苍蝇扑在伤口上。

佩蒂姑妈家在城北边缘，伤兵一进城最先到的就是这一带。他们一个个踉踉跄跄来到大门口，瘫倒在草坪上，沙哑着嗓子嚷道："水！"

天热得像着了火，整整一个下午，佩蒂姑妈带着全家的白人和黑人一齐忙碌，顶着烈日打水，拿绷带，舀水给伤员喝，替他们包扎伤口，一直到绷带全都用完，最后连被单都撕了用光，毛巾都用完了。佩蒂姑妈顾不得见了血就犯晕，她不停地为伤员包扎伤口，后来她的两只小脚肿了，鞋又太小，站都站不住了。玫兰妮如今已是大腹便便，却顾不得害羞，跟着普莉西、厨娘和斯佳丽一道没命地干活，她的神情紧张得像伤兵一样。最后，她再也坚持不住，晕倒了，不过大家也只能把她扶到厨房里，让她在饭桌上躺下。因为屋子里每一张床都躺满了伤员，就连椅子沙发都没有一张是空的。

混乱中，大家把小韦德忘了，他独自蹲在正面门廊的栏杆后面，像只笼中小兔，吓得睁大两眼，望着眼前的草坪，吮着大拇指，不住地打嗝。斯佳丽一眼瞥见他，厉声喝道："韦德·汉普顿，上后院玩去！"可是孩子被眼前这番乱糟糟的景象吓呆了，母亲的命令让他不知所措，动弹不得。

草坪上躺满了伤员，伤痛加疲惫，使他们不但一步也走不动了，甚至虚弱得动都不想动一下。彼得大叔把他们装上马车，运到医院，跑了一趟又一趟，把马都累得浑身流汗。米德太太和梅里韦特太太也派出自家的马车帮着运伤员，满车的伤兵把车弹簧压得扁扁的。

漫长炎热的夏日黄昏降临了，前方的救护马车和盖着帆布满是泥污的军需车陆续抵达，后面跟着军医部队征用的农家马车、牛车，甚至有私人马车。车辆从佩蒂姑妈家门外经过，道路不平，车子颠簸，车上装满了负伤和垂死的人们，滴答的鲜血一路洒在红色的尘土里。车上的人见几个女人手里提着水桶拿着水瓢，便停下车，有人大声呼喊，有人轻声乞求："水！"

斯佳丽扶住伤兵的脑袋，让他们干裂的嘴巴喝上几口水。伤兵满身尘土，浑身发烫，她就朝他们身上一桶桶泼水，也冲冲他们的伤口，好让他们享受片刻的轻松。她还总是踮着脚朝每一个车夫递上一瓢水，向他们打听消息："情况怎么样？情况怎么样？"

所有回答都一样："还不清楚，夫人。现在还很难说。"

夜色降临了，这天晚上十分闷热。一点风都没有，黑人手里举着松明子照亮，把空气烤得更热了。斯佳丽的鼻孔里灌满了尘土，嘴唇也让尘土弄得干巴巴的。身上淡紫色花布裙是早上才换的，原先浆洗得干干净净，现在却沾满了斑斑污渍、血渍、汗渍。她想起阿希礼在信上说，战争并没有什么荣耀可言，只有肮脏和痛苦，原来就是这个意思。

她疲惫不堪，觉得周围的一切都那么虚幻，整个像一场噩梦。这一切不可能是真实的——假如这是真的，那准是世人全都发了疯。如果是假的，难道她不是站在佩蒂姑妈家宁静的前庭里，在火把照明下朝垂死的男朋友们身上浇水？这些伤员中有许多是她的男朋友，他们见了她还勉强笑笑。黑暗中，伤员让颠簸的马车从这条尘土迷漫的路上送下来，其中有许多她都认识，许多人已经半死不活，成群的蚊蚋扑在他们满脸的污血上；然而，许多人曾经跟她一起跳舞欢笑，她还为他们弹奏歌唱，逗他们开心，安慰他们，对他们还颇有好感呢。

她在一辆牛车上发现了凯里·阿什伯恩，只见他被横七竖八的伤员压在最底下，脑袋上中了一枪，已经奄奄一息了。她想把他拉出来，可是要动他就得把另外六个伤员先搬开，她只好任牛车送他去医院了。后来她听说，大夫还没来得及给他做检查，他就死了，然后就匆匆埋了，谁也说不准到底葬在哪儿。那个月在奥克兰公墓埋葬的人多得数不清，大都是挖个浅坑匆匆掩埋起来。玫兰妮一直耿耿于怀，怪自己没能剪下凯里的一绺头发，寄到亚拉巴马给他母亲。

炎热的夜晚慢慢煎熬着，她们腰酸背疼，累得膝头都挺不直了，可斯佳丽和佩蒂还是逢人便问：“情况怎么样？情况怎么样？”

一个钟头又一个钟头慢慢熬过去，她们终于得到了回答，一听这消息，两人面面相觑，脸色变得煞白。

“我们败下来了。”“不撤不行哪。”“他们的人比我们多好几千呢。”“北佬在迪凯特附近分割包围了惠勒率领的骑兵，我们只好去增援。”“我们的部队很快就要撤进城里来了。”

斯佳丽和佩蒂相互抓住对方的胳膊，这才没有瘫倒。

“那……那北佬要打过来了？”

“是啊，太太，是要打过来，不过他们进不了城，夫人。”“别害怕，小姐，他们夺不下亚特兰大。”“没事，太太，我们这座城周围有数不清的工事。”“我亲自听老乔说过：‘我永远不会丢掉亚特兰大。’”“可老乔已经不在位了。现在的统帅是……”“住嘴，你这个傻瓜！你想把太太们吓坏还是怎么着？”“夫人，北佬不会攻下这座城市的。”“夫人们，你们干吗不上梅肯或者其他安全的地方避一避？在那儿没有亲戚吗？”“北佬倒是不会打下亚特兰大，不过话说回来，他们攻打起来，对太太们的健康不利吧。”“会有很多炮弹落下来爆炸的。”

第二天，败军在热气腾腾的小雨中撤进亚特兰大，成千上万的士兵拥进城里，士兵们经过七十六天的鏖战和撤退，又累又饿，个个精疲力竭了，他们的马匹都饿得只剩下骨架子，却还在拉车，用绳头破皮带凑合拖拉着大炮和弹药车。但他们并不像彻底溃败的乌合之众那么散乱，进城时井然有序，虽然破衣烂衫，却意气勃发，雨丝中，红色破战旗仍然在翻卷。他们跟随老乔学会了撤兵战略，老乔把撤兵与进攻都同样看作了不起的战略功绩。这支衣衫褴褛、胡子拉碴的队伍在音乐伴奏下，踏着《马里兰！我的马里兰！》的节奏，摇摇摆摆从桃树街开过。全城百姓一齐出来欢迎。胜也好，败也罢，这毕竟是他们的子弟兵。

州民兵部队不久前才开上前线，当时他们个个身穿崭新的军装，好不风光，如今也弄得肮脏蓬乱，跟身经百战的部队老兵难分彼此了。他们的眼神与先前不同了。三年来，他们一直找各种借口，为自己不上前线作各种解释，如今再也不用为这种事操心了。他们放弃了后方的安全，投入艰苦的战斗，许多人放弃了舒适生活，在战场上壮烈牺牲。他们如今已经成了有资格的士兵，虽然仅仅打过一仗，不过仍然是有资格的。他们在战场上表现相当出色。他们在欢迎的人群中寻找朋友的面孔，找到了便得意地盯着他们看，像挑战一般。他们如今可以抬起头做人了。

自卫队的胡子兵和娃娃兵过去了。胡子花白的老头儿们累得几乎抬不起腿来，娃娃兵脸上都挂着苦相，仿佛孩子遇上大人的问题，感到不知所措。斯佳丽看见了菲尔·米德，她差点没认出他来，只见他脸上黑乎乎的沾满了硝烟和尘埃，愁眉苦脸显然是因为紧张和疲惫。亨利伯伯一瘸一拐走过去，他的帽子没了，一块旧油布弄了个窟窿套在脖子里当雨衣，脑袋只能淋雨了。梅里韦特老爷子坐在一辆炮车上，他的鞋没了，脚上缠满了破布条。斯佳丽找来找去没找着约翰·韦尔克斯的影子。

不过，约翰斯顿麾下的老兵却显得精神饱满，迈着三年来转战南北的无畏步伐从街上走过。他们仍然有精力跟路旁的漂亮姑娘咧开嘴笑笑，挥挥手，见了没穿军装的男人就说粗话挖苦几句。他们要赶往环城防御工事——这些工事可不是草率挖出的浅沟，都是齐胸高的掩体，上面还堆着沙袋和尖木桩。红土沟边上堆起红土墩，战壕绵延数英里环绕全城，专等守城将士去把守。

百姓朝军队欢呼，就像欢迎凯旋的将士。每颗心里都藏着忧虑，不过，大家既然已经了解真情，既然最糟的事情已经发生了，战争已经打到自家的前院，城里百姓的态度也就发生了变化。人们不再感到恐慌，不再歇斯底里。大家的心事也都深藏不露。尽管有点做作，但人人都显得非常欢乐。大家努力在部队面前表现出勇敢自信的神色。人人嘴里都重复老乔离职前说的那句话："我永远不会丢掉亚特兰大。"

既然胡德接了班也得往后撤，不少人就跟士兵有同感，希望老乔复出。不过他们并不把话说出来，只是用老乔的话给自己打气：

"我永远不会丢掉亚特兰大。"

胡德并不使用约翰斯顿的谨慎战术，对北佬东路进攻，西路袭击。谢尔曼正团团围住亚特兰大，像个摔跤手一样等待对方出招，好扭住动手，可胡德并不守在掩体里等待北佬袭击。他贸然出战，狠狠扑向对方。没出两天，亚特兰大和埃兹拉教堂两场战役就打响了，都是大战役，相比之下，桃树河之战只能算作小冲突。

但是北佬总是不断地紧逼。他们伤亡惨重，但承受得起损失。他们的大炮不断轰击亚特兰大城区，炸死在家的百姓，掀掉民房的屋顶，在街上炸出一个个巨大的弹坑。市民躲在地窖里，藏在地洞里，趴在铁道路口的浅隧道里。亚特兰大成了座围城。

胡德将军接任统帅仅仅十一天，损失的兵员就超过约翰斯顿七十四天且战且退中的伤亡总数，而且亚特兰大如今三面被围。

从亚特兰大到田纳西的铁路已经全线落入谢尔曼手中。他的军队正在穿越东去的铁路线，并且切断了向西南通往亚拉巴马的铁路。只有通往南面梅肯和萨凡纳的一条铁路还通车。但是眼下城里挤满了士兵、伤员、难民，人满为患的城市只有唯一的铁路搞运输，根本无法应付急需。但是，只要这条铁路线还能使用，亚特兰大就能坚守下去。

斯佳丽认清了眼前的形势，不禁吓呆了。她意识到这条铁路的重要性，明白谢尔曼必将拼命夺取铁路，胡德也必将拼死守卫它。这条铁路经过自己县里，经过琼斯博罗，而塔拉距离琼斯博罗只有五英里！比起这座人间地狱般的亚特兰大城，塔拉就像个天堂般的避难所，但是塔拉距离琼斯博罗只有五英里！

亚特兰大战役刚打响那天，斯佳丽和许多夫人太太坐在店铺的平屋顶上，撑起阳伞观战。后来街道上第一次落了炮弹，她们吓得连忙躲进地窖里。到了这天晚上，老弱妇幼开始大批撤离，目的地是梅肯。当晚乘车离开的人里面，许多人随着约翰斯顿一路从达尔顿撤退，已经逃离过五六个地方了。他们的行装比初到亚特兰大时轻了许多。大多数人只随身带个编织包，还有印花手帕里包的一丁点午餐。时而能见到战战兢兢的仆人提着银水壶拿着银刀叉，捧着一两幅家族人物肖像，那是他们最初逃离家乡时抢出来的。

梅里韦特太太和艾尔辛太太不愿走。医院里少不了她们，另外，她们得意地声称自己不害怕，说北佬休想把她们从自己家里赶出去。但是梅贝尔带着娃娃与范妮·艾尔辛一起去梅肯了。米德太太结婚以来第一次不服从丈夫，丈夫要她搭火车去安全的地方避一避，她一口回绝，说是丈夫需要她。再说，菲尔还在城外的战壕里，万一发生什么事，她要在跟前照应。

但是怀廷太太以及与斯佳丽有交往的其他太太们却走了。佩蒂姑妈当初带头谴责老乔的退却策略，如今也带头打点起行装要逃难。她说，自己神经衰弱，听不得炮声，恐怕听见炮弹爆炸会晕倒，根本来不及跑进地窖躲藏。她说自己根本不是害怕，不过她的娃娃嘴想表现出勇敢模样，却怎么装也不像。她要去梅肯投奔表姐伯尔老太太，要两位姑娘陪她一道去。

斯佳丽不想去梅肯。她虽然害怕炮轰，可她宁愿待在亚特兰大也不去梅肯，因为她打心眼里讨厌伯尔老太太。那是几年前的事了，当初斯佳丽在那里参加韦尔克斯家举办的聚会，其间与她儿子威利接了个吻，让老太太撞见，老太太就骂她“轻佻”。所以斯佳丽一口回绝佩蒂姑妈说：“我要回塔拉老家去，让玫兰妮陪你去梅肯吧。”

玫兰妮一听这话就吓得放声大哭，哭得伤心极了。佩蒂姑妈连忙撇下她们，找人去请米德大夫。玫兰妮抓住斯佳丽的手，央求道：

“亲爱的，别去塔拉，别把我扔下！没你做伴我太孤独了。好斯佳丽，生孩子的时候没有你陪我，我还不如死了的好！是的……没错，有佩蒂姑妈陪我，她人挺好的。可她毕竟没生过孩子，再说啦，她有时候真惹人心烦，气得我简直要嚷起来。别丢下我，亲人儿。你就像我的亲姐姐，况且，”她说着惨然一笑，“你还向阿希礼答应过要照顾我的。他临走的时候告诉我说，要请你照顾我。”

斯佳丽低下脑袋，眼睛直勾勾瞪着她，心里觉得纳闷。她一向讨厌这个女人，这种感觉强烈得甚至掩饰不住，可玫兰妮怎么竟然会喜欢她？玫兰妮怎么是个傻瓜，竟然猜不出她心里秘密爱着阿希礼？过去一个月里，她心里承受着煎熬，等待他的消息，泄露真情的情形足足有一百次。可玫兰妮什么都没看出来。这个玫兰妮，她对自己喜爱的人只能看到人家的长处，其他全都不去注意……没错，她答应过阿希礼要照顾玫兰妮。她自忖道：“阿希礼啊，阿希礼！你准是死了，准是死了有好几个月了吧！可我对你的许诺却把我的手脚都捆住了！”

“唉，”没过多久，斯佳丽开口说，“我是答应过他，我不会实言。不过，我可不去梅肯，我才不投奔伯尔那个老刁婆呢。要是见了她，不出五分钟，准得扑上去抠出她的眼珠子。我要回塔拉老家去，你可以跟我一道走。你去了家里妈妈准会喜欢的。”

“嗯，我也愿意！你妈妈待人可亲切了。不过，你知道，我生孩子的时候姑妈要是不在身边，她准得气死，我也知道她不肯去塔拉。那儿离战场太近，姑妈想去个安全的地方。”

米德大夫赶来了，他跑得上气不接下气，刚才见佩蒂姑妈急匆匆派人请他，以为玫兰妮出了什么大事，至少认为她要早产了。听了她们争执的事，不由生气了，埋怨了几句，然后斩钉截铁几句话就把事情说定了。

“玫兰妮小姐，你去梅肯根本不可能。要是你走，我就对你概不负责了。火车拥挤得要命，还靠不住，要是碰上需要用火车运伤员或运部队，说不定中途会被征用，旅客随时都得下车，待在林子里进退两难。你有身孕……”

“要是我跟斯佳丽去塔拉的话……”

“我告诉你，我不同意你出门。去塔拉的车就是去梅肯那趟车，情况没什么两样。再说啦，如今谁也说不准北佬到了哪儿，反正到处都有他们的人。上了火车，说不定还会被逮走。就算你平安抵达了琼斯博罗，到塔拉还要坐马车走五英里的颠簸道路。怀着孩子根本别想走那条路。另外，自从老方丹大夫参军后，那个县连个大夫也没有。”

“接生婆还是有的……”

“我说的是大夫。”大夫不客气地打断她的话，两眼不由打量了一番她那瘦小身躯。“我不同意你们出门。弄不好会发生危险。你总不至于想把孩子生在火车上、马车上吧？”

这句在行的大实话让几位女士窘得涨红了脸，个个哑口无言。

“你们就待在这里，我也好随时来照看你。你必须卧床休息。别上楼下楼钻地窖。就是炸弹在窗子外面响了也别动。毕竟这里没多少危险。我们用不了多久就能把北佬打退……好啦，佩蒂小姐，你就赶快去梅肯吧，把两位小姐留在这儿好啦。”

“家里不留个长辈照应？”她吓得哭出来。

“她们都是妇人啦！”大夫说得都冒火了，“隔两座房子，还有我太太在家呢。反正玫兰妮小姐怀着孕又不会有男人找上门。天哪，佩蒂小姐！这是战争时期。现在谁还顾得上讲究中规中矩。多为玫兰妮小姐考虑考虑吧。”

他说完大踏步走出屋子，站在前门廊上等斯佳丽出来。

“我跟你实话实说，斯佳丽小姐，”他使劲捻了捻花白胡子，“你是一位通情达理的小姐，我的话你听了用不着脸红。我再也不想听什么让玫兰妮避难的话了。我怀疑她经不起旅途上的折腾。就是在最好的环境中，她也不能顺产——你也知道，她的产道太窄，生产的时候恐怕得用产钳，所以，说什么也不能让那帮接生婆插手。她这种体格的女子根本就不该生孩子。唉……话说回来，你去给佩蒂小姐收拾起行李，让她去梅肯好啦。她那副大惊小怪的模样会把玫兰妮小姐吓坏的，对大家都没好处。听我说，小姐，”他目光锐利地盯住她，“别再说什么回家的话了。好好陪着玫兰妮小姐，等她把孩子生下来。你该不是害怕吧？”

“噢，我才不怕呢！”斯佳丽斩钉截铁地说了句假话。

“真是个有骨气的姑娘。米德太太会随时来陪伴你们。要是佩蒂小姐想把她的用人一块儿带走，我就叫贝齐过来给你们做饭。等不了多少时间啦，再有五个礼拜，孩子就该出生了。不过这是头一胎，如今炮又打得这么凶，谁也说不准什么时候生。”

于是，佩蒂帕特姑妈带上彼得大叔和厨娘去梅肯了，临走时眼泪流成了河。她一时心血来潮，本着爱国之心，将马车和马匹都捐给了医院，事后马上就后悔了，便流了更多眼泪。现在家里只剩下斯佳丽和玫兰妮，陪着韦德和普莉西。虽然外面炮声不断，可屋子里却清静多了。

第十九章

围城的最初几天，北佬对亚特兰大各处的防御工事展开炮轰。炮弹爆炸时，斯佳丽吓得两手捂住耳朵缩成一团，担心炮弹随时会要了她的命，除此之外毫无办法。她一听见炮弹飞来时的呼啸声，就冲到玫兰妮屋子里，扑到她床上，两人搂作一团，脑袋拼命往枕头里钻，嘴里“哎呀，哎呀”直叫。普莉西和韦德就连忙钻进地窖里，蜷缩在布满蛛网的暗处，普莉西扯起嗓子尖号声叫，韦德就压低声音啜泣，还不停地打嗝。

空中是呼啸而过的死神，她们把头压在羽毛枕头下面憋得气都喘不上来。斯佳丽心里暗自咒骂玫兰妮，怪她害得自己不能躲到楼梯下面比较安全的地方。可是大夫不准玫兰妮走动，斯佳丽只好守在她身边。她既害怕让炮弹炸得粉身碎骨，又担心玫兰妮的孩子会随时出生。斯佳丽一想到这事，就不由急出一身冷汗。要是孩子这时候出生，她可怎么办呢？她心里清楚，宁可让玫兰妮送了命，她也不敢出门去找大夫，因为外面炮弹密得就像春雨。她也知道，普莉西宁愿挨打也绝不愿出门去冒险。孩子这时候出生，她可怎么办呢？

一天晚上，她们为玫兰妮安排晚饭的时候，斯佳丽跟普莉西商量起这事。普莉西的几句话让她大吃一惊，也让她完全打消了疑虑。

“斯佳丽小姐，玫兰妮小姐生娃娃的时候，就是没大夫，你也用不着伤脑筋。我会对付。接生的事我全懂。我妈不是接生婆吗？她会没教我怎么给人接生吗？这事交给我好了。”

斯佳丽得知身边就有个老手，大大松了口气。不过她还是盼望这场磨难早早结束。她迫不及待地想离开这个遭炮轰的鬼地方，回到平静的塔拉去。她夜夜祈祷，但愿孩子第二天就出生，到时候她就能摆脱自己诺言的束缚，就能离开亚特兰大了。在她看来，塔拉是个远离所有苦难的安全处所。

斯佳丽渴望回家，盼望见到母亲，她觉得一辈子从来没有过这么强烈的渴望。只要在埃伦身边，就是有天大的事她也不会害怕。一整天炮弹呼啸，爆炸声震耳欲聋，到了上床时间，她天天都打定主意，第二天早上就对玫兰妮说，在亚特兰大遭受的这种苦难她一天也忍受不下去了，一定要回塔拉去，玫兰妮可以去米德太太家住。可是，她的脑袋一靠在枕头上，记忆中总是浮现出最后见到阿希礼时他的面孔，就会看见他的一脸愁容，体会到他内心的痛苦，他嘴角上还是挂着那丝淡淡的苦笑：“请你照顾玫兰妮，好吗？你很坚强……答应我。”她当时是答应过的。如今，也不知道阿希礼长眠在何处。不论他长眠在哪里，他的眼睛都会盯着看她，要求她信守自己的诺言。她也不管他是生是死，反正不会让他失望，多大的代价她都会承担。所以，她还是一天又一天挨下去。

埃伦多次来信求她回家，她回信中把围城的危险说得轻描淡写，还解释说，玫兰妮处境困难，答应孩子一生下马上就回家。埃伦对亲戚关系看得很重，本家的亲戚和亲家关系都一样，便回信勉强赞成她留下，不过要求马上把韦德和普莉西送回家。这话最合普莉西的心意了，这丫头现在一听见异常声响，就吓得牙齿直打战，模样活像个白痴。平时她总是躲在地窖里不出来，要不是米德太太派来个感觉迟钝的老贝齐，斯佳丽姑嫂俩简直连像样的饭也吃不上了。

斯佳丽也像母亲一样急着想把小韦德送出亚特兰大，她不仅为孩子的安全着想，也因为孩子总是吓得丢了魂似的，让她看了心烦。打炮时，韦德吓得话都说不出来，炮声停歇了，他还是吓得紧紧抓住斯佳丽的裙子不放，想哭又哭不出来。到了晚上，他害怕黑暗，不敢上床睡觉，怕北佬来抓走他，夜里，他紧张不安，不断地呜咽，让斯佳丽本来就紧绷的神经越发紧张了。其实斯佳丽自己也害怕得像孩子一样，可是孩子神经质的面孔总是在眼前晃来晃去，让她的恐惧心情片刻不得松弛，让她恼火不已。没错，应该把韦德送到塔拉去。让普莉西送他回去，然后马上回来，好给玫兰妮接生。

可是，斯佳丽还没来得及打发他俩动身回家，就有消息传来，说北佬已经挥师南下，在亚特兰大和琼斯博罗之间的铁路沿线发生了军事冲突。假如韦德和普莉西乘坐的火车被北佬截住……想到这种事，斯佳丽和玫兰妮顿时吓得脸色煞白，因为大家都知道，北佬对无依无靠的孩子都会下毒手，甚至比糟蹋妇女还残忍。她到底没敢送孩子回家，韦德就继续留在亚特兰大，成天胆战心惊，一句话也不说，像个小幽灵，两只小脚噼噼啪啪跟在妈妈身后到处跑，死死抓住妈妈的裙子，片刻不敢松手。

在七月份炎热的日日夜夜里，城市一直受包围遭攻打。夜晚一片阴森不祥的死寂，到了白昼，天天炮声隆隆。城里人倒也渐渐适应了，形势既然已经到了最坏的一步，他们仿佛也就没什么可害怕了。人们原来害怕城市受围困，现在亚特兰大已经成了座围城，结果也没什么大不了的。日子看来照样可以过，也的确在一天天地过，跟原先似乎没什么两样。大家知道自己是坐在火山口上，但是，火山爆发前，谁也无可奈何，因此现在何必操那份闲心呢？再说，或许这火山根本就不会爆发。看，胡德将军已经把北佬挡在城外了！骑兵也守住了通往梅肯的铁路！谢尔曼休想夺走这条铁路！

面对雨点般落下的炮弹和口粮日渐短缺，尽管亚特兰大人表面上显得满不在乎，对区区半英里外的北佬装作视而不见，对步枪掩体中衣衫褴褛的守军将士寄予无限的信任，但是，亚特兰大人的表面下却掩盖着不知所措的脉搏，掩盖着焦虑、担忧、悲哀、饥饿，过了今天还不知明天会发生什么事，希望与失望交替的磨难把他们这层表面磨得越来越薄了。

渐渐地，朋友们勇敢的表情感染了斯佳丽，局势如大病不治，唯有忍受，慈悲的上天赐给人的适应能力也让她获得了勇气。虽然她听到爆炸声还是会吓一跳，但她不再惊呼呐喊着冲到玫兰妮身旁，不再把脑袋埋进枕头下面了。如今她会倒抽一口冷气，战战兢兢说上句："这一炮打得挺近，不是吗？"

她的恐惧少了几分，还因为这种日子有点像个噩梦，梦境太可怕了就不可能是真实的。她斯佳丽·奥哈拉不可能沦落到如此险境，竟然时时刻刻都有死于非命的危险。她平静的生活也不可能在如此短的时间里彻底变了样。

这一切既荒唐又虚幻。破晓时还湛蓝宜人的天空，怎么能转眼就遭到大炮硝烟的亵渎，如孕育着雷电的乌云沉沉低垂着笼罩全城；中午时分的滚滚热浪中本来花香四溢，茂密的忍冬草和攀缘的蔷薇花芬芳浓郁，沁人心脾，如此美景哪能骤然变得让人恐惧，炮弹呼啸着落在街道上，骤然天崩地裂，弹片四射，把方圆几百码内的人畜炸得血肉横飞，这不可能是真的。

人们不能在午睡中度过恬静倦怠的下午时光了。虽然炮火时而也有沉寂，可桃树街上却一天到晚从来没有安静的时候，炮车和救护马车隆隆驶过，从步枪掩体里下来的伤兵踉踉跄跄退进城里，急行军的部队飞步赶往战事吃紧的另一处工事增援，传令兵沿街飞奔，冲向总部，仿佛邦联的命运完全有赖于他们。

炎热的夜晚能带来些许安宁，可安宁中总是掺杂着不祥。夜色虽然是静悄悄的，可就是太寂静了——仿佛树蛙、纺织娘和昏昏欲睡的模仿鸟都吓得不敢放开歌喉，不敢加入往日的夏夜大合唱了。沉寂时而会被最后一道防线上传来的噼噼啪啪的毛瑟枪声打破。

深夜时分，灯都熄了，玫兰妮也已睡熟，全城笼罩在死一般的寂静中，斯佳丽往往躺在床上睡不着，这时，她常常听到大门的门闩咔嗒一响，屋门便响起轻轻的急促敲门声。

黑暗中，门廊里总是站着看不见面孔的士兵，跟她说话的人嗓音各不相同。有时候，黑暗中传来的声音很斯文："夫人，我非常抱歉打扰你，请问，你能不能给点水，让我解解渴，饮饮马？"有时候是山里人浓重的喉音，有时候是南边远方的草原牧民的奇怪鼻音，偶尔也能听到海边居民那种慢声慢气的腔调，斯佳丽听了心都会收紧，联想起母亲讲话的声音。

"小姐，我这里有个伙伴，本打算送他去医院，可他恐怕坚持不住了，你能收留下吗？"

"太太，求你给点吃的吧。要是有玉米饼，请给一个吧。"

"夫人，恕我冒昧，我能在你家门廊上过一夜吗？我看见你家的蔷薇花，闻到忍冬草的芳香，觉得太像自己家了。所以我斗胆……"

不错，这些夜晚全是梦境！整个是一场噩梦。那些士兵也全是噩梦中的幻影，没有身体，没有面容，只有疲惫的声音在热烘烘的黑暗中跟她说话。她打水，准备食物，在前门廊上放枕头，给伤员包扎伤口，托起垂死士兵的脑袋……啊，这一切都不可能是真的。

七月下旬的一天晚上，前来敲门的竟然是亨利·汉密尔顿伯伯。他的雨伞和绒线编织包不见了，连大肚子也没了。亨利伯伯原先面色红润，脸蛋圆圆胖胖的，如今瘦得满脸褶皱，脸皮松弛，像巴喇狗的皮一样耷拉下来。他的一头白发肮脏蓬乱，不成形状。脚上几乎什么也没穿，身上爬满了虱子，肚子饿得瘪瘪的，只剩下火暴脾气依然如故。

尽管他嘴上说："这场战争真荒唐，连我这把年纪的老糊涂都得扛枪打仗。"可姑嫂俩感到，亨利伯伯能参战心里挺高兴。他像年轻人一样受到召唤，不但做年轻人的工作，而且能抵得上个年轻人。他喜滋滋地对姑嫂俩说，梅里韦特家老爷子就没他这能耐。老爷子的腰痛毛病犯了，疼得死去活来，上尉要打发他回家，可老头说什么也不肯。他说话直率，称宁愿受上尉的咒骂和欺负，也不肯回家让儿媳妇伺候，因为他儿媳妇要他戒掉嚼烟的嗜好，逼他每天洗胡子，天天对他喋喋不休，让他受不了。

亨利伯伯不能久留，他只请了四个钟头的假，从城外的工事到这里步行往返还要花去一半时间。

他坐在玫兰妮的屋子里。斯佳丽给他端来一盆凉水，他把起了泡的双脚浸在水里洗了个痛快，说："孩子们，我有一阵子不能来看你们啦。我们连明天一早就要开拔。"

"去哪儿？"玫兰妮吓得一把抓住他的胳膊问道。

"别抓我！"亨利伯伯的口吻很烦躁，"我身上爬满了虱子。要是打仗不会让人生虱子得痢疾，那倒挺像一场野餐。我上哪儿去？还没有宣布，不过我已经十分清楚了。要是我没看错，我们明天一大早准是往南朝琼斯博罗开。"

"噢？为什么朝琼斯博罗开？"

"因为那边要打一场恶仗，姑娘。北佬千方百计要夺取那条铁路。一旦铁路到了他们手里，亚特兰大就完了。"

"哎呀，亨利伯伯，你认为他们能得手吗？"

"当然不可能，姑娘们！有我在，他们哪能得逞？"亨利伯伯见她们满脸惊恐，便咧开嘴笑了笑，接着又一本正经地说："姑娘们，会有一场恶仗。我们非胜不可。你们当然知道，其他铁路线已经全让北佬夺去啦，如今只剩这一条去梅肯的铁路了。你们大概也知道了，他们不但控制了铁路，还把所有马车路和马道全控制住了。只有麦克多诺车道还在我们手里。假如北佬夺取了那边的铁路，就要收紧包围，我们就成瓮中之鳖了。所以我们绝不能让他们占领那条铁路……我也许要走一阵子，姑娘们。我是来跟你们道别的。玫兰妮，斯佳丽还陪伴着你，我就放心了。"

"这还用说，她当然会陪伴我，"玫兰妮深情地说，"你别替我们操心，亨利伯伯，千万保重自己。"

亨利伯伯在破擦脚垫子上把脚擦干，叹了口气穿上破烂不堪的鞋子。

他说道："我得走了，有五英里路程呢。斯佳丽，你给我弄点吃的，我带走。随便什么都成。"

他吻别玫兰妮，下楼来到厨房，斯佳丽正用一方餐巾为他包一张玉米饼和几苹果。

“亨利伯伯……局势……局势真的这么严重？”

“严重？天哪，当然是真的！别糊涂啦。我们已经被逼到最后一步啦。”

“你看北佬会打到塔拉吗？”

“嗨……”亨利伯伯生气地开口说，她不顾大局只考虑自家私事，完全是妇人见识。可是，见她愁眉苦脸，神色惊恐，他的口吻软下来了。

“当然不会。塔拉离铁路线有五英里远，北佬要夺取的是铁路。小姐，你真是只糊涂虫。”他突然改变了话题，说：“我今天大老远地来，不只是为了向你们道别的。我给玫兰妮带来了噩耗。可话到嘴边又不忍心开口告诉她。所以由你转告她吧。”

“不是……阿希礼……你没听到他的什么消息吧……是他，死了？”

“嗨，我整天站在战壕里，泥泞浸到裤裆上，动都动不了，哪会有阿希礼的消息呢？”老先生恼火地反问道，“没他的消息。是他父亲。约翰·韦尔克斯死了。”斯佳丽突然跌坐下去，手里还抓着没有完全包起来的食物。

“我来是为了告诉玫兰妮的……可我开不了口。就由你替我说吧。把这些东西给她。”

说着，他从口袋里掏出几样东西：一只沉甸甸的金怀表，表链上挂着几颗印章；一幅小画像，画上是早已过世的韦尔克斯太太；还有一对硕大的衬衫纽扣。斯佳丽无数次见过约翰·韦尔克斯手里拿着这只怀表，如今见了这表，心里完全明白，阿希礼的父亲真的死了。她顿时惊呆了，既哭不出来，又说不出话来。亨利伯伯慌了，站也不是，坐也不是，连忙干咳一声，把目光避开，免得见她流泪自己也心酸。

“斯佳丽，他是位勇敢的老人。你把这话告诉玫兰妮。告诉她写信也把这话告诉他的女儿们。虽然年迈，却是个好军人。一颗炸弹打中他，正好落在他和那匹马身上。把马撕得……可怜的畜生，我只好亲自开枪结束它的痛苦。真是匹好牝马。你最好给塔尔顿太太写封信，把这事也告诉她。她非常珍视这匹小牝马的。孩子，把我的饭包起来。我非走不可了。好啦，孩子，别太难过。一个老人担负起年轻人的工作，最后以身殉职，还有什么死法比这更光彩呢？”

“可他根本就不该去送死！他根本不该去打仗。他本该好好活着，看着孙子们成长，最后寿终正寝。唉，他为什么要去打仗哪？他并不赞成脱离联邦，也反对这场战争，可他……”

“有这种想法的人不在少数，可这有什么用呢？”亨利伯伯气呼呼地擤了擤鼻子，“你以为我这么一把年纪了，还喜欢让北佬步枪手拿我当靶子？可是，这年头要想保住自己的绅士地位，就非这么办不可。孩子，亲亲我，跟我道别吧。别为我操心。仗打完了我准能平安归来。”

斯佳丽亲吻他后，就听见他走下台阶，脚步声渐渐消逝在黑暗中，最后听见院门的门闩咔嗒响了一声。她望着手中的遗物直发愣，过了一会儿才上楼告诉玫兰妮。

到了七月底，坏消息传来了。亨利伯伯的预言果然没错，北佬再次挥师，朝琼斯博罗扑去。他们曾在琼斯博罗以南四英里的地方切断铁路，邦联骑兵扑过去打退他们，工兵在烈日下挥汗苦干，修复了铁路线。

斯佳丽急得要命。她心急如焚，足足等了三天，最后才收到杰拉尔德的来信，这才放了心。敌人并没有到塔拉。他们听到过枪炮声，可是，连北佬的影子都没见过。

杰拉尔德在信中对北佬从铁路线上被击退的事大吹大擂，让人觉得仿佛是他独自立下了这一大功。他用了三页的篇幅写军队的英勇事迹，写到末尾才顺便提到卡丽恩生病了。奥哈拉太太说她得了伤寒，不过病得不重，叫斯佳丽不必操心。不过现在说什么也别回家，就是铁路安全畅通了也别回来。奥哈拉太太如今反而感到庆幸，觉得斯佳丽和韦德在围城之初没回家是对的。奥哈拉太太嘱咐说，要斯佳丽一定要去教堂做礼拜，多念几遍《玫瑰经》，祝卡丽恩康复。

最后这句话让斯佳丽感到良心不安，因为她已经有好几个月没去教堂做礼拜了。要是换了以前，她会觉得不做礼拜是一宗道德上的罪过，可现在却渐渐觉得不去教堂没有原先想得那么罪孽深重。不过她还是遵从母命，回到自己房间，跪下来匆匆念了遍《玫瑰经》。念完起身后，心里并没有体会到原先祷告后那种宽慰。有好长一段时间，她觉得上帝不再眷顾自己，也不再眷顾邦联和南方了，尽管南方人天天祈祷千百万遍，结果全都无济于事。

那天晚上，她怀揣杰拉尔德的信坐在前门廊上，不时摸一摸那封信，仿佛塔拉和埃伦就近在身边。客厅窗户里射出的灯光在藤蔓繁茂的黑黢黢门廊上投下斑驳的金色光影，黄色攀缘援玫瑰和忍冬草缠结成厚厚的一片，散发出浓郁的芬芳把她团团包围其中。夜里寂静无声。日落后连一声枪响都没听到，她似乎远离尘世了。斯佳丽坐在摇椅中前后摇晃，自从收到塔拉的来信后，她就感到非常寂寥凄凉，真希望有个人能来陪陪她，什么人都行，就是梅里韦特太太她也不嫌。可是梅里韦特太太正在医院值夜班，米德太太正在家里为前线回来的菲尔做一顿好饭，玫兰妮此时已经入睡。就连不速之客也不可能有。最近一个礼拜，上门的客人已经完全断绝，因为凡是能走路的人，不是守在战壕里，就是在琼斯博罗附近的乡下追击北佬。

她难得像这样不与人交往，心里觉得不是滋味。独自一人就难免想心事，这些日子里实在没什么好事可想。她就像大家一样，习惯于缅怀往事、追思故人了。

这天晚上亚特兰大十分平静，她便闭上眼睛想象着自己回到塔拉庄园的乡间宁静中，想象着那里的生活没有改变，也不会改变。可她知道，县里的生活再也不可能回到老样子了。她想起了塔尔顿家的四兄弟，想起那对红头发的孪生兄弟、汤姆和博伊德，一时觉得心头悲哀，喉头都哽噎了。本来斯图尔特或者布伦特有可能成为她的丈夫，可如今呢，战争要结束了，她回到塔拉庄园去住，却再也听不到两人骑马从杉树林荫道奔来时的呼喊声了。还有那个跳舞本领高强的雷福特·卡尔弗特，他再也不会选她作舞伴了。还有芒罗家的小伙子们和小个子乔·方丹，还有……

“啊，还有阿希礼！”她耷拉下脑袋，双手捂住脸呜咽起来。“我永远也不相信你已经不在人世了！”

她听见院门咔嗒响了一声，连忙抬起头，匆匆抹去泪水。站起身一看，见是瑞特·巴特勒沿步道走来，手里抓着宽边巴拿马草帽。自从那天在五角广场从他的马车上跳下来后，她还没见过他的面。当时她说过，再也不愿见到他了。可她此时却很高兴有个人跟她说说话，好让她别深陷在对阿希礼的思念中。她马上把原先那段往事撇在脑后。瑞特显然已经忘却了那个尴尬场面，至少也是装作已经忘了。他登上台阶，靠在她脚边坐下，并没有提起上次的不和。

“这么说你没去梅肯避难！我听说佩蒂小姐已经逃了，自然以为你们也走了。所以，来到你家门口，见里面亮着灯，就来查看一下。可你为什么不走呢？”“陪玫兰妮。你清楚，她……嗨，这种时候她哪能去避难呢。”

“啊！”灯光下，只见他眉头紧紧拧在一起。“你是说韦尔克斯太太还待在这儿？从没听说过这种糊涂事。她有身孕，这该多危险呀。”

斯佳丽没吭声，她觉得有点尴尬，她哪能跟男人谈论玫兰妮怀孕的事呢。瑞特知道玫兰妮有危险，这也让她发窘，按说单身男人不该懂这种事。

“你怎么就没想过我也可能受伤，太不够殷勤了吧。”她的口吻尖酸。

他眨巴几下眼睛，觉得好笑。

“你要是跟北佬斗争，我会随时来支持你。”

“我看这算不得恭维吧。”她不以为然地说。

“根本不是恭维。”他回答道，“你什么时候才不指望听男人轻浮的恭维话？”“等我死了以后。”她说完微微一笑，心里想的是，即使瑞特永远不恭维，也总会有男人恭维自己的。

“虚荣啊，虚荣！”他说，“不过你至少还算实话实说。”

他打开雪茄烟盒，取出一支上等雪茄，放在鼻子底下闻了一阵，这才划了根火柴点上，他靠在一根柱子上，双手抱膝，抽着烟一时没吭声。斯佳丽重新晃动起摇椅。这是个炎热的夜晚，周围黑暗而寂静。巢居在蔷薇和忍冬草丛中的模仿鸟从睡梦中醒来，怯生生婉转啼鸣一声，后来，仿佛觉得保持安静是上策，便不再作声了。

门廊阴影中突然传来瑞特的笑声，声音低沉温和。

"这么说是你陪着韦尔克斯太太！我还从没遇过这么怪的事！"

"有什么大惊小怪的。"她立刻警觉起来，口吻显得不安。

"没有？那就是你没有从客观角度看问题。我一向感到，你从来瞧不起韦尔克斯太太。你觉得她又愚蠢又乏味，她的爱国观念让你讨厌。你可是习惯抓住各种机会，在言谈中插两句话贬低她。所以我觉得奇怪，你居然自告奋勇干这么无私的事，在大炮轰城的时候留下来陪她。你跟我说说，这么做到底是为了什么？""因为她是查理的妹妹——就像我自己的妹妹一样。"斯佳丽尽量装出一副体面口吻，不过脸上觉得有点发烫。

"你是想说因为她是阿希礼·韦尔克斯的寡妇吧。"

斯佳丽霍地一声站起来，竭力压住心头怒火。

"我本想宽恕你，原谅你以前的粗鲁行为，可现在不能宽恕你了。本来我今天心情不好，要不然我就不会让你登上这个门廊……"

"坐下来消消气嘛。"他改变一下口吻说道，还伸出手拉着她坐回到摇椅里。"你为什么心情不好？"

"唉，我今天收到塔拉的来信。北佬离我们家很近，我小妹妹又生了病，患了伤寒，我倒是想回家，可……可……可我就是能回，妈妈也不让我回去，怕我给传染上。唉，天哪，我多想回家啊！"

"好啦，别哭了。"他的声音变得亲切了，"就是北佬真的来了，你在亚特兰大也比回塔拉安全得多。北佬不会伤害你，可伤寒却不会放过你。"

“北佬不会伤害我！你怎么能说这种谎话呢？”

“我亲爱的姑娘，北佬又不是妖魔鬼怪。他们头上没长角，脚也不是蹄子，才不是你想象的那么可怕呢。他们跟南方人很相像，只是不太讲礼貌，当然啦，他们的口音很难听。”

“难道北佬不会……”

“强奸你？我看不会。不过，他们心里当然有那种念头。”

“你再说这种不三不四的事，我可要进屋去啦。”她嚷道，幸亏她藏在阴影里，虽然脸涨得通红也不会给看见。

“说老实话吧。你心里想的是不是这种事？”

“才不是呢！”

“不是才怪！让我看出你的心事，你也犯不着发那么大的火啊。咱南方出身高雅，灵魂纯洁的女士，哪个心里没这种念头？她们脑袋里老是转这种念头。我敢打赌，就连梅里韦特太太那种老寡妇都……”

斯佳丽忍住没有开口。她没有忘记，在最近这段饱受煎熬的岁月里，只要有两三个妇女聚在一起，就会压低嗓音议论这种事，大家说的事情总是发生在弗吉尼亚、田纳西或路易斯安那，却没有一件发生在附近一带。她们说北佬强奸妇女，刺刀戳穿儿童的肚子，放火烧死老人等等。虽然这种消息并不公开传播，可人人都知道这是真事。要是瑞特懂点体面，就该意识到这些都是真的，却不该公开谈论。再说，也不是什么可笑的事情。

她听见他在压低声音笑。有时候，他真惹人讨厌，说实在的，他大多数时候都惹人讨厌。一个男人家，硬要把女人心里想的口头上讨论的事弄个一清二楚，真是太可恶了。姑娘遇上这种事，肯定觉得像浑身一丝不挂似的。而且男人永远不会从正派女人嘴里听到这种事。斯佳丽觉得怒不可遏，因为他看透了她的心思。她希望自己在男人面前永远有神秘感，可她却知道，自己在瑞特面前就像是透明的，像玻璃一样透明，他一眼就全看穿了。

“既然说到这种事，”他接着说，“你们这屋子里有没有保护人或者陪伴人？是可敬的梅里韦特太太，还是米德太太？她们从来都用那种眼光看我，好像准知道我上这儿的来意不善。”

“平时米德太太晚上过来，”斯佳丽也乐于换个话题，“可今晚不能来。她的儿子菲尔回家来了。”

“多走运哪！”他温和地说，“正好你今天独自一人。”

他的声调有点特别，她听了不由乐得心跳加快，脸颊发烧。男人的这种语调她听得多了，知道这是向她表示爱慕的前兆。啊，太妙了！等他一吐出爱她的话，她就要狠狠捉弄他，把三年来受过的讽刺挖苦统统倒回去，报复个够。她要好好整治他一番，甚至要洗刷自己打阿希礼耳光时让他看到的奇耻大辱。等到自己解了气，就亲亲热热告诉他说，自己只愿意跟他保持兄妹般的关系，然后便凯旋退兵。想到这些，她喜不自禁地笑出了声。

“别笑。”他说着拉住她的手，翻转过来，把她的手心贴在自己嘴唇上。他温暖的嘴唇一接触到她，一阵触电般的感觉立刻传遍她全身，一股强大的力量流到她身体上，像在她全身上下抚动，他让她全身都激动起来。他的嘴唇渐渐朝她手腕上挪过来。她心跳加快了，怕他感觉到自己急促的脉搏，便赶忙把手缩回来。她没料到会这样，没想到自己会动了情，她几乎想要伸手抚摸他的头发，嘴巴想凑过去感觉他的嘴唇。

她慌忙告诫自己，说自己爱的是阿希礼，不是他。可她手在发抖，心窝里感到一丝冰凉的震颤，这种感觉该如何解释呢？

他轻声笑了。

“别抽走！我不会伤害你的！”

“伤害我？我才不怕你呢，瑞特·巴特勒，世上的男人我谁都不怕！”她气急败坏地嚷道，可她的声音和手都在颤抖。

“精神值得钦佩，不过你声音轻点吧。会让韦尔克斯太太听见的。请你镇定些。”听他的口吻，似乎为她的气恼觉得开心。

“斯佳丽，你喜欢我的，不是吗？”

这句话才比较合她的心意。

“这个嘛，有时候还行。”她小心翼翼地回答道，“你的举止不像个恶棍的时候还行。”

他又笑了，拉着她的手，贴在他结实的面颊上。

“我看，正因为我是个恶棍，你才喜欢我。你生活在封闭的小圈子里，没见过几个十足的恶棍，可我是个非常与众不同的人，就有了一种奇妙的魅力了。”

她没料到话题会岔开，使劲想把手挣出来，却不成。

“你错了！我喜欢正派男人，喜欢能让人信赖的男人，喜欢从来不失绅士风度的人。”

“你是说那种永远能由你摆布的男人。说法不同罢了。反正没什么关系。”他再次亲吻她的手心，她又觉得脖子后面像有东西在蠕动，不由再次动了情。

“可你的确喜欢我。斯佳丽，你能爱我吗？”

“哈！”她得意地自忖道，“这下我可把你抓在手心里了！”她故意装出冷淡口吻：“说实话，不能。除非你改头换面，变得规规矩矩。”

“我倒不想改。这么说你不能爱我喽？我本来就希望这样。因为我虽然非常喜欢你，却并不爱你，要是你两次爱情都落空，对你可太惨了，对不对，亲爱的？我能用‘亲爱的’称呼你吗，汉密尔顿太太？反正我要称呼你‘亲爱的’，你喜欢不喜欢都无所谓，不过，社交习惯总得遵循，所以就问问你。”

“你不爱我？”

“说实话，不爱。你希望我爱你？”

“别这么放肆！”

“你肯定有这个愿望！真可惜，让你的希望落空啦！我本该爱你的，因为你漂亮迷人，没用的本事样样精通。可许多女士也一样的迷人，没用的本事也像你一样多。可是，我不爱你。不过我的确非常喜欢你，因为你的良心伸缩性很宽，你自私却很少故意掩饰，你的处世精明讲究实用恐怕是从爱尔兰农民祖先那里继承来的。”

农民！哎呀，他这是侮辱她呢！她气得语无伦次嚷嚷起来。

“别打断我的话，”他捏了捏她的手央求道，“我喜欢你，因为我自己也有同样的品质，同类才能意趣相投嘛。我知道你仍然怀念那个愚蠢的偶像韦尔克斯先生，不过他恐怕早在六个月前就进坟墓了。你的心里一定有容下我的地方。斯佳丽，别挣扎了！我有话跟你说。自从在十二橡树庄园的门厅第一次见到你，我就对你动了心，你当时却迷住了那个可怜的查理·汉密尔顿。我喜欢你胜过喜欢任何女人，我也从来没有这么长时间等过其他女人。”

斯佳丽听了他最后这句话，惊得气都喘不上来了。虽然他表面上总是侮辱她，可他内心中真的爱她，他只是脾气执拗，不愿直话直说，害怕遭她讥笑。好哇，她马上就要给他点颜色看看。

“你这是向我求婚吗？”

他放开她的手忽然放声大笑，她连忙靠回椅子里。

“老天哪，不！难道我没跟你说过，我不想结婚？”

“可是……可是……那你这是……”

他站起身，一只手贴在胸口，模样滑稽地朝她鞠了一躬。

“亲爱的，”他语气平静地说，“我赞赏你的聪明才智，并不事先引诱试探，便冒昧求你做我的情妇。”

情妇！

她心里喊出这个字眼，心里大声嚷道，这是对自己的无耻欺侮。可她刚才一听到这个字眼，并没有觉得受到侮辱，只觉得怒火直往上冒，因为他把自己当成个大傻瓜了。他一定认为她是个傻瓜，因为她原以为他会提出求婚，结果却提出这样的要求。怒火、破灭的虚荣心、失望——她的脑袋里乱作一团。她还没来得及想到如何从道德方面谴责他，可话已经到了嘴边，脱口而出：

“情妇！我为你养上一窝崽子，能得到什么好处？”

话说出口她才意识到自己说了些什么，吓得目瞪口呆了。他放声大笑，笑得气都喘不上来了，两眼斜瞅着她。她坐在阴影里呆若木鸡，用手帕使劲捂着嘴巴。

“这就是我喜欢你的原因！我认识的女人里，只有你心眼直，讲究实际，不装腔作势，也不会满嘴说罪过论道德。要是换了其他女人，准会先晕过去，醒过神来就赶我出门。”

斯佳丽跳起身，羞得满脸通红。自己怎么会说出这种话！她是埃伦的女儿，受过良好教养，听他说这么下流的话，怎么能坐在这里无动于衷，还用这么丢人的话回答！她当时的确该大嚷大叫，应该晕倒，应该默不作声地转身离开门廊。可现在已经太迟了！

“我是要赶你出门！”她大声喊道，并不在乎让玫兰妮听到，也不在乎米德太太或者整条街道人都听见。“滚出去！你怎么敢对我说出这种事！我到底做过什么，竟然让你想到……让你以为……滚出去，永远别再上这儿来。这次我可是当真的。永远别再上门，别以为送点针线丝带，我就会原谅你。我要……我要告诉我父亲，他准会要了你的命！”

他捡起帽子，鞠了一躬。借着灯光，她看见他小胡子底下露出两排牙齿，他还在笑呢。他并不觉得羞耻，反而为她的话觉得好笑，机灵的眼睛正兴致勃勃注视着她呢。

这个人太可恶了！她猛然一个转身，大步朝屋子走去，抓住门，想狠狠地把门摔上。可是让门保持敞开的风钩太紧，她怎么也弄不开。折腾了半天，累得气喘吁吁。

“让我帮你，好吗？”他问道。

她觉得，要是再不赶紧走开，准有一条血管会爆裂，便大步冲上楼梯。上楼后，只听见他举止得体地替她关上了门。

第二十章

八月份暑热难当、炮声震天。就在这个月即将结束时，炮轰突然停止了。突然降临的寂静反倒让城里人惊恐不安。邻居在街上见了面，彼此面面相觑，拿不准接下来会发生什么事，都感到忐忑不安。炮弹呼啸了这么多天，如今寂静下来了，人们的紧张心情不但没有放松，反而更加紧张了。谁也解释不出北佬的大炮为什么沉寂下来，军队这方面也没有消息，只是听说他们大批撤出城市周围的战壕，开到南面去保卫铁路线了。谁也不知道现在有没有战斗，不知道在哪里打，假如现在还有战斗，也不知道战况如何。

眼下，由于纸张缺乏，油墨短缺，人手不足，各家报纸都在围城开始后纷纷停刊，消息就全靠口耳相传，于是最荒诞不经的谣言不知从哪儿冒出来，传遍了全城。寂静把人们煎熬得心急火燎，成群的人拥向胡德将军的司令部，要求发布消息，成群的人挤在电报局和火车站附近，盼望打听到消息，希望听到好消息。人人一心希望，谢尔曼的大炮哑了意味着北佬全线溃退，邦联一路追击，正把敌人赶往达尔顿。然而什么消息也没有。电报线路没有动静，仅剩的一条铁路线没有列车抵达，邮政服务已经中断。

秋天正悄然来临，飞扬的尘土和闷热随之而来，使饱受死寂焦虑煎熬的城里人更加干热难熬，人们觉得几乎喘不上气来。斯佳丽盼望塔拉的消息，急得都快疯了，可她表面上还尽量装出勇敢的表情。自从围城以来，仿佛已经过了数不清的岁月，在这片不祥的寂静降临前，她觉得似乎一辈子就是这么听着隆隆炮声过来的。其实，围城开始至今才不过三十天。啊，被围困的这三十天！城市四周让红土墩步枪掩体紧紧围起来，千篇一律的大炮声片刻不停，尘土翻卷的街道上，救护马车和牛车络绎不绝，鲜血淋漓在通往医院的路上。掩埋队把余热尚存的尸体拉出去，像滚木头一样填进一排排浅坑，队员个个没日没夜地干活，累得死去活来。仅仅三十天！

而且，自从北佬从达尔顿向南进攻以来，时间也只有四个月！才四个月！斯佳丽回首那个遥远的日子，觉得简直恍若隔世。啊，不可能！绝不可能只有四个月。时间长得足足有一辈子了。

啊，四个月以前！可不是吗，四个月以前，达尔顿、雷萨卡、肯纳索山对她不过是些铁路沿线的地名。如今这些地方都成了战场，成了约翰斯顿一路撤到亚特兰大前浴血奋战又接连战败的战场。眼下，桃树河、迪凯特、埃兹拉教堂和乌托埃河也变了样，不再是让人赏心悦目的地方，听了这些名字也不再让人心旷神怡了。她再也不会把这些地方联想成密友云集的幽静村庄，再也无法想象，在水流舒缓的河流旁，在绿树遮阴的松软河岸上，曾与英俊的军官一道野餐。这些地名也都与无数次战斗联系在一起。她坐过的柔软草地早被炮车轮子碾得稀巴烂，被交战双方短兵相接时踩得一塌糊涂，被伤兵痛苦的挣扎碾成平地……佐治亚的土地从来没有把一条条舒缓的河水染成现在这么红。据说，北佬跨过桃树河以后，河水曾变成猩红色。桃树河、迪凯特、埃兹拉教堂、乌托伊河不再是寻常地名，如今已经变成埋藏友人的坟岗，还有尚未掩埋的尸体在杂乱的灌木和茂密的树林中腐烂，这四处地名如今成了亚特兰大的四条边疆，谢尔曼的军队正试图从这四面打进城，胡德的部下拼死顽抗，一次次把他们打回去。

后来，从南面传来消息，让神经紧张的市民感到惊慌，斯佳丽听了尤其惊慌。谢尔曼再次从城市的第四边进攻，在琼斯博罗攻打铁路线。此次北佬是大兵压进，并非小股骚扰部队，也不是骑兵分队，而是北佬的大部队。邦联连忙从城防线上抽调成千上万兵员，准备迎头痛击敌人。这就是当地突然静下来的原因。

“为什么要打琼斯博罗？”斯佳丽自忖道。一想到琼斯博罗离塔拉那么近，她的心就吓得直打战。“他们干吗非打琼斯博罗不可？为什么不找个其他地方攻打铁路？”

足足有一个星期没收到塔拉的来信了，杰拉尔德上次寄来的短信让斯佳丽更加紧张不安。信上说，卡丽恩病情恶化了，现在病得很重。眼下一时半会儿不可能通邮，要想得知卡丽恩是死是活还得过很多日子。唉，要是刚围城的时候就回家去就好了，管他攻兰妮不攻兰妮呢！

亚特兰大人只知道琼斯博罗在打仗，至于战况如何就谁也说不上了。于是，最离奇的谣言折磨着城里人。最后，从琼斯博罗来的一名信使带来了宽慰的消息，说北佬被打退了。不过敌人一度攻占琼斯博罗，放火烧了火车站，切断了电报线路，撤退前破坏了三英里路轨。工程兵正拼命抢修铁路，不过要花费很多时间，因为北佬把枕木架起来当篝火烧，把铁轨堆在上面烧红了盘绕在电线杆上，弄得像一个个巨大的瓶塞起子。如今任何铁质的东西坏了都难修复，要想重铺铁路谈何容易。

那个给胡德将军送急件的信使向斯佳丽保证说，北佬没有打到塔拉。大战之后，他在琼斯博罗还见过杰拉尔德，时间就在他动身来亚特兰大之前，杰拉尔德还求他给斯佳丽捎来一封信。

可是爸爸去琼斯博罗干吗？她向信使问起这事，可年轻的信使看上去回答不出来，他说杰拉尔德当时正寻找一名军医，要带到塔拉庄园去。

斯佳丽站在阳光明亮的前门廊上，感谢那位年轻人费心，她只觉得两膝发软。卡丽恩准是命在旦夕，埃伦的医术已经救不了卡丽恩，才不得不让杰拉尔德上琼斯博罗去找军医！信使策马离去，卷起一小团红尘。斯佳丽连忙撕开杰拉尔德的信。如今邦联的纸张奇缺，杰拉尔德的信就写在斯佳丽上次写给他的信的空行里，读起来十分吃力。

亲爱的女儿：

你母亲和两个妹妹都得了伤寒。她们病得厉害，可咱们一定要抱希望，愿她们好转。你母亲病倒后，要我写信告诉你千万不能回家，免得你自己和韦德也传染上。她要我告诉你说她爱你，还要你替她祈祷。

“替她祈祷！”斯佳丽立刻飞步上楼，跑进自己房间跪倒在床边祈祷，她以前祈祷时从来没有这么虔诚过。她念的不是正式的玫瑰经，嘴里只是翻来覆去念着：“圣母啊，求您别让她死！只要你不让她死，我一定做个好人！求你别让她死！”

接下来的一个星期里，斯佳丽像头困兽一样在屋子里急得团团转，渴望得到消息，一听见马蹄声就惊得跳起来。夜里只要有士兵敲门，她就摸黑奔下楼梯，可是根本没有塔拉的消息。她离家只有二十五英里的尘土路，可如今却像远隔重洋。

两地仍然不能通邮，谁也不清楚邦联军队目前在哪儿，也不知道北佬下一步要干什么。人们只知道在亚特兰大和琼斯博罗之间某个地方，聚集着成千上万的军队，一方身穿灰色军装，另一方穿的是蓝军装。整整一个星期，塔拉方面全无音讯。

斯佳丽在亚特兰大的医院里见过许多伤寒病人，知道生了这种病一个星期后会发生什么事。埃伦一星期前就得了这种病，现在或许已经奄奄一息了，可斯佳丽却困在亚特兰大一筹莫展，还得照顾一个孕妇，在她和自己家之间却横亘着两支军队。埃伦病倒了——说不定已经生命垂危。可是埃伦根本不可能病倒啊！她从来没生过病的。这种事想想都让她难以置信，简直是动摇了自己安全生活的根基。随便哪个人都可能病倒，可埃伦不可能病。埃伦总是照看其他病人，帮他们恢复健康。她绝不能生病。斯佳丽真想插翅飞回家。她想念塔拉，就像个受了惊吓的孩子盼望回到自己唯一的避难所。

家！那座宽大的白房子，白色窗帘迎风哗啦啦作响，草坪上三叶草浓密茂盛，蜜蜂在上面忙着采蜜，黑孩子在前门台阶上嘘赶鸭子、火鸡，不让它们跑近花圃，红土田野安宁静谧，绵延数英里的棉花田在阳光下渐渐变成一片雪白！啊，家！

围城之初其他人纷纷逃离，要是她那时回家去该多好！她本来能在玫兰妮生孩子前几个星期把她平安带走。

"嗨，该死的玫兰妮！"她心里一遍又一遍诅咒，"她干吗不跟佩蒂姑妈一起去梅肯？那才是她该去的地方，那里有她的亲戚。她不该跟我待在一起，我跟她没有血缘关系。她干吗要死死拖住我不放？要是她原来去了梅肯，我本来能回家到母亲身边。即使是现在——对，即使是到了这时候，要不是因为她怀了孩子，我照样能冒险回家去，管它路上有没有北佬。说不定胡德将军还会派兵护送我呢。胡德将军是个好人，我看他准能派人护送我，再给我一面免战旗，让我越过战线。可我却不得不待在这儿等那个孩子出生……啊，妈妈！妈妈啊！你不能死！……这个孩子怎么就是不生？我今天就去找米德大夫，问他有没有什么催生的办法，完事后我好赶紧回家去——只要能找到人护送，我就回家。米德大夫说过，玫兰妮这孩子恐怕要难产。好老天哪！要是她万一死了可怎么办！万一玫兰妮死了，玫兰妮要是死了。那阿希礼不就……不，我绝不能这么想，想想也缺德。不过阿希礼……不，我不该这么想，因为他恐怕已经死了。可他却让我许诺照顾玫兰妮。要是我没有照顾好玫兰妮，结果她死了，可他万一还活着……不，我不该这么想。简直是罪过。我向上帝许过愿的，要是上帝让母亲活着，我要做个好人。唉，这个孩子，快点生出来吧。但愿我能离开此地，回家去，要不上哪儿都行，就是别待在这地方。"

斯佳丽原来喜爱过亚特兰大的平静，可如今痛恨这里不祥的死寂。亚特兰大不再是个快乐的地方，不再是她以前热爱过的可以纵情狂欢的地方。这座城市已经变成个凶险的地方，就像个瘟疫肆虐的城市，围城的隆隆炮火过后，突然变得无比寂静，寂静得可怕。炮轰的危险和轰鸣声还能带来刺激，可继之而来的死寂中却只有恐怖。城市似乎潜伏着鬼魅，让人产生不断的恐惧、焦虑和对往事的回忆。人们的面孔憔悴了。斯佳丽见过的不多几个士兵显得精疲力竭，就像早已输掉比赛的选手硬撑着要跑完最后一圈。

到了八月份的最后一天，城里风传着言之凿凿的谣言，称亚特兰大之战开始以来最激烈的战斗正在进行。战场在南面某个地方。亚特兰大人等待着消息，期待着战斗的转机，人们露不出笑容，也无心开玩笑。士兵们两个星期前已经清楚的事情，现在人人都知道了——亚特兰大已经濒临绝境，如果通往梅肯的铁路失陷，亚特兰大也会陷落。

九月一日早晨，斯佳丽醒来后，感到一种窒息般的恐怖。昨晚她入睡前就感到过这种恐怖。她昏沉沉思索着："昨晚上床前，我惦记的是什么事情来着？啊，想起来了，打仗。昨天在一个地方打仗了！到底哪一方胜了呢？"她匆匆爬起身，揉了揉眼睛，焦急的心里又压上了昨天那番沉沉心事。

现在才清晨时分，空气已经闷热得让人透不过气来，到了中午势必晴空刺眼，烈日炙人。外面街道上一片寂静。没有吱吱呀呀驶过的一辆辆货运马车，没有士兵行军荡起的红尘，邻居家厨房里没有传来黑人懒洋洋的嗓音，也没有做早餐时种种悦耳的声音，因为除了米德太太家和梅里韦特太太家之外，近邻们都逃难去了梅肯。可她也没听见那两家有什么动静。街上稍远的地方，店铺和办事机构都关门上锁，窗户上钉了木板，里面的人全都手握步枪到乡下打仗去了。

她每天都要经历的奇怪寂静已经持续了一个星期，可这天早上的死寂似乎分外不祥。她平时醒来总要赖在床上躺一会儿，伸伸懒腰，今天却匆匆下了床，来到窗前，希望看到某个邻居的面孔，或者看到某种让人振奋的景象。可街上空空荡荡。她注意到树叶仍然葱翠，却有些干枯，并且覆盖着一层红色的尘土，前院的花朵因为没人照料，显得枯萎凄惨。

她正站在那里望着窗外，这时远处传来了沉闷微弱的声音，乍听上去像暴风雨来临前远处的一阵闷雷。

“要下雨了。”她马上这么想到。她在乡下形成的观念进而让她想道：“地里的确需要雨水。”但是，她片刻之后就明白了：“下雨？不对！不是要下雨！这是炮声！”

她的心怦怦狂跳着，探身窗外，竖起耳朵倾听远方的轰鸣，想辨别它究竟来自哪个方向。但是，隐隐约约的轰鸣声离得太远，一时让她辨别不出方向。她祷告说：“主啊，让这声音从玛丽埃塔来吧！或者从迪凯特、桃树河来吧。就是别在南面响起！千万别从南面来！”她把窗户抓得更紧，更加屏息静听，遥远的轰隆声似乎响亮了些。声音是从南面来的。

炮声在南面！南面可是琼斯博罗和塔拉——那里还有埃伦哪。

此刻，说不定北佬已经打到了塔拉庄园！她再次倾听，可是耳朵里脉搏声突突直跳，掩盖了远方的炮声。不，他们还不可能打到琼斯博罗。要是他们打到那么远，声音该微弱模糊得多。不过，他们肯定在通往琼斯博罗的铁路线附近，大约十英里的地方，也许在马虎镇附近。不过琼斯博罗也不过在马虎镇南面十英里哪。

南面响起炮声，差不多就算敲响了亚特兰大陷落的丧钟。但是，斯佳丽一心牵挂着母亲的平安，南面开战仅仅让她担心仗打到塔拉附近了。她在地板上踱来踱去，双手无可奈何地绞在一起。她第一次意识到了南军战败的全部含义。谢尔曼的千军万马离塔拉庄园这么近，她才终于意识到这场战争的可怕之处。以前，不论是隆隆的围城炮火震碎窗玻璃，不论是衣食匮乏，也不论是一排排垂死的伤兵，都没有让她真正体会到切肤之痛。谢尔曼的军队离塔拉庄园只有几英里了！就算北佬被击退，他们也会退往塔拉方向。杰拉尔德带着三个生病的女人，不可能逃避他们的劫掠。

唉，要是她此刻能跟家人在一起该多好哇！就是有北佬她也不会在乎了。她光着脚在地板上来回踱步，身上的睡袍总是绊她的脚，越走心里的不祥预感就越强烈。她想回家去。她想回到埃伦身旁。

她听见楼下杯盘磕碰的声音，那是普莉西在楼下准备早餐，可她没听见米德太太的用人贝齐的声音。普莉西扯着刺耳的嗓子唱起哀怨的调子：“累人的重担，还得再熬几天……”歌声让斯佳丽心烦，歌词含义更让她惊恐。她披上件睡衣，啪嗒啪嗒穿过走廊，来到后楼梯口喊道：“闭嘴，普莉西，别唱了！”

底下传来个怏怏不快的声音：“是，小姐。”她深吸一口气，为自己发火觉得惭愧。

“贝齐在哪儿？”

“我不知道。她没来。”

斯佳丽走到玫兰妮的房间门外，把门推开一道缝，只见屋子里阳光明媚。玫兰妮身穿睡袍躺在床上，两只眼睛闭着，眼圈发青，瓜子脸有点浮肿，原先苗条的身材如今不成形状，变得非常难看。斯佳丽产生幸灾乐祸的想法，真希望让阿希礼看看她这副模样。斯佳丽见过的孕妇没一个这么难看的。她正瞅着，玫兰妮睁开眼睛，嫣然一笑。

“快进来，”她一面笨拙地翻了个身，一面说道，“太阳刚升起来我就醒了，脑子里一直胡思乱想。斯佳丽，有桩事我要求求你。”

斯佳丽进屋坐在床沿上，刺眼的阳光正好射在床的这一边。

玫兰妮伸手握住斯佳丽的一只手，轻轻捏了捏，表示出充分的信赖。

“亲爱的，”她说道，“我听到炮声了，心里很难过。在琼斯博罗那边，对不对？”

斯佳丽说了声：“嗯。”刚才的想法再次回到脑子里，她的心跳加快了。

“我知道你有多担心。要不是为了我，你上个星期听说母亲生病，本该回家去的。不是吗？”

“是的。”斯佳丽并不顾忌礼貌。

“我亲爱的斯佳丽。多谢你对我这么好。就是亲姐妹也不可能比你更体贴、更勇敢。为此我更加爱你。我拖累了你，心里实在难过。”

斯佳丽瞪着她，心想：“她真的爱我？这个傻瓜！”

“斯佳丽，我躺在这儿一直思来想去，我想请你帮我个大忙。”她的手握得更紧了，“要是我死了，你能收养我的孩子吗？”

玫兰妮睁大了眼睛，目光温柔而恳切。

“你愿意吗？”

斯佳丽连忙把手抽出去，心里顿时充满了恐怖，说话的声音都粗哑了。

“嗨，别说傻话，玫兰妮。你不会死。每个女人生第一个孩子前都以为自己非死不可。我自己就这么想过。”

“你没有。你从来什么都不害怕，说这话是想给我壮胆。我不怕死，可我害怕撇下这孩子，要是阿希礼……斯佳丽，要是我死了，你向我保证要收养这孩子。那样我就不怕了。佩蒂帕特姑妈年纪太大，带不了孩子。霍尼和印第亚心地挺好，不过……我还是想要你养我的孩子。斯佳丽，答应我。如果是个男孩，把他养得像阿希礼一样，如果是个女孩，我希望她能像你。”

“真是见鬼！”斯佳丽霍地从床边跳起身，“你还嫌事情不够糟，还要说什么死不死的？”

“对不起，亲爱的。不过请你答应我。我觉得就是今天。肯定就是今天。请你答应我。”

“噢，好啦，好啦，我答应。”斯佳丽不知所措地垂下脑袋望着她。

玫兰妮真的这么傻，没看出我爱阿希礼？要么就是她什么都知道，正因为我有这份爱，才会爱护阿希礼的孩子？斯佳丽心里一阵冲动，几乎脱口而出，大声这么问她。幸亏这时玫兰妮把她的手贴在自己脸颊上，斯佳丽话到嘴边才没吐出来，表情又恢复了平静。

“你怎么觉得是今天，玫兰妮？”

“自从黎明起，我的肚子就一直疼，不过还不太厉害。”

“真的？那你干吗不叫我？我叫普莉西去找米德大夫。”

“别，现在别去，斯佳丽。你知道他有多忙，他们那边人人忙得要命。只要给他捎个话就行，告诉他说，我们今天要他过来一下。再告诉米德太太一声，要她过来陪陪我。她知道什么时候该去请米德大夫。”

“哎呀，别总是这么替别人着想了。你知道你跟医院的病人同样需要大夫。我马上叫人找他来。”

“别，请你别叫。生孩子往往一整天都生不下来，我不能让大夫在这儿一待几小时，医院里可怜的小伙子们更需要他。只要请米德太太来就行了。她知道该怎么办的。”

“嗯，那好吧。”斯佳丽说。

第二十一章

普莉西上楼给玫兰妮送去早餐后，斯佳丽打发她去请米德太太，她自己坐下来，和韦德一起吃早餐。但是，生平第一次，她没了胃口。玫兰妮临盆让她焦虑不安，同时她不由自主竖起耳朵听大炮声，这种时候哪有心思吃饭呢。她的心跳也变得古怪了，正经跳几分钟，接下来怦怦狂跳一阵，把她折腾得直想呕吐。稠稠的玉米粥像胶团一样黏在喉咙里，炒玉米面加甘薯粉冲成的茶一向用来替代咖啡，今天喝到嘴里比平时更让她恶心。没有糖和奶油，玉米粥喝起来苦得像胆汁，用来“增甜”的高粱也难以改善味道。她勉强咽了一口，就把杯子推开。就算没有其他理由，就凭北佬让她喝不上加糖加稠奶油的咖啡，她也痛恨北佬。

韦德比平日安静，没有照例抱怨玉米粥难吃。他把斯佳丽喂给他的每一匙粥都静悄悄地吃下去，还咕嘟咕嘟喝水，把黏糊糊的粥送下肚。那双柔和的棕色眼睛盯着斯佳丽的每一个动作，眼睛瞪得像硬币一样又大又圆，好像斯佳丽难以掩饰的恐惧感染了他，他眼神中充满稚气的慌张。吃完早餐，斯佳丽打发他到后院去玩，看着他脚步蹒跚穿过杂乱的草丛走进游戏室，她感到一阵轻松。

斯佳丽站起身，站在楼梯前犹豫不决。她应该上楼和玫兰妮待在一起，让她从即将到来的痛苦中分散一下注意力，但是她没这个兴趣。早不生，晚不生，她玫兰妮干吗偏偏挑这么个日子生娃娃！还偏偏挑了这么个日子谈生论死！

她坐在最下面一级台阶上，竭力让自己静下心来，又惦记起打仗的事，不知昨天的仗打得怎么样，今天战况又如何。几英里外正在打仗，而自己却对此一无所知，真是怪事。与那天在桃树河的激烈战斗相比，现在亚特兰大市这头几乎是鸦雀无声，安静得出奇。佩蒂姑妈家的房子在亚特兰大最北边，战斗发生在城市的南面，因此这里看不到急行军的增援部队，看不到救护马车，也看不到步履艰难撤回的伤员。她想象得出，城南面正是这番景象，幸好她不在那里。现在除了米德家和梅里韦特家外，住在桃树河北面的人家都逃难去了。这让她感到分外孤寂。要是大家没有走就好了！她真希望彼得大叔当初能留下来，要是那样他就能到指挥部去打探一些消息了。要不是因为玫兰妮，她自己也能到城里打听消息，但是在米德太太来之前她不能走。米德太太，她为什么还不来呢？普莉西又跑到哪儿去了？

她站起身，走到前门廊上，不耐烦地眺望，但是米德家的房子在街角一个背阴的拐弯处，她什么也看不见。过了好一会儿，普莉西才出现，她独自一人，磨磨蹭蹭地走着，两手来回晃动裙裾，还不时回头看看效果美不美，似乎要磨蹭一整天。

“你比冬天的蜗牛爬得还慢，”斯佳丽打开大门，冲普莉西喊道，“米德太太怎么说？她什么时候过来？”

“她不在家。”普莉西回答说。

“她上哪儿了？几时回来？”

“嗯，是这么档子事，小姐。”普莉西拖长腔调卖关子，“她家厨娘说，米德太太一大早得到信儿，说菲尔少爷受伤了，米德太太立刻坐马车走啦，还带上老塔尔博特和贝齐去接他回家。厨娘还说，菲尔少爷伤得挺重，所以米德太太大概不能来咱这儿了。”

斯佳丽瞪着她，恨不能马上赶她走。黑人带来坏消息，还总是得意扬扬。

“得了，别像个傻子似的站在那儿。去梅里韦特太太家，请她或她们家保姆过来。现在就去，要快！”

“她们都走了，斯佳丽小姐。回来的路上我顺便去向她们家黑妈妈问声好。她们都走了。屋都锁了。她们可能都去医院了。”

“难怪走了这么久！以后我派你去哪就去哪儿，不准‘顺便’找别人。你去……”她顿住了，苦苦思索着。留在城里没走的朋友中，还有谁能帮上忙呢？对，还有艾尔辛太太。当然艾尔辛太太这些日子一直不太喜欢她，但是她一直很喜欢玫兰妮。

“去找艾尔辛太太，仔细告诉她每一件事儿，请她来这儿一趟。还有，普莉西，听我说。玫兰妮小姐马上就要生孩子了，她现在可能随时需要你。所以你去了要马上回来。”

“是，小姐。”普莉西答道，转过身，扭着身子慢慢悠悠出院子。

“快走，别磨蹭！”

“是，小姐。”

普莉西装作加快步伐，其实跟原先的速度没什么两样。斯佳丽转身回屋。上楼看玫兰妮时，她又有些犹豫。她得向玫兰妮解释一下为什么米德太太不能来，但是菲尔·米德受伤的消息又可能会让玫兰妮难过。她还是撒个谎算了。

她走进玫兰妮的房间，见她的早餐放在那里原封未动。玫兰妮侧身躺着，面色苍白。

“米德太太去医院了，”斯佳丽说道，“不过艾尔辛太太马上就来。你觉得难受吗？”

“没什么，”玫兰妮撒了个谎，“斯佳丽，你生韦德用了多久？”

“没多久。”斯佳丽的口吻欢快，其实她心里根本高兴不起来。“当时我在院里，快得几乎没时间进屋。妈妈说，太丢人了，就像黑人似的。”

“我希望也能像黑人那样。”玫兰妮说着努出个笑容，但是很快就让疼痛扭曲了面孔，笑容立刻消失了。

斯佳丽向下看了看玫兰妮瘦小的臀部，知道顺产没什么指望，但还是安慰说："哦，也确实没什么可怕的。"

"哦，我知道没什么可怕。大概是我太胆小。艾尔辛太太马上就来吗？"

"是啊，马上就来。"斯佳丽说道，"我下楼端点凉水，给你拿海绵擦擦。今儿太热啦。"

她打水的时候尽量拖了很长时间，每隔两分钟就跑到大门口，看看普莉西是不是回来了。可是普莉西影儿都没有，她只好回到楼上，给玫兰妮拿海绵擦擦汗湿的身体，仔细给她梳长长的黑发。

足足过了一小时，她才听见街上传来黑人走路特有的拖沓声，朝窗外一看，只见普莉西正慢吞吞往回走，像以前一样扭扭捏捏，脑袋前后摇晃，仿佛当着大批饶有兴致的观众表演。

"总有一天，我会拿鞭子好好抽一顿这个小贱人。"斯佳丽恶狠狠地想道，赶快下楼迎上去。

"艾尔辛太太在医院里。她家厨娘说，早晨的火车送来一大群伤兵。这会儿她正做了一大锅汤，要送到医院去。她还说……"

"别管她说什么了，"斯佳丽打断她的话，她的心往下一沉，"换上条干净围裙，再去一趟医院。你给米德大夫送个便条，如果他不在，就把便条交给琼斯大夫或别的大夫。这次你要还不赶快回来，我就活剥了你的皮。"

"是，小姐。"

"再问问那儿随便哪位先生，仗打得怎么样了。如果他们不知道，就顺路到火车站，问问送伤员来的司机。问一下仗是不是在琼斯博罗或附近打。"

"万能的上帝啊，斯佳丽小姐！"普莉西黑色的小脸上顿时现出惊恐，"北佬难道都打到塔拉庄园了吗？"

"我不知道，不是让你去打听消息嘛。"

"万能的上帝啊，斯佳丽小姐！他们对妈妈会做什么呀？"

普莉西突然放声号叫，洪亮的声音加剧了斯佳丽自己的不安。

"别叫了！会让玫兰妮小姐听到的。赶快去换围裙。"

催促之下，普莉西赶快朝里屋走去，斯佳丽匆匆在杰拉尔德最后一封来信的边上写了个潦草的便条，这封信是家里唯一能找到的纸。她把它叠起来，让便条露出在最上面，她一眼看见杰拉尔德的字："你的母亲——伤寒——无论如何——别回家"，她几乎忍不住哭了起来。如果不是因为玫兰妮，她此刻就动身回家，哪怕一步步走回去也不在乎。

普莉西小跑着离开了，手中抓着信，斯佳丽转身上楼，想编个合理的谎言，解释艾尔辛太太不能来的原因。但是，玫兰妮什么都没有问。她仰面躺着，面容祥和平静，她的样子使斯佳丽也感到片刻安宁。

她坐了下来，试着说些无关紧要的事，但是塔拉的命运和北佬可能会打赢的想法总是刺痛她的神经。她想到埃伦正奄奄一息，北佬正打进亚特兰大，烧杀掠夺。伴随着这些想法的是持续不断的沉闷的炮声，声音滚滚涌入她的耳朵，在心中激起层层的恐惧。最后，她实在无法说下去了，一言不发地盯着窗外炎热安静的街道，看着树上纹丝不动、满是灰尘的叶子。玫兰妮也默不作声，但是她安详的面容不时被疼痛所扭曲。

每次阵痛后她都说："真的没什么，真的。"斯佳丽知道她是在撒谎。她倒宁愿她大声叫喊，而不是默默地忍受。她知道自己应该为玫兰妮感到难过，但是不管怎么样，她都无法生出一点恻隐之心。她的心情被自己的苦恼弄得支离破碎。有一回她瞪着玫兰妮被痛苦扭曲的脸，不由觉得奇怪，天底下那么多人，怎么偏偏要她在这个时刻陪着玫兰妮？她与玫兰妮没有任何共同点，又不喜欢玫兰妮，甚至希望看到她死。说不定她这个愿望能实现，不等天黑就能实现。想到这里，她突然感到一种不祥，心里害怕了。希望别人死就像诅咒别人一样，是要倒霉的。黑妈妈说过："诅咒别人，必自作自受。"她赶紧默默祈祷玫兰妮不要死，喃喃低语十分热切，自己也不知道说了些什么。后来，玫兰妮伸出一只滚烫的手搭在她手腕上。

"别费心说话了，亲爱的。我知道你有多担心。给你添了这么多麻烦，我真是太抱歉了。"

斯佳丽不出声了，但是她也坐不住了。如果医生和普莉西都不能及时赶来，她该怎么办？她走到窗口，朝下望望外面的街道，然后又走回来坐下，接着又站起来，朝屋子另外一端的窗口望去。

一小时过去了，又一小时过去了，到中午时分，艳阳高照，没有一丝风吹动落满灰尘的树叶。玫兰妮现在疼得厉害了。她的长发都被汗水浸湿，一大片一大片的汗液使睡袍黏在身上。斯佳丽默默地用海绵给她擦擦脸，但是她心里感到阵阵恐惧。天哪！要是孩子在医生来之前就出生，可怎么办！她对接生可是一无所知。这正是她几个星期以来一直担心的事。假如医生来不了，她本来指望普莉西能应付的。普莉西也反复保证过。可她在哪儿？怎么还不回来？医生为什么也不来？她走到窗前，再次朝外望去。她屏息细听，突然怀疑这是真的还是自己的幻觉：远处的炮声似乎停止了。如果炮声远去，那就意味着战斗离琼斯博罗更近了，也就是说……

她终于看见普莉西一路小跑出现在街上，她探出窗外。普莉西抬头看见了她，便张口要喊。斯佳丽见普莉西那张小黑脸上满是惊恐，担心她会喊出坏消息，吓着玫兰妮，赶快将一个手指放在嘴上示意，然后离开了窗口。

“我去打点凉水，”她看着玫兰妮深陷的黑眼睛，努力装出个笑容，便赶忙离开房间，小心地关上门。

普莉西坐在门厅楼梯最下面一阶，大口大口喘着气。

“斯佳丽小姐，他们现在打到琼斯博罗了！听说我们的人吃了败仗。啊，天哪，斯佳丽小姐！我娘和波克会怎么样？啊，天哪，斯佳丽小姐，要是北佬打到这儿，我们可怎么办？啊，天哪……”

斯佳丽伸手捂住普莉西肥厚的嘴。

“看在上帝的份儿上，住嘴！”

是呀，要是北佬来了，她们会出什么事儿呢？塔拉会出什么事儿呢？她把这些想法统统撇在脑后，集中思绪处理眼前急迫的情形。如果她去想这些问题，那她也会像普莉西一样尖叫号哭起来。

“米德大夫在哪儿？他什么时候来？”

“我根本就没看见他，斯佳丽小姐。”

“什么！”

“没看见他，他不在医院。梅里韦特太太和艾尔辛太太也不在那儿。有一个人告诉我，说大夫在车站里，和那些从琼斯博罗来的伤兵在一起。可是，斯佳丽小姐，我可不敢去那里……那里好多人都快死了，我最怕见死人……”

“那其他大夫呢？”

“斯佳丽小姐，老天作证，我实在没有办法，他们没人愿看你的便条。大家在医院里忙得像发了疯。一个大夫冲我说：‘离远点儿！别添麻烦！这儿不知有多少人就快死了，你还拿什么生孩子来烦我。找个女人去帮你吧。’我只好到处走，按你的吩咐，找人问问消息，人家都说仗都打到琼斯博罗，所以我……”

“你说米德大夫在火车站？”

“是的，小姐。他……”

“听着，好好听我说。我自己去找米德大夫，我要让你坐在玫兰妮小姐身边，她让你干什么你就干什么。如果你敢把仗打到什么地方的消息告诉她，我就把你卖到南方去，而且说到做到。你也不许告诉她说其他大夫不愿来。听见了吗？”“是，小姐。”

“擦干眼泪，打一罐清水，上楼去。给她拿海绵擦擦。告诉她我去找米德大夫了。”

“她是不是就要生了，斯佳丽小姐？”

“我不知道。我想可能是，但是我不清楚。你应该知道的。上去吧。”

斯佳丽从壁台上抓起她的宽边大草帽往脑袋上一扣，照了照镜子，下意识地捋了下松散的头发，但是她并没有看见自己在镜子里的模样。她胸口里泛起阵阵寒栗，正向全身放射，直到她摸着脸颊的手指都变得冰凉，可身体的其他部分却汗流不止。她急匆匆走出了屋子，来到了炎热的太阳下。日头火辣辣的，刺得人睁不开眼，她匆匆沿桃树街走去，太阳穴都热得怦怦直跳。从街这一头，她就远远听见鼎沸的人声，人们的呼喊声时高时低。到了她看得见莱登宅院时，她已经因为草帽系得太紧开始气喘吁吁了，但她并没有放慢脚步。喧闹声越来越大了。

从莱登家的宅院到五角广场这一段，人头攒动，就像是掘了蚂蚁窝似的。黑人在街上到处乱跑，一脸惊恐；门廊上，白人孩子坐在那里大哭，没人照料。街上满是军车和运送伤员的救护车，还有堆满旅行箱和家具的马车。骑着马的男人从小巷里冲出来，在桃树街上横冲直撞，向胡德司令部骑去。在邦尼尔家门前，老阿莫斯站在那里，手抓着已经套上车的马的笼头，眼睛骨碌碌转着瞅了斯佳丽一眼。

“你还没走，斯佳丽小姐？我们这就要走了。我们家老小姐正在打点东西呢。”

“走？上哪儿？”

“天知道，小姐。反正得离开这儿，北佬就要来了。”

她连忙走开了，连再见也没说。北佬就要来了！在卫理会教堂前，她站住喘了口气，让自己怦怦乱跳的心稍稍平静一下。如果她不能定下神来，准得晕倒。她抓住灯柱子以免摔倒，忽然看见一名军官骑着马从五角广场那边急驰而来。她一个冲动跑到街当间，朝那人挥手。

“喂，停一下！请停一下！”

他猛地拉住马，勒得马前蹄都腾空了。他满脸疲惫和焦虑神色，但他还是迅速摘下破旧的灰色军帽，行了个礼。

“夫人？”

“告诉我，这难道是真的？北佬就要来了？”

“恐怕是这样。”

“你知道真的是这样？”

“是的，夫人。据我所知，确实如此。半小时前，司令部刚收到从琼斯博罗战场来的电报。”

“琼斯博罗？你能肯定吗？”

“是的。现在用不着说假话了，夫人。电报是哈迪将军发的，他说：‘这一仗我打输了，军队正在撤退。’”

“哦，天哪！”

这名疲劳军官黝黑的脸上面无表情。他重新抓起缰绳，戴上帽子。

“哦，先生，就一分钟。我们该怎么办？”

“女士，这我没法儿说。军队很快就要撤出亚特兰大。”

“就这么走了，把我们留给北佬？”

“恐怕是这样。”

靴刺一踢，马像上了簧似的急驰而去，斯佳丽留在路中央，脚上落满了厚厚的红尘土。

她该怎么办呢？她该逃到什么地方去？不，她不能逃跑。玫兰妮还躺在床上待产。哎，为什么女人要生孩子啊？如果不是因为玫兰妮，她本可以带着韦德和普莉西藏进树林里，在那里北佬永远不会找到她们。不行，现在不行。哎，要是她早点生孩子就好了，哪怕就是昨天也好，她们就可以找辆救护车，把她藏到什么地方。但是现在，她必须找到米德大夫，让他跟她回家。也许他能让孩子早点生出来。

她提起裙裾，沿着街跑了起来，脚步像在打拍子：”北佬就要来了！北佬就要来了！”五角广场挤满了人，他们到处瞎闯乱撞，到处都是马车、救护车、牛车、装满伤员的马车。人群中发出惊涛骇浪般的喧哗。

接着她看到一个非常不和谐的景象。一群群妇女肩扛火腿从火车站那边走来。她们身边的孩子拿着一桶桶滴答流淌的蜂蜜，被大人赶着摇摇晃晃地向前走。大一点的男孩子拖着一袋袋玉米和土豆。一个老人竭力朝前推着一个装了一小桶面粉的手推车。男人、女人和孩子，有黑人也有白人，都绷着脸，匆匆忙忙搬运成包成捆、成箱成袋的粮食——这些粮食多得比斯佳丽一年中见到的粮食都多。突然间，人群为一辆倾斜的马车让出一条道，从这条道驶来的是身材纤弱、风度优雅的艾尔辛太太，她站在四轮马车上，一手握着缰绳，一手抓着马鞭。她没有戴帽子，面色苍白，长长的灰色头发披在身后，她用鞭子抽打马的样子就像复仇女神。她们家的黑妈妈美立西坐在马车后座上随着车颠来颠去，一只手里抓着一块油腻腻的熏肉，同时努力用另一只手和双脚按住身边的箱子和袋子。一只装干豆子的袋子破了，于是豆子撒了一街。斯佳丽朝她们大声喊，但是人群的喧哗吵闹淹没了她的声音，马车发疯似的急驰而过。

一时间，斯佳丽弄不明白这到底是怎么回事，然后她想起军队粮库就在火车站那里，这下她明白了，军队开仓了，让人们在北佬进城前尽可能把粮食拿走，以免落入北佬的手中。

她很快地推开人群，穿过挤满了五角广场歇斯底里的民众，尽快地走近路，朝火车站走去。透过挤成一堆的救护车和滚滚的烟尘，她看见医生和担架队的人有的弯腰，有的抬人，忙个不停。谢天谢地，她很快就找到了米德大夫。她转过亚特兰大旅店的拐角，整个火车站展现在她眼前，她停住脚步，惊呆了。

无情的烈日下，成百上千名伤兵肩挨着肩、头抵着脚躺在路轨两侧和站台上，一排排延伸到车库棚子下，一眼望不到尽头。有的僵硬地躺在那里，一动不动，更多的人在毒日头下痛苦地挣扎、不停地呻吟。到处都是成群的苍蝇，在这些人头上盘旋，爬在他们脸上，嗡嗡叫个不停。担架队抬着伤员，到处看到血污肮脏的绷带，到处响起呻吟声和痛不欲生的诅咒声，汗臭、血腥味、多日未洗澡的体臭和粪便的恶臭随着滚滚热浪升起，扑鼻而来的恶臭几乎让斯佳丽恶心得吐出来。救护人员在躺着的身体间来回忙碌，经常踩到伤员，因为他们排得太紧密了，被踩到的人麻木地朝上面看看，等着轮到自己被抬走。

她一只手捂着嘴向后退，因为觉得自己马上就要吐了。她无法继续往前走。她以前在医院见过伤兵，桃树河之战后在佩蒂姑妈家的草坪也见过伤兵，但是却从来没有见过这种景象。从来没见过浑身恶臭、鲜血淋漓的身体暴晒在烈日下。这简直就是一座地狱，充满了痛苦、恶臭、嘈杂。快、快、快！北佬就要来了！北佬就要来了！

她挺起肩，还是从他们中走过，将眼光停留在站立的人身上，寻找米德大夫。可她找不到米德大夫，因为如果她迈步不小心的话，就会踩到某个可怜的伤员。她提起裙裾，在伤员中择路而行，向几名指挥抬担架的人走去。

当她这么走时，有人伸出滚烫的手拉住她的裙子，嘶哑的声音对她说：“夫人——水！夫人，请给点水！看在上帝分上，给点水！”

她把裙子从紧抓的手中抽出，汗水从脸上淌下来。如果她踩到一个人，她一定会尖叫起来晕倒在地。她从死人身上迈过去，也迈过那些还活着的人，他们有的目光呆滞、双手按在肚子上，而肚子上凝固的血块把制服和伤口沾在了一起，有的人胡子沾了血变成硬邦邦的，他们伤残的嘴咕哝着想说话，意思肯定是：

“水！水！”

如果她无法很快找到米德大夫，她一定会歇斯底里地大叫起来。她向车库下的那群人望去，然后扯开嗓子喊道：

“米德大夫！米德大夫在哪儿？”

那群人中的一个人走了出来，朝她这边看。正是米德大夫。他没有穿外套，袖子一直撸到了肩膀上，衬衫和长裤红得像屠夫，甚至铁灰色的胡子上也黏上了鲜血。从他脸上的表情可以看出，他显然已经极度疲劳，可他满腔义愤，怀着强烈的同情心。他脸上满是尘土，一片灰蒙蒙的，汗水顺着一道道沟壑从面颊上流淌下来。但是他招呼斯佳丽时的声音却平静而果断。

“感谢上帝，你来了。我正需要人手。”

一时间，她迷惑地瞪着他，慌乱中抓着裙裾的手也放开了。裙裾落在一名伤员的脸上，他虚弱地挣扎着想把自己的脑袋从裙子上令人窒息的褶皱里摆脱出来。米德大夫的话是什么意思？救护车扬起的尘土扑面而来，令人透不过气，腐烂的气味朝鼻子里灌进一股股恶臭。

“快点儿，孩子！上这儿来。”

斯佳丽提起裙裾，尽可能快地穿过一排排的伤员，走到米德大夫那里。她伸手抓住他的胳膊，发现它已经因为疲惫而发抖了，但是大夫脸上却依然很坚定。

“啊，大夫！”她喊道，“你必须来一下。玫兰妮就要生孩子了。”

他看着她，仿佛听不懂她的话。她脚下躺着一名男子，头枕在水壶上，听到她的话，友善地咧嘴冲她笑了。

“这事儿交给他们好了。”他幽默地说。

斯佳丽看都没看那人一眼，只是摇着米德大夫的胳膊。

“是玫兰妮，还有孩子。大夫，你必须来。她……”这种时候顾不上挑选优美的措辞，但是也很难在成百上千个陌生男人面前说出口。

“她的阵痛越来越厉害了。求求你，大夫！”

“生孩子？天哪！”医生吼道，脸上突然露出厌恶和愤怒的神情，这愤怒不是冲她或其他什么人，而是冲着发生这种事情的世界。“你疯了吗？我不能离开这些人。他们就要死了，而且这儿有成百的伤员。我不能为了一个该死的孩子离开他们。找女人帮你吧，去找我妻子吧。”

她张口想告诉他为什么米德太太不能去，但是马上又闭嘴了。他还不知道自己的儿子也受伤了呢！她不知道如果他得知这一消息是否还会留在这里，不过，一种感觉告诉她即使菲尔要死了，他还是会继续站在这里，帮助众多的伤员，而不是去照料某一个人。

“不，你必须来，大夫。你记得自己曾经说过她会难产的……”大夫不敢相信这是她斯佳丽的所作所为。难道她真的站在这里，面对地狱般的酷热和呻吟竟然大声喊出这样可怕无礼的话？“如果你不来，她会死的！”

他粗暴地甩开了她的手，仿佛没有听到她的话或不明白她说的话，说：

“死？是啊，他们全都得死——所有这些人。没有绷带、没有油膏、没有奎宁、没有氯仿。哦，天哪，要是有点儿吗啡也好啊！只要给那些情况最糟的人一点儿吗啡。一点儿氯仿。该死的北佬！该死的北佬啊！”

“让他们都进地狱，大夫！”躺在地上的那个人说道，只见他的牙齿在胡子中闪现。

斯佳丽开始颤抖，眼睛中充满了恐惧的泪水。大夫不能跟她一起回去了。玫兰妮会死的，她还希望过她死呢。大夫不来了。

“看在上帝的份儿上，大夫！求求你！”

米德大夫咬着嘴唇，下巴变得僵硬起来，面色也重新平静下来。

“孩子，我争取吧。我不能向你保证。但是我会尽力的。先等我们照料完这些人。北佬就要来了，我们的军队正在撤出城市。我不知道他们会怎么处理这些伤员。火车也没了。去梅肯的铁路被北佬占领了……不过我会尽力的。现在快回去。别打扰我。生孩子没什么大不了的。只需要把脐带系好……”

一名护理员碰了一下他的胳膊，他转过身开始连珠炮似的发号命令，一会儿指着这个伤员，一会儿又指着那个伤员。他脚下的那个伤员同情地看了看斯佳丽。她只好转身离开了，因为大夫已经全然忘记了她的存在。

她从伤兵堆里迅速退了出来，回到了桃树街。医生不来了。她必须自己挑起这副担子了。幸好普莉西对接生全都了解。斯佳丽一路上让太阳晒得头都疼了，感觉自己的胸衣让汗水浸透了，紧紧贴在皮肤上。她的脑子里一片麻木，双腿也一样麻木，就像在想跑却跑不动的噩梦里一样。她想到回家的路，觉得这条路漫长得没有尽头。

然后，“北佬就要来了！”又在她的脑海中反复打着节拍。她的心开始重新有力地跳动，新的生命力注入了她的四肢。她匆忙挤进了五角广场的人群中，人群现在更拥挤了，窄窄的人行道上没有一点儿空，她只好在街上走。遇到长长的一队士兵，他们个个满身灰尘，模样疲惫不堪。这队士兵好像有上千人，个个胡子拉碴、灰不溜秋，步枪松松垮垮地挂在肩膀上。他们以行军的步伐迅速向前走。大炮被拖过时，赶车的人用皮鞭猛抽瘦骨嶙峋的驴子。盖着破帆布的军需车沿着前边车子压出的痕迹晃晃悠悠地向前走。一队没完没了的骑兵经过时，扬起呛人的尘土。斯佳丽从来没一下子见过这么多士兵。撤退！撤退！军队正在撤出亚特兰大。

急匆匆行进的队伍把她又推回到拥挤的人行道上，她闻到了玉米酿造的廉价威士忌的臭味。迪凯特街附近出现一些妇女，打扮得花里胡哨俗气不堪，色彩艳丽的服装和涂脂抹粉的面孔，仿佛在过节，与周围的气氛很是不和谐。其中大多数人都喝醉了，而且她们挎着的士兵也醉得不轻。她瞥见了一个满头红鬈发的女人，认出是那个“宝贝”——贝尔·沃特林，她紧贴在一个独臂士兵身上，醉醺醺的笑声十分刺耳，那个士兵走路也是一步三摇，趔趔趄趄。

斯佳丽在人群中又推又挤，走出五角广场一个街区后，人群变得不那么拥挤了，于是她便提着裙裾，拔脚奔跑。到了卫理会教堂时，她已经跑得头晕眼花、上气不接下气，甚至有点儿恶心想吐。她的紧身衣简直要把她的肋骨勒成两半。她跌坐在教堂前的台阶上，双手捧住面孔，休息到呼吸比较平和时。她只希望多深吸一口气，只希望心不要怦怦乱跳，只希望在这个疯狂的世界上有个人能帮帮她。

的确，她这辈子自己什么都没有操过心。总是有人替她做这做那，照顾她、呵护她、宠爱她。她真的不敢相信竟然陷入这样的困境。没有一个朋友，没有一个邻居能帮帮她。以前总是有朋友、邻居帮忙，有既能干又忠心耿耿的黑人帮助她。如今在这个最需要帮助的节骨眼上，却没人帮了。真叫人无法相信，她居然这样孤立无助，担惊受怕，而且远离自己的家。

家！要是她在家就好了。管它有没有北佬。只要在家，哪怕埃伦生病也没关系。她渴望见到埃伦恬静的面容，渴望被黑妈妈强壮的胳膊搂在怀里。

她站起身来，不顾头晕眼花，继续往前走。当屋子进入视野时，她看到韦德在门前晃来晃去。他看见她后，眉头一皱便哭了，举起一根擦破点皮的脏兮兮的指头。

“疼！”他哭着说，“疼！”

“嘘！嘘！嘘！要不妈妈打屁股。到后院去做泥饼子，待在那儿别走远。”

“韦德饿了。”他继续哭，把破了的手指放在嘴里。

“我才不管呢。去后院……”

她抬起头看见普莉西从楼上的窗子探出身来，一脸的惊恐和忧虑；但是当她看见女主人，立刻换上一脸的轻松。斯佳丽招手示意她下来，然后走进屋子。她解开帽子，把它扔在桌了上，抬起胳膊擦了擦额头上的汗水。她听到楼上的门开了，传出一阵由极度痛苦引起的低沉呻吟之声。普莉西一步三个台阶跑下楼。

“大夫来了吗？”

“没有，他来不了了。”

“天哪，斯佳丽小姐！玫兰妮小姐的情况可糟了。”

“医生来不了，谁也不能来。你得给孩子接生了，我给你做帮手。”

普莉西目瞪口呆，舌头僵住了说不出话。她斜着眼看着斯佳丽，两只脚交替搓着地板，瘦小的身体不停地扭啊扭的。

“别像个傻子似的！”斯佳丽被她愚蠢的表情给激怒了，冲她喊道，“怎么啦？”

普莉西向楼梯慢慢地退去。

“看在上帝的代分儿上，斯佳丽小姐……”普莉西骨碌乱转的眼睛里充满了害怕和羞愧。

“怎么？”

“看在上帝的份儿上，斯佳丽小姐！我们一定得找个大夫。嗯……嗯……斯佳丽小姐，我一点儿都不知道怎么接生孩子。妈妈接生的时候，从来都不让我到跟前看。”

斯佳丽吓得长出了一口气，这才勃然大怒。普莉西想开溜，弯下身子就逃，斯佳丽一把抓住她。

“你这个骗人的小黑鬼——你这话是什么意思？你一直说自己接生孩子什么都知道。你告诉我，到底哪句是真话？”她抓着她使劲摇晃，直到这个满头鬈发的家伙像喝醉了一样乱晃悠。

“我撒谎了，斯佳丽小姐！我也不知道为什么撒这个谎。我只偷看过一回生孩子，还挨了妈妈一顿鞭子。”

斯佳丽瞪着她，普莉西向后退缩，想从斯佳丽手中挣脱出来。

斯佳丽一时间不愿接受这个事实，但最终意识到普莉西对接生不比她自己了解得更多，怒气就像烈火烧遍她全身。她这辈子还从来没有打过一个黑人，但是她使出疲惫胳膊上剩下的全部力气，狠狠地抽向面前这张黑脸。普莉西扯起嗓子没命地尖叫，其实是害怕多于疼痛，她上下乱跳，挣扎扭动，想逃出斯佳丽的手掌。

她尖叫的时候，楼上的呻吟停止了，过了一会儿，传来玫兰妮虚弱颤抖的声音："斯佳丽？是你吗？来，快来！"

斯佳丽放开了普莉西的胳膊，那个小贱人坐在楼梯上呜咽。斯佳丽一动不动站了片刻，听见楼上低沉的呻吟又响起了。她站在那儿，仿佛觉得一副沉重的轭具套在了脖子上，只要她一迈步，就能感觉到拉的负荷有多重。

她努力回想韦德出生时，黑妈妈和埃伦当时为她做的一切，当时生孩子的阵痛使一切都模糊了。不过她还是记起了一些事，于是她用权威的口吻很快地向普莉西吩咐。

"把炉子生着，放个水壶煮开水。能找到的毛巾都找来，还有那团线。再把剪刀给我找来，别跟我说你找不着东西。去找，赶快去找。马上去，要快。"

斯佳丽把普莉西拉起来，使劲朝厨房一推，然后打起精神上楼。她要告诉玫兰妮，只能由她自己和普莉西来为她接生了，开口说这事就够难的。

第二十二章

从来没有过这么漫长炎热的下午。也从来没见过这么多懒惰讨厌的苍蝇。斯佳丽不停地用扇子扇，但一团团苍蝇就是要落在玫兰妮身上。斯佳丽摇着一把大蒲扇，两只胳膊都摇酸了。可她的努力似乎全都不管用，她把苍蝇从玫兰妮汗湿的脸上扇走，苍蝇又落在她湿乎乎的腿上、脚上，叮得她有气无力地直蹬腿，轻声说："帮帮我！在我脚上！"

房间里光线昏暗，因为斯佳丽为了遮挡外面的炎热和刺眼的光亮，把窗帘放了下来。几道很细的阳光从窗帘上的小洞和边上的缝隙射进来。屋里就像个蒸笼，斯佳丽被汗浸湿的衣衫从来没有干过，一小时比一小时更湿、更黏。普莉西蹲在一个角落，也是汗流不止，她身上散发出阵阵恶臭，斯佳丽恨不得马上把她打发到屋外，只是担心这丫头一没人管就会溜之大吉。玫兰妮躺在床上，身下的床单被汗水浸成黑乎乎一片，有些地方是斯佳丽洒了的斑斑水渍。玫兰妮不断地翻身，一会儿朝这边，一会儿朝那边，一会儿又仰面躺着。

有时候，玫兰妮想挣扎着坐起来，但又跌回到枕头上，重新开始辗转扭动。起初，她尽量不喊出声来，就使劲咬着嘴唇，把嘴唇都咬破了。斯佳丽的神经紧张得像玫兰妮的嘴唇一样，她实在看不下去了，就沙哑着嗓子对玫兰妮说：“玫兰妮，看在上帝份上，别充英雄了。想喊就喊吧。除了我们俩没人能听见。”

下午的时间慢慢过去，不论玫兰妮是不是想表现得勇敢，都忍不住呻吟起来，有时甚至要尖声叫嚷。玫兰妮一尖叫，斯佳丽就双手捂住耳朵，不停地扭动身体，恨不得自己马上就死。她宁愿做任何事也不愿坐在这里，眼睁睁看着别人如此痛苦，自己却一点儿忙都帮不上。干什么都比耗在这里等孩子出生好。再说，她知道北佬恐怕已经打到了五角广场，她却得在这里等待。

她真希望以前多留点儿心，听听那些上了年纪的妇女窃窃私语谈论怎么生孩子。可惜当时没留心！要是她对这种事有几分兴趣，现在就知道玫兰妮是不是还需要很长时间了。她模模糊糊记得，佩蒂姑妈的一个朋友生孩子折腾了两天，结果母子双亡。要是玫兰妮也像那样折腾两天，那可怎么办！玫兰妮身体孱弱，不可能忍受那么长时间的痛苦。如果孩子不很快生出来，玫兰妮很快就会送命。到时候，假如阿希礼还活着，她还有什么脸见他？难道告诉他说玫兰妮死了？可她许诺要好好照顾她的。

开始，玫兰妮疼得厉害了，还想抓住斯佳丽的手，但她抓得太狠，几乎要把斯佳丽手上的骨头都捏碎了。这样过了一小时，斯佳丽的双手已经被捏得又青又肿，都弯不过来了。斯佳丽就把两条长毛巾系在一起，拴在床柱上，一头打个结塞在玫兰妮手中。玫兰妮紧紧抓着毛巾，好像这是根救生索，一会儿拼命抓紧，一会儿放松，一会儿又撕扯个不停。整整一个下午，玫兰妮就像只落入陷阱的垂死困兽，不停地号叫。偶尔她也会放开毛巾，揉揉双手，一双眼睛在疼痛折磨下睁得老大，抬头望着斯佳丽。

“跟我说说话吧。求你跟我说说话吧。”她低声请求道，然后斯佳丽就跟她说些无关痛痒的事儿，直到玫兰妮再次抓起毛巾，重新开始痛苦地扭动。

昏暗的房间里闷热难当，充满了痛苦和嗡嗡叫的苍蝇，时间过得缓慢极了，斯佳丽几乎都想不起早晨发生过的事情。她觉得好像在这个又黑又热的蒸笼里已经待了整整一辈子。每次玫兰妮尖声叫喊，她自己也想跟着叫，但她只能使劲咬住自己的嘴唇，感觉一下疼痛，免得自己歇斯底里发作起来。

有一次，韦德蹑手蹑脚地上楼来，站在门外，呜咽地说："韦德饿了！"斯佳丽站起身，打算朝门外走，但玫兰妮低声请求道："别撇下我。求求你。你在这儿，我还能挺得住。"

斯佳丽就让普莉西下楼，把早晨剩下的玉米粥热热，喂给韦德。至于斯佳丽自己，她觉得这个下午后，她永远用不着吃东西了。

壁炉架上的钟停了，斯佳丽说不上现在是几点钟，但是屋子里已不太热了，而且那些细细的光亮已经渐渐昏暗了，她便把窗帘拉开。她感到奇怪，已经快到黄昏时分了，太阳像个橘红色的大圆球，已经低垂在天边。不知为什么，她还以为炽热的正午时分恐怕永远不会变样了。

她迫不及待想知道城里到底怎么样了。军队是不是已经撤走了？北佬是不是已经来了？邦联军队是不是一枪未发就撤了？然后她忽然心里一沉，想起邦联的军队人数少得可怜，而谢尔曼的军队却人多势众、兵强马壮。谢尔曼！就是听见撒旦的名字她也不会害怕成这样。但是现在没时间想这些，玫兰妮不断地要水喝、要块凉毛巾敷在额头上、要人帮她把脸上的苍蝇扇走。

黄昏降临时，普莉西像个幽灵一样，跑过来点燃一盏灯。玫兰妮更加虚弱了。她开始一遍又一遍地呼喊阿希礼的名字，像说胡话一样，她喊的声音是那么单调，斯佳丽恨不能用个枕头捂住她的嘴。说不定大夫最后会来呢。要是他能快点儿来就好了！斯佳丽心中又重新燃起了希望，她转身吩咐普莉西，让她赶快跑到米德大夫家看看米德大夫或米德太太是不是回来了。

"如果他不在家，就问问米德太太或他们家厨娘该怎么办。求她们最好能来。"

普莉西小跑着走了，斯佳丽望着她沿街道跑去，斯佳丽做梦也想不到这个没用的丫头能跑这么快。可还是过了挺长的时间，普莉西才独自一人回来。

“米德大夫一整天都不在家。他们家人说他可能是跟军队一起走了。斯佳丽小姐，菲尔少爷死了。”

“死了？”

“是的，小姐。”普莉西煞有介事地补充说，“是他们家赶车的塔尔博特跟我说的。菲尔少爷中了弹……”

“别管他怎么死的。”

“我没见到米德太太。厨娘说米德太太在清洗菲尔少爷的尸体，要趁北佬没来把他给埋了。厨娘还说要是玫兰妮小姐疼得实在受不了，就在她床下放把刀，刀能把疼割成两半。”

斯佳丽听了这“有用”的信息，真想再扇她两个耳光，但是玫兰妮睁开一双受惊的大眼睛，悄悄问：“亲爱的……是不是北佬来了？”

“没有，”斯佳丽非常肯定地回答，“普莉西撒谎呢。”

“是的，小姐。我就爱撒谎。”普莉西立刻随声附和。

“他们就要来了。”玫兰妮并没有上了当，把脸埋进枕头里。然后以闷哑的声音说：

“我可怜的孩子啊。我可怜的孩子。”

过了好长时间，又继续道：“哦，斯佳丽，你不要留在这儿了。你赶快带着韦德走吧。”

玫兰妮的话正是斯佳丽心里想的，但是听到有人说出来，斯佳丽却大为恼火，而且羞愧难当，仿佛自己掩藏起来的胆怯清清楚楚写在了脸上。

“别傻了。我才不怕呢。你想我怎么会离开你呢。”

“你走不走都没两样，我就要死了。”玫兰妮又开始呻吟了。

斯佳丽在黑暗中摸索着走下楼梯，就像一个上了年纪的人，抓着栏杆生怕自己掉下去。她的腿像灌了铅一样，疲惫和紧张让两腿颤巍巍站不稳，浑身浸透了汗水让她凉得发抖。她就这样有气无力地走到前门廊，坐在最高一级台阶上。她朝后倒去，身子靠在门廊柱子上，颤抖的手将胸衣解开一半。夜色温暖柔和，而她却像头牛一样呆呆地望着无涯的黑暗。

一切都结束了。玫兰妮没有死，那个刚出生的男婴哭叫的声音像只小猫，普莉西正给他洗平生第一个澡呢。玫兰妮已经睡着了。可是斯佳丽经历了这番痛苦后，哪里还能入睡呢？耳朵里还响着痛苦的尖叫，眼前还是初次帮人接生的手忙脚乱，简直是一场噩梦。她竟然没有死！斯佳丽知道，要是自己让人这么折腾一番，肯定活不成。但是，一切结束后，玫兰妮甚至还用微弱得让她不得伏在她身上才能听见的声音说："谢谢你。"说完后，玫兰妮就昏睡过去了。她怎么能就这么睡了呢？斯佳丽忘记了自己当初生了韦德后，也是这么睡着的。她什么都不记得了。她头脑里一片空白；整个世界也是一片空白；这天之前没有任何生命，此后也不会有——只有炎热的沉沉夜色，只有她自己因为疲倦而发出的粗重喘息声，只有冰凉的汗水从腋下滴答着流到身上，从大腿流到膝盖，又湿又黏。

斯佳丽感到，自己的呼吸从平稳的大喘气变成间歇式的抽噎，但她的眼睛却干涩得发烫，仿佛再也不会流泪了。她慢慢地、费力地动了动身体，把沉重的裙裾拽到大腿上。她感到忽热忽冷，而且到处黏糊糊的，晚风吹在胳膊和腿上倒是令人惬意。她呆呆地想，要是佩蒂姑妈看到她这个样子倒在前廊上，把裙裾都拽起来，连衬裤都露出来，还不知要怎么说呢，她才不管呢。她什么都不管了。时间似乎在这一刻停顿下来。现在可能是刚刚过了黄昏，或许已经到午夜了。她不知道，也不关心。

她听到楼上有人走动的脚步声，于是想："可能是该死的普莉西吧。"然后就闭上了眼，好像睡着了一样。就这样在黑暗中过了一会儿，普莉西来到她身边，兴高采烈地聊起了天。

"我们干得可真不赖，斯佳丽小姐。我看就是我妈在这儿，也不会干得更好了。"

斯佳丽在阴影中瞪了普莉西一眼，实在是太累了，提不起精神训斥她、责骂她、数落她的种种不是——她夸口自己有接生经验，实际上却一无所知；她惊慌失措、笨手笨脚，遇到紧急情况毫无用处，一会儿不知把剪刀放在了什么地方，一会儿又把水洒了一床，还差点儿把刚出生的婴儿掉在地上。现在她又吹嘘起自己多么能干了。

北佬还要来解放黑奴！当然，黑奴是欢迎北佬来的。

斯佳丽没有说话，重新靠到柱子上，普莉西看出她情绪不好，踮着脚走回黑暗的门廊。过了好长一会儿，她的呼吸才恢复稳定，思绪也恢复了常态，这时斯佳丽听到从路的北边隐约传来人说话的声音，还有许多人的脚步声。当兵的！斯佳丽慢慢地坐了起来，把裙裾放下来，尽管她知道在黑暗中是不会有人看清她的样子的。当这些人走到房子附近，不知有多少人，像影子一样往前走，斯佳丽向他们喊道：

“喂，请等等！”

一个影子从人群中走出来，来到门前。

“你们要走了吗？你们是不是要把我们留在这里不管了。”

这个影子似乎是脱下了军帽，从黑暗中出来一个平静的声音。

“是的，夫人。我们是在撤离。我们是从工事撤出的最后一批，离这里大约一英里。”

“你们……军队是不是真的撤退了？”

“是的，夫人。你看，北佬就要来了。”

北佬就要来了！她把这事给忘了。她感到喉咙一阵发紧，再也说不出话了。那个影子离开了，融入其他的影子中去了，脚步声消失在黑暗中。“北佬就要来了！”“北佬就要来了！”他们的脚步声踏出这样的节奏，同时斯佳丽骤然加快的心跳也随着这个节奏怦怦跳动。北佬就要来了！

“北佬要来了！”普莉西哭叫起来，蜷缩起身体靠向斯佳丽。“哦，斯佳丽小姐，他们会把我们都杀死的！他们会用刺刀把我们的肚皮捅穿！他们会……”

“哦，住嘴！”这些事儿光想想就够让人害怕的了，听到普莉西用发抖的声音讲出来，让斯佳丽感到一阵新的恐惧席卷了全身。她该做些什么？怎么才能逃出去？该找谁帮忙？人人都不管她了。

突然间，她想起了瑞特·巴特勒，心里一下子平静了许多，也不再那么害怕了。她这天早晨像个被剁了脑袋到处乱飞的鸡，怎么就没想起他呢？虽然她讨厌他，但他既强壮又聪明，还不怕北佬。而且他此刻就在城里。当然，上次见他的时候，他对她说了些不可饶恕的话，让她气得发疯。不过，既然到了这种时候，她可以把那种事情撇在脑后。他还有一匹马和一辆马车呢。哦，干吗没有早想到他！他能带着她们离开这个鬼地方，逃到离北佬远远的地方，去任何地方都行。

斯佳丽转身冲着普莉西，迫不及待地说：

“你认得巴特勒船长住的亚特兰大旅店吗？”

“认得，小姐，可是……”

“得啦，赶紧跑着去，告诉他我要他马上来，赶上马车，要是能弄到，带救护车来也行。告诉他玫兰妮生孩子的事。告诉他我想让他带我们大家一起走。去吧，现在就去，快！”

她坐直身子，推了普莉西一把，让她加快脚步。

“万能的上帝啊，斯佳丽小姐！黑灯瞎火的，我害怕一个人在外面跑！要是让北佬抓住可怎么办？”

“只要跑得快，就能赶得上刚才那些大兵，他们不会让北佬把你抓走的。快去！”

“我还是害怕！要是巴特勒船长不在旅店怎么办？”

“那就问问他去哪儿了。你难道就一点儿脑子都没有？他不在旅店，就上迪凯特街上的酒吧找。要不就去贝尔·沃特林家瞧瞧。你这个傻瓜，难道看不出，要是不赶快找到他，北佬肯定会把我们都抓走。”

“斯佳丽小姐，要是我进酒吧或妓院，我妈会用棉花棍抽我的。”

斯佳丽站了起来。

“哼，要是你不去，我就抽你一顿。你总可以站在外面喊他吧？或者问问别人他是不是在里面。快去吧。”

普莉西还在那里磨蹭，两脚来回磨地，嘴里嘟嘟囔囔个没完，斯佳丽又推了她一把，差点儿推得她倒栽葱掉下去。

“你赶快去，否则我把你卖到河的下游，让你永远见不到你妈和其他熟人，我还要把你卖给人去种地。赶快！”

女主人的手坚决有力，普莉西迫不得已动身下台阶。前面院门打开了，斯佳丽喊道：“快跑，你这个懒鬼！”

斯佳丽听到普莉西啪嗒啪嗒开始小跑，声音渐渐消失在柔软的泥土路远处。

第二十三章

普莉西离开后，斯佳丽疲惫地走进楼下的门厅，点了盏灯。房子里热得像蒸笼，仿佛四壁把中午的热浪都吸进去了。她现在清醒了一些，肚子饿得咕咕叫。她这才记起自从昨天晚上以来，除了一勺玉米粥外，再没吃过别的东西，于是端起灯走进厨房。壁炉里的火已经熄灭，但是屋子里还是热得让人喘不上气来。她在锅里找到半块硬邦邦的玉米饼，便狼吞虎咽地啃起来，一边继续寻找，看还有什么别的东西可吃。罐子里还剩了一点儿玉米粥，她等不及，没把它盛到盘子里，就用一把炒菜用的大勺子舀着喝。玉米粥太淡，可她也顾不得找盐了。喝了满满四勺后，实在忍受不了屋子里的闷热，她一手端着灯，另一只手抓着剩下的玉米饼走到外面门厅里。

斯佳丽知道，现在该上楼陪着玫兰妮。如果现在出了什么事，玫兰妮虚弱得连喊都喊不出声。但是一想到要回到那个她度过了噩梦般时光的房间，斯佳丽就觉得厌恶。就算玫兰妮要死了，她也不愿上去。她再也不愿看见那个房间了。她把灯放在窗前的烛台上，返身又来到前门廊。虽然夜色中依然余热未消，可外面凉快多了。她坐在台阶上，灯在她周围投下一圈昏暗的光，她继续啃那块玉米饼。

吃完后，身体重新有了一股力量，这时一阵刺骨的恐惧也随之而来。她听到从街的远处传来嗡嗡的喧闹声，但她不知道这声音代表着什么。她什么也分辨不出，只听得出声音时高时低。她使劲朝前探着身子，努力分辨，肌肉没多久就紧张得酸疼了。现在她比任何时候都更希望听到马蹄声，也不会在乎瑞特那双漫不经心、充满自信的眼睛嘲笑她的恐惧。瑞特会带她们走，逃到某个地方。她不知道要去什么地方。她也不关心去什么地方。

就在她竖着耳朵倾听城里的动静时，一团微弱的红光出现在树梢上方。她觉得莫名其妙，望着这团亮光，看着它越来越亮。黑色的天空变成了粉红色，又变成了暗红，后来，她突然在树顶上方看到一条巨大的火舌蹿起来，直冲天空。斯佳丽一下子跳起身，心又开始怦怦狂跳，肚子里七上八下地翻腾着。

北佬已经来了！她知道一定是他们已经来了，正在放火烧这座城市呢。火焰好像在市中心的东面，火苗越烧越高，很快烧成一大片红色，她目瞪口呆了。准是整个街区都给烧了。一股微风带着烟尘味飘进她鼻子里。

她逃回楼上自己的房间里，身子探出窗外想看得更清楚些。天空已经变成可怕的血红色，浓烈的黑烟盘旋而上，在空中形成翻滚的巨浪。现在空气中烟尘的气味更重了。斯佳丽脑子里一下子满是各种念头，这场大火什么时候会烧到桃树街来，烧毁这幢房子？北佬什么时候会冲过来抓着她？她该跑到什么地方？她该怎么办？此时仿佛地狱里所有的鬼怪都在她耳朵里放声尖叫，她的脑海中一片混乱与惊慌，使得她不得不靠在窗棂上，以免站不稳。

“我一定得想个法子。”她对自己说了一遍又一遍，“我一定得想个法子。”

但是思想似乎离她而去，像受了惊的蜂鸟在脑海中到处乱冲。正当她这样靠在窗棂上，一声震耳欲聋的爆炸声在她耳边响起，这声音比她以前听到过的大炮声都要大。巨大的火焰撕破了天空。接着又传来更多的爆炸声。大地在颤动，她头顶上的窗玻璃也在乱晃，随即噼噼啪啪掉下来，落在她身边。

整个世界仿佛变成了一个充满噪声、火焰的炼狱，大地在颤动，震耳欲聋的爆炸声不绝于耳。一连串的火焰射向空中，接着又穿过血红的云层懒洋洋地缓缓落下。斯佳丽觉得听到隔壁房间传出一声微弱的声音，但是她并没有在意。这时候她没工夫管玫兰妮。她什么都顾不上，只感到恐惧像她看到的火焰一样在体内的血管里流淌。此时她就像一个孩子，吓得要命，就想把头埋在妈妈腿上，不要看到这种可怕的景象。要是在家就好了！在妈妈身边就好了！

在这些令人紧张颤抖的声音中，斯佳丽听到了另外一种声音，那是在惊慌的驱使下，一步三个台阶的上楼声，同时她还听到如同丧家之犬一样的叫喊声。普莉西冲进了屋子，向斯佳丽飞奔而来，一把死死抓住斯佳丽的胳膊，仿佛要把她的肉都掐下来。

"北佬……"斯佳丽喊道到。

"不是的，小姐，是我们自家人！"普莉西一边大口喘气一边嚷，指甲深深地掐进斯佳丽的胳膊里。"他们在烧铸铁厂、军需库和货栈，哦，天哪，斯佳丽小姐，他们还把七十车皮的炮弹和炸药统统炸掉，耶稣啊，我们也要给烧死了！"

普莉西开始重新号啕，同时还使劲地掐着斯佳丽的胳膊，掐得斯佳丽又疼又气，使劲甩开她的手。

原来北佬还没来呢！还有时间逃跑！斯佳丽刚才吓得魂飞魄散，这时重新振作起来。

"要是我自己稳不住神儿，就会像只烫伤的猫一样尖叫！"她想道。普莉西惊慌失措的可怜相让她镇定下来。斯佳丽抓住普莉西的肩膀，使劲摇晃她。

"别说废话，说正经事。北佬还没来，你这个傻瓜！你看见巴特勒船长了吗？他说什么了？他来吗？"

普莉西停止了哭喊，但是牙齿仍然上下打战。

"见到了，小姐。我总算找着他了。就像您跟我说的，在一家酒吧里。他……""别管在哪儿找到他的。他来吗？你告诉他要带着马车来没有？"

“主啊，斯佳丽小姐，他说我们的人把他的马车征去拉伤兵了。”

“我的天哪！”

“不过他会来的……”

“他说了什么？”

普莉西缓过气来，稍稍恢复点平静，但是眼睛仍然慌得骨碌碌乱转。

“是的，小姐，就跟您告诉我的，我在一家酒吧里找着了他。我站在外面喊，他就出来了。他看见了我，刚要说话，我们的人把迪凯特街的一个货栈给烧着了，火一下就烧了起来，他说：‘快来！’一把抓住我跑到五角广场。在那儿，他对我说：‘有什么事？赶快说。’我把你的话对他说了，我说巴特勒船长，快带着马车来，玫兰妮小姐生了个孩子，斯佳丽小姐急着逃出城去。然后他说：‘她说要去哪儿了吗？’我说：‘我不知道，不过先生你一定得来，北佬就要来了，她要跟你一起走。’他笑了，说他的马车被拉走了。”

斯佳丽听到最后一线希望也落了空，心不由往下一沉。她真是个傻瓜，她怎么会想不到撤退的军队很自然地会带走城里剩下的所有车辆和牲口呢？一时间她就待在那里，任凭普莉西喋喋不休，但是她还是打起精神听完事情的经过。

“后来他又说，告诉斯佳丽小姐，让她别担心。我也会给她从军队里偷匹马，哪怕他们只剩下一匹也有他的份。他还说：‘今天晚上就偷匹马来。告诉她即使我因此要吃枪子儿，也要为她偷一匹出来。’然后他又笑了，对我说：‘快跑回家去吧。’我刚要跑，又是轰隆隆的爆炸声，我差点儿摔倒。他告诉我：‘没什么可害怕的，不过是我们的人在炸弹药，以免落到北佬手里……’”

“他要来？还要带着马来？”

“他是这么说的。”

斯佳丽放心地长喘一口气。瑞特准会有办法弄到马的。瑞特是个聪明人。只要他把她们带出这个是非之地，她会原谅他以前的一切。逃出去！跟瑞特在一起，她什么都不怕。瑞特会保护她们。感谢上帝送来了瑞特！有了安全保障，她立刻变得实际起来。

“叫醒韦德，给他穿好衣服，再把我们每个人的衣服装几件放到一个小箱子里。别对玫兰妮小姐说我们要走。现在还别说。把孩子用几块厚毛巾包起来，别忘了带上孩子的衣服。”

普莉西还是两手紧紧抓着斯佳丽的裙子，翻着白眼看着她，眼睛里除了眼白什么都看不见。斯佳丽猛推了她一把才让她松开手。

“赶快。”斯佳丽喊道，普莉西这才像只兔子一样跑开了。

斯佳丽知道自己应该进去别让玫兰妮害怕，知道玫兰妮现在一定被持续不断、丝毫没有减弱的炮声和冲天的火光吓坏了。这番景象就像世界末日。

但她还是无法让自己回到那间屋子，现在还不行。她跑下楼，想去把佩蒂帕特小姐逃到梅肯时留下的瓷器和银器收拾一下。但是她到了餐厅，双手抖得厉害，一下打碎三个碟子。她跑到门廊听了一会儿，又回到餐厅，这次又把银器稀里哗啦掉了一地。什么东西只要经她一动，就会掉在地上。匆忙间，她竟在地毯上绊了一下，摔倒在地上，不过她立刻爬了起来，都没感到疼。她听到普莉西在楼上像只受惊了的动物一样横冲直撞，这种声音让她听得发慌，因为她自己同样漫无目标，四处横冲直撞。

她已经往门廊上跑过二十次了，不过这次她没有回屋继续徒劳地收拾。她坐了下来，这时候想把东西收拾起来是不可能的。这时候除了坐在这里，听着自己怦怦的心跳，等瑞特来，其他什么事都做不了。似乎过了好几小时，瑞特才终于来了。在路的远处，她听到车轴没有上油的吱吱尖叫声，像是在抗议，还听见沉重缓慢的马蹄声。他干吗不能动作快点？干吗不让马跑起来呢？

声音离得越来越近，斯佳丽起身喊瑞特的名字。她看见他模糊的身影从小马车上爬下，朝她走过来，听见门打开的声音。现在看得见瑞特了，在灯光下，斯佳丽看清他的样子了。他打扮得衣冠楚楚，就像是要去参加舞会，一身裁剪得体的白色亚麻衣裤，外加一件灰色的绣花波纹绸马甲，衬衣胸口还露出些褶边。宽大的巴拿马帽子歪在一边，皮带上挂着两把象牙柄长筒手枪。上衣口袋里鼓鼓囊囊装满了弹药。

瑞特像野蛮人一样，步履轻盈、大步流星地走过来，头昂得像个异教徒的王子。这天晚上斯佳丽经历的危险让她吓得失魂落魄，可对他只不过像喝了杯烈酒。他黝黑的脸上有一股精心掩饰起来的凶相，如果斯佳丽能看得出他这种冷酷无情，准会给吓坏的。

他的眼睛在闪烁，似乎发生的一切都让他开心，似乎这种天崩地裂的声音和刺眼可怖的火光只是用来吓唬小孩的。他走上台阶，斯佳丽脚步蹒跚朝他迎上去，她脸色苍白，绿幽幽的眼睛像要燃烧起来似的。

“晚上好。”瑞特拖着长腔说，一边动作潇洒地摘下帽子行了个礼。“今儿的天可真不错啊。我听说你要出门旅行。”

“如果你再开玩笑，我就再也不跟你说话了。”斯佳丽声音颤抖地说。

“别对我说你给吓坏了！”他故作惊奇，斯佳丽恨不得把他推下台阶。

“对，我是给吓坏了！我怕得要死，你要是有上帝赋予山羊的那么点儿头脑，也会害怕的。但是我们现在没时间闲聊。必须赶快离开这儿。”

“愿为您效劳，夫人。但是您是否可以先说清楚要去哪里？我可是出于好奇才到这儿，想知道你到底打算去哪里。你既不能朝北走，也不能朝东走，不能朝南，也不能朝西。到处都是北佬。现在出城只有一条路还没落到北佬的手里，我们的人正从那条路撤退呢。不过这条路也通不了多久了。史蒂夫·李将军的骑兵正在马虎村和罗迪村附近打后卫战，要坚持到军队撤离为止。如果你跟着军队走麦克多诺路的话，他们会抢走你的马。尽管这只不过是一匹马而已，但我可是费了好大劲才把它偷出来的。那么，你到底要去哪儿？”

斯佳丽站在那里，浑身颤抖，她听到他在说话，可是几乎没听见他说的是什么。但是，他一问话，她就明白自己要去哪儿了，其实整个倒霉的一天里她都清楚地知道要去什么地方。也只有这么一个地方。

“我要回家。”她回答道。

“回家？你是说塔拉吗？”

“对，对！回塔拉！哦，瑞特，我们必须赶快走！”

他看着她，那眼神仿佛认为她失去了理智。

“回塔拉？老天哪，斯佳丽！你难道不明白他们这一整天都在琼斯博罗打仗吗？现在塔拉甚至整个县里可能到处都是北佬。没人知道他们现在在哪儿，但他们就在附近。你不能回家！你不能专朝北佬的军队穿过去啊！”

“我就要回家！”她喊道，“我要嘛！我要嘛！”

“你这个小傻瓜，”瑞特语气干脆，声音粗暴，“你不能朝那边走。即使碰不上北佬，树林里也满是双方掉队的士兵和逃兵。何况我们的军队中还有很多人正从琼斯博罗往回撤。他们和北佬一样会抢走你的马。你唯一的机会就是跟着部队向麦克多诺那条路走，这还得求上帝保佑你们，别让他们在黑暗中发现。你可不能回塔拉。即使你能到了那儿，也很可能发现它已经被烧毁了。我可不会让你回家。这简直是发疯。”

“我就要回家！”她喊道，声音失去了控制，开始尖叫起来，“我就要回家！你不能阻止我！我要回家！我想见我妈妈！如果你不让我走，我就杀了你！我要回家！”

斯佳丽在抑制了这么长时间后，终于崩溃了，惊恐、慌乱的泪水顺着脸颊流淌。她用拳头捶打着瑞特的胸脯，继续尖叫：“我就要！我就要！即使得一步步走回去，我也要回家！”

突然间，她倒在了瑞特的怀里，泪湿了的脸颊蹭在他衬衣硬邦邦的褶边上，两个拳头仍然不停地打着他。瑞特用手轻柔地安抚着她颤抖的脑袋，他的声音也温柔了起来。那声音是那么温柔、那么安详，没有了一丝嘲讽，变得一点儿都不像是瑞特·巴特勒了，那是另外一个身体强壮的陌生人，身上散发着白兰地、烟草和马匹的气味，这气味让她感到宽慰，因为这让她想起了父亲杰拉尔德。

“好啦，好啦，亲爱的，”瑞特柔和地说，“别哭了。你会回家的，我勇敢的小姑娘。你这就能回家。别哭了。”

斯佳丽感到有什么东西蹭着她的头发，惶恐中她猜想那可能是他的嘴唇。他是如此温柔，让人感到无限的安慰，她都想永远就这么待在他怀里。有这么强壮的胳膊搂着她，当然什么也不会伤害她的。

瑞特伸手在口袋里摸索，掏出一块手帕，给她擦眼泪。

“现在，像个好孩子那样擤干净鼻子。”他命令道，眼睛里含着一丝笑意，“然后告诉我该做什么。我们得赶快了。”

斯佳丽顺从地擤了擤鼻子，但是还在发抖，而且想不出该让他做什么。看到她嘴唇哆嗦，两眼无奈地望着他，瑞特开始自己下命令。

“韦尔克斯太太刚生完孩子？挪动她会有危险，让她在颠簸的马车里走二十五英里更危险。我们最好把她留给米德太太照看。”

“米德家没人。我不能留下她。”

“那好吧。把她抬到马车上。那个头脑简单的小贱货跑哪儿去了？”

“在楼上收拾箱子。”

“箱子？马车上放不下箱子。车太小，刚刚坐得下人，而且车轮也不知什么时候就会飞出去。快告诉她带上家里最小的一床羽绒被，放进车里。”

斯佳丽还是动弹不得。瑞特使劲抓住她的胳膊，他体内的一些力量似乎流进了她的身体。但愿她能像他一样冷静轻松就好了！他把她向走廊里推，但她还是站在那里不知所措地看着他。他嘴角向下一撇，嘲弄地说：“难道这就是那位向我保证既不怕上帝也不怕凡人的勇敢女子吗？”

瑞特突然笑了起来，放开了她的胳膊。斯佳丽被气得目瞪口呆，怒气冲冲地看着他，心中生起一股恨意。

“我不是害怕。”她说。

“不，你害怕了。再过一会儿，你就要晕倒。我身上可没有溴盐。”

斯佳丽想不出该做些什么，只好无可奈何地跺了跺脚，然后一言不发地端起灯，站起身。瑞特就在她身后不远处，她听见他轻轻的笑声。他的笑声让她挺起了脊梁。她走进了韦德的房间，发现他正抓着普莉西的胳膊坐在那里，衣服穿了一半，独自在那里打嗝。普莉西还在呜咽个不停。韦德床上的羽绒被很小，于是斯佳丽命令普莉西把被子拿到楼下，放到马车里。普莉西放下韦德，按吩咐去做。韦德跟着她下了楼，周围发生的事分散了他的注意，他不再打嗝了。

“来吧。”斯佳丽转身到了玫兰妮的房间，瑞特跟在身后，手里抓着帽子。

玫兰妮安静地躺在那里，被单一直拉到了下巴。她的脸色苍白得没有生气，但是一双凹陷、发青的眼睛却露出安详。看到瑞特出现在自己的卧室，她一点儿都没有显出惊讶，而是当成件理所当然的事。她虽然虚弱却努力想笑笑，可笑容还没到嘴角就消失了。

“我们要回家，去塔拉。”斯佳丽匆匆解释道，“北佬要来了。瑞特带我们走。这是唯一的办法了，玫兰妮。”

玫兰妮努力虚弱地点点头，指了指婴儿。斯佳丽抱起孩子，赶紧用一块厚毯子把他包了起来。瑞特走到床边。

“我尽量不伤着你，”瑞特平静地说，用被单包起她，“试着把胳膊搭在我脖子上。”

玫兰妮费了好大的劲，但是胳膊还是无力地垂了下去。瑞特弯下身子，一只胳膊放在她肩下，另一只放在膝盖下，然后轻轻把她托起来。玫兰妮没有发出任何声响，但是斯佳丽见她使劲咬着嘴唇，脸色变得更苍白了。斯佳丽把灯举得高高的，好让瑞特看清路，走到门口，玫兰妮虚弱地冲墙做了个手势。

“什么？”瑞特温柔地问。

“等等，”玫兰妮低声说，努力想抬起手指指，“查尔斯。”

瑞特向下看着她，好像认为她有点儿神志不清，但是斯佳丽明白了，心里不禁生起气来。她知道玫兰妮想要的是挂在墙上剑和手枪下面的查尔斯的照片。

“等等，”玫兰妮又低声说，“还有剑。”

“好的，”斯佳丽答应道。当她举着灯给瑞特照着路小心地下了楼后，她又走回来解下剑和手枪。手中同时拿着这些东西，还抱着孩子，拎着灯，真有点不容易。自己命都快没了，北佬就在眼跟前，还顾得上查尔斯的东西。只有玫兰妮才会这样。

她取下查尔斯的照片时，瞥见了查尔斯的脸。他棕色的大眼睛与她的眼睛对视着，她停下来，好奇地看着他。这个男人曾经是她的丈夫，曾经在她身边睡了几个晚上，还给她留下个有双和他一样的淡褐色眼睛的孩子。而她都几乎记不起他来了。

她怀中的孩子挥舞着小拳头，嘴里发出轻轻的叫声，她朝他看了看。她第一次意识到这是阿希礼的孩子，突然间她鼓起剩下的全部激情，激动地希望这个孩子是自己的，是她和阿希礼的孩子。

普莉西脚步轻盈地上楼来了，斯佳丽把孩子交给她。她们快步下楼，灯光在墙上投下晃动的影子。斯佳丽在穿堂里看见一顶帽子，就抓来戴在头上，把颏下的丝带系好。这是玫兰妮的那顶居丧戴的黑帽子，斯佳丽戴着并不合适，但是她记不起把自己的帽子放在什么地方了。

斯佳丽拎着灯走出了屋子，走下门廊的台阶，尽量不让那把军刀撞着膝盖。玫兰妮横躺在马车的后部，她身边是韦德和裹在毛巾里的婴儿。普莉西也爬进马车里，把婴儿抱在怀中。

马车很小，而且两边车帮的木板也很矮，轮子上面还朝里歪，仿佛只要一动起来就会飞出去。斯佳丽又打量了一眼拉车的那匹马，她的心不由得往下沉。这匹马瘦小得可怜，站在那里无精打采地垂着头，几乎垂到了两条前腿间。马背上被磨得皮开肉绽，而且喘得简直不像匹马。

“这牲口不怎么样，是吧？”瑞特笑着问，“看上去会死在车辕里。但这已经是我能找到的最好的马了。等哪天我会添油加醋地向你描述我是在哪儿如何偷到这匹马的，而且还差点儿挨了枪子儿。我对你的一片痴心才让我在这种时刻去当偷马贼，而且偷到的是这样一匹马。让我扶你上车。”

他从她手中接过灯放在地上。马车前座不过是架在车帮上的一块窄木板。瑞特把斯佳丽整个抱起来，放在木板上。斯佳丽一边把宽大的裙裾掖在身边，一边不禁想到，要是能做一个像瑞特一样强壮的男人该多好啊。有瑞特在身边，她就什么都不怕了，既不怕大火和炮声，也不怕北佬。

瑞特爬上车座，坐在她旁边，拿起了缰绳。

“哦，等一下！”斯佳丽喊道，“我忘记锁前门了。”

瑞特爆发出一阵大笑，挥起鞭子抽在马背上。

“你笑什么？”

“笑你啊，还想把北佬锁在门外。”他说，这时马慢吞吞、不情愿地朝前走了。放在路边的灯还继续亮着，照出一个黄色的小圈，他们越走越远，灯光也越来越微弱。

瑞特赶着那匹跑不快的马离开桃树街向西行驶，摇摇晃晃的马车猛地拐进一条坑坑洼洼的小巷，玫兰妮被颠得不由发出一声低低的呻吟。黑黢黢的树顶交叉纵横，路边的房屋死一般沉寂，房屋的轮廓若隐若现，一排排白色的栅栏像墓碑一样矗立在路旁。狭窄的小巷像条昏暗的隧道，红色发亮的天空只是透过头顶密实的树叶微微渗出，影子像疯狂的鬼怪相互追逐着。烟火的气味变得越来越浓，而且随着滚滚的热浪还从城里传来纷乱的喧嚣——叫喊声、军车沉重的轰隆声、军队行进的咚咚脚步声。瑞特猛地一拽缰绳，把马拉向另一条街，这时又传来一声震耳欲聋的爆炸声，只见西边的天空腾升起一股浓烟烈焰。

“准是在炸最后一辆弹药车，”瑞特镇定地说，“这些傻瓜！他们为什么今天早晨不把它转移走呢！当时时间还很充分。哎，太糟了。我本想绕过市中心，就可以躲开大火和迪凯特街上的那帮醉鬼，顺顺当当从西南角出城。可现在不得不穿过玛丽埃塔街，要是我没猜错，刚才的爆炸就在玛丽埃塔附近。”

“非得……我们非得穿过大火吗？”斯佳丽颤抖地问。

“不一定，不过得抓紧时间。”瑞特说完，从马上跳了下去，消失在一个黑黢黢的院子里。当他回来时，手中拿了根短短的树枝，用它狠狠地抽马背。马开始缓步小跑起来，大口大口喘着粗气，疲惫不堪，马车猛地向前摇晃，她们在车里颠得像爆筒里的玉米花。婴儿呱呱直哭，普莉西和韦德撞在车帮上，疼得叫喊起来。只有玫兰妮什么动静都没有。

快到玛丽埃塔街时，这里树木渐渐稀疏，冲天的火焰在房屋上空燃烧，把街道和房子照得比白昼还亮，投下可怕的影子跳动着缠绕在一起，像行将沉没的船上许多破帆在疾风中乱飘。

斯佳丽的牙齿上下打战，但是她简直吓傻了，什么都感觉不到。尽管炙热的火焰冲她们扑面而来，可她还是觉得冷得发抖。这就像地狱一样，而她正身处其中，要是她的两腿不再颤抖，她一定会跳下马车，尖叫着沿那条黑暗的来路跑回去，躲回佩蒂帕特小姐的屋子。她蜷缩起身子，靠近瑞特，用发抖的手指抓住他的胳膊，抬头看着他，希望他能说点什么让她安慰宽心的话。在可怕的红光的映衬下，瑞特黑色的侧影就像硬币上的头像一样清晰、优美、冷酷、玩世不恭。当斯佳丽碰了碰他后，他转过身来，双眼发光，像大火一样令人害怕。斯佳丽觉得，瑞特看上去既兴奋又自大，仿佛此刻的情形让他获得了巨大的乐趣，他们正一步步走近地狱，他却仿佛向它伸出了欢迎之手。

“听着。”他说，一只手抓住枪带上插的一支长筒手枪，“如果有人跑到马车两边，想爬上来，或者伸手夺马，别管他是白人还是黑人，先冲他开枪再说。不过，看在上帝的份儿上，千万别一时紧张打着马。”

“我……我有枪。”她说，伸手抓紧大腿上放的手枪，可她心里明白，到了生死关头，准会吓得连扳机也扣不住的。

“你有枪？从什么地方弄到的？”

“是查尔斯的。”

“查尔斯？”

“是的，查尔斯，我的丈夫。”

“亲爱的，你真有过一个丈夫吗？”他低声说，轻柔地笑了。

他怎么就不能正经点！怎么不快点！

“你以为我的孩子是怎么有的？”她厉声叫道。

“除了丈夫，还有别的方法……”

“你能不能闭上嘴，赶快走？”

但是他却猛地勒住了缰绳，这时他们马上就到玛丽埃塔街了，马车停在一座没有着火的仓库的阴影里。

“快！”斯佳丽脑袋里就这一个字，快！快！

“有当兵的。”瑞特说。

一支小部队沿玛丽埃塔街走来，他们耷拉着头，以行军的步伐走在两边起火的房屋中间，他们疲惫不堪，扛枪的姿势东倒西歪，既没劲赶路，也不操心左右是否有燃烧的木头掉下来，不注意周围的滚滚浓烟。他们个个衣衫褴褛，连军官和普通士兵都辨认不出来，只是偶尔一顶破烂的军帽上还缝着代表南部邦联的C．S．A三个字母。其中许多人都光着脚，还有几个人用肮脏的绷带绑着头或胳膊。他们就这样朝前走，压根儿不朝左右看，而且一声不响，要不是他们整齐沉重的步伐，倒真像一群幽灵。

“仔细看看吧，”瑞特嘲笑地说，“以后你就可以跟自己的孙子说，当年你看到过为光荣事业而战的后卫是如何撤退的。”

骤然间，斯佳丽痛恨起瑞特来，这种痛恨一时竟压倒了她的恐惧，使恐惧显的卑微渺小。她明白自己和车里人的安全都得依靠瑞特，而且他是大家唯一的依靠，但是她还是不禁要恨他，恨他不该嘲笑那些衣衫褴褛的士兵。她想起了死去的查尔斯和生死不明的阿希礼，以及所有穿灰色军服、意气风发的年轻人，他们现在都可能在简陋的坟墓里化为朽骨。她忘了自己也曾一度把他们当成是傻瓜。她说不出话，但是她恶狠狠瞪着瑞特，目光里充满了痛恨和憎恶。

部队行进到最后一名士兵，那是个殿后的小个子，枪托拖在了地上，东倒西歪的，他停下来，望着其他人，肮脏的脸上面无表情，仿佛是在梦游。这个人跟斯佳丽差不多身材，个子矮得只有步枪那么高，满是尘垢的脸还没长出胡子。斯佳丽脑子里闪过一个不合时宜的念头，他顶多不过十六岁，准是个志愿兵，要么就是个逃学的孩子。

就在她注视的时候，那个男孩的膝盖慢慢弯曲了，倒在了土路上。有两个人从后排出来，一言不发地朝他走去。其中一个又高又瘦，胡子一直留到腰间，他一声不吭地把自己的枪和男孩的步枪交给另一个人，然后蹲下，像变戏法一样把男孩轻松扛在肩上。他跟在撤退队伍的后面慢慢前行，肩膀在重负下稍稍弯曲，那个男孩被激怒了，像个受大人戏弄的小孩，尽管声音虚弱，却放声喊道："放我下来，该死的！放我下来，我自己能走！"

留胡子的人一句话都没说，步履沉重，缓慢地向前走，在路的拐弯处走出了斯佳丽一行的视线。

瑞特一动不动地坐着，松开了手里的缰绳，眼睛追随着这些人，黑黝黝的脸上泛起奇特的忧郁之色。忽然，附近响起一阵木料坠落的断裂声，斯佳丽看到货栈仓库的屋顶上蹿起一条窄窄的火蛇，而她们正歇在这仓库的阴影下。紧接着，她们头顶上的各种旗子像欢庆胜利似的烧了起来，耀眼的火光直冲天空。浓烟呛进了她的鼻孔，韦德和普莉西也开始咳嗽。不过婴儿倒是发出轻微的鼾声。

"哦，天哪，瑞特！你疯了吗？快走！快走！"

瑞特什么也没说，只是狠狠地拿鞭子抽打马背，打得马直向前蹦，竭尽全力拉着他们一颠一簸穿过玛丽埃塔街。他们前面出现一条火的隧道，通往铁路的那条狭窄街道两边，房屋都起火了，而且火势凶猛。他们投身到这一片火海之中。火光比十几个太阳还耀眼，令他们头晕目眩，皮肤被烤得炙热难当，而轰隆声、倒塌声和爆裂声又震得耳朵生疼。似乎他们在火海中的煎熬将永无止境，但是突然间，他们又再次进入一片黑暗中。

他们驾车冲过街道，穿过铁路，瑞特一直机械地挥舞着鞭子。

他看上去表情凝固，而且心不在焉，仿佛已经忘了自己身在何处。他宽阔的肩膀稍向前耸，下巴朝前伸，似乎心里想着什么不高兴的事。大火的高温使得汗从前额和脸颊往下淌，可他也不擦一擦。

他们拐进一条小路，又拐进另一条，又从一条狭窄的街道拐到另一条，就这样在小巷里绕啊绕，最后斯佳丽彻底迷失了方向，而大火也消失在他们身后。瑞特还是一言不发，只是有规律地挥动手中的鞭子。现在天空中红色的光亮已经逐渐消退，路变成一片漆黑，让人害怕。斯佳丽此刻希望瑞特能说话，说点什么都行，哪怕是冷嘲热讽、尖酸刻薄的话也好。但是，他就是不开口。

管他开不开口说话呢，有他在身边，斯佳丽已经感谢上帝了。身边有个男人真好，能够紧紧地靠着他，感觉他胳膊上结实的肌肉，知道有他拦在自己和莫名的恐惧之间，尽管他只不过是坐在那里看着别处。

“哦，瑞特，”斯佳丽低声说，抓紧他的胳膊，“要是没有你我们可不知该怎么办了。我真高兴你没有参军。”

他转过头来看了她一眼，那眼神让斯佳丽放开了他的胳膊，往后缩去。此时他的眼睛里不再有冷嘲热讽。一双眼睛赤裸裸的，充满了愤怒，并带着某种类似狂乱的神情。他的嘴唇往下撇了撇，又把头扭到别处。他们默默地驾车颠簸前行，好长时间都没人说话，只有婴儿微弱的哭泣声和普莉西不停的抽鼻子声打破了寂静。当斯佳丽再也无法忍受普莉西稀里哗啦的抽鼻子声时，她转过身去狠狠地掐了她一把，掐得普莉西使劲尖叫了起来，接着便被吓得一声不发了。

最后，瑞特赶车朝右拐，不一会儿，他们就走上一条比较平坦的宽马路。房屋模糊的形状越来越远，现在周围是些连续不断、密实得像墙一样的矮树丛。

“我们出城了，”瑞特拉住缰绳简短地说，“这条路通往马虎村。”

“快走啊。别停下！”

“也得让马喘口气。”说完，他转过身慢慢地问道：“斯佳丽，你还是决心做这件疯狂的事吗？”

“做什么？”

“你还想回塔拉吗？这简直像是自投罗网。史蒂夫·李将军的骑兵和北佬的军队正好拦在你跟塔拉中间。”

哦，上帝啊！难道在经历了这么可怕的一天后，他打算拒绝送她回家？

“哦，我要回家！我要回家！求求你，瑞特。我们赶快走吧。马并不累。”

“就一分钟。你不能沿着这条路去琼斯博罗，也不能沿着铁路走。这一整天他们都在南边的马虎村一带交战。你还知道有其他路吗？不需要穿过马虎村与琼斯博罗的小道或小巷？”

“有，”斯佳丽松了口气，喊道，“如果我们离马虎村近了，我就能找到一条绕开琼斯博罗主道的小路，这条路要绕几英里。爸爸和我曾经骑马走过。就在麦金托什家附近，那儿离塔拉只有一英里了。”

“好的。你也许能平安地绕过马虎村。史蒂夫·李将军下午的时候还在那里掩护军队撤退。北佬可能还没到那里呢。而且，当你到了那儿，史蒂夫·李手下的人也许不会抢走你的马。”

“我……我到那儿？”

“是的，你。”他口气生硬地说。

“但是，瑞特……你……你难道不打算带我们走吗？”

“不了。我要在这儿跟你们分手。”

斯佳丽狂乱地看了看四周，看着他们身后铁铅色的天空，看着两边像牢狱高墙一般黑黢黢的树丛，看着马车后面几个被吓得魂飞魄散的人影，最后她的目光落在瑞特身上。她自己疯了吗？是不是自己听错了？

现在瑞特笑了起来。在昏暗的光线下，她只能看见他雪白的牙齿，久违的嘲讽又回到了他的眼睛里。

“分手？那——那你去什么地方？”

“亲爱的姑娘，我嘛，要去参军了。”

斯佳丽听了，如释重负地叹了口气，心里又有点气恼。他干吗偏偏选这么个时候开玩笑呢？瑞特要参军！他常说傻瓜才会因为一阵鼓声和演讲家的几句豪言壮语就被骗去送命——傻瓜枉自送命，聪明人坐收渔利。

“哦，我真想掐死你，把我吓成这样！我们继续走吧。”

“我可不是开玩笑，亲爱的。我觉得受到伤害了，斯佳丽，你竟然把我高贵的牺牲精神当作儿戏。你的爱国心哪儿去了？对我们伟大事业的爱哪儿去了？现在是你让我光荣凯旋或战死沙场的时候。但是，要快点儿说，我还要在离开你们参军前进行一场慷慨激昂的演说呢。”

他慢条斯理的话在斯佳丽耳中成了一种嘲讽。他是在嘲笑她，而且她听出来他也在嘲笑自己。他干吗谈什么爱国心、凯旋、慷慨激昂的演说？他可能是认真的。只是他怎么能随便把她留在这么黑黢黢的路上，撇下一个或许已经奄奄一息的产妇、一个刚出生的婴儿、一个傻乎乎的黑丫头和一个被吓破胆的孩子？怎么能让她负责带领他们穿过数英里的战场，那里到处都是掉队的士兵、北佬、大火，老天知道那里还有什么。

有一次，当她只有六岁的时候，她从树上摔了下来，趴在那里动弹不得。她至今还能想起当时恢复呼吸前那种难受的感觉。现在，她看着瑞特的时候，她又有了和当时一样的感觉，呼吸不上来，脑袋昏昏沉沉，而且恶心想吐。

“瑞特，你是在开玩笑！”

她抓住他的胳膊，害怕的泪水扑嗒扑嗒地落在了手腕上。他抬起她的手，轻轻地亲着。

“太自私了吧，亲爱的？只想自己宝贵的身体，怎么不想想我们伟大的邦联。想想由于我在危急时刻出现，我们的军队该受到多大的鼓舞啊！”他的声音里有一点略带恶意的温柔。

“哦，瑞特，”斯佳丽呜咽起来，“你怎么能这样对待我？你为什么要离开我？”“为什么？”瑞特得意地笑了起来，“可能是因为，我们每个南方人身上都隐藏着难免外露的感情冲动吧。也许，我感到羞愧了。谁说得准呢？”

“羞愧？你应该羞愧死的。把我们丢在这里，孤零零无依无靠……”

“亲爱的斯佳丽！你可不是无依无靠。任何像你一样自私而又坚决的人都永远不会无依无靠的。如果北佬抓住你，倒是他们该祈祷上帝保佑了。”

瑞特猛地下了车，斯佳丽目瞪口呆地看着他绕到她坐的这边。

“下来。”他命令道。

她瞪着他。瑞特不客气地伸出胳膊把她抱了下来，放在自己身旁。他紧紧地抓着她，把她连拉带拖地拽到离马车几步之外的地方。斯佳丽感到鞋里的沙土和石砾把脚磨得生疼。周围的闷热与黑暗像梦一样笼罩着她。

“我不指望你能理解或原谅我。我也不在乎你是否能理解或原谅，因为我恐怕永远也不会原谅自己这种愚蠢行为。我也很生气自己如今还摆脱不掉这种不切实际的念头。但是我们亲爱的南方现在需要每一个人。我们勇敢的布朗州长不是这么说的吗？反正我这就去上战场。”瑞特突然笑了起来，笑得那么响亮，那么无所顾忌，在阴森黑暗的树林里激荡起阵阵回声。

“‘若不是我更爱荣誉，亲爱的，我也不会如此爱你。’这诗句现在正用得上，不是吗？至少比我自己此刻能想起来的都更好。因为，尽管上个月那天晚上我在门廊上说过那种话，可我确实很爱你，斯佳丽。”

他慢条斯理的话里满是爱恋，温暖有力的双手沿着斯佳丽的胳膊往上抚摩。“我爱你，斯佳丽，因为我们俩有那么多相似之处，亲爱的，我们俩都叛逆，都是自私的无赖。只要我们能平平安安，过得舒舒服服，即使整个世界崩溃了，我们也毫不在乎。”

他的声音在黑暗中继续，斯佳丽听到了这些话，但是这番话对她毫无意义。她的思绪徒劳地努力接受他要把她一个人留在这里面对北佬这样残酷的事实。她的心里一直说:“他要离开我了。他要离开我了。”但是没有激起任何的感情。

接着他的胳膊搂住了她的腰和肩膀，她感到他大腿上结实的肌肉抵着她的身体，他衣服上的扣子压在她的胸脯上。她全身涌过一阵热浪，感到又狂乱又惊慌，她忘却了身处何地、何时、何种情况。她觉得自己软得像个布娃娃，浑身发热，四肢乏力，无依无助，而靠在他的胳膊上让人那么舒服。

“对上个月我提的建议你不想改主意了吗?没什么比死亡与危险更刺激的了。斯佳丽，有点儿爱国心嘛。想想你是如何让一个士兵在牺牲之前能拥有一段甜蜜的回忆的。”

现在他开始吻她了，他的小胡子蹭着了她的嘴，他的嘴唇滚烫，吻得慢条斯理，仿佛整个夜晚都属于他。查尔斯从来没有这么吻过她。塔尔顿家孪生兄弟和卡尔弗特家兄弟的吻也从来没有让她这样忽热忽冷，浑身发抖。他把她的身体稍稍向后仰，他的嘴唇从她的喉咙向下，滑到紧身衣上的装饰扣。

“亲爱的，”他悄声说，“亲爱的。”

她看到了黑暗中马车模糊的轮廓，听到韦德尖着嗓子喊:

“妈妈，我害怕!”

清醒的意识一下子回到她眩晕恍惚的头脑中，她记起了自己一时间忘记的事情，那就是她自己也感到害怕，瑞特要离开她了，离开她，这个该死的无赖。最主要的是，他厚颜无耻到了极点，竟然用他那个无耻的提议来侮辱她。想到这里，她不禁涌上一阵恶气，挺起了背，猛地一下挣脱出他的怀抱。

“哦，你这个浑蛋!”她不假思索地脱口喊道，努力找出些更脏的词来骂他，就像她爸爸杰拉尔德骂林肯、骂麦金托什一家、骂不听话的骡子那样，但是就是一时找不到词。“你这个下流、胆小、讨厌、肮脏的家伙。”她实在想不出还有什么词，所以抽出胳膊用尽力气狠狠地打了他一耳光。他朝后退了一步，抬手摸了摸脸。

他镇定地“啊”了一声，一时间两个人就这么面对面地站在黑暗中。斯佳丽能够听到他重重的喘息声，以及自己上气不接下气的呼吸声，仿佛刚刚急跑了一阵。

“大家都是对的！人人都是对的！你根本不是绅士！”

“亲爱的姑娘，”瑞特说，“这多乏味啊！”

斯佳丽知道他又笑了，这笑声刺激了她。

“滚！现在就滚！我希望你马上就走。我再也不想见到你了。我希望有颗炮弹正好落在你头上，把你炸成碎片。我……”

“什么也别说了。我会按你的意思去做的。当我为国捐躯的时候，我希望你的良心会让你难受。”

斯佳丽听到他一边转过身朝马车走去，一边还在笑。她看到他站在马车旁，听到他开口说话，语气迥然不同，又客气又尊敬，他和玫兰妮说话时总是这种语气。

“韦尔克斯夫人？”

马车里传来了的回答是普莉西吓坏了的声音。

“上帝啊，是巴特勒船长！玫兰妮小姐在里头昏过去了。”

“她没死吧？她还有呼吸吗？”

“是的，先生，她还在出气呢。”

“这样可能对她更好。如果她有知觉，我倒怀疑她是不是能受得了那样的疼痛。好好照顾她，普莉西。这些钱给你。你已经够笨的了，别干出更傻的事来。”“是的，先生，谢谢你，先生。”

“再见啦，斯佳丽。”

斯佳丽知道他转过身来，面对着自己，但是她没有说话。她已经给气得什么都说不出来了。瑞特两脚踏在鹅卵石地上，有一会儿斯佳丽能看见他的肩膀隐约在黑暗中晃动。他走了。有一段时间斯佳丽能听到他的脚步声，然后它们逐渐消失。她慢慢走回马车，两腿发抖。

他为什么要走，要走进黑暗，走向战场，走向一个已经失败了的事业，走向一个疯狂的世界？他为什么要走？瑞特素爱美酒女色，喜欢佳肴软卧，喜欢穿上等的亚麻和皮衣，他痛恨南方，嘲笑那些为之战斗的傻瓜。而现在他却穿着锃亮的靴子，踏上了苦难的征程，那里饥饿横行，伤痛、疲倦和心碎像不停嚎叫的狼群。而这条路的尽头就是死亡。他本来用不着走。他既安全又富有，完全可以过得舒舒服服。但是他还是走了，把她独自留在伸手不见五指的黑暗中，而且就在她和家之间还隔着北佬的军队。

现在她想起所有想骂他的恶毒的词来了，但是已经太晚了。她把头靠在马儿弯下来的脖子上，哭了。

第二十四章

清晨明亮的阳光从头顶的树叶间照下来，照醒了斯佳丽。斯佳丽的睡姿别扭，浑身麻木，一时记不起自己在什么地方。头顶的阳光照得她睁不开眼，身下硬邦邦的马车厢抵着身体，腿还让沉甸甸的东西压着。她挣扎着坐起来，发现原来压在腿上的重量是枕着她膝盖沉睡的韦德。玫兰妮的光脚几乎挨着她的脸，普莉西蜷缩在马车的座位下，像只黑猫，把婴儿夹在她和韦德两人之间。

斯佳丽把一切都想起来了。她一下子坐起身，匆忙朝四周看。感谢上帝，没有北佬！她们的藏身之地晚上没被人发觉。现在她记起发生的一切了，瑞特的脚步声消失后，漫漫长夜中那段行程简直像噩梦，她们摸黑驾车驶过满是石砾的坑洼小道，马车不时陷进路两边的水沟，恐惧让她和普莉西产生疯狂的气力，竟然将轮子推出了水沟。她心惊胆战地想起，她一听到有士兵接近就把不情愿的马赶到田地或树林里，不知道这些人是敌是友；她还想起，当时要是有人咳嗽一声、打一个喷嚏，或是韦德打嗝都可能会把她们暴露给那些当兵的，为此她曾紧张不安。

哦，当时路上多黑啊，走动的人就像幽灵，谁都不说话，只有行军那种落在柔软土地上重重的脚步声，和马笼头咯噔咯噔的声音，以及皮带绷紧了的吱吱声！有一阵子，马儿不肯再走了，而黑暗中骑兵和拖着轻型大炮的车轰轰隆隆从她们坐的地方驶过，离她们那么近，近得她伸手就能摸得到他们，近得她都能闻到士兵身上发出的臭汗味，她们吓得大气不敢出，真是可怕的一刻啊！

最后她们接近了马虎村，有几处营火依然亮着，史蒂夫·李将军的断后部队正等着撤退的命令。斯佳丽驾车在田地里绕了约一英里，直到身后再也看不见营火。然后，她在黑暗中迷失了方向，她怎么也找不到自己曾经熟悉的小道，忍不住哭了起来。不过，最终还是找到了那条路，马陷进了坑里，怎么也不肯走了，斯佳丽和普莉西两人使劲拽笼头，它也不肯再站起来。

于是斯佳丽只好给马解开缰绳，自己累得浑身大汗，爬到马车后边，舒展开酸痛难忍的两腿。她模模糊糊记得，睡魔合上她的双眼前，玫兰妮虚弱的声音像是道歉又像是乞求，她说："斯佳丽，能给我点儿水吗？"

她当时想回答："没水。"话还没出口，人就已经睡着了。

现在天亮了，四周平静而肃穆，绿荫中点缀着金色的光斑。目之所及没有士兵的影子。斯佳丽又饿又渴，浑身酸痛，腿脚抽筋，她斯佳丽·奥哈拉只有睡在细亚麻床单和最柔软的羽绒床垫上才能休息好，怎么能像个庄稼汉似的睡在硬邦邦的木板上呢？

她在明亮的阳光下眨了阵眼，目光落在玫兰妮身上，一下子吓得喘不上气来。玫兰妮躺着一动不动，面色苍白，斯佳丽以为她一定已经没气了。玫兰妮看上去真像已经断了气，像个死去的老妇人，乱蓬蓬的黑发垂在备受蹂躏的脸庞上。不过她接着看出玫兰妮在微微呼吸，身体上下起伏，这才松了口气，知道玫兰妮挺过了昨天晚上。

斯佳丽用手挡住阳光，向四下里张望。她们显然是在某家人前院里的树下过的夜，因为她面前是一条沙石铺的车道，蜿蜒消失在松柏相夹的大道上。

“哦，这不是马洛里家吗！”斯佳丽想到，一想到即将有朋友帮助，她的心不由乐得狂跳起来。

但是死一般的寂静笼罩着这个种植园。由于马蹄、车轮和人脚在上面来回反复践踏碾压，草坪上的土都被翻了出来，灌木丛和花草被糟蹋得支离破碎。斯佳丽向后面的房子望去，没看见曾经非常熟悉的白色墙板，只有一条长长的花岗岩矩形地基被熏成黑色，两支高高的烟囱上让烟熏黑的砖块伸向烤焦的静止树叶中。

斯佳丽颤抖着深吸了一口气。塔拉会不会也跟这儿一样，被夷为平地，笼罩在死一般的寂静中呢？

“我现在可不能这么想。”她连忙对自己说，“我绝不能这么想。要不然我又要害怕了。”她的心跳不由自主加快了，而且跳得怦怦直响，每跳一下都像打雷似的。“回家！快！回家！快！”

要回家必须动身赶路。但首先必须找点吃的和水，尤其是找水。她把普莉西推醒。普莉西朝四下里张望，两眼骨碌碌直转。

“上帝啊，斯佳丽小姐，我以为醒来的时候我们准会到天国呢。”

“你离那儿还远着呢。”斯佳丽说，抬手捋捋自己蓬乱的头发。她的脸上湿乎乎的，身上也汗湿了。她感到自己的模样又脏又乱，甚至有点臭烘烘的。因为穿着衣服睡觉，衣服被压得皱巴巴的，斯佳丽这辈子从未感到过像现在这么累，浑身从没有这么酸痛过。由于昨天晚上用力过度，身上的肌肉痛得厉害，她以前都不知道自己还有肌肉，现在每动一下都疼得要命。

斯佳丽低头看了看玫兰妮，玫兰妮的黑眼睛睁开了。这双眼睛看上去病恹恹的，因为发着烧看上去亮晶晶的，深陷的眼眶下眼袋黑黑的。她张开干枯的双唇，低声请求道：“水。”

“快起来，普莉西。”斯佳丽命令道，“我们到井那儿去打点水。”

“可是，斯佳丽小姐，那儿会有鬼魂。说不定有什么人死在那儿呢。”

“如果你不从车上给我下来，我就把你变成个鬼。”斯佳丽威胁道，她可没心情跟她讲道理，自己也一瘸一拐下了车。

这时候她想起了那匹马。上帝啊！要是马在晚上已经死了可怎么办！昨晚上斯佳丽给它解缰绳的时候，它看上去已经不行了。她绕过车，看到马侧身躺着。要是马死了，斯佳丽可要诅咒上帝，然后自己也倒地而死。圣经里不是就有人这么做吗，诅咒上帝，自己也倒地而死。她如今知道那人的感觉。不过马还活着——重重地喘着气，眼睛半闭着，不过还活着。可能喂点水，对它也有帮助。

普莉西从车上爬下来，她老大的不情愿，嘟囔个没完，胆战心惊地跟在斯佳丽后面，走上那条林荫道。废墟背后，一排粉刷成白色的黑奴棚屋寂然无声，在层层树荫下十分寂寥。在黑奴棚屋和烧焦的房基之间她们找到口井，上面的遮棚还在，桶在井下老远挂着。斯佳丽和普莉西俩合力绞动绳索，当水桶装着清凉的井水从黑乎乎的井下吊上来时，斯佳丽把桶斜凑在嘴边，咕嘟咕嘟开怀痛饮，把全身都弄湿了。

斯佳丽就这么喝啊喝，直到普莉西壮起胆说：“哦，我也渴哩，斯佳丽小姐。”这才让她想起别人也需要水喝。

“解开绳子，把桶拎到马车那儿去，给他们也喝一点。然后把剩下的水喂马。你是不是觉得玫兰妮小姐该喂孩子了？他一定饿了。”

“天啊，斯佳丽小姐，玫兰妮小姐没奶——她不会有奶喂孩子的。”

“你怎么知道？”

“像她这样的我可见得多啦。”

“别跟我这儿装腔作势。昨天你还对婴儿一窍不通呢。现在，动作快点。我去找点吃的东西。”

斯佳丽找了半天毫无收获，最后在果园里找到几只苹果。在她以前有士兵已经来过，树上的果子已经给摘光了。她在地上发现几个，几乎都要烂了。她挑了几个最好的，用裙子兜着，穿过软土地往回走，不断有小石子往鞋里灌。昨天晚上干吗没想到换双结实的鞋子呢？怎么没记着戴上她的太阳帽呢？为什么没带点吃的东西？她就像个傻瓜一样。但是，当然了，她当时以为瑞特会照顾她们呢。

瑞特！她呸地朝地上唾了一口，一想到这个名字就觉得不是滋味。她恨死他了！他真是太可耻了！而她竟然站在那里让他亲吻——而且还很喜欢。昨晚她一定是疯了。他真是太可恶了！

回到马车跟前，她给大家分了苹果，把剩下的几个扔到车厢后面。现在马站起来了，可是水似乎没让它恢复多少体力。它在白天看起来比昨晚更惨。它的屁股像只老牛似的朝后撅，肋骨像搓板，背上满是伤痕。给它套上缰绳的时候，斯佳丽都不敢碰着它。往它嘴里塞马嚼子的时候，她发现它一颗牙都没有了。真是老掉牙啦。瑞特偷马的时候，怎么不偷匹好点的？

斯佳丽爬上驾车座，用根胡桃树枝抽打马背。马艰难地喘息着开始朝前走，斯佳丽把它赶上了路，它走得实在太慢了，斯佳丽觉得自己步行也能不费吹灰之力超过它。唉，要是没有玫兰妮、韦德、那个婴儿和普莉西拖后腿就好了。她自己走着回家该有多快啊！哦，她干吗不跑着回家，跑着一步步离塔拉和妈妈更近。

她们离家不到十五英里了，但是照这匹老马的速度还得走一天才成，因为她得让它不时歇一歇。一整天！她低头看着耀眼的红土路，路上满是炮车和急救车轧出的坑坑洼洼，也就是说要知道塔拉是否还完好、妈妈是不是还在家，必须再等好几小时。她还得在九月酷热的太阳下再走好几小时。

她朝后看了看玫兰妮，玫兰妮躺在那里病恹恹的，双眼紧闭，避免晒着，斯佳丽扯开帽带，把帽子扔给普莉西。

“罩着她的脸。这样太阳就不会照着她的眼睛了。”这样，斯佳丽毫无遮拦的头就暴露在炎炎的烈日下，她不禁想：“这么一天下来，我准会晒得像颗珍珠鸡蛋一样，长出满脸的雀斑。”

她这辈子还从来没有不戴帽子或面纱在阳光下待过，也从来没有不戴手套握过缰绳，她那双尽是小圆窝窝的双手和雪白的皮肤从来都受到仔细的保护。而此时此地，她却赶着一匹老马，拉的车破得要散架，暴露在太阳之下，浑身肮脏、满身汗臭、饥饿难当，除了像只蜗牛一样在一片荒芜的土地上慢慢爬行以外，没别的办法可想。不过短短几个星期前，她还过着那么安全稳定的生活！不久之前，她和其他所有人还都以为亚特兰大永远都不会失陷，佐治亚州永远都不会被占领。但是四个月前出现的一朵小小的云彩酝酿成了一场猛烈的风暴，继而酿成一场狂呼怒吼的龙卷风，将她的世界横扫而去，她自己也被抛出安乐窝，扔在这片漫无人烟、鬼怪出没的荒凉之地。

塔拉是否依然如故？还是被这场横扫佐治亚的风暴席卷而去了？

她用鞭子抽着马背，催它朝前快走，来回摇摆的车轮却让她们像醉汉一样，摇摇晃晃地朝前驶去。

空气中充满了死的气息。在傍晚的阳光下，斯佳丽熟悉的田野和树林绿油油、静悄悄的，这种非尘世的寂静让斯佳丽心中感到阵阵恐惧。她们那天经过的每一所墙壁斑驳的空荡荡屋子，看到每片熏黑的废墟上竖立着孤零零像站岗一样的烟囱，都增加了斯佳丽心中的恐惧。自从前一天晚上起，她们没有看到一个活人和牲畜。见到的都是死人、死马、死骡子，倒在地上，腐烂浮肿，爬满了苍蝇，就是没有活人，也没有活动物。没有远处的牛吟，鸟叫，甚至没有微风吹动树枝。只有啪嗒啪嗒疲惫的马蹄声和玫兰妮的婴儿轻声啼哭打破这片寂静。

乡村景象仿佛中了可怕的魔法。或者比这还糟，它就像一位母亲熟悉可亲的脸，经历过临终前的痛苦后，最终恢复了平静和美丽。斯佳丽想到这儿，不禁打了一个寒战。她觉得曾经熟悉的树林里到处游荡着鬼魂。成千上万的人在琼斯博罗附近的战斗中死去。他们的鬼魂就在这片树林里游荡，西斜的阳光怪异地穿过一动不动的树叶，仿佛鬼魂不论敌友都在朝马车里窥视，朝她窥视，他们的眼睛都蒙着一层鲜血和红土，目光呆滞，令人恐惧。

“妈妈！妈妈！”她低声喊道。但愿她能回到埃伦身边！但愿能够出现奇迹，让塔拉安然无恙，她可以赶着车驶过林荫车道，走进屋子，看到母亲那张和蔼温柔的脸，再次让妈妈那双能赶走恐惧的手抚摩自己，而她就抓着埃伦的裙子，把头埋进裙子里。妈妈知道该怎么做。她不会让玫兰妮和婴儿死的。她会“嘘，嘘”地赶走一切鬼魂和恐惧。但是妈妈生病了，可能已经奄奄一息了。

斯佳丽朝有气无力的马屁股上抽了一鞭。他们得赶快走！他们已经在这条没有尽头的路上爬行了整整一天，这是漫长而炎热的一天。夜晚即将降临，她们又将孤零零留在荒野上，那将意味着死亡。斯佳丽的双手已经满是水泡，她把缰绳握得更紧些，使劲抽打马背，这么一动，她本来已经酸痛的胳膊疼得像火烧一样。

但愿她能投入塔拉和埃伦的怀抱，卸下这些远非她年轻的肩膀所能承担的包袱——生命垂危的产妇、奄奄一息的婴儿、她自己饥饿的小孩和惊慌失措的黑奴，她们都指望从她这里寻求力量，寻求指引，她们都在她挺直的身躯中获得勇气和力量，而实际上她自己并不具备这种勇气，她的力量也早已消耗殆尽了。

筋疲力尽的马对鞭子和缰绳已经没有任何反应了，仍然摇摇晃晃地蹒跚而行，不时地被小石子磕绊一下，踉踉跄跄仿佛马上就要摔倒。不过，当黄昏降临时她们漫长的行程已经到了最后阶段。她们的马车在小路上拐过一个弯，拐上了主路。到塔拉只剩下一英里的路了！

前面隐约可见的黑黢黢桑橙树篱是麦金托什家地界的边缘。又往前走了一会儿，斯佳丽在一条两边是橡树的大道前拉住了缰绳，这条路通向老安古斯·麦金托什家的房子。她透过越来越重的暮色从两排古树间望去。到处一片黑暗。房子里和棚子里一丝光亮都没有。黑暗中，斯佳丽使劲睁大眼睛搜索，经过这么可怕的一天后，她似乎隐约辨认出熟悉的景象——两只高高的烟囱像墓碑一样矗立在已是废墟的二层楼上，破碎的窗子在墙上留下一个个黑窟窿，像盲人呆滞的眼睛。

“喂！”斯佳丽使出全身气力喊道，“喂！”

普莉西慌得伸手抓住斯佳丽，斯佳丽转过身，见普莉西的眼睛骨碌碌直转。

“别‘喂’了，斯佳丽小姐！求求你，别喊‘喂’了！”她低声颤抖地说，“还不知道回答我们的会是什么呢！”

“哦，上帝啊！”斯佳丽这么一思量，身上一阵战栗。“我的上帝啊！普莉西是对的。从这里什么东西都可能跑出来！”

她抖动缰绳，催马前行。麦金托什家的景象使她剩下的最后一点希望也破灭了。房子和她这一天早些时候路过的庄园一样，被烧成一片废墟，已经人去楼空了。塔拉只有半英里路之遥，而且也在这条路上，在军队的必经之路上。塔拉也被夷为平地了！她只会看到熏黑的砖块，还有星光照在没有屋顶的墙壁上，埃伦和杰拉尔德已经走了，妹妹们走了，黑妈妈走了，所有的黑人都走了。而且天知道他们去哪儿了，到处都只有这死一般的寂静。

她为什么非要不按常理，拖着玫兰妮和婴儿逃难呢？与其在烈日的酷晒下和颠簸的马车里折磨这么一天，最后死在荒无人烟的塔拉的废墟上，还不如留在亚特兰大城里等死呢。

但是阿希礼把玫兰妮托付给她照料。“照顾好她。”那美丽而令人心碎的一天，他亲吻她跟她道别，随后便一去无音讯！“你好好照顾她，好吗？答应我！”她答应了。如今阿希礼已经不在了，她为什么要让这个承诺加倍束缚自己呢？即使是累得筋疲力尽的时候，她还是痛恨玫兰妮，痛恨婴儿那打破寂静越来越微弱的哭泣声。但是她许下了诺言，现在他们都要由她管，就像韦德和普莉西归她管一样，只要她还有力气，还有一口气，就要为他们拼命斗争。她本可以把他们留在亚特兰大，把玫兰妮扔在医院不管，但是她要是这么做了，无论是在这个世界还是在阴间，她都永远无法面对阿希礼，她没法告诉阿希礼她把他的妻子和孩子扔下不管，听任他们死在陌生人中间。

哦，阿希礼！当她和他的妻儿在这条鬼影憧憧的路上艰难前行时，他在什么地方？他还活着吗？他躺在罗克艾兰监狱里是否还在思念着她斯佳丽？或者他已经在数月前死于天花，如今正和成百上千名邦联士兵一起在沟壑里腐烂？

突然，附近草丛中有个响声，几乎把斯佳丽绷紧的神经吓断。普莉西放声尖叫，吓得爬在马车上，把婴儿压在身下。玫兰妮虚弱地动了动身子，伸手想找孩子，韦德捂住眼睛，缩成一团，吓得连喊都不敢喊。然后，附近的草在笨重的蹄子下分向两边，一声低沉的吼叫灌进他们耳朵里。

“不过是条母牛而已。”斯佳丽说道，她的声音也由于惊慌变得沙哑了。“别犯傻了，普莉西。你都把孩子压坏了，还把玫兰妮小姐和韦德吓得够呛。”

“那是鬼。”普莉西抽搭地说，仍然把脸埋在马车里。

斯佳丽慢慢转过身，举起一直当作马鞭使的树枝抽在普莉西身上。她自己实在太疲惫，而且恐惧让她变得虚弱，再也忍受不了别人的脆弱。

“坐起来，你这个傻瓜，”她说，“免得我把鞭子在你身上打断。”

普莉西哭喊着抬起头，偷偷地朝马车边看，发现果然是头红白相间的母牛，站在那里睁着一双受惊的大眼睛可怜巴巴地望着他们。母牛又张开嘴，像是喊疼似的又叫了一声。

“它是不是哪儿在疼？这声音不像普通的牛叫。”

“我听着好像是它的奶胀哩，它需要有人给挤奶哩。”普莉西多少恢复了一点意识，“这大概是麦金托什家的牛吧，他一定是让黑人把牛赶到树林里，所以没有给北佬抓去。”

“那我们带它走。”斯佳丽立刻做出决定，“然后我们就有奶给婴儿吃了。”

“我们可怎么带牛呀，斯佳丽小姐？我们带不走牛的。而且好长时间没有给挤奶的牛也没有什么用。它的奶子都快给胀破了。所以它才叫个不停。”

“既然你这么在行，那你就脱掉衬裙，撕成条系起来，把它拴在车后。”

“斯佳丽小姐，你知道我已经一个月没穿过衬裙了，就算有也不会白白给牛用。我从来没跟牛打过交道，我怕牛怕得要死哩。”

斯佳丽放下缰绳，撩起裙子。镶着花边的衬裙是她剩下唯一还算漂亮也是唯一完好的衣裳了。她解开背心的带子，褪到脚上，用手压平柔软的亚麻褶边。这是瑞特偷越封锁线的最后一船货带回来的，是瑞特专门从拿骚给她买的亚麻衣料和花边，她缝了一个星期才做好这件衣服。可她坚决抓住裙边使劲拽，还放进嘴里用牙咬，直到衣料哗地被撕开个口子，撕成长长的一条。她狠命地咬，用两只手一起撕扯，衬裙在她手中变成一段一段布条。她的手指都磨出血了，而且还累得发抖，但她还是用手把这些布条接起来。

“把这个套在牛角上。”她吩咐道。但是普莉西畏缩不前。

“我对牛怕得要死哩，斯佳丽小姐。我从来也没跟牛打过交道。我不是种地的黑鬼，我是屋子里的使唤丫头。”

“你是个傻得要命的黑鬼。爸爸干的最糟糕的一件事就是买了你。”斯佳丽慢条斯理地说，她已经累得生不起气来了。“我要是能抬起胳膊，一定狠狠抽你一顿。”

“哦，我也说‘黑鬼’了，要是让妈妈听了一定会不高兴的。”斯佳丽不禁想到。

普莉西拼命转动眼珠子，先是偷瞧一眼女主人拉下的脸，然后又看看哀号的母牛。这两者相比之下，还是斯佳丽看起来安全些，所以普莉西抓着车帮，一动不动。

斯佳丽僵硬地从马车座位上爬下来，每动一下，肌肉都会被牵得生疼。并不是普莉西一个人对牛“怕得要死”。斯佳丽从来就怕牛，即使是最温驯的母牛在她看来也像是凶神恶煞，但是如今种种巨大的恐惧像乌云一样笼罩在她头顶的时候，没时间屈服于这种芝麻大的小恐惧。幸亏这头牛脾气温和。它身上疼痛正向人类寻求陪伴和帮助，斯佳丽拿着衬裙做的绳索向它的角套去，它没有任何威胁动作。斯佳丽用已不听使唤的指头尽可能牢固地把绳子的另一端系到马车后。然后她自己转身准备走回车座，这时一阵巨大的疲惫向她袭来，她身子左右摇摆，她赶快抓住车帮，以免摔倒。

玫兰妮睁开眼，看到斯佳丽站在她身边，便低声问：“亲爱的，我们到家了吗？”

家！听到这个字，两行热泪涌上斯佳丽的眼睛。家！玫兰妮还不知道家没有了，她们孤零零留在一个狂乱的世界里，举目无亲。

“不，还没到呢。”斯佳丽的嗓子哽咽了，她尽量温柔地说，“不过我们很快就到了。我刚刚找到头母牛，你和孩子很快就有奶喝了。”

“我可怜的孩子。”玫兰妮低声说，她伸出一只虚弱的手慢慢伸过去想摸孩子，可是没够着。

斯佳丽使出浑身力气才爬上马车，一坐回去，就立刻抓起缰绳和马鞭。马儿低着头，没精打采地站在那里，不想举步。斯佳丽狠心挥动鞭子。她希望上帝能原谅她这样伤害一匹疲倦不堪的生灵。即使上帝不原谅她，她也不会感到抱歉。毕竟，塔拉就在前面，再走四分之一英里就到了，马要是在车辕里倒下，就让它倒下吧。

马终于缓慢地迈开步子，马车吱扭吱扭作响，那头母牛每走一步就哞哞叫一声。牲畜痛苦的叫声折磨着斯佳丽的神经，直到她都想要停下车去解开它的绳子。如果塔拉空无一人，这头母牛对她们有什么用呢？她自己不会挤牛奶，而且即使她会，那牛十有八九也会朝碰它酸胀乳房的人撂一蹄子。但是她既然已经有了这头牛，那她最好还是留着它。如今她在这个世界上几乎是一无所有了。

当她们最终到达一个小斜坡的底下时，斯佳丽的眼睛变得模糊了，过了这道坡就是塔拉了！紧接着，斯佳丽的心不由下沉。这匹衰弱的老马是无论如何也爬不上这个坡的。在以前，斯佳丽骑着她那匹快腿小母马疾驰而上的时候，这个坡显得是那么微不足道，那么徐缓。她简直不能相信从上次见它以来，这个坡会变得这么陡峭。老马拉着那么重的车，绝不可能爬上去。

斯佳丽拖着疲惫的身子下了车，伸手拉住马笼头。

“下来，普莉西，”她命令道，“让韦德也下来。要么抱着他，要么让他自己走。把婴儿放在玫兰妮小姐身边。”

韦德抽抽搭搭地哭了起来，斯佳丽从他的啜泣中听得出他在说：“黑……黑……韦德害怕！”

“斯佳丽小姐，我走不动。我的脚给磨出了泡，鞋也磨坏了，而且我跟韦德也没多重，要不……”

“下来！要不我就把你拖下来！到那时候我可要把你一个人留在这个黑黢黢的地方。快下车，快！”

普莉西呜咽起来，偷眼瞧瞧路两边黑黢黢的树木，如果她下了马车，这些树仿佛会伸出手来抓走她。但是她还是把婴儿放在玫兰妮身边，爬下了马车，然后又伸手把韦德抱了出来。韦德缩在他的小保姆身边，仍旧不停地抽噎。

“让他别哭了。我真受不了。”斯佳丽一边说，一边拉着笼头，让马勉强起步。“韦德，做个男子汉，别哭了，要不我这就过去扇你个嘴巴。”

斯佳丽的脚脖子在黑黢黢的路上扭得生疼，于是她恶狠狠地想上帝干吗要创造出小孩来呢——又帮不上人的忙，总哭哭啼啼惹人讨厌，而且还总是要人照顾、碍手碍脚。当她筋疲力尽的时候，根本顾不上同情吓坏了的小孩，韦德被普莉西拽在身边，一边小跑，一边抽鼻子，斯佳丽觉得生下他只是徒增烦恼，而且她生出了一种困惑——自己怎么会嫁给查尔斯·汉密尔顿？

“斯佳丽小姐，”普莉西一面低声说，一面抓住了女主人的胳膊，“我们还是别去塔拉了吧。他们都不在那儿了。他们都走了。说不定他们都死了——妈妈和所有的人都死了。”

听普莉西说出自己心中的想法，斯佳丽勃然大怒，她甩开普莉西的手。

“那让我拉着韦德。你就坐在这里一直待着吧。”

“不，小姐！不，小姐！”

“那就闭嘴！”

马走得多慢啊！从它嘴里流出的口水滴在斯佳丽的手上。她的脑海中响起了以前曾经和瑞特一起唱过的一首歌，她只记得一句词其余的都想不起来了：

累人的重担，还得再熬几天……

“还得再熬几步，”斯佳丽在心里一遍遍地唱，“累人的重担，还得再熬几步。”

她们终于登上了坡顶，前面就是塔拉庄园的橡树林，黑压压的一片耸立在越来越黑的天空下。斯佳丽慌忙远眺，看有没有灯光。但是一点光都没有。

“他们走了！”她心里暗说，胸中像是压了一块冷冰冰的铅。“走了！”

她将马头转向通往房子的车道，头顶上方树冠相连的衫树将她们笼罩在午夜一般的黑暗中。斯佳丽使劲从这条黑暗的隧道中看去，她看到前面——她真的看到了吗？是不是她疲劳的双眼看走眼了？朦胧中她看到塔拉庄园白色的砖墙。家！家！亲爱的白色砖墙，飘动的窗帘，宽阔的门廊——难道这一切都在前面的幽暗中？还是怜悯的夜色隐藏起与麦金托什家一样骇人的景象？

通往家的车道仿佛有数英里之遥，尽管斯佳丽使劲用手牵着马朝前走，但是马的步伐还是越来越慢了。斯佳丽的眼睛在黑暗中努力搜索。房子的屋顶似乎还是完整的。是真的呢，还是……不，这不可能。战争不会放过任何东西，即使能够屹立五百年的塔拉也不会例外。战争不可能放过塔拉的。

慢慢地，朦朦胧胧的轮廓开始化作具体的形状。斯佳丽牵着马加快了脚步。透过黑暗，白色的砖墙确实在那里，而且并没有被烟熏黑。塔拉庄园逃过劫难了！家啊！斯佳丽扔下马笼头，跑完最后几步，朝前扑过去，迫不及待地要把墙拥抱在怀里。此刻，她看到一个模糊的影子出现在漆黑的门廊，站在台阶上。塔拉并非一座空宅。家里有人！

从她喉咙里涌上一声欢呼，但是却没有发出声来。屋子里太黑太安静了，那个影子既没动也没喊她的名字。什么地方出岔子了？什么地方出岔子了？塔拉虽然安然无恙地矗立在那里，但是却笼罩着和遭了难的整个乡间同样的怪异的寂静。接着那个影子动了。他僵硬而缓慢地走下了台阶。

“爸？”斯佳丽沙哑地轻轻叫了一声，她几乎不相信真是他。“是我，凯蒂·斯佳丽。我回家来了。”

杰拉尔德朝斯佳丽走了过来，安静得像个梦游者，拖着一条僵硬的腿。他走到斯佳丽面前，眼神迷离恍惚，仿佛觉得斯佳丽是梦中景象的一部分。他伸出一只手放在斯佳丽肩上。斯佳丽感到这只手在颤抖，颤抖得仿佛他从一场噩梦中惊醒，还处于半梦半醒之间。

“女儿，”他费力地说，“女儿。”

说完，他便不作声了。

“怎么……他怎么老成这样了！”斯佳丽想到。

杰拉尔德的肩膀佝偻了。斯佳丽看不清他的脸，但是杰拉尔德以前那种意气风发、精力充沛的劲儿已经荡然无存，那双盯着斯佳丽的眼睛几乎和小韦德一样充满了恐惧。如今他已经成了个小老头，彻底垮了。

一下子，对许多事情一无所知的恐惧从黑暗中“呼”地跳了出来，摄住了斯佳丽，她只能站在那里，看着杰拉尔德，一连串的问题涌上嘴边，却又说不出口。

从马车上又传来微弱的啼哭声，杰拉尔德似乎努力让自己振作起来。

“那是玫兰妮和她的孩子，”斯佳丽轻轻地很快说道，“她病得很厉害——我就把她带回家来了。”

杰拉尔德把手从斯佳丽肩膀上拿下来，挺直了肩膀。他慢慢地走向马车时，显出昔日塔拉庄园老主人欢迎客人的模样，但是如今却只有幽灵般一个空壳，而且仿佛他说的话也是从模糊的记忆中挖掘出来的。

“玫兰妮，我的侄女！”

玫兰妮的声音含糊不清，低声作答。

“玫兰妮侄女，这就是你的家。十二橡树庄园已经被烧了。你得跟我们待在一起。”

想到玫兰妮连续吃了那么多苦，斯佳丽必须得采取行动。她又回到了现实中，必须把玫兰妮和婴儿放到一张柔软的床上，还得为她做那些能够完成的琐碎的事情。

“她得有人抬，她没法走路。”

这时响起一阵拖着脚走路的声音，然后一个黑色的人影出现在前厅的门洞。波克跑下了台阶。

“斯佳丽小姐！哦，斯佳丽小姐！“他放声喊着。

斯佳丽紧紧抓住他。波克是塔拉不可分割的一部分，就像这白砖和凉亭一样令人感到亲切！波克笨拙地拍着斯佳丽，一边哭着说：“真是太高兴了，你回来了！真是太……”她感到他的眼泪滴在了她的手上。

普莉西也放声哭了起来，一边语无伦次地咕囔：“波克！波克！亲爹呀！小韦德见大人们都哭了，也壮着胆开始抽噎：“韦德渴！”

斯佳丽指挥大家。

“玫兰妮小姐和婴儿还在马车上。波克，你得非常小心地把她抬到楼上，安顿到后面的客房。普莉西抱着小宝宝，带着韦德进屋去，给韦德倒杯水喝。波克，黑妈妈在家吗？告诉她我需要她。”

斯佳丽一副命令口吻，波克顺从地走到马车旁，在后车板上小心摸索着，把玫兰妮半抱半拖从她躺了数十小时的羽绒被上托起来，玫兰妮呻吟了几声，波克有力的臂膀把她抱住，她的头像个小孩似的垂在他的肩膀上。普莉西抱着婴儿，拉着韦德，跟在他们身后走上宽阔的台阶，消失在漆黑的走廊里。

斯佳丽伸出淌血的手指，急忙抓住父亲的手。

“她们都好点吗，爸？”

“闺女们都快好了。”

两人一时没说话，沉默中，一个可怕的念头让人不敢说出来。她不敢开口，不敢说出口。她咽了口唾沫，接着又吞咽了一下，忽然觉得口干舌燥，仿佛喉咙给堵死了。塔拉寂静得让人恐惧，难道这个谜底就是母亲？这时候，杰拉尔德开口了，好像在回答她心中的疑问。

“你母亲……”他一开口就停顿下来。

“母亲？”

“你母亲昨天死了。”

斯佳丽紧紧搀着杰拉尔德的胳膊，摸索着走进宽敞的走廊，里面一片漆黑，但斯佳丽对它了如指掌。她绕过一把把高背椅，躲开空荡荡的枪架，从香炉腿旧橱柜旁经过，凭直觉走进房子后面那间小账房。以前埃伦总是坐在那里，没完没了地算账。斯佳丽确信，她走进那间屋子，妈妈一定还坐在写字台前，她会抬起头，停下手中的羽毛笔，带着馥郁的芳香站起身，迎接旅途劳顿的女儿。尽管爸爸像只学舌的鹦鹉一遍又一遍反复说：“她昨天死了……她昨天死了……她昨天死了。”可埃伦不会死。

奇怪的是，她这会儿什么感觉都没有了，只觉得浑身疲惫，四肢像绑着沉重的铁链，还觉得饿，饿得两腿瑟瑟发抖。待会儿再去想妈妈吧。现在她得先把妈妈撇在脑后，否则她准会像杰拉尔德那样，变得痴痴呆呆，要么就像韦德似的哭个没完没了。

波克从宽阔的楼梯上摸黑朝他们走来，像只怕冷的野兽奔向火堆似的，急匆匆来到斯佳丽身边。

“灯呢？”斯佳丽问道，“屋里干吗这么黑，波克？拿蜡烛来。”

“他们把蜡烛都拿走了，斯佳丽小姐，只剩了一截我们晚上找东西才用，也快用完了。黑妈妈把布条捻成灯绳浸泡在一盆猪油里当灯使，用来服侍卡丽恩小姐和苏埃伦小姐。”

“把那截剩下的蜡烛拿来，”斯佳丽命令，“把它拿到妈妈的……拿到账房来。”

波克啪嗒啪嗒走进餐厅，斯佳丽摸索着走进那间漆黑的小屋，颓然倒在沙发上。她父亲的手臂仍然挎在她的胳膊上，像天真的孩子或年迈的老人那样无能为力，把自己交付给别人，处处指望别人帮助。

“他老了，又老又乏。”斯佳丽又一次这么想道，可她暗自觉得奇怪，自己对此竟然无动于衷。

一簇光亮摇曳着投进屋里，波克走进屋子，手中高举半支粘在碟子上的蜡烛。黑暗的巢穴有了生气：他们身下塌陷的沙发、高耸的写字台仿佛能挨住天花板、写字台前面妈妈那把精雕细琢的椅子、一排排分类格里仍然装满了妈妈用娟秀的字体书写的文件、地上的旧地毯——一切都保持着原样，只是埃伦不在了，再闻不到她身上那种淡淡的美人樱香袋散发的清香，再看不见她那吊梢眼了。斯佳丽感到心里隐隐作痛，仿佛一道深深的伤口让神经都变得麻木，麻木的神经在顽强挣扎，要恢复感觉。但她现在不能纵情悲哀，这辈子来日方长，有的是时间痛定思痛。但是，现在不行！上帝啊，现在千万别让我失声痛哭！

斯佳丽望着杰拉尔德油灰色的脸孔，她平生头一回发现他没刮胡子，一向红润的脸上长满了银灰色的胡子楂儿。波克把蜡烛放在蜡台上，走到斯佳丽身边。斯佳丽觉得，假如波克是只狗，准会把嘴搭在她腿上，然后呜呜叫着要人抚摩它的头。

“波克，这儿还有多少黑人？“

“斯佳丽小姐，那些狼心狗肺的黑鬼们都跑了，有的还是跟北佬跑了的，也有的……”

“那剩下多少？”

“就我，斯佳丽小姐，还有黑妈妈。她整天都在服侍两位年轻的小姐。还有迪尔西，她现在正在楼上和两位小姐在一起。就我们三个，斯佳丽小姐。”

原先一百多个黑人，现在“就我们三个”。斯佳丽费力地扭动酸痛的脖子，把头抬了起来。她知道自己必须要保持平和的语气。让她自己都奇怪的是，她的话听起来既从容又自然，仿佛从来没有过战争，而自己好像招招手就会有十来个黑奴过来服侍。

“波克，我饿了。家里有什么吃的吗？”

“没有，小姐。全都给他们拿走了。”

“那么菜园呢？”

“他们把马放到菜园里去了。”

“难道连种在山坡的红薯也没了？”

波克厚厚的嘴唇掠过一丝得意的笑容。

“斯佳丽小姐，我把红薯给忘了。我想它们一定还在呢。那些北佬从来没种过地，把那当成草根了……”

“月亮就要出来了。你出去给我们挖点烤来吃。没有玉米面？没有一点儿干豆子？没有鸡？”

“没有，小姐。没有，小姐。他们在这儿没吃完的鸡，都拴在马鞍上给带走了。”

他们……他们……他们……“他们”干的事儿到底有完没完？杀人放火还嫌不够？他们打劫一空不说，还想把当地的妇女、儿童和可怜的黑人统统饿死？

“斯佳丽小姐，我们还有些苹果，黑妈妈给藏在地窖里了。我们今天吃的就是苹果。”

“那你挖红薯前先拿几个过来吧。波克，我……我……头晕得厉害。酒窖里还有酒吗？哪怕有点黑莓酒也好。”

“哦，斯佳丽小姐，酒窖可是他们先去的地方。”

饥饿、睡眠不足、筋疲力尽和沉重的打击混合在一起向斯佳丽袭来，她感到一阵恶心，不得不紧紧抓住雕刻成玫瑰状的沙发扶手。

“没有酒。”她闷闷地说，想起以前酒窖里堆放着一排排看不到尽头的酒瓶。突然，她的记忆萌动了。

“波克，爸埋在葡萄架下装在橡木桶里的玉米威士忌呢？”

又一丝微笑掠过波克黑黝黝的脸，笑容中包含着高兴和钦佩。

“斯佳丽小姐，你真是了不起的孩子！我早就把那桶酒忘得一干二净了。但是，斯佳丽小姐，那种威士忌不好喝。它才埋了不到一年，而且小姐们也不适合喝威士忌啊。”

黑人就是傻！他们自己永远都不会动脑子想，总得别人告诉他们该怎么做。北佬竟然要解放他们。

“这会儿小姐正需要呢，爸爸也要。快去吧，波克，把它挖出来，给我们拿两个杯子、一点儿薄荷和糖，我来调一杯凉薄荷酒。”

波克脸上出现了责备的神情。

“斯佳丽小姐，你知道，塔拉庄园已经很长时间没糖了。他们的马把所有的薄荷都吃光了，杯子也都让他们砸了。”

“如果他再说一次‘他们’，我就要尖叫了。我再也受不了啦。”斯佳丽自忖道。接着她说：“好吧，那就快去把威士忌取来，要快。我们就喝不加薄荷不加糖的。”波克刚转过身，她又说：“等一下，波克。要做的事太多了，我都理不出个头绪了……哦，对了，我带回一匹马和一头母牛。无论如何想办法把牛养起来。玫兰妮小姐的小宝宝要是再吃不上东西的话会给饿死的，还有……”

“玫兰妮小姐她不能……”波克小心翼翼打住话头。

“玫兰妮小姐没奶水。”上帝啊，要是给妈听到这话非得晕过去不可！

“好吧，斯佳丽小姐，我们家迪尔西会给玫兰妮小姐的宝宝喂奶，我们家迪尔西自己也刚刚生了个娃娃，她的奶多得足够喂两个娃娃。”

“你们又添了一个孩子，波克？”

孩子，孩子，孩子。上帝干吗创造这么多孩子呀？哦，不，不是上帝创造出来的，是没头脑的人生出来的。

“是的，小姐，是个又胖又壮的黑男孩。他……”

“告诉迪尔西别守着我那两个妹妹了，我会照料她们的。让她去照料玫兰妮小姐的小宝宝，再好好服侍玫兰妮小姐。让黑妈妈去照看一下那头母牛，把马牵到马厩里。”

“马厩没了，斯佳丽小姐。他们把它拆了当柴烧。”

“别再对我说‘他们’做过什么了。告诉迪尔西去照料玫兰妮小姐和孩子。你嘛，波克，去把威士忌挖出来，然后再挖点红薯。”

“但是，斯佳丽小姐，我没亮可怎么挖呀？”

“你难道不会找根柴火用吗？”

“这儿没有柴火……他们……”

“自己想点办法……我可管不了那么多。但是把那些东西挖出来，而且要快。现在就去，快。”

听到斯佳丽的口气变粗，波克赶忙走出屋子，把斯佳丽和杰拉尔德两个人留在屋里。斯佳丽轻轻捶打着杰拉尔德的腿。她注意到，原先他骑马练出来的两条结实大腿现在都萎缩了。她必须让父亲脱离麻木状态，可她又不能询问妈妈的事情。那得等以后，等她能受得了的时候再说。

“他们为什么没有放火烧塔拉？”

杰拉尔德瞪着看了她一会儿，仿佛没有听到她的问话，于是她又重复了一遍。

“为什么……”他费力地说，“他们把这里当做司令部。”

“北佬……用这座房子？”

她顿时感到自己心爱的墙壁被人玷污了。因为埃伦曾经住在这座房子里，所以对斯佳丽来说这房子是神圣的，然而那帮人……那帮人……竟敢住在这里。

“他们是在这里待过，我的女儿。他们来之前，我们就看到河对岸的十二橡树庄园浓烟滚滚。不过，霍妮小姐和印第亚小姐，还有几个黑奴已经逃到梅肯去了，所以我们也不替她们担心。但是我们没法去梅肯。你的两个妹妹生病了……还有你妈……所以我们走不了。我们的黑奴跑了……我也不知道他们跑到哪儿去了。他们还偷走了马车和骡子。黑妈妈和迪尔西，还有波克……他们没跑。你妹妹……你母亲……我们没法挪动她们。”

“嗯，嗯。”他现在可不能说起妈妈。说点其他什么都行。说谢尔曼将军本人曾经用过这间屋子，说他把妈妈的账房当作司令部。说其他什么都行。

“当时北佬正朝琼斯博罗进攻，要切断铁路线。他们从河那边来到大路上，有成千上万的人，大炮和马匹也是成千上万。我去前门廊见他们。”

“哦，好样的小个子杰拉尔德！”斯佳丽心里不禁为父亲感到骄傲，想想吧，杰拉尔德在塔拉庄园的台阶上面对敌人，仿佛不是一个人面对一支军队而是身后有一支军队在做他的后盾。

“他们让我离开，说他们要烧房子。我说除非把我也一起烧了。我们不能离开……你的两个妹妹还有你妈都在……”

“然后呢？”他难道非得把话题转到埃伦身上吗？

“我告诉他们屋里有人生病了，是伤寒，挪动她们等于要了她们的命。他们要烧就把我们一起烧死吧。我哪儿也不去，绝不离开塔拉……”

他心不在焉地看着四周的墙壁，停下不说了，斯佳丽明白，众多爱尔兰祖先站在杰拉尔德身后，他们死在自己仅有的几亩田地上，宁可战斗到最后，也不愿离开家园，他们在这里生活，在这里谈情说爱，在这里辛勤耕作，在这里生儿育女。

“我说他们要烧房子除非把三个垂死的女人一起烧死。但是我们绝不离开。那个年轻的军官是位……是位绅士。”

“北佬会是绅士？你怎么会这么说，爸！”

“他是位绅士。他骑马走了，很快带着一名上尉军医返回来，那名军医给你两个妹妹和你母亲诊断了病情。”

“你让一个该死的北佬进了她们的房间？”

“他有吗啡。我们什么也没有。是他救了你的妹妹。苏埃伦当时已经大出血。那大夫为人和善而且医术高明。他向上司报告这里有病人，他们就没烧这幢房子。一位将军和他的几个手下住了进来，他们占用了所有的房间，只剩下病人住的那间。士兵们……"

他再次打住，好像说话太累，需要歇歇才能接着说。他那短短粗粗的下巴深深陷进胸前一棱棱松弛的肉褶。他费了好大的劲才接着说下去。

"他们在房子周围到处扎营，棉花地里、玉米地里，无处不在。牧场上都因为到处是他们的人而变成了一片蓝色。那天晚上点起的营火有上千处。他们拆了篱笆，用它们烧火做饭，他们还把谷仓、马厩和熏肉房也都拆了。他们把牛、猪、鸡都杀了，甚至把我的火鸡也杀了。"这么说，杰拉尔德那些宝贝火鸡也没了。"他们什么都拿，甚至连照片都不放过……还有一些家具和瓷器……"

"银器呢？"

"波克和黑妈妈把银器藏了起来……藏在井里吧……我现在记不清了。"杰拉尔德的声音有点不耐烦，"然后他们就从这儿……从塔拉指挥打仗，到处一片乱糟糟，士兵来来往往、吵吵闹闹。后来，大炮在琼斯博罗打响了，那声音听着像打雷，连你两个生病的妹妹都能听到，她们不停地说：'爸，让雷别打了。'"

"那……那妈妈怎么样？她知道北佬住在我们家吗？"

"她一直什么都不知道。"

"感谢上帝。"斯佳丽说。妈妈没受这份儿罪。妈妈什么都不知道，也听不到敌人就在楼下的屋子里，听不到琼斯博罗的枪炮声，永远也不知道自己付出心血的土地已经给北佬践踏了。

"我也没见过几个北佬，因为我一直待在楼上和你的妹妹们与母亲在一起。我见到最多的就是那位军医。他人很好，非常和善，斯佳丽。他每天照顾完伤员后，就会上来看看你妹妹们与你母亲。他甚至还留下些药品。他们的军队开拔前，他告诉我你的两个妹妹会好起来的，但是你母亲——她身体太虚弱了，他说，身体已经虚弱得熬不过去了。他说她已经把自己的力气都用光了……"

谈话陷入了沉默，斯佳丽仿佛看到了母亲生命中最后几天的样子，她身体瘦弱，却是塔拉的精神支柱，她照顾家人，辛勤工作，自己废寝忘食，却让其他人都吃好睡好。

“然后他们就开拔了。然后他们就开拔了。”

杰拉尔德半天没出声，一会儿摸索着寻找女儿的手。

“我真高兴你回家来了。”他简单地说。

从后门廊传来擦脚底的声音。可怜的波克四十年来已经训练出进屋前把鞋底擦干净的习惯，即使在这种时候也忘不了。他仔细拿着两个葫芦走进屋，葫芦上滴下的烈酒在他进来前已经飘香入室了。

“我给洒了不少，斯佳丽小姐。把酒从桶里倒进葫芦可真不容易。”

“没关系，波克，谢谢你了。”她从波克手中接过湿湿的葫芦，呛人的酒味让她不禁皱起了鼻子。

“喝点这个，爸。”她说着把装威士忌的奇怪容器递给他，然后从波克手中接过第二个装着水的葫芦。杰拉尔德像个听话的孩子，举起葫芦，大口吞咽，发出很大的声音。斯佳丽又把水递给他，他却摇了摇头。

斯佳丽从杰拉尔德手中取过威士忌送到自己嘴边，她看到杰拉尔德的目光追随着她，眼中露出不赞同的神色。

“我知道，大家闺秀是不喝烈性酒的，”她简短地说，“但是今天我可不当大家闺秀，爸，而且今天晚上还有好多事要做呢。”

她把酒葫芦斜过来，深吸一口气，迅速吞下去。令人发烧的液体顺着喉咙流进胃里，把她呛得眼泪都流出来了。她吸了口气，再次举起酒葫芦。

“凯蒂·斯佳丽。”杰拉尔德说道，自从回来后，斯佳丽还是第一次听到他的威严口吻。“够了。你不懂酒性，这酒会让你喝醉的。”

“喝醉？”她发出一阵刺耳的笑声，“喝醉？我倒希望它能让我醉了呢。我希望自己能醉倒，把这一切全忘掉。”

她又喝了起来，一股热流在血管里慢慢流淌，不知不觉流遍了全身，最后连手指尖都感到火辣辣的。这种温暖的火焰流遍全身感觉真妙！它似乎穿透了她那冰封的心，使力量重新回到了她的体内。看到杰拉尔德脸上困惑难过的神情，斯佳丽拍拍父亲的膝盖，努力挤出一个曾经深得他欢心的大胆微笑。

“这种酒怎么会让我喝醉呢，爸？我可是你的女儿呀。我难道没有从您那儿继承克莱顿县最沉稳的头脑吗？”

杰拉尔德看着斯佳丽那张疲惫的脸，几乎笑了起来。威士忌也让他振作了一些。她又把酒递给他。

“你再喝一口吧，然后我送你上楼睡觉。”

斯佳丽停了下来。怎么，这可是她对韦德的说话口气，她怎么能对父亲这么说呢。这是对长辈的不敬。但是杰拉尔德却把她的话听进去了。

“没错，送你上床睡觉，”斯佳丽轻松地补充说，“再让你喝一口，也许把葫芦里剩下的酒都给了你，然后让你睡觉。你得好好睡一觉，凯蒂·斯佳丽在这儿呢，所以你什么也不用担心。喝吧。”

他顺从了，又喝了一口，斯佳丽把胳膊伸到他的胳膊下，扶他站起来。

“波克……”

波克一只手拿着酒葫芦，另一只手搀着杰拉尔德的胳膊。斯佳丽举起点着的蜡烛，三个人慢慢地走进了黑黢黢的走廊，登上弧形楼梯，朝杰拉尔德的房间走去。

苏埃伦和卡丽恩的屋子里有一股令人作呕的气味。两人合睡在一张床上，不断地辗转反侧，梦中还嘟嘟囔囔说胡话。布条捻成灯芯浸泡在猪油里做成油灯，便是屋里唯一的亮光。斯佳丽第一次打开房门，屋里浑浊的气味几乎把她熏倒，屋子里窗户紧闭，空气里弥漫着病房的气味、药物的气味和猪油的恶臭。大夫可能说过，新鲜空气对病人来说是致命的，但是要是让她在这里待上一段时间，她要么得呼吸新鲜空气，要么非得闷死不可。她把三扇窗户统统推开，橡树和土地的气味飘了进来，但是这点新鲜空气却一时难以吹散屋里的恶臭，这间屋子已经门窗紧闭了好几个星期。

卡丽恩和苏埃伦脸色苍白憔悴，昏昏然似睡非睡，醒了就睁大眼睛，嘴里还嘟嘟囔囔说着胡话。她们俩躺在那张有四根床柱的大床上，就是在这张床上，在过去的美好日子里，她们姐妹三个挤在一起说悄悄话。在屋子的一个角落里放着一张窄窄的法国皇室风格的空床，两头都有卷边雕饰，是埃伦从萨凡纳带来的陪嫁。埃伦病倒时就躺在这张床上。

斯佳丽坐在两个妹妹身边，木然望着她俩。威士忌在饿了好长时间的空腹里跟她玩起了恶作剧。她的两个妹妹时而看起来很遥远很渺小，她们语无伦次的声音传到她耳朵里就像虫子叫。她们时而变成庞然大物，仿佛闪电般朝她扑过来。斯佳丽太累了，累到了极点。她要是能躺下，准能一连睡上好几天。

斯佳丽真希望能倒头就睡，醒来时发现埃伦轻轻摇着她的胳膊对她说："不早了，斯佳丽。你可不能懒成这样。"但是妈妈永远也不会这么照顾她了。要是埃伦活着多好！要是有人像埃伦那样，年纪比她大、见识比她广、精力比她充沛，能让她寻求帮助，那该多好！她可以把头靠在那人的腿上，能把自己肩负的重担交付给那个人承担，要是那样该多好！

门轻轻打开了，迪尔西走进来，胸前抱着玫兰妮的小宝宝，手中拿着装威士忌的那个酒葫芦。透过冒烟摇曳的灯光看去，迪尔西似乎比斯佳丽上次见到时瘦了一些，脸上的印第安特征更加明显了。高高的颧骨越发突出，鹰钩鼻也更弯了，古铜色的皮肤泛着光泽。她穿着褪了色的印花布衣服，前襟一直开到腰间，露出两只硕大的古铜色乳房。玫兰妮的婴儿紧紧地贴在迪尔西身上，苍白稚嫩的小嘴贪婪地吸着黑黑的乳头，两只小拳头抵着她柔软的皮肤，就像一只小猫蜷缩在母猫温暖的皮毛中。

斯佳丽颤巍巍地站起来，一只手搭在迪尔西的胳膊上。

"你能留下真是太好了，迪尔西。"

“我哪能跟那些下流黑鬼跑掉呢，斯佳丽小姐？你爸爸对我那么好，把我买下来，还买下我家小普莉西，你妈妈心地也那么好。”

“坐下，迪尔西。小宝宝挺能吃的吧？玫兰妮小姐怎么样了？”

“娃娃没事儿，就是饿了。反正我有的是奶，再饿的孩子也能喂饱。玫兰妮小姐也没事儿，她会活下来的，斯佳丽小姐。你放心吧，像她这种样子的我见多了，白人黑人都有。她只是累坏了，又太担心，生怕这个孩子出事。不过我已经让她安定下来，给她喝了点这里面剩下的酒，现在她已经睡了。”

这么说全家人都喝过这玉米威士忌了！斯佳丽产生了一个疯狂的念头，恐怕该让小韦德也喝一点儿，看能不能治好他打嗝的毛病——玫兰妮不会死。如果阿希礼能活着回来……不，她还是以后再想这些吧。有这么多事要考虑——以后吧！有这么多事要解决——要自己拿主意。要是她能把该办的事情无限期推迟该多好！突然，一阵吱吱扭扭的声音和有节奏的“扑哧——扑哧——”的声音打破了屋外的寂静，把斯佳丽吓了一跳。

“那是黑妈妈在打水，准备给两位小姐擦身子呢。她们得常常洗澡。”迪尔西解释道，把酒葫芦放在桌子上，插在药瓶和玻璃杯子之间。

斯佳丽失声笑了。绞水的井辘轳声她从小就熟悉，如今竟然会吓得她魂飞魄散。斯佳丽笑的时候，迪尔西却不动声色地盯着她，脸上保持着庄重神情，但是斯佳丽觉得迪尔西心里明白。斯佳丽又重新坐在椅子上。要是能脱掉她的紧身衣，摘掉卡脖子的衣领，还有灌满沙子的鞋就好了，她的脚已经给磨得到处起泡了。

辘轳吱扭吱扭响，井绳慢慢拉上来，随着每一个响声水桶离井口越来越近。马上就要见到黑妈妈了，那可是埃伦的保姆，也是她的保姆呀。斯佳丽安静地坐着，什么都不想，这时婴儿虽然已经吃饱了奶，却因为发现找不到可亲的奶头呜呜哭闹起来。迪尔西也不出声，重新让孩子含起奶头，让他在自己怀里安静下来，斯佳丽则聆听黑妈妈拖着脚穿过后院。夜晚的空气多么静谧啊！一点点细微的声音听上去都像隆隆的雷声。

黑妈妈笨重的身躯走向门口时，楼上的过道似乎都跟着摇晃了起来。接着黑妈妈进屋了，两肩被两只沉重的木桶往下拽，慈祥的黑脸上笼罩着哀愁，就像猴子莫名其妙的忧伤一样。

黑妈妈一看到斯佳丽，眼睛顿时亮了起来，她放下水桶，露出一口雪白的牙齿，斯佳丽向她跑过去，把头埋在她宽阔、松软的胸前，这胸脯曾经抚慰过好多脑袋，有黑的，也有白的。斯佳丽心想，总算还有点稳定可靠的东西，往日生活中还有些东西没有变。但是黑妈妈一说话，一下就驱散了她这种幻觉。

“黑妈妈的孩子回家了！哦，斯佳丽小姐，如今埃伦小姐已经躺进坟墓，我们可怎么办呢？哦，斯佳丽小姐，我就盼着能跟埃伦小姐一起死！没有了埃伦小姐，叫我可怎么活。如今除了痛苦和倒霉的事，什么都没了。只有累人的重担，宝贝，只有累人的重担。”

斯佳丽把脑袋紧紧地贴在黑妈妈胸前，最后几个词引起了她的注意，“累人的重担”。这几个词不就是整个下午一直在她心中萦绕不去的那几个词吗？它们在她脑海中单调地反复出现，让她恶心得都想吐。现在她怀着一颗沉重的心记起这首歌剩下的词：

还得再挑几日，这艰难的重担！

眼见它一天重似一天！

还得再挑几日，脚步越来越艰难……

“眼见它一天重似一天“，这句歌词又钻进她疲惫的脑袋。她的担子永远不会减轻吗？回到塔拉来难道不是意味着可以放下重担，难道要扛起更重的担子吗？她从黑妈妈怀中抽出手，拍了拍那张满是皱纹的黑脸。

“宝贝，瞧你的手！”黑妈妈抓住斯佳丽那双小手，瞧着上面的水泡和擦伤，满脸的惊愕和责备神色。“斯佳丽小姐，我告诉你多少次了，是不是大家闺秀只要看她的手就知道——哎哟，你的脸也晒黑了！”

可怜的黑妈妈，尽管战争和死亡刚从她头上掠过，她还对这些鸡毛蒜皮的小事斤斤计较。再过一会儿，她肯定该说年轻小姐们要是手上长水泡、脸上长雀斑，一定找不到如意郎君，于是，斯佳丽抢先转移了话题。

“黑妈妈，我要你说说我妈妈的事。听爸爸说让我受不了。”

黑妈妈弯腰把水桶提起，眼泪从她眼中流下来。她静静地把水桶拎到一边，掀开被单，开始把苏埃伦和卡丽恩的睡衣往上撸。斯佳丽借着昏暗的灯光仔细地打量两个妹妹，看到卡丽恩穿的一件睡袍，虽然干净却已破烂不堪，苏埃伦则裹在一件旧晨衣里，棕色亚麻布料，下面还镶着好多爱尔兰式花边。黑妈妈一边默默地流着眼泪，一边给两个骨瘦如柴的姑娘擦身体，用一块从旧围裙上扯下来的布条充当毛巾。

“斯佳丽小姐，这都得怪斯莱特里一家，就是斯莱特里家那些讨厌、混账、下流的穷白佬害死了埃伦小姐。我一次次地告诉她，为那些讨厌鬼做事没个好，但是埃伦小姐一向乐于助人，而且心肠也太软，她对求她帮助的人从来都不会说个不字。”

“斯莱特里家？”斯佳丽问道，她感到非常奇怪，“跟他们有什么关系呀？”

“他们先害上那该死的病。”黑妈妈用破布条指指两个裸着身子的姑娘，布条上淋下的水滴到了床单上。“老斯莱特里的女儿埃米先病倒了，斯莱特里太太急忙来找埃伦小姐，她一遇到麻烦总是这样。她干吗不自己照看自己的孩子呢？埃伦小姐已经够忙了，但她还是去照看埃米了。埃伦小姐自己身体也不很好，斯佳丽小姐。你妈她身体不好已经有一阵子了。又没有什么好吃的，地里长的全让拿去当了军粮。埃伦小姐吃得跟小鸟一样少。我告诉她多少回，让她别管那些穷白佬，可她就是不听我的。然后，就在埃米要好起来的时候，卡丽恩小姐也得了这种病倒下了。是啊，伤寒会沿着大路飞，把卡丽恩小姐给逮着了，接下来，苏埃伦小姐也病倒了。于是埃伦小姐就得照料她们俩。

“大路上一直在打仗，北佬都打到了河对岸，我们不知道会发生什么，每天晚上都有种地的黑人逃跑。我都要发疯了。可是埃伦小姐仍旧跟没事儿似的。她只是非常担心两位小姐的病，因为我们没有药，什么也没有。一天晚上，我们给姑娘们擦了十来次后，她跟我说：‘黑妈妈，假如灵魂也能卖的话，我愿意把我的灵魂卖了换一块冰敷在女儿头上。’她不让杰拉尔德先生进这间屋，也不让罗莎和蒂娜进来，只除了我，因为我以前得过伤寒。后来她也得了这病，斯佳丽小姐，我一下就看出她没救了。”

黑妈妈直了直腰，撩起围裙擦干眼泪。

“她很快就不行了，斯佳丽小姐，就连那位好心的北佬大夫也没法帮她。她一直人事不省。我一遍遍地喊她的名字，她连自己的保姆都不认得了。”

“她有没有提到我，叫过我的名字？”

“没有，宝贝。她以为自己回到了萨凡纳，还是个小姑娘。她谁的名字也没叫过。”

迪尔西动了一下身子，把睡着的孩子放在自己腿上。

“不，小姐，她叫过的。她叫过一个人的名字。”

“你给我闭嘴，你这个印第安黑鬼！”黑妈妈转身威胁迪尔西说。

“别这样，黑妈妈！她叫过谁，迪尔西？是爸爸吗？”

“不是，小姐。不是你爸。那是烧棉花地的那天晚上……”

“棉花地给烧了？快告诉我！”

“是的，小姐，地给烧了。那些当兵的把大捆大捆的棉花从仓库里滚到后院，喊什么：‘快来看佐治亚最大的火堆！’然后就把它们点着了。”

存了三年的棉花——价值十五万美元——就这么化为灰烬了！

“火光把这里照得就跟白天一样——我们在屋里吓得要命，担心整个房子也会一道烧起来，当时这间屋子也亮得可以捡起地下的针。火光从窗户照进屋里的时候，埃伦小姐好像也给惊醒了，她从床上爬起来，一遍遍大声喊：‘菲利普！菲利普！’我从没听过这个名字，可她喊的确实是那个名字。”

黑妈妈像变成根石柱子一样站在那里，瞪着迪尔西，但是斯佳丽把脸埋在双手中。菲利普是谁？他和妈妈是什么关系？妈妈临死前为什么会叫他的名字？从亚特兰大到塔拉庄园的长途跋涉结束了，原本以为这条路会通向埃伦的怀抱，没想到却结束在一堵没有门窗的墙上。斯佳丽再也不能像个孩子一样在父亲的屋檐下安然入睡，让母亲的爱像一床柔软的羽绒被把她裹在里面。如今安乐窝没了，也没有可以帮她的人了。无论怎样拐来拐去，她都无法避免这条死胡同。她无法把包袱卸给其他人。她的父亲如今已变得衰老呆滞，两个妹妹正在生病，玫兰妮身体虚弱，孩子们无依无靠，黑人们对她像孩子般听话，围在她裙子周围转，都知道埃伦的女儿会像埃伦一样成为大家的避风港。

窗外，月亮初升，微弱的月光下，斯佳丽望着展现在眼前的塔拉庄园。黑人都跑了，仓库烧毁了，塔拉像淌血的躯体，也像她自己的身体，在慢慢滴着血。这就是她逃难的终点，浑身颤抖的老人、生病的妹妹、饥饿的一张张嘴巴、抓住她裙子的一双双无奈的手。在这条路的尽头，什么也没有，只有她斯佳丽·奥哈拉·汉密尔顿，可她才十九岁，不过是个拖带着孩子的寡妇。

她究竟能做些什么？佩蒂姑妈和伯尔家会让玫兰妮带着孩子去梅肯。两个妹妹身体康复后，可以去姥娘家，埃伦娘家的人会收留她们，不管他们喜欢不喜欢。她自己和父亲杰拉尔德可以去投靠詹姆士伯伯和安德鲁伯伯。

斯佳丽看着两个妹妹骨瘦如柴的身体在面前辗转反侧，身边的床单上淋着一摊摊水迹。她一向不喜欢苏埃伦。现在她更加清楚地认识到了这一点。她从来就没喜欢过她。她也不太喜欢卡丽恩，总之她不喜欢任何生病的人。但是她们都是她的同胞，都是塔拉的一部分。不，她不能让她们在姨妈家作为穷亲戚客居一辈子。奥哈拉家的人成了穷亲戚，寄人篱下，靠嗟来之食和看人脸色度日！不，绝不能这样！

难道就没法子逃出这条死路？她疲惫的脑筋实在动不快了。她把手举过头顶，像在水中挣扎那样划动。她拿起放在玻璃杯和瓶子中间的酒葫芦，朝里面瞅，见底下还剩有一点威士忌，因为光线太差，剩下多少她可说不准。奇怪的是她的鼻子已经感觉不到那种刺鼻的气味。她慢慢地呷着，这次这种液体的味道不再是火辣辣的，她只觉得浑身热乎乎，懒洋洋。

斯佳丽放下空葫芦，朝四下张望。一切都像一场梦——烟雾腾腾的昏暗房间、两个骨瘦如柴的妹妹、黑妈妈蹲在床边的庞大身影、古铜色雕像般的迪尔西棕色胸脯前那个熟睡的粉红色娃娃。她会从梦中醒来，再次闻到厨房里熏肉的飘香，听到黑人们的欢声笑语，听到朝田里驶去的马车吱嘎吱嘎的车轮声，还会感觉到埃伦温柔而坚定的手催她起床。

后来，斯佳丽发现已经回到自己屋里，睡在自己床上，朦胧的月光划开黑暗照进来，黑妈妈和迪尔西在给她脱衣服。勒人的紧身褡不再勒疼她的腰，她可以深呼吸了，一直吸到肺底和小腹。她觉得有人替她轻轻把长筒袜脱下来，她一边任由黑妈妈给擦洗长满水泡的脚，一边还听到黑妈妈发出令人宽慰的喃喃声。水好凉快啊，这样躺在温柔乡里真是太舒服了，像个没长大的孩子一样！她长舒一口气，浑身放松下来，过了像是一年或两年那么长的时间，最后屋里只剩下她一个人，月光洒在床上，屋里比先前亮了许多。

她不知道自己醉了，疲惫和威士忌让她脑袋昏沉沉的。她只知道自己离开了那副疲惫的躯体，飘浮在身体之上，这里没有疼痛、没有劳顿，她的大脑能以超人般的明亮眼光看清世界。

如今她正以一种新的眼光看待事物，在返回塔拉的那条漫长道路上，她已经把少女时代甩在身后了。她不再是一团任人捏来捏去的黏土，会印下每一种新经历。现在黏土已经变硬，变化就发生在仿佛持续了上千年的某一天中的某个时刻。今天晚上，她最后一次被人当成个孩子服侍。从现在起，她已经长成一个成熟女人，不谙世事的少女时代结束了。

不，她不能也不会投靠杰拉尔德家族或埃伦家族的亲戚。奥哈拉家的人从不接受施舍。奥哈拉家的人有事从不求人。她自己承担的责任属于她自己，因此自己就要有能挑得起这副担子的肩膀。她从目前的高度俯视，认为自己的双肩如今挑得起任何重担，她丝毫也不感到惊讶，因为她已经经历过最糟糕的情况。她无论如何也不能抛弃塔拉；与其说这片红色的土地属于她，不如说她属于这片土地。她的根深深地扎在这片血红色的土地上，她像棉花那样从地里吸取养料。她要留在塔拉，无论如何也要把它维持下去，照料她的父亲、两个妹妹、玫兰妮、阿希礼的孩子和所有剩下的黑人。明天——对，明天！明天她要亲自把这副牛轭戴在自己脖子上。明天有许多事等着她去做。到十二橡树庄园和麦金托什家去一趟，看看他们遗弃的园子里有没有剩下的东西；到河边沼泽地去一趟，看看有没有走失的猪和鸡；再带上埃伦的首饰到琼斯博罗和拉夫乔伊，那儿一定有人愿意拿食品跟她交换。明天——明天——她的脑袋像只发条走松的表，缓缓滴答着，但是心中的想法却无比清晰。

猛然间，她自小听过的家族故事一下子变得像水晶般清澈，这些故事她那时都差不多听厌了，听得都腻了，但是却一直似懂非懂的。身无分文的杰拉尔德白手起家盖起了塔拉庄园；埃伦克服了神秘的不幸振作起来；外祖父罗比亚尔在拿破仑帝位倾覆后死里逃生，在肥沃的佐治亚海岸重建家业；外祖母的父亲普柳多姆曾在海地丛林里建立过一个小王国，后来被推翻，后来在有生之年获得萨凡纳人的尊敬。在斯佳丽的家族中，许多人参加爱尔兰的志愿军，为爱尔兰的自由进行过不屈不挠的斗争，直至被绞死，奥哈拉家族中也有人为捍卫属于他们的权利而战，直至战死在博恩河边。

所有的这些人都经历过巨大的不幸，但是都没有被压垮。帝国倾覆、造反奴隶的大刀、战争、叛乱、被放逐、财产被没收——这些都没有把他们压垮。厄运也许让他们掉了脑袋，却从来不曾摧垮他们的意志。他们从不哭天喊地，他们只会去战斗。他们会由于弹尽粮绝、精疲力竭而死，但他们绝不屈服。所有这些祖先的幽灵似乎在屋子里静静地游荡，他们的血液在斯佳丽体内流淌。斯佳丽看到他们一点都不感到奇怪，这些祖先接受了命运最恶劣的礼赠，却将其打造成最美好的结果。塔拉就是她斯佳丽的命运，就是她要面对的战斗，她必须获胜。

她昏沉沉翻了个身，她的意识渐渐笼罩在一片黑暗中。祖先们真的在屋里悄悄地给她鼓励？或许这不过是她的梦中情景？

“不管是不是个梦，”斯佳丽困倦极了，喃喃自语道，“祝你们大家晚安，也谢谢你们。”

第二十五章

前一天走了那么多路又在车上颠簸了那么久，第二天早晨，斯佳丽浑身僵硬酸痛，每动一下都疼得厉害。她的脸给晒成了深红色，双手磨得满是水泡，让她感到阵阵刺痛。她长出了厚厚的舌苔，喉咙干得仿佛被火烤焦了一样，似乎喝再多的水也无法让她解渴。她的头昏沉沉的，转一下眼睛都疼得受不了。她胃里感到怀孕时期那种恶心，一看到桌子上作早餐的热山芋就想吐，甚至连热山芋的味都闻不得。杰拉尔德本来应该告诉她这是她第一次喝烈性酒的正常反应，但是杰拉尔德什么都没有注意到。他坐在桌子的上首，看上去完全是一个老人，他头发花白，心不在焉，没神的眼睛盯着门，抬着头仿佛在聆听埃伦裙裾发出的声音，在闻埃伦身上美人樱香囊飘出的气味。

斯佳丽坐下后，他喃喃地说："我们等等奥哈拉太太吧，她有事来晚了。"斯佳丽吃了一惊，顾不得头疼，抬头举目，疑惑地望着父亲，却遇上了站在杰拉尔德身后的黑妈妈恳求的目光。斯佳丽颤巍巍站起来，一只手放在喉咙上，在清晨的阳光下仔细打量父亲。他看着女儿，眼神痴痴呆呆，斯佳丽发觉父亲的手在颤抖，头也在轻轻晃动。

直到这一时刻斯佳丽才意识到，她多么渴望依赖杰拉尔德发号施令，依赖父亲告诉她该做什么，然而现在却——这究竟是怎么回事，昨天晚上他看上去还几乎是好好的。虽然当时他不像往日那么喜欢吹嘘，精力也显得不很充沛，但是他叙述往事至少还算连贯，可现在——现在他甚至记不得埃伦已经去世了。北佬进犯，埃伦去世，这两桩打击加在一起，让他神经错乱了。斯佳丽打算开口说话，但是黑妈妈使劲冲她摇摇头，撩起围裙擦擦发红的眼睛。

“哦，爸难道是神经错乱了？”斯佳丽想，她的头本来就一阵阵地疼，这一新添的烦恼简直要让她的头裂开了。“哦，不，他只是给吓蒙了。看起来他生病了，他会好起来的。他必须要好起来。他要是好不了，我可怎么办？我现在先不想它。我现在先不去想爸爸、妈妈或其他那些可怕的事情。不，我先不去想它们，等到我能受得了的时候再想吧。还有许多其他事需要考虑，这些事我想想还算有点用，我可不去想那些我无能为力的事。”

斯佳丽什么都没吃就离开了餐厅，走到后门廊时遇上了波克，波克光着脚，身上穿着已经破破烂烂的制服，正坐在台阶上剥花生。斯佳丽的头就像挨锤子砸一样疼，耀眼的阳光刺疼了她的眼睛。她得竭力控制自己才站得稳，于是她说话尽量简短，不顾母亲以前教她跟黑人说话时该有的一般礼貌。

她开口提问时口气唐突无礼，发号施令时斩钉截铁，波克觉得迷惑，不禁挑起了眉毛。埃伦小姐跟任何人说话都没用过这种口吻，甚至抓住他们偷鸡偷西瓜的时候也不会用这种口气说话。接着斯佳丽又问起田里、菜园、牲畜的情况，她的绿眼睛中闪着严峻的目光，波克以前从来没见过她这样。

“没错，小姐，那匹马死了，就倒在拴它的地方，鼻子伸在它自己打翻的水桶里。对啊，小姐，那头牛没有死。你不知道吗？昨晚它下了头崽子。怪不得它叫成那样呢。”

“你的普莉西将来一定会成为了不起的接生婆，”斯佳丽挖苦道，“她说牛叫是因为它需要人给它挤奶。”

“斯佳丽小姐，普莉西学的可不是给牛接生。”波克谨慎地说，“我不会抱怨上帝赐给我们的东西，因为这头小牛会长成一头好奶牛，年轻小姐们就会有许多奶油吃了，那个北佬大夫说她们正需要这些。”

“好啊，接着说下去。我们的牲畜还剩下没有？”

“没有，小姐。只有一头老母猪和一窝小猪。那天北佬来的时候，我把它们赶进了沼泽地。但是现在老天才知道我们怎么才能抓到它们。那头老母猪胆小得很。”

“我们会抓住它们的。你和普莉西现在就去找那头母猪。”

波克又吃惊又愤怒。

“斯佳丽小姐，那是地里的黑人干的活。我可一向是做屋里活的。”

斯佳丽恶狠狠瞪着他，活像眼珠子后面站着个小魔鬼，手握一副火钳子逼视着他。

“你们俩要不去抓那头猪，就像地里的黑人一样离开这里。”

波克受了伤害，眼睛里闪烁着泪水。哦，要是埃伦小姐在就好了！她对人体贴入微，知道地里黑人和屋里黑人的工作之间存在着天壤之别。

“离开，斯佳丽小姐？我离开这里能干什么呢，斯佳丽小姐？”

“我不知道，也不关心。塔拉的人，谁不想工作都可以去投奔北佬。你可以把这话告诉其他人。”

“是，小姐。”

“现在，告诉我那些玉米和棉花怎么样了，波克？”

“玉米？上帝，斯佳丽小姐，他们在玉米地里放马，没有吃掉和没有踩坏的都让他们给带走了。他们还拖着大炮、赶着马车在棉花地里走，除了河尽头的几亩没有给他们发现以外，其他的棉花全让他们给轧坏了。可是那儿的棉花也不值得去摘，因为最多不过三包！”

三包？斯佳丽想起塔拉通常能产好几十包，她的头疼得更厉害了。三包。那简直和最不中用的斯莱特里家产的一样了。更糟糕的是，还有缴税的问题。邦联政府规定可以用棉花代替钱纳税，三包棉花连缴税都不够。不过这对她和邦联都没有任何意义了，因为所有种地的黑人都跑了，没有人去摘棉花了。

“好了，我不再去想这两桩事了，”斯佳丽对自己说，“交税怎么说也不是女人该管的事。爸爸会照看这些事的，但是爸爸——我现在不去想爸爸的事。邦联得不到它的税款了。我们现在需要的是吃的东西。”

“波克，你们有没有人去过十二橡树庄园或麦金托什庄园？那里的菜园里不知道有没有剩下什么？”

“没有，小姐！我们没人离开过塔拉。北佬会抓住我们。”

“我让迪尔西去趟麦金托什庄园。说不定她能在那儿找到什么吃的呢。我自己去趟十二橡树庄园。”

“跟谁一块儿去，孩子？”

“就我自己。黑妈妈必须留下来照顾两位姑娘，杰拉尔德先生不能……”

波克极为不满地叫了起来。十二橡树庄园那里可能会有北佬或不规矩的黑人。她可不能一个人去。

“别说了，波克。告诉迪尔西马上出发。你和普莉西去把那头母猪和它的小猪崽抓回来。”斯佳丽简短地吩咐完，转身走了。

黑妈妈那顶旧太阳帽虽然褪色却还干净，挂在后门廊的钩子上，斯佳丽摘下来戴在自己的头上，恍如隔世一般地想起瑞特给她从巴黎买的那顶绿色带羽毛的帽子。她拿起一只橡树皮编的大篮子，走下后面的台阶，每走一步脑子都要震一下，她的脊椎骨仿佛要从头顶裂开了。

通往河边的红土路晒得滚烫，两边是毁坏了的棉花地。路边没有树木遮阴，阳光透过黑妈妈的太阳帽照下来，仿佛帽子不是由厚实的夹层棉布做的，而只是一层上了浆的薄纱。扬起的灰尘飞进斯佳丽的鼻子和喉咙里，让她觉得只要一开口说话，口腔黏膜就得干裂。马拖着沉重的大炮曾在这里驶过，路面上留下了一道道深深的车辙，路边的红土沟也被车轮轧出深深的口子。炮兵把骑兵和步兵从狭窄的道路上挤到绿色的棉花地里，棉花苗被践踏、碾碎在土地里。田里和路上到处散落的都是马鞭、马具上的皮子、马蹄和辎重车轮压扁的水壶、军服上的扣子、蓝色的军帽、穿破的袜子、带血的破布，凡是行进中的军队可能留下的痕迹，这里都应有尽有。

斯佳丽经过一小片雪松林，迈过了标志着家族墓地的矮砖墙，那里有三个小土堆，里面埋葬着她的三个夭折的小弟弟。她努力不去想这三个小土堆旁新添的坟头。哦，埃伦！斯佳丽继续向前跋涉，走下了尘土飞扬的山冈，当她经过斯莱特里家的一堆灰烬和一根短烟囱的时候，她恶狠狠地想，要是他们全家人都变成灰烬才好。要不是因为斯莱特里一家，要不是因为那个可恶的埃米——她竟然和他们的管家生了个野种，埃伦就不会死。

一块尖利的石块扎进了斯佳丽满是水泡的脚里，她不由得发出了呻吟。她到底在这里干什么呢？她斯佳丽·奥哈拉，全县的美人、塔拉庄园的骄傲，干吗几乎光着脚在这条土路上跋涉？她那双小巧玲珑的脚生来是跳舞的，而不是为了一脚高一脚低走土路的。她那双小巧的跳舞鞋是用来在柔亮的绸裙下隐隐闪现的，而不是用来装沙石灰土的。她生来是被人宠爱、伺候的，而现在她却形容狼狈，衣衫褴褛，为饥饿所迫，不得不在邻居家菜园里找吃的。

高高的山冈下是小河，水面上枝丫婆娑，多么凉爽宁静啊！斯佳丽倒在河岸上，拽掉脚上的跳舞鞋和袜子，把脚伸进清凉的河水中。要是一整天都坐在这里该有多舒坦啊！远离塔拉那些无助的眼睛，这儿只有沙沙的树叶声和汩汩的流水声打破寂静。但她还是无可奈何地穿上袜子和鞋，离开树荫下长满苔藓的柔软河岸，继续向前跋涉。北佬烧毁了小桥，但是她知道再往前一百码左右，在河流比较狭窄的地方有一座独木桥。她小心翼翼走过独木桥，又顶着炎热爬了半英里的山坡才到了十二橡树庄园。

那十二棵橡树是早在印第安人的时代就矗立在那里了，不过树叶已经被火烤得焦黄，树枝也被烧得一片乌黑。约翰·韦尔克斯家房子就被这些橡树环抱在中间。这座曾经富丽堂皇的房子以前像一顶王冠君临小山之巅，白色的柱子更为它增添一分庄严，如今它却被烧得只剩下一堆废墟。原先的地窖现在成了一个大坑，再加上烧黑的石块地基和两根结实的烟囱，表明这里曾是房屋的所在。一根没有完全熏黑的长圆柱倒在草坪上，把茉莉花丛压得稀烂。

斯佳丽坐在那根圆柱上，望着眼前的景象，心里难受得无法继续朝前走。她以前从未感受过这样的悲哀。这里曾是韦尔克斯家族的骄傲，如今却成为她脚下的一片灰烬。这个亲切友好、礼貌殷勤的家竟然落得如此下场。在这里她总是受到热情欢迎，她曾渴望成为这里的女主人，结果终归枉然。她曾在这里跳舞，用餐，调情，也曾望着玫兰妮抬头对着阿希礼微笑，心里又嫉妒又伤心。也是在这里，在橡树的清凉树荫下，她说愿意嫁给查尔斯·汉密尔顿，他兴高采烈，紧紧抓着她的手。

"唉，阿希礼，"她想，"你还是死了的好！真不忍心让你看到这一切。"

阿希礼在这里娶了他的新娘，但是他的儿子还有他儿子的儿子再也无法带着他们的新娘住在这座房子里了。斯佳丽曾经那么喜爱这座房子，那么渴望主宰它，然而在这个屋檐下不会再有结婚生子。这座房子已经死了，在斯佳丽看来，仿佛韦尔克斯家所有的人都和这座房子一样化作灰烬了。

"我现在不能想这些，让我受不了。以后再去想它吧。"斯佳丽一边大声对自己说，一边把目光转向了别处。

为了寻找菜园在哪儿，斯佳丽在房子的废墟上艰难跋涉，她踩着韦尔克斯家的姑娘们热衷照料的玫瑰花坛，穿过了后院，走过了熏肉房、谷仓和鸡舍的废墟。菜园四周的篱笆已经被人推倒了，曾经整整齐齐的一畦畦绿色蔬菜也和塔拉庄园的蔬菜一样，遭到同样的摧残。松软的土地被马蹄和沉重的车轮蹂躏得一塌糊涂，蔬菜被踩成了稀泥。她在这里什么都没有找到。

她又穿过院子往回走，然后选择一条小路，通往下面一排刷得雪白的小屋，一边走一边喊："有人吗？"但是没有回答。甚至连狗叫声都没有。显然韦尔克斯家的黑人都跑光了，要不就是跟北佬走了。她知道每个黑人都有自己的菜地，她来这里就是希望这些小块的菜地能够幸免于难。

她的搜索果然有收获：大头菜和卷心菜虽然由于缺水而蔫巴巴的，却依然活着；蔓生的腰果和蚕豆虽然枯黄，却还能吃。但是她已经累得看到这些蔬菜都高兴不起来了。她索性坐在菜畦里，用手哆哆嗦嗦把菜挖起来，慢慢装进篮子里。虽然没有肋条肉和菜炖在一起，今天晚上塔拉庄园的人还是可以美餐一顿。说不定迪尔西用来点灯的熏猪油可以用来调调味。她得记着让迪尔西改烧松树枝照明，把熏猪油节省下来做饭。

在紧挨着一间小屋后台阶的菜地里，她发现一小排萝卜，她顿时感到自己饿得发慌。辛辣的萝卜正是她饥饿的肚子渴望的美餐。她几乎等不到用裙子把萝卜上的土擦去就一口咬下半个，匆匆啃起来。萝卜又老又干，还辣得她差点落泪。这团食物刚咽下去，她饥饿多时的胃就火烧火燎，她站不稳当，倒在松软的土地上，有气无力地呕吐起来。

从小屋里隐约散发出黑人的气味，这更加剧了她的恶心，她浑身无力，止不住心里的恶心，难受得只能继续呕吐，她头晕得厉害，周围的小屋和树木仿佛迅速旋转起来。

过了很长时间，她脸朝下趴在那里，土地柔软舒服得像是个羽毛枕头，她的思绪疲惫得飘忽不定。她斯佳丽·奥哈拉竟然躺在一个黑人小屋后面，身处一幢宅院的废墟中，又恶心又疲惫，动弹不得，而这个世界上却没一个人知道，也没人关心她。即使有人知道，也没人关心她，因为现在人人都有许多自己的麻烦事要操心，根本顾不上管她。而所有这一切竟然发生在她斯佳丽·奥哈拉身上，她以前连掉在地板上穿脏的袜子都不会伸手捡起，联系一下自己跳舞鞋的鞋带都不会；只要有一点小病立刻会得到悉心照顾，而她发脾气又总是被人迁就，一辈子都是如此。

她疲惫不堪地躺在那儿，虚弱得无法驱散记忆和担忧，各种记忆和担忧像秃鹰一样在她周围盘旋，等待着分享死尸。她再也没有力气说：“等我以后再想妈妈、爸爸、阿希礼，还有这片废墟——

对，以后等我能忍受的时候再去想这些。”现在她是受不了，但是不管她愿意不愿意，她却不能不想这些事。这些思绪仿佛在她头顶盘旋，还猛然俯冲下来，把尖牙利爪插进她的思绪。她脸埋在地上，趴在那里一动不动，不知过了多长时间，炙热的太阳照在她身上，她在回忆那些死去的人和逝去的往事，回忆那种一去不复返的生活，思考一片黑暗的未来中的种种艰难困苦。

当她最终从地上站起身来，再次看到十二橡树庄园烧黑的废墟，她把头抬得高高的，青春、美貌和温柔融为一体的那种气质永远从她脸上消失了。过去的已经过去。死去的人不会复活。昔日的慵懒奢华一去不复返。斯佳丽把重重的篮子挎在胳膊上，她拿定了主意，决定了自己的生活道路。

既然无路可退，她就朝前走。

今后五十年里，南方会有愁眉苦脸的妇女追忆往昔的岁月，怀念逝去的时代、缅怀死去的男人、唤起徒增伤悲的记忆。但是斯佳丽永远都不会回首往事。

斯佳丽最后一次盯着熏黑的石头地基，在她眼中，十二橡树庄园又恢复了以前富丽堂皇的骄人模样，又成了代表过去上层社会生活的象征。然后她转身下山走上了回塔拉的路，重重的篮子简直要勒进她的肉里。

饥饿又在啃噬她空空如也的胃，她大声发誓说：“上帝作证，上帝作证，北佬休想把我整垮，我会熬过这一切，我再也不要挨饿了。我的家人也绝不再挨饿了。上帝作证，哪怕我得去偷，去杀人，我也再不要挨饿了。”

接下来的几天，塔拉庄园就像是《鲁滨孙漂流记》里描述的孤岛，一切都是那么安静，那么与世隔绝。世界虽然距这里只有几英里之遥，却好像在塔拉与琼斯博罗、费耶特维尔、拉夫乔伊之间，甚至在塔拉和邻近的庄园之间隔着千万里的惊涛骇浪。那匹老马死去后，他们失去了唯一的交通工具，他们既没力气也没时间在红土路上跋涉数英里，那太令人疲倦了。

在干活累弯了腰的日子里，为了得到食物而拼命挣扎，还要无休止地照顾三个生病和产后的女子，有时候，斯佳丽不由自主竖着耳朵屏息静听以前那些熟悉的声音——黑人小屋里传来孩子的清脆笑声、从地里回来的马车吱嘎声、杰拉尔德骑马急驰穿过草场的嘶鸣声、车道上的辚辚车轮声，还有上门聊天的邻居欢快的说话声。但她什么也听不到。路上静悄悄的，没有一个人，没有飞扬起的红尘通报有客来访。塔拉仿佛成了绿山丘和红土地包围的一座小岛。

在其他地方，有的人家在自家屋檐下安心吃饭，放心睡觉。在其他地方，姑娘们像斯佳丽自己几个月前那样，身穿改过三次的衣服与男人兴致勃勃地调情，唱着《无情战争结束后》。还有的地方正在经历战争，炮声隆隆，城镇在燃烧，男人躺在到处散发着汗臭的院里慢慢腐烂。有的地方正有一支身穿脏兮兮便服的军队在赤着脚打仗，在野地里睡觉，在忍饥挨饿，在体验绝望后的身心疲惫。在某些地方，佐治亚州的群山之间，举目望去，到处是北佬的蓝色军服，那里的北佬个个脑满肠肥，战马都膘肥体壮。

塔拉以外的地方有战争，有社交生活。但是在庄园上，战争和社交生活都不存在，只有偶然在脑海里出现的一些记忆，遇上精疲力竭时，什么回忆都被掩盖起来了。外面的世界虽大，但是为了填饱空空如也或半饥半饱的肚子，什么都是次要的。只剩下两个概念与生活有关：食物，以及如何得到食物。

食物！食物！为什么肚子比脑子的记性好？斯佳丽能够忘却心痛的事情，却无法不去想饥饿。每天早晨，她半梦半醒躺在床上，想起战争和饥饿前，她懒洋洋地蜷起身子，期待闻到油煎熏肉和烤面包卷的甜香。每天早晨，她都在渴望从食物飘香中醒来。

塔拉的餐桌上有苹果、山芋、花生和牛奶，但即使是这些简单的食物也从未有过充足的时候。一天三次看到这些食物，斯佳丽就会想起过去，想起过去的那些大餐，餐桌被烛光照亮，空气中充满美食佳肴的香味。

他们那时不在乎食物，曾经多么浪费啊！一顿饭里就摆上面包卷、玉米饼、甜饼、威化饼，还有柔软欲滴的黄油。餐桌一端摆着火腿，另一端还摆着炸鸡，小锅里油彩绚丽的油汤上漂浮着一层厚厚的甘蓝叶，花色图案艳丽的瓷盆里豆子堆成山，还有炸倭瓜、炖秋葵，以及稠得都可以用刀切的萝卜奶酪酱。每餐都有三种甜点，因此每个人都可以随心挑选：巧克力夹心蛋糕、香草牛奶冻和鲜奶油蛋糕。死亡和战争都未曾让她落泪，可是想起这些美味的食品却让她不禁眼睛泛潮，让她咕噜噜叫的肚子一阵阵恶心。黑妈妈过去一直为她胃口小而担心，现在由于从事以前闻所未闻的艰苦劳作，一个十九岁姑娘健康的胃口足有以前的四倍。

塔拉再也没有胃口不好的麻烦了，斯佳丽的目光遇到的都是饥饿的面孔，黑色的，白色的。不久，卡丽恩和苏埃伦就会从伤寒病中康复，她们的胃口更是难以满足。小韦德已经不断嘟囔抱怨："韦德不喜欢吃山芋。韦德肚子饿。"

其他人也怨声不断：

"斯佳丽小姐，除非我吃饱一点儿，要不这两个孩子我一个也喂不好。"

"斯佳丽小姐，要是我吃不饱肚子，就没力气劈柴火了。"

"我的小羊羔，我都要给饿扁了。"

"女儿，我们难道每天非吃山芋不可吗？"

只有玫兰妮从不抱怨，玫兰妮的脸庞越来越窄，脸色也越来越苍白，甚至在睡梦中都会因为疼痛扭曲了面容。

"我不饿，斯佳丽。把我的那份牛奶给迪尔西吧。她正需要喝牛奶喂孩子。病人是不会感到饿的。"

可是，玫兰妮温柔中显露出的刚毅比其他人的唠叨和哀怨更能激怒斯佳丽。她可以用尖酸刻薄的话让其他人闭嘴——她也确实是这么做的，可她在玫兰妮的无私面前，就是无能为力，她因为自己的无能为力而厌恶玫兰妮。杰拉尔德、黑人，还有韦德现在都喜欢接近玫兰妮，因为即使是生病，玫兰妮还是那么和蔼而富有同情心，而近来斯佳丽却两者都没有。

韦德尤其爱赖在玫兰妮屋子里。韦德有些不对劲，但是斯佳丽没时间弄清楚。黑妈妈说孩子肚里有虫，她接受了这种说法，给他灌了些以前埃伦给黑孩子打虫的干草根和树皮。但是喝下打虫药后，孩子只是脸色变得更加苍白了。这些日子，斯佳丽简直没把韦德当人考虑。他只是她的一个担心，一张需要喂饱的嘴。等这段紧急时候过去，她会跟他玩，给他讲故事，教他学识字，可她现在没时间，也不想做这些。而且总是在她最疲惫不堪、最心烦意乱的时候，他就在身边碍手碍脚，所以她经常对他恶声恶气。

韦德一受到斯佳丽斥责，总是吓得瞪圆双眼，让她一见就有气，恨他露出低能的傻样。她没有意识到，这个小男孩受到的恐惧太强烈了，即使成人也未必能经受住这样的恐惧。韦德生活在恐惧中，恐惧震撼着他的灵魂，让他夜晚从梦中惊醒尖叫。任何不寻常的声音和严厉的话都会让他发抖，因为在他的头脑中声音和严厉的话都和北佬联系在一起，他害怕普莉西讲的鬼怪，更害怕北佬。

在围攻的隆隆炮声响起之前，韦德一直过着快乐而平静的生活。尽管母亲很少注意他，他仍然习惯于得到别人的爱抚，听别人讲和蔼的话。可是，那天晚上，他被人从睡梦中拖起，发现天空充满火焰，空气中充斥着震耳欲聋的炮声。那个晚上和接下来的一天，他第一次挨了妈妈的耳光，第一次听妈妈提高嗓门责骂他。他以前只是幸福地生活在桃树街那幢砖房里，可是那种幸福生活那天晚上后已经一去不复返，他自己永远无法再把它找回来了。在逃离亚特兰大的路上，他除了知道北佬在身后追赶外一无所知，现在他仍旧生活在恐惧中，生怕北佬会抓住他把他砍成碎块。斯佳丽一提高嗓门责骂他，他就心惊肉跳，幼小的记忆便联想起母亲第一次责骂他的情景。如今北佬和责骂声在他小小的脑袋里永远联系在了一起，所以他很惧怕母亲。

斯佳丽不可能不注意到孩子在躲避她，她在无休止的劳作中偶尔休息一下，总会想起这一点，让她烦心。这比先前让韦德一天到晚跟在自己裙边更糟，斯佳丽觉得受到了伤害，因为韦德把玫兰妮的床当作避难所，他在那里安静地按玫兰妮的指示做游戏，或者听玫兰妮给他讲故事。韦德崇拜这个声音柔和的姑姑，因为她总是对他微笑，从来也不会对他说："嘘，韦德！你真让我头疼。"也不会说："看在上帝的分上，韦德，别让人心烦！"

斯佳丽没有时间也不想爱抚韦德，但是当她看到玫兰妮这么做时却感到妒忌。一天她发现韦德在玫兰妮的床上拿大顶，倒下来压在玫兰妮的身上，她动手打了他一耳光。

"你就不知道干点别的？姑姑生病的时候还压在她身上。去，到院子里玩，以后再也不许上这来。"

但是玫兰妮虚弱地伸出一只胳膊，把孩子拉到身边。

"来，来，韦德。你不是故意压在姑姑身上，是吧？斯佳丽，他一点儿都没打扰我。就让他留在我这儿吧。让我来照顾他。这是我病好前唯一能做的事了，你够忙了，哪有时间管他。"

"玫兰妮，别傻了。"斯佳丽生硬地说，"像这样让韦德压在身上，对你的身体没好处，你怎么会好起来。现在，韦德，如果让我再抓到你在姑姑的床上玩，看我怎么教训你。别哭了。你怎么总哭个没完。要像个男子汉。"

韦德呜咽着跑下了楼。玫兰妮咬住嘴唇，泪水蒙上了双眼。黑妈妈站在客厅里，看到这一幕，皱着眉头，发出重重的叹息。但是这些日子里，没人敢跟斯佳丽说话。他们都害怕斯佳丽那副伶牙俐齿，都害怕这个附在她躯体里却与以前判若两人的斯佳丽。

如今斯佳丽统治着塔拉，于是就像其他大权在握的人一样专横，本性中所有恃强凌弱的性格便暴露出来。倒不是斯佳丽本人没有善良品质，只是因为她太害怕，对自己太不自信，生怕别人发现她并不胜任的底细，结果拒绝服从她的领导。除此以外，冲别人叫喊，看到他们害怕还有一种乐趣，斯佳丽发现这样做能够缓解自己绷得过紧的神经。她也发觉自己的性格在发生变化。有时，当她粗鲁地下命令，波克默默地紧咬下嘴唇，或是让黑妈妈嘟囔："如今有些人还真抖起来了。"斯佳丽就会感到奇怪，不知自己以前良好的风度上哪儿去了。所有埃伦下功夫向她灌输的礼节、温柔都从她身上消失得无影无踪，速度快得如萧瑟秋风扫落叶。

埃伦曾反复说："对下人要严厉，但更要和蔼，对黑人尤其该这样。"但是如果她斯佳丽总是和颜悦色，黑人就会整天坐在厨房，讨论过去的好时光，可那时屋里的黑人无须做地里黑人的活计。

“要爱护妹妹，照顾她们。对病人要慈悲，”埃伦这么说过，“要体贴不幸的人，关心患难的人。”

可如今她怎么也没法爱两个妹妹。她们不过是自己肩头的累赘。至于照顾她们，难道她没给她们洗澡，没替她们梳头，没喂她们吃饭？不是她每天步行好几英里去给她们找蔬菜吃？那头吓人的母牛冲她晃动两只角，把她吓得心都跳到嗓子眼里，难道她没有不顾恐惧学会挤牛奶？至于说和蔼，那纯粹是浪费时间。如果对她们和善，她们会赖在床上不起，而她却希望她们能尽快重新站起来，好添上四只手帮她干活。

苏埃伦和卡丽恩恢复得很慢，两个姑娘虚弱地躺在床上，骨瘦如柴。当她们人事不省的时候，世界发生了天翻地覆的变化。北佬来过，黑人都逃跑了，母亲也去世了。她们接受不了这三桩难以置信的事。有时她们认为自己一定还是处于昏迷之中，这些事情压根儿没发生过。斯佳丽变成这样，也一定不是真的。当斯佳丽站在她们床头，向她们描绘她希望她们身体复原后做的活，她们瞪着她仿佛她是个妖怪。她们无法理解不再拥有一百名为家里干活的黑奴了。她们更无法理解奥哈拉家的小姐怎么可以干体力活。

“可是姐姐，”卡丽恩说，她那充满稚气甜甜的脸被吓得发青，“我可不能劈柴火呀！它会弄坏我的手！”

“看看我的手吧。”斯佳丽把自己起泡长趼的手掌伸向卡丽恩，微笑中满是鄙夷。“我讨厌你这么跟我和卡丽恩说话！”苏埃伦喊道，“你在撒谎，想吓唬我们。如果妈妈还在，她一定不会让你这么跟我们说话！劈柴，亏你想得出！”

苏埃伦身体虚弱，却憎恶地瞪着姐姐，心想斯佳丽说这些是存心跟她们过不去。她苏埃伦差点就活不了，母亲也死了，她又孤单又害怕，需要有人爱抚她、照顾她。然而斯佳丽却每天在床头看着她们，一双绿眼睛斜瞟着她们，射出憎恶的光芒，判断着她们的恢复程度，一面还跟她们谈论以后干的活，诸如铺床、做饭、拎水、劈柴，等等。而且她似乎还以说这些可怕的事情为乐。

母亲以前教她的东西如今没有一点儿价值，斯佳丽感到又痛心又茫然。她没有认识到，埃伦无法预料到她养育大三个女儿的文明环境会崩溃，更没料到她苦心培养女儿，让她们去占据社会地位，结果这个社会却不复存在了。斯佳丽也没有认识到，埃伦教她要行为文雅，举止得体，高尚可亲，谦虚可信，她把今后的生活想象得如同自己平静如水的生活，认为不会有波澜。所以埃伦说，女子只要学会这些品质，生活就不会亏待她们。

斯佳丽绝望地想："不，不对，全错了，妈妈教的对我一点帮助都没有！如今和善有什么用？文雅有什么价值？还不如教我像黑人一样耕地摘棉花呢！哦，妈妈，你错了！"

她也不想想，埃伦那个秩序井然的世界已经瓦解，取而代之的是一个残酷的世界，一个一切标准、价值都发生变化的世界。她只是看到或认为自己看到母亲的错误，使她赶忙改弦更张，迎合这个她还没有准备好要面对的新世界。

只有她对塔拉的感情没有变。她从地里拖着疲惫的身体回家，看到那座宽大的白房子，心里就充满了爱，满是回家的喜悦。每当她望着窗外的绿色牧场、红土田野，以及沼地上浓密挺拔的树丛，胸中就会涌起一种美的感觉。其他一切都发生变化时，斯佳丽身上没有发生改变的就是她对这片土地的热爱，这里有柔和起伏的山丘，有鲜红艳丽的土壤，土壤的红色又有血红、石榴红、砖红、朱砂红各种色彩，而这片红土地上又会神奇地长出绿油油的灌木丛，白色的绒毛点缀其间。世界上任何地方都没有这么美的土地。

斯佳丽望着塔拉庄园时，就有点理解人们为什么打仗。瑞特说人们打仗是为了钱，他错了。不，人们是为了连绵起伏的土地，为了精耕细作的土地而战，是为了刈打牧草后整整齐齐的绿色牧场而战，是为了潺潺流淌的黄色河流和木兰丛中的白色房子而战。这些才是值得为之战斗的东西，红色的土地是他们的，并且将属于他们的后代子孙；红土地上长出的棉花属于他们的子孙，以及子孙的子孙。

如今，塔拉遭受过践踏蹂躏的土地是便是她拥有的一切，因为妈妈和阿希礼都死了，爸爸杰拉尔德由于惊吓而衰老，金钱、黑奴、安全、地位都在一夜之间化为乌有。斯佳丽恍如隔世地想起了和父亲的一次谈话，是关于土地的谈话，她奇怪自己当初怎么那么幼稚，那么无知，那时父亲说土地是世界上唯一值得为之而战的东西时，她竟然不理解父亲的意思。

因为这是世界上唯一永恒的东西……对于任何一个身上流淌着爱尔兰血液的人，土地就像母亲……这是唯一值得为它辛苦，为它战斗，为它牺牲的东西。

是的，塔拉值得为之而战，斯佳丽二话不说就接受了这场战斗。没有人能从她手中把塔拉夺走。没有人能迫使她和她的家人背井离乡企求亲戚的施舍。她要把塔拉维持下去，即使她不得不把这里每一个人的脊梁都累断，她也在所不惜。

第二十六章

斯佳丽从亚特兰大返回塔拉后已经两个星期了，脚上最大的一个水泡开始溃烂，脚肿得连鞋都穿不上，路也不能走，只能用脚后跟着地一瘸一拐走路。她看着自己脚上肿痛的伤口，心里感到一阵绝望。要是像那些士兵的伤口一样生了坏疽，又找不着大夫，她会不会死去？眼下生活虽然苦，可她绝不愿撒手而去。要是她死了，谁来照顾塔拉呢？

斯佳丽刚回家的时候，还希望杰拉尔德能恢复昔日的精神，重新发号施令，但是从这两个星期看，这个希望落空了。现在她知道无论自己愿不愿意，庄园以及这里所有人都要依靠她这一双缺乏经验的手，因为杰拉尔德仍然安静地坐在那里，像个做梦的人一样，温顺安详得让人恐惧，对塔拉的事充耳不闻。斯佳丽向他请教，他唯一的答案就是："女儿，你认为怎么做好就怎么办吧。"或者更糟的是："小姑娘，去跟你妈妈商量吧。"

他再也不会有什么变化了。现在斯佳丽已经意识到这个事实，也已经心情平静地接受了这一事实：杰拉尔德会一直这样等待着埃伦，永远竖起耳朵留意埃伦的声音，到死都不会变。他处在朦胧的阴阳界，在那里，时间停滞不前，而埃伦仿佛就在隔壁房间里。埃伦的死带走了他活下去的主要动力，他狂妄的自信、莽撞和永不疲倦的活力也随之消失了。埃伦是他杰拉尔德·奥哈拉热情表演的唯一观众。如今幕布已经永远落下，舞台上的灯光也渐渐暗淡，观众突然消失，只剩下目瞪口呆的老演员仍旧留在空荡荡的舞台上，等着有人提示台词。

那天早晨，屋子里静悄悄的。除了斯佳丽、韦德和三个生病的女子外，其他人都在沼泽地里抓那头老母猪。就连杰拉尔德也振作了一些，一手搭在波克的胳膊上，一手拎着一卷绳子，磕磕绊绊穿过犁过的地向前走。苏埃伦和卡丽恩哭过后睡去了，她们每天至少会想起埃伦两次，一旦想起母亲，悲伤和虚弱的泪水就顺着凹陷的脸颊流淌下来。玫兰妮那天第一次靠在枕头上坐起身。她身上盖着打补丁的被单，坐在两个婴儿中间，一条胳膊搂着长出亚麻色绒毛头发的孩子，另一条胳膊同样温柔地搂着迪尔西长着黑色鬈发的孩子。韦德坐在床脚边听她讲童话。

对斯佳丽来说，塔拉静得令人无法忍受，因为这会让她想起从亚特兰大逃回家那漫长的一天路过的荒村弃乡死一般的沉寂。连母牛和小牛都一连几小时没有动静。窗外没有鸟叫声，甚至已经在木兰树沙沙作响的树叶丛里住了好几代的模仿鸟那天也不放声鸣唱。斯佳丽搬了一把矮背椅子坐在卧室敞开的窗前，裙子拉起放在膝盖上，胳膊支在窗棂上，两手托着腮帮，望着屋前的车道、草坪，还有路那边空无一人的绿色草场。她身边的地板上放着一桶井水，她不时把长满水泡的脚放进桶里，刺痛让她难受得龇牙咧嘴。

她下巴支在胳膊上坐着发愁。就在她最需要力气的时候，偏偏脚趾开始溃烂。那些傻瓜们永远也抓不住那头老母猪。他们花了一个星期的时间才把那几头小猪一头一头抓回来，可是都过了两个星期，那头老母猪却仍然没有就范。斯佳丽知道，要是她和他们一起去了沼泽地，她就会把裤腿高高卷起，抓住绳索抛出套索，不等老母猪明白过来，就把它套住了。

但是，就算抓住那头老母猪，又怎么样呢？把老母猪和它的一窝小猪崽吃掉后又该怎么办？生活还要继续，人们的胃口还是需要有东西来填饱。冬天就要到了，那时候就什么吃的也没有了，连从邻居菜园里捡来的蔬菜也要吃光了。他们必须储存干豌豆、高粱、肉、大米……有很多东西要储存。还需要明年春天播种用的玉米种子、棉花种子，还有新衣服。从哪儿能弄到这些东西，她该从哪儿弄钱买这些东西啊？

她私下里翻过杰拉尔德的口袋和钱箱，只找到一沓沓的邦联债券和三千元邦联钞票。她自嘲地想如今邦联钞票一文不值，这些钱只够他们大吃一顿。再说啦，即使她有钱，也能找到卖食品的，她又怎么能把食品运回塔拉？上帝为什么让那匹老马死了？哪怕是瑞特偷来的那匹孱弱不堪的牲口也会给他们的生活带来新景象。哦，当初在路那边牧场上溜达的毛皮发亮的骡子、那些拉马车的漂亮马儿、自己那匹小母马、妹妹们的小马驹和杰拉尔德扬蹄奔驰的大公马，奔跑时草皮在马蹄下四溅——哎，要是剩下一匹，哪怕是那头最倔强的骡子能留下也好啊！

不过，没有关系，等她的脚好了，她可以步行去琼斯博罗，她平生还没走过那么长的路，但她会走到的。即使北佬把琼斯博罗给彻底烧光，她也一定能在附近什么地方找到人告诉她在哪里能弄到食物。韦德饿得瘦瘦的小脸浮现在她眼前。他总是说他不喜欢吃红薯，想吃鸡腿、米饭和肉汤。

屋前院子里明媚的阳光仿佛突然被阴云笼罩，泪水模糊了树影。斯佳丽的头垂下来，耷拉在胳膊上，她努力不让自己哭出来。现在哭没有任何用。只有身边有个男人，你想得到他的帮助时，哭才能发挥作用。斯佳丽蜷缩在那里，使劲闭上眼睛，不让眼泪流下来，突然一阵马蹄声把她惊起来。她没有抬头。这两个星期的许多日日夜夜里，她不知多少回想象听到这种马蹄声，也想听到埃伦的裙裾声。每次在这种时刻，她的心就像过去一样怦怦乱跳，然后她对自己说：“别犯傻了。”

然而马蹄声渐渐慢了下来，变成了走路声，声音真切得让人吃惊。接着石子路上传来嘎吱嘎吱的声音。真是有人骑马来了——

塔尔顿家还是方丹家的？斯佳丽赶忙抬起头。来的竟然是个北佬骑兵。

斯佳丽不由自主往窗帘后一躲，透过窗帘布磨得透光的褶子惊恐万分地盯着那人，吓得大气也不敢出。

那人懒洋洋地骑在马鞍上，只见他身材矮壮，长相粗鲁，乱蓬蓬的黑胡须散落在敞开的蓝军服上，一双老鼠眼离得很近，在刺眼的阳光下眯成一条缝，不紧不慢地从紧绷绷的蓝军帽檐下打量这座房子。他慢吞吞地翻身下马，把缰绳扔过来套在拴马桩上，这时斯佳丽又突然恢复了喘息，呼吸得非常痛苦，就像有人朝她肚子上猛击了一拳。一个北佬，一个屁股后面挂着长筒手枪的北佬！而此刻房子里她正孤身一人，另外还有三个生病的女子和两个婴儿！

当那人溜溜达达朝向房子走来，两只小眼珠滴溜溜左顾右盼，斯佳丽脑海中像万花筒一样闪现出各种情景，佩蒂帕特姨妈压低声音讲的故事，没有任何防御能力的妇女受到袭击，有的被割断喉咙，垂死的女人倒在地板上，房子开始燃烧，孩子因为哭喊结果让刺刀挑死。一切难言的恐惧都与“北佬”这个词联系在了一起。

斯佳丽受到惊吓的第一冲动就是想尽一切办法远离这个北佬，躲在橱柜里，趴在床下，或是从后面的楼梯飞奔而下，尖叫着跑到沼泽地。然后她听到他小心翼翼地走上屋前的台阶，鬼鬼祟祟地踏进门厅，她明白逃跑的路被切断了。她由于害怕浑身发冷，连动都动不了，只听到那人在楼下从一个屋子走到另一个屋子，因为没有发现有人，他的脚步声变得越来越响亮、越来越大胆。此刻他进了餐厅，马上就会从餐厅走进厨房。

一想到厨房，斯佳丽胸中立刻充满愤怒，这愤怒来势凶猛，像一把尖刀一样刺痛她的心，在她压倒一切的愤怒面前害怕退却了。厨房！在厨房的炉笼上有两口锅，一个里面盛着炖苹果，另一个里面是大杂烩，做大杂烩的蔬菜是费尽千辛万苦从十二棵橡树和麦金托什家的菜园弄来的，这两样东西两个人吃都不够，却要让九个饥肠辘辘的人晚饭时充饥。斯佳丽好几小时以来一直抑制自己的食欲，为的是等其他人回来再吃。想到那个北佬会吃掉他们有限的食物，斯佳丽不禁气得浑身发抖。

这帮天杀的！他们像蝗虫一样从天而降，然后让塔拉的人慢慢饿死，如今他们又回来偷他们可怜的残余食物。斯佳丽空空如也的胃一阵痉挛。老天在上，这个北佬再也别想偷东西了！

斯佳丽轻轻脱掉脚上那只破旧的鞋子，光着脚吧嗒吧嗒地迅速走到写字台前，甚至连那个溃烂的脚趾都没觉着疼。她悄悄地打开最上面的一个抽屉，抓起她从亚特兰大带回来的那把沉甸甸的手枪，查尔斯佩带过这把枪，可他从来没用它开过火。她从墙上军刀下挂着的皮枪套里摸出一颗子弹，塞进枪膛，手一点儿都没抖。接着她迅速而无声地跑到楼上的过厅，一只手抓住楼梯扶手，另一只手藏在裙褶里，紧贴着大腿握住手枪，飞跑下楼。

"什么人？"一个鼻音很重的声音喊道，斯佳丽停在楼梯半中间，耳朵里脉搏嗵嗵响得厉害，让她几乎听不清那人说话的声音。"站住，不然我开枪了！"那个声音再次喊道。

那人紧张地半蹲半站在餐厅的门口，一只手拿着手枪，另一只手里抓着花梨木的针线盒，里面有金顶针、金柄剪刀和一枚金刚玉小锥子。斯佳丽的腿一直凉到膝盖，但是愤怒烧红了她的脸庞。他手里拿的是埃伦的针线盒。斯佳丽想对他大喊："把它放下！把它放下，你这个卑鄙的……"但是她喊不出来。她只能越过扶手瞪着那人，看着他的脸由凶狠紧张变成半轻蔑半冷笑的模样。

"原来还有人在家呀。"他说着把手枪插回皮套里，一面走进门厅，就站在斯佳丽下面。"就你一个，小妞儿？"

说时迟，那时快，斯佳丽猛地把枪举过栏杆，对准那张胡子拉碴的脸，那人惊恐万状，还没来得及摸着枪，斯佳丽已经扣动扳机。手枪的后坐力让她头晕目眩，爆炸的声音震耳欲聋，呛人的硝烟直冲鼻孔。那人朝后倒在地板上，四肢伸开，身子一半倒在餐厅里，倒下去的力量把家具都震得摇晃了。针线盒从他手里滑落，里面的东西哗啦一声撒在他周围的地上。斯佳丽不由自主地跑到楼下，站在他身边，俯视着那张脸，看着他胡须以上挨了枪子的部分，原来是鼻子的位置，现在成了一个大血窟窿，被火药烧焦的双眼呆滞不动。就在斯佳丽仔细观察的时候，两股血流到了锃亮的地板上，一股从脸上流，一股从后脑勺流。

是的，他死了。这一点毫无疑问。她杀了人。

硝烟缓缓向上飘到屋顶，两股殷红的血流在斯佳丽脚边蔓延开来。她站在那里的一刻仿佛无限长，在静谧炎热的夏日清晨，任何一种无关的声响和气味都似乎变得比平常明显了许多倍，其中有她敲鼓般的怦怦心跳，木兰树叶轻微的沙沙声，远处一只沼泽野禽的悲鸣，还有窗外花朵的芳香。

她杀了一个人，以前遇上打猎，她总是尽量避开捕杀场面，她以前连杀猪时猪的哀号和陷阱中兔子的尖叫都忍受不了。凶手！她木然地想。我成了凶手。哦，这事不可能发生在我身上！她的目光落在地板上那只指头短粗、汗毛浓密的手，手离针线盒非常近，她一下子又回过神，感到一种冷酷残忍的快感。她都想用脚后跟踩在原来是鼻子的伤口上，让自己的光脚沾上热乎乎的鲜血，体会解恨的快意。她这一枪是为塔拉报仇，为埃伦报仇。

楼上的过道里传来一阵匆匆忙忙、踉踉跄跄的脚步声，停顿了一下后，脚步声变成了有气无力拖着脚走的声音，其间夹杂着叮叮当当的金属碰撞声。斯佳丽恢复了对时间和现实的感觉。她抬头一看，只见玫兰妮站在楼梯顶上，只穿着一件充当睡衣的破衬衣，她无力地握着查尔斯的军刀，胳膊耷拉下来。玫兰妮看了一眼便全明白了——一具身着蓝色军服的尸体倒在血泊中，身边是针线盒，斯佳丽光着脚，脸色发白，手里抓着长筒手枪。

她的目光与斯佳丽的目光默默相遇。玫兰妮平素温柔的脸上闪烁着严峻而骄傲的微笑，表示出赞许和喜悦，跟斯佳丽心中汹涌翻腾的感情恰好吻合。

“怎么，怎么，她竟然和我一样！她理解我现在的感受！”斯佳丽心中在那长长的一刻闪现出这样的念头，“她会做出跟我一样的举动。”

斯佳丽激动地抬头看着这个弱不禁风的女人，她以前对玫兰妮只有讨厌和瞧不起两种感情。如今，一种新的感情油然而生，既有欣赏，也有同志般的情谊，压倒了对阿希礼妻子的厌恶。在胸襟坦荡、不受任何其他感情影响的一刻，斯佳丽看出在玫兰妮柔和的嗓音和像鸽子一样温和的眼睛里，有一种如钢刀般不屈不挠的坚忍意志，她还感到在玫兰妮娴静的性格中有冲锋陷阵的勇气。

“斯佳丽！斯佳丽！”从关闭的门中传来苏埃伦和卡丽恩惊恐而虚弱的尖叫，韦德则拼命地喊：“姑姑！姑姑！”玫兰妮连忙伸出一个手指堵在嘴上，示意斯佳丽不要出声，然后她把军刀放在楼梯顶上，挣扎着穿过楼上的过道，打开病室的房门。

“别害怕，胆小鬼！”她用戏谑的声音说，“不过是你们姐姐想把查尔斯那把枪上的土擦一擦，枪走火了，还把她吓得半死！”“哦，韦德·汉密尔顿，妈妈用你爸爸的枪开了一枪，等你再长大了，她也会让你打枪的。”

“不动声色的谎言！”斯佳丽暗生佩服。“我的反应可没她快。但是干吗撒谎呢？应该让他们知道我做的事。”

她再次低头看了一眼脚下的尸体，这下她不再感到愤怒和恐惧了，而是感到深深的厌恶，她的双膝出于反作用开始发抖。玫兰妮又挣扎着回到楼梯顶上，抓着扶手向楼下走来，牙齿咬住发白的下嘴唇。

“回到床上去，傻瓜，你会要了自己的命！”斯佳丽喊道。但是衣衫不整的玫兰妮还是挣扎着下了楼，来到楼下的走廊。

“斯佳丽，”她低声说，“我们必须把他从这里弄出去埋掉。他可能不是一个人，要是他们发现他在这儿……”她抓住斯佳丽的胳膊，免得摔倒。

“他肯定是一个人，”斯佳丽说，“我从楼上的窗户没看见其他人。他肯定是个开小差的。”

“就算他是一个人，也不能让其他人知道。黑人嘴巴不严，北佬会来抓你的。斯佳丽，我们必须在家里人从沼泽地回来前把他藏起来。”

玫兰妮急切的话开始让斯佳丽苦思冥想。

“我可以把他埋在花园角落凉棚下面——那里土是松的，因为波克前不久从那儿把威士忌挖出来。但是我怎么才能把他弄到那里？”

“我们一人抬一条腿把他拖出去。”

玫兰妮口气坚定地说。尽管不情愿，斯佳丽对玫兰妮更加佩服了。

“你连只猫也拖不动。我来拖吧，”斯佳丽生硬地说，“你回床上躺着。你会要了自己的命。别再想着帮我了，要不我就动手把你抬上楼。”

玫兰妮苍白的脸上露出一丝甜美的笑容表示理解。“你真是太好了，斯佳丽。”说着，她的嘴在斯佳丽面颊上轻轻擦了一下。没等斯佳丽从惊讶中定下神，她接着说：“你要是一个人能把他拖出去，那我把这儿擦干净，这里乱糟糟的一片，要在家里人回来前收拾好。斯佳丽……”

“什么事？”

“你认为检查一下他的背包算不算不道德呢？说不定他身上有吃的。”

“我认为不算。”斯佳丽答道，同时暗暗懊恼为什么自己没有想到这一点。“你去搜背包，我来搜他的口袋。”

斯佳丽嫌恶地弯下腰解开死人军服上剩下的扣子，一个接一个地搜他的口袋。

“哦，上帝啊。”她低声说，拽出一个破布包着的鼓鼓囊囊的钱包。

“玫兰妮……玫兰妮，这里面一定装满了钱。”

玫兰妮什么也没说，只是一下子坐在了地上，背靠在墙上。

“你看吧，”她声音发颤，“我觉得有点累。”

斯佳丽撕开破布，双手颤抖地打开了皮夹。

“瞧啊，玫兰妮，你瞧！”

玫兰妮抬头一看，眼睛都睁大了。皮夹里乱糟糟地塞满了各种钞票，联邦政府的绿色钞票里夹杂着邦联政府的钞票，其间还闪烁着一个十美元和两个五美元的金币。

“现在先别数钱。”看到斯佳丽开始点这些钞票，玫兰妮说，“我们没时间……”“你难道没明白吗，玫兰妮？这钱意味着我们有吃的了。”

“是的，是的，亲爱的。我明白，但是我们现在没时间数钱。你搜一下他的其他口袋，我搜他的背包。”

斯佳丽不情愿地放下了钱夹。她面前展现出光明的前景：有了真正的钱、北佬的马，还有食物！上帝保佑啊！这一切都是上帝赐予的，尽管上帝赐予的方式不同寻常。斯佳丽蹲下身子，傻笑着盯着钱夹。食物！玫兰妮从她手中抽出钱夹。

“快点搜吧！”玫兰妮说。

除了一个蜡烛头、一把小折刀、一小块嚼烟和一点麻线以外，裤子口袋里再没有其他东西了。玫兰妮从背包里搜出一小包咖啡，她使劲闻闻，就好像那是最醇香美妙的香水，还有一块硬饼子，接着她的脸色一下子变了，一个嵌有小姑娘袖珍肖像的珍珠金相框、一枚石榴石胸针、两只带有细细金链子的黄金宽手镯、一枚金顶针、一只婴儿小银杯、金刺绣剪刀、单枚钻石戒指和一对带梨形钻石坠子的耳环，尽管斯佳丽和玫兰妮都是外行，可她们也能看得出，每颗钻石都远不止一克拉。

“他是个贼！”玫兰妮悄声地说，同时身体向后缩，想离尸体远一些。

“斯佳丽，这些一定都是他偷来的。”

“当然啦，”斯佳丽说，“而且他到这儿也是想从我们这里再多偷点。”

“我真高兴你杀了他。”玫兰妮说，温顺的眼睛里目光严峻。“亲爱的，现在快点儿把他从这里弄出去吧。”

斯佳丽弯下腰，抓住死人的靴子往外拖。他怎么这么重！斯佳丽一下感到自己是那么无力！要是拖不动他怎么办？她转过身背对着尸体，一只胳膊从底下拽住一只沉重的靴子，然后自己重心向前。尸体被拖动了，她又向前拽一下。刚才一时兴奋忘记疼痛的脚，现在才觉得疼得要命，不得不咬紧牙关，把身体的重量挪到脚后跟上。她使劲把尸体一点一点往前拽，汗珠从额头上滴下来，就这样把尸体拽下穿堂的台阶，经过之处留下鲜红的血迹。

“他要是穿过院子也这么流血，我们就没法掩盖了。”斯佳丽气喘吁吁地说。“把你的内衣脱下来给我，玫兰妮，裹在他头上。”

玫兰妮苍白的面孔变得绯红。

“别傻了，我又不会看你，”斯佳丽说，“要是我穿着内衣或内裤，也会脱下来用的。”

玫兰妮靠着墙蜷缩成一团，把那件破亚麻衬衫从头上褪下来，一声不吭地扔给斯佳丽，然后努力用两只胳膊护住自己的身体。

“感谢上帝，我可不会这么害羞。”斯佳丽心里想，在把破布裹住被打烂的脸时，她虽然没有看到玫兰妮的窘态，心里却感到了。

斯佳丽瘸着腿连拉带拽，把尸体从过道拉向后门廊，她停下来用手背擦拭额头的汗水，回头瞥见玫兰妮坐在地上靠着墙，屈起两个瘦瘦的膝盖掩盖裸露的乳房。斯佳丽气恼地想：玫兰妮真是够傻的，这种时候还顾得上难为情。正是玫兰妮这种永远不失规矩的举止，才让斯佳丽对她心生轻蔑。不过斯佳丽立刻感到惭愧。毕竟……毕竟玫兰妮刚生了孩子不久，不但从床上爬起来，而且还拿着一把她都几乎拎不动的武器来帮她。这需要勇气。斯佳丽承认自己并不具备这种柔若娟丝，而坚忍如钢的勇气，在亚特兰大陷落的那个可怕的晚上以及逃跑回家的漫漫旅途上，玫兰妮都表现出这种勇气。韦尔克斯家族所有成员都拥有这种不可捉摸、不引人注目的勇气。斯佳丽虽然不理解这种品质，却不由得心生敬意。

“回到床上去，”斯佳丽朝身后说，“再不回去，你会要了自己的命的。我把他埋了后，再回来收拾这里乱糟糟的一团。”

“我用一块破布来收拾吧。”玫兰妮小声说，看着地上那摊血，她的脸色非常难看。

“随你的便，要是你自己不想活了，我才不管呢！万一在我弄完前家里有人回来，想办法让他们待在屋里，告诉他们马不知是从什么地方跑来的。”

玫兰妮坐在清晨的阳光里瑟瑟发抖，她捂住耳朵，害怕听到死人被拖下门廊台阶时发出的令人恶心的咚咚声。

没有人问马是从什么地方跑来的。近来有一场战斗，显然马是从战场上跑来的，大家都很高兴有了匹马。斯佳丽把那个北佬埋在葡萄架下自己挖的一个浅坑里。支撑着粗粗葡萄藤的柱子已经腐烂，那天夜里斯佳丽用切菜刀对着柱子一气乱砍，直到把柱子砍倒，葡萄藤散落得满地都是，把那个坟墓覆盖起来。在整修过程中，斯佳丽唯独不提替换这些柱子的事，即使有黑人猜出了其中的原委，他们也保持着沉默。

在那些由于过度疲劳而无法入睡的漫漫长夜中，没有鬼魂从那个浅浅的坟墓中爬出来纠缠她。想到这事她既不害怕也不后悔。她自己也奇怪怎么会这样，要知道假如是在一个月前，她绝对不会做出这种事。年轻妩媚的汉密尔顿夫人，面带酒窝，整日晃着叮咚作响的耳坠子，简直什么都不会做，居然把一个人的脸打得稀烂，然后又把他埋在匆忙挖成的坑里了事！想到要是给那些认识她的人知道了，他们会被吓得目瞪口呆，斯佳丽不禁龇牙苦笑。

“我再也不去想它了。”斯佳丽暗下决心，“事情已经过去，我要是不杀他就是个傻瓜。我承认……我承认自从回家后我有点变了，否则我做不出这种事。”尽管她有意不去想它，但是每当她遇到令人不快而又棘手的难题时，在她脑海深处就会蹦出一个念头给她力量：“我连人都敢杀，这种事当然不在话下。”其实，斯佳丽发生的很多变化，就连她自己都没有意识到。当初她趴在十二橡树庄园的黑人菜园里，她的心就开始变硬，而且正慢慢地越变越硬。

如今有了一匹马，斯佳丽可以亲自去看看邻居们的情况了。自从她回家以来，她已经绝望地想了上千回："县里难道就剩下我们几个人？别人被烧死了呢，还是都逃到梅肯去了？"十二橡树庄园、麦金托什庄园和斯莱特里小屋都化为废墟的景象在她脑海中还历历在目，让她有点害怕去发现真相。不过知道了最糟糕的情况也比一无所知好，所以她决定先骑马去方丹家，这倒并非因为他们是最近的邻居，而是因为老方丹大夫可能在家。玫兰妮需要位医生。她恢复得不好，苍白虚弱的模样，着实让斯佳丽担心。

所以当斯佳丽的脚好得能穿上鞋了，就骑上那匹北佬的马。一只脚伸进改短的马镫，另一条腿屈起来搁在马鞍的鞍头，这样就大致和女士的侧鞍差不多了，然后她出发，穿过田地朝含羞草庄园方向骑去，心里做好了准备，估计会看到那里被烧成废墟的景象。

结果她又惊又喜，看到那座已经褪色的黄墙房子仍然矗立在含羞草丛中，看上去依旧是昔日的模样。方丹家的三个女人从房子里出来迎接斯佳丽，她们又是亲吻，又是欢呼，让斯佳丽感到温暖和幸福，几乎幸福得流下眼泪。

然而当初次见面的兴高采烈平静下来后，她们簇拥着走进餐厅坐了下来，斯佳丽感到一阵悲凉。北佬没有到含羞草庄园来，是因为它远离大路。所以方丹家的牲口和粮食都保存了下来，但是它和塔拉和整个县一样，也笼罩在一种异样的寂静中。除了四名做家务的女奴外，其他的奴隶听说北佬逼近后全给吓跑了。除非萨丽未出襁褓的小儿子乔算作男人，这里再没有其他男丁。偌大的房子里只剩下七十多岁的方丹老奶奶，她那已经五十多岁仍被称作"少奶奶"的儿媳，还有刚满二十岁的萨丽。她们没有近邻，也没人保护，但如果说她们担惊受怕，她们的脸上倒没有表现出来。斯佳丽想可能是萨丽和少奶奶太惧怕那位看上去像瓷器一样脆弱，但实际上是不屈不挠的老太太，所以即使有什么不安也不敢说出来。斯佳丽自己就很害怕这位老太太，过去她曾经领教过老太太犀利的眼光，更领教过她刻薄的话语。

尽管这三个人没有血缘关系，年龄差距悬殊，但是相似的精神和遭遇把她们紧紧联系在一起。三个人都穿着自家漂染的丧服，看上去都那么憔悴、悲伤、郁闷，尽管她们没有不满，没有抱怨，然而从她们的微笑和欢迎话语的背后却能让人感到她们内心的苦痛。她们的奴隶跑了，钱变得一文不值，萨丽的丈夫乔在葛底斯堡战死，少奶奶也是寡妇，因为小方丹大夫在维克斯堡死于痢疾。其余两个小伙子亚历克斯和汤尼则在弗吉尼亚州的什么地方，没人知道他们是死是活；老方丹大夫则跟随惠勒的骑兵到了其他地方。

“老傻瓜都快是七十三岁的人了，还不服老，他浑身患风湿疼痛的关节比猪身上的跳蚤还多。”老太太虽然嘴上这么说，其实很为自己的丈夫骄傲，她神采奕奕的目光表明她讽刺挖苦的话语不是真心的。

“你们有没有亚特兰大的消息？”等大家都坐好后，斯佳丽问。

“我们在塔拉彻底与世隔绝了。”

“啊呀，孩子，”老太太照例控制着谈话，“我们的情形还不和你们一样。除了知道谢尔曼最终占领了亚特兰大，我们也是一无所知了。”

“这么说他到底还是把城给占了。那他如今在干什么？眼下在哪儿打仗？”“我们三个孤身女人待在乡下，几个星期看不到一封信，读不到一张报纸，怎么会知道打仗的事？”老太太尖刻地说，“我们的一个黑奴跟另外一个黑人聊天，那个黑人遇见过一个去过琼斯博罗的人，除此之外我们再没听到过其他消息了。他们说北佬赖在亚特兰大不走了，他们的人马都在休息，不过这消息是真是假你比我更清楚。我们把他们打得够呛，他们是得好好休息一下。”

“这些日子你一直在塔拉，我们却什么都不知道！”少奶奶插话说，“哦，都怪我没有骑马过去看看！可是自从大部分黑人都跑掉后，这里要干的活太多，我实在走不开。不过我还是应该抽时间过去。我太不像个邻居了。当然，我们以为北佬放火把塔拉烧了，就像他们把十二棵橡树和麦金托什家烧了一样，你们逃到梅肯了。斯佳丽，我们做梦也没想到你在家。”

“对啊，奥哈拉先生的黑奴打这儿路过时，吓得眼珠子都要掉出来了，他们告诉我们北佬要烧塔拉了，我们还能有别的想法？”老太太插嘴道。

“我们以为……”萨丽开始说。

“我正说着话呢，”老太太毫不客气地说。，“他们说北佬在整个塔拉扎了营，你们家的人打算往梅肯逃。就在那天晚上我们看见，塔拉那边火光冲天，持续了好几小时，把我们可怜的黑鬼吓坏了，结果他们全跑了。那火烧的是什么？”

“那是我们所有的棉花，值十五万美元呢。”斯佳丽痛心地说。

“应该感谢上帝，烧的不是你们的房子，”老太太把下巴支在拐杖上说，“棉花你们还可以种出更多，房子可是种不出来。对了，你们开始摘棉花了没有？”

“没有呢，”斯佳丽回答说，“反正大部分都给毁了。我想剩下的最多不会超过三包，还都长在河谷底下，离家远得很。而且收了又有什么用？我们地里干活的黑奴都跑光了，没人摘。”

“哎呀，听听‘我们地里干活的黑奴都跑光了，没人摘’！”老太太学着斯佳丽的腔调说，还挖苦地瞥了斯佳丽一眼。“小姐，你自己这双漂亮的爪子有什么不对的地方吗？还有你两个妹妹的呢？”

“我！让我去摘棉花？”斯佳丽吓得叫了起来，仿佛老太太让她去干最见不得人的罪恶。“像个干地里活的黑鬼那样？像个穷白佬那样？像斯莱特里家的女人那样？”

“穷白佬，真是的！你们这代人倒真娇气，真有小姐派头！让我来告诉你吧，小姐，当我还是个小姑娘的时候，我父亲破了产一文不名，我可不是就凭着双手干活，包括干地里的活，直到父亲挣到足够的钱又买了几个黑奴为止。我自己犁过地，摘过棉花，要是有必要我还会这么做。现在看来好像还真有必要。穷白佬，真是的！”

“哦，不过，方丹妈妈，”她的儿媳插话说，一边向两个姑娘央求地看，让她们帮她让老太太消消气，“那可是很久以前的事了，那个时代和现在完全不同，如今世道变了。”

“只要正当劳动的需求存在一天，世道就一天不会变。”目光锐利的老太太拒绝别人调解。“斯佳丽，听你刚才站在那里说，仿佛干正当劳动的白人就不够高尚，我真替你妈感到羞愧。‘亚当耕地，夏娃纺纱……’”

为了换个话题，斯佳丽赶忙问：“塔尔顿家和卡尔弗特家怎么样了？他们的房子是不是给烧了？他们逃到梅肯去了没有？”

“北佬从来没有去过塔尔顿家。他们跟我们一样离大路远。不过北佬去了卡尔弗特家，偷了他们全部的牲口和家禽，还挑拨所有黑人跟他们跑掉了……”萨丽说。

老太太又打断了她的话：“嗬！他们向所有的黑人娘儿们许诺，让她们穿绸戴金——他们就是这么说的。凯瑟琳说，有的北佬骑兵走的时候马鞍后面还驮着个愚蠢的黑娘儿们。哼，她们只会养个不黑不白的小杂种，其他什么都得不到。而且我敢说，北佬的血统不会改良这个种族。”

“哦，方丹妈妈！”

“别摆出这么张大惊小怪的脸，简。我们难道不都是结过婚的吗？而且上帝知道，我们以前不也见过白黑混血的小孩吗？”

“他们为什么没有烧了卡尔弗特家的房子呢？”

“房子是第二位卡尔弗特太太跟那个北佬监工希尔顿两人的口音救下来的，”老太太说，她总是把那位以前的家庭教师称作“第二位卡尔弗特太太”，尽管第一位卡尔弗特太太已经去世二十年了。

“‘我们坚决拥护联邦政府’，”老太太故意憋住细长的鼻子模仿道，“凯瑟琳说他们两个拼命赌咒发誓，说卡尔弗特家的人都是北佬。可怜的卡尔弗特先生死在了荒野中！雷福特死在了葛底斯堡，凯德还随军在弗吉尼亚打仗！凯瑟琳感到蒙羞受辱，她说自己宁愿房子被烧了。她还说要是凯德回来听到这事，一定会把肺都气炸。男人娶个北佬就会落得这么个下场——他们没有自尊，不懂得体统，只会关心自己的皮肤……北佬怎么没烧塔拉，斯佳丽？”

斯佳丽回答前迟疑了片刻。她知道下一个问题就该是：“你的家人都好吧？你亲爱的母亲怎么样了？”而她知道自己不能跟她们说埃伦已经死了。她知道要是她说出这句话，甚至只要想到在这些富有同情心的妇女面前这么说，她肯定会哭得泪如雨下、心肺俱裂。她不能哭。自从回家后她就没有真正哭过，因为她明白只要这道闸门一开，她那有限的勇气就会一扫而光。但是当她矛盾地看着这些友好的面孔，她也明白要是她隐瞒埃伦的死讯，方丹家的人永远都不会原谅她。老太太尤其钟爱埃伦，在县里很少有人能让老太太用瘦骨嶙峋的手打榧子称赞。

“说出来吧，”老太太尖利的目光盯着她催促说，“你难道不知道吗，小姐？”“你们知道，我是仗打完后第二天才回去的。”斯佳丽赶忙回答道，“那时北佬已经都走了。爸——爸告诉我——他请求他们别烧房子，因为苏埃伦和卡丽恩得了伤寒，病得正厉害，动弹不了。”

“我还是头一回听说北佬干了桩好事，”老太太说，她好像后悔听到关于入侵者的好话，“两位姑娘现在怎么样了？”

“哦，她们好些了，好多了，就是还十分虚弱。”斯佳丽回答说。接下来，她看出她最害怕的那个问题已经到了老太太嘴边，就赶紧换了一个话题。

“我……我不知道你们能不能借给我们一些吃的？北佬像蝗虫一样把我们洗劫一空。不过，如果你们自己也不富裕，就对我实说……”

“你让波克赶辆马车，把我们有的大米、面粉、火腿、鸡肉都拿去一半。”老太太说着突然目光锐利地看了斯佳丽一眼。

“哦，这有些太多了！真的，我……”

“什么也别说了！我不想听。这是当邻居应该做的。”

“你们真是太好了，我都不知该怎样……不过现在我必须得走了，要不家里人该替我担心了。”

老太太猛地站起身，抓住了斯佳丽的胳膊。

“你们俩留在这儿。”她命令道，然后把斯佳丽朝后门廊方向推。

“我跟这孩子有句话想私下里说。斯佳丽，帮我走下这几级台阶。”

少奶奶和萨丽向斯佳丽道别，并答应不久去看她。她们满心好奇，想知道老太太到底要和斯佳丽说什么，不过除非老太太自己主动告诉她们，否则她们休想知道。当两人开始继续做针线活的时候，少奶奶悄悄对萨丽说，老太太们脾气都不好。

斯佳丽一只手牵着马笼头站在那里，心里一片阴暗。

“现在，”老太太盯着她的脸说，“告诉我塔拉出什么事了？你隐瞒什么了？”斯佳丽看着老人犀利的眼睛，知道自己可以不用哭天抢地就说出事情真相了。不经方丹老太太的许可，谁都不能在她面前哭泣。

“母亲死了。”斯佳丽直截了当地说。

斯佳丽胳膊上的手抓紧了，紧得斯佳丽都感到疼痛，直到老人黄眼珠子上满是皱纹的眼皮又开始眨巴手才放松。

“是北佬杀死的吗？”

“她是害伤寒死的。就在我到家的前一天。”

“别再想了。”老太太口气坚决地说，斯佳丽看到她的喉咙哽咽。

“你爸爸怎么样？”

“爸爸他……他不是原来的他了。”

“你的意思是什么？说出来吧。他生病了？”

“他受了刺激……变得非常奇怪，他不是……”

“别对我说他不是原来的他了。你是说他头脑糊涂了吗？”

听到真相被这样不加掩饰地说出来，斯佳丽感到如释重负。这样真好，老太太没有表示同情，否则她一定会痛哭流涕。

“是的，”斯佳丽神情黯然地说，“他神经不正常了。整天心不在焉，有时，他连妈妈死了都记不得。唉，老太太，看他在那里一坐几小时，那么耐心地等妈妈回来，我真受不了。他以前的耐心还不如个孩子。当他想起妈妈已经死了的时候，情况更糟。时常会有这样的情况，他大气不出一声地坐在那里竖着耳朵听妈的声音，突然跳起来，跌跌撞撞地走出屋子，往墓地里去。然后，他满脸泪水地拖着脚回来，一遍一遍说：‘凯蒂·斯佳丽，奥哈拉太太死了。你母亲死了。’每次听他这么说我都觉得像第一次听到一样，几乎忍不住想放声尖叫。有时候，到了夜深，我听见他叫妈妈的名字，我就下床，走到他跟前告诉他，妈妈在楼下黑人的屋里照顾生病的黑人。他就变得烦躁起来，因为妈妈总是不辞辛苦照料别人。让他再回到床上可就难了。他就像个孩子。唉，我多希望方丹大夫在家啊！我知道他一定会帮助我爸爸！而且玫兰妮也需要位大夫。她生了孩子后恢复得不好，应该……”

“玫兰妮……生孩子啦？她和你在一起？”

“对。”

“玫兰妮跟你在一起干吗？她怎么不跟她姑妈和家里其他人待在梅肯？我一直觉得你并不喜欢她呀，小姐，尽管她是查尔斯的妹妹。来，你倒是跟我说说清楚。”

“说来话长，老太太。要不我们回屋坐下来说？”

“我可以站着听，”老太太斩钉截铁地说，“你当着她们的面讲你的事，她们准会一阵号啕，弄得你也垂头丧气。来吧，我们就在这儿说吧。”

斯佳丽从围攻和玫兰妮即将临盆的情形说起，开始时磕磕巴巴，老太太的眼睛一眨不眨，目光犀利地盯着她，后来随着故事的展开，她慢慢能够用有分量的词语描绘当时的恐惧。她又回到过去：婴儿出生时那种让人头晕的闷热，极度的恐惧，逃亡途中的种种经历，以及瑞特如何甩手离去。她讲到那个夜晚荒凉中黑得伸手不见五指，不知是敌是友的耀眼的营火，沐浴在清晨阳光里孤零零的烟囱，沿途见到的死人、死马，还有饥饿、荒凉，以及害怕塔拉已经烧成废墟的担忧。

“我以为只要回家见到母亲，她能把一切都处理好，我就可以放下这累人的担子。回家的路上，我以为最糟糕的情形已经过去了，可是当我知道她已经不在了，我才明白什么是最糟糕的情形。”

说完她低下头望着地面，等老太太发话。沉默持续了好长时间，她甚至都怀疑是不是老人家没有理解她的绝望处境。最后，老太太终于说话了，语气和蔼，斯佳丽从未见她对人这么和蔼过。

“孩子，对女人来说面对最糟糕的事本身就是件糟糕的事，因为当她面对最糟糕的事后，她就再也不会惧怕任何事了。可女人要是什么都不怕可就糟糕了。你肯定以为我不理解你说的话，不理解你经历过的一切，是吧？其实，我非常理解。我在你这么大的时候，正好赶上克里克族人暴动，对了，就发生在米姆斯要塞大屠杀后没多久。”她的声音听上去那么遥远，“我就是你这么大，因为那已经是五十多年前了。我设法藏进灌木丛中，我就躲在那里，眼睁睁地看着我家的房子给烧了，看着印第安人剥下我兄弟姐妹的头皮。而我呢，只能躺在原地，求上帝保佑火光别暴露我藏身的地方。他们把母亲拖出来，就在离我不到二十英尺的地方杀害了她。还把她的头皮也给剥下来。不时有一个印第安人过来用短斧劈她的头颅。我……我是母亲的心肝宝贝，而我却躺在那里目睹这一切。第二天早晨我出发朝最近的定居点走，有三十英里远。我走了整整三天才到了那里，路上穿过沼泽和印第安部落。后来大家都以为我发了疯……我就是在那里遇到方丹大夫的。他对我悉心照料……就像我刚才说的，这是五十年前的事了，从那以后我就再也不怕任何事，也不怕任何人了，因为我已经经历过最糟糕的事情。不知害怕也给我带来很多麻烦，让我牺牲了许多快乐。上帝要女人成为羞怯胆小的生物，不知道害怕的女人就会多少有点不正常……

斯佳丽，任何时候都要心留余悸，就像你任何时候都心有所爱那样。”

老人的声音渐渐低下去，她默默地站在那里，眼睛望着半个多世纪前那个自己曾经知道惧怕的日子。斯佳丽不耐烦地动了动身子。她本以为老太太能够理解她，说不定还可以给她指条解决的途径。可是老太太却像所有的老人一样忘乎所以地谈起人家还没有出生前那些没人感兴趣的事。斯佳丽真希望自己没有对老太太讲述实情。

“好了，孩子，回家去吧，要不他们该替你担心了。”老太太突然说道，“今天下午就让波克赶马车过来……别想你什么时候能够放下这副担子。因为你放不下了。这我知道。”

那年的“秋老虎”迟迟不去，一直持续到十一月，对塔拉庄园的人来说，这段温暖的日子过得十分乐观。最糟糕的时光已经熬过去了。如今他们有了一匹马，他们可以骑马出门，不用再徒步跋涉。早餐他们能吃上煎鸡蛋，晚饭不仅仅是红薯、花生和苹果干，还有煎火腿来换换口味。有一回过节他们甚至吃了次烤鸡。那头老母猪最后也终于给逮住了，现在正和它的小崽子在房子下面的地窖里一边用鼻子拱食吃，一边还发出呼噜呼噜欢快的叫声。有时它们发出响亮的尖叫声，屋里的人都没法相互交谈，不过这声音让人高兴，因为这意味着等天冷了，就到杀猪的时节，白人可以吃上新鲜的猪肉，黑人能吃到下水，而且全家人整个冬天都不愁没吃的了。

斯佳丽去方丹家这一趟让她振作了起来，她自己都始料未及。单是知道还有邻居，以及一些世交和朋友都幸存了下来，就驱散回塔拉这几个星期一直萦绕在心头的强烈的失落感和孤独感。方丹家和塔尔顿家的种植园不在军队行进的路上，他们都非常慷慨，与塔拉分享他们仅存的食物。邻里相互帮助是县里的一大传统，他们拒不接受斯佳丽的一文钱，说换了她也会这么对待他们的，等明年塔拉恢复了生产，她可以用食物还给他们。

现在斯佳丽有了供一家人吃的食物，有了匹马，还有从那个北佬逃兵身上搜到的钱和首饰，剩下最紧迫的需要就是新衣物。她知道让波克南下买衣服很冒险，因为马说不定就被北佬或邦联士兵夺走了。但至少她有买衣服的钱，有这趟旅途需要的马匹和马车，说不定波克不会被抓住。对，最糟糕的已经过去了。

每天早晨起床的时候，斯佳丽都会为淡蓝色的天空和温暖的阳光感到庆幸，因为每一个好天气都把需要厚衣服的日子往后推，尽管冷天最终还是要来临。而且暖和的日子多一天，堆在黑人小屋里的棉花就会多一些。黑人小屋现在已经成了庄园仅存的仓库。地里的棉花比她和波克预计的多，大约有四包，很快那些小屋就会堆满了。

虽然让方丹老太太奚落了一顿，斯佳丽还是不打算亲自动手摘棉花。她是奥哈拉家的小姐，塔拉目前的女主人，在地里干活，这太令人难以置信。要是那样，她岂不是沦落到和那个头发乱糟糟的斯莱特里太太和埃米一样的地步了。她打算让几个黑人下地干活，而她自己则和慢慢恢复的姑娘料理家务。可是她却遇到了比她自己更加强烈的等级观念。波克、黑妈妈和普莉西一听说要下地干活就大呼小叫起来。他们反复说他们是宅子里的黑人，不是地里干活的，尤其是黑妈妈愤慨地声明说，她甚至连院子里的活都没干过。她出生在罗比亚尔家的大房子里，而不是黑奴住的小屋里，是在老太太的卧室里长大，一直睡在床脚的地毯上。只有迪尔西一个人什么都没说，她一眼不眨地盯得普莉西局促不安。

斯佳丽拒不听从他们的抗议，把他们统统赶到了棉花地里。但是黑妈妈和波克干得太慢，还伤心得哭个没完，斯佳丽只得让黑妈妈回厨房做饭，让波克到树林里布陷阱捉野兔和负鼠，到河边钓鱼。摘棉花有损波克的尊严，打猎和钓鱼就另当别论了。

接下来斯佳丽试着让两个妹妹和玫兰妮去地里干活，但是效果也一样不好。玫兰妮棉花摘得又快又干净，而且心甘情愿，可是在火热的太阳下干了一小时就晕倒在地，不得不在床上躺上一个星期。苏埃伦面色阴沉，泪眼汪汪，也假装晕倒，可是当斯佳丽照她脸上浇了一葫芦凉水后，她立马恢复知觉，像只愤怒的猫一样气得大叫。最后，她干脆彻底不干了。

“我可不会像个黑鬼一样在地里干活！你不能逼我干。要是我们的朋友听说怎么办？要是肯尼迪先生听说了怎么办？哼，要是母亲知道这事……”

“你要是敢再提起妈妈的名字，苏埃伦·奥哈拉，我就抽你个嘴巴子，”斯佳丽也冲她喊，“妈妈干的活比这里任何一个黑人都更加辛苦，这你也知道，娇小姐！”

“就不是！至少她没下地干过活。你不能逼我。要不我到爸爸那里告你去，他肯定不会逼我干活！”

“不许拿我们的麻烦打扰爸爸！”斯佳丽怒斥道，对苏埃伦的恼怒和对杰拉尔德的惧怕让她心烦意乱。

“我来帮你，姐姐，”卡丽恩听话地主动提出，“我来干我和苏埃伦两个人的活。她身体还没恢复好，不能老在外面太阳下待着。”

斯佳丽感激地说：“谢谢你，小甜妞。”但是她担心地看着自己的小妹妹。卡丽恩一向如同盛开的樱花一样细嫩粉白，现在却如春风吹落的花瓣，昔日粉嘟嘟的脸色再也没有了，只有沉思时恬静的脸庞依稀流露出樱花般的气质。她自从恢复知觉后，发现埃伦去世了，斯佳丽变成了一个悍妇，整个世界都变了，如今每天都是干不完的活，于是她变得沉默寡言，茫然不知所措。卡丽恩天生柔弱，不善于适应变化。她无法理解发生的一切，她就像是在梦游一样在塔拉走来走去，叫她干什么，她就干什么。她看上去非常脆弱，实际也确实脆弱，但她干活心甘情愿、平时顺从听话，还有责任心。当斯佳丽没吩咐她做事的时候，她总是手里拿着念珠，嘴唇翕动，为母亲和布伦特·塔尔顿祈祷。斯佳丽从未想到布伦特的死对卡丽恩打击这么大，她的悲痛难以愈合。对斯佳丽来说，卡丽恩仍旧是个年纪尚小的“小妹妹”，不会有真正的爱情。

斯佳丽头顶着日头站在棉花地里，因为长时间弯腰而背痛，干棉桃把手弄的粗糙不堪，此刻她多么希望有个集苏埃伦的精力和卡丽恩的温柔性格于一身的妹妹。因为卡丽恩摘得又勤快又认真，可是一小时下来，很明显，身体没有恢复得足以干这活的是她而不是苏埃伦。于是斯佳丽只好也让卡丽恩回家了。

现在和她留在一垄垄棉花地里的只剩下迪尔西和普莉西。普莉西摘棉花磨磨蹭蹭，干一会儿便歇下来抱怨脚疼、背疼、肚子疼、浑身乏力，直到她母亲拿起一根棉花棒抽得她放声尖叫。然后她干得稍微好一些，小心翼翼地与她母亲保持足够远的距离。

迪尔西不知疲倦默默地干活，像台机器似的，斯佳丽自己扛棉花包累得腰酸背痛，肩膀也给磨破了皮，这时她便暗想，迪尔西真是比金子都值钱。

“迪尔西，”她说，“等好日子来了，我不会忘记你所做的一切。你真是好样的。”

这个古铜肤色的高个子女人不像其他黑人受到称赞那样高兴地咧嘴傻笑，或扭捏不安，她转身向斯佳丽，神情一成不变，不卑不亢：“谢谢，小姐。但是杰拉尔德先生和埃伦小姐对我都很好。杰拉尔德先生为了不让我难过还买下了我家普莉西，我是不会忘记的。我是半个印第安人，印第安人不会忘记有恩于他们的人。我替普莉西向你道歉，她什么都不会。她和她爸一样完全是个黑人。她爸就不负责任。”

尽管斯佳丽指派别人摘棉花遇到不少问题，尽管她自己干活干得精疲力竭，当棉花不断从地里摘下，运到小屋里时，她还是为之一振。棉花有种让人宽心的作用。塔拉就是靠种棉花起家的，甚至整个南方都是如此，斯佳丽作为南方人相信塔拉和南方都会从这片红土地上重新站起来。

当然，她收获的这点棉花数量有限，但是聊胜于无，可以卖了它换点邦联钞票，这样她就省下从北佬钱夹里搜到的绿钞票和金币，到必须的时候再用。明年春天，她争取向邦联政府要回被征用的大山姆和其他几个地里干活的黑奴，要是政府不放，她就用北佬的钱跟邻居雇几个劳力。明年春天她要种好多好多……斯佳丽挺直累弯了的腰，放眼望着秋天正在变成棕色的田野，她仿佛看到明年地里庄稼长得挺拔，油绿，一亩连着一亩，一眼望不到头。

明年春天！说不定到明年春天的时候仗已经打完了，过去的好时光又回来了。无论邦联赢了还是输了，日子都会变得好过起来。只要不受到两边军队的袭击，什么都好说。等打完了仗，庄园就能过上安居乐业的生活。哦，仗快点打完该多好啊！人们就可以种上庄稼，不用担心能不能收获了。

现在算是有盼头了。仗不会总打下去。她收了点棉花，弄到了食物，有一匹马和数目不多却非常宝贵的钱。是啊，最糟糕的时期已经过去了！

第二十七章

十一月中旬的一天中午，大家围坐在餐桌前，吃着黑妈妈用玉米面、干越橘和高粱糖做的最后一点儿点心。天气冷飕飕的，这是今年的第一阵秋寒。波克站在斯佳丽椅子后面，跃跃欲试地搓着手问道："斯佳丽小姐，是不是到了杀猪的时候了？"

"你是不是已经闻到猪下水的味了？"斯佳丽笑着说，"好吧，我也想吃新鲜猪肉了，要是天气再这么冷下去，过几天我们就……"

玫兰妮打断她的话，她的勺子还停留在嘴边：

"听，亲爱的！有人来了！"

"有人在叫喊。"波克不安地说。

秋天凉爽的空气中传来了清晰的马蹄声，马蹄声急促得像怦怦的心跳，还有一个女人的声音在高声尖叫："斯佳丽！斯佳丽！"

一时间大家围坐在餐桌旁面面相觑，过了一会儿所有的人才纷纷拉开椅子，站起身来。尽管声音由于恐惧而变得尖厉，但是大家还是听出是萨丽·方丹，不过一小时前她在去琼斯博罗的路上经过塔拉，还停下来说了几句话。大家蜂拥到前门，看见萨丽像阵风似的骑着一匹满身是汗的马跑上门前的车道，她的头发披散在身后，帽子用丝带系在脖子上迎风摇摆。她朝他们狂奔而来，到了面前却并没有勒住缰绳，而是挥舞胳膊朝身后的方向指去。

“北佬来了！我看见他们了！就在这条路上！北佬……”

马儿就要冲上台阶那一刻，她狠命一扯缰绳。于是马猛地一转身，三个跳跃便跑过了侧草坪，萨丽像是在狩猎场一样，纵身跳过四英尺高的围栏。斯佳丽他们听着沉重的马蹄声穿过后院，然后又穿过黑人小屋间的窄巷，于是明白萨丽是要穿过田地直奔含羞草庄园。

大家一时站在那里不知所措，接着苏埃伦和卡丽恩开始抽泣，互相紧紧抓住对方的手。小韦德站在那里，像是脚底生了根，吓得浑身发抖，连哭都哭不出来。他从逃离亚特兰大那天晚上起一直担心发生的事情终于发生了。北佬要来抓他了。

“北佬？”杰拉尔德浑浑噩噩地说，“北佬不是已经来过了吗？”

“圣母啊！”斯佳丽喊了出来，她的目光遇到了玫兰妮失魂落魄的目光。就在短短的一瞬间，她的记忆中闪现出在亚特兰大最后那晚的恐怖场面，被烧毁的房屋在乡间如星云散落，还有那些关于强奸、迫害、杀戮的描述。她又一次看见那个北佬士兵站在厅堂，手中拿着埃伦的针线盒。她心想：“我要死了。我要死在这儿了。我本来以为我们已经熬过了这一切。可是这次我死定了。我再也忍受不了了。”

这时，她的目光落在已经上好鞍拴在马桩上的马身上，波克正准备骑马到塔尔顿家办桩事。这是她的马啊！是她仅有的一匹马！北佬会夺走这马、母牛、小牛，还有那头老母猪和它的小——哦，他们花了多少小时才费劲地抓住那头老母猪和那些动作敏捷的小猪崽！北佬还会拿走方丹家给他们的一只公鸡、几只正在孵蛋的母鸡和那几只鸭子。还有食品柜里的苹果和红薯，还有面粉、大米和干豆子，还有那个北佬士兵钱夹里的钱。北佬会拿走一切，让他们活活饿死。

“他们什么都不能拿走！”斯佳丽大声喊道。大家都转过脸看她，脸上挂着一副惊恐万状的表情，担心她听到这个消息后脑筋给吓出了问题。“我不要再挨饿！他们什么都不能拿走！”

“怎么了，斯佳丽？怎么了？”

“我们的马、牛，还有猪！他们休想拿走！我绝不让他们拿走！”

她猛地回身转向挤在门口的四个黑人，他们黑色的脸吓成了土色。

“沼泽地。”她匆匆说道。

“什么沼泽地？”

“河边的沼泽地。你们这些傻瓜！把猪都赶到沼泽地。你们四个都去，赶快。波克，你和普莉西爬到屋子底下的地窖去，把猪赶出来。苏埃伦，你和卡丽恩把食物装在篮子里，提着去树林里，能拿多少拿多少。黑妈妈，把银器再藏回井里。还有波克！波克，听我说，别站在那里发傻！带着爸爸一起走。别问我该去哪儿！哪儿都行！爸，跟波克去吧。这就对了，好爸爸。”

即使在慌乱中，她还是想到如果让杰拉尔德看见蓝色的军服，可能会加剧他原本就已混乱的头脑损害。她略停片刻，扭紧双手，这时候小韦德抓着玫兰妮的裙子吓得呜呜地哭了起来，让斯佳丽更增添几分焦虑。

“我干点儿什么，斯佳丽！”在号啕、哭泣和慌乱的脚步声中，传出玫兰妮沉着的声音。她的脸像纸一样惨白，浑身发抖，但是她镇定的语气让斯佳丽定下心来，明白大家都在望着自己等她下命令。

“母牛和小牛，”斯佳丽简短地说，“它们在老牧场。骑上马，把它们赶到沼泽地……”

还没等她说完，玫兰妮已经甩开韦德的手，走下屋前的台阶，撩起宽宽的裙裾朝马跑去。斯佳丽只瞥见两位细瘦的小腿，裙子和衬衣一闪，玫兰妮已经坐在马鞍上，两脚够不着马镫悬在空中。她拿起缰绳，脚后跟在马肚子上一夹，接着又突然拉住马，脸吓得都变了样。

“我的孩子！”她喊道，“哦！我的孩子！北佬会杀了他的。

把孩子抱给我！”她一只手放在马鞍上，准备翻身下马，但是斯佳丽喊住了她。

“去吧！去吧！去把牛赶走！我会照看好孩子的！去吧，听我的话！你难道以为我会让他们动阿希礼的孩子？快去吧！”

玫兰妮绝望地回头看了一眼，不过还是用脚后跟使劲一夹马肚子，一阵沙石飞起，她已经骑马跑过车道朝牧场奔去。

斯佳丽心想：“我从未想到玫兰妮·汉密尔顿能跨骑着马奔跑！”然后她跑进屋里。韦德紧跟身后，一边呜呜地哭，一边竭力想抓住她飞扬起的裙裾。斯佳丽一步三个台阶往楼上去时，看见苏埃伦和卡丽恩胳膊上挎着橡树皮编的篮子朝储藏室跑，波克不大客气地拉着杰拉尔德的胳膊，拽着他往后门廊走，杰拉尔德嘴里不满地嘟嘟囔囔，像个孩子一样。

她听到黑妈妈的声音从后院里传来：“来，普莉西！你爬到屋下把小猪递给我！你明知道我个头大爬不进去。迪尔西，你这个没用的孩子……”

“我本来以为把猪养在屋下地窖里是个好主意，以为这样就不会有人把它们偷走了。”斯佳丽一面朝屋里跑，一面心里暗想，“哦，为什么我不在沼泽地里给它们垒个猪圈？”

她拉开衣柜最上边的抽屉，在衣服里乱摸一气，找到了北佬的那个钱夹。她又匆忙从针线篮中找出藏着的单粒钻石戒指和钻石耳环，把它们也塞进钱夹里。但是把钱夹藏在什么地方好呢？藏在床垫里？烟囱里？井里？怀里？不，都不行！钱夹会从紧身胸褡里被人看出来，要是北佬看出来，他们一定会把她剥个精光搜查。

“他们要是敢那么干，我就不活了！”她狂乱地想。

楼下跑来跑去的脚步声和呜咽声乱作一团。斯佳丽感到一阵狂乱，她真希望玫兰妮能在身边，玫兰妮说话从容镇定，她开枪杀死北佬的那天玫兰妮表现得那么勇敢。玫兰妮一个人顶他们三个。玫兰妮——玫兰妮说什么来着？哦，对了，孩子！

斯佳丽手里紧紧抓着钱夹，穿过走道跑到另一间屋子里，小博还在低低的摇篮里熟睡。斯佳丽一把抱起孩子，孩子醒了，挥舞着两个小拳头，瞌睡兮兮地流着口水。

斯佳丽听到苏埃伦喊：“快走，卡丽恩！快走！我们已经拿得够多了。哦，妹妹，快点！”后院里小猪没命地尖叫，老母猪则愤怒地发出呼噜呼噜的声音。斯佳丽跑到窗前，看见黑妈妈一只胳膊底下夹着一头小猪，正摇摇摆摆匆匆穿过棉花地。波克跟在她身后，也抓着两只小猪，一边还推着杰拉尔德在他前面走。杰拉尔德挥舞着手杖，跌跌撞撞地走过一垄一垄的棉花地。

斯佳丽从窗户上探出身子大声喊道：“迪尔西，抓住老母猪！让普莉西把她赶出来。你可以把她从地里赶过去。”

迪尔西抬起头，她古铜色的脸上显出几分尴尬。她的围裙里装了一堆银餐具。她指指屋下。

“老母猪咬了普莉西，还把她堵在地窖里出不来。”

“这头老母猪也真厉害。”斯佳丽心想。她赶忙回到自己的屋里，把藏起来的从那个被她打死的北佬身上找到的手镯子、胸针、袖珍肖像、银杯等一一取出。可是，把它们藏到什么地方？一手抱着小博，另一只手拿着钱夹和这些零碎的饰物，真是麻烦。她把孩子放到了床上。

离开她的怀抱，孩子开始哭了起来，倒让她想到了一个可行的主意。有什么地方比小孩的尿布更好藏东西呢？她迅速把孩子翻了个身，撩起他的衣服，把钱夹挨着屁股塞进了尿布。这么一折腾，孩子哭得更响了，她赶快在他又踢又踹的小腿上系紧了三角尿布。

“现在，”她深吸一口气心想，“现在，我该到沼泽地去！”

一手抱着哇哇大哭的孩子，一手紧紧抓着那些珠宝首饰，她跑到楼上的过道，突然她停下脚步，恐惧让她双膝发软。屋子里好安静啊！静得可怕！难道大家都走了，就剩下她一个人？难道没有人等等她？她对他们一向不薄，他们却把她一个人孤零零地留在这儿。这种时候，北佬马上就到了，一个单身女子什么事都可能发生……

一个轻微的声音吓得她跳了起来，她很快转身一看，发现她那被遗忘的儿子蜷缩在楼梯扶手处，睁得大大的眼睛里充满了恐惧。

他想说话，可是喉咙却发不出声音。

“起来，韦德·汉普顿。”斯佳丽快快地命令道，“起来跟我走。妈妈现在没法抱你。”

他朝她跑过来，像个受了惊吓的小动物，紧紧地抓住她宽宽的裙摆，把脸埋在里面。斯佳丽能够感觉到他的小手隔着裙褶想抱住她的腿。斯佳丽朝楼下走，可是每走一步都会受到韦德手拖拽的羁绊，于是她厉声说：“放开我，韦德！放开我，自己走！”孩子反而抓得更紧了。

她走到楼梯平台上的时候，楼下的景物整个向她迎面扑来。所有亲切熟悉的家具似乎都在低语：“再见！再见！”她的喉咙里一阵哽咽。那个开着门的小屋是账房，埃伦曾经在那里辛勤地工作，此时斯佳丽能够瞥见那张旧写字台的一角。那里是餐室，里面的椅子东倒西歪，盘子里还有刚才没吃完的食物。地板上铺着的旧地毯是埃伦亲自织染的。还有外祖母罗比亚尔的旧画像，画上的罗比亚尔酥胸半露，头发梳得高高的，鼻孔刻画得那么深让她的脸上呈现出一副有教养的讥笑模样。斯佳丽童年记忆里的每一件物品，与她心底最深处紧密相连的每一件东西都在悄悄地冲她说：“再见！再见，斯佳丽·奥哈拉！”

北佬就要烧毁这一切！

这是她对家看的最后一眼，或许她还会从树林里或沼泽地看到家里高高的烟囱被浓烟团团围住，屋顶在烈焰中倾覆倒塌。

“我不能撇下你不管。”她想，牙齿由于恐惧上下打战。“我不能撇下你。爸也不会这么把你撇下。他曾经对北佬说要烧房子除非把他一起烧死。那么，现在他们要烧你，除非把我一起烧死，因为我也同样不能把你撇下不管。我现在就只有你了。”

这么决定后，她不再感到那么害怕了，只是胸中有一股冰冷的感觉，仿佛所有的希望和恐惧都冻结在一起。就当她这么站在那里的时候，她听见从大路上传来许多的马蹄声、马笼头和军刀在鞘里发出的咣当声，有一个人声音粗哑地下命令：“下马！”斯佳丽迅速弯下腰冲身边的韦德说，语气急迫却异常的温柔：

“放开我，韦德，乖宝宝！你快跑下楼，从后院出去往沼泽地跑。黑妈妈在那里，玫兰妮姑妈也在那里。快跑，乖宝宝，别害怕。”

听到她突然变得语气柔和，韦德奇怪地抬起头，斯佳丽看到他的眼神吓了一跳，韦德看上去活像一只掉进陷阱的小兔子。

“哦，圣母啊！”斯佳丽祈祷，“千万别让他吓傻了。别，可不能在北佬面前吓傻。绝不能让他们知道我们害怕。”看到孩子把她的裙子拽得更紧了，她便一字一顿地对他说：“要做个男子汉，韦德。他们不过是一帮该死的北佬而已！”于是她走下台阶，朝他们走去。

谢尔曼的军队横穿佐治亚州，从亚特兰大一直打到海边。亚特兰大在他们身后变成一堆焦土废墟，因为蓝军离开时放了一把火。谢尔曼的军队如今面对的是三百英里土地，除了州民兵团和由老人孩子组成的自卫队再没有其他什么防备，所以实际上这三百英里土地根本没有设防。

这里有佐治亚州肥沃的土地，土地上星罗棋布的种植园里还居住着妇女、小孩、老人和黑人。北佬在一条八十英里长的地带烧杀劫掠。数以百计的房屋化为灰烬，数以百计的人家回响着他们的脚步声。然而，对于斯佳丽来说，看到蓝制服拥入前厅倒并不是一个和国家紧密相连的事情。对她来说这纯粹是个人的事，是专门和她以及她一家人蓄意作对。

她站在楼梯下，怀里抱着婴儿，韦德紧紧地靠在她身上，把头埋在她的裙子里，这时，北佬涌进屋里，粗鲁地从她身边经过，冲上楼去，把家具拖到屋前的门廊，用刺刀和匕首刺破家里各种陈设，看里面是不是藏有值钱的东西。冲上楼的北佬则撕开床垫和羽绒被，直到过道里到处都是羽毛，纷纷扬扬地落在斯佳丽的头上。斯佳丽无可奈何地站在那里，看着北佬恣意劫掠、偷窃、毁坏，无能为力的愤怒压过了心里残余的恐惧。

领头的中士是个小个子，两腿罗圈，头发灰白，嘴里嚼着一大片烟草叶。他第一个来到斯佳丽面前，肆无忌惮地朝地板和斯佳丽的裙子上吐了一口，直截了当地说：

“把你手里的东西交给我，小姐。”

她忘了自己手里还拿着打算藏起来的小首饰，于是她面带冷笑一把扔在地上，她希望自己的笑容能和画像上外祖母罗比亚尔脸上的笑容一样令人印象深刻，而看到北佬士兵立刻贪婪地哄抢成一片，她几乎感到一种快意。

“我得麻烦您把戒指和耳环也摘下。”

斯佳丽为了把婴儿夹得更安全，把孩子头朝下倒过来了，于是孩子脸涨得通红，放声尖叫起来。她先摘下了那对石榴石耳环，那是杰拉尔德送给埃伦的结婚礼物。然后她又褪下镶着一颗大蓝宝石的戒指，这是查尔斯送给她的订婚戒指。

“别扔，递给我。”中士一边说，一边伸出双手。“那些杂种已经拿得够多了。你还有别的什么没有？”他的目光锐利地盯在了她的胸衣上。

一时间斯佳丽觉得头晕目眩，仿佛已经能感到那双粗鲁的手伸进了她的胸脯，摸索着想解开系胸衣的带子。

“就这么多，不过我想你们的规矩是要剥光被你们抓住的人吧？”

“哦，我相信你的话。”中士好脾气地说，转身离去前又吐了一口唾沫。斯佳丽抱正了宝宝，努力想哄他不哭。她一边把手放在藏有钱夹的尿布上，一边感谢上帝让玫兰妮有一个宝宝，而宝宝又包着尿布。

斯佳丽听见楼上沉重的军靴咚咚作响，家具被拖来拖去发出抗议般刺耳的声音，还有瓷器和镜子的破碎声，以及由于没有发现什么贵重东西而发出的诅咒声。院子里有人大喊大叫：“拦住它们！别让它们跑了！”同时鸡、鸭、鹅绝望地发出吱吱嘎嘎的叫声。当她听到一声枪响后，痛苦的尖叫顿时消失，心里感到一阵难过，因为她明白那头老母猪完了。该死的普莉西！她自己一个人跑了，把老母猪扔下不管。但愿那些小猪能够平安无恙！但愿家里人能够安全地躲进沼泽地。可是她也没法知道。

斯佳丽默默地站在厅堂，而那些北佬士兵则又喊又骂，乱成一锅粥。韦德恐惧地抓紧她的裙子，她能感觉到韦德紧挨着她的小身体不停地发抖，可是她也没办法说点安慰他的话，因为连她自己都对那些北佬说不出一句话，既无法做出请求，也无法表达自己的抗议或愤怒。她只能感谢上帝让她的双膝还有力量让她站稳，她的脖子也还有力量让头高高抬起。这时一群胡子拉碴的人从楼上吵吵闹闹地走下来，拿着各种各样搜刮出来的东西，斯佳丽看见其中一个人手里拿着查尔斯的军刀，她立刻叫了出来。

那把军刀是韦德的。军刀曾经属于他的父亲和祖父，韦德上次过生日的时候，斯佳丽把它送给了儿子。他们为此还举行了一个像模像样的仪式，玫兰妮因为替韦德感到骄傲以及回忆起伤心的往事而流下了眼泪，她还吻了他，说他长大了一定要像他父亲和祖父那样做一名勇敢的军人。韦德对此十分自豪，经常爬到军刀下的桌子上摸摸它。斯佳丽可以忍受看着自家的财物落入这些可憎的外人手中，但是看到儿子引以为豪的军刀被人抢走，她可绝对不允许。韦德听见她的叫声，从她的裙子后偷偷打量外面，使劲哭了一声后，反倒有了说话的勇气。他伸出一只手，哭喊道：

“是我的！”

“你不能拿走这东西！”斯佳丽干脆地说，也伸出一只手。

“我不能？”拿军刀的小个士兵冲她厚颜无耻地讥笑说，“哦，我能！这是把叛军的刀！”

“它——它不是。它是一把墨西哥军刀，你不能把它拿走。它是我儿子的。它是他祖父留下来的！哦，上尉，”她转向中士喊道，“请让他把刀还给我！”

中士听到自己一下升了级别，向前走了一步。

“让我看看这把军刀，鲍勃。”他说。

小个子骑兵不大情愿地把刀递给他。“刀柄可是纯金的。”他说。

中士在手中把刀转来转去，握着刀柄在阳光下仔细辨认上面镌刻的文字。

“威廉·汉密尔顿上校惠存，”他读道，“参谋部全体幕僚恭赠以表对上校勇武精神之敬意。1847年于布埃纳维斯塔布埃纳维斯塔是墨西哥萨尔提略城近的一个古战场。1847年二月美国和墨西哥两国军队在此发生激烈战斗，结果美国获胜。”

“哎，小姐，”中士说，“我也参加过布埃纳维斯塔一战呢。”

“是吗。”斯佳丽冷冰冰地说。

“当然。我告诉你那仗打得才叫激烈。我从来没有在这场战争中见到那么激烈的战斗。这么说这把军刀是孩子他爷爷的？”

“是的。”

“好吧，他可以把它留下。”中士说，他已经满足于手帕里的首饰和饰物。

“可是这刀的刀柄是纯金的。”小个骑兵坚持说道。

“我们给小姐留下做个纪念吧。”中士笑着说。

斯佳丽接过军刀，连声“谢谢”也没说。她干吗要感谢这些强盗把她自己的东西还给她？她把军刀握在胸前，那个小个骑兵还在跟中士争辩个没完。

最后，中士也不再那么好脾气，让那个骑兵见鬼去，不许再还嘴，于是那个骑兵恼恨地喊道：“好啊，我也给这些叛乱分子留点纪念，让他们记住我。”说完，他到后院扫荡去了，斯佳丽松了口气。他们没有提到烧房子。他们没有叫她离开，这样他们就可以放火。或许——或许——北佬士兵们从楼上和屋外慢吞吞回到厅堂。

“找到什么没有？”中士问。

“一头母猪、几只小鸡和鸭子。”

“一些玉米、红薯和豆子。我们刚才看见的那个骑马的野猫一定给他们通风报信了，没错儿。”

“十足的保罗·里维尔保罗·里维尔是美国的爱国志士。1775年四月十八日，英军入侵诸塞乡间，他骑马四处奔走报警。啊？”

“这儿没什么，中士。我们得到的不过是点破烂。趁我们到来的消息还没有传开，我们还是赶快前进吧。”

“你们有没有挖熏肉房？他们经常把东西埋在那里。”

“这儿没熏肉房。”

“黑人小屋那儿挖了没有？”

“那里只有点棉花。我们把它烧了。”

斯佳丽一下子想起在棉花地里头顶着烈日熬过的那些漫长的日子，又重新感觉到可怕的腰酸背痛和被磨得皮开肉绽的肩膀。所有的苦都白受了。棉花都完了。

“你们这儿没多少东西啊，你说是吧，小姐？”

“你们的军队已经来过这儿了。”斯佳丽冷冷地应道。

“这倒是真的。我们九月份来过这一带。”其中一个人说，手里一边摆弄着一件东西，“刚才我忘了。”

斯佳丽看到他手中拿的是埃伦的金顶针。过去她有多少次看着埃伦做刺绣活，这个顶针就在埃伦手中闪闪发光。看到它，斯佳丽心中涌起太多关于那只戴着它细细纤手伤心的回忆，现在它却落到了这个陌生人满是老趼肮脏的手中，不久就会被戴到北方，戴在某个以佩带偷来的赃物为荣的北佬女人的手指上。那可是埃伦的顶针呀！

斯佳丽垂下头，不让敌人看见她在哭，泪水慢慢滴在婴儿的头上。透过朦胧的泪眼，她看见北佬都朝门外离去，她听到那个中士粗喉咙大嗓门地喊着口令。他们走了，塔拉安全了，但是想起埃伦让她感到伤心得无法高兴起来。北佬沿着大路渐渐离去，每个人都拿着偷来的衣物、毯子、画像、鸡鸭、母猪。然而军刀铿锵声和马蹄声都无法让她宽心，她站在那里，突然感到一阵虚弱和无力。

接着，她的鼻子闻到一股冒烟的味道，于是转过身，但是她神经放松后太虚弱，已经顾不上什么棉花了。通过餐室开着的窗户，她看见烟从黑人小屋里徐徐飘出。棉花完了。缴税的钱完了，他们过冬的钱也完了。但是除了眼睁睁地看着它烧以外，她什么办法也没有。她以前见过棉花起火，所以知道即使有一大群壮劳力，想要扑灭着火的棉花也非常困难。感谢上帝，黑人小屋跟正屋隔着这么远！感谢上帝，今天没什么风，不会把火星吹到塔拉的屋顶上来！

她猛地转过身，像只猎狗一样一动不动地僵在那里，两眼恐惧地往下盯着厅堂，盯着通往厨房的过道。有烟从厨房里冒出来！

她把婴儿放在厅堂和厨房之间，又不知在什么地方摆脱了韦德抓着自己的小手，把他推到了墙上。她冲进浓烟弥漫的厨房，又立刻退了出来，呛得又是咳嗽又是流泪。她用裙子捂住鼻子，再次冲了进去。

屋里只有一个小窗户采光本来就不亮，现在又被浓烟笼罩，她几乎什么都看不见，但是她能够听见火焰发出嗞嗞和噼里啪啦的声音。她一只手使劲在眼前扇，眯起眼睛瞥见一道道细长的火焰从厨房的地板蹿起，朝墙的方向烧去。有人把壁炉里燃烧着的木头捡出来扔了一地，干干的松木地板吮吸着火焰，然后又如同喷泉般拔地轰然喷出浓浓的火焰。

斯佳丽冲回餐室，从地上抓起一块破布，同时撞倒了两把椅子。

“我永远也无法把火扑灭——永远无法做到！哦，上帝啊！要是有人来帮我一把就好了！塔拉完了——完了！哦，上帝啊！原来那个卑鄙小人说他要给我留点什么做纪念指的是这个意思！哦，早知如此，我就让他拿走那把军刀好了！”

走过过道的时候，她看见儿子拿着军刀躺在角落里。他双眼紧闭，脸上呈现出一副松懈、奇怪的平静。

“我的上帝！他死了！他们把他给吓死了！”她伤痛万分地想，但是她还是从他身边跑了过去，去拿那桶总是放在厨房门口边上的饮用水。

她把地毯的一端放进水桶里蘸湿，然后深吸一口气，再次冲进浓烟滚滚的房间，同时把门重重地碰上。她呛得咳个不停，一边咳一边用手中的地毯扑打一道道火焰，可是火苗很快又蹿到她够不到的地方，她就这样扑打了一段仿佛无限长的时间。有两次她的长裙着了火，她用手把火拍灭。她的头发从发卡中滑落下来，披散在肩膀上，她都能闻到自己头发烧焦发出的恶心气味了。火焰燃烧的速度总是比她扑火的速度快，一直向过道烧去，仿佛数条火蛇翻滚跳跃，斯佳丽越来越疲倦，她明白这火是扑不灭了。

就在这时门开了，火焰随着吸进来的气流蹿得更高。门又砰的一声关上了，在盘旋的火焰中、烟雾中斯佳丽看见玫兰妮正用脚踩火焰，同时还用一个又黑又重的东西不停地扑打。斯佳丽看到她身体摇摇晃晃，听见她不停地咳嗽，瞥见她虽然脸色苍白却是一副专心致志的样子，眼睛被烟熏得眯成了一条缝，还看见她上下挥舞手里的地毯时瘦小的身体前后不停地扭动。她们肩并肩地挥舞着地毯用力扑打，又过了一段无限长的时间，斯佳丽看得出那一道道火焰正在缩短。就在这时，玫兰妮突然朝她转过身，大叫一声，用尽全身气力在她肩膀上狠抽了一下。斯佳丽随着一股烟流，两眼一黑，倒在了地上。

当斯佳丽睁开眼睛的时候发现自己躺在后门廊，她的头舒服地枕着玫兰妮的大腿，午后的阳光照在她脸上。她的两只手、脸庞和肩膀都被火烧伤了，疼得难以忍受。黑人小屋那里仍然有烟不断冒出，那些屋子都笼罩在一层厚厚的烟云之中，空气中弥漫着强烈的烧棉花的气味。斯佳丽看见一小股烟从厨房里冒了出来，她立刻疯狂地爬了起来。

但是她被人拉住，玫兰妮用她那镇定的声音说："躺着别动。火已经扑灭了。"

斯佳丽闭上眼睛，如释重负地长出了口气，她静静地躺在那里，听见身边小宝宝咯咯地咂着流口水的嘴，而韦德则又在打嗝。感谢上帝，这么说韦德还活着！她睁开眼，看见了玫兰妮的脸。玫兰妮的鬈发也烧焦了，脸熏黑了，不过眼睛却兴奋得熠熠生辉，她正对着斯佳丽微笑。

"你现在的样子像个黑人。"斯佳丽喃喃低语道，疲倦地把头埋进柔软的枕头里。

"而你的样子活像草台班子里的排尾美国19世纪的一种流动戏团，由白人装扮成黑人表演黑人歌舞。表演时站在第一排两端的演员需要有能够插科打诨的本事。。"玫兰妮心平气和地回敬道。

"你刚才干吗打我？"

“亲爱的，因为你的背上着了火。我做梦也没有料到你会昏过去，虽然上帝知道，今天你遇上的事足够送了你的命……我把牲畜在树林里藏好后就立刻回来了。想到就你一个人和宝宝在家，我都要急死了。北佬欺负你没有？”

“如果你指的是强奸，没有。”斯佳丽一边回答，一边想坐起身，但身上疼得她不由叫出了声。尽管玫兰妮的大腿非常柔软，但是躺在门廊上可一点都不舒服。“但是他们抢走了我们的一切。我们什么都没有了……嘿，你有什么可高兴的呀？”

“我们还在一起，我们的孩子们也都安然无恙，我们还有房子。”玫兰妮说，声音中洋溢着轻快活泼。“如今大家希望有的我们都有……天啊，小博尿湿了！我希望北佬没有连他的尿布也偷走了吧。他……斯佳丽，他尿布里究竟藏的什么东西？”

她惊恐地猛地把手伸进宝宝的屁股下，然后掏出了那个钱夹。一时间她盯着钱夹仿佛以前从来没有见过，接着她放声大笑，那是高兴的笑声，一点也没有歇斯底里。

“只有你才能想出这种花招，”玫兰妮大声道，一边搂住斯佳丽的脖子亲吻她，“你是我最亲的嫂子！”

斯佳丽没有反对玫兰妮的拥抱，因为她太累了，累得没有气力挣扎，因为玫兰妮赞美的话语像药膏一样抚慰着她的心灵，因为在那个浓烟笼罩的黑暗的厨房里，她已经对这个小姑子产生更深的敬意和更亲密的友情。

“我该为她说句公道话，”斯佳丽心里不情愿地想，“遇上需要帮助的时候，她总是在身边。”

第二十八章

一场严霜过后，天气骤然变冷。冷风飕飕地从门缝下钻进来，松动的窗户被吹得吱嘎吱嘎响个不停。最后几片树叶从光秃秃的枝头落下，只有松树绿装依旧，矗立在苍白的天空下显得黑森森、冷冰冰的。被车轮轧得坑坑洼洼的红土路冻得邦硬，饥饿横扫着整个佐治亚州。

斯佳丽苦恼地想起上次和方丹老太太的谈话。两个月前的那些话是发自心底的。可如今听起来，却像是个上学的小姑娘在说大话。谢尔曼的军队第二次光顾塔拉之前，斯佳丽还有一点儿食物和钱，有一些比她运气好一点的邻居，和能够让她过冬挨到明年春天的棉花。现在棉花没有了，食物没有了，钱对她毫无用处，因为即使有钱也压根买不到食物，而且邻居如今的处境比她还糟糕。她至少还有母牛、小牛、几头小猪崽和一匹马，而她的邻居们却除了藏在树林里和埋在地下的一点儿东西外，别无所有。

塔尔顿家的宅子费尔希尔被烧得只剩下地基，塔尔顿太太和四个女儿现在住在监工的房子里。拉夫乔伊附近的芒罗家也被夷为平地。含羞草庄园的木质厢房也被烧毁，房子的主体幸亏墙上的灰泥厚实，再加上方丹家几个女人和她们的黑奴用湿毯子、被子拼命扑救才保存下来。由于北佬监工希尔顿的求情，卡尔弗特家的房子再次安然度过危险，但是他们既没有一头牲口，也没有一只家禽，连一穗玉米都没有。

在塔拉乃至整个县一个严峻的问题就是怎么弄到食物。大多数的家庭一无所有，只剩下自己地里种的一点红薯和树林里找到的像花生这样的野味。但是他们还是像生活富足时那样把自己有的一切分给比他们更不幸的朋友。然而，很快大家都沦落到没有什么可与人分享的境地。

在塔拉，要是波克运气好的话，大家就可以吃得上野兔、负鼠和鲶鱼。其他时候，就靠吃一点牛奶、几个山胡桃、烤橡实和烤红薯度日，他们总是没有饱的时候。斯佳丽觉得自己无论转到哪个方向都会碰到向她伸出乞怜的手，遇到恳求的目光。看到家里人这种光景她都要发疯，因为她也跟他们一样饿得发慌。

斯佳丽让人把小牛给宰了，因为它要喝掉那么多宝贵的牛奶，结果那天晚上每个人都吃了好多牛肉，撑得人人都肚子疼。她明白该杀一头小猪，但是她把杀猪的日子一天一天往后推，希望能把小猪养大。小猪崽们现在还太小，要是现在就杀来吃，只有一点儿肉，要是能多养一段时间，能吃的肉就会多一些。每天晚上她都与玫兰妮讨论是否可以让波克骑马带上些绿钞去买食物。但是，由于担心马和钱被抢，总是让她们下不了决心。她们不知道北佬在什么地方。他们可能远在千里之外，也可能与她们只隔一河。有一次，斯佳丽在绝望中打算自己骑马出去找食物，但是全家人因为对北佬的恐惧哭得死去活来，让她放弃了这个念头。

波克为了搜寻食物常常走得很远，有时整夜不归，斯佳丽从不问他去哪儿了。他有时带回点野味，有时带回几穗玉米、一袋干豆子。有一次他带回来一只公鸡，说是在树林里发现的。一家人吃得津津有味，但心里却感到内疚，因为大家都明白，那些干豆子、玉米和鸡其实都是波克偷来的。这之后不久的一个晚上，大家早已入睡，波克敲开斯佳丽的房门，不好意思地给斯佳丽看他一条挨了铅砂弹的腿。斯佳丽给他包扎的时候，他窘迫地解释说他企图溜进在费耶特维尔的一个鸡舍时叫人发现了。斯佳丽没有问他是谁家的鸡舍，只是轻轻地拍拍波克的肩膀，眼睛里噙着泪水。黑人虽然又蠢又懒，有时还惹人生气，可是他们却有一种用金钱都买不来的忠诚，他们与自己的白人主人总是一条心，为了让桌子上有食物情愿拿自己的生命去冒险。

要是换了其他时候，波克的小偷小摸算是重罪，很可能招来一顿鞭子。要是在其他时候斯佳丽至少会把他狠狠教训一顿。“你要永远记住，亲爱的，”埃伦曾经说，“上帝把这些黑人托付给你照管，你就要对他们的身体健康负责，同样还要对他们的道德品行负责。你必须要明白他们就像孩子一样，所以要像照顾孩子一样照顾他们，而且你必须给他们树立一个好榜样。”

然而现在，斯佳丽把埃伦的忠告抛在脑后。她鼓励偷窃，甚至鼓励偷那些比她处境还糟糕的人家，而且还不觉得受到良心的谴责。实际上，这件事的道德意义在她看来无足轻重。她没有惩罚或斥责波克，只是为波克挨了枪子而难过。

“你以后一定要小心，波克。我们可不愿失去你。要是没有你，我们可怎么办呀？你一直都是好样的，而且一直都忠心耿耿，等我们有了钱，我一定给你买块大金表，上面刻上一句《圣经》里的话：‘奖给优秀、尽职、忠诚的仆人。’”

听到斯佳丽的夸奖，波克面露笑容，小心翼翼地揉了揉那条缠上绷带的腿。

“你这么说真是太好了，斯佳丽小姐。什么时候能有那笔钱？”

“我也不知道，波克。不过总有一天我会想办法弄到钱的。”斯佳丽用一种视而不见的目光看着他，眼神中流露出强烈的痛苦，看得波克心神不安地扭动身体。“总会有那么一天的，等战争结束，我就会有很多很多钱，我再也不会挨饿受冻，我们家谁都不会再挨饿受冻。我们都要穿上好衣服，每天都有炸鸡吃，还要……”

说到这里，斯佳丽停住了。她在塔拉立下了最严厉的规矩，那就是任何人不许谈论他们以前吃过的美味佳肴，也不许谈论他们若有机会现在就想吃的东西。这条规矩她一直严格执行着。

波克溜出了屋子，留下斯佳丽在那里神情忧郁地盯着远方。在那些已经逝去的美好日子里，生活是那么多姿多彩，充满各种错综复杂的问题。比如她得想主意如何赢得阿希礼的爱，把十几个其他求爱者笼络在身边，让他们饱尝可望不可即之苦。她得想办法把自己的越轨行为瞒过长辈；对那些嫉妒她的姑娘们或是嘲弄，或是抚慰；她得决定选择哪种样式、哪种质地的衣服，尝试各种不同的发型，哦，还有好多事情需要她作决定！现在生活简单得让人吃惊。整个生活都围绕着是不是有足够的食物让他们免于挨饿，是不是有足够的衣服让大家不要受冻，另外就是保证头上的屋顶不要漏得太凶。

就是在这样的日子里，斯佳丽开始一遍又一遍反复做一个同样的噩梦，这个噩梦后来一直折磨了她很多年。她总是做着这个梦，连细节都不曾有过变化，但是噩梦带给她的恐惧却一次比一次更强烈，她甚至在醒着的时候都害怕再梦到它。她还清楚地记得第一次做这个梦那天发生的事情。

连绵的阴雨一连下了数日，屋子里阴冷潮湿，穿堂的寒风呼呼地吹。连壁炉里的木头都受了潮，光冒烟不发热。从早饭开始，家里除了点牛奶外就再没有其他吃的了，因为红薯已经吃完，波克靠陷阱捕猎、在河边钓鱼都一无所获。第二天必须得杀一头小猪了，要不大家就得饿肚子。家里的人都盯着她，不论黑人还是白人，个个愁眉苦脸、面黄肌瘦，无声地向她要吃的。看来她必须冒着丢马的危险，派波克出去买点东西了。而且屋漏偏逢连阴雨，韦德偏偏在这个时候病了，他喉咙疼，发高烧，可是家里既请不到大夫，也没有药给他吃。

斯佳丽自己又饿又累，便把韦德交给玫兰妮照看一会儿，回自己床上躺着打个盹儿。她的双脚冰凉，心里又担心又绝望，辗转反侧无法入眠。她一次又一次地想：“我该怎么办？该到哪儿求助？

这个世界上到底有没有人能帮助我？”以前那个安逸的世界究竟上哪儿去了？有没有一个强壮、有头脑的人扛起她肩上这副重担？她生来不是挑重担的。她不知道该怎么挑起这副担子。然后，她就这样不舒服地进入了梦乡。

她来到一个陌生荒凉的地方，四周围绕着层层浓雾让她伸手不见五指。她脚下的地面摇晃不定。这是个鬼怪出没的所在，到处笼罩着可怕的寂静，而她迷失在里面，像个夜晚迷路的孩子一样感到恐惧。她又冷又饿，而且害怕潜藏在四周浓雾里的危险，她想大声尖叫却叫不出声。浓雾中好多只沉默、无情、幽灵般的手伸出来抓她的裙子，想把她拖倒在摇晃的土地上。然后，她知道在周围这片混沌的黑暗中有一个避难所，在那里能够得到帮助，得到庇护，得到温暖。但是它在哪里？在这些紧紧抓着她的手把她拖到流沙底下之前，她能不能到达避难所？

突然间，她不由自主地奔跑起来，疯了似的在浓雾中乱冲乱撞，还一边又哭又叫，她伸出胳膊抓住的却只有空气和湿漉漉的雾霭。避难所在哪里？这个避难所总是在躲避她，但是它肯定就藏在什么地方。但愿她能到达那里！只要到达那里，她就安全了！但是恐惧让她两腿发软，饥饿让她头晕目眩。她绝望地大喊一声，醒来发现玫兰妮担忧地低头看着自己，玫兰妮的手正把她从梦中摇醒。

这以后，只要斯佳丽空着肚子入睡，这个梦就会反复缠住她。而空着肚子的时候实在够多的。于是斯佳丽吓得不敢睡觉，尽管她拼命对自己说这个梦没什么可怕的。梦见大雾不该把自己吓成这样。压根儿什么都没有——然而想到一入睡就会掉进那个浓雾笼罩的地方，还是让她心惊肉跳，于是她开始和玫兰妮一起睡，她一哼哼，身体开始抽动，便显然又陷入梦魇的手掌，玫兰妮就会把她叫醒。

斯佳丽的精神受到这么大的折磨，变得苍白、消瘦，脸上不再有迷人的圆润了。她的颧骨高高耸起，更加突出了她那双碧绿的吊梢眼，让她看上去像一只觅食的饿猫。

“白天本来就像一场噩梦，只是没有我梦到的那些东西而已。”斯佳丽绝望地想，她就把白天的口粮省下来，留到上床前吃。

圣诞节时节，弗兰克·肯尼迪和一小队人马受军需部命令为南军征集粮食和牲畜，来到塔拉庄园，结果一无所获。他们个个衣衫褴褛，看上去像群流浪汉，骑的马都又瘸又喘，显然是无法担任更剧烈的任务了。这群人和他们的马一样，也是无法作战，退出了前线，除了弗兰克，其他人都缺胳膊少眼，要么就是关节无法伸展。大多数人都穿着从北佬俘虏身上扒下来的蓝军装，塔拉的人乍一看见他们，吓得魂飞魄散，以为谢尔曼的队伍又回来了。

那天晚上他们就留宿在塔拉，睡在客厅的地板上，他们已经好几个星期没有在屋里睡过觉了，不是睡在松针上就是睡在硬邦邦的土地上，如今能躺在柔软的丝绒地毯上，真是莫大的享受。尽管他们胡子肮脏，衣衫褴褛，但是他们仍不失为有教养的人，擅长情绪愉快地聊天说笑，恭维别人。能够按照昔日的传统，身边簇拥着漂亮女士，在大房子里度过圣诞之夜，让他们都感到十分高兴。他们拒绝谈论战争这类严肃的话题，只是对姑娘们讲些无伤大雅的谎话，逗得她们开怀大笑，第一次给这个被扫荡得空荡荡的地方带来一点轻松愉快，这么多日子来，屋子里第一次有了节日的气氛。

“这看起来简直跟过去我们家开的宴会差不多，是不是？”苏埃伦兴高采烈地跟斯佳丽耳语道。如今家里又有了苏埃伦的男友，她幸福得心里乐开了花，眼睛几乎离不开弗兰克·肯尼迪。斯佳丽惊奇地发现，苏埃伦除了因为生病显得有点瘦骨嶙峋，现在看上去几乎算得上漂亮。她的面颊绯红，眼中闪烁出一股柔情。

“看来她还真喜欢他，”斯佳丽不屑地想。“我看她有了自己的丈夫会变得多少有点人情味，哪怕这个丈夫是婆婆妈妈的老弗兰克也行。”

那天晚上卡丽恩也振作了一些，眼中少了些平日那种梦游般的神情。她发现这些人中间有一个人认识布伦特·塔尔顿，而且布伦特战死的那天他还跟他在一起，便决定晚饭后跟他私下里长谈一番。

晚饭时玫兰妮努力克服了自己的羞怯，看上去几乎算得上快活，让大家都感到非常意外。她谈笑风生，跟一名独眼士兵差点没打情骂俏，那人也乐得向玫兰妮大献殷勤。斯佳丽明白玫兰妮这么做无论是精神上还是体力上都付出了巨大的努力，因为在任何男性面前，玫兰妮都会变得极端羞怯，况且她的身体还远远没有恢复。她坚持说自己很健康，甚至比迪尔西干的活还要多，可斯佳丽知道她身体不行。她一抬东西，脸就发白，用力过后会猛地跌坐下来，仿佛两腿再也支撑不住身体了。但今天晚上，她跟苏埃伦和卡丽恩一样，使出浑身解数让这些士兵们尽情享受圣诞之夜。只有斯佳丽一人没有因为客人的到来感到高兴。

黑妈妈把干豌豆、炖苹果干和花生摆在客人面前，他们则拿出自己配给的烤玉米和肋条肉，并宣称说，他们几个月都没吃过这么美味的一顿饭了。斯佳丽看着他们吃，感到非常不舒服。她不仅连一口食物都舍不得给他们吃，而且觉得心神不宁，生怕他们发现昨天波克宰的那头小猪。小猪现在正吊在食品室，斯佳丽已经严厉告诫过全家人，谁要是胆敢对客人提起这头小猪，或者说出这头小猪的兄弟姐妹安全地躲在沼泽地的猪圈里，她就把他的眼珠子挖出来。这群饿狼一顿饭就能吞下一整头猪，而且要是让他们知道还有猪活着，他们一定会把它们统统拿走补充给养。斯佳丽还担心那头母牛和那匹马，后悔没有把它们藏到沼泽地，而只是拴在树林草场下。要是让军需队拿走她的牲畜，塔拉说什么也熬不过这个冬天。这样的损失无法弥补。至于军队吃什么她才不关心呢，让军队自己养活自己吧——愿他们能做得到。她能养活自己家人已经够难了。

客人们从背包里拿出“通条卷”当作饭后甜点，斯佳丽头一回看见邦联军队的这种食物，关于它的笑话几乎和说虱子的笑话一样多。这东西是螺旋形，看上去像烧焦的木炭。士兵们力劝斯佳丽尝一口，斯佳丽咬了一口，发现被烟熏黑的表皮下原来是没有加盐的玉米饼。士兵们把分到的玉米面和水搅和起来，要是能弄到盐就再加点盐，然后把稠稠的面团裹在通条上，一排排放在营火上烤。这东西像冰糖一样硬，像锯末一样没味，尝了一口后，斯佳丽在一片哄笑声中连忙把它还给主人。她遇到了玫兰妮的目光，两张脸上清楚明白地显出同样一个念头："就靠吃这种东西他们怎么能继续打下去？"

晚饭吃得相当愉快，就连心不在焉地坐在桌子上首的杰拉尔德也恢复了点做主人应有的礼节，脸上挂着一丝捉摸不定的笑容。男士们高谈阔论，女士面带微笑，曲意逢迎，只有斯佳丽突然转身向弗兰克·肯尼迪打听佩蒂帕特小姐的消息时，见到他脸上的表情，让她忘了自己打算说什么。

他的眼睛从苏埃伦身上移开，在屋子里游荡，落在杰拉尔德像小孩一样困惑的眼睛上，落在光秃秃、没有地毯的地板上，落在没有了装饰的壁炉上，落在弹簧塌陷了的沙发上，落在北佬用刺刀刺破的家具上，落在餐具柜被打破的玻璃上，落在墙上劫掠者来之前挂着画像如今成了一片片没有褪色的方块上，落在没有餐具的餐桌上，落在姑娘们经过精心修补却难掩饰破旧的衣衫上，落在用面袋给韦德改成的苏格兰短裙上。

弗兰克回忆起他记忆中战争之前的塔拉，他的脸上显出一种悲哀的表情，一种无可奈何却又疲惫无力的愤怒。他爱苏埃伦，爱她的姐妹，尊重她的父亲杰拉尔德，对塔拉庄园有一种由衷的喜爱。自从谢尔曼的军队横扫佐治亚州，弗兰克骑马在州里四处征收给养时，已经看到许多惨不忍睹的景象，但是最让他痛心疾首的还是看见塔拉现在的状况。他想为奥哈拉家做点贡献，尤其想为苏埃伦做点贡献，自己却无能为力。他与斯佳丽的目光相遇时，他不由同情地摇摇脑袋，舌头抵着牙齿发出啧啧声。他看到斯佳丽眼中燃烧着自尊受伤时那种愤怒的火焰，他赶忙垂下眼，不好意思地盯着自己的盘子。

姑娘们渴望听到新闻。自从亚特兰大陷落到现在，已经有四个月不通邮了，至于北佬现在打到了什么地方，邦联军队的仗打得如何，亚特兰大和老朋友们的近况，大家都一无所知。弗兰克因职务所需跑遍了整个地区，他的消息简直比报纸还灵通，从梅肯以北到亚特兰大，这片地方的人不是跟他沾亲带故就是彼此熟悉，所以他能提供许多报纸一般不会刊登的个人趣闻。为了掩饰刚才让斯佳丽看穿的窘态，他连忙向大家报告各种新闻。他告诉大家说，谢尔曼的军队离开后，邦联重新收复了亚特兰大，不过这已毫无意义，因为谢尔曼的人已经把它彻底烧毁了。

“可我以为亚特兰大是在我离开的那天晚上烧的，”斯佳丽糊涂了，“我以为是我们自己人放火烧的！”

“哦，不是，斯佳丽小姐！”弗兰克吃惊地喊道。“我们从来不放火烧有我们自己人的城镇！你看见起火的是仓库和军需用品，我们不希望留给北佬，还有铸造厂和弹药库。仅此而已。谢尔曼攻进城里时，民宅和店铺都完好无损。谢尔曼的部队就驻扎在那里。”

“可是老百姓怎么样？他……他杀过人没有？”

“他杀了一些——不过没用子弹。”那个独眼士兵冷冰冰地说，“他进入亚特兰大后不久便告诉市长，城里所有的人都必须离开，每个人都得走。可是那里有许多无法远行的老人，还有许多不能动身的病人，还有妇女——妇女也不该挪动。可是他在一场史无前例的暴雨中把他们从城里赶了出去，数以千计的人，都被扔在马虎村附近的树林里，还派人给胡德将军捎去信，让他去接。许多人都因此得肺炎死了，还有的因为忍受不了这样的虐待也死了。”

“哦，可他干吗要那么做呢？老百姓对他又没有危险。”玫兰妮喊道。

“他说，他想把他的人马留在城里休养，”弗兰克回答说。“他让人马在那里一直待到十一月中旬才离开。走的时候他放火烧了整座城市，把一切都烧毁了。”

“哦，不会真的把一切都烧了吧！”姑娘们惊愕地喊道。

实在无法想象，那座城市她们那么熟悉，那么繁荣，有那么多居民，曾经驻扎过那么多士兵，就这么给毁了。那些树荫下的美丽房屋，那些大商店和富丽的旅店——这一切不可能就这么消失掉！玫兰妮看上去马上就要掉眼泪了，因为她就出生在那里，她的家在那里，别的地方再没有她的家了。斯佳丽的心也直往下沉，因为除了塔拉之外，她最喜欢的就是那个地方。

“噢，的确是差不多把一切都烧了。”弗兰克见大家面露不安，连忙改口说。他努力装出高兴的样子，因为他不希望让女士感到心烦意乱。见到女士们心烦意乱他就心慌，让他觉得自己无能为力。他不能把最糟糕的消息告诉她们。还是让她们找别人了解真相吧。

他不能告诉她们邦联军队回驻亚特兰大时看到的景象：一支支熏黑的烟囱竖立在废墟上连绵数英亩；街上满是一堆堆没有烧完的垃圾和倒塌的砖块，难以通行；一棵棵被大火烧死的古树倒在地上，烧焦的枝杈被寒风吹落下来。他还记得见到那番景象时感到的恶心，记得邦联士兵见到劫后的亚特兰大时发出愤恨的咒骂。他希望女士们永远不要听到墓地被劫掠的恐怖场面，怕她们永远忘不掉那种梦魇。查理·汉密尔顿和玫兰妮的父母就埋葬在那里。弗兰克看到墓地的景象后常常做噩梦。北佬士兵为了找到死人身上的珠宝，不惜弄破坟墓的穹顶，挖起墓穴，搜夺死尸，撬下棺材上的金银铭牌，银制装饰和银把手。骷髅和尸体被扔在破碎的棺材之间，暴露在光天化日之下，景象令人惨不忍睹。

弗兰克也不愿告诉她们猫狗的情况，因为女士们总是非常重视宠物。可是宠物们的主人被野蛮逐出城后，数以千计的饥饿小动物无家可归，那幅景象让弗兰克感到的震惊不亚于在墓地的感觉，因为弗兰克也喜欢小猫小狗。小动物们受了惊吓，又挨饿受冻，变得像森林里的野兽一样，强壮的袭击弱小的，弱小的等着比它们更弱小的死去，然后吃它们的尸体。在城市废墟的上空，盘旋的秃鹰身影矫健不祥，映衬在冬日的苍穹中。

弗兰克在脑海中努力搜寻那些能让女士们稍感快慰的消息。

“城里还有一些房屋没有烧，”他说，“凡是独自盖在一大块地上，远离其他房屋的房子，都没有着火。教堂和共济会堂也幸存了下来，还有几间店铺。但是商业区、铁路沿线和五角广场……女士们，亚特兰大的那个部分已经被夷为平地了。”

“这么说，”斯佳丽伤心地喊道，“查理留给我的铁路附近那座仓库也完了？”“要是它靠近铁路的话，恐怕是没了，但是……”说到这里他突然面露微笑。他怎么没早想起来呢？“高兴点儿，女士们！佩蒂帕特姑妈的房子还在。虽然有些损坏，但还是保留下来了。”

“那座房子是怎么幸免的？”

“唔，房子是砖砌的，而且有亚特兰大绝无仅有的石板屋顶，所以我猜即使有火星也不会着火。还有嘛，就是它几乎是城最北边的最后一座房子，那里的火烧得不算太大。当然，驻扎在那里的北佬也把房子折腾得够呛。它们甚至把护壁板和红木扶手也当柴火烧了，不过这些都无关紧要！房子还完整无损。我上周在梅肯见到佩蒂小姐……”

“你见到她了？她怎么样？”

“她很好，很好。我告诉她房子还完好无损，她决定立即动身回去。但是……要看那个老黑奴彼得让不让她走。许多人已经返回亚特兰大了，因为他们在梅肯也不放心。谢尔曼虽然没有攻占那里，可是人人都担心威尔逊的骑兵不久就会打到那里，他比谢尔曼还可怕呢。”

“可是房子都没了，他们回去不是太傻了？他们上哪儿住呢？”

“斯佳丽小姐，目前他们住在帐篷、棚子、木屋里，或者六七户人家挤在少数依然保留下来的房子里。他们正打算重建家园呢。斯佳丽小姐，你别说他们傻，你和我一样了解亚特兰大人，他们跟那座城市是一个整体，就像查尔斯顿人对查尔斯顿的感情一样。北佬和大火是无法把他们赶走的。亚特兰大人——请原谅，玫兰妮小姐——他们对亚特兰大的感情顽固得就像骡子。我不懂为什么，因为我一直觉得这个城市是个激进、自负的地方。不过，我生来是个乡下人，从来都不喜欢城市。我跟你们说，越是早回去的人越聪明。那些最后回去的人会发现他们的房子连一根木头、一块砖石都没有了，因为大家都在满城里搜刮材料重建自己的房子。就是前天的时候，我还遇到梅里韦特太太和梅贝尔小姐，还有她们家的老女仆推着一辆手推车在外面捡砖头。米德太太告诉我她打算等米德大夫回来帮她，建一座小木屋。她说她刚到亚特兰大的时候就住在木屋里，那时候亚特兰大还叫马萨斯维尔，所以她一点也不介意再住在木屋里。当然，她不过是在开玩笑，但是你可以看出他们现在的心情。”

“我觉得他们很勇敢。”玫兰妮自豪地说。”你说呢，斯佳丽？”

斯佳丽点点头，感到一种异样的喜悦，同时为自己的第二故乡感到自豪。就像弗兰克刚才所说，这个城市是有些激进、自负，但那正是让她喜欢的原因。它不像老城镇那么僵硬死板、墨守成规，而是无所顾忌、生机勃勃，和她性格非常相似。“我喜欢亚特兰大，”斯佳丽想，“北佬和大火同样无法把我摧垮。”

“要是佩蒂姑妈打算回亚特兰大，我们最好也回去跟她在一起，斯佳丽，”玫兰妮打断了斯佳丽的思绪，“她一个人会给吓死的。”

“玫兰妮，现在我怎么能离开这儿呢？”斯佳丽毫不委婉地说，“你要是想走，就一个人去吧。我不会拦着你。”

“哦，我不是这个意思，亲爱的，”玫兰妮急得满脸通红，“我没有考虑到！你当然不能离开塔拉，我……我猜彼得大叔和厨娘会照顾好姑妈的。”

“这里没什么能拴住你。”斯佳丽唐突地说。

“你知道我不会离开你，”玫兰妮回答，“而且我……要是没有你，我会给吓死的。”

“随便你吧。反正我不跟你回亚特兰大。等他们刚盖起几座房子，谢尔曼又会回去，再把房子烧掉。”

“他不会回去了。”弗兰克说。他努力控制自己，可脑袋还是不由地耷拉下去。“他已经横穿整个佐治亚州打到海边了。这个星期他攻下了萨凡纳，人们说北佬要向北进入南卡罗来纳州。”

“萨凡纳给占领了！”

“是的。这不奇怪，女士们，萨凡纳没法儿不丢。那里没有足够的兵力，尽管他们把每一个能用到的人都派上了用场——只要两条腿能动的人都用上了。你们知道吗，北佬向米勒奇维尔进军的时候，他们召集军校所有的学生，也不管他们有多大，他们甚至打开监狱大门扩充队伍。是的，他们把那些愿意参军的犯人都放了出来，向他们许诺要是他们能活到战争结束，就赦免他们的罪行。看到年轻的学生兵和小偷、杀人犯列队站在一起，简直让我毛骨悚然。”

“他们把犯人放了害我们！”

“哦，斯佳丽小姐，你别紧张。他们离这儿还远着呢，而且他们正在变成好士兵。我猜小偷不一定做不了好兵，不是吗？”

“我觉得这主意不错。”玫兰妮柔声说。

“哼，我看是个馊主意，”斯佳丽淡淡地说，“这里的盗贼已经够猖狂了，还有北佬和……”她及时停了下来，但是男士们还是都笑了。

“还有北佬和我们军需队。”他们把她的话补充完。斯佳丽羞红了脸。

“可是胡德将军的队伍在哪里啊？”玫兰妮赶紧插话解围，“他一定能守住萨凡纳。”

“怎么，玫兰妮小姐，”弗兰克听到后吃了一惊，然后责备地说，“胡德将军压根不在那里。他一直在田纳西作战，努力把北佬拖出佐治亚州。”

“他的绝妙计划非常有效吧！”斯佳丽大声挖苦道。“他让一些学生、罪犯和自卫队来保护我们，让我们饱受该死的北佬折磨。”

“女儿，”杰拉尔德一边说，一边站起身，“你怎么说脏话。

你母亲听到会伤心的。”

“他们就是该死的北佬！”斯佳丽情绪激昂地喊道，“我不知道还能用什么别的字眼称呼他们。”

一提起埃伦，大家都觉得尴尬，谈话一时停了下来。玫兰妮再一次打破沉默。

“你在梅肯的时候有没有见过印第亚和霍尼·韦尔克斯？她们——她们有没有阿希礼的消息？”

“哦，玫兰妮小姐，你知道，要是我有阿希礼的信儿，我肯定立刻从梅肯骑马上这儿来告诉你，”弗兰克埋怨地说，“没有，她们没有任何消息，不过……你别替阿希礼担心，玫兰妮小姐。我知道你已经有很长时间没有他的消息了，可是一个人给关在监狱，你总不能指望听到他的消息吧？北佬关俘虏的地方要比我们的强。毕竟，北佬有足够的食物、足够的药品和毯子。他们不像我们——连自己都喂不饱，更别说俘虏了。”

“哦，北佬是什么都有，”玫兰妮极端痛苦地嚷道，“但是他们不会把东西给俘虏。你知道他们不会这么做，肯尼迪先生。你这么说只是为了让我好受些。你知道我们的小伙子在那里因为寒冷而冻死，因为没有医生和药品而死去，这就是因为北佬太恨我们！哦，真希望我们能把所有的北佬都从地球上消灭掉！哦，我知道阿希礼已经……”

“别说了！”斯佳丽喊了出来，她的心提到了嗓子眼儿。只要没人说阿希礼死了，她的心中就有一丝微弱的希望，希望他还活着，她仿佛觉得，要是她听到有人说阿希礼死了，他真的会在说话的那个时刻死去。

“哦，韦尔克斯夫人，别替你丈夫发愁，”独眼士兵安慰说，“我在第一次马纳萨斯战役后被俘虏，后来通过交换俘虏才回来，我在监狱里的时候，他们给我们吃的是最好的食物，有炸鸡、刚出炉的小点心……”

“我看你是个大骗子。”玫兰妮一边说，一边浅浅微笑，斯佳丽头一回看见她和男人开玩笑。“你说呢？”

“我也觉得自己是个骗子。”独眼士兵附和道，一边笑着拍了一下自己的大腿。

“要是大家都去客厅，我就给你们唱圣诞颂歌。”玫兰妮提议，心里很高兴可以换个话题。“钢琴是北佬没法儿搬走的东西之一。苏埃伦，它是不是走音走得厉害？”

“走得吓人。”苏埃伦一边回答，一边兴高采烈地含笑示意弗兰克跟她去。

但是当大家都离开餐厅时，弗兰克却落在后面，趁机轻轻拽了一下斯佳丽的袖子。

“我能单独和你说句话吗？”

有那么可怕的一瞬间，斯佳丽以为他要问她关于牲畜的事，她立刻振作起来，准备好用谎话应付。

其他人都离开后，他俩站在壁炉边，刚才弗兰克脸上当着众人装出来的欢乐消失了，斯佳丽如今看到的弗兰克简直像个小老头。他的脸像塔拉草坪上让风吹来吹去的落叶一般干涩枯黄，他的姜黄色胡须又稀又乱，竟然已经花白了。他下意识地摆弄着自己的胡子，说话前先清了清嗓子，令斯佳丽非常不舒服。

“我对你母亲的事非常难过，斯佳丽小姐。”

“请别提这事了。”

“还有你父亲……他这个样子是从那事儿……”

“是的，他……他不太正常了，你看到了。”

“你母亲对他太重要了。”

“哦，肯尼迪先生，请别再说这些……”

“对不起，斯佳丽小姐，”他紧张不安地在地上蹭着双脚，“其实我本来想和你父亲商量一件事，现在我看没什么用了。”

“或许我能帮你，肯尼迪先生。你看……现在这个家由我管。”

“好吧，我……”弗兰克开口，又紧张不安地挠挠胡子，“其实……是这样，斯佳丽小姐，我是打算跟你父亲提我和苏埃伦小姐的事。”

“你是说，”斯佳丽惊讶地喊道，心里感到非常好笑，“你还没有跟爸提起跟苏埃伦的事？你不是已经追了她好几年吗？”

弗兰克的脸窘得通红，难为情地笑了笑，看上去像个腼腆害羞的大男孩。

“我……我不知道她是不是喜欢我。我比她大得多，而且以前总有那么多英俊小伙在塔拉团团转……”

“哼！”斯佳丽心想，“他们是围着我转，才不会围着她呢！”

“而且我现在也不知道她是不是喜欢我。我从没问过她，但她一定知道我的心。我……我想我应该征得奥哈拉先生的许可，跟他说清楚。斯佳丽小姐，现在我身无分文。以前我有过许多钱，请原谅我这么说，现在我全部的家当就是我的那匹马和身上穿的衣服啦。你瞧，我入伍时卖掉了大半的土地，把钱都买了邦联债券，你也知道如今这些债券一文不值了，连印它的纸都值不了。而且我现在连这些债券都没有了，因为北佬烧我妹妹家的时候把它们一起烧了。我知道我现在向苏埃伦小姐求婚太委屈她了，因为我身无分文，可是……情况就是这样。我常常想我们不知道这场战争会发展成什么样。对我来说，这就像世界末日。我们对什么都没有把握，所以我想如果我们订婚的话，对我是一种极大的安慰，对她可能也一样，这样我们俩都有了着落。等我有能力照顾她时，再跟她结婚，斯佳丽小姐，我也不知道要等到什么时候。但是如果你认为真爱是有价值的，你可以放心，苏埃伦小姐在这方面是富有的，尽管除此之外一无所有。”

他最后一句话显出一种幼稚的尊严，斯佳丽虽然觉得好笑，却也被打动了。她无法理解怎么会有人喜欢上苏埃伦。她这个妹妹对她来说简直是个自私透顶、牢骚满腹的怪物，她只能把这种人描述为十足的大刺儿头。

“瞧你说的，肯尼迪先生，”她温和地说，“这样很好嘛。我肯定我能替爸爸答应你的请求。他一向器重你，总是希望苏埃伦能嫁给你。”

“真的吗？”弗兰克失声喊道，脸上洋溢着幸福。

“当然是真的。”斯佳丽回答，心里却想起杰拉尔德以前曾经多次朝餐桌那边的苏埃伦毫不客气地大声问：“喂，小姐！你那位热情洋溢的男朋友还没提那个请求吗？是不是要我去问一下他的打算？”想到这里，斯佳丽竭力隐藏起自己的笑容。

“我今天晚上就去问她。”弗兰克说，他的脸都有点发抖，然后一把抓住斯佳丽的手。“你真是太好了，斯佳丽小姐。”

“我让她去找你。”斯佳丽微笑着说，说完朝客厅走去。玫兰妮正要开始弹钢琴。钢琴虽然音跑得厉害，不过有些和弦还是很动听，玫兰妮提高嗓门，带领其他人一起唱《听，报信的天使在歌唱！》。

斯佳丽停下脚步。听到这首古老甜美的圣诞赞美诗，让人觉得他们仿佛并没有两次饱受战争的侵害，不可能住在饱受蹂躏的乡村，不可能身处饥饿的边缘。她猛地朝弗兰克转回身。

“你刚才说这像世界末日是什么意思？”

“我可以坦率地告诉你，”弗兰克慢吞吞地说，“但是我希望你不要把我的话告诉其他几位女士，免得她们惊慌。仗打不了多久了。我们已经没有新鲜血液补充我们的队伍了，而且开小差的人越来越多，数字远远高于军方承认的数字。当人们得知他们的家人在挨饿，他们怎么能忍受得了远离自己的家人，所以他们跑回家，设法维持生活。这不能责备他们，但是这样一来军队的战斗力削弱了。军队没有食物无法作战，可是我们一点儿粮草也没有。这个我知道，因为我的职责就是搞粮草。从我们收复亚特兰大以来，我已经跑遍了这个地区，这儿的食物连只鸟都喂不饱。从这儿到萨凡纳，方圆三百英里到处情况都一样。所有的人家都在挨饿，铁路被破坏，没有新的枪支弹药，没有皮革做军靴……所以，末日就要来临了。”

不过，斯佳丽并不关心邦联前途渺茫，她关心的倒是缺少食物的那些话。她曾经打算派波克赶上马车，带上金币和联邦钞票，到乡下去寻找食物和衣料。如果弗兰克说的是真的……

但是梅肯没有被攻破。梅肯一定有食物。等军需队走得够远了，她就让波克冒着宝贝马被军队抢走的危险，去一趟梅肯。她必须铤而走险。

“好吧，今晚我们别说这些令人不愉快的事情了。肯尼迪先生，”她说，“你去我母亲的小账房里坐坐，我让苏埃伦去找你，这样你们……你们就有点私人空间。”

弗兰克红着脸笑呵呵地溜出了屋，斯佳丽目送他离去。

“他现在不娶走苏埃伦，真是太遗憾了！”斯佳丽心想，“要是那样就可以少张吃饭的嘴。”

第二十九章

第二年四月，约翰斯顿将军重新受命指挥旧部的残兵败将，在北卡罗来纳州投降，战争至此便结束了。但是塔拉庄园两个星期后才得知这一消息。塔拉的每个人都有许多活要干，根本没时间出门打听消息，他们的邻居也一样忙碌，人们很少来往，所以消息传得很慢。

正值春耕大忙时期，他们把波克从梅肯带回来的棉花种子和菜籽播下。波克从梅肯回来后几乎再没干过什么活，他带着满车的衣料、种子、家禽、火腿、肋条肉和面粉平安回来，自己骄傲得不得了，一遍又一遍地跟人讲述他多少次险路逢生，说自己如何抄小道和乡间小径，经人迹罕至的马道才回到塔拉。他在路上走了五个星期，那段时间斯佳丽坐立不安。但是波克回来后，斯佳丽没有责备他，因为她对波克此行取得的成功非常满意，而且很高兴地发现她给波克的钱还剩下不少。照她猜想，波克能剩下这么多钱十有八九是因为那些家禽和食物并不全是买来的。路上有无人看管的鸡舍和唾手可得的熏肉房，要是再花斯佳丽给他的钱，波克会觉得连自己都对不起。

现在他们有了点食物，大家自然想让塔拉的生活恢复一些往日的模样。每一双手都有干不完的活要做。前一年干枯的棉花秆要拔掉，为今年的耕种腾出地方，马没耕过地，不愿踏进田地。菜园的野草必须拔掉，然后种上蔬菜种子，还要劈柴火、修猪圈、修复北佬随手烧掉的数英里围栏。波克一天要去看两次野兔陷阱，还要给河里的钓鱼线换鱼饵。除此之外，还得铺床、扫地、做饭、洗碗、喂猪养鸡、捡鸡蛋。母牛需要挤奶，而且把它放到沼泽附近的牧场得整天有人照看，免得让北佬或肯尼迪手下的人回来把它拉走。就连小韦德也有活儿干。每天早晨，他一本正经挎只篮子出去捡柴火。

县里最早从战场归来的是方丹家的两个小伙子，他们带来了南方投降的消息。亚历克斯脚上还有双靴子，便步行回家；汤尼光着脚，却骑了一头没有鞍具的骡子。家里的好东西总是让汤尼得去。

四年的风吹日晒让他俩变得比以往什么时候都更黑、更瘦、更结实，从战场回来，两人留着又浓又密的大胡子，人彻底变了样。

他们回含羞草庄园时路过塔拉，两人归心似箭，只在塔拉待了一小会儿，礼节性地吻了吻姑娘们，告诉她们投降的消息。他们告诉大家说，一切都结束了，什么都完了，而且他们似乎既不在意也不想谈论。他们关心的只是含羞草庄园有没有被烧掉。从亚特兰大南下的路上，他们路过许多朋友的房子，如今只剩下一座座烟囱，因此他们对自家的房子能不能幸免于难没抱多大希望。听说家还在，他俩长出了一口气，斯佳丽告诉他们说萨丽骑马如何疯狂，跳过塔拉的篱笆如何干净利落，他俩乐得直拍大腿。

“这姑娘有胆量。”汤尼说，“就是命不好，乔给打死了。你们这儿有没有嚼烟，斯佳丽？”

“没有，只有点着火抽的兔草烟。爸爸把它放在玉米棒子里抽。”

“我还没沦落到这种地步，”汤尼说，”不过我离这一步恐怕也不远了。”

“迪米蒂·芒罗好吗？”亚力克斯问道，他的口吻显得急切，略有点难为情，斯佳丽隐隐约约想起他对萨丽的妹妹有意思。

“哦，不错。现在她和她的姑妈住在费耶特维尔。她们家在拉夫乔伊的房子给烧了。家里的其他人都逃到了梅肯。”

“他的意思是问——迪米蒂是不是嫁给了自卫队的一位英勇的上校？”汤尼开玩笑说，亚力克斯恶狠狠瞪了他一眼。

“她当然没嫁人。”斯佳丽说，觉得蛮有趣。

“她还是嫁了人的好，”亚力克斯郁郁寡欢地说，“见鬼……对不起，斯佳丽。但是，一个男人家，黑奴都给解放了，牲畜全没了，口袋里一分钱都没有，还怎么能让姑娘嫁给他？”

“你知道迪米蒂不会在乎这些的。”斯佳丽说。她乐得帮迪米蒂个忙，为她说些好话，因为亚力克斯·方丹从来都不是她的追求者。

“该死的……哦，我再次请你原谅。我得戒了这诅咒的毛病，要不老奶奶非揍我一顿不可。我不能让一个姑娘嫁给一个叫花子。她可能不在乎，可是我在乎。”

斯佳丽和这哥俩在前门廊说话的时候，玫兰妮、苏埃伦和卡丽恩一听到南方投降的消息，就悄悄溜回屋子。等哥俩告辞出来，穿过塔拉后面的田地回家后，斯佳丽走进屋，听见姑娘们躲在埃伦的小账房里，正挤在沙发上哭成一片。一切都完了，她们那个光辉灿烂的美好梦想和希望全完了，她们的朋友、爱人、丈夫为之付出生命，她们为之倾家荡产的事业完了。她们以为永远不会失败的事业彻底失败了。

但是斯佳丽却没觉得想落泪。她听到这消息的最初一瞬间心想：“感谢上帝！现在我的牛不会被偷了，马也安全了。现在我们可以把银器从井里取出来，人人都可以用上刀叉了。我可以赶车到处走动，可以去买吃的，再也不用担心了。”

终于可以松口气了！她再也不用听到马蹄声就担惊受怕。再也不用在漆黑的夜晚醒来，屏息静听，疑心梦境中听到院子里的咔嗒声、马蹄声和北佬刺耳的口号声是真的。最让人欣慰的是塔拉终于安全了！从现在起，她那可怕的噩梦再也不会成为现实。从现在起，她再也不可能站在草坪上，看着心爱的房子上冒出滚滚浓烟，听着屋顶倒塌时火焰发出轰鸣。

不错，他们的事业完了，但是她一向觉得战争是愚蠢的，还是和平好。她看见星条旗升起的时候从来都不会激动得热泪盈眶，也从不会听到《迪克西》响起，就感到肃然起敬。她并不是像其他人一样对他们的事业抱有狂热的激情，才承受住困苦贫穷、令人作呕的看护、身陷围城的恐惧和近几个月来的饥饿。现在一切都完了，一切都结束了，而她并不打算为这一切哭泣。

一切都结束了！这场看似没有尽头的战争，这场不请自来、不受欢迎的战争把她的生活切成两段，而且界限是如此明显，以至于她都记不起那段无忧无虑的日子。现在她可以无动于衷地回想起以前那个漂亮迷人的斯佳丽，脚穿着纤巧的摩洛哥皮绿舞鞋，衣裙荷边香气缭绕，她只是怀疑那个少女怎么会是自己。全县的青年才俊都拜倒在她斯佳丽·奥哈拉的脚下，一百名黑奴任她使唤，塔拉的财富像堵坚实的墙壁支撑着她的生活，还有溺爱她的父母想方设法满足她的任何要求。娇生惯养、无忧无虑的斯佳丽除了阿希礼这件事受挫外，再没有遇到过不如意的事。

然而，这漫长曲折的四年让那个身戴香囊、脚穿舞鞋的少女消失了，变成个眼睛碧绿，目光犀利的妇人，她斤斤计较，能动手干许多下人干的活，经历了这场大难后，她什么都没有了，只剩下脚下的这片无法摧毁的红土地。

当她站在厅堂听姑娘们抽噎哭泣时，她的脑子却在忙着思考。

“我们可以多种些棉花，种很多很多棉花。我明天就让波克去梅肯多买些种子。现在再不会有北佬来烧它了，我们的军队也不需要它了。上帝啊！今年秋天棉花的价钱肯定会飞上天！”

她走进小账房，没有理睬沙发上哭作一团的姑娘们，自己坐在写字台前，拿起支羽毛笔，打算计算一下买更多的棉花种子得从她剩下的现金里再花掉多少。

“战争结束了。”她想，突然间心中涌起一阵狂喜，羽毛笔都从手中跌落了。战争结束了，阿希礼……要是阿希礼还活着，他就会回家来！她不知道玫兰妮在替失败的事业哀悼的时候，有没有想到这一点。

“很快我们就会收到他的信……不，不会有信。我们收不到信。但是很快……哦，他反正会想办法让我们知道的！”

但是，日子一天天地过去，几个星期都过去了，还是没有阿希礼的消息。南方的邮政仍不稳定，在乡下压根不通邮。偶尔有人从亚特兰大路过带来佩蒂姑妈的一个便笺，佩蒂帕特姑妈的口吻可怜，恳求玫兰妮和斯佳丽回去。却没有阿希礼的消息。

南方投降后，斯佳丽和苏埃伦因为用马经常发生争执，最后导致姐妹爆发了争吵。现在没有遇到北佬的危险了，苏埃伦想去拜访邻居。苏埃伦孤独了那么久，加上对往日美好社交活动的怀念，她渴望拜访朋友，哪怕只是让自己证明全县的情况都和塔拉一样糟。但是斯佳丽硬是不答应。马是要干活的，要把木柴从树林里拉回来，要耕地，波克找吃的也要赶马驾车。星期天，马有权在牧场吃草休息。要是苏埃伦想去串门，她可以走着去。

到去年以前，苏埃伦这辈子从来没有一次走路超过一百码，因此她对这个建议非常不满。于是她待在家里，又是唠叨，又是哭闹，唠唠叨叨地说：“哦，要是妈妈在就好了！”听到这话，斯佳丽给了她一记渴望已久的耳光，打得苏埃伦尖叫着倒在床上，弄得全家鸡犬不宁。那以后，苏埃伦抱怨得少多了，至少在斯佳丽面前不敢放肆。

斯佳丽说要让马休息这话不假，不过这仅仅是一半原因。另一半她不愿承认的原因是投降后的一个月里，她到县里转了一圈，看到老朋友和老庄园的景象大大动摇了她的勇气。

多亏当时萨丽驾车东奔西走，方丹家的日子过得比谁家都好，但这仅仅是和其他邻居艰难的景况相比而言。方丹老奶奶那天带领大家扑灭大火，力保宅院，当时犯了心脏病，以后始终没有彻底恢复。老方丹大夫截掉一只胳膊，正在渐渐康复。亚力克斯和汤尼正在笨拙地扶犁握锄耕地。斯佳丽去拜访时，他俩隔着篱笆跟斯佳丽握握手，取笑了一番她的那辆摇摇晃晃的破车，但是他们的黑眼睛中流露出苦涩，因为他们取笑斯佳丽其实也是在取笑自己。斯佳丽想跟他们买玉米种子，他们答应了，然后就开始讨论起农活来。他们有十二只鸡、两头母牛、五头猪，还有那头他俩从战场上带回来的骡子。一头猪刚刚死掉，他们担心其余的也快保不住。这两个昔日的花花公子以前最认真的时候也不过是考虑什么样的领结更时兴，现在却这么认真地谈论猪，斯佳丽听着不禁笑了，这次她的笑声中也带有苦涩。

含羞草庄园的人都欢迎斯佳丽，而且坚持把玉米种子送给她，拒不收她的钱。斯佳丽把一张绿票子放在桌子上，方丹家的急性子一下爆发了，断然不要她的钱。斯佳丽收下玉米种子，悄悄把一美元的钞票塞进萨丽手中。萨丽与八个月前斯佳丽刚回到塔拉第一次来拜访时判若两人。那时她虽然苍白、悲伤，但是身上还有一股活力。现在这股活力也消失了，仿佛投降把她全部的希望都带走一样。

“斯佳丽，”她拿住钱后悄悄说，“这一切有什么用呢？我们为什么要打仗？哦，我可怜的乔！哦，我可怜的孩子！”

“我不知道我们为什么打仗，我也不关心，”斯佳丽回答说，“而且我也没兴趣知道。我从来都不感兴趣。战争是男人的事，和女人没关系。现在我所关心的就是棉花能有个好收成。你收下这钱，给小乔买件衣服。他实在需要件衣服。尽管亚力克斯和汤尼那么客气，但是我可不能白拿你们的玉米。”

小伙子们把她送到马车旁，扶她上了车，尽管哥俩穿的是破衣烂衫，态度却彬彬有礼，带着方丹家兄弟特有的欢快，然而斯佳丽赶车离开含羞草庄园时，看到他们穷困潦倒的状况，感到不寒而栗。她已经厌倦了这种贫困交加、节衣缩食的生活。要是能看到人们生活富足，不用为能不能吃上下一顿饭而担忧，那该多好！

斯佳丽去拜访时，凯德·卡尔弗特已经回到松花庄园。在昔日的好时光，斯佳丽经常来这座古老的宅院跳舞，现在她走上屋前的台阶，发现凯德脸上呈现出不久人世的痕迹。他躺在安乐椅上晒太阳，腿上盖着一条披肩，形容枯槁，还咳个不停，不过他看到斯佳丽，立刻面露笑容。他说自己不过是胸中积了一点寒气，一面还打算起身欢迎她。他说都是因为老是淋雨睡觉的缘故。不过很快就会好，那时他就可以干活了。

凯瑟琳·卡尔弗特听到声音从屋里出来，在凯德的脑袋上方与斯佳丽的目光相遇了，从她的眼中，斯佳丽看出了痛苦的绝望。凯德可能不知道自己的状况，但是凯瑟琳明白得很。松花庄园看上去满目疮痍，到处杂草丛生，松树苗都在田里长起来，屋子也破旧零乱。凯瑟琳身体瘦弱、神情忧郁。

姐弟俩和他们的北佬继母、四个同父异母的小妹妹，以及那个北佬监工希尔顿住在这座静悄悄、空荡荡的房子里。斯佳丽一向不喜欢希尔顿，就像她一向不喜欢她们家自己的监工乔纳斯·威尔克森一样，现在看见他不紧不慢走来，以一种身份平等的态度迎接她，她就越发讨厌这个人。以前，他和威尔克森一样，当面卑躬屈膝，背地里粗鲁无礼。现在卡尔弗特先生和雷福特死在战场，凯德又生了病，他就彻底抛开了卑躬屈膝的一面。第二位卡尔弗特太太从来不知道如何让黑奴尊重她，更别指望得到一个白人的尊重了。

“经过了这么多艰难时光，希尔顿先生一直和我们在一起，真是个好人。”卡尔弗特太太紧张不安地说，同时飞快地瞥了一眼她那个沉默不语的继女，“真是好人啊。我猜你已经听说，谢尔曼在这里时，他两次救下这房子。我不知道要是没有他我们怎么办，我们又没有钱，而且凯德又……”

凯德苍白的脸一下涨红了，凯瑟琳垂下长长的睫毛遮住眼睛，同时咬紧了嘴唇。斯佳丽明白他俩内心因为欠了他们北佬监工的人情而感到窝火、痛苦。卡尔弗特太太看上去就快哭出来了。她又说错了话。她总是不会说话。尽管在佐治亚住了二十年，她还是无法理解南方人。她从不知道什么不能和她的继女继子说，而且无论她说什么，他们总是对她像外人一样客气。于是她默默发誓要带着自己的孩子回北方跟自己人待在一起，离开这些难以捉摸、顽固傲慢的南方佬。

拜访了这两家后，斯佳丽不想去塔尔顿家了。塔尔顿家的四个儿子都死了，房子烧毁了，一家人挤在监工的小屋里，斯佳丽实在不愿意去。但是苏埃伦和卡丽恩再三央求，玫兰妮说不去拜访一下，对塔尔顿先生从战场上归来表示一下欢迎，那太不像邻居，于是她们在一个星期天去那里拜访。

这次拜访看到的塔尔顿家确实是最惨的。

马车来到房子的废墟跟前，她们看见贝特丽丝·塔尔顿穿着一件破破烂烂的骑装，胳膊底下夹着一根马鞭，坐在牧场的围栏上，眼神忧郁地盯着前方发呆。一个罗圈腿的小黑人坐在她身边，这个黑人以前负责训练她的马儿，现在看上去也和他的女主人一样神情忧郁。牧场以前满是撒欢跳跃的小马驹和脾气温和的种母马，现在却空荡荡的，只剩下一头骡子，还是塔尔顿先生投降后骑回家的。

“哎呀，现在我那些宝贝都没了，我自己真不知该怎么办。”塔尔顿太太一边说，一边从围栏上爬下来。陌生人会以为她是在说那四个死去的儿子，不过塔拉的姑娘们知道她脑子里想的是她那些马儿。“我那些漂亮的马儿都死了。哦，还有我可怜的内利！哪怕只留下内利也好啊！可现在这儿只有一头该死的骡子。一头该死的骡子。”她嘴里反复念叨，一面恶狠狠地盯着那头骨瘦如柴的牲口，“在我那些纯种宝贝的牧场里放了一头骡子，真是对它们的亵渎。骡子是畸形杂种，是不自然的畜生，本来就不该繁殖它们。”

吉姆·塔尔顿留了一口浓密的胡须，彻底变了样，他从监工的小屋走出来欢迎姑娘们，并和她们亲吻问候，他那四个红头发的女儿穿着打了补丁的衣服跟在他身后，鱼贯而出，几乎让十几条黑色、棕色的猎狗绊倒，这些狗听见生人的声音冲到门口，汪汪乱叫。塔尔顿一家人都故意装出一副欢乐的样子，却比苦涩悲痛的含羞草庄园或死亡笼罩的松花庄园更让斯佳丽感到一种透骨的凄凉。

塔尔顿坚持要姑娘们留下来吃晚饭，说这些日子来他们没什么客人，很想知道各种新闻。斯佳丽不想逗留，因为这里的气氛让她感到压抑，但是玫兰妮和她的两个妹妹却想多待一会儿，于是她们四个人留下来，很小心地吃着招待她们的肋条肉和干豆子。

大家解嘲地说起如今寒酸的饭菜，塔尔顿家的姑娘们说起缝补衣服的种种方法，像讲最有趣的笑话一样咯咯大笑。玫兰妮附和她们，用令斯佳丽惊奇的轻松欢快的口吻谈起塔拉如何应付困难的种种尝试。斯佳丽几乎什么都没说。塔尔顿家没了四个人高马大的儿子，没有他们懒洋洋倚在沙发上，喷云吐雾，互相揶揄，屋子就显得空空荡荡。她来拜访都觉得屋子里空空荡荡，塔尔顿一家在邻居面前强颜欢笑，心里又是一种什么滋味？

吃饭时，卡丽恩说得很少，但是吃完饭，她悄悄走到塔尔顿太太身边，跟她低语了几句。塔尔顿太太的脸色一下变了，嘴角淡淡的笑容消失了，她伸手搂住卡丽恩的纤纤细腰。她俩离开了屋子，斯佳丽觉得没法在屋子里多待一分钟，也跟在她们后面走了出去。她俩穿过菜园，斯佳丽看出她们是朝墓地走去。但是现在她不能就这么回屋里去，要不就显得太没礼貌了。贝特丽丝·塔尔顿努力做出勇敢的样子，卡丽恩却拽着塔尔顿太太去她儿子的坟墓，究竟想怎么样？

砖墙围住的一块地上，在几株肃穆的雪松下，有两块新制的大理石墓碑——上面没有一点雨水溅起的红土。

“我们上星期刚买回来，”塔尔顿太太自豪地说，“是塔尔顿先生去梅肯买下，用马车拉回来的。”

墓碑！这两块墓碑一定值不少钱！斯佳丽顿时觉得塔尔顿家不像她最初想的那么可怜。在食物如此珍贵、如此匮乏的时候，竟然有人把宝贵的钱用来买墓碑，他们不值得同情。而且每块墓碑上还都刻着好几行字。字刻得越多，花的钱也越多。这家人一定都疯了！再说，把三个儿子的尸体运回家也得花钱。只有博伊德的尸体没有找到，连点线索都没有。

布伦特和斯图尔特的坟之间立着一块墓碑，上面写着：生前手足情深，死后难弃难舍。

另一块墓碑上刻着博伊德和汤姆两人的名字，以及一些拉丁文，开头几个词是“Dulceet……”但是斯佳丽在费耶特维尔女子学校读书时，总是想方设法逃避拉丁语课，所以她根本看不懂。

把那么多钱都花在墓碑上！哦，他们真够傻的！斯佳丽感到非常愤怒，就好像自己的钱给挥霍了一样。

卡丽恩的眼睛却放出异样的光芒。

“我觉得它可爱极了。”她指着第一块墓碑低声道。

卡丽恩当然觉得它可爱。一切感伤的东西都会打动她。

“是啊，”塔尔顿太太温柔地说，“我们觉得这句话非常恰当——他俩几乎是同时死的，斯图尔特先倒下，然后布伦特接过他手中落下的军旗。”

姑娘们回塔拉的路上，有一段时间斯佳丽一言不发，心里想着她拜访过的这几个人家，不由得想起县里辉煌时的景象，豪门世家宾客满堂，财源旺盛，下屋里黑奴人丁兴旺，精心耕作的田里长着茂盛的棉花。

“再过一年，这些田里就会长满松树苗。”她望着四周的树林暗自思忖，不由打了个寒战，“没有黑奴，我们最多也只是勉强度日。没有黑奴，没人能经营一个大种植园，这么多田地没人耕种，天地会退化成树林。没人能种得了那么多棉花，那时我们可怎么办？乡下人的命运会怎么样？城里人不管怎么样总能活下去。他们总是有办法。但是我们乡下人要倒退一百年，像当年的拓荒者那样，只能住小屋，只有几亩薄田，那可简直没法儿活了。”

“不……”她不屈不挠地在心里暗下决心，“塔拉绝不会变成那样。我就是亲手下地耕作也不能让塔拉变成那样。整个县、整个州如果没人管都可以再变回森林去，可我不让塔拉荒废掉。我可不打算把钱浪费在墓碑上，也不会浪费时间为战争失败痛哭流涕。我们一定能挺过去。我知道要不是男人都死光，我们肯定能挺过去。失去黑奴并不算最糟的。最糟的是失去了男人，失去了青壮劳力。”她又想起了塔尔顿家四兄弟、乔·方丹、雷福特·卡尔弗特、芒罗兄弟，还有她在伤亡名单上看到的费耶特维尔和琼斯博罗的小伙子。“要是男人够多，我们就能挺过去，可是……”

她猛地产生了另一个念头——要是再嫁一回怎么样。当然啦，她是不愿改嫁的。嫁一次已经足够了。更何况，她除了阿希礼谁都不想嫁，但是即使阿希礼活着，他也是有妇之夫。可是假使她愿意再嫁，谁会来娶她？这个念头让她担忧不已。

“玫兰妮，”她说，”南方的姑娘可怎么办呢？”

“你指的是什么？”

“就是我刚才说的。她们可怎么办？没人娶她们了。玫兰妮，小伙子们都死了，南方有成千上万的姑娘要一辈子做老处女了。”

“而且永远不会有孩子。”玫兰妮补充道，因为对她来说孩子是最重要的。

坐在车后的苏埃伦显然并不觉得这个想法新鲜，突然放声大哭。自从圣诞节以后，她就没有弗兰克·肯尼迪的消息了。她不知道是因为没有通邮的缘故，还是因为他玩弄她的感情，然后又把她忘了。要不就是他在战争结束前几天给打死了！后者当然要比把她忘掉的情况好得多，因为像卡丽恩和印第亚·韦尔克斯那样，爱人死于战场是很荣耀的，可被遗弃的未婚妻可就没有这种荣耀了。

“哦，看在上帝的份儿上，别哭了！”斯佳丽说。

姑娘们回塔拉的路上，有一段时间斯佳丽一言不发，心里想着她拜访过的这几个人家，不由得想起县里辉煌时的景象，豪门世家宾客满堂，财源旺盛，下屋里黑奴人丁兴旺，精心耕作的田里长着茂盛的棉花。

“嗨，住嘴！你知道我有多讨厌整天号啕的家伙。你自己心里清楚得很，你那个姜黄色胡子的先生并没有死，他会回来娶你的。除了看上你，他还能看上谁？不过，要我说，我宁愿做个老处女也不愿嫁给他。”

马车后面安静了一会儿，卡丽恩心不在焉地拍拍苏埃伦，安慰她，心里却想起三年前她和布伦特·塔尔顿在小道上并肩骑马。她的眼中闪烁着兴奋的光芒。

“哎，”玫兰妮悲伤地说，“没有我们那些好小伙，南方会变成什么样子？要是他们还活着，南方又会是什么样？我们可以依靠他们的勇气、他们的活力、他们的头脑。斯佳丽，我们有儿子的，一定要把孩子养大，好让他们取代死去的男人，要像他们一样勇敢。”

“再也不会有他们那样的男人了，”卡丽恩的声音十分柔和，“谁也不能替代他们。”

回家的路上，她们再也没有说话。

不久后的一天，凯瑟琳·卡尔弗特在日落时分骑马来到塔拉。她的马鞍绑在一头骡子上，斯佳丽以前还从来没有见过这么可怜的畜生，两耳耷拉、又瘸又拐，而凯瑟琳的模样也跟她胯下的动物一样委靡不振。她穿一件褪了色的方格布裙，那种样式以前只有屋里的用人才穿，头上戴的太阳帽则用一根细麻绳系在下巴底下。她骑到前门廊，却没有下马，斯佳丽和玫兰妮正在那里看日落，便走下台阶迎接她。凯瑟琳像斯佳丽那天看见的凯德一样脸色苍白，而且表情僵硬而脆弱，仿佛一说话，脸就会裂成碎片。但是她冲斯佳丽和玫兰妮点头的时候，背却挺得直直的，头也抬得高高的。

斯佳丽突然想起韦尔克斯家开野餐会那天，她和凯瑟琳悄悄谈论瑞特·巴特勒。那天凯瑟琳穿着蓝色薄纱裙子，腰带上插着香气四溢的玫瑰，小巧的黑丝绒舞鞋系在细细的脚腕上。现在僵坐在骡子上的这个人身上哪里还有原来那个少女的影子。

"我就不下来了，谢谢你们，"凯瑟琳说，"我只是来告诉你们一声我要结婚了。"

"什么！"

"和谁？"

"凯茜太好了。"

"太好了。什么时候？"

"明天，"凯瑟琳平淡地说，她的语气让斯佳丽和玫兰妮收起了热情的笑容，"我来是告诉你们明天我要结婚，婚礼在琼斯博罗——我不邀请你们参加。"她们默默地体会这话的意思，抬起头困惑地看着她。后来，玫兰妮又开口问。

"是我们都认识的人吗，亲爱的？"

"是的，"凯瑟琳简略地回答道，"是希尔顿先生。"

"希尔顿先生？"

"是的，是希尔顿先生，我们家的监工。"

斯佳丽惊讶得连"啊！"都说不出来，但是凯瑟琳突然低头盯住玫兰妮，低声凶巴巴地说："你要是敢哭，玫兰妮，我就受不了。我会死的！”

玫兰妮什么也没说，拍了拍她的脚，那只脚踏在马镫子上，穿着难看的自制鞋，她低下了头。

“别拍我！这个我也受不了。”

玫兰妮放下手，但是仍然低着头。

“好了，我得走了。我就是来告诉你们一声。”她脸上又换成一副苍白、脆弱的面具，手里抓起了缰绳。

“凯德好吗？”斯佳丽问，她完全不知所措，随便找句话来打破令人尴尬的沉默。

“他快死了。”凯瑟琳直截了当地回答。她的声音里似乎没有任何感情，“我会尽我所能让他安静舒服地死去，不让他担心他死后没人照顾我。是这样，明天我的继母和她的孩子要去北方，再也不回来了。好了，我得走了。”

玫兰妮抬起头，与凯瑟琳倔强的目光相遇。玫兰妮的睫毛上挂着晶莹的泪水，目光里充满了理解，在玫兰妮的注视下，凯瑟琳扭曲嘴唇挤出一个笑容，像个努力不哭的勇敢孩子。这一切对斯佳丽来说太难以理解，她还在思考凯瑟琳·卡尔弗特要嫁给一个监工是怎么回事。凯瑟琳可是个富有的庄园主的千金哪，以前，县里除了她斯佳丽以外，就数她的追求者最多。

凯瑟琳弯下腰，玫兰妮踮着脚。她们互相亲吻道别。然后凯瑟琳猛地一抖缰绳，那头老骡子拔腿走了。

玫兰妮的目光随着她远去，潸然泪下。斯佳丽也凝视着她的背影，在那里发呆。

“玫兰妮，她是不是疯了？你知道她是不会爱他的。”

“爱？哦，斯佳丽，你怎么会有这么可怕的念头。哦，可怜的凯瑟琳！可怜的凯德！”

“瞎扯淡！”斯佳丽开始觉得有些恼火。真是令人气愤，玫兰妮好像总比她更善于把握形势。凯瑟琳的这桩婚事对斯佳丽而言与其说是桩灾难，不如说是件怪事。当然啦，嫁给一个穷北佬不是什么令人愉快的想法，但是一个姑娘家毕竟不能孤身一人住在庄园吧；她非得有个丈夫帮她经营。

“玫兰妮，这不就像我那天说的，姑娘们没人可嫁，可她们总得嫁个什么人吧。”

“哦，她们也不是非嫁人不可！一辈子不结婚也没什么丢人的。看看佩蒂姑妈不就是这样吗。哦，我宁愿凯瑟琳死去！我知道凯德也宁愿她死。卡尔弗特家完了。想想她——他们的孩子会是什么样。哦，斯佳丽，快让波克给马上鞍，你去追上她，让她和我们一起过！”

“上帝啊！”斯佳丽吓坏了，玫兰妮当真要让人住到塔拉来？斯佳丽当然不愿再多喂一张嘴。她开口打算这么说时，看到玫兰妮愁苦沮丧的表情，又把话咽了回去。

“她不会来的，玫兰妮，”她换了个说法，“你知道她不会来的。她太骄傲了，会觉得这样做是对她的施舍。”

“这倒是真的，倒是真的！”玫兰妮心烦意乱地说，眼睛望着一小团红尘消失在大路的尽头。

“你在我家住了四个月。”斯佳丽看着自己的小姑子，气恼地自忖道，“怎么从来不觉得是受人施舍。我猜我得养你一辈子了。你属于那种没让战争改变的人，做事、思考问题还和什么都没发生一样，好像我们仍然十分富足，食物多得不知该怎么办，客人再多也无所谓。我想我这辈子是摊上你了。但我可不愿再养活一个凯瑟琳。”

第三十章

和平到来后的那个温暖的夏天，塔拉突然间失去了往昔的宁静。那之后的几个月里，一队队士兵拖着艰难的脚步，吃力地翻过那座红色的山丘来到塔拉，在门前台阶的阴凉处歇息，衣衫褴褛、胡子拉碴、步履蹒跚、饥肠辘辘，盼望得到食物，想要投宿一夜。他们是正在返家的南军士兵。火车将约翰斯顿残部的士兵从北卡罗来纳州运送到亚特兰大，将他们扔在那儿，从此，这些士兵们便开始了徒步跋涉。约翰斯顿的士兵过去后，从弗吉尼亚军队中退下来的老兵们又到了，接着是从西部军队里下来的士兵。他们艰难地向南部跋涉，走上回家的路，可是，他们的家或许已经不复存在，家里的人也许是死的死，散的散了。他们大多数人都是徒步跋涉，只有少数幸运的家伙骑着瘦骨嶙峋的马或骡子，这是投降条款允许他们保留的。然而即使是最没经验的人也能看出来这些骨瘦如柴的牲口无论如何也撑不到遥远的佛罗里达和佐治亚南部。

回家！回家！这是这些士兵们脑子里的唯一念头。他们中一些显得又沮丧又沉默，另一些则显得兴高采烈，对眼前的困难不屑一顾，一切都结束了，他们正在往家里赶，这是他们唯一的支撑。他们很少有人觉得痛苦。他们将痛苦留给了自己的女人和老人们。他们打仗已经尽了全力，结果被打败了，如今他们很愿意安定下来，在他们反对过的旗帜下安居乐业。

回家！回家！他们再没有什么别的好谈论了，没有什么战争、伤痛、监狱和未来。在以后的日子里，他们会重温这场战争，向他们的儿孙们讲述这中间的奇遇、突击、饥饿、急行军和负伤，等等，但不是在现在。他们中间的一些人缺胳膊少腿或失去了眼睛，如果活到七十岁的话，很多人的伤口会在雨天隐隐作痛，但现在看来，这些都是小事。以后，一切将是另一番情形。

不论老的还是少的，健谈的还是沉默寡言的，富有的种植园主还是面带菜色的穷苦农民，他们都有两样共同的东西：虱子和痢疾。南军士兵显然对自己满身虫子的状况太习以为常了，以至即便是在女士面前也满不在乎地挠来挠去。至于痢疾，女士们都文雅地称呼它为腹泻。它好像一个人都没放过，不管是士兵还是将军。四年来的半饥半饱，四年的定量配给——而且都是粗粮、夹生的或半腐烂的食物，正是这些给他们带来了痢疾。每个在塔拉歇脚的士兵们不是刚刚恢复便是肚子正闹得欢。

“整个南军士兵没有一副好肠子！”黑妈妈这样断言道。她正挥汗如雨地在火上熬着黑莓根汤，这可是埃伦医治这种病的灵丹妙药。

“我们的伙计们不是被北佬打败的，都是他们的肚子作的怪。这些家伙满肚子都是水，还怎么打仗啊。”

黑妈妈一个接一个地给他们服药，根本无暇问一些关于他们肚子状况的愚蠢问题，而且，他们也一个一个扭曲着脸，顺从地喝下她的药，可能他们正想起那遥远的地方另外一张严厉的黑色面孔，以及那双拿着药勺的坚定黑手。

在隔离措施方面黑妈妈做得同样坚决。任何一个长着虱子的士兵都休想进入塔拉的宅子。她把他们赶到一处茂密的灌木丛后面，扒掉他们的军装，扔给他们一盆水和一块浓碱皂，还给了他们一些被子和毛毯来遮挡他们赤裸的身子，他们洗刷自己的时候，她就在那个巨大的洗锅里煮他们的衣物。女孩子们认为这种做法会让那些士兵们丢脸，因此激烈反对，但是毫无用处。黑妈妈回答说，如果女孩子们在自己身上发现了虱子才更丢脸呢。

几乎每天都有士兵们到来，黑妈妈坚持反对让他们进入卧室。她总是生怕漏掉一只虱子。斯佳丽也不在这种事上跟她争，她在客厅里铺上厚厚的毛毯，便成了一个宿舍。黑妈妈同样大声叫喊，因为允许士兵们睡在埃伦小姐的毯子上，这简直是亵渎，但是斯佳丽却很坚决。士兵们总得有个地方睡。在投降后的几个月里，厚重柔软的毛毯已经开始有磨损的迹象了，最后，在士兵们的脚跟和靴刺不经意地磨损下，一些地方开始露出了织物的经线。

她们向每一个士兵急切地打听阿希礼的消息。苏埃伦则总是态度傲慢地打听肯尼迪先生的消息。但是谁也没听说过他们两人的消息，而且他们也不愿谈起失踪人员的事情。他们自己活着就足够了，他们不关心也不愿去想那数以千计躺在无名坟墓里永远也回不了家的人。

每次失望后，家里人都努力安慰玫兰妮，让她保持信心：阿希礼肯定没有死在俘虏营中。否则北佬的牧师会写信通知他们的。他准是在回家的路上，不过他的俘虏营离得那么远。天啊，这么远的路火车都得走好几天，要是阿希礼和这些人一样步行的话……那他为什么不写信呢？哦，亲爱的，你也知道现在的邮政状况，即使是通邮的地方也没个准儿。但是他要是——要是死在路上呢？哦，玫兰妮，那肯定会有某个北佬女人写信通知我们的……北佬女人！哼！她们……玫兰妮，北佬女人里也有一些好心的。哦，是的，一定有好心人！上帝不会让一个国家没有一些好心的女人！斯佳丽，你记得我们那次在萨拉托加遇到的那个好心的北佬女人吗？斯佳丽，快把这事告诉玫兰妮！

“好心？好心才怪！”斯佳丽接茬道，“她问我家里养了多少只猎犬对付逃跑的黑奴！我同意玫兰妮的看法，我从来没有见过一个好心的北佬，无论是男的还是女的。不过别哭了，玫兰妮！阿希礼会回家来的。只是路太远，而且可能——可能他连双靴子也没有。”

一想到阿希礼可能光着脚，斯佳丽差点哭出来。别的士兵尽可以破衣烂衫，用布袋或地毯片裹住脚蹒跚而行，阿希礼可不能这样。阿希礼回家应该骑着昂首阔步的大马，穿着整齐的军服和闪亮的军靴，帽子上还插着羽毛。想到阿希礼沦落到和这些士兵一样的境地，实在让斯佳丽难以忍受。

六月的一个下午，塔拉的人都聚集在后门廊，热切地看着波克切开这年第一个半生不熟的西瓜，他们听到屋前的碎石路上传来了马蹄声。普莉西不情愿地朝前门走去，其他人则在她身后激烈地讨论，要是来者是个当兵的，他们是该把西瓜藏起来呢，还是留下来晚饭时招待客人。

玫兰妮和卡丽恩低声说应该给当兵的客人分一份，而苏埃伦和黑妈妈则支持斯佳丽，让波克赶快把西瓜藏起来。

“别傻了，姑娘们！这西瓜我们自己人还不够吃呢，要是外面来的是两三个饿死鬼转的士兵，我们就连尝也别想尝一口了。”斯佳丽说。

波克抱着小西瓜站在那里，不知该听谁的，这时他们听到普莉西的喊声。

“老天爷啊！斯佳丽小姐！玫兰妮小姐！快来！”

“是谁啊？”斯佳丽一边喊，一边从台阶上跳了起来，穿过厅堂朝外冲去，玫兰妮紧跟在她的身后，其他人也都跟着往外跑。

“是阿希礼！”斯佳丽心想，“哦，可能……”

“是彼得大叔！佩蒂帕特家的彼得大叔！”

大家都跑到了前门廊，看见佩蒂姑妈那个高个子、灰白头发的老管家正从一匹绑着被子当马鞍、长着一条老鼠尾巴的老马背上往下爬。他那张宽宽的黑脸上总是摆出一副尊严的表情，现在看见了老朋友虽然非常高兴却又不想放弃尊严的神情，结果是他的眉头紧锁，嘴巴却咧开，看上去像只开心的没牙老猎狗。

大家都跑下台阶迎接他，黑人、白人都和他握手，问长问短，不过玫兰妮的声音比谁都大。

“姑妈是不是生病了？”

“没有，小姐。她还好，感谢上帝。”彼得回答的时候先狠狠瞪了玫兰妮一眼，然后又瞪了斯佳丽一眼，她俩一下子觉得自己犯了错，可又想不出做错了什么。“她还好，就是在生你们两位小姐的气，不客气地说一句，我也生气！”

“哦，彼得叔叔！到底是什么……”

“你们俩别为自己开脱。佩蒂小姐难道没有一封接一封地写信叫你们回去？难道我没有看见她写信，看见她收到你们回信说这个老农场的活儿太多回不去就伤心落泪？”

“可是，彼得大叔……”

“你们怎么能撇下佩蒂小姐一个人担惊受怕呢？你们和我一样知道得很清楚，佩蒂小姐从来没有一个人住过，她从梅肯回来后总是两腿发抖。她要我给你们捎话，说她怎么也弄不明白你们怎么能在她最困难的时候扔下她一个人不管。”

“哦，你住嘴吧！”黑妈妈老实不客气地说，因为她听到有人把塔拉称作“老农场”心里就不舒服。城里长大的黑人就是无知，连农场和种植园的区别都不懂。“难道我们就不是处于困难的时候？难道我们不比你们更需要斯佳丽小姐和玫兰妮小姐？要是佩蒂小姐要人帮助，她干吗不找她的哥哥去？”

彼得叔叔恶狠狠地瞪了黑妈妈一眼。

“我们已经好多年不和亨利先生来往了，而且我们现在都老了，没必要重新开始。”说完，他又转过身冲着斯佳丽和玫兰妮，她俩正努力忍着，免得笑出来。“你们两位年轻的小姐把佩蒂小姐孤身一人扔下不管，应该感到羞愧才对，如今她一半朋友都死了，另一半朋友在梅肯，而且亚特兰大到处都是北佬士兵和自由黑鬼。”

斯佳丽和玫兰妮尽量神情严肃地接受这番责骂，但是想到佩蒂姑妈竟然打发彼得来斥责她们，还要把她俩亲自带回亚特兰大，她们实在忍不住了，终于放声大笑起来，笑得两人不得不互相扶住肩膀才不至于摔倒。波克、迪尔西和黑妈妈听出大家根本没把这个胆敢诽谤他们心爱的塔拉的家伙当回事，当然也不加掩饰得狂笑起来。苏埃伦和卡丽恩也咯咯地笑着，就连杰拉尔德的脸上都出现一丝模糊的笑意。除了彼得叔叔外其他人都笑了，彼得越发生气了，一双八字脚左挪右换。

“你怎么了，黑鬼？”黑妈妈讥笑地问道，“你是不是太老了，老得保护不了你的女主人了？”

彼得忍不下去了。

“太老了？我太老了？才没有呢，女士！我能和以前一样保护好佩蒂小姐。难道不是我保护着她逃到梅肯的？北佬打到梅肯时，她害怕得动不动就晕倒，难道不是我保护她的？难道不是我搞到马把她带回亚特兰大，一路上保护着她还有她爸爸留下的那些银餐具？”彼得为自己辩护时挺直了腰板，“我不是在说保护不保护的事儿，我说的是会怎么看。”

“怎么看？谁怎么看？”

“我说的是别人看见佩蒂小姐一个人住会怎么看。没出嫁的小姐一个人住，人们会说闲话的。”彼得继续道，听他说话的人于是都明白，在他心目中佩蒂帕特还是那个年方二八、圆润丰满、惹人喜爱的小姐，需要人保护她的名誉不受流言蜚语的攻击。“我不希望有人对她说三道四。不行，女士们……我不希望她为了能有个伴儿，就随便让人住进来。我已经跟她这么说了。我说：‘只要你有亲人在，就绝对不行。’可现在她的亲人却不管她。佩蒂小姐还是个孩子……”

听到这里，斯佳丽和玫兰妮扑哧一声大笑起来，比刚才笑得更响了，两人不得不坐到了台阶上。最后，玫兰妮擦掉笑出来的眼泪。

“可怜的彼得大叔！我笑成这样真对不起。我是真心这么说的。好啦，请原谅我！斯佳丽小姐和我现在真的回不去。我说不定会等九月份摘完棉花后回去。姑妈难道让你跑这么远的路，为的就是让我们俩骑在这头瘦成皮包骨的牲口上回去？”

听到玫兰妮的问话，彼得的下巴一下子耷拉下来，他那张满是皱纹的黑脸上显出内疚和惊慌失措的神情。撅出来的下嘴唇也立刻收了回去，快得像只乌龟把头缩进壳一样。

“玫兰妮小姐，我真是老了，我刚才把她让我来干什么都给忘了个干干净净。佩蒂小姐对寄信不放心，而且除了我对谁都不放心……”

“信？给我的？谁写的？”

“哦，小姐，是这样——佩蒂小姐对我说：‘彼得，你一定要小心告诉玫兰妮小姐，’所以我现在就告诉……”

玫兰妮一只手按住心口，从台阶上站了起来。

“是阿希礼！阿希礼！他死了！”

“不是的，小姐！不是的！”彼得连忙叫道，急得声调都变成了尖叫，同时伸手在破烂的大衣内的口袋里摸索。“他还活着！这里有他一封信。他就要回家了。他——老天啊！赶快扶住她，黑妈妈！让我……”

“你别碰她，你这个老傻瓜！”黑妈妈吼道，一面使劲扶住玫兰妮瘫下去的身体不让她摔倒在地，“你这个虚情假意的黑猩猩！还小心跟她说呢！波克，你去抬她的脚。卡丽恩小姐，你来扶住她的头。我们把她抬到客厅的沙发上去。”

除了斯佳丽以外，每个人都拥到晕倒的玫兰妮跟前，要么大呼小叫，要么跑进屋里取水拿枕头，乱作一团，只有斯佳丽和彼得大叔两人留在步道上。斯佳丽站在那里，仿佛脚跟生了根，身体保持她听到彼得那番话后跳起来的姿势，动弹不得，两眼看着老头站在那里，无力地挥舞着一封信。彼得叔叔那张苍老黝黑的面孔现在活像一个被妈妈责骂的孩子，脸上的尊严荡然无存。

一时间，斯佳丽站在那里既说不出话又挪不了步，但是她的心里却在呐喊：“他没有死！他就要回家来了！”但是这个消息既没让她觉得高兴也没让她觉得兴奋，只是感到一种震惊和麻木。彼得叔叔的声音仿佛从很遥远的地方传来，声音带点忧郁，又令人安慰。

“我们那个在梅肯的亲戚威利·伯尔先生把这封信交给佩蒂小姐。威利先生和阿希礼先生关在同一所俘虏营。威利先生弄到一匹马，所以很快就回来了。但是阿希礼先生是步行，所以……”

斯佳丽一把从他手中夺过信。信上佩蒂小姐的笔迹是写给玫兰妮的，但是斯佳丽没有因此迟疑片刻就撕开了信，佩蒂小姐附在里面的便条掉在了地上。信封里有一张折着的纸，因为曾经被放在脏口袋里带来带去，所以纸脏兮兮、皱巴巴的，而且边也给磨破了。上面是阿希礼的笔迹：

佐治亚州亚特兰大或琼斯博罗十二橡树庄园阿希礼·韦尔克斯夫人收烦请萨拉·简·汉密尔顿小姐转交。

斯佳丽手哆哆嗦嗦地展开信，读道：

我的爱人，我就要回到你身边了……

眼泪顺着她的面颊淌了下来，于是她读不下去了，她的心膨胀起来，直到自己都感到无法承受这样的喜悦。她紧紧地抓住信，跑上门廊的台阶，从客厅穿过厅堂，只见塔拉的所有居民都在人事不省的玫兰妮周围。斯佳丽径直走进埃伦的账房，关上门，又上了锁，自己倒在那个弹簧塌陷的老沙发上，又哭又笑，同时不断地亲吻着那封信。

"我的爱人，"她低声喃喃道，"我就要回到你身边了。"

常识告诉他们除非阿希礼长出翅膀，否则他从伊利诺斯走到佐治亚得花几个星期甚至几个月的时间，但是即使如此，每当有士兵走上通往塔拉的大路，大家的心就会一阵狂跳。每一个胡子拉碴、衣衫褴褛的人都可能是阿希礼。即使来的当兵的不是阿希礼，他也可能有阿希礼的消息或有佩蒂姑妈捎来关于他的信。所以，每次一听到脚步声，家里不管是白人还是黑人都会冲到前门廊。只要看到穿军装的身影就足以让所有人从柴火堆、老牧场、棉花地飞奔过来。收到那封信后的一个月，一切工作都基本上停了下来。大家都不想阿希礼回来的时候自己不在家，斯佳丽尤其如此。自己都无法安心工作，她也无法要求别人尽职尽力。

但是，日子一个星期一个星期地过去了，阿希礼既没有回来，也没任何信，塔拉又回到往日的生活轨道上。思念再重的心也无法承受这么多的思念之苦。斯佳丽的心中隐约产生一丝不安，不知道他在路上会不会遇上什么危险。罗克艾兰岛离得那么远，他从俘虏营放出来，说不定又弱又病。而且他身无分文，还得穿过一片痛恨邦联的地区。她要是知道他在哪里就好了，那样她就可以给他寄钱过去，哪怕把她全部的钱都寄给他，让全家人挨饿，只要他能坐火车快点回家。

“我的爱人，我就要回到你身边了。”

当这些字第一次进入她的眼帘时，它们的意思只是阿希礼就要回到她斯佳丽的身边了。现在，随着头脑变得理智后，她明白他是要回到玫兰妮的身边，回到这些日子无论走到哪儿都兴高采烈地唱个不停的玫兰妮身边。有时，斯佳丽会苦恼地想玫兰妮干吗没在亚特兰大生孩子的时候死了呢。那样一切就都称心如意了。过一段适当的时间后，她就可以嫁给阿希礼，成为小博的好继母。每当有了这样的想法，她并不急着向上帝祈求宽恕，说自己实际上并无此意。她已经不再惧怕上帝了。

来塔拉的士兵有时是一个人，有时是成双结对，有时一来便十几个，而且总是饥肠辘辘。斯佳丽绝望地想道，就是一群蝗虫也没这群人可怕。她再次诅咒好客的传统，这个传统盛行于那个生活富足的时代，对所有路过的人，无论贫贱都必须留宿一晚，并且向来者及其马匹提供食物，极尽地主之谊。斯佳丽明白那个时代已经永远逝去了，但是家里的其他人却不明白这一点，那些当兵的也不明白，于是所有的士兵都被当作是期盼已久的客人而盛情款待。

来塔拉的士兵源源不断，斯佳丽的心变得越来越硬。这些人吃掉了塔拉本不宽裕的口粮，吃掉了她累得腰酸背痛种出的一垄垄蔬菜，吃掉了她赶车跑了老远买回来的食物。食物是费了老大劲儿才买到的，那个北佬钱包里的钱也是会用完的。现在里面只剩下不多的几张钞票和两枚金币。凭什么她得喂养这群如狼似虎的饿汉？战争已经结束了。他们不再保护她免于危险。于是她命令波克，屋子里有当兵的，就尽量少往桌子上摆吃的。这道命令一直在执行着，后来她发现，玫兰妮自从生了小博后一直很虚弱，可她让波克把她盘子里那点儿少得可怜的食物也分给了士兵。

“你可不能再这样了，玫兰妮。”斯佳丽责备道，“你自己身体那么差，要是再不吃东西，非得病倒在床上不可，我们还得伺候你。让那些人挨饿去吧。他们能受得了。他们已经忍受了四年啦，再多忍受一会儿对他们也没什么。”

玫兰妮朝斯佳丽转过身，脸上带着一种不加任何掩饰的表情，斯佳丽还是头一回见她宁静安详的眼中露出这样的表情。

“哦，斯佳丽，别责怪我！让我这么做吧。你不知道这样我好过得多。每次我把自己的食物分给一个可怜的人，我就会想可能在这条路的北头，有一个女人也正在把她的食物分给我的阿希礼，这样他就能回到我身边了！”

“我的阿希礼。”

“我的爱人，我就要回到你身边了。”

斯佳丽无言地转过身去。从那以后，玫兰妮发现有客人的时候，桌上的食物就会多一些，尽管斯佳丽其实连一口饭也舍不得给他们。

有时候，士兵病得太厉害，没法继续赶路——这种情况还不少，斯佳丽只好一点儿不客气就让他们留宿在塔拉。每个生病的人都意味着又多了一张要吃饭的嘴。还得有人照顾他，这又意味着少了一个人修围栏、锄地、除草、犁耕。一次，一个骑马去费耶特维尔的士兵把一个脸上刚长出金色绒毛的少年放在了塔拉的前门廊。他发现这个少年人事不省地倒在路边，便把他驮在马鞍上，带到离得最近的塔拉。姑娘们认为这个少年一定就是当谢尔曼的军队逼近米勒奇维尔时，那些从军校里被征集的娃娃兵中的一个，但是她们始终也没弄清楚他的身份，因为他就那么人事不省地死了，从他身上的口袋里也没找出什么线索。

那是一个相貌英俊的少年，显然出身豪门，而且在南边的某个地方，有个女人正在翘首期盼，渴望知道他在哪里，什么时候能回到家中，就像斯佳丽和玫兰妮现在这样，心里怀着希望，盯着走上屋前小路所有的长着大胡子的身影。她们把这个学生兵埋在了塔拉的墓地，紧挨着奥哈拉家的三个男孩，波克往坟坑里填土的时候，玫兰妮失声痛哭，她的心里暗自思忖，不知是不是一些素不相识的人也正在这样对待阿希礼高大的身体。

威尔·本蒂恩和那个无名的少年一样，也是人事不省地由一个伙伴驮在马鞍上带来的。威尔得的是肺炎，姑娘们把他抬到床上时，担心他不久也会与墓地的那个少年为伴。

他长着一张佐治亚州南部穷白人的脸，像得了疟疾那样脸色焦黄，淡红色的头发，淡蓝色的眼睛即使神志不清仍然平静而和善。他的一条腿从膝盖被截去，套着一根粗制滥造的木腿。他一看就是个穷白人，就像是她们不久前埋的那个男孩一看就是个庄园主的儿子一样。至于姑娘们是怎么看出来的，她们也说不清。威尔一点儿也不比到塔拉的许多上等人更脏、毛发更重，身上的虱子也不比他们更多。在他昏迷不醒时说的话里，语法错误也一点儿不比塔尔顿兄弟俩多。但是她们出于本能就知道他不属于她们那个阶级，就像她们一下子就能分得清良种马和劣等马一样。不过，知道他的身份并没有让她们不尽力挽救他的生命。

他在北佬的俘虏营里关了一年已是身心交瘁，然后又戴着这条粗制滥造的木腿长途跋涉，他实在没有力气再与肺炎抗争，一连好几天，他躺在床上呻吟，挣扎着要爬起来，实际上是在一次次重温打过的那些战斗。他一次也没有呼喊过母亲、妻子、姐妹或爱人的名字，这让卡丽恩很是不安。

“每个人都应该有自己的亲人啊，”她说，“可他好像在这个世界上一个亲人也没有。”

尽管他长得瘦高，身体倒还结实，加上精心照料，他竟然挺了过来。终于有一天，他那双淡蓝色的眼睛能够完全看清楚周围的一切，他的目光落在了坐在他身边的卡丽恩身上，卡丽恩正在诵读《玫瑰经》，她金黄色的头发在早晨的阳光的照耀下闪闪发亮。

“你不是在我梦中吧？”他用一种没有顿挫、没有起伏的语调说，“我希望没给你添太多麻烦，小姐。”

他用了很长时间才康复过来，安静地躺在那里，看着窗外的木兰花，尽量不麻烦任何人。卡丽恩喜欢他，因为他总是那么心平气和，而且安静得让人觉得和他在一起很自在。漫漫炎热的夏日，她经常坐在他身边给他扇扇子，一句话也不说。

这些日子。卡丽恩的话一直很少，她纤弱的身体像个幽灵一样在屋里走动，做些自己力所能及的事。她经常祈祷，每次斯佳丽不敲门走进她屋里，总会看见她双膝着地跪在床前。看到这幅情景，斯佳丽总是很生气，因为她觉得需要祈祷的那个时代已经过去了。如果上帝认为应该惩罚他们，再祈祷也没有用。斯佳丽总是和宗教谈条件。她向上帝保证要行为规矩，为了换取上帝的垂青。按照斯佳丽的想法，上帝三番五次地不履行他们谈好的条件，那么她也就不欠上帝什么。每当斯佳丽发现卡丽恩在该午睡或该缝补衣服的时候跪在那里祷告，她就会觉得卡丽恩是在逃避自己应尽的责任。

一天下午，威尔能够坐在椅子上，斯佳丽告诉他自己的想法，却让威尔用一番没有起伏的话吃了一惊。

“随她去吧，斯佳丽小姐。这样她会好过一些。”

“她好过一些？”

“是的，她是在为你们的母亲和他祈祷。”

“‘他’指的是谁？”

威尔那双像是褪了色的蓝眼睛从沙黄色的睫毛后看着她，一点儿没有露出惊奇的神色。什么都不会让他吃惊或激动。或许是他经历的意想不到的事情太多，所以对什么都不会感到吃惊了。斯佳丽不明白自己妹妹心里想的是什么，他一点儿都不奇怪。他觉得这很正常，就像卡丽恩喜欢和他这样一个陌生人交谈一样，都很正常。

“是她的男朋友，那个叫布伦特的男孩，在葛底斯堡给打死的。”

“她的男朋友？”斯佳丽唐突地说，“她的男朋友，真是的！他，还有他的哥哥以前都是我的男朋友。”

“不错，她告诉过我。好像这县里大多数小伙子都是你的男朋友。不过，尽管这样，你拒绝了他之后，他就成了她的男朋友，因为他最后一次休假回来的时候他们订了婚。她说那是她唯一爱过的小伙子，为他祈祷她心里会好受一些。”

“嘿，瞎扯！”斯佳丽说，觉得一支小小的嫉妒之箭扎进心里。

她好奇地打量着这个男人，他个子瘦高，肩膀瘦骨嶙峋，头发呈淡红色，目光安详坚定。她家一些事情她自己都懒得弄清楚，可他却知道。原来卡丽恩是因为整天祷告才显得痴痴呆呆的。没关系，她会没事的。好多姑娘死了心上人，还有死了丈夫的，不都挺过来了吗。查尔斯死了，她自己不也没事吗。而且她还听说亚特兰大有个姑娘因为战争当了三回寡妇，还继续对男人感兴趣。她把这话对威尔说了，威尔却摇摇头。

“卡丽恩小姐不是那样的人。”他斩钉截铁地说。

和威尔交谈令人愉快，因为他说得不多，却非常理解对方。斯佳丽和他说起诸如锄草、锄地、播种、喂猪、养牛的问题，他总能提出些好主意，因为他曾经在佐治亚南部有一个小农场和两名黑奴。他知道自己的黑奴现在已经被解放了，农场也早已变得杂草丛生、松苗遍地。他唯一的亲戚是一个妹妹，也在几年前，跟随丈夫搬到了得克萨斯州，如今他在这个世界上已是孑然一身。但是，最使他难过的是他在弗吉尼亚失掉一条腿。

是的，和威尔说话对斯佳丽是种慰藉，这些日子她听到的都是黑人的嘟囔、苏埃伦的唠叨哭喊，还有杰拉尔德不时询问埃伦在哪儿。她可以向威尔尽情倾诉。她甚至连如何杀死那个北佬的事儿都告诉了他，而且听到他简单评论说：“干得好！”她自豪得容光焕发。

最后全家人都跑到威尔的屋里诉说他们的麻烦，连黑妈妈也不例外，虽然她起初总是与他保持一段距离，因为觉得他地位不够高，家里只有两名奴隶。

后来威尔能在屋里一瘸一拐地走路了，他便帮着用橡树皮编篮子，修理被北佬弄坏的家具。他精通削刻木块，韦德时常跟在他身边，因为他会给他削木头做玩具，这个小孩从来没有过其他玩具。有威尔在屋里，大家外出干活时，把韦德和两个小宝宝留在家就都放心了，因为他能够像黑妈妈那样精心照顾他们，只有玫兰妮比他更会哄哭闹的一黑一白两个婴儿。

“你们大家对我太好了，斯佳丽小姐，”他说，“我和你们素不相识，也不沾亲带故。我给大家带来一大堆麻烦，还让大家替我担忧，要是你们愿意，我想留在这里帮你们干点儿活，报答你们对我的恩情。我知道你们对我的恩情我是永远都报答不完，因为救命之恩是无论什么都报答不完的。”

于是他留了下来。慢慢地，塔拉的一大部分担子不知不觉从斯佳丽的肩头换到了威尔·本蒂恩那瘦骨嶙峋的肩上。

九月到了，到了摘棉花的日子。在早秋午后温暖的阳光下，威尔·本蒂恩坐在屋前台阶上斯佳丽的脚边，用他那没有起伏的声音慢悠悠地说着费耶特维尔附近的新轧棉机轧棉花索取高价的事情。不过他那天在费耶特维尔听说，要是把马和车借给轧棉机主用两个星期就可以少付四分之一的价钱。他要先和斯佳丽商量后，再跟人达成这笔交易。

斯佳丽看着这个靠在门廊柱子上，嘴里嚼着根草秆的瘦高个儿。就像黑妈妈经常断言的那样，威尔一定是上帝派来的，斯佳丽经常想，要是没有他，塔拉该怎么熬过最艰难的那几个月啊。他从来不多说，总是一副无精打采的样子，看上去似乎对周围发生的一切都不感兴趣，但是他却对塔拉每个人的每件事都了如指掌。他还不停地干活。而且默默无闻地干，既耐心又出色。虽然只有一条腿，他却能比波克干得更快，还能调动波克的工作热情，这一点快让斯佳丽将他视为神人了。有一次，母牛得了绞痛，马也得了一种奇怪的病，好像要不久人世，威尔守着它们几宿未睡，竟把它们救活了。他还是个精明的商人，能在早晨带着一两蒲式耳的苹果、红薯和其他蔬菜赶车出去，然后满载着种子、布料、面粉和其他必需品回来，尽管斯佳丽自己也算得上一个不错的商人，但她知道自己无论如何也换不到这么多东西。

威尔不知不觉地成了家庭的一员，他睡在杰拉尔德隔壁那间小更衣室的帆布床上。他从不提要离开塔拉的事，斯佳丽也小心避免问他，担心他会离去。有时，斯佳丽会想，要是换了别人，只要有些魄力，即使家不复存在，他也会回去。不过，即使有这样的想法，斯佳丽还是热切地祈祷他能永远留下来。屋里有个男人多么方便啊。

她还想，只要卡丽恩有老鼠那么多的头脑，就该看得出威尔对她有意。如果威尔向斯佳丽提出想娶卡丽恩的话，斯佳丽一定会一辈子感激他。当然啦，要是在战前，威尔是绝对没有资格做候选人的。虽然他不是个穷白佬，但他毕竟不属于庄园主这个阶级。他只不过是个普通白人，一个小农民，没受过多少教育，不知文理，不懂奥哈拉家所习惯的绅士礼节。实际上，斯佳丽曾经问自己他是否能被称为绅士，答案是不能。玫兰妮激烈地为他辩护，说任何人要是像威尔一样宽厚仁慈，处处替他人着想，肯定是上等人家出身。斯佳丽知道，埃伦要是得知自己的一个女儿嫁给这样一个人，肯定会晕过去，但是如今斯佳丽由于生活所迫，已经早就背离埃伦的教诲，所以心里并不因此不安。男人稀少，姑娘们总得嫁人，塔拉必须有个男人撑家。可是卡丽恩越来越深陷在她的祈祷书中，与现实世界的接触一天比一天少，对待威尔就像对待一位兄长那样悉心，就像对波克一样亲切。

“要是卡丽恩对我为她所做的一切有一点儿感激的话，就该嫁给他，别让他离开这里。”斯佳丽愤愤不平地心想，“可是，她却偏偏把时间浪费在怀念一个或许从来没有认真想过她的傻小子身上。”

威尔就这样留在了塔拉，至于是为了什么缘故，斯佳丽也不清楚，不过她倒是觉得他为人有条不紊、坦率真诚令人愉快，而且对自己也有帮助。威尔对痴呆恍惚的杰拉尔德毕恭毕敬，不过他把斯佳丽当作真正的一家之主。

斯佳丽同意把马租出去的计划，尽管这样会使一家人暂时没了任何交通工具。苏埃伦肯定特别不喜欢这个主意，因为她最大的乐趣就是趁威尔赶车出去办事的时候，跟他一起去琼斯博罗或费耶特维尔。她把家里最好的行头穿戴上，拜访老朋友，打听县里各种流言蜚语，觉得自己又成了塔拉的奥哈拉小姐。苏埃伦只要有机会就离开庄园，在外人面前摆摆小姐的谱，因为他们不知道她在菜园子里锄草、在家睡觉还得自己铺床。

“那位摆谱小姐会有两个星期不能出去闲逛了。”斯佳丽想，“我们不得不忍受她的唠叨和哀号。”

玫兰妮怀里抱着孩子也凑到门廊上，跟他们聚在一起，她把一条旧地毯铺在地上，放下小博让他在上面爬。自从收到阿希礼那封信后，玫兰妮不是容光焕发、兴高采烈地哼着小曲，就是惴惴不安地等待。不过，不管高兴还是忧虑，她总是脸色苍白、身体瘦弱。她毫无怨言地干着自己分内的活，可她老是病病歪歪的。老方丹大夫对她的诊断是妇女病，同意米德大夫的说法，说她当时本不应该要小博。老方丹大夫还老实不客气地说，她要是再生个孩子，一定会送命的。

“今天我在费特耶维尔发现一件非常有趣的事，”威尔说，“我想你们女士会感兴趣，所以就把它带回来了。”他从后面的裤兜里摸索了一阵，拿出一个钱包，是卡丽恩把布黏在树皮上做成的，从里面掏出一张邦联的钞票。

“威尔，你可能认为邦联钞票有趣，我可一点儿都不觉得有趣。”斯佳丽毫不客气地说，她一看见邦联钞票就气得要命。“现在爸爸的箱子里还有三千元这种东西，黑妈妈追着我要，让我给她去糊阁楼墙上的缝，这样风就不会吹着她。我决定给她。至少还算有点用处。”

“‘天威赫赫的恺撒，死后化为尘土引文选自莎士比亚悲剧《哈姆雷特》中第五幕第一场。’”。玫兰妮苦笑着念道，“可别那样，斯佳丽。把它们留给韦德吧。有朝一日他会为它们自豪的。”

“我对什么天威赫赫的恺撒是一窍不通，”威尔宽容耐心地说，“不过我发现的东西正好和你说要留下给韦德的意思一样，玫兰妮小姐。它是一首诗，黏在一张钞票背后。我知道斯佳丽小姐对诗歌没有多少兴趣，不过我想她说不定会对这首诗感兴趣的。”

他把那张钞票翻过来。钞票背后黏着一张粗糙的牛皮包装纸，上面用淡淡的自制墨水写着几行字。威尔清了清嗓子，然后缓慢而又费力地开始读。

“题目是‘邦联钞票背后的诗句’。”他说。

在这片上帝护佑的土地上，它的价值已经无异于零。这是不复存在的国家的象征，亲爱的朋友，留下给后人看个究竟。留给那些愿意聆听的人，向他们讲述这不名一文的废纸典故，它包含着多少爱国者自由的梦想，还有那摇曳在暴风雨中国家的倾覆。

“哦，真是太美了！太动人了！”玫兰妮喊了出来，“斯佳丽，你可不能把那些钞票给黑妈妈去糊阁楼。它不仅仅是张纸，就像诗里说的，是‘一个不复存在的国家的象征！’”

“哦，玫兰妮，别那么感情用事！纸就是纸，我们如今正缺纸，我可不想老听黑妈妈抱怨阁楼上的裂缝。我希望等韦德长大后，我有好多绿票子给他，而不是这些毫无用处的邦联破纸。”

她俩争论的时候，威尔一直用那张钞票逗小博爬，听到这里，他抬起头，用手挡住阳光，朝车道远处望去。

“又有人来了，”他说，在太阳下眯着眼睛，“又是一个当兵的。”

斯佳丽顺着他凝视的方向望去，看到一个熟悉的景象，一个胡子拉碴的人正慢慢沿着雪松遮阴的大道走来，身上穿着胡乱凑在一起的蓝灰两色军服，疲惫的脑袋耷拉着，拖沓的双脚缓缓挪动过来。

“我以为我们已经接待完士兵了，”斯佳丽说，“希望这一个不要饿得太厉害。”

“他肯定很饿。”威尔简短地说。

玫兰妮站起身。

“我去让迪尔西多准备一个盘子，”她说，“还得告诉黑妈妈给这个可怜的人脱衣服时别太使劲……”

她猛地停了下来，斯佳丽不禁转过头瞧她。玫兰妮瘦瘦的小手按在喉咙上，好像痛苦难忍一般抓着不放，斯佳丽看见她苍白的皮肤下血管突突直跳。玫兰妮的脸色变得更加苍白，棕色的眼睛瞪得老大。

“她要晕倒了。”斯佳丽心想，站起来，抓住玫兰妮的胳膊。

但是，玫兰妮甩开她的手，一下子就跑下了台阶。她沿着碎石路飞奔而去，轻快得像只小鸟，褪了色的裙子在身后飞舞，两只胳膊伸向前方。于是斯佳丽明白是怎么回事了，像是挨了当头一棒。她一阵眩晕靠在了门廊的柱子上，这时那个人正好抬起那张长着脏兮兮金色胡子的脸，望着塔拉停住脚步，好像已经累得一步都走不动了。斯佳丽的心怦怦乱跳，接着又静了下来，后来当玫兰妮语无伦次地叫喊着扑入那个肮脏士兵的怀抱，他朝她的脸俯下头，斯佳丽的心又开始怦怦狂跳了。斯佳丽欣喜若狂，迈步朝前跑了两步，不料却被威尔伸手紧紧抓住了裙裾。

“别去打扰他们。”他轻轻地说。

“放开我，你这个傻瓜！放开我！那是阿希礼！”

威尔仍然紧紧抓住不放。

“无论如何，那是她的丈夫，对不对？”威尔平静地问道，斯佳丽又是高兴，又是着急无奈，低头看着威尔，在他那双平静的眼睛深处，斯佳丽看到了理解和同情。